BASTEI LÜBBE

Über den Autor

Andreas Eschbach wurde 1959 in Ulm geboren, studierte Luft- und Raumfahrttechnik und arbeitete zunächst als Software-Entwickler. Als Stipendiat der Arno-Schmidt-Stiftung »für schriftstellerisch hoch begabten Nachwuchs« schrieb er seinen ersten Roman, der 1995 erschien. Bekannt wurde er vor allem durch den Bestseller DAS JESUS VIDEO. Andreas Eschbach lebt als freier Schriftsteller mit seiner Familie in der Bretagne. In der Verlagsgruppe Lübbe sind außerdem von ihm erschienen: Solarstation (Nr. 24259), Kelwitts Stern (Nr. 23232), Das Jesus Video (Nr. 14294), Exponentialdrift (Nr. 14912), Eine Billion Dollar (Nr. 15040) und Der Letzte seiner Art (3-7857-2123-4).

ANDREAS ESCHBACH
(Hrsg.)

EINE TRILLION EURO

BASTEI LÜBBE

BASTEI LÜBBE TASCHENBUCH
Band 24 362

1. Auflage: Juni 2004

Vollständige Taschenbuchausgabe

Bastei Lübbe Taschenbücher
ist ein Imprint der
Verlagsgruppe Lübbe

Deutsche Erstveröffentlichung

Dieses Werk wurde vermittelt durch die
Literarische Agentur Thomas Schlück GmbH, 30827 Garbsen
Lektorat: Jan Wielpütz/Stefan Bauer
Umschlaggestaltung: QuadroGrafik, Bensberg
Satz: Fanslau, Communication/EDV, Düsseldorf
Druck und Verarbeitung: Maury Imprimeur, Frankreich
Printed in France
ISBN 3-404-24326-9

Sie finden uns im Internet unter
www.luebbe.de
www.bastei.de

Der Preis dieses Bandes versteht sich einschließlich
der gesetzlichen Mehrwertsteuer.

Inhalt

Andreas Eschbach 7
Eine Trillion Euro 7
Jean-Marc Ligny 41
Der Orkan 44
Elia Barceló 61
Tausend Euro, ein Leben 63
Pasi Jääskeläinen 99
Spukhaus, Raketenfabrikstraße 1 101
Leo Lukas 127
Chip ahoi! 130
Jean-Claude Dunyach 139
In den Gärten der Medici 141
Thanassis Vembos 161
Wer bezahlt den Fährmann 164
Pierre Bordage 187
Euro Zone 190
Michael Marrak 211
Die Ausgesetzten 214
Valerio Evangelisti 249
Flucht aus dem Brutkasten 251
Sara Doke 295
Stammestreffen 297
Marcus Hammerschmitt 319
Vaucansons Ente 322

Eduardo Vaquerizo 339
Der Wert des Geldes 341
Alain Dartevelle. 355
Die Wahrheit über Marats Tod. 357
César Mallorquí 373
Die Mauer für eine Trillion Euro 375
W. J. Maryson. 399
Verstummte Musik 401
Wolfgang Jeschke 423
Das Geschmeide 426

Copyright-Vermerke
und Übersetzernachweise 463

Eine Trillion Euro

von Andreas Eschbach

Ihr Schiff stieg knirschend an, immer höher, bis das Eis endlich mit einem Knall unter dem Kiel zerbarst. Die Schollen glitten am Rumpf entlang davon, mutlos klackernd, weiß, klein, irgendwie jungfräulich anmutend. Gleich darauf hob sich der Boden unter ihren Füßen aufs Neue, stemmte der Bug sich gegen die nächsten Meter Eis, immer wieder und wieder. Die Eisschicht, gegen die sie ankämpften, war nicht besonders dick, nicht um diese Jahreszeit und nicht auf diesem Breitengrad. Aber sie war eben da.

Manchmal, wenn er am Ruder stand und gegen die Welt ringsum ansteuerte, den Blick unverwandt auf Kompass und GPS gerichtet, exakt dem vereinbarten, verzweifelten Kurs folgend, war ihm, als könne er sich gleichzeitig von weit, weit oben sehen, als sei er ein gewaltiges Auge, groß wie der Himmel, das herabsah auf einen endlosen Ozean und ein lächerliches Schiff, das in einer lächerlichen Anstrengung zu verhindern versuchte, dass dieser Ozean zufror. Ein kleiner schwarzer Punkt, der eine dunkle, schaumige Spur durch das harte Weiß zog, die sich nur zu bald in neuem Frost verlor. Einige Meilen weiter ein zweiter Punkt, und noch einer, und ansonsten nur Eis, endlos und unerbittlich. Hatten sie eine Chance, das Schicksal zu wenden? Sie hatten keine.

Auf dem Vorderdeck ging einer der Maschinisten mit einem Eimer umher und sammelte Eisbrocken, die an

Bord geschleudert worden waren. Er hatte wolliges, rotblondes Haar und einen Vollbart, hieß Sven und sah aus wie ein Wikinger, den es ins 21. Jahrhundert verschlagen hatte. Nachher würde er den Eimer an ein warmes Plätzchen im Maschinenraum stellen, warten, bis das Eis geschmolzen war, und mit dem Wasser einen Sud kochen, nach dem alle an Bord verrückt waren. Eiszeitkaffee nannte er das.

Denn abgesehen von jenen minimalen Beimengen salzigen Meerwassers, die dem Kaffee sein besonderes Aroma verliehen, bestand das Eis, das sie brachen, aus Süßwasser. Genau das war das Problem.

Von Jahr zu Jahr hatte die Zahl der Unwetter in Europa zugenommen. Stürme nie gekannten Ausmaßes waren über den alten Kontinent hinweggefegt, eine Jahrhundertflut hatte die nächste an Verheerung übertroffen, das Wetter war außer Rand und Band geraten. Es gab wilde Jahre und milde Jahre, aber generell war nichts mehr so, wie es einst gewesen war. Hagelschläge von kaum glaublicher Zerstörungskraft vernichteten die Obsterträge ganzer Landstriche, überraschend einbrechende, bitterkalte Fröste ruinierten Salatplantagen in Gegenden, in denen es dergleichen nicht einmal der Sage nach je gegeben hatte. Nach einem halben Jahrhundert des Wohlergehens, ja des Überflusses wurden Missernten wieder zu einem ernsten Problem, kehrte das Gespenst des Hungers nach Europa zurück.

Ursache all dessen war ein sich seit mehreren Jahrzehnten abzeichnender Klimawandel hin zu globaler Erwärmung. Während die Gelehrten noch stritten, was diesen Wandel verursachte, ob die industriellen Aktivitäten der Menschheit ihn ausgelöst hatten oder zumindest zu ihm beitrugen oder ob er selbst dann stattgefunden hätte, wenn sie bärenfellgewandet in ihren Höhlen sitzen geblieben wäre, manifestierten sich überall auf Erden die Folgen. Zweifelsfrei messbar wurde der Effekt zuerst in klimatisch extremen Gegenden. Auf kalten Labradorinseln beobachteten Vogelforscher, dass der Frühling von Jahr zu Jahr ein oder zwei Tage früher begann. In Sibirien tauten Böden auf, die jahrhundertelang im Permafrost erstarrt gelegen hatten. In heißen Regionen Afrikas verschwanden Seen, die Kartographen seit Menschengedenken als feste Bezugspunkte gedient hatten.

Europa jedoch würde die globale Erwärmung paradoxerweise eine neue Eiszeit bescheren.

Rein von seiner geographischen Lage her müsste Europa nämlich eigentlich ein kalter, unwirtlicher Kontinent sein. Irland und Großbritannien liegen auf denselben Breitengraden wie die Bering-See, die Alaska und Ostsibirien miteinander verbindet. Deutschland ließe sich, über den Globus verschoben, mit der kanadischen Provinz Manitoba zur Deckung bringen, in der viel Wald und wenig Weizen wächst und ganz bestimmt kein Riesling. Berlin liegt nördlicher als das ostsibirische Komsomolsk, Florenz nördlicher als Wladiwostok, und Hamburg ist seinem Pol so nahe wie die Feuerlandinseln dem ihren. Norwegen und Finnland liegen auf denselben Breitengraden wie Südgrönland, das von ewigem Eis bedeckt ist.

Dass Europa es nicht ist, verdankt es einzig und allein dem Golfstrom. Gewaltige Wassermassen, im Golf von Mexiko von der dortigen, intensiven Sonneneinstrahlung aufgeheizt, fließen unablässig nordöstlich über den Atlantik, bis sie auf Europa und seine vorgelagerten Inseln treffen und nach Norden abgelenkt werden. Über diesem warmen Strom erwärmen sich kalte Winde aus der Arktis, saugen sich mit Feuchtigkeit voll und wandeln sich, bis sie den Kontinent erreichen, von grausamen Eisstürmen zu lebensspendenden, warmen Regenbringern. Im Gegenzug kühlen die Wasser des Golfstroms ab, ihre Salzkonzentration nimmt durch den Verdunstungsvorgang zu, sodass sie schwerer werden als das umgebende, normale Atlantikwasser, was zur Folge hat, dass sie auf den Meeresgrund hinabsinken und sich südwestlich von Grönland als mächtiger unterseeischer Wasserfall in die Tiefe des Atlantikbeckens ergießen. Dadurch wiederum entsteht der Sog, der unablässig neues warmes Wasser aus dem Golf von Mexiko in Richtung Europa zieht und so den Mechanismus des Golfstroms am Laufen hält.

Doch infolge der globalen Erwärmung der Erde fangen die Pole an zu schmelzen. Polareis allerdings ist Süßwasser und leichter als Meerwasser, verteilt sich also weiträumig auf diesem. Es gefriert auch schneller und bildet mit Winteranbruch dünne, riesige Packeisdecken, die auf dem Nordatlantik das warme Wasser aus den Tropen von der eisigen Luft aus der Arktis isolieren. Die Luft vom Nordpol erwärmt sich also weniger und nimmt folglich weniger Feuchtigkeit auf, ehe sie in Europa einfällt. Umgekehrt verdunstet weniger von dem warmen Wasser, und das ist das Gefährlichste: Denn dadurch bleibt sein Salzgehalt konstant, es sinkt also nicht, sondern strömt weiter nördlich, um sich schließlich einfach mit den Weiten des Nordmeers zu vermischen. Sinkt es aber nicht und versiegt damit der unterseeische Wasserfall, erlischt auch der Sog, der den Golfstrom antreibt, und Jahrtausende werden vergehen, ehe er wieder in Gang kommt.

Messungen zu Anfang des 21. Jahrhunderts ergaben, dass der Fluss des Golfstroms gegenüber dem Beginn der Aufzeichnungen bereits um zwanzig Prozent abgenommen hatte.

Eine Erwärmung der Nordhalbkugel um etwa fünf Prozent, so schätzte man, würde ihn vollständig zum Versiegen bringen.

Und auf diesen Wert bewegte sich alles zu. Keine seriöse Voraussage ging davon aus, dass er nicht erreicht werden würde.

Im Verlauf weniger Jahre würde damit in Europa dasselbe Klima einziehen, das in Südalaska oder Mittelsibirien herrschte. Es würde kalt und trocken werden, und der größte Teil der Böden bliebe dauerhaft gefroren. Doch während Alaska und Sibirien weitgehend unbewohnt waren, lebten in Europa eine halbe Milliarde Menschen. Menschen, die etwas zu essen brauchten und die geheizte Wohnungen gewöhnt waren.

Der Gedanke, auszuwandern, war nahe liegend, aber fünfhundert Millionen Menschen – wo sollten die hin? Freilich, anfangs, als die Zusammenhänge sich gerade erst abzuzeichnen begannen und die Vorausberechnungen noch streng vertraulich gehandelt wurden, da war es noch machbar. Die Blitzmerker schafften es. Aber als die Unausweichlichkeit der Entwicklung feststand, gingen Länder in südlichen Breiten dazu über, Grundstücke und Häuser, die Europäern gehörten, zu beschlagnahmen. Auf einmal gab es überall Einwanderungsbeschränkungen, selbst in elenden afrikanischen Staaten, die zehn Jahre zuvor noch für jeden mit Knowhow und Geld den roten Teppich ausgerollt hätten. Inzwischen erreichten die Immobilienpreise dort Höhen jenseits aller Vorstellungskraft.

Ein paar entkamen, natürlich. Ein paar entkommen immer. Die Superreichen kennen sowieso kein Heimatland, und manche hatten einfach Glück, aber ansonsten war Auswandern keine Option. Zumal es keine Auswanderung geworden wäre, sondern eine zweite Völkerwanderung.

Die Zurückgebliebenen versuchten, sich zu arrangieren. Mit Treibhäusern aus bruchfestem Glas trotzte man der Gefahr von Missernten, und wenn man die zunehmenden

Eisstürme schon nicht verhindern konnte, versuchte man wenigstens, ihnen mithilfe von Windrotoren Energie abzuringen. Politiker aller Parteien zeigten sich kämpferisch und zuversichtlich, dass die Krise, die Neuorientierung, die Anpassung an die veränderten Verhältnisse bewältigt werden würde. In der Abgeschiedenheit ihrer Büros jedoch, abseits von Mikrofonen und Kameralinsen, war wenig Zuversicht übrig. Europa war dabei, ins Elend abzurutschen, und nichts und niemand war imstande, etwas daran zu ändern.

In dieser Situation passierte das Weltbewegende, Epochale, geschah Geschichte. Ein gewaltiges Raumfahrzeug außerirdischer Herkunft näherte sich, aus dem Sternbild der Hunde kommend, verlangsamte, zielstrebig auf die Erde zuhaltend, und landete (zum Verdruss des amerikanischen Präsidenten) auf einer Wiese in der Nähe von Straßburg.

Die französische Polizei riegelte das Landegebiet weiträumig ab. Es regnete, ein kalter Eisregen, wie man ihn früher im Juni erstaunlich gefunden hätte. Vertreter der Medien durften ein wenig näher an das Raumschiff heran, eine Gruppe ausgewählter Wissenschaftler noch weiter. Mehr aus Pflichtgefühl als aus Überzeugung, im Ernstfall etwas ausrichten zu können, fuhren ein paar Panzer auf. Am Himmel patrouillierten Kampfjets, und der Luftraum wurde in weitem Umkreis gesperrt.

Als es schließlich aufhörte zu regnen, öffnete sich an der Unterseite des metallisch glänzenden Fluggeräts eine Luke, und eine Rampe fuhr aus, bis sie den Boden berührte.

»Wie im Film«, sagten nicht wenige der zahlreichen Zuschauer fachmännisch. Je nach Lebensalter fühlten sie sich an *Das Ding aus einer anderen Welt* oder an *Mars Attacks!* erinnert.

Eine bunte Schar fremdartig aussehender Wesen kam die Rampe herunter. Ein kollektiver Seufzer entrang sich der Menge der Anwesenden, und die Fernsehkommentatoren vergaßen einen Moment lang, zu kommentieren. Zu einer Panik kam es natürlich nicht, dazu war man durch Filme wie *Star Wars* und dergleichen zu gut trainiert. Die Aliens marschierten zielstrebig auf die Absperrung und die dahinter wartenden Zuschauer zu, die ein wenig zurückwichen, aber als sich dann zeigte, dass die Besucher aus dem All fließend und weitgehend akzentfrei Französisch sprachen, fingen einige an, sie um Autogramme zu bitten, und die Wesen aus Weltraumtiefen kamen diesem Ansinnen mit bemerkenswerter Bereitwilligkeit nach.

Währenddessen bahnten Polizisten sich einen Weg durch die Menge, um das Begehr der Fremden zu erfragen.

»Bringen Sie uns bitte zu Ihrem Parlament«, sagte einer der Außerirdischen, ein etwa zweieinhalb Meter großes, angenehm nach Blumen duftendes Wesen mit zwei Dutzend Augen an den Enden sich medusenhaft bewegender Tentakel.

Einer der jüngeren Polizisten wandte ein, dass es bis Paris an die vierhundert Kilometer seien. Ob sie etwas dagegen einzuwenden hätten, mit Bussen gefahren zu werden, oder ob sie es vorzögen, mit ihrem eigenen, ähm, Raumschiff...?

Die Tentakelaugen richteten sich auf den jungen Mann. »Bitte vergeben Sie einem Ortsunkundigen diese Ungenauigkeit«, sagte das Wesen. »Wir meinten natürlich das Europaparlament.«

Die Limousine, die den Kommissionspräsidenten und den außenpolitischen Sprecher der EU vom Straßburger Flughafen in die *Avenue de l'Europe* bringen sollte, fuhr mit Blaulicht und Motorradstaffel.

»Sie wollen – *was?*« Der außenpolitische Sprecher beugte sich unwillkürlich im Sitz vor. Und er hatte unwillkürlich geschrien.

Der Mann, der sie briefte, hieß Benedikt Meyerhof, in den Kreisen der europäischen Institutionen besser bekannt als *der Mann mit dem allwissenden Laptop*. Auch hier im Auto hatte er ihn dabei, natürlich, aufgeklappt auf dem Schoß und mit seinen knochigen, nervösen Fingern daran herumfingernd, obwohl niemand nach irgendwelchen Zahlen oder Daten gefragt hatte.

»Ein Geschäft«, wiederholte Meyerhof. Seine Stimme klang immer, als flüstere er, egal in welcher Lautstärke er sprach. »Sie sagen, sie haben uns ein Geschäft anzubieten.«

Der Kommissionspräsident schüttelte den Kopf. »Offen gestanden, ich warte immer noch darauf, aus dem merkwürdigsten Traum meines Lebens aufzuwachen.«

Einen Moment warteten alle drei, aber das Blaulicht draußen rotierte weiter, die Straßen fegten vorüber, und überhaupt sah alles aus wie immer. Einschließlich der umgestürzten Bäume am Straßenrand, die der gestrige Sturm geknickt hatte, und des einsetzenden Schneegestöbers, wie es im Juni längst nicht mehr ungewöhnlich war.

»Nun ja«, seufzte der Niederländer schließlich. »Hätte ja sein können.«

Der außenpolitische Sprecher studierte zum wiederholten Male die großformatigen Farbfotos der Besucher aus dem Weltraum. Kein Wesen sah aus wie das andere, und doch waren sie alle zumindest der wichtigsten Sprachen Europas mächtig. »Sie müssen uns schon seit langem beobachten«, sagte er.

»Das ist offensichtlich«, nickte Benedikt Meyerhof.

»Man kann sich fragen, warum sie sich nicht früher gemeldet haben.«

»Allerdings«, pflichtete der Kommissionspräsident bei.

Benedikt Meyerhof befingerte die Tastatur seines Laptops. Es gab Gerüchte, er sei mit seinem Rechner auf irgendeine geheimnisvolle Weise verwachsen und würde sterben, nähme man ihn ihm weg. »Sie sagen«, erklärte er, »bislang hätten sie einfach keinen Bedarf für ihre Dienstleistung erkannt.«

Der mit den Tentakelaugen schien der Chef zu sein. Neben ihm hockte oder stand, das war nicht so genau auszumachen, ein purpurschimmerndes, besenstieldünnes Wesen mit einem einzelnen, dreifach abknickbaren Arm, das beim Sprechen pfeifende Geräusche machte und das ein wenig Schwierigkeiten mit dem englischen *th* hatte. Eine Anzahl vierbeiniger, bepelzter, kaum hüfthoher Gnome mit Kulleraugen und riesigen, durchsichtigen Ohren, die bei jeder Bewegung raschelten, wuchteten etwas auf den Konferenztisch, das aussah wie eine große Emailleschüssel voller Schleim. »Unser, ähm ... Sie würden sagen, Justiziar«, bekamen die anwesenden Vertreter des Europaparlaments und der Kommission erklärt. Ein spinnenartiges Wesen auf zwölf Beinen, dessen kugeliger Leib in wechselnden Farben aufleuchtete und das die ganzen Vorbereitungen beaufsichtigt hatte, nahm neben dem mit den Tentakelaugen Platz und lobte die Ledersessel als äußerst bequem, etwas, worüber die anderen Besucher kein Wort verloren hatten.

»Sie haben Ihre Zeit nicht gestohlen, wir unsere auch nicht, lassen Sie mich also gleich zur Sache kommen«, sagte der mit den Tentakelaugen, nachdem alle Anwesenden einander vorgestellt worden waren (niemand hatte die Namen der Fremden verstanden; man hoffte, später aus den Tonbandaufnahmen schlauer zu werden). »Wir sind Vertreter einer intergalaktisch tätigen Firma und wollen

Ihnen ein Angebot unterbreiten, von dem wir annehmen, dass es Sie interessieren wird.«

»Wir kommen übrigens mit Genehmigung des Galaktischen Rates«, sagte der Schleim in der Emailleschüssel und sonderte ein kleines Tröpfchen ab, das über den Rand auf die Tischplatte tropfte. »Das ist eine beglaubigte Kopie davon.«

Die Menschen starrten das weißlich schimmernde Sekret auf dem dunkel schimmernden Holz mit einhelliger Verblüffung an.

»Eine beglaubigte Kopie?«, echote der außenpolitische Sprecher der Europäischen Union.

Der Schleim seufzte, als sei ihm das alles ungeheuer lästig. »Genetische Verschlüsselung. Die Basenpaarung AT steht für 1, GC steht für 0. Sie können es gern sequenzieren, wir haben den gesamten Text in Ihren ASCII-Code umgesetzt. Außer der Genehmigung und der Beglaubigung sind noch eine ausführliche Dokumentation, das Handbuch der Verfahrensvorschriften und so weiter enthalten, selbstverständlich in allen Sprachen, die auf Ihrem Kontinent gebräuchlich sind.«

»Verstehe. Vielen Dank.« Der außenpolitische Sprecher nickte den Wissenschaftlern zu, die man sicherheitshalber hinzugezogen hatte. Eine Biologin zückte einen Objektträger und schabte die beglaubigte Kopie der zentralgalaktischen Genehmigung damit vom Tisch.

Der mit den Tentakelaugen gab ein Geräusch von sich, das wohl sein Äquivalent eines Räusperns war. »Nun, worum geht es?«, sagte er und faltete seine großen, siebenfingrigen Pranken. »Ich will ohne Umschweife zur Sache kommen. Ihr Kontinent ist im Begriff zu vereisen. Nicht heute und nicht morgen, aber in elf, zwölf Jahren wird Europa eine klimatische Einöde sein – kalt, unwirtlich, unfruchtbar. Sie wissen das, wir wissen es auch. Stellt sich die Frage, was man tun kann.«

Spätestens jetzt hatte er die ungeteilte Aufmerksamkeit aller Anwesenden. Zumindest die der Menschen.

»Wir bieten Ihnen an«, nahm das Spinnenwesen den Faden auf, »Europa auf dem Mond nachzubauen, mit allem Drum und Dran, und alle Europäer dahin umzusiedeln. Ein Europa selbstverständlich, in dem das altbewährte Klima herrscht.«

»Derlei Projekte sind unser Hauptgeschäftsfeld«, fügte der mit den Tentakelaugen hinzu.

»Wir nennen Ihnen auf Wunsch jederzeit Referenzprojekte«, erklärte der Schleim.

Der Kommissionspräsident hob die Hand. »Entschuldigen Sie, ich bin nicht sicher, ob wir das jetzt richtig verstanden haben. Sagten Sie *nachbauen*?«

Der Stielartige klopfte mit seinem Finger auf den Tisch. »Eine identische Kopie. Jeder Berg, jedes Tal, jeder Fluss wie im Original. Inklusive aller Städte, Häuser, Straßen und Schienenwege, und selbstverständlich inklusive sämtlicher unterirdischer Installationen, Rohrleitungen, Telefonkabel und so weiter. Jeder Baum und jeder Strauch und jeder Kieselstein am Strand.«

»Die Küstenverläufe wären identisch, das umgebende Meer würde bis zu einer von Ihnen festzulegenden Grenze nachgebildet«, sagte das Spinnenwesen. »Wobei wir das Wasser selbstredend nicht der Erde entnähmen, sondern einem der Jupitermonde.«

»Der sinnigerweise ebenfalls Europa heißt«, ergänzte der Schleim und gluckste belustigt.

Die Parlamentsvertreter sahen einander an, eine eindrucksvolle Vielfalt an Gesichtsausdrücken demonstrierend, die allesamt von schierer Fassungslosigkeit herrührten.

»Europa *nachbauen*?«, wiederholte der Kommissionspräsident noch einmal. »Ja, ist denn das überhaupt möglich?«

»Absolut«, versicherte der mit den Tentakelaugen. »Wie gesagt, es ist unser Geschäft. Unsere Firma hat jahrtausendelange Erfahrung in derlei Dingen.«

»Gut, schön, das mag sein. Aber das wäre doch keine Lösung. Ich meine, auf dem Mond ... Wir wären abgeschnitten vom Rest der Welt. Dem Rest der Menschheit, meine ich. Europa lebt vom Export, muss vieles importieren, braucht den Austausch mit anderen Nationen –«

Die Tentakelaugen vollführten eine geschmeidige, faszinierend anzusehende Bewegung. »Das haben wir selbstverständlich bedacht. Und es ist kein Problem. Ein kostenloser, zeitlich und vom Umfang her unbegrenzter Shuttletransport vom Mond zur Erde und zurück, für Menschen wie für Güter jedweder Art, ist in unserem Angebot enthalten.«

Der Vorsitzende des Parlaments sprang auf. »Was heißt Mond?«, rief er hitzig. »Entschuldigen Sie, aber wie soll das gehen? Der Mond ist doch in einem Maß unwirtlich und lebensfeindlich, dass selbst ein vereistes Europa noch ein Paradies dagegen wäre!«

Das Spinnenwesen gab den Gnomen einen Wink, worauf die mit raschelnden Ohren aufsprangen und ein Gerät in Betrieb setzten. In überwältigenden Farben und dreidimensionaler Darstellung war der Konferenzraum plötzlich erfüllt von Bildern gewaltiger Kuppelbauten, die sich vor dem Hintergrund eisiger Ebenen und nadelscharfer Felsklüfte dem Sternhimmel entgegenwölbten. Die Parlamentsvertreter sahen riesenhafte Konstruktionen von kaum zu erahnenden Dimensionen, die pralles, blühendes, verstörend fremdartiges Leben unter sich bargen.

»Unsere Spezialisten«, erklärte der mit den Tentakelaugen, »werden auf dem Mond ein Kuppeldach errichten, das ein Terrain von der benötigten Größe umschließt. Der Erdmond hat eine Oberfläche von, ähm« – eines seiner

Augen warf einen Blick auf einen völlig nachtschwarzen Würfel, den er im Laufe des Gesprächs vor sich auf den Tisch gelegt hatte – »38 Millionen Quadratkilometern. Für den Nachbau Europas benötigen wir ein gutes Viertel davon, rund 10 Millionen Quadratkilometer.« Er wandte sich dem Stielartigen zu. »Das ist kein Problem, nicht wahr?«

Der winkte mit seinem dreifach geknickten Arm lässig ab. »Haben wir erst neulich gemacht.«

»Wird man die stärkere planetare Krümmung bemerken?«

»Nicht im normalen Leben. Allenfalls Piloten müssen sich ein wenig umgewöhnen.«

Die Tentakelaugen wandten sich den Menschen auf der anderen Seite des Tisches zu. »Die Kuppel wird Vorrichtungen enthalten, die den gewohnten Tag- und Nachtrhythmus herstellen, einen blauen Himmel mit Sonnenschein, ziehenden Wolken und maßvollem Regen – mit einem Wort, das gute alte europäische Klima.«

»Natürlich passen wir auch die Schwerkraft entsprechend an«, fügte der Stielartige hinzu.

»Unsere Erfahrungen zeigen«, ergänzte das Spinnenwesen, »dass die Mehrheit der Individuen eines solcherart umgesiedelten Volkes innerhalb kürzester Zeit aufhört, sich der Tatsache der Umsiedlung überhaupt bewusst zu sein. Weil man, einfach gesagt, praktisch keinen Unterschied bemerkt.«

»Sie werden ihr Leben ganz normal weiterleben«, versicherte der mit den Tentakelaugen. »Das ist Teil unserer Garantie.«

Der Stielartige knackte mit seinen drei Gelenken. »Im Grunde können Sie alles machen, außer eigene Raketen zu starten. Aber das tun Sie ja, soweit wir informiert sind, sowieso nicht.«

Der Schleim in der Schüssel gluckste. »Mutwillige

Beschädigung der Kuppel würde unsere Gewährleistung erlöschen lassen. Ich nehme an, das versteht sich von selbst.«

Die Bilder erloschen. Die Außerirdischen lehnten sich zurück oder taten, was einem Sich-Zurücklehnen entsprach, und warteten jetzt deutlich erkennbar die Reaktionen der Menschen ab.

Die Parlamentarier warfen einander Blicke zu, aus denen maßlose Verblüffung sprach. Nicht wenige rieben sich die Augen oder massierten sich die Ohrmuscheln und wirkten überhaupt, als könnten sie nicht glauben, was sie gesehen und gehört hatten.

»Das bieten Sie uns im Ernst an?«, vergewisserte sich der außenpolitische Sprecher. »Europa auf dem Mond nachzubauen?«

»Ja«, erwiderte der mit den Tentakelaugen knapp.

»Ich nehme an, Sie könnten uns gegebenenfalls auch mehr zeigen als nur Bilder?« Der außenpolitische Sprecher machte eine vage, ausholende Geste. »Obwohl wir zweifellos nicht Ihr technisches Level vorweisen können, verstehen wir uns doch gut genug auf das Manipulieren von Bildern, um zu wissen, wie wenig man sich darauf verlassen kann.«

Das Spinnenwesen wippte leicht auf und ab. »Wir sind gern bereit, eine Abordnung Ihres Vertrauens zu einem unserer bereits realisierten Projekte zu bringen. Auch Gespräche mit zufriedenen Kunden können wir jederzeit arrangieren.«

Der Kommissionspräsident ergriff das Wort. »Warum wir?«, fragte er und beugte sich vor, sich auf die verschränkten Arme stützend. Wer ihn kannte, wusste, dass Angriffslust aus dieser Geste sprach. »Warum Europa? Wir haben Schwierigkeiten, zugegeben. Aber andere Gegenden auf diesem Planeten haben bei weitem größere Probleme. Warum helfen Sie nicht zuerst denen?«

Allgemeines Getuschel, sowohl unter den Volksvertretern als auch unter den Außerirdischen.

»Diese anderen Gegenden, von denen Sie sprechen«, erklärte der mit den Tentakelaugen bedächtig, »haben in der Tat größere Probleme, aber bedauerlicherweise nicht Ihre wirtschaftliche Leistungskraft.«

Der Kommissionspräsident stutzte. »Wie darf ich das verstehen?«

»Nun«, meinte das Spinnenwesen zuvorkommend, »diese anderen Zonen können sich die Lösung, die wir Ihnen anbieten, schlicht und einfach nicht *leisten.*«

Die flache Hand des außenpolitischen Sprechers fiel klatschend auf den Tisch. »Jetzt sagen Sie bloß, das *kostet* etwas!«

»Selbstverständlich«, erwiderte der Stielartige merklich indigniert.

»Wir nehmen Euro«, ergänzte der Schleim in der Schüssel.

»Was um alles in der Welt fangen Sie mit *Euro* an?«, rief einer der Abgeordneten dazwischen.

»Das dürfen Sie getrost unsere Sorge sein lassen«, beschied ihn der mit den Tentakelaugen kühl. Seine Augen bogen sich in die Runde. »Ich registriere ein gewisses Erschrecken auf Ihrer Seite. Selbstverständlich kostet unsere Dienstleistung etwas, das ist schließlich der Sinn geschäftlicher Beziehungen. Aber in unserem Fall kommt hinzu, dass es zu unseren Geschäftsprinzipien gehört, Ihren Kontinent zum reinen Eigenkostenpreis nachzubauen.«

»Das ist übrigens eine der Bedingungen für die zentralgalaktische Genehmigung und wird von höchster Stelle überwacht«, blubberte der Schleim.

»Eigenkosten?«, fragte der Kommissionspräsident zurück. »Sie meinen Selbstkostenpreis?«

»Nein. Der Begriff des Eigenkostenpreises meint etwas anderes. Damit ist gemeint, dass wir Ihnen für unsere Leistung exakt das berechnen, was es Sie kosten würde, es selber zu tun – hier auf der Erde. Das Ganze auf den Mond zu verlegen ist der Bonus.«

»Außerdem ist nur dort noch Platz«, fügte der Stielartige hinzu.

Die Verblüffung in den Reihen der Europäer war mit Händen zu greifen. Der Kommissionspräsident beugte sich zur Seite und raunte dem außenpolitischen Sprecher zu: »Irgendwie kommt mir das alles völlig verrückt vor. Aber ich glaube, wir sollten trotzdem nicht einfach ablehnen. Sie könnten es als Affront auffassen.«

»Außerdem könnte es trotz allem eine Lösung sein«, flüsterte der außenpolitische Sprecher zurück und wandte sich an den mit den Tentakelaugen: »Gestatten Sie eine Frage, nur um zu sehen, ob ich das richtig verstanden habe – angenommen, der Bau eines bestimmten Hauses kostet, sagen wir, 200.000 Euro ...«

»... dann berechnen wir für dessen identische Kopie auf dem Mond ebenfalls 200.000 Euro«, erwiderte der Außerirdische. Die Flut seiner Tentakelaugen wallte wie Korallen im südlichen Meer.

»Und wenn die Errichtung eines Flughafens, sagen wir, vierzig Millionen kostet ...«

»Kostet sein Duplikat auf dem Mond dieselbe Summe. Es ist wirklich sehr einfach.«

»Aber manche Häuser sind ziemlich alt.«

»Für die berechnen wir entsprechend weniger.«

»Ist das nicht mit einem ungeheuren Verwaltungsaufwand verbunden?«

»Wir haben dafür ausgefeilte Methoden, keine Sorge.«

Der außenpolitische Sprecher winkte Benedikt Meyerhof heran. »Können Sie das mal schnell kalkulieren? Ich würde gern wissen, von was für Summen wir hier überhaupt reden.«

Der *Mann mit dem allwissenden Laptop* schien, seinem Blinzeln nach zu urteilen, etwas am Auge zu haben. »Kalkulieren, Sir?«

»Überschlägig natürlich. Nur, dass wir eine Größenordnung haben.«

»Sie meinen, ich soll ausrechnen, was ganz Europa *wert* ist?«

»Davon ist doch die ganze Zeit die Rede, oder?«, versetzte der außenpolitische Sprecher unwillig.

Meyerhof setzte sich, klappte seinen Computer auf und hielt noch einmal inne. »Ähm – und von welchem Europa genau soll ich ausgehen? Eurozone? EU? Mit den Beitrittskandidaten? Was ist mit der Schweiz und Norwegen?«

Der Kommissionspräsident gab ein unwilliges Knurren von sich. »Rechnen Sie die Länder ein, die von der beginnenden Vereisung betroffen sind. Wenn die Schweizer am Ende hier bleiben wollen, dann sollen sie eben hier bleiben.«

Benedikt Meyerhof tippte drauflos. »Gut. Ich beginne mit einer Abschätzung der Gebäudewerte. Wenn ich das richtig verstanden habe, fallen keine Grundstückskosten an, nur Baukosten. Ich gehe für 500 Millionen Bürger näherungsweise von 300 Millionen Häusern oder einem äquivalenten Anteil an größeren Gebäuden aus, was Wohnungen, staatliche Verwaltung und Dienstleistungen umfasst, nicht aber Industrie, Handel und Gewerbe. Angesetzt Baukosten von 100.000 Euro pro Einheit wären das …« Er sah entsetzt auf. »30 Billionen Euro!«

Der Kommissionspräsident riss die Augen auf. Der außenpolitische Sprecher machte eine wedelnde Handbewegung. »Gut. Weiter. Was ist mit Autos?«

Benedikt Meyerhof drückte ein paar Tasten. »Dafür liegen Statistiken vor. Es gibt etwas über 200 Millionen PKW in ganz Europa. Bei einem durchschnittlichen Zeitwert von ... Was kann man da ansetzen?«

»Keine Ahnung. Sagen wir, 5.000 Euro.«

»Stellen die PKW einen Wert von einer Billion Euro dar.«

»Macht 31 Billionen. Was kosten die Straßen?«

»Moment.« Es dauerte länger. »Wenn wir nur die befestigten Wege rechnen, kommen wir auf rund 3,8 Millionen Kilometer in Europa. Einen Kilometer Autobahn zu bauen kostet wenigstens eine Million Euro, aber das meiste dürften normal bis wenig ausgebaute Straßen sein ...«

»Sagen wir, 100.000 Euro pro Kilometer.«

»Dann stellt das europäische Straßennetz einen Wert von einer knappen halben Billion Euro dar.«

»Gut, weiter. Was ist mit den Eisenbahnen?«

Der Laptop wusste nicht alles, aber zu allem etwas. »Die Bilanz der Deutschen Bahn beziffert das Anlagevermögen auf 35 Milliarden Euro. Hochgerechnet auf Europa dürften es grob geschätzt 200 Milliarden Euro sein.«

»Na, das klingt ja richtig erschwinglich. Damit sind wir erst bei ...«

»Hören Sie doch auf«, fuhr der Kommissionspräsident dazwischen. »Wollen Sie jetzt jeden Meter Stromkabel, Gasleitung und Abwasserkanal aufrechnen? Fabriken schätzen? Flughäfen? Krankenhäuser? Schulen? Was ist mit historischen Städten, alten Burgen, Klöstern und so weiter? Sollen die auch auf dem Mond nachgebaut werden?«

Der außenpolitische Sprecher stutzte. Ein Leuchten glitt über sein Gesicht. »Wir haben sowieso falsch gerechnet«, triumphierte er, den rechten Zeigefinger zu jener Geste hochreckend, mit der ihn das Fernsehen so gern zeigte. »In dem Angebot ist unbegrenzte Transportkapazität enthalten, nicht wahr? Das heißt, wir können alles, was sich transportieren lässt, kostenfrei mitnehmen – von Autos, Loks und Eisenbahnwaggons bis hin zur letzten Bierdeckelsammlung. Eisenbahnschienen kann man abschrauben, Stromkabel wieder aus dem Boden ziehen, Masten kappen …«

»Hören Sie auf. Das ist trotzdem unmöglich zu finanzieren.«

»Wieso nicht? Das sind schließlich alles konkrete Werte. Man könnte versuchen, zumindest einen Teil davon zu verkaufen …«

»Wer soll das kaufen? Wie stellen Sie sich das vor? Kein Mensch mit Verstand kauft ein Haus in einem Europa, das in zehn Jahren unter Dauerfrost und Eis versunken sein wird.«

Der Außerirdische mit den Tentakelaugen gab ein Geräusch von sich, das verblüffend genau wie ein verhaltenes Hüsteln klang. »Nicht dass ich mich aufdrängen wollte oder Sie zu belehren das Bedürfnis hätte«, unterbrach er die Diskussion, die zuletzt immer lauter geworden war, »aber mir will doch scheinen, dass Sie einen nicht unwesentlichen Kostenfaktor in Ihrer Kalkulation übersehen.«

Menschliche Unterkiefer klappten nach unten.

»Und, ähm, *was* bitte, wenn man fragen darf?«, fragte der außenpolitische Sprecher schließlich.

»Die Umwelt.«

»Die Umwelt?«, echoten die Menschen.

»Mit Häusern, Schienen und Stromkabeln auf dem Mond ist Ihnen ja nicht gedient. Was Sie vor allen Dingen brauchen, ist ein *Ökosystem.*« Der Außerirdische breitete seine Tentakelaugen aus, als wolle er jeden seiner Gesprächspartner einzeln ansehen. »Was kostet es Sie, einen Quadratmeter Ackerboden herzustellen? Sie brauchen sechshundert Milliarden davon. Einen Hektar Wald? Einen Liter Fluss? Einen Kubikmeter Luft?«

Der außenpolitische Sprecher sah ihn stirnrunzelnd an. »Ähm … Nun ja, *nichts.* Boden, Luft, Wasser – das ist einfach *da.*«

Die Tentakelaugen wogten hin und her, es sah fast aus wie ein nachsichtiges Kopfschütteln. »Nein, nein. Nicht auf dem Mond. Da ist *Platz,* ja – aber kein *Boden.* Nur Gestein. Boden ist ein komplexes System aus Millionen verschiedenster Pilze, Bakterien und anderer Mikroorganismen aller Art, die Mineralstoffe so aufbereiten, dass diese von Pflanzen aufgenommen werden können.«

Die Augen der Menschen waren auf einmal alle auf Benedikt Meyerhof gerichtet, doch der hob nur die Hände. »Dazu habe ich keine Zahlen«, erklärte er. »Ich glaube auch nicht, dass das jemals jemand gemacht hat – Ackerboden herstellen.«

»Wozu auch«, nickte der Kommissionspräsident. »Bis vor ein paar Jahren musste man die Landwirte ja noch *bremsen.*«

»Und wo hätte man den Boden auch hintun sollen?«, pflichtete ihm der außenpolitische Sprecher bei. »Es war ja überall schon welcher.« Er wandte sich der außerirdischen Gesandtschaft zu. »Das kann kostenmäßig aber nicht so viel ausmachen, oder? Ist das wichtig?«

»Hmm ja, doch«, sagte der mit den Tentakelaugen.

»Durchaus«, meinte der Stielartige.

»Sehr sogar«, bekräftigte das Spinnenwesen.

»Sehen Sie«, fing der Sprecher der Delegation an zu erklären, »Sie haben da eben allerlei interessante Berechnungen angestellt, Ihre Besitztümer und Artefakte betreffend, und dabei außer Acht gelassen, dass alle Dinge, die Sie herstellen, ja *aus etwas* hergestellt werden. Sie zwingen sie ja nicht kraft Ihres Willens ins Dasein, nicht wahr? Nehmen wir zum Beispiel Ihre Ernährung, die ohne unsere Hilfe künftig Ihre größte Sorge sein wird. Ohne Zweifel ist es mit Arbeit verbunden, ein Feld für die Aussaat vorzubereiten und das Saatgut sachgemäß in den Boden zu setzen, und zweifellos ist es eine Arbeitsleistung, später die Ernte einzubringen. Aber das, was dazwischen passiert – und was, wie Sie mir sicher zustimmen werden, der entscheidende Vorgang bei dem Ganzen ist –, vollzieht sich von selbst, gänzlich ohne Ihr Zutun. Aus dem Samenkorn wird ein Kohlkopf, eine Rübe oder ein Weizenhalm, und das von ganz alleine. Sie sind die Nutznießer, aber Sie bringen es nicht hervor. Es ist der Ackerboden, der es in einem hochkomplexen Zusammenspiel von Mikroorganismen, Mineralien, Luft und Sonnenlicht hervorbringt. Und weil das so ist, stellt der Ackerboden selbstverständlich ebenfalls eine Art Produktionsmittel dar und muss entsprechend in die Berechnungen dieses Projekts einfließen. Ebenso wie die Luft, die Tierwelt, die Pflanzenwelt, das ganze Zusammenspiel, von dem Leben abhängt. Ein Ökosystem eben.« Die Tentakelaugen richteten sich, wie es schien, auf alle Anwesenden gleichzeitig. »Habe ich mich diesbezüglich klar ausgedrückt?«

»Ja«, nickte der Kommissionspräsident.

»Sehr klar«, bekräftigte der außenpolitische Sprecher.

»Aber«, fügte der Kommissionspräsident hinzu, »das ändert trotzdem nichts daran, dass wir dafür nicht mit Vergleichszahlen aufwarten können. Wir haben dergleichen nie gemacht. Wir haben, ähm, einfach das Ökosystem benutzt, das wir vorgefunden haben.«

»Bis jetzt jedenfalls«, sagte der außenpolitische Sprecher.

»Ah so?«, sagte der mit den Tentakelaugen. Nicht wenige der anwesenden Parlamentarier hatten den starken Eindruck, dass es ein überaus konsterniertes *Ah so?* gewesen war.

Die Mitglieder der außerirdischen Delegation beratschlagten in einem völlig unverständlichen, zwitschernden, blubbernden, von eigentümlichen Knacklauten durchsetzten Idiom. Die pelzigen Gnome standen da, wackelten hin und her und raschelten dabei mit den Ohren. Ab und zu raste einer von ihnen los, verschwand und kehrte gleich darauf mit irgendeinem eigentümlich aussehenden Gegenstand zurück – einem Ding etwa, das aussah wie ein Bündel Spinnweben, oder einem wabbelnden, dreieckigen Stück glimmenden Lichts, oder einer stumpfen Metallscheibe, auf der kleine Elmsfeuer tanzten. Das legte er jeweils auf den Tisch, wo es von den Delegierten eingehend in Augenschein genommen wurde.

Die Menschen auf der anderen Seite des Konferenztisches warfen einander gespannte Blicke zu. Als sich die Sache hinzuziehen begann, raunte der Kommissionspräsident seiner Umgebung zu: »Geht es Ihnen nicht auch so? Ich warte immer noch darauf, dass ich aufwache und alles nur ein verrückter Traum war.«

Schließlich rückten die Mitglieder der Delegation wieder auseinander, ließen alle angeschleppten Gegenstände abräumen bis auf ein Ding, das aussah wie eine leicht gebogene Stricknadel, die auf ihrer Spitze stand, und der mit den Tentakelaugen sagte: »Wir haben einen Vorschlag.«

Wenn er Lippen gehabt hätte, so hätten die Blicke aller anwesenden Menschen daran gehangen.

»Eine Arbeit in dieser Richtung hat es gegeben«, meinte der Stielartige und knickte seinen violett schimmernden Arm zu einem interessant aussehenden Muster. »Allerdings nicht in Europa, sondern in Amerika. Aber Sie gehören ja derselben Spezies an, wenn ich mich nicht irre? Irgendwie jedenfalls.«

»Bitte sehen Sie uns eventuelle Fehleinschätzungen nach«, bat das Spinnenwesen. »Und seien Sie versichert, dass wir niemandes Gefühle zu verletzen beabsichtigen.«

»Aber wir müssen dies aus rechtlichen Gründen einwandfrei klären«, blubberte der Schleim. »Sonst erlischt die Genehmigung des galaktischen Zentralrats.«

Der außenpolitische Sprecher erholte sich als Erster von seiner Verblüffung und erklärte eilig: »Verstehe. Kein Problem. Dieselbe Spezies, ja.«

»Gut«, fuhr der Stielartige fort. »Unseren Unterlagen zufolge gibt es in Arizona ein Projekt, das *Biosphere II* genannt wird. Es stellt den ersten Versuch dar, eine für menschliches Leben dauerhaft taugliche Umgebung künstlich nachzubauen. Es hat zwar nicht wie gewünscht funktioniert, aber von diesem betrüblichen Umstand können wir in Anbetracht der Situation, glaube ich, absehen.«

»Wir sind ja gar nicht so«, gluckste der Schleim.

»Nein, sind wir nicht«, meinte das Spinnenwesen.

»Großzügig sind wir«, bekräftigte der mit den Tentakelaugen. »Schon immer gewesen.«

»Auf jeden Fall hätten wir damit eine Kalkulationsgrundlage«, sagte der Stielartige und legte seinen Arm wieder in ein Muster, diesmal in ein anderes.

»Rechtlich einwandfrei«, bestätigte der Schleim.

Wieder trat der Projektionsmechanismus in Funktion. Diesmal warf er Bilder eines Gebäudes in das Dunkel des Saals, das einer Mischung aus Kirche und überdimensionalem Treibhaus glich, errichtet inmitten unwirtlicher, sonnendurchgluteter Hitze. »*Biosphere II* liegt in der Nähe der Stadt Oracle, 35 Meilen nördlich von Tucson, Arizona, am Fuß der Catalina Mountains«, erläuterte eine weiche, künstlich klingende Frauenstimme mit dem Timbre einer routinierten Werbesprecherin. »Es ist ein 12 Hektar großes Gebäude, das eine künstliche Wüste, einen künstlichen Sumpf, eine künstliche Savanne, einen künstlichen Regenwald und den größten je von Menschenhand erbauten Ozean umschließt. Erbaut wurde *Biosphere II* in den späten

Achtzigerjahren von einer privaten Stiftung, die Baukosten betrugen 150 Millionen Dollar. Ziel des Projekts war, ein künstliches Ökosystem zu erschaffen, in dem Menschen ohne jeden Stoffaustausch mit der Umgebung leben können. Zwei entsprechende Langzeitversuche in den Jahren 1991 und 1994 mit Besatzungen von bis zu acht Personen mussten jedoch abgebrochen werden, weil das ökologische Gleichgewicht innerhalb des hermetisch abgeriegelten Gebäudes so weit außer Kontrolle geriet, dass das Leben der Insassen gefährdet war. Es scheint, dass die Schaffung einer dauerhaften künstlichen Lebenssphäre derzeit noch außerhalb der menschlichen Möglichkeiten liegt.«

»Aber es war ein akzeptabler Versuch«, ließ sich das Spinnenwesen vernehmen.

»Und selbstverständlich liegt das, was Ihre Artgenossen damals wollten, nicht außerhalb *unserer* Möglichkeiten«, ergänzte der mit den Tentakelaugen.

Unter den Menschen machte sich diffuse Erleichterung breit. Als das Licht wieder anging, war hier und da ein zaghaftes Lächeln zu sehen.

»Sie können es also machen?«, vergewisserte sich der Kommissionspräsident. »Europa auf dem Mond nachbauen?«

»Absolut«, versicherte sein außerirdisches Gegenüber mit sanftem Wogen.

»Und wie lange, ähm, würde das dauern?«

Der Stielartige begann, an einem silbern schimmernden, flötenartigen Instrument herumzufingern, über dessen Länge Ringe verteilt waren, die summende Klänge von sich gaben, wenn man sie drehte. »Zehn«, sagte er. »Höchstens elf.«

»Elf?«, japste der Kommissionspräsident und sah entgeistert in die Runde. »Elf Jahre, um ganz Europa auf dem Mond nachzubauen?«

»Verzeihung, nein«, sagte der Stielartige. »Ich meinte natürlich elf Wochen.«

»Elf *Wochen?*«

Ein Summen der Ringe. »Ich denke doch eher zehn.«

In den Reihen der Parlamentarier brach ungläubiges Gemurmel aus, das der außenpolitische Sprecher nur dämpfen konnte, indem er aufstand und fragte: »Und was würde es nun kosten?«

»Was würde es kosten?«, wiederholte der mit den Tentakelaugen und bemächtigte sich des stabförmigen Instruments. »Nun, das ist einfach auszurechnen. Entscheidend ist natürlich der umbaute Raum. *Biosphere II* hat eine Grundfläche von 3,15 acre, was in europäischen Maßen 12.748,05 Quadratmeter sind, und ist an der höchsten Stelle 91 Fuß hoch, umgerechnet 27,75 Meter. Das dadurch aufgespannte Volumen von 353.758 Kubikmetern ist allerdings bei weitem nicht ausgenutzt, sodass der umbaute Raum effektiv, sagen wir, knapp 200.000 Kubikmeter ...«

»Das ist zu großzügig«, blubberte der Schleim. »Damit kommen wir nicht durch.«

»... gut, sagen wir 180.000 Kubikmeter ...«

»Zuviel.«

»175.000?«

Der Schleim ließ eine Blase aufsteigen, die mit einem zufriedenen Geräusch platzte und einen Geruch wie nach alten Socken über den Tisch verbreitete.

»Eine Ökosphäre von 175.000 Kubikmetern umbautem Raum also«, fuhr der mit den Tentakelaugen fort, »die 150 Millionen Dollar gekostet hat, beim gegenwärtigen Umrechnungskurs entsprechend 125 Millionen Euro.« Er richtete alle Tentakel auf den Bottich mit dem Justiziar darin. »Wir können uns für die Berechnung auf die Landfläche beschränken und das umliegende Meer als Bonus anbieten, ist das richtig?«

»Vollkommen korrekt«, blubberte es.

»Als anrechenbare Kuppelhöhe nehmen wir ...«

»Die Kuppel muss aus baustatischen und funktionalen Gründen mindestens zwanzig Kilometer hoch werden«, warf der Stielartige ein und faltete seinen Arm in die Höhe, als müsse er dringend verdeutlichen, was mit dem Begriff *Höhe* gemeint war. »Wir brauchen Luftraum für natürliches Wetter, Wolkenbildung, Luftströmungen mit Hochdruck- und Tiefdruckgebieten und so weiter.«

»Dem Angebot müssen wir aber nur eine Höhe von einem *Brääz* zugrunde legen«, warf der Schleim ein. »Gemäß siebenunddreißigstem Zusatz der neunten Anhangsverordnung zum Appendix fünfzehn, Pauschalangebote und Bonusbeschränkungen.«

»Das wären in Ihren Maßen 257,562 Meter als anrechenbare Kuppelhöhe«, hakte der mit den Tentakelaugen ein. »Multipliziert mit der Grundfläche Europas von 5.435.597 Quadratkilometern, geteilt durch 175.000 Kubikmeter, multipliziert mit 125 Millionen Euro pro Einheit ergibt das ... ah! Schön. Ziemlich genau eine Trillion Euro. Eine runde Summe.«

»Wobei das bereits der Komplettpreis wäre«, fügte das Spinnenwesen hinzu. »Alle nachzubildenden Bodenschätze wie Kohle, Eisen und so weiter geben wir Ihnen gratis mit dazu.«

»Es sind nicht mehr so viele, als dass wir sie berücksichtigen müssten«, blubberte der Justiziar. »Gemäß achtunddreißigstem Zusatz.«

»Und Bodenschätze sind einfach«, murmelte der Stielartige und schlang den Arm um seine magere Gestalt. »Zumal der Mond auch welche hat. Kann man nicht anrechnen, wirklich nicht.«

Stille trat ein. Auf der Seite der außerirdischen Delegation war sie erwartungsvoll, auf der Seite der Europaparlamentarier war es die Art von Stille, die völligem Entsetzen entspringt und sich anfühlt, als stehe die Zeit still.

»Ähm«, räusperte sich der Kommissionspräsident schließlich. »Kann ich die Angebotssumme noch einmal hören?«

Die Tentakelaugen wogten. »Eine Trillion Euro. Zwei Prozent Skonto, wenn Sie innerhalb von vierzehn Tagen zahlen.«

Irgendjemand im Hintergrund fing wie irre an zu lachen. Jemand anderes führte ihn offenbar aus dem Raum; eine Tür schlug zu, dann war es wieder ruhig. Einigermaßen jedenfalls. Abgesehen von scharrenden Füßen und vielstimmigem Gemurmel.

»Ich fürchte, da überschätzen Sie ein klein wenig unsere Möglichkeiten«, sagte der Kommissionspräsident. »Eine *Trillion* ... Wie viel Nullen sind denn das überhaupt?«

»Achtzehn«, sagte Benedikt Meyerhof leise.

»Auf jeden Fall entspricht dieser Betrag ungefähr dem – ich weiß nicht ...«

»Etwa dem Zweihundertfünfzigfachen des gesamten Welthandels«, flüsterte *der Mann mit dem allwissenden Laptop.*

Der Kommissionspräsident zuckte mit den Schultern. »Sie hören es. Das ist unbezahlbar.«

Der samtene Wald der Tentakelaugen wogte gelassen. »Niemand sagt, dass Sie die Summe in einem Betrag bezahlen *müssen.* Es war nur ein Angebot, das, so weit ich weiß, auch Ihren geschäftlichen Gepflogenheiten entspricht.«

»Wenn Sie die Baukosten lieber in Raten abzahlen möchten, können wir Ihnen ohne Probleme Kredite führender galaktischer Banken vermitteln«, ergänzte das Spinnenwesen, am ganzen Leib in sanftem Grün leuchtend. Mit dreien seiner zwölf Extremitäten manipulierte es an etwas herum, das aussah wie ein Haufen ineinander verschlungener, farbiger Regenwürmer. »Im Augenblick gibt es da ein interessantes Angebot für ein Annuitätendarlehen, abzahlbar über 30 Ihrer Jahre, wobei der Nominalzins von 6% über die gesamte Laufzeit garantiert wäre. Daraus ergäbe sich ein anfänglicher effektiver Jahreszins von 6,17% und eine monatliche Belastung von 6.000 Billionen Euro.«

»Monatlich?«, vergewisserte sich der außenpolitische Sprecher.

»Ja«, bestätigte das Spinnenwesen. »Der Einfachheit halber habe ich alles in Ihre Zeitmaße umgerechnet.«

»Ich fürchte«, sagte der Kommissionspräsident bedächtig, »das liegt trotzdem außerhalb des Rahmens unserer Handlungsmöglichkeiten.«

»Verstehe, verstehe«, beeilte sich das Spinnenwesen zu versichern und zupfte an ein paar Würmern in dem Bündel, die davon rot oder gelb aufleuchteten. »Machbar wäre natürlich auch eine längere Laufzeit von, sagen wir, 99 Jahren. Hier hätten wir ein Angebot mit einem Nominalzins von sogar nur 5%, allerdings nur auf 20 Jahre festschreibbar. Immerhin würde sich dadurch Ihre momentane monatliche Belastung auf schlappe 4200 Billionen Euro reduzieren. Also, wenn Sie mich fragen, ein mehr als faires Angebot.«

Wieder Stille. Erwartungsvoll aufseiten der Außerirdischen, gelähmt aufseiten der Menschen.

»Ich fürchte«, begann der Kommissionspräsident leise, »auch das ist nicht ... wie soll ich sagen ...«

Das Spinnenwesen ließ das Würmergewimmel auf den Tisch sinken, wo seine Farben erloschen. »Gut, dann will ich anders herum fragen: Was können Sie sich denn leisten? Vielleicht kommen wir auf diesem Weg zu einer Lösung. Was ist drin pro Monat? Tausend Billionen? Fünfhundert?«

Der Kommissionspräsident schüttelte den Kopf. »Ich fürchte, nein.«

Der Leib des Spinnenwesens nahm hier und da eine unheilvolle, dunkelrote Färbung an. »Dann sagen Sie es mir doch. Was können Sie monatlich aufbringen? Fünfzig Billionen? Oder wenigstens zwanzig? Ich bitte Sie, zwanzigtausend Milliarden Euro pro Monat, das muss Ihnen ihr Kontinent doch wert sein!«

»Ja, sicher«, rief der Kommissionspräsident aus und fuhr sich verzweifelt mit den Händen durch das lockige, weiße Haar, »aber wir haben doch alle *Schulden!*«

Die Delegation der Außerirdischen schien zu erstarren.

»Schulden?«, vergewisserte sich das Spinnenwesen.

»Ja, verdammt. Alle europäischen Staaten sind bis über die Ohren verschuldet. Wir haben Schulden in Höhe von Billionen und Aberbillionen von Euro. Einige Regierungen müssen inzwischen sogar neue Schulden machen, nur um die *Zinsen* für die alten zu begleichen. An eine Rückzahlung ist überhaupt nicht zu denken, ganz zu schweigen von irgendwelchen zusätzlichen Verpflichtungen, etwa für ein Projekt wie das, das Sie vorschlagen ...«

»Entschuldigen Sie vielmals«, mischte sich der mit den Tentakelaugen ein, und so, wie er es sagte, klang es nicht, als wolle er sich wirklich entschuldigen. »Wir sind alles hart arbeitende Geschäftsleute, die mit einem reellen Angebot zu Ihnen gekommen sind. Ich darf wohl sagen, dass das Letzte, womit wir gerechnet hatten, ein Versuch war, uns über den Tisch zu ziehen.«

»Über den Tisch zu ziehen?«, echote der Kommissionspräsident. »Wir? Sie? Nein, niemand will Sie über den Tisch ziehen. Ich erkläre Ihnen nur, wie die Dinge liegen.«

»›Spare in der Zeit, dann hast du in der Not‹ – ist das eine auf Ihrem Planeten übliche Redensart oder nicht?«

»Ja, gewiss, aber ...«

»Nach unseren Unterlagen«, fuhr der mit den Tentakelaugen unduldsam fort, »herrschen in Europa seit ungefähr fünfzig Jahren Frieden, Demokratie und Rechtsstaatlichkeit. Sie haben eine Union gegründet, die einen Erfolg ohne Beispiel in der Geschichte Ihres Planeten darstellt. Die gesamte übrige Welt beneidet Sie um die Lebensbedingungen auf Ihrem Kontinent. Ihre Bevölkerungszahlen stagnieren, und trotzdem haben Sie, von wenigen Ausnahmen abgesehen, jedes Jahr Wirtschaftswachstum gehabt. Manchmal viel, manchmal nicht so viel, aber in aller Regel war es Wachstum. Mit anderen Worten, Sie sind jedes Jahr reicher geworden. Und im nächsten Jahr noch reicher. Und im Jahr darauf wieder reicher. Reicher und reicher, von Jahr zu Jahr.« Die Tentakelaugen ruckten so plötzlich nach vorn, dass die Menschen zurückfuhren. »Und nun wollen Sie mir allen Ernstes erzählen, dass Sie *Schulden* haben?!«

Der Kommissionspräsident zerrte an seinem Hemdkragen. »Jetzt, wo Sie es sagen, kommt es mir auch irgendwie seltsam vor«, bekannte er, »aber ich fürchte, es ist eine Tatsache.«

Die Stille, die sich nun auf der anderen Seite des Konferenztisches breit machte, hatte etwas Eisiges.

»Unglaublich«, blubberte der Justiziar in der Schüssel und verströmte ein fauliges, brenzliges Aroma, das bei nicht wenigen der anwesenden Menschen die Assoziation auslöste, die Seelen armer Sünder zu riechen, die in der Hölle schmorten.

»Absolut unglaublich«, pflichtete ihm der Stielartige nach einer Weile bei.

»Ich muss zugeben, dass ich so etwas auch zum ersten Mal erlebe«, meinte das Spinnenwesen.

Es war der mit den Tentakelaugen, der sich als Erster erhob und damit das Signal für den Aufbruch gab. »Das führt zu nichts«, erklärte er unumwunden. »Wir verschwenden nur Zeit, die Ihre und vor allem die unsrige. Ich danke für die Gelegenheit, unser Angebot vortragen zu dürfen, aber in Anbetracht Ihrer Finanzlage wird uns nichts anderes übrig bleiben, als uns vertrauenswürdigere Geschäftspartner zu suchen. Und Ihnen wird nichts anderes übrig bleiben, als zu erfrieren. Leben Sie wohl.«

Damit zogen sie ab, wie sie gekommen waren. Im Hinausgehen hörte man den mit den Tentakelaugen fauchen: »Schulden? Wieso habe ich davon nichts gewusst? Kann mir das mal jemand sagen?« Worauf die Gnome quieksend und ohrenraschelnd in alle Richtungen auseinander stoben und der Justiziar beinahe ausgeleert worden wäre.

Und so wurde Europa doch nicht auf den Mond verlegt. Und weil die Stürme zunahmen und die Fluten wiederkamen und die Sommer brannten und die Winter Chaos brachten, durchpflügten alle Schiffe, die sich auch nur entfernt als Eisbrecher einsetzen ließen, den Atlantik, in einer aussichtslosen Mission, in einem chancenlosen Kampf gegen eine Natur, deren Übermacht sich mit jedem Tag, der verstrich, deutlicher zeigte ...

Benedikt fuhr auf, als neben ihm die Tür aufgerissen wurde und Sven hereinkam, zusammen mit einem Schwall nasskalter Luft. »Was für ein Schweinewetter!« Sven schüttelte sich wie ein nasser Hund und schlug die Kapuze zurück. Dann hob er den Kübel mit dem Eis an wie ein fettes Beutestück. »Glück gehabt. Wenn noch mal so eine Eisscholle auftaucht, ehe es warm wird, ist die Reise gerettet.«

»Mmh.« Benedikt kehrte zurück in die Gegenwart, die Realität, versuchte zu verbergen, welche Mühe es ihm machte. Das Schiff war immer noch in Bewegung, brach immer noch Eis. Aber es wurde weniger. Sie hatten die Scholle passiert.

Sven lüftete den Deckel des Kühlschranks und leerte das Eis auf die Flaschen, die darin aufgestapelt lagen. Eine Flasche Cola fischte er sich gleich heraus, ließ die Klappe zufallen, stellte den Eimer hohl klappernd weg und streifte die Öljacke ab. »Ist dir eigentlich aufgefallen, dass das Scheißding immer genau dann den Geist aufgibt, wenn wir internationale Gewässer erreichen?«

»Im Hafen funktioniert er genauso wenig.«

»Wir brauchen einen neuen, sag ich doch.« Mit einer geübten Bewegung schlug Sven den Kronkorken an der Kante des defekten Kühlschranks ab und ließ sich auf den Sitz neben dem Steuerpult sinken. Nach einem Schluck, der die Flasche zur Hälfte leerte, fragte er: »Na, und du? Wieder mal vor dich hingeträumt, während andere Leute ehrlich gearbeitet haben?«

»Was?«

»Komm, ich hab's von draußen genau gesehen. Dieser stiere Blick, der heißt immer, dass das Kino in deinem Kopf geöffnet hat, in Cinemascope und Dolby-Surround. Die automatische Steuerung macht deinen Job, und du erlebst wilde Abenteuer. Echt beneidenswert.«

»Ach was«, murmelte Benedikt. »Ich mach mir bloß ab und zu ein paar Gedanken, das ist alles.«

»He, du brauchst dich nicht zu verteidigen. Ich find's okay. Ich würde nur gern wissen, wie das ist, weißt du? Für den Fall, dass mal einer 'nen automatischen Maschinisten erfindet. Wie läuft das? Immer wenn ein paar Delphine unseren Kurs kreuzen, denke ich, bestimmt bist du die nächste halbe Stunde Käpt'n Ahab auf der Suche nach dem Weißen Wal. Oder die Eisscholle eben, was machst du daraus? Der tapfere Polarforscher Meyerhof, der einen Eisbrecher durchs Packeis steuert?«

Benedikt musterte die weite, graue Leere jenseits des Bugs, die heranwirbelnden Regenschwaden, die den Blick auf den Horizont nahmen. »Ich mach überhaupt nichts. Ich denk nur darüber nach, was wäre, wenn. Und falls ich dabei glasige Augen krieg, bist du jedenfalls der Einzige, den das stört.«

»Es stört mich doch nicht, Mann, reg dich ab.« Sven fing an, die Bücher zu befingern, die auf den Karten lagen. »Schätze, man muss sich angucken, was du so nebenbei liest, damit man eine Vorstellung kriegt, was bei dir abgeht.« Er nahm das oberste Buch, das einen lindgrünen Umschlag hatte, der aussah wie eine überdimensionale Dollarnote. »›Eine Billion Dollar‹? Junge, Junge. Mal ehrlich, so dicke Schmöker liest du nicht von vorn bis hinten, oder?« Er legte es beiseite, griff sich das nächste, ein kaum weniger voluminöses weißes Paperback mit zwölf Sternen auf blauem Grund im oberen Eck. »*Statistisches Jahrbuch der Europäischen Union*«, las er den Titel vor. »Man fasst es nicht.« Er ließ es aufschlagen und blätterte mit dem kleinen Finger der anderen Hand darin, die hauptamtlich mit dem Halten der Cola beschäftigt war. »Heh, das sind ja bloß Zahlen. Echt, nichts als Zahlen, Mann. Warum nimmst du nicht gleich das Hamburger Telefonbuch mit?«

»Telefonnummern sind keine Zahlen. Zahlen sind interessant. Telefonnummern nicht.«

»Ich hab Zahlen immer gehasst. Schon in der Schule, das kann ich dir sagen.«

»Zahlen sind die Grundlage von allem. Eine Menge Übel auf der Welt rührt daher, dass Leute nicht richtig rechnen.«

Sven ließ das Buch wieder zuschnappen, legte es beiseite und nahm kopfschüttelnd einen Schluck, der die Flasche vollends leerte. »Weißt du, Benedikt«, erklärte er, »du bist ein echt schräger Vogel. Wahrscheinlich kapiert einer wie ich bis ans Ende seiner Tage nicht, wie du tickst.« Er ließ die leere Flasche in den Kasten knallen. »Ich mach Kaffee, willst du auch einen?«

»Ja, gern.«

Im Abgang zur Kombüse blieb Sven noch einmal stehen. »Schon komisch, irgendwie«, sagte er. »Wie hier in den letzten Jahren immer wieder diese dünnen Eisschollen auftauchen, meine ich. So weit südlich. Kann mich nicht erinnern, dass es auf dieser Route früher überhaupt je Eis gegeben hat.«

Damit verschwand er. Benedikt blieb am Steuer stehen und starrte hinaus auf den matschgrauen Ozean.

»Eben«, murmelte er nach einer Weile. »Ich auch nicht.«

Jean-Marc Ligny

Bringt die globale Erwärmung Europa die nächste Eiszeit? Jahrelang ist diese Überlegung als pure Science-Fiction belächelt worden – ungefähr wie zuvor die Idee, es könne überhaupt so etwas wie eine globale Erwärmung geben. Doch wie so oft hat die Wirklichkeit die Fantasie schneller eingeholt, als manch einer glaubte. Auf der UN-Klimakonferenz 2003 in Mailand erläuterte der Wissenschaftler Jonathan Bamber von der Universität Bristol seinem Auditorium genau den in der vorangegangenen Geschichte geschilderten Mechanismus. Er prophezeite, dass – sollten die Polkappen infolge der globalen Erwärmung weiter so schmelzen wie in den letzten Jahren – das Wetter in Europa nach einer Übergangszeit von fünf äußerst warmen Jahrzehnten äußerst rasch in Richtung Kälte und Eis umschwenken wird.

Auch die folgende Erzählung von Jean-Marc Ligny spielt vor dem Hintergrund des Klimawandels. Allerdings ist sie eher in den oben erwähnten warmen Jahrzehnten angesiedelt.

Jean-Marc Ligny ist eine feste Größe der französischen Science-Fiction. Wenn man jemanden in Frankreich bittet, eine Rangliste der zehn besten französischen Science-Fiction-Autoren aufzustellen, ist sein Name in aller Regel dabei – selbst dann, wenn man die Rangliste auf die besten fünf verkürzt, oder auf die besten drei. 1956 in Paris geboren, verfiel er der Science-Fiction bereits im zarten Alter von 8 Jahren. Nachdem er eingesehen hatte, dass er es als Rockgitarrist zu nichts bringen würde, verlegte er sich im Alter von zwanzig Jahren auf das Schreiben, veröffentlichte 1978 seine erste

Kurzgeschichte und im Jahr darauf im Verlag Denoël seinen ersten Roman **Temps Blanc** *(»Weiße Zeit«), der die Kritik schon mal aufhorchen ließ.*

Einige Jahre und Romane später beschloss Jean-Marc Ligny zwei Dinge: erstens, in die Bretagne »auszuwandern« und zweitens, sich ganz aufs Schreiben zu konzentrieren. Ein kleiner Teilzeitjob in der Redaktion einer lokalen Tageszeitung half über die ersten, schwierigen Jahre eines solchen Unterfangens hinweg und hat ihn jedenfalls nicht daran gehindert, eine erstaunliche Produktivität unter Beweis zu stellen: Bis heute weit über fünfzig Kurzgeschichten sowie an die dreißig Romane, erschienen bei Denoël, J'ai Lu, Fleuve Noir und anderen, über zehn Romane davon für ein begeistertes jugendliches Lesepublikum. Daneben hat er zwei internationale Anthologien erotischer Science-Fiction herausgegeben – die erste, **Cosmic Erotica**, *mit Beiträgen ausschließlich von Frauen, die zweite,* **Eros Millenium**, *mit Beiträgen ausschließlich von Männern.*

Die wichtigsten Preise, die man in Frankreich auf dem Gebiet der fantastischen Literatur gewinnen kann, hat er natürlich alle gewonnen: Den Jurypreis **Grand Prix de l'Imaginaire** *1997 für seinen Cyberpunk-Roman* **Inner City**, *den Publikumspreis* **Prix Rosny Aîné** *1999 für seinen stark politisch ausgerichteten Roman* **Jihad** *und den höchstdotierten Preis, den* **Prix Tour Eiffel**, *2001 für seine Space Opera* **Les Oiseaux de Lumière** *(»Die Vögel des Lichts«). Erste Übersetzungen ins Italienische in den vergangenen Jahren belegen, dass Jean-Marc Ligny auch einem ausländischen Publikum etwas zu sagen hat.*

Privat ist er ein lebhafter, kommunikativer Mensch, neugierig auf alles und jedes. Die Palette seiner Inspirationsquellen reicht von Musik und Geschichte – seine Romane **Furia!** *(»Wut!«) und* **Le Mort Peut Danser** *(»Der Tod kann tanzen«) zeugen davon – bis zu Esoterik und zur Ethnologie, eine Leidenschaft, die ihn zweimal nach Burkina Faso reisen ließ und der Werke mit Titeln wie* **Yurlunggur** *und* **Yoro Sil** *entsprangen. Ähnlich vielgestaltig ist auch* *die Bandbreite seines Schaffens. Zwischen Fantasy, wie etwa in dem Jugendroman* **Les Ailes noires de la nuit** *(»Die schwarzen Flügel der Nacht«) und knallhartem Cyberpunk (etwa in* **Cyberkiller** *oder dem schon erwähnten Roman* **Inner City***) ist bei ihm jede Spielart der Science-Fiction-Literatur zu finden.*

Dabei vergisst er nie, dass im Zentrum aller guten Science-Fiction letztlich immer die Menschen stehen – die Menschen, und die Liebe …

Der Orkan

von Jean-Marc Ligny

Der Februar hatte gerade erst begonnen, aber das Thermometer war schon wieder auf vierunddreißig Grad geklettert. Trotzdem trug Elodie ihre selbst gestrickte knallblau-apfelgrüne Strickjacke, hatte ein Seidentuch um ihr graues Haar geknotet, und unter ihrem ausgeblichenen Baumwollrock blitzte eine Wollstrumpfhose hervor. Schließlich war es im Februar normalerweise kalt, und man musste sich ordentlich einmummeln. Zumindest hatte man früher davon ausgehen können, und mit zweiundsiebzig hat man so seine Angewohnheiten.

Aber nichts war mehr so wie früher. Und überhaupt – früher als was? Es gab kein Vorher oder Nachher. Irgendwie war alles immer schlechter geworden, und zwar so lange sie sich erinnern konnte, jedes Jahr ein bisschen mehr.

Elodie saß auf einer Bank an der Strandpromenade, gleich neben der Brücke, die den winzigen Hafen an der Gapeau-Mündung überspannte, und blickte auf das Meer hinaus. Es war gelblich-grau und sämig wie eine Suppe, in der übergroße Algen schwammen. Diese grünlich-braune Sargasso-Algenart konnte mehrere Dutzend Meter lang werden. Stéphane behauptete, sie seien tödlich, denn sie wickelten sich um die Antriebsschrauben der Boote und ließen sich beim besten Willen nicht mehr entfernen. Man musste schon tauchen, um sie unter Wasser abzuschneiden ... Aber Stéphane war zu alt zum Tauchen.

Elodie blinzelte gegen den blendend hellen Himmel. Am Horizont schaufelten zwei riesige Schwimmbagger Sargasso-Algen in ihre gähnenden Bäuche. Später würde man die Algen in die alten Salinen entsorgen, und zwar umso näher an der Autobahn, je höher der Meeresspiegel stieg. Es war eine Sisyphus-Arbeit. Und sie war völlig umsonst. Trotzdem musste wenigstens ein Kanal bis zum Hafen frei gehalten werden. Die übel riechenden Ausdünstungen der verrottenden Algen drangen bis zu Elodie hinüber, die unwillkürlich eine Grimasse zog.

Sie seufzte. Die Luft war schwül, feucht und wie mit einer dumpfen Drohung beladen. Der flockig weiße Himmel sah aus wie geronnene Milch, und die fahle, konturlose Sonne erinnerte an eine in Zeitlupe abgespielte Atombombenexplosion. Genauso heiß, und genauso zerstörerisch. Elodie schwitzte. Sie entschloss sich, die Strickjacke auszuziehen, behielt aber das Seidentuch auf dem Kopf. Sie hatte sich vorgenommen, so lange sitzen zu bleiben, wie sie die Sonne ertragen konnte, und Stéphanes Rückkehr zu erwarten.

Stéphane hatte eine echte Glückssträhne. Am Vortag war er auf eine Gruppe Merlane gestoßen, die sich noch immer zwischen den Felsen tummelten. Wahrscheinlich hatten die Algen und das zwischen ihnen lebende Plankton sie angelockt. Zudem hatte er tatsächlich einen Drachenkopf an den Haken bekommen, einen Fisch, der inzwischen extrem selten geworden war. Hoffentlich konnte man ihn wenigstens essen ... Für den Abend bestand Aussicht auf eine wunderbare Bouillabaisse. Vielleicht konnten sie die Mieter aus dem Erdgeschoss einladen, das wollten sie schon lange einmal tun. Die armen Ökosylanten bekamen sicher nicht alle Tage Fisch ...

Die Fischerei war Stéphanes große Leidenschaft. So oft es nur ging, fuhr er mit seinem kleinen Boot hinaus. Fünf

Jahre zuvor hatte er es einem alten Fischer abgekauft und mit viel Liebe instand gesetzt. Er sah für sein Leben gern die Sonne zwischen lachsfarbenen Wolkenstreifen über den Inseln aufgehen, während ölige Wellen mit Kupferreflexen an den Rumpf seines Nachens plätscherten. In kleinen Buchten, zwischen Felsen und in versunkenen Wäldern herumzustöbern, seine Angel an Stellen auszulegen, wo sich sonst kein Boot hinwagte, sich mit der Angelrute in der einen und einem Bier in der anderen Hand von der Dünung wiegen und von der Sonne braten zu lassen, das war für Stéphane das absolute Glück.

Obendrein, und das war ihm sehr wichtig, hatte er dann Ruhe vor Elodie und ihrer depressiven Stimmung.

Auf der anderen Seite der Strandpromenade leckte das Meer über den halb eingestürzten Damm. Auch dort wartete Sisyphus-Arbeit. Als man den Damm gebaut hatte, war das Meer noch zehn Meter weit entfernt gewesen. An Tagen mit klarem Wasser konnte man die alten Straßenzüge erkennen, wo Elodie als Kind viel Zeit bei ihrer Tante verbracht hatte, die dort eine Fischerhütte besaß. Die Hütte hatte weder Strom noch Telefon, und das Wasser hatten sie an der Pumpe im Hafen holen müssen – so etwas galt auch damals schon als echter Anachronismus ... Aber Tante Lucille liebte es, die Sommer in dieser Hütte zu verbringen. Sie behauptete, dass sie dort am besten entspannen konnte. Glücklicherweise war sie gestorben, ehe ihre Hütte im Wasser versank.

Die Bewohner der Gegend waren entweder evakuiert worden oder hatten ihre Häuser aus eigenem Antrieb verlassen. Das Dorf lag tot und einsam da. Die blinden, leer geräumten Häuser setzten Schimmel an und bekamen Risse. Ganze Horden der in den Hügeln vor sich hin vegetierenden Ökosylanten plünderten alles, was nicht niet-

und nagelfest war. Die ehemals luxuriösen Gärten mit ihren Palmen, Orangenbäumen, Magnolien, Agaven und Bougainvilleen, die zu jeder Jahreszeit das Auge erfreut und ihren Duft verströmt hatten, waren heute nur noch vernachlässigtes Brachland oder undurchdringliche, mit großen Mücken verseuchte tropische Dschungel, die langsam im Schlamm versanken ...

Elodie erhob sich und ging zur Brücke weiter. Mit dem Rücken zum Meer lehnte sie sich ans Geländer. Unter ihr brodelten schlammige Brackwassersümpfe. Manchmal tauchte ein ausgebleichter, zerklüfteter Baumstamm auf, und ab und zu erhaschte sie einen Blick auf ein Stück Mauer oder eine von Salz und saurem Wasser zerfressene Ruine. Früher hatten an dieser Stelle Gewächshäuser gestanden, in denen die berühmten Blumen von Hyères gezüchtet worden waren; Blumen, die in ganz Europa und weit darüber hinaus verkauft wurden. Die Sümpfe hatten sich jedes Jahr weiter ausgebreitet und sich immer weiter in Richtung der Autobahn vorgeschoben. Inzwischen bildete die breite Piste – keiner wusste, wie lange noch – die Grenze zur bewohnten Welt, die Demarkationslinie zwischen dem Hyères von einst und dem Hyères von heute.

Das Hyères von einst ... Elodie seufzte wieder. Das Hyères der Touristen, der schattigen Terrassen und gewundenen Gässchen, der Restaurants und des Boule-Spiels, das Hyères der Zikaden, des Pastis und des Nichtstuns, des Völkergemischs und der geschichtsträchtigen Häuser ... Heute war aus dem Städtchen ein Flüchtlingsasyl geworden, übervölkert und aggressiv. Eine Stadt, die sich vor dem ständig ansteigenden Meer zurückzog und die Hügel mit ihren *Favelas* bedeckte. Aus den ehemals bewaldeten Hügeln, wo die Reichen und Schönen gelebt hatten, zurückgezogen in ihre Villen mit Pool, waren Müllhalden geworden, auf denen in wildem Durcheinander windschiefe Hütten sprossen. Hier drängten sich die Menschen, die von der Küste geflohen waren; Menschen, die alles verloren hatten, die weder Besitz noch Arbeit, Familie oder Würde ihr Eigen nannten. Ihnen würde nie jemand etwas erstatten, und sie würden nie rehabilitiert werden. Dort wohnten die ökologischen Flüchtlinge, vor denen die Einwohner von Hyères große Angst hatten. Früher waren sie Nachbarn gewesen, heute konnte man sie kaum mehr als Menschen bezeichnen.

Elodie und Stéphane hatten das Glück, in der Altstadt von Hyères ein Haus zu besitzen. Das Erdgeschoss hatten sie an eine Ökosylanten-Familie vermietet und begnügten sich mit den beiden Zimmern im ersten Stock. Schließlich musste man sich gegenseitig helfen, nicht wahr? Doch obwohl Elodie Anteil nahm und viel Mitleid mit den ausgemergelten Kindern in Lumpen hatte, verhielt sie sich wie alle anderen wohlhabenderen Nachbarn, die noch Häuser besaßen: Jeden Abend verbarrikadierte sie sich, ging nach Einbruch der Nacht nicht mehr aus dem Haus und gab vor, die Schlägereien, verzweifelten Schreie, Plünderungen und Schüsse nicht zu hören. Sie versuchte, so zu leben, als ob nichts geschehen wäre, als ob das Leben noch immer normal verliefe.

Nur, dass das Leben nicht mehr normal war. Aus den Sommern waren trocken glühende Backöfen geworden, die Winter bestanden aus einer Abfolge von Orkanen und Stürmen, und eine mörderische Sonne strahlte todbringend auf die Erde hinunter; wenn sie gerade nicht den Himmel bis zur Weißglut erhitzte, nahmen die Wolken schmutzige Farbtönungen an, und die Luft bekam einen sauren, stechenden Geschmack. Im Radio wurden ununterbrochen Alarmmeldungen und Sicherheitsratschläge gesendet, im Fernsehen sah man nichts als Katastrophen, und man konnte sich auf niemanden mehr verlassen.

Schon gar nicht auf Beihilfen vom Staat, die ebenso nebulös wie unerreichbar waren. Der wunderbare Lebensabend in ihrem kühlen Häuschen, auf den sich Stéphane und Elodie gefreut hatten, hatte sich inzwischen zu einem wahren Albtraum entwickelt. Praktisch ohne Einkünfte und vom Staat vergessen, mussten sie sich irgendwie über Wasser halten. Stéphane hatte ein altes Boot repariert und fuhr zum Fischen hinaus, Elodie verkaufte seinen Fang, sofern er essbar war, oder tauschte ihn ein. Manche Fische waren verkümmert, manchmal phosphoreszierten sie oder stanken ganz einfach nur. Oft aßen sie sie trotzdem und nahmen das Risiko in Kauf, krank zu werden.

Stéphane zog die Angel aus dem Wasser und brach in ungläubiges Lachen aus. Er hatte einen großen, schmalen, goldfarbenen Fisch mit starken Kiefern gefangen, der sich heftig gegen den Haken zur Wehr setzte. Tatsächlich, es war eine Dorade! So viel Glück konnte er kaum fassen. Heute scheint mein Glückstag zu sein, dachte er, während er sich mit der Dorade einen Zweikampf lieferte, um sie an Bord zu holen. Er pflückte sie vom Haken, wobei er sorgfältig den messerscharfen Zähnen auswich, und warf sie in den Plastikbehälter, wo sie zwischen ihren bereits unbeweglichen Artgenossen wild hin und her zuckte. Er legte einen in Meerwasser getauchten Jutelappen über den Behälter, um die Fische frisch zu halten, riss eine Bierdose auf und widmete sich unter den gierigen Schreien der über ihm segelnden Möwen weiter der Beobachtung seiner Schleppleinen.

Im Augenblick war alles ruhig. Sein Blick schweifte zur Küste, wo die Pinien ins Meer hinabglitten. Der lange Strand war auf eine schmale Sandzunge zusammengeschrumpft, auf der verlassene Hütten langsam verfielen. Er hob den Feldstecher an die Augen und beobachtete die Umgebung der Ruinen. Falls die Anwohner ihn entdeckten, konnte es durchaus sein, dass sie auf ihn schossen. Die Leute dort drüben standen nicht unbedingt im Ruf, besonders gastfreundlich zu sein, und mochten durchaus die Meinung vertreten, Stéphane fische in ihren Gewässern.

Er entdeckte niemanden. Während er mit dem Feldstecher die Überreste des Strandes absuchte, schwelgte sein Gedächtnis in Erinnerungen: Damals, im Frühling, hatten sich halb nackte, hübsch gebräunte Mädchen auf dem goldenen Sand geaalt ...

Er seufzte und verjagte die verwirrenden Gedanken. Der Fang war heute außerordentlich gut gewesen, kein Grund also, sich wie Elodie nostalgischen Gefühlen hinzugeben. Er wollte noch nicht einmal an sie denken. Auf Backbord biss gerade wieder ein Fisch an. Stéphane, der unter der bleiernen Sonne schwitzte, begann die Leine einzuholen.

Die glühende Sonne verbrannte ihre nackten, zerknitterten Arme. Elodie hätte nicht aus dem Haus gehen und den ganzen Weg von der Stadt bis hierher mit dem Fahrrad zurücklegen dürfen. Wenn Stéphane sie bei seiner Rückkehr hier vorfand, würde er sich bestimmt aufregen und sie ausschelten. Aber sie konnte einfach nicht allein zu Hause bleiben; sie wurde verrückt in den beiden voll gestopften Zimmern, wo sie die Kinder der Ökosylanten eine Etage tiefer weinen, die Frau stöhnen und den längst betrunkenen Mann schreien hörte. Außerdem machte sie sich Sorgen um Stéphane, der schon im Morgengrauen mit seinem alten Boot aufgebrochen war. Er hatte ihr geschworen, nicht zu weit hinauszufahren. Aber schließlich hatte er eine Gruppe Merlans ausfindig gemacht.

Elodie sah zu den grauen, nackten Inseln hinüber, die aussahen wie die Rücken im Wasser untergetauchter Drachen. Dort drüben wohnten immer noch Leute, und sie verteidigten ihr Land und ihre Fischgründe mit Fallen und Schüssen. »Fahr nicht hin«, hatte sie gebettelt. »Wenn man dich dort entdeckt, wirst du getötet.« Aber Stéphane wollte auf keinen Fall klein beigeben. »Ich fahre dorthin, wo der Fisch ist. Und hör endlich auf, dir Sorgen zu machen. Mich wird schon niemand sehen.«

Früher, so erinnerte sich Elodie, war eine der Inseln eine durch zwei lange Dämme mit dem Festland verbundene Halbinsel gewesen. Zwischen den Dämmen waren die Salzfelder. Auf dem schmaleren Damm war die so genannte Salzstraße verlaufen, die gerne von Touristen besucht wurde. Auf dem breiteren Damm hatte es ganze Dörfer, Ferienhäuser, Hotels, Bars, Campingplätze und sogar eine Pferderennbahn gegeben. Und lange, lange Strände, die im Sommer schwarz vor Menschen gewesen waren. Doch all das war längst fort – verschlungen von einem ständig ansteigenden Meer. Hier und da widerstanden ein paar weiß gebleichte Baumleichen den Wellen und drohten mit ihren kahlen Ästen wie anklagende Finger in den Himmel hinauf.

Scheppernder Motorenlärm riss Elodie unsanft aus ihren Betrachtungen. Ein Auto brauste mit hoher Geschwindigkeit aus Richtung eines der halb versunkenen Stadtviertel über die Strandpromenade. Es war ein verrosteter Pick-up, ein typisches Ökosylanten-Auto. Hastig sah sich Elodie nach einem Versteck um, aber es war zu spät. Auf der Brücke war sie weithin sichtbar. Ans Geländer gelehnt, blieb sie unbeweglich und mit pochendem Herzen stehen. Was würden sie ihr antun? Sie ausrauben? Sie hatte nichts bei sich als die alten Klamotten, die sie am Leib trug. Sie vergewaltigen? Dazu war sie zu alt. Sie töten? Die Ökosylanten respektierten nichts und niemanden. Sie bereitete sich auf das Schlimmste vor.

Mit kreischenden Bremsen kam der Pick-up unmittelbar vor ihr in einer Staubwolke zum Stehen. Es roch nach schlecht raffiniertem Ethanol. Die Beifahrerscheibe wurde heruntergekurbelt, und ein unrasiertes Gesicht kam zum Vorschein. Sie erkannte es sofort.

»Heda, Alte, was zum Teufel machst du ... Aber das ist ja Elodie!«

Es war Fredo, der Ökosylant, der mit seiner jammernden Frau und drei Kindern im Erdgeschoss wohnte. Er war schmutzig, dürr, hatte blutunterlaufene Augen und war vermutlich betrunken, wie eigentlich immer. Er wandte sich an den Fahrer des Wagens und sagte ein paar Worte, die Elodie nicht verstand. Sie warf einen Blick auf die Ladefläche. Dort stapelten sich alte Möbel, Küchengeräte und eine Menge Krempel, der sicher aus geplünderten Häusern stammte.

»Was suchst du denn hier, Elodie?«, fragte Fredo mit teigiger Stimme.

»Ich warte auf Stéphane«, antwortete sie vorsichtig. »Er ist fischen gefahren.«

»Fischen? Ist er verrückt? Sie haben einen Wahnsinns-Orkan angekündigt. Komm, steig ein, wir bringen dich nach Hause.«

»Ein Orkan?«

»Ja, sie warnen schon die ganze Zeit im Radio, stimmt's, Youssef?« Von der Gestalt am Steuer war ein undeutliches Knurren zu vernehmen. »Steig hinten auf«, fing Fredo wieder an und wies mit dem Daumen auf die Ladefläche. »Wir bringen dich heim.«

Elodie wandte sich zum Meer um. Der Himmel hatte einen metallischen Ton angenommen, der am Horizont schwer und bleiern dräute. Düster geschwollene Wolken lösten sich wie riesige Tumore vom Hintergrund ab.

»Lass knacken«, brüllte Fredo.

»Wie lange noch?«, fragte Elodie mit flacher Stimme.

»Was?« Fredo kniff seine blutunterlaufenen Augen zusammen, sodass nur noch zwei violett geränderte Schlitze übrig blieben.

»Der Orkan? Wann ist er da?«

»Keine Ahnung.« Fredo gab die Frage an Youssef weiter und wandte sich dann mit der Antwort wieder an Elodie. »In zwanzig Minuten. Und? Kommst du jetzt, ja oder Scheiße?«

Zwanzig Minuten. In zwanzig Minuten würde Stéphane nicht von der Insel zurück sein können. Aber wenn er dort landete, würden die Anwohner ihn töten.

Elodie schüttelte den Kopf.

»Nein. Ich bleibe hier.

»Was? Du spinnst doch! Steig jetzt endlich ein.«

»Ich bleibe hier«, wiederholte Elodie dickköpfig. »Ich warte auf Stéphane.«

Fredo musterte sie mit seinen roten, geschwollenen Augen und zuckte schließlich die Schultern.

»Mach doch, was du willst. Mir soll's gleich sein. Los, Youssef, wir hauen ab. Die Alte tickt nicht ganz richtig.«

Der Pick-up setzte in einer neuerlichen Staubwolke zurück, wendete und verschwand. Elodie hörte, wie sich Klappern und Fehlzündungen allmählich entfernten und nur noch Stille zurückblieb – eine wahre Totenstille hatte sich über die Küste gelegt. Kein Insekt zirpte, kein Vogel sang, kein Windhauch bewegte sich. *Die Ruhe vor dem Sturm*, dachte Elodie. Warmer Schweiß floss unter ihrem Tuch hervor, brannte in ihren Augen und hinterließ Spuren auf ihren staubigen Wangen. Schweiß oder Tränen …

Die Glückssträhne war vorbei. Kein Fisch biss mehr an, und das Wetter wurde schlechter. Am Horizont türmte sich eine Mauer aus schwarzen Wolken, das Meer nahm einen metallischen Schimmer an, und die Dünung wurde so stark, dass das Boot ins Wanken geriet. *Zeit, heimzufahren,* dachte Stéphane. *Schade …*

Nachdem er das kleine Inselchen umrundet und den gesamten südlichen Horizont im Blick hatte, wurde ihm klar, dass er nicht genügend Zeit haben würde, vor dem Ausbruch des Sturms seinen Heimathafen zu erreichen. Die finstere Wolkenfront schwoll über den Himmel und verschlang ihn wie eine Lawine. In ihrem Innern zuckten fahle Blitze. Kurze Wirbel tasteten sich nach unten wie Tentakeln eines Weltraummonsters. Die Dünung wurde stärker. Wellen brachen sich mit schaumigem Getöse an den Felsen des Inselchens. Stéphane stellte fest, dass die beiden Baggerschiffe, die die Fahrrinne frei hielten, den Anker gelichtet und sich vermutlich in Sicherheit gebracht hatten. Ein schlechtes Zeichen … Ein schlimmer Sturm kündigte sich an, einer jener heftigen und sehr plötzlich aufkommenden Orkane, die seit einiger Zeit häufig im Winter auftraten. Er ärgerte sich, dass er am Morgen beim Aufbruch sein Radio vergessen hatte, denn der Wetterbericht hätte ihn sicher vor dem Sturm gewarnt.

Ich werde die Insel anlaufen, entschied er. *Sich mit den Anwohnern auseinander zu setzen war immer noch besser, als dem Orkan ausgeliefert zu sein. Vielleicht nehmen sie mir meinen Fang weg, aber umbringen werden sie mich sicherlich nicht. Bei Naturkatastrophen haben sich die Leute noch immer gegenseitig geholfen, oder etwa nicht?*

Stéphane zog die Leinen ein, startete den Außenborder, was nicht ganz ohne Schwierigkeiten vonstatten ging, und manövrierte sich schaukelnd in Richtung der Landspitze.

Wieder suchte Elodie das Meer ab. Noch hatte sie Hoffnung. Vielleicht wusste Stéphane ja Bescheid. Vielleicht war er längst auf dem Rückweg. Vielleicht würde sie gleich sein Boot entdecken, das volle Kraft voraus auf dem Weg in den Hafen war … Dieser kleine schwarze Punkt dort drüben auf der bleigrauen Welle – war das nicht Stéphane? Nein, nur eine optische Täuschung. Ein Flimmern in ihren Augen, hervorgerufen durch die Blitze, die in der Ferne die Wolkenungetüme entflammten. Die Baggerschiffe waren verschwunden. Sie wussten Bescheid. Sie hatten Funk an Bord. Stéphane hingegen hatte noch nicht einmal sein Radio mitgenommen. Das wusste Elodie ganz sicher, denn am Morgen, nachdem er gegangen war, hatte sie es auf der Anrichte liegen sehen. Gerne wäre sie nicht so sicher gewesen, aber ihr Erinnerungsvermögen, das sie trotz ihrer zweiundsiebzig Jahre keineswegs im Stich ließ, behauptete das Gegenteil.

Stéphane wusste nichts von dem Sturm, und Elodie musste aufhören, an ein Wunder zu glauben. Und so wie sie jetzt am Brückengeländer festgeklammert den finsteren Himmel beobachtete, würde auch er es tun, er würde sehen, wie brüllend wirbelnde Luftschläuche Meerwasser in sich aufsogen; wie sie würde er sich an die Bordwände seines Bootes krallen, das von rasenden Wellen wie eine Nussschale hin und her geworfen wurde, entsetzt würde er vor den gigantischen Blitzen zurückschrecken, die die Wolkentürme zerrissen; wie sie würde er jetzt nur noch mit von elektrischen Entladungen gesträubtem Haar auf den Tod warten, der sich vom Horizont heranwälzte. Er würde mit Tränen in den Augen und in entsetzter Angst das Ende erwarten, das schon so lange vorhersehbar war.

An den Gaszug seiner stotternden Yamaha geklammert, beobachtete Stéphane voller Furcht die schnell herannahende Orkannacht. Mauern aus Wolken erstickten den Himmel. Über dem Meer tanzten drei Tornados wie Säulen aus kochendem, schwarzem Wasser. Jetzt verstand er, warum niemand außer ihm zum Fischen hinausgefahren war. Die Menschen auf den Inseln wussten Bescheid und hatten sich gemäß den Sicherheitsvorschriften in ihren Wohnungen verbarrikadiert. Nur er, Dummkopf, der er war, hatte sich ohne Radio vertrauensselig auf das Meer hinausgewagt.

Mit stampfendem Motor näherte er sich einer Bucht gleich hinter dem ehemaligen Landungssteg der Insel, der längst im Meer ertrunken war. Hier gab es Untiefen und Klippen direkt unter der Wasseroberfläche, aber Stéphane schaffte es. Kurzatmig und verkrampft vor Anstrengung zog er sein Boot auf den Sand und vertäute es sicher an einem Felsen. Der Lärm des tobenden Meeres lag im Wettstreit mit dem Brüllen des von Blitzen zerfetzten Himmels. Stéphane krümmte den Rücken und kletterte unter peitschenden Windböen mühsam zu dem schmalen Weg empor, der am Strand entlanglief. Der Weg mündete in eine Straße, wo er sicher war, feste Behausungen vorzufinden. Immer wieder sah er sich um; die beiden näheren Tornados tanzten wie wütende Dämonen in wahnwitziger Geschwindigkeit hinter ihm her. Es war durchaus möglich, dass sie die Insel verschonten, sie konnten aber auch in einem einzigen Augenblick alles verwüsten.

Außer Atem, mit verzerrtem Gesicht und vom Wind gebeugt, erreichte er das Sträßchen. Plötzlich entdeckte er in der tobenden Finsternis eine kaum auszumachende Gestalt.

»Hallo! Bitte ...« Stéphane schrie aus Leibeskräften.

Die Gestalt trat einen Schritt nach vorn. Ein Blitz zerriss das Halbdunkel, und Stéphane erblickte eine knallblauapfelgrüne Strickjacke. Eine Jacke, die er unter tausenden erkennen würde.

»Elodie?«

»Stéphane«, flüsterte sie, »es ist vorbei ...«

»Was machst du hier? Wie bist du auf die Insel gekommen?«

Ein heftiger Windstoß riss ihn von den Beinen und presste ihn an den Boden. Als er sich schließlich aufrappeln konnte, war es noch finsterer geworden. Blätter und Staub wirbelten durch die Luft. Elodie war verschwunden.

Er rief nach ihr, doch ihr Name wurde vom Sturm fortgerissen. Halb erstickt von Sand und Staub schwankte er im Wind. Ein Pinienzweig peitschte ihn mit Nadeln. Zu seiner Rechten entdeckte er eine viereckige, massive Form, die sich an den Hügel drängte. Ein Haus. Bestimmt hatte Elodie sich dort in Sicherheit gebracht.

Stéphane stieß das Hoftor auf und kämpfte sich durch den mit Trümmern übersäten Weg. Über ihm zerriss der Himmel, und die Wolkenberge stürzten ein. Das Haus mit seinem Betondach und den hermetisch verschlossenen Fensterläden aus Eisen erschien ihm wie ein uneinnehmbarer Bunker. Verzweifelt trommelte er an die mit einem stählernen X verstärkte Tür und schrie sich heiser. Heftige Sturmböen pressten ihn gegen die Stahlverstrebung. Die donnernden Vorboten des Tornados streiften ihn mit eisigem Hauch.

Endlich öffnete sich die Tür einen Spaltbreit, und jemand zog ihn ins Haus. Stéphane blickte in eine gleißende Taschenlampe und eine Gewehrmündung. Instinktiv hob er die Hände.

»Keine Bewegung«, bellte eine tiefe, strenge Frauenstimme. »Bleiben Sie, wo Sie sind.«

Irgendwo im Haus bewegte sich etwas, und die Frau ließ den Strahl der Taschenlampe durch das Zimmer gleiten. Er fiel auf zwei Kinder, die sich unter dem Sturz einer Glastür ängstlich aneinander drängten.

»Marsch, zurück unter das Sofa! Hier ist es viel zu gefährlich!«

Die Kinder verschwanden im Wohnzimmer.

»Ich tue Ihnen bestimmt nichts«, murmelte Stéphane.

Der Lichtstrahl kehrte zu ihm zurück; die Gewehrmündung hatte ihn die ganze Zeit bedroht.

»Wer sind Sie?«, zischte die Frau.

Stéphane, dessen Augen sich allmählich an die Dunkelheit gewöhnt hatten, schätzte sie auf ein mittleres Alter. Sie war klein, nervös und verängstigt.

»Ich bin nur ein Fischer«, antwortete er. »Der Sturm hat mich draußen überrascht. Ich ... ich glaube, ich habe auf der Straße meine Frau gesehen. Hat sie sich bei Ihnen in Sicherheit gebracht?« Ohrenbetäubender Donner verhinderte eine Antwort der Frau. »Sie trägt eine knallblau-apfelgrüne Strickjacke«, fuhr er fort, als der Lärm nachließ. »Aus synthetischer Wolle. Sie hat sie selbst gestrickt.«

»Wo kommen Sie her?«, wollte die Frau wissen. Sie klang jetzt weniger aggressiv.

»Aus Hyères. Wie hat sie es wohl auf die Insel geschafft? Außer mir kennt sie niemanden, der ein Boot besitzt ...«

Der Gewehrlauf senkte sich, und Stéphanes Arme folgten der Bewegung. Anscheinend hatte die Frau beschlossen, dass er ungefährlich aussah.

»Draußen ist bestimmt niemand«, erklärte sie. »Kommen Sie, wir bringen uns in Sicherheit. Hier ist es zu gefährlich.«

Tatsächlich wurde die Eingangstür trotz der Stahlverstärkung wie mit Riesenfäusten geschüttelt und schepperte beängstigend. Das ganze Haus schien unter dem wütenden Angriff des Sturms zu zittern.

Getreu den Sicherheitsvorschriften, die jeden Tag im Radio wiederholt wurden, kauerte sich Stéphane hinter das schwerste Möbelstück im Haus – das Sofa, das man gegen die am weitesten von den Fenstern entfernte Wand geschoben hatte, damit nichts darauf zersplitterte. Draußen tobte der Sturm. Die beiden Kinder musterten Stéphane mit angstweiten Augen, und die Frau hielt Taschenlampe und Gewehr weiter auf ihn gerichtet.

Stéphane dachte an Elodie. Er hatte sie draußen im Sturm gesehen, aber wo war sie jetzt? Hatte sie einen Unterschlupf gefunden? Wie war sie nur hergekommen? Und vor allem: warum?

Der Orkan beruhigte sich ebenso schnell, wie er ausgebrochen war. Das infernalische Getöse ließ allmählich nach, Blitz und Donner entfernten sich, und die Fensterläden hörten auf zu klappern. Die Menschen im Haus richteten sich auf, froh, noch einmal mit dem Leben davongekommen zu sein. Stéphane und die Frau wagten sich ins Freie. Das Haus hatte nicht allzu viel Schaden davongetragen; lediglich die Kaminspitze war abgebrochen, und an manchen Stellen hatte der Putz gelitten. Der Garten allerdings war völlig verwüstet. Überall lagen Äste und entwurzeltes Buschwerk herum. Zwei Pinien waren umgestürzt, eine unmittelbar neben dem Haus.

Stéphane bedankte sich bei seiner namenlosen Gastgeberin und den stummen Kindern und ging zu seinem Boot zurück. Das Gelände rings um ihn sah zwar mitgenommen aus, aber die Tornados hatten es verschont.

Das Boot war noch da. Zwar war es umgestürzt und lag auf der Seite, aber auf den ersten Blick schien es in Ordnung zu sein. Die Fische lagen verstreut auf dem Boden herum, weil das Plastikbehältnis über Bord gegangen war. Stéphane löste die Vertäuung und schob das Boot ins Meer. Der immer noch recht hohe Wellengang war durchaus bezwingbar. Auf keinen Fall wollte Stéphane warten, bis die anderen Inselbewohner sich ins Freie trauten. Nicht alle würden so entgegenkommend sein wie die Frau.

Während er gemächlich in die Dünung abdrehte, suchte

er die lange Sandzunge mit den wenigen stehen gebliebenen Hütten nach der Gestalt einer alten Frau in einer knallblau-apfelgrünen Strickjacke ab … Inzwischen war er sich nicht mehr ganz sicher, ob er sie wirklich gesehen hatte.

Zurück im Hafen, der kaum schlimmer aussah als am Morgen, als er ihn verlassen hatte, vertäute Stéphane sein Boot am gewohnten Platz neben einer langen Yacht mit Plastikrumpf, die ein Orkan auf einen Ponton geschmettert hatte. Gerne hätte er mit jemandem gesprochen und sich nach den Schäden in Hyères erkundigt. War die Altstadt den Tornados entgangen? Vom Meer aus war es ihm so erschienen, aber weiter östlich stand offenbar kein Stein mehr auf dem anderen. Wahrscheinlich waren wieder Hunderte von Toten zu beklagen, und es würde Tausende neue Ökosylanten geben … Ähnlich sah es im Westen aus. Hatte Hyères, so in die Zange genommen, widerstehen können? Und Elodie? Wie mochte es ihr gehen? Inzwischen glaubte er nicht mehr, sie auf der Insel wirklich gesehen zu haben. Sicher war es eine Sinnestäuschung gewesen. Vielleicht auch jemand anderes, der eine ähnliche Jacke trug …

Als Stéphane sich über Bord beugte, um seinen Plastikeimer auf den schwankenden Anleger zu stellen, fiel ihm ein Gegenstand auf, der vom schlammig trüben Wasser gegen den Bootsrumpf gespült wurde. Etwas Buntes … Er griff nach dem Bootshaken, spießte es auf und zog es aus dem Wasser.

Es war eine Strickjacke aus knallblau-apfelgrüner synthetischer Wolle.

Elia Barceló

Lassen Sie uns nach diesem Blick in eine Zukunft, die uns erbarmungslosen Naturgewalten preisgibt, einen anderen Blick tun in eine andere Zukunft, in eine, in der wir die Dinge im Griff haben. Ist das erfreulicher? Nicht unbedingt, wie uns Elia Barceló in ihrer Geschichte zeigt. Es mag so weit kommen, dass wir ein wenig zu viele Dinge ein wenig zu gut im Griff haben, und das birgt wieder ganz eigene Schrecken – schrecklichere vielleicht sogar als die, die in einer chaotischen Welt offen zu Tage treten …

Elia Barceló gilt in Spanien schlicht und einfach als »Grande Dame der Science-Fiction« und als eine der besten Science-Fiction-Schriftstellerinnen des Landes. Dass sie in dieser Anthologie vertreten sein musste, war eines der wenigen Dinge, die vom ersten Augenblick an feststanden.

Doch sie ist nicht nur eine hervorragende Schriftstellerin, sie ist außerdem eine ehrfurchteinflößend vorbildliche Europäerin. Geboren 1957 in Alicante, studierte sie Anglistik in Valencia und Hispanistik in ihrer Geburtsstadt, um ihren Doktor schließlich in – Innsbruck zu machen. Seit 1981 lebt und arbeitet sie in Tirol, lehrt am Institut für Romanistik der Universität Innsbruck spanische Literatur, Landeskunde und creative writing*. Und sie spricht die fünf wichtigsten Sprachen Europas – Englisch, Französisch, Spanisch, Deutsch und Italienisch – so hervorragend, dass man als Uneingeweihter praktisch nicht erraten kann, welches davon ihre Muttersprache ist.*

Elia Barceló begann Anfang der Achtzigerjahre zu schreiben,

Science-Fiction-Erzählungen zunächst und Romane, später auch Krimis, Jugendromane und Romane des mainstream*. Mittlerweile kann sie auf die Veröffentlichung von 12 Büchern und über dreißig Erzählungen in Zeitschriften und Anthologien zurückblicken, und das in Argentinien, Belgien, China, Deutschland, Frankreich, Italien, Mexiko, Spanien und den USA. In den Jahren 1994 und 1995 schrieb sie außerdem regelmäßig für die spanische Tageszeitung* **El País***. Aus der Liste der literarischen Preise, Auszeichnungen und Ehrungen seien nur folgende genannt: 1991 erhielt sie den von der Spanischen Gesellschaft für Fantasy und Science Fiction vergebenen* **Premio Ignotus** *für ihre Erzählung* **La estrella***. 1993 gewann sie den ersten Preis des internationalen SF-Wettbewerbs der* Universidad Politécnica de Cataluña *für ihren Roman* **El mundo de Yarek***. Sie war zweimal Ehrengast des »Hispacon«, der alljährlich stattfindenden SF-Convention Spaniens, das erste Mal 1992 in Cádiz, das zweite Mal 1999 in Santiago de Compostela. 1997 wurde ihr Jugendroman* **El caso del artista cruel** *mit dem* **Premio EDEBÉ** *ausgezeichnet.*

Und ihr internationaler Erfolg setzt sich fort: Ihr jüngster Roman **El secreto del orfebre** *(»Das Geheimnis des Goldschmieds«) erscheint im Jahr 2004 sowohl in Deutschland als auch in Holland.*

International ist auch der Blickwinkel ihrer nachfolgenden Geschichte. Sie handelt von dem alten Traum, mit den Erfahrungen eines zu Ende gehenden Lebens noch einmal von vorn beginnen zu können – selbst wenn das hieße, ein anderes Leben einfach zu kaufen …

Tausend Euro, ein Leben

von Elia Barceló

Allmählich erhellte das Licht der Morgendämmerung die grünblauen Sonnendächer und verlieh dem Raum die Atmosphäre einer Unterwasserhöhle. Bei jedem *klack*, mit dem der Zeiger der Wanduhr um eine weitere Minute vorrückte, zuckten die beiden zusammen und blickten wie überrascht im Raum umher, um dann von neuem den Blick in den wohltuenden Landschaften, die die Wände zierten, zu verlieren.

Beide trugen den hellblauen Morgenmantel der europäischen Krankenhausinstitutionen, beide hatten dunkle Haut – er mehr als sie –, und beide standen offensichtlich unter einer fast unerträglichen Anspannung. Sie rutschten in ihren Plastikstühlen hin und her und sahen jedes Mal, wenn ein minimales Geräusch die Stille unterbrach, nervös zur Tür.

Der Mann – jung, groß und muskulös – stand mit einem Seufzer auf und lief mit wenigen Schritten zu den Panoramafenstern, die auf einen großen Garten zeigten. Schweigend verfolgte sie ihn mit den Augen, dann wanderte ihr Blick nach draußen, auf den grünen, feuchten, mit Blumen übersäten Rasen und bis zu den Palmen, die sich sanft in der Meeresbrise wiegten. Sie wäre so gerne dort – mit nackten Füßen über das Gras laufen, bis hinunter zum Strand … die Wellen würden gegen ihre Beine peitschen, und sie würde Gänsehaut bekommen.

Sie fragte sich, ob sie jemals wieder die Sonne auf ihrer Haut und das Wasser in ihrem Haar fühlen würde, nachdem sie mit ihr getan hatten, was sie vorhatten. Sie wollte Doktor Mendoza fragen und kannte seine Antwort schon im Voraus: ja, natürlich. Selbstverständlich gab es Grenzen, das wusste sie, aber sie würde nicht so viel verlieren, wie sie sich vorstellte. So tragisch konnte es nicht sein, schließlich gab es Gesetze, die regelten, wie viel man ihr nehmen durfte, und in Europa wurden Gesetze sehr ernst genommen.

In Europa wurde alles sehr ernst genommen, vor allem der Euro – der König und der Gott der alten Welt. Und der neuen. Und aller vorstellbaren Welten.

Er war es auch, der sie hierher geführt hatte. Sie beide hierher geführt hatte, ergänzte sie und warf aus dem Augenwinkel einen Blick auf den Mann, der mit ihr hier wartete. Er sah sehr gut aus mit seiner dunklen Haut und den beinahe europäischen Gesichtszügen – der schmalen, geraden Nase und den hohen Backenknochen. Er lief aufrecht wie eine Lanze und war so groß, dass sie den Kopf zurücklegen musste, um sein Haar zu sehen, das ihm in Hunderten von kleinen Zöpfen auf die Schultern fiel. Sie fragte sich, aus welchem Land er wohl stammte, wusste aber gleichzeitig, dass es im Grunde keine Rolle spielte. Mit Sicherheit kam er wie sie aus einem der vielen afrikanischen Länder, denen der Untergang drohte. Seine Familie würde, genau wie ihre, die absolute Grenze der Not überschritten haben, und er würde wie sie zu dem Schluss gekommen sein, dass er ihnen nur eine Chance zum Weiterleben geben konnte, indem er das Wenige verkaufte, das er besaß – das Einzige, das auf dem europäischen Markt noch von Wert war: einen Körper, der so jung, so attraktiv und so gesund war, dass einer der vielen europäischen Millionäre ihn kaufen wollte. Vorausgesetzt, ihre Hirnstrukturen passten durch eine günstige Fügung des Schicksals zu den eigenen. Das war so unwahrscheinlich, dass es einem Wunder gleichkam, doch hin und wieder geschah es, so wie es bei ihr geschehen war, und wie es auch bei ihm geschehen sein musste, wenn er jetzt hier war, in dem blauen Morgenmantel und mit einem Blick, der sich am Horizont im Meer verlor.

Als man sie für das Programm zugelassen hatte, waren sie mehr als siebenhundert Mädchen gewesen, alles Afrikanerinnen und Asiatinnen. Nach einem Monat hatte sich ihre Zahl bereits auf fünfzig reduziert. Jetzt, nach vier Monaten Tests und Analysen, waren nur noch sie und Yasmina geblieben. Yasmina war Marokkanerin und teilte mit ihr ein Zimmer, seit man entschieden hatte, Yoyo und Adita auf die Warteliste zu setzen. Gestern hatte Doktor Mendoza sie dann gebeten, heute Morgen nüchtern hierher zu kommen – möglicherweise würde heute die endgültige Operation durchgeführt werden. Wenn sie erfolgreich verlief, würde ihre Familie, die bereits tausend Euro erhalten hatte, als man sie für das Projekt zugelassen hatte, die schwindelerregende Summe von zehntausend Euro erhalten und müsste sich niemals wieder Sorgen darum machen, wie sie in Äthiopien überleben sollte.

Sie wischte sich mit der Hand über die feuchte Stirn und seufzte. Wie gerne hätte sie sich noch einmal im Spiegel angesehen, um sich später daran zu erinnern, wie ihr Gesicht am letzten Tag ausgesehen hatte. Aber es gab in der ganzen Klinik weder Spiegel noch reflektierende Oberflächen, sie hatte sich selbst schon seit einem halben Jahr nicht mehr gesehen. In der Außenwelt hatte sie ihr Aussehen zumindest anhand der Reaktionen anderer einschätzen können, doch auch das war hier nicht möglich. Die Ärzte behandelten sie freundlich, aber eher wie ein hoch entwickeltes technisches Gerät als wie ein menschliches

Wesen. Und auch die anderen Projekt-Teilnehmer reagierten kaum, sie alle waren zu sehr mit ihren eigenen Ängsten beschäftigt – mit der kräftezehrenden Aufgabe, sich bewusst zu machen, was für eine Entscheidung sie getroffen hatten und was mit ihnen geschehen würde. Nur mit Yasmina hatte sich in letzter Zeit eine Vertrautheit entwickelt, die es ermöglichte, sich gegenseitig Dinge zu sagen wie »dein Haar glänzt heute ganz besonders« oder »du hast schöne Augen« oder »heute Morgen siehst du sehr hübsch aus«. Es stimmte nicht immer ganz, aber sie hatten gelernt zu bemerken, wann die andere ein paar freundliche Worte brauchte, und beide wussten, dass es keine Rolle spielte, ob es immer die Wahrheit war.

Yasmina würde ihr sehr fehlen, wenn sie das Krankenhaus verlassen hätte. Ihre Familie vermisste sie bereits seit einiger Zeit nicht mehr wirklich – sie hatte an dem Tag, an dem sie fortgegangen war, angefangen, sie bewusst zu vergessen. Ihr war klar, dass sie niemals zu ihnen zurückkehren würde, und sie wussten es auch: ihre Eltern, ihre Großmutter, ihre sieben Geschwister ... Im Prinzip war sie am Tag ihrer Ankunft im Sanatorium Punta Azul gestorben.

Jetzt wurde die Tür leise geöffnet, und behandschuhte Finger winkten den Jungen herbei. Er zuckte zusammen und trat vom Fenster zurück. Sie sah Schweißperlen auf seinem Gesicht, und ohne darüber nachzudenken, stand sie von ihrem Stuhl auf und heftete ihre Augen auf seine – sie waren gelb und weit aufgerissen. Sie streckte ihm die Hand hin, um ihm ihre Kraft zu übertragen. Bevor er unter ihrem Blick den Raum verließ, drehte der Junge sich um und nahm sie ein paar Sekunden lang in die Arme, wie ein Bruder. Ihr blieb kaum genug Zeit, ihm ein Kreuz auf die Stirn zu zeichnen – vielleicht war er gar kein Christ, aber das spielte keine Rolle –, bevor die Krankenschwester ihn mitnahm, um dem Unbekannten gegenüberzutreten.

Als drei Minuten später sie an der Reihe war, gab es niemanden, der sie hätte umarmen können – niemanden, der sie zum Abschied segnete.

In Doktor Mendozas Büro – mediterranes Ambiente, große Fenster zum Meer hin, frische Blumen auf dem Schreibtisch – erlosch der Monitor mit einem Surren und wurde schwarz. Es folgten einige lange Sekunden Stille. Dann wandte sich Mendoza mit einem Lächeln seinen Klienten zu:

»Nun, Señor Peyró, Señora Saladriga, was sagen Sie? Sind sie nicht perfekt?«

»Das Mädchen ist eine echte Schönheit«, sagte der Mann nach einem Räuspern. »Äthiopierin, nicht wahr?«

»Ich dürfte es Ihnen eigentlich nicht sagen«, lächelte Mendoza weiter, »aber ja. Äthiopierin. Das Land, aus dem einige der schönsten Frauen der Welt kommen.«

»Und er?«, fragte die Frau. »Wenn wir schon ...« Sie lächelte ihren Mann an.

»Er stammt aus Mali.«

»Ist er nicht sehr ... schwarz?«, fragte Señor Peyró, sich sehr wohl bewusst, dass seine Frage alles andere als politisch korrekt war.

»Seine Gesichtszüge sind europäisch, wie Sie vielleicht bemerkt haben. Wenn die Farbe seiner Haut ein Problem sein sollte, können wir das später in Ordnung bringen, nach Durchführung des Transfers.«

»Was sagst du?«, fragte Peyró seine Frau.

»Ich finde ihn sehr attraktiv, trotz der Farbe.«

»Und Sie sollten auch bedenken, dass seine zerebrale Konfiguration perfekt ist. Sie haben sehr großes Glück gehabt. Die beiden sind ästhetisch makellos und darüber hinaus, wie ich bereits sagte, perfekt kompatibel. Wir könnten uns nichts Besseres wünschen.«

»Wissen die beiden, was mit ihnen geschehen wird?«, fragte die Frau.

»Sie wurden ordnungsgemäß informiert und haben alle notwendigen Dokumente unterzeichnet. Jetzt liegt die Entscheidung bei Ihnen.«

»Und wenn wir es nicht tun?«

»Dann bleiben die beiden hier, bis wir andere geeignete Klienten finden. Aber, gestatten Sie mir zu sagen, es ist nahezu unmöglich, noch einmal einen solchen Grad der Übereinstimmung zu finden wie mit Ihnen. Aber sie werden in jedem Fall früher oder später vergeben.«

Doktor Mendoza stand auf:

»Vielleicht ist es besser, wenn ich Sie einen Moment lang alleine lasse. Sie möchten sicher miteinander sprechen, bevor Sie Ihrc endgültige Entscheidung treffen.«

»Nein, Doktor, gehen Sie nicht. Wir haben bereits über alles gesprochen«, sagte der Mann mit einem Seitenblick auf seine Frau, die schnell die Augen abwandte.

»Dann haben Sie vielleicht noch eine Frage«, Mendoza nahm wieder seinen Platz hinter dem Schreibtisch ein.

»Mal sehen, ob ich alles richtig verstanden habe«, fasste Señor Peyró zusammen. »Von morgen an werden meine Frau und ich die volle Kontrolle über die Körper dieser beiden Afrikaner haben ...«

»Junge, gesunde und schöne Körper«, fügte Mendoza hinzu.

»Und zwar zwanzig bis zweiundzwanzig Stunden pro Tag«, fuhr sein Klient fort. »Während wir schlafen, können sie – falls man es so nennen kann – ihr Leben leben, ohne dass wir Zugriff auf oder Erinnerungen an ihre Handlungen haben.«

Während ihr Mann sprach, spielte die Señora sichtlich nervös mit der goldenen Kette ihrer Markenhandtasche.

»Wir können unser normales Leben führen und werden alle unsere Fähigkeiten und Erinnerungen behalten.«

»Selbstverständlich, Señor Peyró. Obwohl Sie natürlich eine Phase der Anpassung an ihre neuen ... Werkzeuge, um es einmal so zu sagen, benötigen werden.«

»Und woher wissen wir, dass sie nicht ganz plötzlich inmitten unseres täglichen Lebens aufwachen?«, fragte die Frau.

Alle diese Fragen hatte Doktor Mendoza während der zahlreichen Gespräche mit Peyró und seiner Frau bereits zigfach beantwortet, aber Geduld war eine seiner ausgeprägtesten Eigenschaften – und eine seiner nützlichsten beruflichen Fähigkeiten. Daher lächelte er nur: ein beruhigendes, väterliches Lächeln.

»Das ist ganz und gar unmöglich, Señora. Sie und ihr Mann nehmen pünktlich die notwendigen Medikamente, um die Persönlichkeit ihrer Wirte planmäßig zu unterdrücken, solange Sie wach sind. Während der Ruhezeit Ihres Gehirns, normalerweise nachts, werden Ihre Wirte aufwachen und zwei bis vier Stunden lang sie selbst sein. Nach Ablauf dieser Zeit werden ihre Persönlichkeiten wieder wegdimmen, und Sie selbst werden frisch und ausgeschlafen erwachen.«

»Und wenn sie während ihrer Wachstunden etwas Anstrengendes tun oder sich verletzen?«

»Die Medikamente, die Sie während des Tages einnehmen, halten ihre Wirte in einem zufriedenstellenden mentalen Gleichgewicht. Ich versichere Ihnen, dass die beiden nichts Gefährliches tun werden, obwohl es natürlich im Bereich des Möglichen liegt, dass sie sich an einem Möbelstück stoßen oder sich im Garten erkälten und am nächsten Morgen mit einem leichten Schnupfen aufwachen. Um solche kleinen Zwischenfälle zu vermeiden, können Sie immer noch einen Leibwächter engagieren, der ihr Handeln überwacht und jede Art von Unvorsichtigkeit verhindert. Sie beschäftigen ohnehin Sicherheitspersonal, nicht wahr?«

Die beiden nickten. Es folgte ein langes Schweigen, das Mendoza trotz seiner jahrelangen Erfahrung endlos vorkam.

»Mir gefällt das nicht«, sagte die Frau. »Es ist praktisch, als nehmen wir ihnen ihr Leben.

Mendoza lachte sanft, als lade er sie ein, seine gute Laune zu teilen:

»Ich verstehe Sie, Señora Saladriga, ich verstehe Sie. Sie sind eine sensible Frau. Aber Sie müssen sich deswegen keine Sorgen machen. Tatsächlich handelt es sich sozusagen um einen wohltätigen Akt. Ohne Sie hätten diese jungen Leute nicht die geringsten Zukunftsaussichten. Ganz zu schweigen von ihren Familien. Mit dem Geld, das Sie ihnen geben, können ihre Eltern und Geschwister überleben, studieren, sich eine Zukunft erarbeiten. Und all das auf ehrliche Weise.«

»Ein paar Euro für ein Menschenleben«, murmelte die Frau.

»Wir können es uns leisten, Anna«, sagte ihr Mann und legte die Hand auf ihren Arm.

Anna sah ihn an. Sie waren seit fünfzig Jahren verheiratet. Sie kannte seinen Körper und seinen Geist so gut, wie sie sich selbst kannte, und sie wusste, dass hinter der Fassade des alten, kahlen Mannes mit Doppelkinn, Bauch und Tränensäcken noch der gleiche Junge steckte, den sie vor all diesen Jahren in der Kirche von Ripoll geheiratet hatte: ehrgeizig, arbeitsam und voller Liebe für seine Familie. Sie war ebenfalls noch genauso wie früher – im Inneren, wenn sie nicht in den Spiegel sah und vor Augen hatte, was die Jahre aus ihrem Körper gemacht hatten.

Wenn sie sich entscheiden würden, den Schritt zu gehen, wäre dieser Geist am nächsten Tag umgezogen in junges, festes Fleisch. Sie würden wieder tanzen können, segeln, sich im riesigen Schlafzimmer ihres Chalets am Meer lieben. Er könnte den Körper des äthiopischen Mädchens genießen, und sie würde wieder einen jungen, knackigen Mann umarmen – ihren Mann, für immer eingeschlossen in den Körper des Jungen aus Mali. Das heißt, wenn sie die Gewissensbisse überwinden konnte – und das Gefühl, mit ihrem eigenen Mann Ehebruch zu begehen.

Sie seufzte und drückte Tòfols Hand.

»Was?«, fragte er. »Was sagst du?«

»Wie du willst«, antwortete sie und senkte den Blick.

»Trauen wir uns?«

Es entstand eine kurze Pause.

»Ja«, sagte sie endlich, lächelte ihren Mann mit den Augen an und drückte seine Hand.

Mendoza stieß leise die Luft aus, die er seit ein paar Minuten in der Lunge aufgestaut hatte. Dann lächelte er sie an wie ein biblischer Patriarch:

»Sie haben die richtige Entscheidung getroffen. Unterschreiben Sie bitte hier«, sagte er und reichte ihnen eine bordeauxrote Schreibmappe aus Leder über den Schreibtisch.

Anna Saladriga hatte sich in ihrem Schlafzimmer zurechtgemacht und widmete sich noch einige Sekunden der Betrachtung ihres Bilds im Spiegel des Ankleideraums, bevor sie zu ihren Gästen hinunterging. Sie war eine strahlende Erscheinung. Wunderschön. Wie noch nie in ihrem Leben. Es gab keinen Grund, sich etwas vorzumachen: In ihrem alten Körper war sie nie so attraktiv gewesen, nicht einmal als fünfzehnjährige Debütantin. Damals war sie ein pummeliges Mädchen gewesen – vollbusig, zu groß und ein wenig tollpatschig –, das ständig bemüht war, ihr Mondgesicht zu verstecken und so wenig wie möglich zu lächeln, damit niemand sah, dass ihre Schneidezähne etwas auseinander standen.

Doch jetzt, in dem neuen Valentino-Kleid – einem elfenbeinfarbenen Traum aus Gaze und Spitze, der ihrer braunen Haut einen sanften Schimmer verlieh – und der dreireihigen Kette aus echten Perlen, war sie einfach hinreißend. Und das Beste war, in ihrem Inneren war sie sie selbst geblieben, dieselbe wie immer, nur mit dem Gesicht und dem Körper eines zwanzigjährigen Haute Couture-Models.

Sie seufzte vor Glück und trat ans Fenster, um zwischen den Gardinen nach draußen zu spähen, bevor sie endgültig hinunterging. Der Garten war dekoriert wie für eine Hochzeit und füllte sich langsam mit elegant gekleideten Gästen, deren Unterhaltungen zwischen Gelächter und Gläserklingen zu ihr nach oben drangen. Die High Society von Katalonien, ergänzt und bereichert durch die industrielle Elite Europas, war in ihrem Haus zusammengekommen, um an dem Wunder teilzuhaben, bei dem sie und Tòfol – wie schon so viele Male bei so vielen anderen Dingen – Pioniere gewesen waren. Und unter ihnen, hervorstechend durch seine Größe und seinen elastischen Gang, war er: Tòfol, ihr Ehemann. Nicht nur der mutigste, intelligenteste und ehrgeizigste, sondern – zum ersten Mal in seinem Leben – auch der bestaussehendste Mann unter den Versammelten.

Sie sah ihn einige Minuten lang wie hypnotisiert an und konnte ihr Glück, das ideale Wirts-Pärchen gefunden zu haben, immer noch nicht richtig fassen. Tòfol lief von Grüppchen zu Grüppchen, grüßte, legte seine Hand leicht auf eine Schulter oder einen Arm, klopfte einem alten Freund auf den Rücken, lächelte sein neues Lächeln, das strahlend weiß aus seinem dunklen Gesicht glänzte, und bewegte die zwei Meter starker Muskeln voller Anmut. Sein schlanker, agiler Läuferkörper steckte jetzt in einem dunklen Seidenanzug im Mao-Stil, der seine Schultern und seinen anmutigen Hals betonte. Doch am meisten beeindruckte sie nicht seine Schönheit, sondern die Tatsache, dass er in seinen Gesten, in der Art, wie er seinen Kopf nach vorne beugte, und auf eine undefinierbare Weise sogar in seinem Lächeln immer noch er selbst war: der Mann, mit dem sie seit fünfzig Jahren verheiratet war. Außer seiner Hautfarbe war vom ursprünglichen Aussehen des Jungen nicht viel geblieben. Tòfol hatte die langen Zöpfe des Afrikaners abgeschnitten, und die neue Frisur betonte die perfekte Form seines Kopfes und ließ seine Augen noch größer wirken.

Sie dagegen hatte die langen, krausen Haare des Mädchens behalten – ein Luxus, den sie sich vorher mit ihrem dünnen, brüchigen Haar nie hatte erlauben können. Sie genoss es jedes Mal, wenn sie den Kopf bewegte oder mit der Hand durch die seidige Mähne fuhr, die ihr bis weit über die Schultern, ja fast bis auf die Taille fiel. Tòfol gefiel ihr Haar ebenfalls. Sie hatten die ersten Wochen damit verbracht, wie zwei Teenager ihre neuen Körper zu erforschen, jeden Augenblick, jede Zärtlichkeit genießend, als wäre es die erste ihres Lebens.

Es war jetzt fast zwei Monate her, seit sie das Sanatorium verlassen hatte, und allmählich begann es sich normal anzufühlen. Die Skrupel der Anfangszeit verwässerten ebenso wie das aufregende, erschreckende Gefühl, etwas Falsches zu tun. Nur hin und wieder noch kehrten Panik oder Euphorie wie Blitzschläge zurück und machten sie schwach und zittrig.

Sie warf noch einen letzten Blick in den Spiegel, um den Glanz ihrer jungen Augen zu bewundern, die Festigkeit ihrer Brüste, die keinen BH mehr brauchten, und die Rundung ihrer Hüften, an denen kein Gramm überflüssiges Fett war – und wieder bestaunte sie sich. Doch diesmal vermischte sich das Staunen darüber, die fremde Gestalt anzusehen und sie nicht als ihre eigene zu erkennen, mit dem

Stolz der Besitzerin – und mit einem Hauch von Sorge, ob die Sandalen nicht vielleicht doch zu hoch waren und ihre Wadenmuskeln zu sehr betonten.

»Señora«, sagte Emilia, nachdem sie ein paar Mal diskret an die Tür geklopft hatte. »Der Señor fragt, ob Sie schon fertig sind.«

»Ich fliege, Emilia. Sag, sehe ich gut aus?«

»Sie sind wunderschön, Señora. Die Ribas wird sterben vor Neid, wenn sie Sie sieht.«

Sie gingen lachend die Treppe hinunter und trennten sich im Erdgeschoss – Emilia lief Richtung Küche und Anna in den Garten.

Tòfol sah sie kommen, als sie am Schwimmbecken vorbeiging, und einen Moment lang verschwamm alles um ihn herum ins Nichts. Anna hatte immer noch den Gang einer Königin, aber jetzt war sie eine junge Königin, die schönste Königin der Welt, die Königin von Afrika. Und sie war seine Frau.

In der Peripherie seiner schemenhaften Wahrnehmung bemerkte er die begehrlichen Blicke der anderen Männer, als sie vorbeiging, und die neidvollen Blicke der anderen Frauen, die noch nicht wussten, dass sie die Hausherrin vor sich sahen – Anna Saladriga, vor wenigen Monaten noch eine ältere Señora, stämmig und mit Krampfadern an den Beinen.

Sie küssten sich vor den überraschten Augen ihrer Gäste, die nur einige Sekunden später reagierten: die Damen lachten oder schrieen auf, und die Herren knurrten und klatschten. Ein dicker Mann mit rotem Gesicht und zerfurchter Nase küsste Anna die Hand, nachdem er ihr einen beinahe obszönen Blick zugeworfen hatte. Dann wandte er sich an Tòfol – er musste den Kopf in den Nacken legen, um ihm in die Augen zu sehen:

»Du bist ein Fremder, Mann«, sagte er mit durchdringender Stimme auf Katalanisch, bevor er anfing, über seinen eigenen Witz zu lachen. »Ihr beide seid Fremde!«

Tòfol lachte ebenfalls, legte ihm eine Hand auf den Ellbogen und führte ihn zwischen den Grüppchen von Gästen hindurch zur Bar, wo er zwei Whisky-Soda bestellte. Joan Mercader war einer der ältesten Freunde des Ehepaars und war vor fünfzig Jahren auch Partner in Tòfol Peyrós erster Baufirma gewesen.

»Gut, Joan, jetzt, wo du einen Eindruck gewonnen hast, was sagst du?«

»Dass ich es nicht glauben kann, Junge. Ich sehe dich an, ich spreche mit dir, und ich weiß, dass unter all dem« – Mercader machte eine allgemeine Geste zum Körper des anderen – »mein alter Freund Tòfol steckt. Aber, weißt du, es ist schwer zu begreifen. Wie alt bist du jetzt?«

»Genauso alt wie du. Zweiundachtzig.«

»Nein, Mann, du verstehst mich schon.«

»Sie verraten uns keine Einzelheiten, aber mein Arzt meint etwa siebenundzwanzig oder achtundzwanzig.«

»Und Anna?«

»Vielleicht drei oder vier weniger.«

»Du Glückspilz!«

»Nun, das kannst du auch haben«, sagte Tòfol, während er mit den Augen Annas Gestalt folgte, die von einer Gruppe Damen zur anderen schwebte wie ein Juwel, den man von Hand zu Hand weiterreichte, damit alle ihn aus der Nähe betrachten konnten. »Sag nicht, dass du es dir nicht leisten kannst. Gerade du!«

»Was kostet der Spaß denn?«

Mercader und Peyró hatten schon ihr ganzes Leben lang offen über Geld gesprochen, daher war das, was bei einem anderen Menschen geschmacklos gewirkt hätte, bei ihm ganz natürlich.

»Eine Million pro Kopf.«

Mercader rieb sich mit dem Zeigefinger die Nase.

»Das scheint mir nicht zu viel.«

»Das Geld ist gut investiert, das versichere ich dir.«

»Und sie, wie viel bekommen sie. Ich meine ... die ... schließlich ... ich weiß nicht, wie ich sie nennen soll.«

»Die Wirte«, half Peyró ihm weiter.

»Genau. Was verdienen sie?«

»Sie nichts, aber ihre Familien bekommen eine halbe Million Euro. Der Rest ist für das Sanatorium. Du siehst also, es ist nicht nur ein Geschäft für uns, sondern auch eine Art, der dritten Welt zu helfen.«

Mercader sah ihn mit halbgeschlossenen Augen über den Rand seines Whiskyglases hinweg an:

»Ich hätte dich nicht für so naiv gehalten, Tòfol. Du glaubst doch nicht im Ernst, dass die Schwarzen in ihren Heimatländern eine halbe Million Euro bekommen?«

»Die ganze Sache ist vollkommen legal«, sagte Tòfol verärgert.

»Ich hacke mir den Arm ab, wenn mehr als zwanzigtausend bei ihnen ankommen. Und ich glaube, damit liege ich schon hoch. Willst du, dass ich das recherchiere?«

»Tu, was du für richtig hältst, aber wenn du einen Rat willst: stell dich vorher in der Schlange an. Mal sehen, ob du noch rechtzeitig kommst, um dich in einen neuen Körper transferieren zu lassen. Wenn man bedenkt, wie du deinen dein ganzes Leben lang behandelt hast, solltest du keine Minute mehr verlieren.«

Mercader lachte wieder laut auf, leerte sein Glas, schlug Peyró freundschaftlich auf den Rücken und machte einen Schritt auf die Büfetttische zu, die vor Delikatessen überquollen. Er entschied sich für ein iranisches Kaviar-Kanapee und fragte mit vollem Mund:

»Und was sagen die Kinder?«

Peyró lächelte.

»Die sind empört. Aber klar, sie sind noch jung.«

»Sie dürften auf die sechzig zugehen, oder nicht?«

»Mehr oder weniger. Wir haben schon Urenkel.«

»Stell dir vor, du bringst ihnen jetzt noch ein Brüderchen. Sie wären sicher nicht sonderlich begeistert!«

»Das wäre unser gutes Recht«, sagte Peyró ernst. Tatsächlich war ihm dieser Gedanke jedoch noch gar nicht gekommen. Unglaublich, wie schnell Mercader dachte.

»Ihr könntet, oder nicht? Schließlich seid ihr jetzt wieder jung.«

»Klar könnten wir«, antwortete Peyró mit fester Stimme, obwohl er nicht die geringste Ahnung hatte, ob das wirklich möglich war, oder ob man die Körper, die sie gekauft hatten, vor dem Transfer sterilisiert hatte. Er machte sich eine mentale Notiz, Doktor Mendoza so bald wie möglich danach zu fragen.

»Hör mal, mich würde interessieren ...«, Mercader steckte sich ein weiteres Kanapee in den Mund. »Was ist denn aus euren ... na ja ... du verstehst schon ...?« Er ließ die Frage unbeendet und sah seinem alten, jetzt jungen Freund fest in die Augen.

Peyró hielt seinem Blick stand und wartete darauf, dass er seinen Satz beendete.

»Mit den Körpern von vorher, verdammt. Muss man dir denn alles aus der Nase ziehen, Junge?«

»Ah! Ja.« Er hielt kurz inne. »Sie wurden in Anwesenheit eines Notars verbrannt, nachdem der Transfer rechtlich besiegelt war. Wir mussten tagelang Fotos von unserem neuen Äußeren machen, die Unterschriften authentifizieren ... alles, was du dir vorstellen kannst.«

»Weißt du was, Tòfol? Ich bekomme Lust, mich über diese Sache zu informieren. Ich rufe dich am Montag an, dann kannst du mir Name und Adresse des Sanatoriums geben. Vielleicht habe ich beim nächsten Mal, wenn wir uns sehen, schon das Gesicht eines Chinesen«, sagte er und lachte wieder sein lautes Lachen. »Denn ich vermute mal, dass die … wie hast du sie genannt? … die Wirte alle aus der Dritten Welt stammen, ist ja klar.«

Peyró steckte sich ein Kanapee in den Mund, um nicht antworten zu müssen. Der Tonfall, in dem Mercader mit ihm sprach, war ihm zutiefst unangenehm.

»Ich fürchte«, fuhr der alte Mann fort, ohne eine Antwort abzuwarten, »dass unsere Kinder enttäuscht sein werden. Schließlich gehen sie davon aus, dass sie bald erben, aber wenn wir die Körper wechseln, können wir ohne Übertreibung noch fünfzig Jahre weiterleben, nicht wahr?«

Peyró nickte, er war jetzt offen verärgert. Die gleiche Unterhaltung hatte er schon mehrmals mit seinen eigenen Kindern, Montse und Quim, geführt, und sie hatte jedes Mal einen üblen Nachgeschmack hinterlassen. Denn trotz aller Liebe und obwohl sie immer ein gutes Verhältnis gehabt hatten, war bei den Gesprächen deutlich geworden, dass ihnen die Vorstellung, ihre Eltern könnten noch fünfzig Jahre leben, ganz und gar nicht gefiel. Dass Mercader ihn jetzt daran erinnerte, empfand er als ausgesprochen geschmacklos.

»Du musst mich entschuldigen, Joan. Ich muss mich um die Belgier kümmern, sie wirken ein bisschen verloren.«

»Ja, Mann, natürlich, mach dir um mich keine Gedanken. Du weißt doch, wenn ich zu essen und zu trinken habe, brauche ich nichts anderes«, sagte er und gab ihm einen freundschaftlichen Klaps auf den Rücken. Er blickte Tòfols hoch gewachsener Silhouette nach, als er den Garten in Richtung der untergehenden Sonne durchquerte und zum Pool ging, wo tatsächlich ein kleines Grüppchen Gäste orientierungslos herumstand. Er zuckte mit den Achseln, steckte sich ein weiteres Kanapee in den Mund und dachte darüber nach, wie es wohl sein würde, sich als Herr eines neuen Körpers zu fühlen. Wie das Gefühl, in einem fabrikneuen Ferrari zu sitzen, wahrscheinlich. Vielleicht besser.

Wie immer erwachte er in einem silberfarbenen Halbdunkel, umgeben von so tiefer Stille, dass er das Meer und das Zischen der Palmblätter in der nächtlichen Brise deutlich hören konnte. Er dehnte all seine Muskeln und räkelte sich im Bett, um das neue, aufregende Gefühl der Seidenbetttücher auf seiner nackten Haut auszukosten. Wie schon so häufig wunderte er sich, dass ein alter Mann, der einen neuen, jungen Körper hatte haben wollen, Nacht um Nacht ohne eine Frau schlief: Das Bett war immer leer, wenn er aufwachte. Falls es eine Frau im Haus gab, schlief sie offenbar in einem anderen Zimmer – vielleicht just damit er sie nicht sah.

Er stand leise auf und lief zum Bücherschrank, wo ein Kalender hing. Zwanzig Schritte brauchte er, um das Zimmer zu durchqueren, unter den Füßen spürte er die weichen Fasern eines seidenen Teppichs, den zu knüpfen ein arabisches Mädchen vermutlich fünf oder sechs Jahre gebraucht hatte. Der Kalender zeigte den folgenden Tag an, und wie jede Nacht beruhigte ihn diese Feststellung. Trotz der Beteuerungen Doktor Mendozas plagte ihn immer noch die unbestimmte Angst, dass sein Erwachen irgendwann Lücken bekommen würde, dass es nicht mehr jede Nacht eintreten würde, wie man ihm zugesagt hatte. In seinen Albträumen sah er sich auf einen Kalender starren, von dem Wochen oder gar Monate verschwunden waren, in denen er sich seiner Existenz nicht bewusst gewesen war. Er seufzte erleichtert, schlüpfte in einen Morgenrock, der eines Königs würdig gewesen wäre, und ging die breite Treppe hinunter ins Wohnzimmer, von wo eine große Fensterfront in den Garten führte. Er hatte weder Hunger noch Durst, noch verspürte er die geringste Müdigkeit.

Langsam durchquerte er den riesigen Salon. Im Vorbeigehen hob er diverse Gegenstände von Tischen und Regalen hoch und stellte sie anschließend wieder an ihren Platz – zweifellos alles wertvolle Stücke, doch für ihn hatten sie nicht die geringste Bedeutung.

Eine Zeit lang verharrte er vor dem großen Spiegel an einer der Wände und sah sich an. Er erkannte sich, begrüßte sich, versank trunken in der Betrachtung dieses eindeutigen Beweises seiner Existenz – verlor sich in einer Angewohnheit, die zu einem Ritual seines nächtlichen Alleinseins, seines einsamen, schweigsamen Lebens geworden war.

Das Licht des Mondes fiel wie eisiges Quecksilber durch die Fenster. Es verwandelte die Welt in eine Schwarzweiß-Fotografie und ihn selbst in einen Schatten unter Schatten, in ein Negativ, das noch nicht entwickelt war, in die bloße Möglichkeit einer Existenz, die niemals Realität werden würde.

Er riss sich von seinem Anblick los und lief, immer zwei Stufen auf einmal nehmend, die Treppe hoch in den Ankleideraum. Dort öffnete er den Schrank und zog Hosen und ein Hemd an – hochwertige Kleidungsstücke, die perfekt saßen, aber nicht seine waren, ebenso wenig wie all die wertvollen Gegenstände, das Bett, in dem er schlief und das Haus, in dem er jede Nacht erwachte wie ein Vampir ohne Durst auf Blut.

Er musste hinaus, um zu laufen, hinaus in die Welt, auch wenn die Welt nicht mehr war als der einsame Strand am Ende des riesigen Gartens und eine Hand voll menschenleerer Straßen, die von hohen Mauern und kunstvollen, schmiedeeisernen Gittern sowie von zahllosen Sicherheitskameras gesäumt waren. Er wusste, dass ihm in gewissem

Abstand zwei uniformierte Männer folgen würden, sobald er sich in Bewegung setzte, aber daran hatte er sich längst gewöhnt. Auch sie waren von dem Mann, der diese Villa bewohnte, gekauft worden. Zwar auf weit weniger drastische Weise, denn immerhin konnten sie sich verabschieden, wann immer sie wollten, aber ihre Arbeit war nicht weniger fordernd. Wenn seinem Körper etwas zustieß, würden sie dafür sehr teuer bezahlen müssen.

Er steckte sich die Schlüssel, die immer an einer kleinen Silberkette auf dem Nachttisch lagen, in die Hosentasche und ging wieder hinunter, sorgfältig bemüht, keinen Lärm zu machen, obwohl er wusste – und dieses Wissen amüsierte ihn manchmal –, dass der Hausherr nicht aufwachen würde, egal wie viel Lärm er machte. Auf gewisse Weise war er selber der Hausherr, kein anderer Körper schlief in der seidenen Bettwäsche, aus der er gerade aufgestanden war.

Der Mond zeichnete eine imaginäre Straße auf das ruhige Wasser des Meeres, und sein Licht ließ den Sand phosphoreszieren. Keine Menschenseele war hier, mit Ausnahme der beiden Leibwächter, die er nur als flüchtige Bewegung an der äußeren Grenze seines Sehvermögens wahrnahm, während sie ihm still folgten, ohne einzugreifen. In einer der nächsten Nächte würde er ein Handtuch mitnehmen und im Meer schwimmen gehen – der bloße Gedanke an das Dilemma, in das er die beiden Gorillas damit stürzen würde, ließ ihn auflachen. Vermutlich würden sie sich bemüßigt fühlen, ihn mehr aus der Nähe zu bewachen, und ebenfalls ins Wasser springen.

Er ging eine Stunde lang spazieren, dann beschloss er, ins Haus zurückzukehren. Er wollte noch genügend Zeit haben, sich einen Drink zu genehmigen oder sich etwas zu essen aus der Küche zu holen – nicht weil er Hunger hatte, sondern aus dem Wunsch heraus, bewusst etwas zu kauen, das ein Geschmacksempfinden auf seiner Zunge hinterlassen würde.

Er lief gerade unter den gigantischen Ombú-Bäumen des Vorgartens hindurch, als er am Rand des Pools einen Schatten zu sehen glaubte. Ohne sich ganz sicher zu sein, versteckte er sich hinter einem Baumstamm und spähte. Da war tatsächlich ein Mensch, eine Silhouette in einem Hausmantel, die das Licht des Mondes silbern gefärbt hatte. Die Gestalt streifte den Hausmantel ab und begann ganz langsam die Stufen der breiten Marmortreppe ins Wasser hinunterzusteigen. Es war eine Frau. Eine junge, dunkelhäutige Frau mit langem, krausem Haar.

Sein Mund wurde trocken. Es gab also doch eine Frau im Haus. Die Frau, für die der Alte einen jungen Körper wie seinen gewollt hatte.

Er verharrte einige Minuten lang in völliger Bewegungslosigkeit zwischen den Schatten und beobachtete verwirrt, wie sie im Wasser spielte – voller Unschuld und so natürlich wie ein Meereswesen. Er wünschte, sie würde bald aufhören, damit er sich zeigen und mit ihr sprechen konnte, und gleichzeitig wünschte er, dass sie niemals aufhören würde, dass die Nacht nie enden würde, damit er sie immer weiter anschauen konnte, während sie herumtollte und silberne Wassertropfen aus dem Schwimmbecken versprühte.

Dann stieg das Mädchen aus dem Wasser, mit dem Rücken zu ihm, und er ging der Begegnung entgegen, die er gleichzeitig fürchtete und herbeisehnte.

»Bonsoir«, sagte er auf Französisch, der einzigen Fremdsprache, die er beherrschte.

Sie drehte sich um, verwirrt und erschrocken.

»Bonsoir, Madame«, wiederholte er und hoffte, dass seine Stimme, die rau war, weil er sie so lange nicht benutzt hatte, nicht bedrohlich klang.

Sie bedeckte sich überstürzt mit dem Hausmantel, und

als er schon dachte, sie würde fliehen, ohne ihm zu antworten, drehte sie sich wieder zu ihm um und lächelte.

»Wir kennen uns, erinnerst du dich nicht?«, fragte sie ihn zu seiner großen Überraschung, ebenfalls auf Französisch. »Wir kennen uns aus dem Sanatorium. Ich war im gleichen Wartesaal, als du ... als sie dich holten. Erinnerst du dich jetzt?«

»Du hast mich mit dem Kreuz gesegnet, als ich ging, richtig?«

Sie nickte.

»Ich hätte gerne dasselbe für dich getan«, sagte er unbehaglich. »Aber ich dachte in dem Moment nicht daran. Was tust du hier?«

»Das Gleiche wie du.«

Die Schatten der Leibwächter traten unter den Bäumen hervor ins Licht, unentschlossen.

»Komm, setzen wir uns hierhin«, schlug er vor und zeigte auf die weißen Liegestühle unter der von Bougainvilleas bedeckten Pergola. »Dies ist das erste Mal seit zwei Monaten, dass ich mit jemandem spreche.«

»Ich auch«, lächelte sie und streckte ihm die Hand hin.

Ihre Berührung war wie eine elektrische Entladung. Bis zu diesem Moment war ihm nicht bewusst gewesen, wie dringend er es gebraucht hatte, einen anderen Menschen zu berühren – von einem anderen Menschen berührt zu werden.

»Darf ich dich umarmen? Bitte.«

Sie signalisierte wortlos ihr Einverständnis, und eine Weile umarmten sie sich schweigend, völlig konzentriert auf das unglaubliche Gefühl, einen anderen Körper warm und lebendig am eigenen zu spüren. Ihr Kopf reichte ihm kaum bis an die Schulter, ihr Körper fühlte sich unglaublich zart und zerbrechlich an – und war doch ein Anker, der ihn in der Wirklichkeit festhielt.

»Das habe ich dringend gebraucht«, sagte er leise und lockerte die Umarmung, ohne sie jedoch ganz lösen zu wollen.

»Ich auch«, flüsterte sie.

»Komm. Setz dich hierhin. Ich hole uns etwas zu trinken, ja?«

Nach einer Minute kam er zurück, mit einer Flasche Champagner und zwei Gläsern aus so feinem Glas, dass sie aus Seifenblasen zu bestehen schienen.

»Leben wir beide in diesem Haus?«, fragte er nach dem ersten Schluck, den sie getrunken hatten ohne anzustoßen, sich einfach nur in die Augen sehend.

»Ja. Tagsüber sind wir ein altes Ehepaar. Cristòfol Peyró und Anna Saladriga.«

»Woher weißt du das?« Die Panik überwältigte ihn mühelos. Wenn sie diese Dinge wusste, dann musste sie Zugang zum Geist der anderen Frau haben. Er dagegen wusste nicht das Geringste von seinen Tagen, weder von sich selbst noch von dem anderen Mann. Sie schien seine Furcht zu erraten und lächelte wieder.

»Anna führt ein Tagebuch. Ich lese es jede Nacht. Daher weiß ich auch, dass sie Millionäre sind. Der Ehemann – du«, sie lächelte wieder, »besitzt alle möglichen Unternehmen. Sie haben zwei erwachsene Kinder, mehrere Enkel und sogar zwei Urenkel. Sie hat manchmal ein schlechtes Gewissen uns gegenüber, aber sie ist so glücklich, seit sie wieder jung ist, dass die Skrupel langsam verschwinden. Sie tröstet sich mit dem Gedanken, vielen unbekannten Menschen etwas Gutes getan zu haben. Unseren Familien.«

Ein Knoten schnürte ihm die Kehle zu, und er richtete den Blick auf die Schatten im Garten. Sie sprach weiter:

»Weißt du, wie viel sie für die ... Operation gezahlt haben?«

Er verneinte mit einem Kopfschütteln.

»Eine Million Euro pro Person.«

Er saß da und starrte sie mit aufgerissenen Augen und halb offenem Mund an, bis er endlich in der Lage war zu reagieren:

»Meiner Familie haben sie zehntausend Euro versprochen, wenn der Transfer erfolgreich durchgeführt wird!«

Sie lächelte wieder. Ein angespanntes, bitteres Lächeln.

»Meiner auch. Und ich tat es. Ich tat es für zehntausend Euro. Um ihnen eine Zukunft zu geben. Und wenn sie uns nicht genommen hätten, hätte ich es sowieso schon für die tausend Euro, die sie uns gleich gaben, getan. Begreifst du? Tausend Euro, ein Leben.«

Er zerschmetterte das Glas auf den Fliesen und sprang wütend auf.

»Das ist ein Verbrechen.«

»Ja. Aber wir können nichts tun.«

»Ist alles in Ordnung?«, ertönte eine Männerstimme aus den Schatten.

»Alles in Ordnung, Ricard«, antwortete sie auf Katalanisch. »Machen Sie sich keine Sorgen. Der Señor ist sehr temperamentvoll, das wissen Sie ja.«

»Warum verstehe ich ihre Sprache?«, fragte er niedergeschlagen und ließ sich wieder auf den Liegestuhl fallen.

»Ich weiß es nicht. Ich nehme an, das funktioniert genauso, wie sie unsere Fähigkeiten bekommen haben. Wenn Anna wollte, könnte sie jetzt Teppiche knüpfen, und ich kann jetzt Klavier spielen wie sie, wenn ich will. Was ist los mit dir?«

Er hatte sich auf der Liege zurückgelegt und atmete mit offenem Mund.

»Ich glaube, ich muss wieder nach oben. Es ist sicher schon spät.«

»Ich begleite dich.«

»Kommst du morgen?«, fragte er und ergriff voller Verzweiflung ihre Hand, während das Schwindelgefühl des nächsten Bewusstseinsverlusts ihn überwältigte.

»Morgen, genau hier, sobald ich aufwache.«

Sie gingen Arm in Arm die Treppe hinauf und stützten sich gegenseitig. Auf dem Treppenabsatz des ersten Stocks trennten sie sich:

»Mein Zimmer ist hier links«, flüsterte sie. Und bevor er seine Türschwelle überquerte, fragte sie:

»Wie heißt du?«

»Abraham. Und du?«

»Sarah.«

Er hätte gerne noch gesagt, was für ein schöner Zufall das war, aber seine Beine verwandelten sich in Gummi, und er schaffte es kaum, sie weiter anzusehen.

»Bonne nuit, Abraham. Gott segne dich«, hörte er sie noch sagen, bevor er im Nichts versank.

Cristòfol Peyró war ein außergewöhnlicher Geschäftsmann: ehrgeizig, zielstrebig, innovativ, ein geborener Kämpfer. Doch trotz seines neuen Körpers, den er nunmehr seit mehr als drei Monaten bewohnte, war sein Gehirn nach wie vor zweiundachtzig Jahre alt. Manche Dinge verschwammen in seinem Denken, und er schaffte es nicht immer, das zu tun, was er sich vorgenommen hatte. Aus diesem Grund hatte er sich fast fünf Wochen nach dem Gartenfest immer noch nicht mit Doktor Mendoza in Verbindung gesetzt. Hin und wieder dachte er vage daran, dass er es tun musste, konnte sich aber nie genau erinnern, aus welchem Grund. Er hakte das Thema ab, indem er sich sagte, das sei nur eine in seiner Situation ganz natürliche Unruhe und dass ihm alle anstehenden Fragen bei der nächsten Kontrolluntersuchung am 5. September einfallen und beantwortet werden würden.

Als er am Morgen des 3. beim Aufwachen sein langes

Bein in Richtung Bettrand streckte, stieß er gegen den schlafenden Körper Annas. Er erschrak ein wenig. Er konnte sich nicht erinnern, mit ihr gemeinsam schlafen gegangen zu sein. Immer häufiger lag seine Frau neben ihm, wenn er die Augen öffnete, manchmal in seinem Schlafzimmer und manchmal in ihrem. Und das konnte nur bedeuten, dass ihre Wirte sich in den nächtlichen Stunden kennen gelernt hatten und die Situation, die sie in dasselbe Haus geführt hatte, ausnutzten.

Es war beunruhigend. Es war beunruhigend, und es hatte einen erniedrigenden Beigeschmack, dass sein Körper mehrere Stunden lang durch einen fremden Willen gesteuert wurde, ohne dass er etwas dagegen tun konnte. Auf einen Ellbogen gestützt, beugte er sich über Anna und sah sie lange an. Er dachte darüber nach, wie es wohl wäre, wenn nicht Anna, sondern das afrikanische Mädchen mit dem unbekannten Namen vor ihm läge. Wie wäre dann ihr Lächeln? Wie würden ihre Augen glänzen, wenn sie ihn sähe und er nicht er selbst wäre, sondern der andere – der Mann aus Mali, der sie nachts liebte, wie er es mit Anna tat. Oder auf andere Weise? Auf wie viele unterschiedliche Arten konnte man Liebe machen?

Er strich mit der Hand über die Rundung ihrer Hüfte, und Anna bewegte sich leicht, bis sie schließlich ihre Augen halb öffnete und ihm ihr weißes Lächeln schenkte.

»Es gefällt mir, neben dir aufzuwachen«, flüsterte sie ihm zu.

»Mir nicht.« Tòfol sprang aus dem Bett und ging wie immer als Erstes zum Spiegel.

»Himmel, Tòfol! Nach so vielen Jahren fängst du an, dein gutes Benehmen zu verlieren.« Ihr Lächeln war verschwunden.

»Ist dir denn nicht klar, was es bedeutet, dass wir im selben Bett aufwachen?«

Sie starrte ihn an, ohne zu verstehen.

»Es bedeutet«, fuhr er mit immer lauter werdender Stimme fort, »dass diese zwei Schwarzen, die uns während der Nacht besetzen, sich die Zeit damit vertreiben zu vögeln, während du und ich schlafen. Aus diesem Grund habe ich dich schon mehrmals gebeten, dich in deinem Schlafzimmer einzuschließen, wenn du ins Bett gehst.«

»Aber ... aber das nützt doch nichts, begreifst du das nicht? Wenn die andere aufwacht, muss sie doch nur den Schlüssel herumdrehen, und das war's.«

»Wenn du ihn gut versteckst, kann das nicht passieren.«

»Ich verstecke ihn sehr gut, Tòfol. Nicht einmal du würdest ihn finden. Aber sie anscheinend schon. Und außerdem«, fügte sie hinzu und kam näher, um ihm den Rücken zu streicheln, »was interessiert es dich, Liebling? Wir haben ihre Körper, ihre Leben ... im Grunde ist es doch ein Glück, dass sie sich gut verstehen, dass sie sich vielleicht sogar ineinander verliebt haben. Stell dir vor, sie würden sich hassen und er würde sie nachts schlagen ...«

»Wir müssen dem Wachdienst sagen, dass sie sie nicht zusammen lassen dürfen.«

Sie seufzte, dann setzte sie sich an den Toilettentisch und ließ schweigend einige Minuten verstreichen. Sie wusste aus Erfahrung, dass das ihren Mann beruhigen würde und sie danach ein zivilisiertes Gespräch führen könnten. Tòfol zündete sich eine Havanna an und öffnete die Glastüren, um auf die Terrasse zu gehen und aufs Meer zu schauen.

»Du hältst das nicht für eine gute Idee, stimmt's?«, fragte er, ihr immer noch den Rücken zugewandt.

»Es erscheint mir unnötig grausam, und außerdem können die Männer vom Wachdienst nicht unterscheiden, ob sie es sind oder wir.«

»Das fehlte noch!« Tòfols altes Gesicht wäre jetzt rot

angelaufen, und die Venen an seinem Hals hätten begonnen hervorzutreten. Sein jetziges Gesicht hatte kaum die Farbe verändert, nur seine Augen waren weit aufgerissen.

»Werde nicht wütend, Tòfol, aber die Männer haben mir gesagt, dass sie uns schon oft nachts gesehen haben, wie wir auf der Terrasse etwas getrunken und uns auf Katalanisch unterhalten haben, wie immer. Woher sollen sie wissen, wer wer ist?«

Überwältigt von dieser Neuigkeit ließ Tòfol sich in einen Korbsessel fallen.

»Seit wann sprechen sie Katalanisch?«

»Ich weiß es nicht. Von Anfang an, vermute ich. Du hast ja neulich auch entdeckt, dass du laufen kannst wie eine Antilope.«

»Das liegt daran, dass ich wieder jung bin.«

»Und weil es anscheinend etwas ist, das dieser Junge kann.« Es folgte eine lange Pause, die Anna dazu nutzte, sich die Haare zu bürsten. Sie wusste, dass ihr Mann Zeit brauchte, um bestimmte Neuigkeiten zu verdauen, und jetzt war es wichtig, dass er diese verdaute, bevor sie ihn mit der nächsten fütterte. Die Neuigkeit, die sie ihm bereits seit Tagen mitteilen wollte, ohne bisher den richtigen Augenblick gefunden zu haben.

»Also, was sollen wir tun? Was meinst du?«

»Nichts, Liebling. Wir machen gar nichts. Wir lassen sie ihre wenigen Stunden so nutzen, wie sie es am liebsten möchten. Schließlich tun sie nichts Schlimmes. Sie tun genau dasselbe wie wir. Im Grunde ist es doch egal, findest du nicht?«

Nein, dachte Tòfol. Wieso sollte das egal sein? Wie konnte es egal sein, ob er bei Anna war, der Frau, mit der er schon sein ganzes Leben lang verheiratet war, oder ob ein Fremder mit ihr zusammen war? Natürlich war die Frau bei dem Fremden eigentlich nicht seine Frau, sondern ebenfalls eine Fremde, die zufälligerweise denselben Körper teilte. Doch diese Vorstellung war zu kompliziert für ihn. Er war ein 1950 geborener Mann und gewöhnt, dass in jedem Körper eine Seele wohnte, und zwar nur eine. Beschlichen ihn jetzt etwa religiöse Skrupel, nachdem er sein ganzes Leben lang jede Art von theologischem Unsinn geleugnet hatte? Oder war es einfach Eifersucht, die vulgärste und primitivste Gemütsregung des Menschen?

Anna erhob sich vom Toilettentisch und ging hinaus auf die Terrasse. Sie setzte sich ihrem Mann zu Füßen und ergriff seine Hände. Von der Zigarre, die im Elfenbein-Aschenbecher qualmte, stieg blauer Rauch in die Morgenluft hinauf.

»Tòfol, Liebling, pass mal auf. Ich möchte dir bereits seit ein paar Tagen etwas sagen, und ich glaube, ich muss es jetzt tun. Hörst du mir zu?«

Er nickte, während er spürte, wie ein Knoten ihm die Kehle abschnürte. Wenn Anna so anfing, waren es immer schlechte Neuigkeiten. Sie waren seit fünfzig Jahren zusammen, und er kannte sie.

»Ich bin schwanger.«

»Waaaas?!« Er hatte nicht die geringste Ahnung gehabt, was Anna ihm sagen würde, aber daran hatte er ganz gewiss nicht gedacht. Das war absurd. Lächerlich. Völlig undenkbar. »Rede keinen Unsinn, Anna. Du bist fast achtzig Jahre alt.«

»Nicht mehr«, sagte sie mit sanfter Stimme.

»Bist du sicher, dass …?«

»Natürlich.«

Es entstand eine lange Pause, während der sie sich einfach nur in die Augen sahen: er nach unten, sie nach oben.

»Gut. Dann werden wir es abtreiben müssen. Ich sehe keine andere Möglichkeit.«

»Warum?«

»Wie, warum?«

»Ja. Warum? Jetzt sind wir jung, gesund, stark. Wir lieben uns. Wir haben mehr Geld, als wir in zehn Leben ausgeben können. Warum sollten wir uns versagen, dieses Kind zu bekommen?«

Er saß eine Weile mit offenem Mund da, unfähig zu begreifen, dass sie nicht seiner Meinung war.

»Weil du nicht einmal weißt, von wem es ist!«, explodierte er schließlich.

Sie nahm seinen Kopf zwischen beide Hände und streichelte ihm über die Haare, wie sie es in kritischen Momenten immer tat.

»Von wem soll es schon sein, Mann Gottes? Es ist unseres«, sagte sie sanft. »Deins und meins.«

»Und ihrs«, presste Tòfol zwischen den Zähnen hervor. »Das Kind dieses schwarzen Pärchens, das wir gekauft haben, als wäre es ein Paar Schuhe, ohne an die Konsequenzen zu denken. Das ist ihre Rache.«

»Red keinen Unsinn!« Anna stand gekränkt auf. »Dieses Kind ist meins. Und deins. Und es ist gekommen, wie Kinder kommen müssen: ganz natürlich. Ohne zahllose Besuche beim Gynäkologen in der Schweiz. Ohne dass wir alles Mögliche unternehmen mussten, wie bei Quim und Montse. Oder hast du schon vergessen, wie viel es uns gekostet hat, sie zu bekommen?«

Tòfol vergrub seinen Kopf zwischen den Händen und blieb ganz still sitzen. Er blickte auf den Fußboden und wusste nicht, was er denken sollte.

»Wir werden es bekommen«, fuhr Anna fort, »und wir werden ihm alles geben, was Eltern ihren Kindern geben können. Vielleicht ist es ja der Sohn, den du dir immer gewünscht hast. Vielleicht wird er die Leitung deiner Firmen übernehmen, denn auf Quim, das weißt du selber, hast du in dieser Hinsicht niemals zählen können. Genauso wenig wie auf deine männlichen Enkel.«

»Ja, genau«, sagte Tòfol, ohne den Blick zu heben, seine Stimme war voller Verachtung. »Ein Schwarzer, der das Unternehmen leitet, das ich mein ganzes Leben lang aufgebaut habe.«

»Im Augenblick leitet es ebenfalls ein Schwarzer, oder nicht?«

»Aber das bin ich!«

»Und du bist schwarz! Genau wie ich. Du musst nur in den nächstbesten Spiegel schauen.«

Sie fasste ihn grob bei der Hand und zog ihn ins Schlafzimmer.

»Siehst du? Aber das ist nicht wichtig, Tòfol, wichtig ist das, was drin steckt. Du. Ich. Er. Oder sie«, fügte sie mit einem kleinen Lächeln hinzu. »Aber ich glaube, es wird ein Junge. Das fühle ich hier.« Sie legte die Hand auf ihren flachen Bauch.

»Anna, lass mich darüber nachdenken, um Himmels willen. Gib mir ein bisschen Zeit. Bitte.«

Anna umarmte ihn, und sie ließen sich zusammen auf das Bett fallen, ihre Augen waren feucht.

Abraham sprang wütend auf, lief zur Wohnzimmertür und schaltete auf einen Schlag alle Lampen ein. Das Zimmer wurde erleuchtet, als wäre es helllichter Tag.

»Auf gar keinen Fall!«, schrie er außer sich. »Niemals! Hörst du? Niemals! Eher töte ich dich, und danach mich selbst.«

Sarah war es gewöhnt, wütende Männer zu sehen. Im Laufe ihrer Kindheit und Jugend hatte sie unzählige Male erlebt, dass Männer auf Ohnmacht, auf ausweglose Situationen mit Wut reagierten, mit zerstörerischem Zorn und blinden Schlägen, ohne nachzudenken, ohne die Schäden einzukalkulieren. Sie erschreckte sich ein wenig, aber mehr wegen des Kindes als wegen sich selbst. Ihr Vater hatte sie auch manchmal geschlagen, aber nie sehr schlimm: einige blaue Flecken oder ein paar Kratzer vielleicht, nichts von Bedeutung. Aber jetzt war sie zum ersten Mal schwanger, und sie wusste nicht, welchen Schaden eine Tracht Prügel ihrem Kind zufügen konnte. Deshalb zog sie sich auf das Sofa zurück und wartete, bis er so lange geschrieen und Dinge kaputtgeschlagen hatte, dass er sich beruhigen und wieder mit ihr reden konnte.

»Nicht nur, dass sie uns gekauft haben wie Vieh auf einem Markt, jetzt wollen sie uns auch noch unsere Kinder wegnehmen! Sie glauben, sie haben alle Rechte, weil sie Geld haben. Der Euro ist ihr einziger Gott. Aber damit werden sie nicht durchkommen! Das lasse ich nicht zu!«

Er machte ein paar große Sätze auf das Sofa zu, ergriff ihre Hand und zerrte sie auf die Füße.

»Gehen wir! Gehen wir ins Meer und schwimmen hinaus! Es heißt, das sei ein süßer Tod. Wir werden nichts spüren.«

Sie klammerte sich mit aller Kraft am Sofa fest, weinte und schüttelte den Kopf.

»Nein, nein, nein! Bitte, Abraham, um Gottes willen, ich bitte dich. Das ist Selbstmord, das ist Mord, das kannst du uns nicht antun! Du darfst dein Kind nicht töten!«

»Es ist nicht mein Kind, verstehst du das nicht? Es ist das Kind dieser Weißen, die uns für eine Hand voll Euro gekauft und uns und unsere Familien betrogen haben. Es ist ein Kind des Teufels.«

»Alle Kinder kommen von Gott.«

Er gab ein grausames Lachen von sich:

»Ja, genau. Das echte afrikanische Denken. ›Alle Kinder kommen von Gott.‹ Und wofür? Damit sie sterben wie die Tiere, noch bevor sie zwei Jahre alt sind. Entweder verhungern sie, oder sie verrecken an irgendeiner Krankheit.«

»Dieses Kind wird sicher nicht verhungern, Abraham. Es wird aufwachsen wie ein Prinz – in einer europäischen Millionärsfamilie. Unser Kind wird all das bekommen, was wir niemals hatten. Und wenn es größer wird, kann es vielleicht unseren Leuten helfen.«

»Wenn es größer wird, wird es außen schwarz sein, aber weiß im Inneren, Sarah, mach dir nichts vor. Es wird sein wie sie, und es wird sich einen neuen Körper kaufen, wenn sein eigener nicht mehr gut genug ist. Aber bis dahin wird es Gesetze geben, die es erlauben, die ursprüngliche Persönlichkeit völlig zu unterdrücken.«

»Glaubst du?«, fragte Sarah sehr leise.

»Ich bin nicht so naiv wie du.«

Ein Räuspern an der Terrassentür ließ sie herumfahren:

»Entschuldigen Sie, ist etwas passiert?«, fragte der Mann vom Sicherheitsdienst, der mit jeder Nacht, die verging, unsicherer wurde.

»Lassen Sie sich nicht einfallen, noch einmal zu stören, oder sie können sich einen anderen Job suchen!«, schrie Abraham auf Spanisch.

»Entschuldigen Sie, Don Cristòfol. Ich habe nur versucht, Ihre Anordnungen zu befolgen, aber es ist ... es wird immer schwieriger.«

»Machen Sie sich keine Sorgen, Ricard. Mein Mann und ich haben einen ganz gewöhnlichen Ehestreit. Nichts Schlimmes. Drehen Sie nur beruhigt Ihre Runde«, intervenierte Sarah.

»Ja, Señora. Entschuldigung noch einmal.«

Erschöpft und verwirrt ließ Abraham sich vor ihr in einen Sessel fallen.

»Vier Stunden pro Tag werden wir das Kind erziehen,

Abraham. Das ist nicht viel, ich weiß, aber die meisten Kinder verbringen noch weniger Zeit mit ihren Eltern. Wir werden dafür sorgen, dass es versteht, woher es kommt, wer es ist und welche Verantwortung es trägt.«

»Wir können nicht gewinnen, Sarah«, sagte er müde und stützte die Stirn auf seine gefalteten Hände. »Sie haben alles, wir haben gar nichts.«

»Wir haben Zeit und Liebe.«

Sie verstummten. Das Schweigen zwischen ihnen vibrierte vor Anspannung.

»Weißt du, dass Anna und ich uns seit zwei Wochen schreiben?«

Er hob perplex den Kopf.

»Ich bekam die Idee ganz plötzlich, nachdem ich Annas Tagebuch-Eintrag über die Schwangerschaft gelesen habe. Sie will das Kind auch haben, weißt du? Er nicht.«

»Was?« Wieder glimmte Wut in seinen Augen auf.

»Hast du daran noch nie gedacht? Wir haben keinen anderen Ausweg als den Tod, aber sie haben viele Möglichkeiten. Wenn sie das Kind nicht wollten, könnten sie in eine Privatklinik gehen und es wegmachen lassen. Das ist eine Sache von einer Viertelstunde. Und natürlich würden sie uns nicht vorher fragen.«

»Das können sie uns nicht antun«, stammelte er. »Es ist unser Kind. Sie können nicht für uns entscheiden.«

»Doch, das können sie, Abraham. Das weißt du ganz genau. Aber sie will es bekommen. Ich hinterlasse ihr nachts Zettel, und wir sprechen uns gegenseitig Mut zu. Sie glaubt, dass sie ihn überzeugen kann. Und ich will dich überzeugen.«

»Warum will er es nicht?«

Sarah gab ein kurzes Schnauben von sich und warf den Kopf nach hinten auf das Sofa.

»Was glaubst du denn?«

Er schwieg. Sie fuhr fort:

»Zunächst einmal, weil es schwarz ist. Dann, weil es unsere gesamte genetische Ausstattung besitzt. Von ihnen wird es nichts weiter haben als die Erziehung – einen Teil der Erziehung. Er will es ganz einfach deshalb nicht, weil es nicht sein Kind ist.«

»Nein?«

»Es ist deins, Abraham. Und meins. Es ist von Gott.« Sie machte eine Pause, damit diese Vorstellung in das Gehirn des Mannes durchsickern konnte. »Ich habe Anna gebeten, ihn Isaac zu nennen, wenn es ein Junge ist. Das Geschenk Gottes an ein altes Ehepaar und gleichzeitig das Kind von Sarah und Abraham. Unser Kind.«

Isaac Peyró Saladriga wurde am 7. April 2033 in der Klinik Nuestra Señora de la Concepción in Barcelona geboren. Schwarze Augen, dunkle Haut. Drei Kilo und fünfhundert Gramm. Vierundfünfzig Zentimeter. Natürliche Geburt.

Er war das erste in Europa geborene Kind von Eltern mit einem Wirts-Körper. Bis zum heutigen Tag haben in der Europäischen Union 3 386 Personentransfers stattgefunden, und diese Paare haben 514 Kinder zur Welt gebracht – die Geburten gemischter Paare, mit nur einem transferierten Elternteil, nicht mit einberechnet. Alle diese Kinder gehören den obersten sozialen Schichten an. Die Gesetze zur Regelung der Transfers wurden bisher nicht geändert, doch im Europaparlament werden regelmäßig Debatten darüber geführt, das Zeitkontingent, in der die Käufer die Körper kontrollieren dürfen, zu erhöhen.

Die Bevölkerung des afrikanischen Kontinents verringert sich weiter; die des asiatischen Kontinents bleibt stabil. Das Durchschnittsalter der Menschen in Europa hat sich dank der neuesten technologischen Entwicklung deutlich erhöht, obwohl der Preis für die Transfers jährlich um 55 Prozent steigt.

In sechsundneunzig Prozent der Fälle laufen Gerichtsprozesse, die die Erben des ursprünglichen Paares angestrengt haben, um das Neugeborene vom Erbe auszuschließen. Sie machen geltend, dass die Babys nicht ihre genetische Veranlagung teilen, obwohl sie juristisch gesehen legitime Kinder der gleichen Eltern sind. Keines der Neugeborenen hat bisher die Volljährigkeit erreicht.

Alle europäischen Universitäten haben den Studiengang Jura um einen Zweig zur Spezialisierung auf Personentransfers erweitert, und auch alle medizinischen Fakultäten bieten angehenden Ärzten die Möglichkeit, sich auf Transfers zu spezialisieren. Die katholische Kirche lehnt Personentransfers weiterhin ab, der Vorschlag der Bischöfe der Dritten Welt, diejenigen, die sie praktizieren, zu exkommunizieren, wurde jedoch bisher nicht umgesetzt. Die soziale Akzeptanz dieser Praktik steigt stetig.

Pasi Jääskeläinen

Die vorhergehende Geschichte endet mit einer unter ungewöhnlichen Vorzeichen stehenden Geburt eines Kindes. Was liegt näher, als mit einer Geschichte weiterzumachen, in deren Mittelpunkt das ungewöhnliche Schicksal eines Kindes steht? Ein Sprung, der uns von Spanien direkt nach Finnland führt.

Die finnische Sprache stellt einen kleinen Markt dar; finnische Schriftsteller, die allein vom Schreiben leben können, gibt es praktisch nicht. Der anerkannt beste finnische Science-Fiction-Autor heißt Pasi Jääskeläinen, ist 37 Jahre alt und lebt in einem kleinen Haus mitten in den Wäldern, zwanzig Kilometer von der nächsten Stadt Jyväskylä entfernt, wo er als Finnischlehrer am Gymnasium arbeitet. Seinen Ruf verdankt er ganzen zehn Kurzgeschichten, die über die Jahre in finnischen SF-Magazinen wie **Portti** *oder* **Tähtivaeltaja** *veröffentlicht wurden und von denen nicht weniger als vier jeweils den ersten Preis abräumten im jährlichen Kurzgeschichtenwettbewerb der Zeitschrift* **Portti***, dem wichtigsten Literaturwettbewerb der finnischen Science-Fiction, nämlich in den Jahren 1995, 1996, 1997 und 1999. In den Jahren 1998 bis 2000 gewann Jääskeläinen damit außerdem dreimal in Folge den* **Atorox**-*Preis für die beste finnische Fantasy- oder Science-Fiction-Kurzgeschichte. Im Jahr 2000 erschienen die acht bislang veröffentlichten Kurzgeschichten, ergänzt um eine bis dahin unveröffentlichte Story, schließlich als Buch mit dem Titel* **Missä junat kääntyvät** *(»Wo die Züge wenden«) – die bislang erste und einzige Buchveröffentlichung Jääskeläinens.*

Das Buch erhielt noch einmal begeisterte Kritiken. Pasi Jääskeläinens Stil und Sprache wurden mit denen von Gabriel Garcia Márquez verglichen. Ein Kritiker schrieb: »Wenn diese Kurzgeschichten Musik wären, ich würde im Regen stepptanzen wie Gene Kelly.« Die größte Tageszeitung Nordfinnlands, **Kaleva**, *feierte das Buch als »Ereignis«. Es gewann schließlich den* **Tähtivaeltaja-Preis** *als bestes in diesem Jahr in Finnland publiziertes Science-Fiction-Buch: Pasi Jääskeläinen ist damit der erste und einzige finnische Science-Fiction-Schriftsteller, dem es gelungen ist, diesen Preis zu erringen – bis dahin war dieser ausschließlich an Übersetzungen aus anderen Sprachen gegangen.*

Der Erfolg im Ausland hält sich, zumindest bis jetzt, noch in Grenzen. Es gibt eine Übersetzung seiner Kurzgeschichtensammlung ins Estnische, die 2002 unter dem Titel **Taevast Kukkunud Loomaaed** *im Verlag Scarabeus erschienen ist; die Titelgeschichte wurde ferner ins Kurdische übersetzt. Dennoch – und obwohl ihm sein Brotberuf wenig Zeit lässt – arbeitet Pasi Jääskeläinen seit einigen Jahren unverdrossen an seinem ersten Roman.*

Einiges von all diesen Lebensumständen scheint sich mir in der Geschichte zu spiegeln, die nun kommt.

Die Geschichte des Mädchens, das am Fenster steht – und das doch nicht am Fenster steht ...

Spukhaus, Raketenfabrikstraße 1

von Pasi Jääskeläinen

Beim Anblick des Kindes dachte man sofort an die rührselige Kopie des »kleinen Kranken« von einem hungerleidenden Maler. Das Mädchen stand wie gewöhnlich an ihrem bevorzugten Platz in der Fensterecke zur Straße, das ovale Gesicht an die Scheibe gedrückt.

In den schlaffen Lumpen wirkte sie farblos, mager und linkisch; ein Besucher hatte sich zu der Äußerung verstiegen, sie sehe aus wie eine lustlos zusammengebastelte Vogelscheuche, die nicht einmal einem nervenschwachen Jungvogel Angst machen könne. Ihr kirschrotes Kleid war einmal sehr hübsch gewesen, mit der Zeit hatte es aber Farbe und Fasson verloren und sah nun mehr wie ein dunkelgraues Bündel staubiger Spinnweben aus. Und das lag bestimmt nicht daran, dass es etwa zu wenig oder nicht genau nach den Vorschriften gewaschen worden war!

Auf der anderen Seite der Fensterscheibe lag ein klirrend kalter Wintermittag, den die schwache Märzsonne vergeblich auf Frühlingstemperaturen zu erwärmen versuchte. Doch die dunklen Rehaugen des Mädchens spiegelten eine vollkommen andere Wirklichkeit – das Mädchen war eigentlich nicht anwesend, auch wenn sie physisch an diesem Fleck stand.

All das entsetzte Frau Jansson jeden Tag mehr. Sie gab sich außerordentliche Mühe, ihre arme Nichte zu lieben, denn sie wusste, dass kranke kleine Mädchen besonders viel

Liebe und verständnisvolle Fürsorge brauchten. Doch zu ihrem Kummer wurde sie die schleichende Angst nicht los, die sie in der Gegenwart des Mädchens häufig befiel. In ihrer Nähe verdüsterte sich ein strahlender Tag zu nächtlich dunklen, hungrigen Stunden voll sehnsüchtigem Erwarten. Hätte sie es aber gewagt, sich nahe zu dem Mädchen hinunterzubücken und mit angehaltenem Atem zu lauschen, hätte sie seine dumpfen Herzschläge hören können, die wie Schläge einer Standuhr in der verschlossenen Seele der Kleinen dröhnten.

»Komm und iss etwas, Liebling«, rief Frau Jansson aus der Küche, als das Abendessen fertig war; heute hatte sie Fleischklöße und Stampfkartoffen gekocht, was zumindest vor Jahren noch das Lieblingsgericht des Mädchens gewesen war. Zwischen dem Porzellanklirren und Silbergeklingel des Tafelgeschirrs schlängelten sich ihre Worte bis zu den Ohren des Mädchens, aber es wäre ein kleines Wunder gewesen, wenn sie dieses oder ein anderes Mal eine sichtbare Wirkung hervorgebracht hätten.

Die Frau schnalzte müde mit der Zunge, ging zu ihr hin und nahm sie behutsam bei den Schultern. Als hielte ich einen Kleiderbügel, dachte sie unglücklich.

Die dicke Strickjacke, die Frau Jansson ihr vor ein paar Minuten angezogen hatte, lag wieder als Häuflein auf dem Fußboden. Wenn das so weiterging, würde sich das Mädchen eine ernste Lungenentzündung zuziehen. Sie schien gar nicht wahrzunehmen, dass Winter war und eisige Kälte herrschte. Sie stellte sich anscheinend vor, den heißesten Sommertag zu erleben! Armer, versponnener, unglücklicher Vogel, verirrt in seinen inneren Welten – war er vielleicht erschrocken gegen die harte Glasscheibe zwischen Wirklichkeit und Fantasie geflattert, ohne zu begreifen, wie er sich damit selbst verletzte?

In einem plötzlichen Aufwallen von Mitleid strich die

Frau ihrer Nichte mit leidenschaftlicher Zärtlichkeit über das Haar, das während der vergangenen Monate seine kaffeebraune Farbe verloren hatte, und versuchte einmal mehr, in ihren Augen einen kleinen Funken Anteilnahme zu entdecken, nur um die Kraft zu finden, weiterzumachen, zu lieben und verständnisvoll zu umsorgen, wie eine gute Tante es tun sollte. Aber die pfützentrüben Augen des Kindes (sie waren vor langer Zeit himmelblau gewesen, erinnerte sich Frau Jansson mit zitternden Wangen) schauten weit hinaus ins Leere oder vielleicht noch weiter, und wenn sie etwas sahen, dann jedenfalls nicht die kläglich weinende Frau oder den winterlichen Garten oder irgendetwas anderes in der Welt ringsum, die vor Trauer und Schmerz niedergedrückt war.

Max, Henry, Albin und die goldblonde Henrietta traben in großer Eile die Raketenfabrikstraße entlang.

Sie rennen, wie Kinder stets an so vollkommenen Sommertagen überallhin rennen, wenn die Schultore für immer geschlossen sind und die Sonne alle Farben zu unwirklicher Helligkeit verbrennt und die ganze Gegend aussieht wie ein etwas zu grelles und zugleich äußerst glückliches Gemälde ohne allen Schatten und Leid und dunkle Flecken.

Henrietta hinkt auf dem linken Bein, und es tut umso mehr weh, je schneller sie zu laufen versucht. Die dünnen sehnigen Beine der Jungen in den Kniebundhosen laufen allesamt zu schnell für Henrietta, als dass sie mit ihnen mithalten könnte, ohne vor Anstrengung das Gesicht zu verziehen. Immer werden die Jungenbeine fast unsichtbar, so schnell rennen sie, genau wie in den albernen Bugs Bunny-Trickfilmen, die der alte Sundstrom jeden dritten Sonntag in seinem Filmtheater zeigt.

Henrietta versucht verbissen, nicht an die Schmerzen im

Bein zu denken, aber es macht sie mit aller Gewalt langsamer. Das ist so ungerecht. Henrietta will schneller werden, um die Jungen einzuholen. Sie denkt an geflügelte Pferde und versucht, auf der Kraft ihrer Gedanken zu fliegen wie das edle Ross Pegasus, aber das dumme Bein begreift nicht, es fängt sich in jeder Unebenheit der Straße!

Henrietta wagt nicht darum zu bitten, dass die Jungen auf sie warten. Sie will keine Aufmerksamkeit auf das dumme Bein ziehen, das sie zu einer jämmerlichen Kranken am Rockzipfel der Mutter machen will. Wenn ihr gemeiner Bruder Henry entscheiden dürfte, wäre sie schon vor Eiszeiten zur Mutter nach Hause geschickt worden. Sie darf nur mit der Bande zusammen sein, weil Albin, der charismatische, wundervolle Albin es sagt. Aber jeder weiß, dass auch Albin keine Jammerlappen duldet, und Henrietta will seine Gunst nicht aufs Spiel setzen.

Albin ist ein harter Kerl und gibt natürlich nichts zu, aber Henrietta denkt, der Junge mag sie immerhin ein wenig, vielleicht ist er sogar ein bisschen verliebt. Henrietta ihrerseits mag Albin sehr gern. Er sieht so gut aus in seiner braunen Jacke mit den glänzenden Knöpfen, die ihn aussehen lassen wie einen Hauptmann in einem großen Heer – ihm fehlt nur der Degen am Gürtel. Welch ein charismatischer Junge, rufen die Leute aus, wenn sie ihn sehen, und Henrietta gibt ihnen Recht. Obwohl sie eigentlich nicht genau weiß, was charismatisch bedeutet, aber es scheint alles Prächtige, Besondere, Bewundernswerte zu bezeichnen.

Albin sagt, Henrietta brauche sich für ihr schlimmes Bein nicht zu schämen. Er erlaubt auch niemandem, sie deswegen zu hänseln. Max hat es einmal versucht, das fette Schweinsgesicht Max, der es sich bestimmt nicht leisten kann, über das Aussehen eines anderen Bemerkungen zu machen. Aber Albin schlug ihm sofort auf die dickliche Knopfnase, dass sie blutete, und danach hat niemand wieder den Fehler gemacht und etwas Unfreundliches über Henriettas schlimmes Bein gesagt. Außer Henry natürlich, aber Henry ist ihr Bruder, und Albin denkt, Brüder haben eine Art Blutsrecht, ihre kleineren Schwestern zu quälen. In gewissen Grenzen.

Albin ist der wundervollste Junge, dem Henrietta je begegnet ist, und sie denkt, eines Tages könnte sie sich sogar darauf verlegen, Frau Albin zu sein.

Um aber Frau Albin zu werden, muss Henrietta sich seine Gunst erhalten. Und wenn Albin keine Jammerlappen duldet, will Henrietta ganz gewiss keiner sein. Sie hat nicht geweint, als der rotznasige Dummkopf aus der Nachbarstraße ihr einen riesigen Stein ans Bein warf, nur weil sie allein und gedankenverloren umherging und zufällig auf den Rasen der Dreispringerstraße geraten war. Sie hat nicht einmal geweint, als das Bein lange Zeit so krank war, dass sie anfangs fürchtete und hoffte, es werde schwarz werden und dann ganz abfallen. (Henry zufolge werden Glieder, die man sich an einem Stein verletzt hat, nämlich fast immer schwarz und taub und zuletzt vom Körper abgetrennt.) Jammern würde Henriettas Traum, Frau Albin zu werden, zunichte machen und Albin ihre Gesellschaft verleiden, und in der Folge würde sie an Mamas Rockzipfel verbannt, der nach Tabakrauch und finsterer Grübelei roch, und darum will Henrietta lieber still leiden.

Henrietta will nicht öfter bei ihrer Mutter sein, als sie unbedingt muss. Sie weint so viel und redet seltsam daher. Henry sagt, dass sie bald kommen und Mama mitnehmen, in einem Hemd mit überlangen Ärmeln, die zusammengeknotet werden, und dann wird sie für immer am anderen Ende der Stadt in der Klapsmühle eingesperrt. Henry sagt, bei Mama sind die Rädchen ausgerastet, und das ziemlich schlimm. Nun sagt Henry natürlich alles Mögliche aus reiner Gehässigkeit, aber Mama geht es andererseits wirklich nicht gut. Seit sie geträumt hat, dass die Feuerwerksfabrik explodiert, und jedem beim Frühstück mit ihren schrecklichen Geschichten Angst macht, ist sie nicht mehr sie selbst gewesen. Vielleicht sind ihre Rädchen wirklich ausgerastet, als sie das geträumt hat.

Doch Mama ist nicht die Einzige in der Raketenfabrikstraße, die seltsam ist; die meisten Erwachsenen sind neuerdings still und müde und fast so, als wüssten sie nicht mehr recht, wo und wer sie sind. Albin sagt, das kommt vom zu vielen Arbeiten. In letzter Zeit hat es eine Menge Überstunden in der Fabrik gegeben. Sie läuft Tag und Nacht bei voller Kapazität. Noch nie in der langen Geschichte dieser Fabrik haben sie so riesige Mengen Knallkörper hergestellt, in allen Farben und Größen. Der Fabrikbesitzer hat gesagt, dass sie einen großen und extrem wichtigen Auftrag so schnell wie möglich ausführen müssen, und dann sollen alle belohnt werden und jeder kann sich so lange er will ausruhen, aber keinen Moment eher.

Die Leute in der Raketenfabrikstraße, die immer alle in dem Werk gearbeitet haben und es wahrscheinlich auch immer tun werden, haben keine andere Wahl, als zu tun, was ihnen gesagt wird. In der Tat können sie ihrem Schicksal für die Feuerwerksfabrik danken, denn von denen, die nicht in dieser Straße wohnen, scheinen die meisten dieser Tage keine Arbeit zu haben, und wenn man keine Arbeit hat, bekommt man nichts zu essen, und wenn man nichts zu essen hat, muss man verhungern, sagt Mutter, wenn sie einmal nicht seltsam daherredet oder laut vor sich hin weint. Die ganze Straße ist dem Fabrikbesitzer eine Menge schuldig, und wenn er etwas verlangt, sind es nicht viele, die sich getrauen, nein zu sagen, oder es auch nur wollen. Der Fabrikbesitzer ist nicht sonderlich gewillt, sich Ausflüchte anzuhören, auch nicht, wenn sie gut sind.

»Komm schon, Hinkebein«, knurrt Henry, wütend, weil

er seine Schwester mitschleifen muss. »Oder willste lieber nach Hause und gucken, ob Mama von der Abendschicht zurück ist? V'leicht will unsere Göre ja lieber zu Hause bleiben und Mama beim Heulen zuhören?«

»Lass das sein, Henry«, schimpft Albin und bleibt mitten auf der Straße stehen.

Die Jungen stieren einander an, und Henrietta findet, sie sehen aus wie zwei wütende Tiere vor einem blutigen Kampf. Ein Löwe und ein aufsässiger Wolf. Albin sieht Henry unverwandt an. Er trägt diese ernste Miene, die er immer aufsetzt, wenn bei ihm alle Zeichen auf Sturm stehen. Henrietta läuft dabei ein wohliger Schauer über die Haut.

Sie stehen vor dem Metzgerladen. Zurzeit ist er laut Aushang nur eine Stunde am Tag geöffnet, morgens von sieben bis acht. Auch der Metzger geht in die Fabrik, seit dort Hochbetrieb ist, der Fabrikbesitzer benötigt jede verfügbare Hand.

»Wir haben keine Eile, das Spukhaus rennt uns nicht weg«, sagt Albin. Seine Stimme klingt samtweich, aber keinem entgeht die Drohung, die hinter seinen Worten lauert, am wenigsten Henry. Der versucht vergeblich, sich zu behaupten, und muss schließlich die Augen abwenden.

Henry brummt in sich hinein und tritt gegen die Mülltonne, sodass ein halb gegessener Apfel und ein Haufen Abfall auf die Straße kollern. Man sieht, er hasst es, Albin zu gehorchen, aber selbst er muss sich den nackten Tatsachen beugen: Albin hat Bizeps und Henry nicht, also führt bis auf weiteres Albin die Bande.

Zu Hause hat Henry vor Henrietta geprahlt, wie er seine Muskeln trainieren wird – eines Tages wird er Albin einen solchen Schlag auf die Nase verpassen, dass ihm der Kopf abreißt und bis nach der Dreispringerstraße fliegt, wo die großen Rowdys dann mit ihm Fußball spielen. Henry hat auch gesagt, dass, nachdem er Albin den Kopf runtergehauen hat, er wahrscheinlich als Nächstes seine dumme hinkende Schwester hinrichten und ihren böse entstellten Leib in dem Ameisenhaufen hinter der Fahrradwerkstatt vergraben wird, da Henrietta doch Ameisen so sehr liebt.

Doch Henrietta kann das nicht ernsthaft beunruhigen. Zwar sieht sie ihren Bruder hin und wieder Kraftübungen machen, doch sie scheinen keine Wirkung auf die Jungenarme zu haben, gegen die ein Schreitvogel geradezu fettleibig wirkt.

Henrietta holt die anderen ein und lächelt Albin an. »Ihr braucht nicht auf mich zu warten«, sagt sie atemlos. »Ich renne genauso schnell wie ihr. Meine Schnürsenkel hatten sich nur gelöst.«

»Ich habe nicht deinetwegen angehalten«, sagt Albin gentlemanlike. »Diese Rennerei ist einfach ein bisschen blöde. Wir sind zu alt, um überallhin zu rennen. Als ob wir nicht genauso gut gehen könnten. Gehen ist nicht so kindisch. Was soll überhaupt die Eile?«

»Ja, klar, gehen wir eben«, keucht Max, dem das Sprechen schwer fällt und der Atem durch die geschwollenen Luftröhren pfeift, und Henrietta amüsiert sich: Klar findet Schweinsgesicht Max die Rennerei kindisch! Henrietta hat vielleicht ein etwas lahmes Bein, aber Max hat zwei dicke Beine, an denen die ganze Zeit über große Klumpen Fett zittern, als wären sie aus Tante Eulalias scharfem Minzgelee gemacht.

»Hinkebein hat wohl Schiss in der Hose«, murmelt Henry leise. »Geh ab nach Hause, dann brauchste nicht zu bibbern.«

»Ich hab keine Angst!«, sagt Henrietta ärgerlich. »Im Gegensatz zu dir. Du bist nur bis an die Tür gegangen, und ich erinnere mich genau, dass du bleicher warst als das in der Bleichlauge ersoffene Wiesel in unserem Hof.«

Henrys Augen werden groß und rund und sein Gesicht blass, vielleicht aus Wut oder auch, weil mit der Erinnerung die Angst wiederkehrt. Vielleicht ist es beides. Henry hat nicht viel geredet, seit er neulich an der Tür des Spukhauses gewesen ist. Albin sagt, man soll ihn nicht drängen, er wird reden, wenn die Zeit dazu gekommen ist.

»Hör zu, Henrietta, du brauchst die Mutprobe nicht heute zu machen«, sagt Albin. »Du kannst sie genauso gut morgen oder übermorgen machen oder wann immer du willst. Und ich weiß eigentlich nicht, ob's eine so gute Idee ist, in das Spukhaus zu gehen. Dein Bruder ist bis an die Tür gegangen, und das ist hart genug. Da hätte alles Mögliche passieren können. Sogar ich selber würde nicht unbedingt allzu nah an das Haus rangehen. Weißt du, wir wissen nicht, was passieren kann. Wir wissen rein gar nichts über das Haus! Vielleicht frisst es die Leute oder dergleichen ...«

Albins Benehmen zeigt mehr und mehr Unsicherheit.

»Aber klar werde ich hingehen«, sagt Henrietta und hofft, dass ihr die bösen Ahnungen, die eben noch auf sie einstürzten, nicht anzumerken sind. »Ich gehe in das Spukhaus, und ich gehe heute. Selbst wenn es Leute frisst und mich in kleine Stücke kaut und bis in die Dreispringerstraße wieder ausspuckt.«

Die Bande nimmt diesen hübschen Gedanken in sich auf. Henry kichert entzückt. Doch jetzt bedauert Henrietta, dass sie so etwas laut ausgesprochen hat. Albin und Max sehen Henrietta mit respektvollem Schweigen, beinahe traurig an.

Henrietta erinnert sich an einen Western, den sie mal in Sundstroms Filmtheater gesehen hat. Eine Gruppe Siedler flieht vor blutdürstigen Rothäuten, und als es so aussieht, als könnten sie nicht entkommen, sagt einer von ihnen mit gezwungener Sorglosigkeit: Reitet nur weiter, ich werde bleiben und die Indianer aufhalten und hinterher nachkommen.

»Biste sicher, dass es dich wieder ausspuckt?«, fragt Max dann, und der feierliche Moment ist vorüber. »Und wenn es dich nun runterschluckt und keine lebende Seele dich je wiedersieht?«

»Vielen Dank, Max«, sagt Henrietta. »Daran hätte ich gar nicht gedacht.«

»Halt den Mund, Max«, brummt Albin, und Henrietta meint in seinem Gesicht tiefe Sorge zu erkennen, ja sogar Angst.

Aber das kann nicht sein. Niemals.

Unter den Kindern der Raketenfabrikstraße sind Mutproben ein heiliger Brauch: Es besteht die feierliche Erklärung, dass niemand volles Mitglied der Bande werden kann, wenn er nicht eine Großtat vollbracht hat, die von den anderen anerkannt wird, und damit gezeigt hat, dass er als Kamerad Respekt und Vertrauen verdient und kein nutzloser Bibberjan und Feigling ist. Irgendwann im Frühsommer entdeckt Albin diesen Brauch in einem Abenteuerbuch für Jungen, das er auf dem Speicher gefunden hat, und in dem Buch gibt es eine ähnliche Bande wie ihre, und auf seine eigene charismatische Weise beschließt er, der Erste zu sein, der die Mutprobe nach dem neuen Brauch unternimmt.

Die anderen schlagen vor, Würmer zu essen und aus Pfützen zu trinken und dem Metzger die Scheibe einzuwerfen und andere kindische, wenig mutige Sachen, aber Albin hat etwas anderes im Kopf: Er will dem verrückten Wachhund des Metzgers einen Knochen wegnehmen, dem Hund, den alle Kinder in der Straße stets mehr gefürchtet haben als den Tod. Offiziell heißt der Hund ganz harmlos Otto, aber Satan, wie die Kinder ihn nennen, ist ein viel treffenderer Name für ihn.

Albin sagt, er wird Satan trotzen, und das tut er dann und stellt mit seinem Beispiel eine große Verpflichtung auf, die die anderen erfüllen müssen. Keiner von ihnen wird je vergessen, wie Albin knapp dem Tod entrinnt und aus dem Hof herauskommt, der von dem mächtigen Schäferhund bewohnt wird, und über dem Kopf den stinkenden Knochen schwingt, als wär's die größte Beute aller Zeiten.

Der Nächste, der mit der Mutprobe dran ist und die große Verpflichtung erfüllen muss, ist Max. Max möchte seinen großen Mut gern beweisen, indem er einen Regenwurm oder eine Raupe isst, aber die anderen lehnen ab – Max isst sowieso lauter Krabbelzeug. Vielleicht könnte Max stattdessen das verdorbene Fleisch aus dem Metzgereiabfall essen, schlägt Henry vor – nur als Witz, wie er später beteuert, nachdem es eine Zeit lang so aussieht, als ginge es Max reichlich schlecht, und die Leute schon anfangen, nach einem Schuldigen zu suchen.

Ob Witz oder nicht, Max greift zu aller Ekel und Schrecken die Idee auf und will auch nichts mehr davon hören, etwas weniger Krankmachendes als Mutprobe zu tun, da er doch ein so erfahrener Esser von widerlichen Dingen ist.

Max schafft es nicht, den ganzen Ertrag des Metzgereiabfalls zu essen, nur die ersten beiden kiloschweren, nach Aas stinkenden Brocken (nachdem er ein paar tausend Fliegen weggejagt hat). Im Hinblick darauf, dass Max vor Magenschmerzen in Ohnmacht fällt und kurze Zeit in den Klauen einer Lebensmittelvergiftung vor dem Himmelstor steht, wird seine Leistung nach kurzer Besprechung einstimmig angenommen.

Henry will sich zu viel anmaßen, wie immer. Da Albin Satan getrotzt hat und infolgedessen in die Geschichte der Raketenfabrikstraße eingegangen ist, muss Henry etwas noch viel Schrecklicheres und Wunderbareres finden. Er entscheidet sich, an die Tür des Spukhauses zu klopfen.

Man mag so manches über Spukhäuser reden hören, aber man sollte nicht meinen, das Spukhaus in der Raketenfabrikstraße 1 wäre so ein baufälliger, verlassener Klotz, wie es in fast jedem Viertel einen gibt und dem nur zum Spaß oder um die Kinder zu ängstigen ein Spuk nachgesagt wird. Das verwilderte Gartengrundstück am oberen Ende der Straße ist, abgesehen von einem verfallenen Schuppen, unbebaut gewesen, bis das Spukhaus darauf erschien. Und es steht noch leer, die meiste Zeit. Das Haus kommt, und das Haus geht, und das ist es, was es zu einem Spukhaus macht. Einen Moment sieht man hin, und das letzte Grundstück der Straße ist ein unbebautes Grundstück mit wilden Apfelbäumen, Johannisbeersträuchern, Nesseln und Gras. Im nächsten Moment kann es sein, dass man ein großes weißes Haus sieht, das in der Mitte des Gartens steht, als wäre es schon immer da gewesen. Und dann, nach ein paar Augenaufschlägen, ist es wieder verschwunden.

Das Grundstück gehört der Familie des Fabrikbesitzers. Es heißt, er plane dort den Bau eines neuen, prächtigen Hauses für seine Familie, die gegenwärtig in einem Appartementhaus im Süden der Stadt wohnt; es wurden schon Arbeiter dafür gesucht, sagt Max, dessen Vater Zimmermann ist – oder jedenfalls war, bevor er für die Fabrik angeworben wurde. Wie jemand auf einem Grundstück, wo es spukt, etwas bauen kann, ist eine andere Frage. Albin sagt, es könnte eine gute Idee sein, ein neues Haus von derselben Größe, das genauso aussieht wie das Spukhaus, zu bauen, dann würde der Spuk nicht mehr auffallen. Henrietta findet, dass jemand, der mit einer solchen Idee aufwarten kann, offensichtlich ein Genie ist.

Zum ersten Mal taucht das Spukhaus ein paar Tage oder höchstens zwei Wochen vor Henriettas Mutprobe auf – es ist schwer, ein genaues Datum zu nennen, da eigentlich keiner die Tage zählt. Das ist immer so, wenn die Schultore geschlossen sind und die Farbe an den Häuserwänden sich unter der Hitze wellt und eine schläfrige Sonne mit langsamen gelben Stößen über einen schaumig weißen Himmel schwimmt. Eines heißen Tages läuft jemand an dem Grundstück vorbei, reibt sich die Augen, bleibt mit offenem Mund stehen und wagt dann, seine Kameraden zu fragen, ob sie dasselbe sehen wie er, ein großes weißes Haus, das sich in der Mitte des üppig wuchernden Gartens erhebt, als hätte es schon immer dort gestanden.

Zweifellos ist es ein echtes Spukhaus, wenn auch nicht von der gewöhnlichen Art. Das Haus selbst ist ein Geist, was die Kinder, die über den Fall nachdenken, aus der Fassung bringt. Spuk ist für sie im Allgemeinen ohne Ausnahme mit Tod verbunden, in der einen oder anderen Form. Auf welche Weise ist der Tod dann mit diesem Haus verbunden? Ist das Haus tot? Und wenn ja, wie ist das möglich, wenn Häuser wenigstens nach landläufiger Meinung weder geboren werden noch leben und darum auch nicht sterben?

Wie auch immer: kein Sterbenswörtchen über das Haus zu den Erwachsenen, nicht einmal, wenn sie eine gute Erklärung für den Spuk hätten. Es wird einstimmig beschlossen, die Eltern völlig im Dunkeln zu lassen, und feierlich erklärt, dass jede Petze, die gegen diese Entscheidung verstößt, in den Hof des Metzgers geschubst wird, um von Satan zerkaut zu werden.

Um der Wahrheit gerecht zu werden, muss man sagen, dass, wenn einer so dumm wäre, bei seinen Eltern über das Haus etwas auszuplaudern, sie wahrscheinlich ohnehin kein Wort glauben würden, wie Erwachsene überhaupt nie etwas glauben, was ihre Kinder ihnen erzählen, außer wenn es um ganz gewöhnliche und unwichtige Dinge geht.

Falls aber irgendwelche Eltern diesmal zufällig aus irgendeinem Grund darauf hören sollten, was ihre Kinder plappern, und das Gerede über das Spukhaus ernst nehmen, wäre die einzig mögliche Konsequenz, dass es allen Kindern in der Raketenfabrikstraße strikt verboten würde, auch nur in die Nähe von Haus Nr. 1 zu kommen, unter Androhung harter Strafen. In diesem Licht besehen ist es nur natürlich, dass der Spuk dieses Hauses vor den Eltern geheim gehalten wird. Das ist keineswegs besonders schwierig, da alle Erwachsenen jetzt die schönste Zeit des Tages bei der Arbeit in der Fabrik verbringen und diesen großen, sehr wichtigen Auftrag ausführen.

Ein paar Abende vor Henriettas Nervenprobe – doch es können auch ein paar Wochen gewesen sein, da man es kaum genau sagen kann und es im Grunde auch gar nicht wichtig ist – warten sie alle am Zaun, ob das Spukhaus erscheint. Henry hat gesagt, er wird tun, was noch nie einer vor ihm getan hat, aber keiner der Wartenden glaubt, dass Henry der Aufschneider wirklich wagt, an die Tür des Spukhauses zu klopfen, Henry am allerwenigsten. Aber die große Verpflichtung ist die große Verpflichtung, und als das weiße Haus endlich vor ihren Augen in dem Garten Gestalt annimmt, heult Henry wie ein Indianer, saust auf das Haus zu und verschwindet zu jedermanns großem Schrecken für einen Moment aus den Augen.

Diesen Moment genau zu beschreiben ist schwierig. Er ist gleichzeitig sehr kurz und außergewöhnlich lang, und nachher entzieht er sich vernünftiger Überlegung schneller, als eine Mücke den zuschnappenden Händen entgeht. Im einen Moment ist Henry verschwunden, und dann sehen sie ihn wieder auf die Hecke zurennen, das Gesicht schweißbedeckt und weißer als das tote Wiesel; er wirft sich keuchend über den Zaun und verkündet düster, er habe an die Tür des Spukhauses geklopft. Ihr habt's gesehen, das habt ihr doch? Vor lauter Entsetzen und Aufregung vergessen sie, Henry für seine gelungene Mutprobe zu gratulieren. Sie stehen einfach lange Zeit da und sehen stumm auf das Haus zwischen den Apfelbäumen oder vielmehr dahin, wo das Haus gewesen ist, denn es ist wieder dahin verschwunden, wo es herkommt.

Es kommt vor, dass man sich plötzlich Dinge sagen hört, über die man selbst am meisten erschrickt; zu solchen Dingen gehört Henriettas Ankündigung, in das Spukhaus hineinzugehen.

Das kommt etwa so: Die anderen reden dies und das über das Spukhaus, sie schwatzen müßiges Zeug und lassen nebenbei einen Ball über den staubigen Hof der Fabrik springen, und plötzlich hört Henrietta sich ankündigen, dass sie ihrerseits die Mutprobe machen und in das Spukhaus gehen will, sofern das möglich ist.

Als sie begreift, was ihr da soeben über die Lippen gekommen ist, pinkelt sie sich fast in die Hose, aber es ist natürlich zu spät, um es wieder zurückzunehmen, außer sie möchte für immer das Gesicht und die Selbstachtung verlieren. Aber jetzt, wo sie sich auf den Zaun vor der Raketenfabrikstraße 1 lehnt, während ihr die Sonne das Genick versengt, und sie den bislang leeren Garten betrachtet, wo dichtes Gebüsch und dunkle Baumkronen zitternde Schatten im Geäst fangen, da fühlt sie gar nichts. Sie hat sich manchmal gefragt, was der erste Raumpilot kurz vor dem Abheben gefühlt haben mag, und jetzt glaubt sie es zu wissen.

»Biste ganz sicher?«, fragt Albin.

»Klar«, lügt Henrietta.

Max kratzt sich seinen großen geschorenen Kopf, der irgendwie einer Kartoffel ähnelt. Große Schweißtropfen rinnen ihm über die gewölbte Stirn und wollen in die töricht starrenden Augen, aber er erwischt sie mit seinen dicken Wurstfingern.

»Mann, was für ein Sommer«, seufzt er. »Was für ein Tag ist heute? Sonntag? Oder Dienstag? Welcher Monat?

Mann. Dieser Sommer geht nie zu Ende. Der geht schon zehn Jahre so. Ich will mich ja nicht beschweren, aber ich sterbe womöglich am Hitzschlag, ehe es Herbst wird. Mann. Habt ihr je so einen komischen Sommer erlebt? Ich kann mich schon kaum noch erinnern, wie es im Herbst oder Winter ist. Erinnert ihr euch noch an das weiße Zeug, was im Winter vom Himmel fällt? Oder hab ich das geträumt? He, hab ich das alles geträumt?«

»Ich glaub nicht an Herbst«, sagt Henry und macht auf besinnlich. »Wir haben nie wieder Schule. Die Schule fängt immer im Herbst an, aber der kommt nicht mehr, und darum fängt auch keine Schule je wieder an.«

»Wir können morgen wiederkommen«, versucht Albin es wieder, »wir brauchen uns nicht zu beeilen.«

»Ich mache es heute«, sagt Henrietta. Insgeheim wünscht sie sich, dass Albin sie in die Arme nimmt und wegträgt, damit sie nicht näher an das schreckliche Spukhaus heran muss. Und sie weiß, er tut es wahrscheinlich, wenn sie nur darum bittet. Aber sie weiß auch, dass sie von ihrer Ankündigung nicht mehr zurückkann, sondern die große Verpflichtung erfüllen muss. Jedenfalls, wenn sie zur Bande gehören will. Wenn sie jetzt aufgibt, wird Henry das nie in Vergessenheit geraten lassen. Und vielleicht wird auch Albin sie ein bisschen weniger leiden können.

»Das muss der längste Sommer überhaupt sein«, sagt Max schon wieder. »Und der heißeste. Hat's überhaupt schon mal geregnet? Ich kann mich nicht erinnern. Mann, in mir scheint alles zu kochen. He, Henry, drückst du nicht kochende Scheiße aus dem Arsch?«

»Halt deine fette Klappe«, schnauzt Henry, der sich über sein Geschnatter ärgert, und rammt ihm die Faust auf den dicken Unterarm. Das gibt einen weichen Bums. Max reibt sich jammernd den zitternden Arm und ist endlich still.

»Ich werde jetzt gehen«, sagt Henrietta feierlich.

Albin macht eine Bewegung, und kurz sieht es so aus, als wolle er sie umarmen oder vielleicht, o Himmel, sogar küssen. Aber er wünscht ihr nur ziemlich lahm viel Glück.

Henry versucht sich spöttisch zu geben, doch da bricht ein ängstliches, vielleicht sogar ein wenig respektvolles Grinsen durch. Henrietta bemerkt, dass Max nicht einmal hinzusehen wagt. Er will faules Fleisch essen und zappelnde Würmer, aber das da ist zu viel für ihn. Max pfeift falsche Töne und blickt sehnsüchtig nach dem anderen Ende der Raketenfabrikstraße hin, wo auch in diesem Moment sämtliche Eltern Feuerwerkskörper herstellen.

Henrietta nimmt ihren Rock hoch und klettert über den Zaun in den Garten.

Sie meint einen überraschend kühlen Luftzug in der stehenden Hitze zu spüren. Hat sie nicht eben etwas Großes, Weißes schimmern sehen, kommt das Haus vielleicht schon? Erst jetzt fällt ihr auf, wie spät es schon ist – hier herrscht Dämmerlicht, und es dunkelt mit heimtückischer Schnelligkeit. Bald wird das Tageslicht in die Deckung der dunklen Bäume und Sträucher und in den wurmigen Gartenboden gesaugt werden und nur wieder herauskommen, wenn die umherschleichende Nacht das Schleichen leid geworden und an ihren Ursprungsort, die Rückseite des Mondes, zurückgekehrt ist.

Sie wirft einen raschen Blick zur Bande hin, sucht Ermutigung in Albins gedankenvollen Augen und beginnt, sich vom Zaun zu entfernen und auf das noch unsichtbare Haus zuzulaufen.

Wieder blitzt es weiß um sie auf; eine Kälte beißt ihr schmerzhaft in den schlanken Leib und besonders in das schmerzende Bein. Sie blinzelt, und das Haus ist da, groß und weiß und sehr wirklich: sie sieht sogar die Unebenheiten im Maueranstrich. Henrietta hält den Atem an, als sich die Proportionen verzerren und die Farben eine dunstige

Fremdartigkeit annehmen. Bäume strecken sich einem gräulichen, rissig-körnigen Himmel entgegen, und obwohl Henrietta so schnell ihre Beine es erlauben auf das Haus zuläuft, scheint es sich mit jedem Schritt von ihr wegzubewegen.

Henrietta wimmert ängstlich. Jetzt versteht sie, warum Henry sich geweigert hat, über seine Mutprobe irgendetwas zu erzählen. All das ist unmöglich zu begreifen, man kann es sich selbst nicht erklären, geschweige denn, dass man es in Worte fassen und andere teilhaben lassen kann wie an einer Tüte Bonbons. Henrietta fühlt sich schwindelig, schwach, zittrig. Hände und Füße sind kalt, der Winter kriecht durch das schlimme Bein in Henriettas schlaksigen Körper.

Der Weg ist lang, länger, als man sich vom Zaun aus je vorgestellt hätte, aber dann kommt sie endlich schwer keuchend bei dem Haus an; es erhebt sich vor ihr bis an die Wolken, und sie bleibt stehen und schaut an der Außenwand hoch.

Da ist eine Gestalt im Fenster, wie eine mächtige Gottheit oder vielleicht auch – wenn Henrietta die Augen richtig anstrengt – wie ein junges Mädchen.

Das Mädchen (sofern es wirklich eins ist) schaut aus dem Fenster des Spukhauses und wartet. Auf etwas Bestimmtes. Ihr Warten ist beinahe etwas Greifbares, mehr ein spürbarer Gegenstand, so etwas wie ein Schaukelstuhl oder eine Jahreszeit oder ein Werktag und nicht nur ein persönlicher innerer Zustand. Das Warten beherrscht den Garten und die ganze Umgebung, es durchdringt die kleinsten Teilchen und erhebt sich hoch über die Straße und beherrscht von dort aus alles, gerade wie der allmächtige Gott Vater persönlich.

Henrietta könnte umkehren und fliehen, das täte sie gern, aber etwas Absonderliches in ihr zwingt sie weiterzugehen.

Sie muss die dunkle Steintreppe hinaufjapsen, und ihr Herz tickt wie ein irrer Wecker, der jederzeit anfangen kann zu klingeln, sodass das ganze Haus wach wird und hungrig gähnt und entzückt den kleinen Eindringling bemerkt. Sie schlüpft durch die Haustür, die nur angelehnt ist, und bleibt stehen und schaut in die unermesslich gähnende Halle.

Jetzt ist sie drinnen in dem Spukhaus.

Sie hat den Geist gesehen, der es bewohnt, ein blasses statuenhaftes Mädchen, das aus dem Fenster schaut. Henrietta versteht gar nichts, aber sie hat alles gesehen, und sie könnte nun gehen, ihre Mutprobe hat sie längst zehnmal bestanden. Sie spürt, dass sie gehen sollte, schnell wegrennen und ohne zu zögern, jetzt, solange es noch möglich ist.

Aber sie geht nicht, noch nicht. Die Neugier, dieselbe, die bekanntlich der Tod der Katze ist, sitzt dreist auf ihrer Schulter und verführt sie, noch ein Weilchen zu bleiben und sich noch ein bisschen umzusehen. Und warum auch nicht? Sie hat schon so schreckliche Angst, dass sie sich keinen Deut mehr fürchten könnte als jetzt, also kann sie ihre Erforschung ebenso gut fortsetzen.

Sie späht durch die nächste offene Tür.

Die seltsame Wirklichkeit ist schwer zu fassen, und sie ringt darum, die flüchtenden Linien und Formen zu begreifen, bis ihr der Kopf schmerzt. Der Türsturz reicht bis zu den Sternen hinauf, sie kann ihn nicht einmal mehr sehen.

Ich sollte jetzt gehen, denkt sie und schleicht sich doch tiefer ins Haus, zum Innersten seines Geheimnisses.

Sie spürt unter den Füßen, wie sich die Maserung der Bodendielen vertieft und sich windet und zu klar verständlichen Mustern formt.

Tausende Gerüche prasseln auf ihre wundervoll empfindliche Nase ein, aber die Farben sind verschwunden, haben sich zu Millionen Grautönen gewandelt.

Geräusche prasseln auf ihre Ohren ein und sausen rumpelnd durch die überlasteten Nervenbahnen ihres Gehirns. Sie hört das Holz unter einem fremden Schritt knarren. Sie spürt neben ihrem eigenen wilden Herzticken das hämmernde Klopfen zweier anderer Herzen, die viel langsamer schlagen als ihres. Sie hört einen Atem brausen wie einen Zugwind im Eisenbahntunnel.

Am Fenster steht eine Gestalt, ein junges Mädchen, sie dreht sich um, langsam wie im Traum, und sieht sie an, lächelt, spricht ein Wort, das ein hohler Riss im Himmel ist, und holt mit dem schweren Arm zu einer langsamen Begrüßung aus.

Der kleine Eindringling versucht vergebens, in seinem schaudernden Verstand den schwindelerregenden Tanz der Proportionen in eine gewisse Ordnung zu bringen, versucht vergebens, sich wenigstens an den eigenen Namen zu entsinnen, aber den hat er irgendwo auf dem Weg zurückgelassen und vielleicht auf Nimmerwiederhören verloren …

Etwas noch Kolossaleres als die Mädchenstatue schiebt sich wiegend in das Blickfeld des Eindringlings, und ein Impuls reiner Selbsterhaltung schießt durch sein Nervensystem und zwingt ihn nun endlich zu gehen, aus dem Haus zu rennen, so schnell der stechende Schmerz, der ihr krankes Bein lähmt, es erlaubt.

»Henrietta!«, ruft Albin entsetzt und erleichtert zugleich und hilft ihr über den Zaun.

Henrietta zittert und schluchzt und versucht verzweifelt, ihre verworrenen Gedanken zu ordnen. Der Junge gratuliert ihr und küsst sie plötzlich mitten auf den Mund. Henrietta ist noch nicht so weit, um richtig zu begreifen, was passiert. Sie ist noch nicht einmal so weit, dass sie sich auf ihren

Namen besinnen kann, da rennen sie schon alle die Raketenfabrikstraße hinunter, Max und Henry voran und Albin hinter ihnen her, der Henrietta mit sich zieht. Die betäubte Henrietta wirft einen hastigen Blick über die Schulter. Das Haus ist wieder verschwunden, überlässt den Garten dem Frieden seines schattigen Pflanzendaseins.

Wäre auch sie verschwunden, wenn sie noch einen Moment länger drinnen geblieben wäre? Henrietta denkt kurz darüber nach, dann vergisst sie den Einfall und errötet über das ganze Gesicht, weil sie endlich spürt, wie ihr der Kuss noch auf den Lippen brennt. Lieber Gott, das war ihr erster Kuss! Und der Junge hält sie noch immer bei der Hand! Oh, Allmächtiger!

Hölzerne Einfamilienhäuser stehen in einer Reihe an der Straße, die meisten gehören der Fabrik, der Fabrikbesitzer hat sie bauen lassen. Die Häuser verfolgen die rennenden Kinder mit Gleichmut, schützen mürrisch ihre grünen Vorgärten mit leuchtend bunten Zäunen. Irgendwo kläfft ein Hund. Die Kinderfüße werfen eine Staubschleppe in die Luft, die der warme Sommerwind zuverlässig, aber ein wenig lustlos wegzufegen beginnt. Noch verweilt der denkbar schönste Sommertag in der Raketenfabrikstraße, doch schon mit einem Quäntchen Sehnsucht nach wohltuender Herbstkühle.

»Seht!«, schreit Max, bleibt abrupt stehen und zeigt mit ausgestrecktem Arm. »Mensch, sie kommen alle aus der Fabrik!«

»Der Auftrag ist erledigt«, sagt Albin.

Die Kinder bleiben stehen, wo sie sind, erwartungsvoll, überrascht und nervös. Der Hund bellt lauter denn je und verstummt dann, alles vergessend.

»Der Auftrag ist erledigt«, wiederholt Albin grimmig, und eine entschiedene Endgültigkeit schwingt in den Worten mit.

Keines der Kinder kann es sich erklären, aber ihre energische Anspannung ist verschwunden, und die dunklen Winde von Melancholie und Sehnsucht nach Vergangenem wehen über sie hinweg. Als hätte Albin gesagt, es werde nie wieder Sommer. Aber er hat gar nichts dergleichen gesagt, oder?

Beim Anblick des Kindes denkt man sofort an die rührselige Kopie des »kleinen Kranken« von einem hungerleidenden Maler, dachte Frau Jansson, während ihre Stricknadeln traurig klickten.

Sie saß ganz hinten im Eckzimmer im Schaukelstuhl, dem sie vergeblich den richtigen Rhythmus abzuringen versuchte, und beobachtete das Mädchen mit bebenden Nasenlöchern. War das Mädchen wirklich noch lebendig, in der grundlegenden Bedeutung des Wortes? »Geben Sie ihr Zeit«, hatten die Ärzte gesagt, »es braucht seine Zeit, um sich von so einem Schock zu erholen.« Dem Mädchen wurde Zeit gegeben, die Zeit von Frau Jansson. Aber gerade die Zeit war es, die das Mädchen aufgegeben hatte, sie war herausgesprungen wie ein Ausreißer aus dem fahrenden Zug.

Natürlich wird ein Kind zutiefst erschüttert sein, das beide Eltern auf so schreckliche Weise verliert. Etwas anderes wäre gar nicht normal. Es war so überaus verständlich, dass ein kleines unglückliches Mädchen sich weigert, die trauerschwere Realität anzuerkennen, und sich eine gewisse Zeit daraus zurückzieht. Aber gütiger Himmel, es dauerte jetzt schon acht lange Jahre! Das Mädchen sollte längst zur Schule gehen, durch die Welt laufen, sich verlieben, enttäuscht werden und lernen, sein Leben in die Hand zu nehmen.

Aber nein, dort stand sie noch, die Schultern gebeugt, vor dem einen Fenster. Geradezu als ob es dort etwas höchst Interessantes zu beobachten gäbe, etwas anderes als diesen trostlosen Ausblick – auf die Ruinen entlang der Raketenfabrikstraße, die jetzt wenigstens mit einer hübschen Schneedecke überzogen waren, und auf den enormen Trichter am anderen Ende der Straße, wo früher die große Feuerwerksfabrik stand.

Die Fabrik hatte sich kurz nach Mitternacht, als jeder schlief, plötzlich entschlossen, sich in alle vier Winde zu zerstreuen.

Als Ursache wurde eine brennende Zigarette vermutet oder ein Defekt in den elektrischen Leitungen – es war sehr wenig übrig geblieben, um es nach der Explosion zu untersuchen. Nur der Fabrikbesitzer und seine Frau waren im Werk gewesen, die vierjährige Tochter der Familie hatte, Gott sei Dank, weit von der verhängnisvollen Raketenfabrikstraße entfernt zu Hause geschlafen. Unter farbenfrohem Lodern war die Fabrik in die Nichtexistenz geschnellt und hatte die ganze glücklose Straße mitgenommen: der feurige Drachenatem, in derselben Fabrik erzeugt, hatte jedes einzelne Haus an der Straße verbrannt, und niemand hatte aus dem wütenden Feuer lebendig herauskommen können.

Zwei Monate später ragte ein großes, schönes Haus in der Raketenfabrikstraße 1 auf, das Haus, das der Fabrikbesitzer bestellt und bezahlt hatte, bevor er in die Luft gesprengt wurde.

Ein Mensch muss seine unbeständigen Gefühle meist unterdrücken und nach kalten, rationalen, ökonomischen Tatsachen handeln, aber vielleicht war es doch ein Fehler gewesen, mit dem verwaisten Kind in das erste neue Haus an der Straße einzuziehen. Möglicherweise hatte allein die Nähe zu der einstigen Fabrik das Mädchen so blind und stumm werden lassen.

Die Frau schüttelte den Kopf, unglücklich und ein wenig schuldbewusst. Wenn man es recht bedachte, war dies wirklich kein glücklich gewähltes Milieu. Lauter Ruinen und Ratten. Viele Ratten.

Irgendetwas Eigentümliches in den Überresten der Fabrik zog sie an. Manchmal sah man sie überall auf der Straße, wie sie hin und her rannten, aber besonders viele in den Ruinen der Fabrik. Als Frau Jansson zu dem Trichter hingegangen war, hatte sie sie zwischen den Steinen und zerschmolzenen Maschinen hin und her flitzen sehen, und manchmal hätte sie schwören können, dass die Ratten etwas taten, das sie für bedeutungsvoll hielten, so geschäftig wirkten sie.

Frau Jansson hatte keine Angst vor Ratten, die schließlich auch Gottes Geschöpfe waren, wenn auch nicht die hübschesten. Sie hätte nur gern gehabt, dass sie draußen blieben wie bisher, aber nun hatte sie diesen hinkenden Winzling von einer Ratte im Haus überrascht, und das gab ihr ernste Zweifel ein, ob die Raketenfabrikstraße 1 der passende Wohnort für eine Frau, die auf sich hielt, und ihre arme Nichte war. Himmel, die Ratte hätte das Mädchen beißen können, und sie hätte es noch nicht einmal bemerkt!

Frau Jansson dachte bekümmert über die Fabrik und die Ratten und ihr Leben nach, und das Mädchen, dieser Günstling des Unglücks, starrte immer weiter zum Fenster hinaus, ohne etwas zu sagen oder zu sehen. Als wäre Frau Jansson nicht schon unheimlich genug zumute, erschien jetzt auf dem bleichen Kindergesicht ein töricht entzücktes Lächeln. Was gab es da in einem leeren, verschneiten Garten oder auf einem ausgestorbenen Straßenstück, worüber man lächeln konnte?

Hätte Frau Jansson ihre Strickarbeit hingelegt, um zu ihrer Nichte zu gehen und ihr tief in die Augen zu schauen, sie hätte auf dem Grund bunte, leuchtende Blitze gesehen, den Widerschein des glücklichen Tanzes der Erfüllung

Funken sprühender, leuchtender Insekten. Aber die Frau klickte nur mit den Stricknadeln und seufzte wieder einmal sehr traurig. Unbegreiflich, dass irgendjemand zu solchem Leid verurteilt war. Aber vielleicht wartete das arme Kind noch immer auf das größte Feuerwerk aller Zeiten, das der Vater ihr zum Fest ihres vierten Geburtstags versprochen hatte.

Leo Lukas

Die äußere Erscheinung eines Menschen erlaubt, wie wir gerade gesehen haben, nicht immer zuverlässige Rückschlüsse auf dessen inneres Erleben. In der folgenden Geschichte von Leo Lukas dreht es sich um das entgegengesetzte Phänomen: dass einem auch das innere Erleben nicht immer verlässliche Auskunft gibt über das, was außerhalb von uns selbst vor sich geht.

Irren ist menschlich, mit anderen Worten – dass sich daran etwas ändern könnte, ist auch in den kühnsten Visionen nicht in Sicht. Im Gegenteil ...

Leo Lukas wurde 1959 in der Weststeiermark geboren und musste nach der Matura 1977 erst einmal fünf Monate in einer Lungenheilanstalt verbringen, weil der Schularzt vergessen hatte, ihn gegen Tuberkulose zu impfen. Ein weiterer Irrtum war das anschließende Theologiestudium in Graz, das Leo Lukas schließlich abbrach, um sich journalistischer und künstlerischer Tätigkeit zu widmen. Dies tut er seither unverdrossen, zeitweise in München, Havanna und Edinburgh, inzwischen aber bevorzugt in Wien, trotz zweier Ehen, aus denen zwei Töchter entsprangen und die zu zwei Scheidungen führten. Seit 1978 ergießt sich ein unerschöpflicher Strom von Glossen, Reportagen, Kommentaren und ähnlichem in diverse Zeitungen und Zeitschriften. Ebenfalls seit 1978 macht er Kabarett, unter anderem mit oder für Werner Brix, Annette Giesriegl, Severin Groebner, Josef Hader, Reni Hofmüller, Karl Ferdinand Kratzl, Berndt Luef, Jörg Maurer, Thomas Maurer, »Menubeln«, Ludwig Müller, Christian Muthspiel, Simon

Pichler, Irene S., Mike Supancic, Achim Tang, Rudi Widerhofer, Christoph Wundrak usw. usf. und ist heute aus dieser Szene nicht mehr wegzudenken. 1988, 89 und 90 wurden Programme, an denen er maßgeblich beteiligt war, mit dem von ORF, ARD und SRG verliehenen Kabarettpreis »Salzburger Stier« ausgezeichnet. Seit 1988 schreibt er auch Theaterstücke und Musicals, zuletzt »Schwejk« (Orpheum, Graz) und »Lara und Luki« (Raimundtheater, Wien); 2002 wurden »Einmal Eden Einfach« (Musical Güssing) und »Panda Panda« (Kabarett Niedermair, Wien) uraufgeführt. Ferner führte Leo Lukas bisweilen Regie, unter anderem für die »Drehleier«, München, »theater mit horizont«, Wien, und die »Vereinigten Bühnen Graz«.

Daneben schreibt er Romane. 1998 erschien aus seiner Feder mit **Wiener Blut** *der erste Shadowrun-Roman aus Österreich und über Wiener Lebensart, der immerhin für den Deutschen Science-Fiction-Preis nominiert und inzwischen zweimal neu aufgelegt wurde. 2000 gelang ihm mit dem von Gerhard Haderer illustrierten Roman* **Jörgi, der Drachentöter**, *einer bissigen Satire auf die österreichische Politik, ein veritabler Bestseller, der 2001mit dem* **Goldenen Buch** *ausgezeichnet wurde. Science-Fiction-Freunden jedoch ist Leo Lukas in erster Linie dadurch bekannt geworden, dass er seit einigen Jahren zum Autorenstamm der* **Perry Rhodan**-*Serie gehört, die ihm überaus originelle und eigenwillige Folgen verdankt.*

Ganz ohne Zweifel ist Leo Lukas in erster Linie Komödiant. Dass er sich dankenswerterweise nebenbei mit Science-Fiction befasst, bringt eine erfreuliche Note in dieses bisweilen zu verbissenem Ernst und ausgesprochener Humorlosigkeit neigende Genre. Wie kann man Witze machen, wenn die Sonne in wenigen Milliarden Jahren erlischt? Vom großen, unausweichlichen Kollaps des gesamten Universums dereinst ganz zu schweigen. Leo Lukas zeigt uns, wie. Und dass manchmal zu lachen das Einzige ist, was einem übrig bleibt – auch und gerade vor solchen Aussichten. Und sei es nur, weil es lachhaft ist, wie wir uns schrecken lassen von unseren eigenen Vorstellungen.

Ehe diese Anthologie also in Katastrophismus und Melancholie versinkt: Es werde Humor! Aber schwarz bitte!

Habe die Ehre, euer Allerdurchlauchtigste Hochwohlgeboren …

Chip ahoi!

von Leo Lukas

Oho, sieh mal einer an, ich habe Gesellschaft bekommen. Dürfte kurz ein wenig eingenickt sein. Ein herzliches Grüß Gott, junger Mann! Nein, nein, bleiben Sie liegen, Sie sind gewiss ebenso müde von der Untersuchung wie ich. Und die Narkose wird auch demnächst zu wirken beginnen. Dann haben wir's endlich hinter uns, gell?

Pardon, ich vergaß, mich vorzustellen. Thilotto von Lothring mein Name. Nie gehört? Verstehe. Sie bewegen sich wohl nicht in höheren Adelskreisen? Nun, muss ja nicht jeder. Soll auch gar nicht, haha. Wo kämen wir denn da hin? Ohne Volk kein Adel. Oder, wie ich immer sage: Ein Palast wirkt umso prunkvoller, je schäbigere Hütten drum herum stehen. Rein metaphorisch gesprochen, versteht sich.

Darf ich fragen, wie Sie heißen? Aha. Sehen Sie, das sagt jetzt wieder mir nichts. Wir sind einander gänzlich unbekannt. Gleichwohl hat uns das Schicksal in diesem kleinen Zimmer zusammengeführt. Wie das Leben so spielt, gell?

Bei mir war, genau genommen, die treibende Kraft meine Gattin. Die Baroness, das Goldstück. Will immer nur mein Bestes, die süße Ermengilda. Liebster Thilotto, hat sie gesagt, da gibt es jetzt eine neue Erfindung, die ist wie maßgeschneidert für dich. Wo du dich doch immer so ärgerst über die Umständlichkeiten im Zahlungsverkehr und die komplizierten Prozeduren der personellen Identifikation. Ich kann's nicht mehr mit anschauen, hat sie gesagt, wie du dir jedes Mal wieder deinen unvergleichlichen Charakterkopf zermarterst, weil dir nicht einfallen will, wo du deine Schlüssel liegen gelassen hast. Oder deine Geldbörse. Die Kreditkarten. Die Mitgliedsausweise für deine Klubs. Und und und. Ein dermaßen geniales, für Großes geborenes Hirn wie deines, hat sie gesagt, sollte verschont bleiben von solchem Kleinkram. Und da hab ich ihr natürlich nicht widersprochen. Allein, wie mich mein Buchhalter immer quält wegen der Rechnungsbelege. Horribel, sage ich Ihnen, junger Mann. Da kriegt man, zum Exempel, spontan Lust, sich zwischendurch, weil einem halt gerade danach ist, flugs mal eine neue Limousine zu kaufen – und dann dauert die finanzielle Abwicklung bald länger als das Zusammenschrauben des ganzen Wagens! Schrecklich, wie einen so etwas inkommodiert. Man hat seine Zeit schließlich nicht gestohlen, gell?

Na ja. Ab morgen ist jedenfalls Schluss mit dem Papierkram. Herrlich. Ein dreifach Hurra den Segnungen der Technik!

Ich bin jetzt zwar, unter uns, nicht direkt ein Freund der kybernetischen Chirurgie. Doch dafür, dass ich mit all dem Firlefanz nie mehr Scherereien habe, lege ich mich gern unters Messer, das dürfen Sie mir glauben. Zumal mir Ermengilda, mein Augenstern, versichert hat, dass diese Klinik absolut vertrauenswürdig ist. Sie war selbst schon öfter hier, anlässlich kleinerer kosmetischer Verbesserungen. Obwohl sie es wahrlich noch nicht nötig hätte. Zählt grade einmal halb so viele Lenze wie ich, die Guteste. Aber Sie kennen ja das Weibsvolk. Ach Thilotto, hat sie gesagt, das tu ich doch alles nur für dich, mein Schnäuzelbärchen. Die Schönste von allen will ich sein, hat sie gesagt. Das Beste sollst du haben, hat sie gesagt, denn nur das ist gut genug für dich. Und da hab ich ihr natürlich nicht widersprochen.

Ah, sehen Sie, junger Freund, Sie fangen auch bereits zu gähnen an. Das wird die Spritze sein. Schon erstaunlich, dass der ganze Eingriff in so kurzer Zeit erledigt ist, gell? Wochenlang wartet man auf den Operationstermin, und dann geht's über Nacht, ruck-zuck! Längstens morgen Mittag werden wir wieder entlassen. Mit dem famosen Chip in der Schläfe, auf dem alles gespeichert ist, alle persönlichen Daten, alle relevanten Zahlen, einfach tutto completto, wie der Franzmann sagt. Und selbstredend ist auch ein Sender eingebaut, wegen der Vernetzung. Chip ahoi! Wie Zauberei geht das: Du steigst ins Auto, und das Schlosstor öffnet sich. Betrittst den Klub, derweil schenkt oben der Barkeeper schon den Portwein ein. Besorgst ein Mitbringsel für die Frau Gemahlin – nichts Großes, eine Füllfeder mit einem Brillanten darauf, oder etwas in der Art –, und alles wird sofort abgerechnet, zack!, ist es schon verbucht, als Betriebsausgabe oder karitative Spende, was weiß ich. Will ich gar nicht wissen – und brauche ich nie mehr zu wissen.

Wundervoll, gell?

Vor allem aber, Thilotto, mein Dickerchen, hat Ermengilda gesagt, werde ich via Vernetzung ständig über deinen Aufenthaltsort informiert sein. Kann mir meine Zeit noch perfekter nach dir einteilen, hat sie gesagt, weil ich immer auf den Quadratmeter genau weiß, wo du bist und wann du nach Hause kommst. Ist das nicht praktisch? Und auch in Hawaii wirst du keinen einzigen Schlüssel oder Ausweis brauchen, obwohl dich dort niemand kennt. Noch. Aber dein Chip, hat sie gesagt, identifiziert dich augenblicklich, er kündigt dich hundert Meter im Voraus an, sodass jedermann, den's angeht, sofort weiß: Hier kommt er, Baron Thilotto von Lothring, das Prachtstück der feinen Gesellschaft, die Krone der Schöpfung; leer ist sein markanter Glatzkopf von des Alltags Widrigkeiten, frei für Höheres, wie es dem Edelmann geziemt, Fuchsjagd, Pferderennen, Sherry-Degustation … Und da hab ich ihr natürlich nicht widersprochen.

Jaja, Hawaii. Da werden wir jetzt hinziehen, wissen Sie; zumindest einmal für den Winter.

Ich war, unter uns, zuerst gar nicht so begeistert von der Idee. Kenne dort, wie erwähnt, keine müde Menschenseele. Ermengilda hat mich dann davon überzeugt, dass es auf Waikiki massenhaft tadellos hervorragende Klubs gibt. Ist schließlich ein Königreich, gell? Das Klima wird deinen Schweißfüßen gut tun, Thilotto, mein Schnarchhäschen, hat sie gesagt, und wenn du deine Bridge-Runde vermisst, laden wir sie eben ins neue Landhaus ein. Oder du jettest einfach selber für ein paar Tage über den großen Teich. Geht ja nunmehr ganz flott und ohne jeden Aufwand.

Nämlich, mit dem Chip erspare ich mir logischerweise die Eincheckerei, die Sicherheitskontrollen und so weiter. All das, was einem bislang die Fliegerei vergällt hat. Und nicht zuletzt die vielen verschiedenen Währungen. Igitt. Jedoch: ab sofort kein Problem mehr! Man muss nur, wurde mir erläutert, klar und deutlich denken, »Ja, ich will das erwerben!« – bumsti, schon ist die Transaktion vollzogen, egal, ob in Dollar, Euro oder Kauri-Muscheln, haha. Damit ist jeglicher Missbrauch ausgeschlossen. Und wer, hat Ermengilda gesagt, könnte klarer und deutlicher denken als du, mein Geistesriese, mein Fürzchentrommler, mein angebeteter Thilotto?

Da hab ich ihr natürlich nicht widersprochen.

Aber ich rede und rede, und Sie kommen gar nicht zu Wort, junger Freund. In welcher Branche betätigen nun Sie sich, wenn ich fragen darf?

Soso. Schauspieler sind Sie. Mit Verlaub, ähem: Ist das nicht eher ein Hungerleiderdasein? Rein metaphorisch gesprochen, versteht sich. Haha.

Na, muss es auch geben. Ich persönlich interessiere mich, wenn ich ehrlich bin, weniger für Kunst. Tischkultur: ja. Also, hübsche Flaschen und deren Inhalt. Ermengilda hingegen, meine Angetraute, die hat Sie sicher schon bewundert. Ist geradezu verrückt nach Ihresgleichen, das gute Kindchen. Wo genau, äh, spielen Sie Schau, mein Freund?

Im Coliseum! Na bitte. Da läuft meine Holdeste mindestens drei Mal die Woche hin! Und dabei dauern die Vorstellungen so lang, hat sie mir erzählt, oft bis weit nach Mitternacht. Ganz schön anstrengend, was? Zahlt sich das denn überhaupt aus?

Kein Beruf, sondern eine Berufung. Verstehe. Das haben Sie jetzt schön gesagt. Mein lieber junger Freund und Zimmergenosse, bitte verzeihen Sie meine Neugier, ich will auch wirklich nicht indiskret sein, jedoch – wie finanzieren Sie sich eigentlich diese Operation? Ich meine, der Chip und das ganze Drum und Dran, das kostet eine schöne Stange Geld, gell? Für mich ein Klacks, aber für Sie …?

Was?

Oh.

Bumsti.

Muss gestehen, ich bin bissel perplex. Verurteilt, sagen Sie? Wegen Hochstapelei. Na sowas! Weil Sie sich für einen Aristokraten ausgegeben haben. Ts, ts, ts. Und der Richter hat Sie vor die Wahl gestellt, entweder Kerker oder der Chip. Mit dem Sie ab morgen weltweit gebrandmarkt sind. Damit niemand mehr auf Sie hereinfallen kann. Also, das hätte ich jetzt nicht gedacht. So ein netter, sympathischer, gut aussehender junger Mann. Und dann …

Klar, unserer Staatenunion kommt das günstiger als Einsperren. Verstehe den Gedankengang vollkommen. Wenn Sie sich selber verköstigen und beherbergen, fallen Sie dem Gemeinwesen nicht zur Last. Das leuchtet ein. Der

Chip ist allemal billiger als die Gefängnis-Fazilitäten und das Bewachungspersonal. Umgekehrt wird es Ihnen auch lieber sein, wenn Sie weiterhin ungesiebte Luft atmen können, gell? Rein metaphorisch gesprochen, versteht sich. Andererseits, in gewisser Weise sind Sie geradezu ein Glückspilz. Das, wofür ich teuer bezahle, bekommen Sie von der öffentlichen Hand geschenkt, gratis und taxfrei.

Wie meinen? »Frei« sei vielleicht nicht ganz die richtige Wortwahl?

Haha.

Schön, dass Sie es mit Humor nehmen.

Uah ... Entschuldigung. Beginne die Narkose zu spüren. Wird jetzt nicht mehr lange dauern, denke ich. Bald wird uns die Schwester holen kommen. Und in Zukunft wird nichts mehr so sein, wie es früher war ... Tut mir Leid für Sie, junger Mann. Spreche Ihnen mein vollstes Mitgefühl aus. Freilich, Sie haben es sich selbst zuzuschreiben. Man sollte schon wissen, wo sein Platz in der Gesellschaft ist. Aus der Hütte in den Palast, das gibt's höchstens am Theater. Und bei Licht betrachtet, Ihrereiner wäre dafür auch gar nicht erzogen. Essen Schauspieler überhaupt mit Messer und Gabel?

Ah doch.

Na immerhin.

Warm hier drin, gell? Lockern Sie ruhig Ihr Hemd, mein Freund, tun Sie sich keinen Zwang an!

Pardauz, jetzt ist Ihnen etwas runtergefallen. Da liegt's, beim Fußende des Bettes. Aber schon unglaublich, was es oft für Zufälle gibt, nicht wahr? Die haargenau gleiche Füllfeder hab ich meiner teuersten Ermengilda verehrt. Muss bei nächster Gelegenheit mit diesem Schlitzohr von Juwelier ein ernstes Wörtchen reden. Von wegen unverkennbares Einzelstück! Die Kerle betrügen einen nach Strich und Faden, wenn man nicht aufpasst wie ein Haftelmacher. Was sich meine Gattin schon alles hat andrehen lassen ... Manchmal denke ich, sie ist schlichtweg zu gut für diese Welt.

Ihr Geschlecht hat, unter uns, viel durchgemacht. Ausgedünnt wäre ein Hilfsausdruck, haha. Blaublütig kann man die Familie beim besten Willen nicht mehr nennen. Deswegen war meine Mutter ja schärfstens gegen die Verbindung. Aber ich habe mich durchgesetzt. Der Erbe bin schließlich immer noch ich. Und habe ich's bereut? Nicht eine einzige Sekunde, in all den Monaten. Wenn Sie mein Ermengildchen kennten, wie ich sie kenne ... Dieser Liebreiz! Diese hündische Treue! Diese an Dankbarkeit grenzende Unterwürfigkeit ...

Ah, da kommt die Schwester. Ein herzliches Grüß Gott, gute Frau. Jetzt wird's ernst, gell?

Haha.

Wie meinen?

Nein. Hopperla, da liegt offenbar ein Irrtum vor. Ich bin Thilotto von Lothring. Der andere.

Nein! Wenn ich es Ihnen doch sage, Schwester. Obgleich mir das Sprechen mittlerweile recht schwer fällt. Der Delinquent, das ist dieser hier, auf der anderen Liege, der mit dem schwachsinnig breiten Grinsen im Gesicht. Ich für mein Teil bin der reichste Mann des Landes, das Prachtstück der feinen Gesellschaft, die Krone der Schöpfung. Ich könnte Ihre ganze Klinik kaufen mit einem einzigen Augenzwinkern, und wenn sie eine Trillion Euro kostete. Ab morgen Mittag brauche ich nur noch zu denken, »Ja, ich will das erwerben!« – ruck-zuck, gehören Sie mir. Und zwar nicht bloß rein metaphorisch, damit wir uns richtig verstehen, gell?

Junger Mann, bewahren Sie bitte die Contenance. Halten Sie sich zurück. Wer hat Ihnen erlaubt, sich einzumischen? Was soll das, »Solche Sprüche sind typisch für Hochstapler wie ihn?«

NEIN!

Schnallen Sie mich sofort wieder los, Schwester! Sie begehen einen Fehler! Sie stehen im Begriff, uns zu vertauschen! Haha, sowas kann doch wohl gar nicht passieren, oder?

Ja, sind Sie denn schwerhörig?

NEIN! HILFE! HILFEEE ...

Halt, ich weiß was. Rufen Sie sofort meine Frau an, Schwester. Gleich hier mit dem Apparat. Ja, genau. Die Baroness. Lassen Sie sich von ihr eine Beschreibung meiner Person geben. Das wird die Verwechslung aufklären.

Na also. Was sagt sie? »Groß, gut gebaut, blond gelocktes Haar, jugendlich wirkend.« – Gut, das mag eventuell ein klein wenig beschönigend sein, aber Liebe macht nun mal ...

Hallo?

Ich kann nur mehr verschwommen sehen. Wie durch Nebel. Bin so müde. Das Bett fährt los. Also wirklich, ich muss schon sagen, junger Mann – dass Sie die Verhältnisse nicht richtig stellen, enttäuscht mich ein wenig. Unter, äh, uns. Doch anstatt mich zu rehabilitieren, flüstern Sie bloß, während ich an Ihnen vorbei rolle: »Sorry, Kumpel. Ermengilda meinte, so rum sei es einfach die bessere Besetzung. Und da widerspreche ich ihr natürlich nicht.«

Jean-Claude Dunyach

In der vorangegangenen Geschichte ist ein Chip, der die Frage nach der Identität eines Menschen ein für alle Mal klarstellen soll, ein kleines, aber entscheidendes Detail in einem perfiden Ränkespiel. Auch die folgende Erzählung greift das Thema Identität auf, aber auf tiefergehende Weise. Denn was ist es denn eigentlich, das uns unsere Identität verleiht? Nichts anderes als unsere Erinnerungen. Verlieren wir sie, hören wir auf, die zu sein, die wir sind.

Diese Einsicht verarbeitet Jean-Claude Dunyach in seiner Kurzgeschichte auf unnachahmliche Weise.

Geboren 1957, hat Jean-Claude Dunyach einen Ph.D. in Angewandter Mathematik und arbeitet als Spezialist für Hochleistungscomputer für Airbus France in Toulouse, wo er auch lebt. Science-Fiction schreibt er seit den frühen Achtzigern. Inzwischen kann er auf sieben veröffentlichte Romane zurückblicken, auf sechs Sammelbände eigener Kurzgeschichten sowie auf zahlreiche Preise: den französischen Science-Fiction-Preis 1983, den ***Rosny Aîné Preis*** *1992 in gleich zwei Kategorien, den* ***Grand Prix de l'Imaginaire*** *und den* ***Prix Ozone*** *1997. Seine Kurzgeschichte* ***Déchiffrer la trame*** *(2001 auch auf Deutsch unter dem Titel »Die Teppichleser« im Magazin* ***ALIEN CONTACT*** *erschienen) räumte 1998 besonders gründlich ab: den* ***Grand Prix de l'Imaginaire****, den* ***Prix Rosny****, und die Leser des bedeutenden englischen Magazins* ***INTERZONE*** *wählten sie zur »besten Story des Jahres«.*

Der vielfach beklagten Haltung des englischen Sprachraums, nichtenglische Schriftsteller weitgehend zu ignorieren, setzt Jean-

Claude Dunyach nämlich seine ganz persönliche Strategie entgegen: Da sein Beruf permanente internationale Kontakte mit sich bringt und so hervorragende Englischkenntnisse gewissermaßen erzwungen hat, ist er imstande, seine Kurzgeschichten in Eigenarbeit zu übersetzen und sie – nach Gegenprüfung durch englische Muttersprachler – internationalen SF-Magazinen anzubieten. Und er hat Erfolg damit. ***Interzone*** *hat in den letzten Jahren schon fünf seiner Storys veröffentlicht, zwei davon wurden in den amerikanischen* ***Year's Best****-Bänden nachgedruckt, nämlich 1998 und 2002. In* ***Full Spectrum*** *erschienen bislang zwei seiner Storys, zwei weitere Storys in dem australischen Magazin* ***Altair*** *und ebenfalls zwei in dem kanadischen Magazin* ***ON SPEC****.*

Jean-Claude Dunyach gilt in der französischen Science-Fiction als Meister der Kurzgeschichte, auch wenn er selber behauptet, er schreibe Kurzgeschichten hauptsächlich deswegen, weil ihm sein anspruchsvoller Brotberuf wenig Zeit zum Schreiben lässt. Doch es war bestimmt nicht nur dieser Grund, der ihn veranlasst hat, seinen bislang letzten Roman ***Étoiles mourantes*** *(»Sterbende Sterne«) gemeinsam mit Ayerdahl zu schreiben, einem anderen bekannten französischen SF-Autor. Die beiden gewannen damit 1999 den* ***Grand Prix de la Tour Eiffel*** *und den* ***Prix Ozone****, und inzwischen ist der Roman (unter dem Titel »Stelle Morenti«) auch in Italien erschienen.*

Zeitmangel? Jean-Claude Dunyach schreibt nebenbei außerdem Songtexte für verschiedene französische Sänger. Und ließ sich von dieser Tätigkeit wiederum zu seinem Roman ***Roll Over, Amundsen*** *inspirieren, die Geschichte eines mittelmäßigen Rocksängers, der zusammen mit einem Orchester von Zombies für eine dubiose Tournee durch die Antarktis verpflichtet wird . . . Fest steht: Jean-Claude Dunyach mangelt es nicht an originellen Ideen, und er führt sie mit beträchtlicher Sprachgewalt meisterhaft aus.*

So auch in der folgenden fantastischen, bitter-süßen Liebesgeschichte, die die Frage stellt, wie man jemanden lieben soll, der jeden Morgen vergisst, was war und wer man ist . . .

In den Gärten der Medici

von Jean-Claude Dunyach

Drei Jahre später trafen sie sich in den Gärten der Medici wieder. Er ging mit kleinen, eiligen Schritten. Sein regelmäßiger Gedankenfluss rollte eine geradlinige Allee aus Sand und weißem Kies vor ihm aus. Sie saß auf einer Steinbank, ein Buch mit abgegriffenen Seiten in Händen. Über ihrem Kopf wiegte sich eine Pinie im ruhigen Rhythmus ihres Atems.

Sie hätten niemals die Gelegenheit haben dürfen, sich zu begegnen. Um ihre jeweilige Privatsphäre zu schützen hätte bereits eine leichte Krümmung der Allee ausgereicht, oder eine undurchdringliche Hecke hätte sich rings um die Bank erheben können, um die sitzende Frau den Blicken anderer zu entziehen. Aber um diese frühe Morgenstunde waren die Gärten menschenleer, und der verrückte Architekt, der über die Güter der Medici herrschte, hatte die meisten der Mechanismen noch nicht aktiviert. Weder die Rasenflächen noch die mit Efeu bewachsenen Laubengänge machten Anstalten, sich für einen hypothetischen Spaziergänger neu zu ordnen. Die Morgenröte hatte das Gedächtnis der Statuen und der Springbrunnen ausgelöscht. Jeder Grashalm sah aus wie am Tag zuvor oder begann soeben, schüchtern zu wachsen ... An jenem Tag schienen die Gärten den Launen des Zufalls ausgeliefert.

So kreuzten sich ihre Wege. Das Knirschen seiner Schritte auf dem Kies erschreckte sie. Sie hob den Kopf. Er blieb stehen, überrascht, sie dort zu sehen. Sie sahen einander an. Er erkannte sie; sie ihn nicht.

Als er sich neben sie setzte, zuckte sie resigniert die Schultern. Sie legte das geöffnete Buch auf ihre Knie, ehe sie ihm ins Gesicht sah. Seine ersten Worte brachten sie aus der Fassung.

»Ich wünsche dir einen guten Tag!«

Erneut sah sie ihm aufmerksam ins Gesicht. Er hatte ganz normale braune Augen, regelmäßige, aber nicht auffällige Züge und ein Lächeln, das unsicher zu werden begann. Sie konnte sich beim besten Willen nicht erinnern. Vorsichtig tauchte sie in die Schattenzonen ihres Gedächtnisses ein und suchte nach Hinweisen. Vielleicht handelte es sich um eine ihrer flüchtigen Liebschaften, um jemanden, an den sie sich für ein paar Stunden festgeklammert hatte, damals, in der schwarzen Zeit vor drei Jahren. Doch ihr Instinkt sagte Nein. Sie schüttelte den Kopf.

»Ich kenne Sie nicht.«

»Erinnerst du dich nicht an mich?« Seine Stimme klang ungläubig, und sein Lächeln sank in sich zusammen. »Du erinnerst dich wirklich nicht …«

Der Vorname, den er nach kurzem Schweigen aussprach, war wirklich der ihre.

Das Buch glitt von ihren Knien und fiel ihr vor die Füße. Er bückte sich und reichte es ihr; er wagte nicht, es auf ihre Knie zu legen. Sie beobachteten sich aus dem Augenwinkel. Sie nahm das Buch und klappte es mit einer entschlossenen Geste zu.

»Danke.«

Ein dichter Vorhang aus Zweigen, das Produkt ihrer gemeinsamen Wünsche, schirmte die Bank ab. Die Allee verschwand allmählich unter einem Teppich aus welken Blättern. Langsam erwachte der Garten und bereitete sich darauf vor, viele Spaziergänger auf der Suche nach Einsamkeit zu empfangen. Mit subtilen Veränderungen musste er die Besucher so voneinander trennen, dass jeder den Eindruck hatte, der gesamte Garten gehöre ihm allein. Sie aber wussten nichts von der unterirdischen Aktivität, die um sie herum stattfand, und saßen lange stumm nebeneinander. Schließlich war er es, der das Schweigen brach.

»Ich verstehe, dass du nicht mehr mit mir sprechen willst, und deshalb gehe ich jetzt. Aber sage nicht, du habest mich vergessen. Dazu hast du kein Recht.«

Er machte Anstalten, aufzustehen. Sie hielt ihn am Ärmel fest.

»Warten Sie. Warte.«

Sie biss sich auf die Lippen, dann murmelte sie:

»Sollte ich dich gekannt haben, erinnere ich mich nicht daran. Mein Gedächtnis ist nicht mehr vollständig. Ich habe vor drei Jahren Teile davon verkauft.«

Sie strich sich die dunklen Haare aus der Stirn. Unmittelbar unterhalb der Haarwurzeln zeichnete sich eine gewundene Narbe ab: das Zeichen der Gedächtnishändler. Er hatte schon früher diese Art Wunde gesehen, die sich wie eine Signatur über aufgebrochene Schädeldecken zog. Er verstand.

Als er aufstand, um zu gehen, versuchte sie nicht mehr, ihn zurückzuhalten. Seine Schritte zermalmten welke Blätter. Wie ein Schlafwandler entfernte er sich über die Allee, die mit toten Ästen übersät war.

Sie hätten sich nie wiedersehen dürfen. Aber aus einer unverständlichen Laune heraus hatten sich die Gärten in ihren pflanzlichen Gehirnwindungen die Umstände ihres Zusammentreffens bewahrt, um sie nach eigenem Gutdünken neu zu gestalten ... Drei Tage später setzte er sich wieder neben sie, ohne ein Wort zu sagen. Die Umgebung hatte sich nicht verändert, und wieder erkannte sie ihn nicht.

Sie las immer noch das gleiche Buch. Das Lesezeichen war höchstens einige Seiten weiter gerückt. Ihr Blick glitt immer wieder zurück zu den vorhergehenden Abschnitten, die in ihrem Geist bereits zu verblassen begannen. Wer einen zu großen Teil seines Gedächtnisses verkaufte, hatte Schwierigkeiten, neue Erinnerungen zu erwerben. Fakten und Gefühle stießen auf Synapsenoberflächen, die zu glatt geschliffen waren, als dass sie sich dort lange hätten halten können.

Mit wenigen Variationen spielten sie die Szene ihres letzten Zusammentreffens erneut durch. Er kannte die meisten ihrer Antworten, die sie nach und nach zu erfinden glaubte. Manchmal spielte er falsch, aber sie war unfähig, es zu erkennen.

Sie unterhielten sich länger als beim ersten Mal. Die Gärten hängten Schattengirlanden über ihre Köpfe und umhüllten sie mit einem Mantel aus Dunkelheit, der gut zu den sanften Farben ihrer Worte passte. So verborgen hatten sie keine Schwierigkeiten, vertraulich von sich selbst zu sprechen.

»Sie kennen …«

Er korrigierte sie vorsichtig. Sie errötete, weil er sie bei einem Fehler ertappt hatte.

»Du kennst meinen Namen. Aber ich erinnere mich deiner nicht.«

»Das ist normal. Ich bin auf dem Grund deines Gedächtnisbrunnens ertrunken, als sie dir deine Erinnerungen nahmen.«

Sie senkte die Augen.

»Habe ich es … deinetwegen getan?«

»Vielleicht. Vermutlich.«

Einen Moment blieben sie stumm. Sie klappte ihr Buch auf und verscheuchte eine Fliege, die sich auf einer Falte ihres Rockes niederlassen wollte. Er beobachtete sie mit einfühlsamem Blick. Nach ihrer Trennung hatte er sich dem Traum von einem unmöglichen Wiedersehen mit einer idealisierten Gefährtin hingegeben, aus deren Gedächtnis jegliches Missverständnis getilgt war. Sein Wunsch war erhört worden, denn sie hatte die Umstände ihrer Trennung vergessen, und er wollte sie um jeden Preis aus seiner Erinnerung streichen. Nichts schien sich ihrer wieder gefundenen Innigkeit in den Weg zu stellen. Er fühlte sich mutig genug, seine Hand auf ihre zu legen. Zu spät bemerkte er den Irrtum. Sie klappte ihr Buch zu und ließ ihn allein und wie versteinert auf der Bank sitzen.

In dieser Nacht schlief er schlecht. Auf dem Weg zur Arbeit machte er einen Umweg, um nicht an den Gärten vorbei zu kommen. Nach Einbruch der Dunkelheit ging er dann doch hin, traf aber niemanden.

Eine Woche später führten ihn die Kiesalleen unausweichlich zu der Bank und der Frau, die dort saß. Er murmelte eine Entschuldigung, merkte aber an ihrem erstaunten Blick, dass sie nicht die geringste Erinnerung an ihr voriges Treffen hatte. Seine Unruhe legte sich, und er wagte es, ihr zuzulächeln. Zehn Minuten später hatten sie ihre Bekanntschaft erneuert.

Er gewöhnte sich daran, sie fast jeden Abend aufzusuchen, um die Fäden neu zu knüpfen, die von den Gedächtnishändlern gekappt worden waren. Doch jede Stunde, die sie fern von ihm verbrachte, zerstörte das Gewebe gemeinsamer Erinnerungen wieder. Während des folgenden Treffens webte er es geduldig neu zusammen. Mit der Zeit wurde er sehr geschickt in diesem Spiel und wusste, wie er mit wenigen Sätzen die Intimität wieder herstellen konnte, die für ihre Gespräche nötig war. Doch länger als zwei oder drei Tage behielt sie nie, was er gesagt hatte …

Wenn er wissen wollte, wie viele Informationen sie seit dem letzten Treffen vergessen hatte, brauchte er nur den Roman anzuschauen, den sie zu lesen versuchte. Hatte sich das Lesezeichen nicht weiterbewegt, war sein Reden vergebens gewesen. Die Geschichte, ihre eigene wie die der Gestalten des Romans, war an Ort und Stelle stehen geblieben. Manchmal allerdings war sie in ihrer Lektüre einige Seiten weiter vorgedrungen und erinnerte sich an seinen Namen oder an sein Gesicht. An solchen Tagen begrüßte sie ihn mit einem zögernden Lächeln und fand es nicht merkwürdig, dass er sich an ihrer Seite niederließ. Doch an den folgenden Tagen steckte sie das Lesezeichen an den Kapitelanfang zurück, begann die Erzählung von vorn und zwang ihn, das Gleiche zu tun.

Für die Bitterkeit solcher Augenblicke wurde er durch die süße Ruhe der Momente entschädigt, die er in ihrer Nähe im Gespräch mit ihr verbringen durfte. Der Schmuck, mit dem die Gärten um sie herum prunkten, veränderte sich kaum. Es war, als ob sie ein Grenzgebiet zwischen der Wirklichkeit der Stadt und den veränderlichen Räumen des Gutsbesitzes der Familie Medici besetzten. Dennoch verwischten die Mechanismen jeden Morgen ihre Spuren vom Vortag und erneuerten die welken Blätter, die sie zertreten hatten.

Ihr fiel es nicht auf, aber er litt darunter, in der Erinnerung des Gartens ebenso wenige Spuren hinterlassen zu können wie im Gedächtnis seiner Gefährtin. Allein sein Geist bewahrte das Andenken der zerronnenen Augenblicke, und manchmal ertappte er sich dabei, sein Zeitgefühl in Zweifel zu ziehen. Während solcher Krisen verließ er sie ohne Abschiedsgruß oder schlug sie in die Flucht, weil er eine zu große Hast an den Tag legte, auf das Wichtigste zu sprechen zu kommen …

Er kam immer früher. Kaum hatte er seine Arbeit beendet, betrat er die Gärten und eilte eine schnurgerade Allee entlang, die sich hinter ihm in die Unendlichkeit auszudehnen schien. Die Wasserbecken begrüßten sein Erscheinen mit Springbrunnenfontänen, und die Statuen rückten ihre Pose zurecht, wenn er vorüberging. Er setzte sich auf die Bank, und sie klappte ihr Buch mit einer Geste zu, die ihm inzwischen vertraut geworden war.

Zu Allerseelen verbrachte er den ganzen Tag mit ihr. Ihre Erinnerungen an den Vortag waren noch fast vollständig, und so rückte sie ein Stück beiseite, um ihm Platz zu machen. Ihr Buch hatte sie dieses Mal nicht dabei. Vielleicht hatte sie es vergessen. Er bemühte sich, darin ein gutes Zeichen zu sehen.

Der Morgen verging wie ein Traum. Sie sprachen über dieses und jenes, hauptsächlich jedoch über die Vergangenheit. Endlich fand er Zeit, ihr alles zu erzählen: über ihre Verbindung, ihre Trennung, die langen, zärtlichen, manchmal von Streit unterbrochenen Zeitabschnitte, die wie Strände aus weichem Sand zwischen rauen Felsvorsprüngen gewesen waren. Sie wusste nicht, ob sie ihm glauben sollte oder nicht, aber jedes seiner Worte klang in ihren Ohren wie die Erinnerung an eine längst vergessene Melodie. Die Geschichte war so schön, dass sie wahr sein musste.

Gegen Mittag schlug er ein Picknick vor. Er packte Salat, gekochten Schinken und Olivenbrot aus. Am Fuß der Pinie breiteten sie eine Decke aus und legten die Flasche zum Kühlen in ein steinernes Wasserbecken.

Zugvögel flogen über ihre Köpfe hinweg Richtung Süden, und der Wind ließ welke Blätter tanzen. Ungestört verflossen die Minuten, als hätte der Eingriff der Gedächtnishändler eine Lücke in der Wirklichkeit hinterlassen, durch die sich die Wellen einer unendlichen Gegenwart ergossen.

Nach dem Essen streckten sie sich im Gras aus, und er erzählte ihr von Venedig. Einem glorifizierten Venedig, frei von jeder Unreinheit, die das Abbild in seinem Gedächtnis hätte trüben können. In ihrer Gesellschaft erlebte er auf diese Weise ein Abenteuer, das ebenso reich war wie das

Original und dessen Ablauf er selbst auf ein gutes Ende hin kontrollieren konnte. Ohne es zu bemerken, formte er dabei die Landschaften ihres gemeinsamen Lebens nach dem Vorbild der sie umgebenden Gärten.

»Wir haben uns während des Karnevals kennen gelernt. Weißt du, in dieser Jahreszeit taucht die Stadt aus dem Wasser auf und findet für eine gewisse Zeit zu ihrer früheren Pracht zurück. Provisorische Dämme trennen die innere Lagune vom Meer. Pumpen saugen das schlammige Wasser in ihren gierigen Schlund, lassen verlorene Paläste an die Oberfläche steigen.

Erinnere dich. Wir wohnten in einem dieser vielen hundert Meter langen Gondelhotels, die von mechanischen Gondolieri vorwärts gestakt werden. In ruhiger Regelmäßigkeit bewegen sie Ruder von der Fläche und den Ausmaßen eines Portals. Langsam überquerten wir die Lagune, eingelullt von den Liedern aus den im Torso der Gondolieri verborgenen Lautsprechern und dem Plätschern des schlammig dickflüssigen Wassers.

Manchmal begegneten sich zwei Gondeln. Dann grüßten die Gondolieri einander, wie Stelzvögel mit schwarzen Körpern, wie bebänderte Silberreiher, und es sah aus wie die Parodie eines Balzrituals, von dem wir nichts wussten.

An Bord dieser Schiffe war es so leicht, sich zu verlieben! Unsere Kostüme waren nur zum Ausziehen gedacht, und die Masken verbargen kaum den Wunsch, erkannt zu werden. Wir verkleideten uns, weil wir unsere Körper mit einer ach so leicht zu öffnenden Schmuckschatulle umgeben wollten ...

Und doch sind wir uns nicht auf den Promenadendecks aus Ebenholz begegnet. Wir haben uns erst in der Stadt kennen gelernt.«

Ganz im Bann seiner Erzählung wandte er ihr den Kopf zu und fragte:

»Erinnerst du dich?«

Enttäuscht schüttelte sie den Kopf, freute sich aber dennoch, zum ersten Mal ihrer Geschichte lauschen zu dürfen.

»In einen dunklen Umhang gekleidet und mit einer Sense in der Hand ging ich über den Markusplatz. Überall zuckten gestrandete Fische. Eine Gruppe gelangweilter Harlekins bewarf sie mit Taubenfutter und amüsierte sich köstlich über ihre unkontrollierten Zuckungen, die sie wie Vögel mit gebrochenen Flügeln wirken ließen. Ich ging in meinem Sensenmann-Kostüm mitten durch die Gruppe hindurch und bedrohte sie mit der Sense. Sie lachten über mich und bombardierten mich mit Körnern, überließen aber die Fische ihrem Todeskampf. Plötzlich hatte ich eine Vision der dem Wasser entrissenen Stadt Venedig, die genauso in der eisigen Luft nach Atem rang ... Ohne mich noch einmal umzusehen, floh ich zur Rialto-Brücke.

Du ranntest hinter mir her. Du hieltest den Saum deines scharlachroten Kleides hoch und sprachst mich an:

Wer sind Sie?

Ich? Ich bin der Tod.

Du hast gelacht. Eng umschlungen irrten wir durch die mit Tang bedeckten Gässchen auf der Suche nach einem trockenen Plätzchen, wo ich dir dein Kleid ausziehen konnte.

An den Ufern des Canale Grande waren Arbeiter dabei, die letzte Schlammschicht von den alten Palästen zu kratzen. Dort, wo das Wasser zu viel Unheil angerichtet hatte, klebten sie riesige, wie Kulissen wirkende Plakate auf, die nach und nach verschimmelten. Der Schimmel verlieh ihnen entweder unwirkliche Farben oder half ihnen dabei, mit der benachbarten Umgebung zu verschmelzen. Im schwarzen Spiegel des Wassers betrachteten rissige Palazzi fasziniert ihren eigenen, langsamen Untergang. Die Lagune bot blinden Fassaden mit geschlossenen Fensterläden ihre feuchten Lippen dar.

Du erzähltest mir von jenem venezianischen Künstler, der einen Teil seines Lebens damit verbracht hatte, seine Stadt zu fotografieren. Dabei hatte er sie ihrer Substanz beraubt und sie für immer in den Tiefen seiner Dunkelkammer eingeschlossen. Einzig das Wasser war in der Lage, wie eine Entwicklerflüssigkeit der Stadt Venedig ihre wahre Schönheit zurückzugeben.

Wir gingen weiter, und ich lauschte deiner Stimme. Damals sprachst du viel, aber vielleicht konnte ich dir auch nur besser zuhören als jetzt. Du hattest viele Albträume gehabt, in denen Venedig eine Rolle spielte, und du erzähltest sie mir mit leiser Stimme. Dabei warfst du ängstliche Blicke auf die Marienstatuen, die in ihren Nischen lauerten. Du sagtest, dass es eines Tages unmöglich sein würde, nach Abtragen der Schlammschichten auf Mauersteine zu stoßen. Venedig würde sich dann vollständig im Meer aufgelöst haben; übrig bliebe nur ein grobes, schwärzliches Fossil. An jenem Tag würde man die Deiche endgültig einreißen und der Strömung die Freiheit lassen, in der Tiefe eine viel schönere Stadt zu erbauen, die kein Mensch je zu Gesicht bekommen würde.

Erst am nächsten Tag kehrten wir in unser schwimmendes Hotel zurück. Eine Kapelle im Stadtteil Getto Nuovo hatte uns in ihrem verlassenen, mit verblichenen Fresken bedeckten Gemäuer Zuflucht geboten. Deine helle Haut hob sich vom Purpur der in aller Eile auf den Fliesen der Sakristei aufeinander gehäuften Messgewänder ab.

Ich hoffe, ich schockiere dich nicht. Doch ich erinnere mich dieser Einzelheiten und erzähle sie dir mit der gleichen Natürlichkeit, die uns damals eigen war. Ich sehe dich erröten. Damals errötetest du nicht sehr leicht. Wie kann es sein, dass dich die Geschichte von Handlungen, deren du dich nicht erinnerst, so sehr berührt? Und wenn ich dich nun angelogen habe?«

Halb ausgestreckt auf einen Ellbogen gestützt, lächelte sie, ohne zu antworten. Ihre Augen verloren sich in der Ferne. Ein Windstoß fuhr unter ihren Rock und enthüllte ihre Schenkel. Der Anblick erregte ihn. Einen Augenblick lang berührten sich ihre Hände, dann zog sie die ihre sanft zurück. Jetzt nicht, schienen ihre Lippen zu flüstern; erzähle mir mehr von Venedig.

»An den folgenden Tagen haben wir an Bord eines Floßes verlassene Paläste erkundet. Mit abartiger Wollust trieb ich den Stecken in das schlammige Wasser. Unsere Bugwelle brach sich an der Täfelung dicker Mauern. Tief gebückt glitten wir durch Prunksalons, die sich in feuchte Grotten verwandelt hatten. Unsere Haare strichen an zu Stalaktiten aus Schlamm und Algen erstarrten Kristalllüstern entlang.

Dann und wann gab der Boden unter meinem Ruder nach, und das Wasser strudelte gurgelnd durch die Öffnung. Der Raum leerte sich. Dann verließen wir das gestrandete Floß und öffneten die Tür zum benachbarten Salon, in dem das Wasser wie in einer Schleusenkammer stand. Die Strömung trug uns fort, immer weiter durch die überfluteten Säle.

Damals kannte ich deinen Namen noch nicht. Ich erfuhr ihn erst gegen Ende des Karnevals. Unser Kostüme waren lange schon nicht mehr erkennbar. Schimmel und Schlammflecke hatten uns alle in Gespenster verwandelt. Der letzte Tanz gemahnte an einen Totentanz, in dem von Zeit zu Zeit die bunten Rauten von Harlekins aufblitzten, die unsere Gondeln nie verlassen hatten.

Unser Hotel lichtete den Anker als letztes. Wir blieben in Gesellschaft vieler schweigsamer Pierrots an Deck stehen und beobachteten, wie die Stadt einmal mehr in den Fluten versank. Der Himmel war violett. Ein gewaltiges Gewitter entlud seine Blitze über unseren Köpfen, und Venedig schien in einer feuchten Schmuckschatulle zu versinken, die sich wie eine Auster über der Perle um die Stadt schloss.

Du zeigtest mir das einsame Windlicht, das in den Fenstern des Palazzo Cavalli flackerte. Ein Angehöriger des alteingesessenen Adels der Stadt hatte wohl beschlossen, mit ihr zusammen unterzugehen, wie der Kapitän eines sinkenden Schiffes. Der mechanische Gondoliere wandte ein ausdrucksloses Gesicht in seine Richtung und winkte einen Gruß mit dem Strohhut, ehe er sich wieder seinem Ruder zuwandte. Wenige Minuten später erreichten wir den festen Boden des Lido.

Im Zug nach Rom entledigten wir uns der Überreste unserer Kostüme und legten die Uniform der Alltäglichkeit wieder an. Ich entdeckte, dass du eher brav, fast zurückgezogen, in einer Mansarde lebtest. Der Kontrast zwischen den kalten Feststellungen deiner Akte und dem Bild von dir, das ich bei den gleichzeitigen Erkundungen deines Körpers und Venedigs gewonnen hatte, weckten mein Interesse, dich wieder zu sehen. Einige Wochen später lebten wir zusammen. Der Rest unserer Geschichte war vorhersehbar geworden.«

Sie genoss die Stille, die seinen letzten Worten folgte und dankte ihm mit einem Nicken dafür, dass er die Umstände ihrer Trennung verschwiegen hatte. Auf diese Weise blieb die Geschichte so unpersönlich, dass sie sich ohne Schwierigkeiten einreden konnte, die beiden von ihm beschriebenen Personen führten ihre Beziehung seither weiter.

Überraschend küsste er sie auf den Mundwinkel und riss sie aus ihrer Träumerei. Sie sah ihn an. Verblüfft stellte sie fest, wie nah ihr dieses noch am Vortag unbekannte Gesicht gekommen war, das jetzt ihre ganze Gegenwart ausfüllte. Sie befand sich nicht mehr allein auf dem schmalen Strand, der sich von einer kaum wahrgenommenen Vergangenheit in eine Zukunft erstreckte, die sie nicht vorhersehen konnte. Das machte ihr Angst. Sie wandte den Mund ab, und der zweite Kuss glitt an ihrem Hals entlang, ehe er sich in den Haaren verlor.

»Bitte nicht. Ich möchte das nicht.«

Die Gärten wühlten einen Ozean aus wild bewegten Grashalmen rings um sie auf. Sie trieben, an ihre Decke wie an ein Floß geklammert, auf seiner Oberfläche dahin.

»Aber warum?«

»Ich liebe dich nicht. Nein, unterbrich mich jetzt nicht. Hör einfach zu. Ich liebe dich nicht, weil ich niemanden mehr lieben kann. Dazu bedarf es der Zeit, und davon habe ich, wie du sehr wohl weißt, nicht mehr genug. Ganz gleich, was geschieht, morgen werde ich alles vergessen haben.«

Mit der Fingerspitze strich er ihre Halslinie entlang.

»Ich werde nicht zulassen, dass du mich jemals wieder vergisst.«

Bis zur Morgendämmerung schrieb er seinen Namen mit Lippen und Zähnen auf die jungfräuliche Haut ihrer wieder gefundenen Liebe, während die Gärten der Medici ihre nächste Metamorphose vorbereiteten.

Am folgenden Tag eilte er die Alleen entlang, um sie zu treffen. Doch die Bank war leer. Er wartete bis zum Einbruch der Nacht. Auch an den nächsten Tagen erschien sie nicht. Eine Woche lang wartete er mit einem Roman in der Hand auf ihre Rückkehr. Dabei achtete er darauf, ihren angestammten Platz frei zu halten, damit sie sich so setzen konnte, wie sie es gewohnt war. Das Krachen eines trockenen Zweiges oder die Schritte eines unsichtbaren Spaziergängers auf dem Kies ließen ihn immer wieder aus seiner Lektüre auffahren. Er hatte Schwierigkeiten, dem Verlauf der Geschichte zu folgen, und musste oft zurückblättern, genau wie früher diejenige, auf die er nun wartete. Wenn die Dunkelheit ihn schließlich hinderte, die Buchstaben zu entziffern, schloss er das Buch und blieb eine Zeit lang mit ins Leere gerichtetem Blick sitzen, ehe er die Gärten verließ.

Am folgenden Montag fand er sie wieder auf der Bank sitzend vor. Erleichtert eilte er auf sie zu. Sie sah ihn mit ihren hellen Augen an, in denen sich nichts als eine höfliche Teilnahmslosigkeit widerspiegelte, und die Sätze, die er vorbereitet hatte, erstarben auf seinen Lippen. Er setzte sich neben sie und beobachtete sie schweigend, während sie sich eifrig den ersten Seiten ihres nicht enden wollenden Buches widmete.

Als er sich schließlich entschloss, sie anzusprechen, war der Abend bereits fortgeschritten. Sie konnten nur noch wenige Worte wechseln. Ihm blieb gerade die Zeit, sie nach dem Grund für ihre Abwesenheit zu fragen. Die Antwort rang ihm ein bitteres Lächeln ab. Sie hatte sich unter Umständen, die ihrer Erinnerung vollständig entfallen waren, erkältet und war bis zur vollständigen Genesung im Bett geblieben.

Unfähig, sich zu zügeln, zog er es vor, als Erster zu gehen. Sie blieb auf der Bank sitzen. Nach der langen Zeit, in der sie ihr Zimmer nicht verlassen hatte, wollte sie die letzten schönen Herbsttage genießen. Flüchtig dachte sie an den Mann, der gerade gegangen war, und fand es schade, dass sie nicht mehr Zeit gefunden hatten, miteinander zu plaudern. Trotz seiner Traurigkeit wirkte er anziehend. Er ähnelte einer der Romanfiguren.

Er brauchte drei Tage, ehe er sich eingestand, dass der Tag, den sie miteinander verbracht hatten, einmal mehr ihrem Gedächtnis entfallen war. Er verfügte zwar über die Mittel, jedes Mal erneut mit ihr Bekanntschaft zu machen, aber das genügte ihm nicht mehr. Mehrmals fand er die Kraft, nicht in die Gärten zurückzukehren, aber schnell trugen ihn seine Schritte dann doch wieder zu der Bank und zu ihr. Ihre Geschichte drohte, sich auf unbestimmte Zeit zu wiederholen, ähnlich der hoffnungslosen Flut, die Venedig schließlich verschlungen hatte.

Weil er nicht mehr weiter wusste, wollte er sich ihren Hass zuzuziehen. Mit speichelnden Lippen und zurückgeklappten Mantelschößen verfolgte er sie wie ein Exhibitionist die Alleen entlang. Am nächsten Tag begrüßte sie ihn mit einem Lächeln, als ob nichts geschehen wäre. An diesem Tag verstand er, dass zwischen ihnen nichts Endgültiges möglich war, ehe sie nicht ihr Gedächtnis und die Möglichkeit, sich zu erinnern, wieder gefunden hatte.

Er plünderte sein Bankkonto und lieh sich bei Freunden und Bekannten Geld. Innerhalb einer Woche hatte er die Summe für seinen Plan beisammen. So schnell wie möglich suchte er um einen Termin bei den Gedächtnishändlern nach und stand eines Tages vor ihrem Büro, um die Vergangenheit seiner Gefährtin zurückzukaufen.

Als er es verließ, hatten Tränen feuchte Spuren auf seinen Wangen hinterlassen. Die wertvollen Erinnerungen waren eine Woche nach ihrer Entnahme vor etwa drei Jahren verkauft worden. Ohne Spuren zu hinterlassen, waren sie im anonymen Geist ihres Käufers aufgegangen. Seither war zu viel Zeit verstrichen. Niemand konnte ihm mehr helfen.

Erst zwei Wochen später kehrte er in die Gärten zurück. In der Zwischenzeit hatte er an zahllose Türen gepocht und um Hilfe gebeten, aber die Antworten glichen sich auf grausame Weise. Man konnte nichts mehr tun: Die Erinnerung seiner Gefährtin war auf immer verloren. Er gab das

Geld zurück und verließ die Stadt, um in Ruhe nachzudenken. Nach seiner Rückkehr nahm er einen Tag frei und betrat die Medici-Gärten beim ersten Öffnen der Tore.

Ein leichter Regen belebte das Grün der Rasenflächen und überglänzte die Blumen, deren Blütenblätter bereits den Boden übersäten. Die Bäume schüttelten ihre Zweige, um sie von den letzten Blättern zu befreien, und die glatten Birkenstämme probierten ihre Wintergarderobe an. Er schlug den Mantelkragen hoch, um sich vor dem Wind zu schützen, und schalt sich einen Narren. Der Herbst war vorüber; sie würde nicht mehr kommen. Es war zu kalt, um ruhig auf einer Bank zu sitzen.

Beinahe wäre er umgekehrt. Der Frühling war so weit fort, und die Gärten hatten sich so verändert ... Nach ihren ersten Zusammentreffen hätte er ihr Verschwinden mit einer gewissen feigen Erleichterung zur Kenntnis genommen. Doch jetzt drängte es ihn an den Ort ihrer stetigen Stelldicheins. Beunruhigt dachte er daran, dass er vielleicht in der ganzen Stadt nach ihr würde suchen müssen, was durchaus keinen Erfolg garantierte.

Eilig strebte er die frisch geharkte Allee entlang, ohne einen Blick an die Schönheit seiner Umgebung zu verschwenden. Wasserbecken versprühten Fontänen, als er vorüber kam; Statuen schnitten Grimassen, konnten jedoch seine Aufmerksamkeit nicht erregen. Ohne auf seine Angst zu achten, intonierte der verrückte Architekt seine morgendlichen Tonleitern auf der Pflanzenklaviatur der Gärten.

Die Bank war leer, doch nach einem kurzen Augenblick der Bestürzung entdeckte er sie in einer kreuzenden Allee. Er blieb stehen und gab vor, seine Initialen in die Rinde eines Baumes zu ritzen, um ihr die Zeit zu geben, sich zu setzen und ihr Buch hervorzuholen. Erst dann ließ er sich neben ihr nieder und spielte die Szene ihres Wiedersehens von Anfang an erneut durch.

Geduldig erklärte er und wiederholte dabei seine Sätze so oft wie notwendig. Mit wachsender Überraschung lauschte sie diesem Unbekannten, der so schön von ihr zu sprechen wusste und der sie auf so unerklärliche Weise beunruhigte.

Gelassen nahm sie die Nachricht vom endgültigen Verlust ihrer Erinnerungen auf.

»Es wäre keine wirkliche Lösung gewesen, weißt du. Ich wäre mit einem Schlag drei Jahre zurückversetzt worden, und du hättest mich verloren. Jetzt aber können wir zusammen leben, und jeden Morgen neu beginnen, ohne uns Sorgen um alles andere zu machen.«

»Daran habe ich auch gedacht, aber das wird nicht gehen. Ich kann deinem Lebensrhythmus nicht folgen. Du hast keine Vergangenheit mehr und fast ebenso wenig Zukunft. Du lebst gefangen auf einer eng begrenzten Insel, die niemals jemand betritt. Ich hingegen befinde mich in der Strömung, ich erinnere mich an gestern, ich denke an morgen, ich schmiede Pläne und entferne mich immer weiter von dir. Wir können nicht zusammen alt werden, weil du vergessen hast, was alt werden bedeutet. Und ich habe nicht die Kraft, es dich jeden Morgen aufs Neue zu lehren.«

Sie schwieg und schmiegte sich an ihn.

»Ich habe eine Entscheidung getroffen«, flüsterte er. »Ich werde ebenfalls einen Teil meiner Erinnerungen verkaufen und dann zu dir zurückkehren ...«

Ohne ihr Zeit zum Protest zu lassen, griff er nach dem Buch, das sie in ihre Handtasche gesteckt hatte, und öffnete es. Auf dem Deckblatt, auf jedem leeren Blatt und über jedem Kapitelanfang verabredete er sich mit ihr. Er bedeckte das Lesezeichen mit unsinnigen Sätzen und schrieb Versprechen an die Ränder. Sie half ihm, die Worte zu finden, die sie am tiefsten berührten, und schrieb sich auf diese Weise selbst den idealen Liebesbrief. Als sie den letzten freien Raum mit Sätzen gefüllt hatten, neigte er sein Gesicht dem ihren entgegen und flüsterte:

»Und jetzt sieh mich an. Sieh mich genau an. Lass meine Züge sich in deinen Geist eingraben. Auch wenn du sie wieder vergisst, vielleicht bleibt ja eine Spur zurück, die dich an mich erinnert.«

Die Pinie breitete ihre schützenden Arme über ihnen aus, und sie blieben bis zum Abend eng aneinander geschmiegt dort sitzen wie zwei durch das Meer ihrer Tränen vom Rest der Welt getrennte Schiffbrüchige.

Sehr früh am nächsten Morgen begab er sich zu den Gedächtnishändlern und wartete, bis die Büros geöffnet wurden. Er hatte nicht die geringsten Schwierigkeiten, ihnen seine Geschichte zu verkaufen, und leistete sich sogar den Luxus, mit ihnen zu feilschen. Seine verzweifelte Hitzigkeit überraschte ihn selbst. Vor der Unterschrift las er den Vertrag mehrmals durch, war aber nicht imstande, auch nur das geringste Wort zu behalten.

Eineinhalb Stunden später verließ er das Gebäude. Sein betäubter Geist untersuchte vorsichtig den Rand des Kraters, wo einst seine Erinnerung gewesen war. Wie nach einer Zahnarztsitzung, wenn die Zunge über die Stelle fährt, wo der entfernte Zahn gesessen hat, und sich davon überzeugt, dass er wirklich nicht mehr da ist, so strichen seine Gedanken ohne Unterlass über den Abgrund seiner verschwundenen Erinnerungen. Bewegungslos verharrte er auf dem Bürgersteig, weil er nicht wusste, wohin er sich wenden sollte. Die Vorübergehenden warfen ihm mitleidige Blicke zu, doch niemand erbot sich, ihm zu helfen.

Er ging einige Schritte, dann setzte er sich auf eine Steintreppe und versuchte, seine Gedanken zu ordnen. Langsam überkam ihn das Gefühl eines unwiederbringlichen

Verlustes. Er kämpfte um eine angenehmere Empfindung, hatte aber wenig Erfolg. Sein verwirrtes Gehirn zwang sich, nach Informationen zu suchen, die es ihm ermöglichen könnten, seine Situation einzuschätzen, aber alle wichtigen Details schienen auf merkwürdige Weise verschwunden zu sein. Er betrachtete sein Problem von allen Seiten, ohne eine Lösung zu finden. Vielleicht würde sein Kopf später klarer werden …

Aus seiner Tasche ragte ein Umschlag. Er öffnete ihn und fand einen Scheck über einen sehr hohen Betrag, dessen Unterschrift der Narbe auf seiner Schläfe glich. Er steckte den Scheck in seine Brieftasche und machte sich auf den Weg durch die engen Gassen der Stadt. Mechanisch schlug er den Weg zu den Gärten der Medici ein.

Fügsame Alleen geleiteten ihn zu der Bank, und die Bäume schüttelten ihre nackten Zweige, um seine Wiederkehr zu feiern. Schweigend ging er weiter. Der Klang seiner Schritte hallte in seinem Kopf wider wie das Echo anderer Schritte, deren Spuren seit langer Zeit verwischt waren.

Als er sich näherte, klappte eine Unbekannte ihr Buch zu und winkte zögernd in seine Richtung. Sie kreuzte seinen Blick, hielt inne und senkte die Augen. Sie fürchtete, sich zu irren. Ohne sich umzublicken, ging er weiter und durchschritt den Ausgang. Voller Bedauern löschten die Gärten ihn für immer aus ihrem Gedächtnis.

Die junge Frau widmete sich wieder ihrem Roman, dessen Seiten von handgeschriebenen Sätzen wimmelten. Sie hatte das beunruhigende Gefühl, ein merkwürdiges Rendezvous nicht wahrzunehmen, an das sie sich nicht im Mindesten erinnerte. Mechanisch rückte sie ein Stück beiseite, um auf der Bank Platz zu machen, und richtete sich auf. Irgendwer würde sicherlich kommen …

Thanassis Vembos

Was, wenn es möglich wäre, mit Erinnerungen Handel zu treiben? Identitäten zu kaufen und zu verkaufen? Die Vorstellung der technischen Nutzbarmachung und wirtschaftlichen Verwertbarkeit unseres Geistes – oder von Teilen davon – erlaubt, wie wir gleich sehen werden, noch weitaus dunklere Visionen.

Science-Fiction aus Griechenland aufzustöbern war alles andere als einfach. So etwas gebe es nicht, bekam ich allenthalben zu hören. Doch nach vielen gezuckten Schultern und ratlosen Blicken brachten mich schließlich Dr. Domna Pastourmatzi, Dozentin für Literatur an der Universität von Thessaloniki, und Christodoulos Litharis, Übersetzer für SF und Fantasy und ehemaliger Schatzmeister des Science-Fiction-Clubs Athen, auf die Spur der griechischen SF-Szene. Ihnen sei an dieser Stelle ausdrücklich gedankt.

Fazit: Es gibt sehr wohl griechische Science-Fiction-Autoren, wenn auch keiner von ihnen vom Schreiben leben kann; dazu ist der griechische Sprachraum ein zu kleiner Markt, und von Übersetzungen ins Ausland ist nichts bekannt. Nach ihrer eigenen Einschätzung neigt die Science-Fiction-Szene Griechenlands auch eher dazu, sich abzuschotten, als den Austausch zu suchen, was vermutlich einige frustrierende Momente während meiner Suche danach erklärt. Zu der Frage schließlich, wer am besten geeignet wäre, die griechische SF in einer europäischen Anthologie zu vertreten, fiel immer wieder ein Name: Thanassis Vembos.

Thanassis Vembos, 1963 in Athen geboren, studierte Gesundheitswesen und erlernte das Programmieren von Computern, arbei-

tet heute aber als Journalist, Science-Fiction-Autor, Übersetzer und Erforscher paranormaler Phänomene. Neben Science-Fiction zählen Astronomie und Weltraumfahrt zu seinen Interessen. Er hat Hunderte von Artikeln geschrieben, Dutzende von Büchern übersetzt und fast ein Dutzend geschrieben. Fünf Sachbücher handeln von den Beziehungen zwischen griechischen Mythen und paranormalen Phänomenen, von Feen, UFOs, Verschwörungen, seltsamen Toden, Massenhysterien, Selbstmord-Clustern, geomantischen Landmarken, magischer Architektur, Initiationsplätzen und anderen heiligen Orten. In seinem Buch **Star Wars – Chronik einer Schimäre** *schreibt Thanassis Vembos bereits 1997 sehr hellsichtig über die Möglichkeit, dass das amerikanische SDI-Projekt mit dem zunehmenden weltweiten Terrorismus eine Neuauflage erleben könnte. Er lebt in Athen, reist aber ständig durch die Welt »auf der Suche nach vergessenen Mysterien, verborgenen Plätzen der Kraft und den Geheimnissen der Seele Gaias«, wie er selber sagt.*

Seine Veröffentlichungen auf dem Gebiet der Science-Fiction umfassen zwei Sammelbände mit Kurzgeschichten und einen Roman. Seine Storys handeln von Hightech und vom Cyberspace, vom Umbau des Menschen, von globalen Katastrophen und von Gesellschaften, die der Zukunftsschock zerreißt. In seinem 1999 erschienenen Roman **Der Jahrestag** *ist nicht die Sowjetunion kollabiert, sondern der Westen, und als die weltbeherrschende UdSSR im Jahre 2017 zum hundertsten Jahrestag ihres Bestehens die erste bemannte Marsmission auf den Weg schickt, bildet sich unter den Anrainerstaaten des Pazifiks eine Koalition, die ein Gegengewicht zum sowjetischen Imperium schaffen will. Dieser Roman gewann den* **Graham Still Preis 2000** *sowie den* **Goldenen Icaromennipus Preis 2000** *als bester Roman des Jahres.*

Es sollte also nicht verwundern, dass die Welt, die wir nun betreten, eine wahnsinnig gewordene Informationsgesellschaft ist, bestimmt von einer alles verzehrenden Gier nach Daten und in einem Rausch aus Drogen, Sex und Gewalt delirierend, der nie endet und nie enden darf, weil die Welt zu schrecklich geworden ist, als dass man sie anders ertragen könnte. Wir begleiten einen Mann, der nicht das ist, was er zu sein scheint – einen Mann mit einem irrwitzigen Ziel …

Wer bezahlt den Fährmann?

von Thanassis Vembos

»Kommunikation ist ein buntes Spielzeug und die Liebe ein Hund aus der Hölle. Collage auf saurem Regen und Handys ...«
Memoiren von S. M., Kolonie der Unsterblichen, Mai 2413.

Montag.

Regen. Sauer, bitter, ätzend. Und Hitze. Treibhauseffekt. An der Wand ein Plasmafernseher mit Anschluss für Gehirnstecker – für die Abonnenten der Kabelübertragung. Nur für Reiche. Andernfalls kann man nur passiv Tausende von interaktiven Satellitenkanälen auf dem in mehrere quadratische Flächen aufgeteilten Monitor anschauen.

Rechts das Fenster, das selten aufgeht. Hinter der schmutzigen Scheibe ebenso schmutzige dunkle Massen. Baufällige Wohnblöcke, die irgendwann einmal einstürzen werden. Unbewohnt. Der Himmel – grau in grau. Links das Terminal für den Internetzugang. Bilder, Gestalten, Gefühle, alles für einen Euro pro Sekunde. Daneben ein Johnny-Walker-Karton voller CDs. Programme, die die Bytes zerschneiden und wieder zusammenfügen und sie zu Material für einen weiteren Artikel aufbereiten. Weiter drüben leere Getränkeflaschen, Gläser und zerknüllte Packungen von Fertiggerichten.

Dienstagabend.

In meinem kaputten Sessel versunken, gab ich via Delta-Aktivierer Denkbefehle zum Zappen. Ich hatte auch den

Synchro-Helm von Sony auf, der Fernsehwerbespots auf die Netzhaut projiziert. Wir Menschen des 21. Jahrhunderts: hungrig nach Daten, auf der Jagd nach Informationen, aber ohne genügend Verbindungskanäle. Ohne zufrieden stellenden Zugang zum Ozean des Internet. Menschen, die nur Augen, Ohren und Haut haben. Vielleicht auch irgendeinen verchromten Stecker im Nacken. Eine armselige Schleuse, die uns vom Ozean trennt.

Ich betrachtete meinen rechten Arm. Er sah aus wie echt. Die Prothese-Spezialisten hatten gute Arbeit geleistet. Sogar die goldenen Härchen auf dem Unterarm waren da. Die metallischen Nerven und die optischen Fasern für die Weiterleitung von neuronalen Informationen gaben hin und wieder ein leises Knistern von sich.

Ich zündete mir noch eine Golden Joint an. Der Aschenbecher auf der Sessellehne quoll über. Mehrere Kippen lagen auf dem Boden. Sie hatten Abdrücke im Staub hinterlassen. Wie die Fußstapfen von Neil Armstrong. Einmal, als der Strom ausgefallen war, war ich, zugedröhnt mit Bonk, den ganzen Tag lang dagesessen und hatte diese Abdrücke angestarrt. Sie erinnerten mich an den Traum vom Weltraum, der schon seit Jahrzehnten verblasst war. Der Mensch auf dem Mond. Es hörte sich wie ein Traum an. Es war ein Traum.

Golden Joint. Mit reinem Ganja aus den Nährlösungs-Kulturen von Ägina. Schweineteuer, aber das Geld wert. Chemisch herbeigeführte Rauschzustände zum Sonderpreis.

Draußen donnerte es. Der saure Regen löste den Smog auf und verwandelte ihn in kleine graue toxische Tropfen, die lautlos auf die Scheibe fielen und dort graue Rinnsale bildeten.

Mit langsamen Bewegungen stand ich auf. Der Plasma-Fernseher war nur ganz selten ausgeschaltet. Er war mein

Fenster zur Außenwelt, zum Strom der Gestalten, der Daten und Informationen, die in der Atmosphäre umherschwirren. Über den Fernsehbildschirm flimmern jetzt Spots über die neuesten Biocomputer mit hundert Ultrabytes. Kommunikation mit Millionen von Nutzern auf dem ganzen Planeten. Austausch von Daten, Bildern, Informationen zu einem erschwinglichen Preis.

Ich sah aus dem Fenster. Ein Videojunkie schwenkte beim Vorwärtsgehen geschickt seine orangefarbene Radarstange, um Hindernissen auszuweichen. Er trug einen scheibenlosen Helm, in dessen Inneren winzig kleine Monitore unablässig Filme, Werbung, Nachrichten, Pornos und Sportmeldungen zeigten. Ein Videojunkie nahm seinen Helm praktisch nie ab. Der Mann vor meinem Fenster wich geschickt einem automatischen Taxi aus, das auf der Suche nach Fahrgästen war. Das Taxi bremste an einer Ecke, um einer buckligen Alten auszuweichen, die zwei riesige Tüten hinter sich herschleifte, und setzte seinen Blinker, da es offenbar einen Fahrgast lokalisiert hatte.

In meinem Zimmer roch es nach Zigaretten, abgestandener Luft und Moder. Ich nahm ein Bier aus dem Kühlschrank – kalt, stark, hell. Ich trank mehrere Schlucke. Punkt ein Uhr. Ich musste den neuen Artikel schreiben. Abgabetermin Donnerstagnachmittag.

Ich drückte mehrere Tasten auf der Konsole des Modems, das die Verbindung mit dem Internet herstellte. Im elektronischen Index wählte ich den Zufallsgenerator aus, der anfing, passende Überschriften für meine Geschichte zu erstellen.

Mittwochmorgen.

Ich ging ins Internet. Drei Millionen Terabyte, die von zwölf auf der Erde stationierten Sendern auf drei Kontinenten ins All geschleudert wurden, Realtime-Informationen, die das Weltraum-Hotel der Firma Shimizu betrafen. Ferien für Geldsäcke, schwereloser Sex, unglaubliche Erfahrungen im Erdenlicht-Saal mit Geishas und MDMA in Gigadosen. Ziemlich viel Material aus dem neuesten e-Magazin, das gestern erschienen war. Jeden Tag waren Hunderte von Magazinen in Umlauf. Informationen über weltweite Mangelzustände an den Transplantatbanken ...

Die Speicher meines Terminals waren übergelaufen. Irgendwann würde ich mal aufräumen müssen, alles Überflüssige löschen und nur das Notwendige behalten. Irgendwann mal.

Ich drückte mehrere Tasten. Den Titel meines Artikels hatte ich schon ausgesucht: »Kamasutra und Crowley'sche magische Sexpraktiken im Weltraum-Hilton«. Der Artikel würde in zehn Minuten fertig sein. Noch ein wenig Feinschliff, und ich könnte mich auf die Suche nach Käufern machen. Mit einem guten Suchprogramm konnte man innerhalb eines Tages bis zu drei Interessenten finden. Potenzielle Käufer, die ziemlich viel für einen guten Artikel zahlten. Kostbare Euro, die auf dem Minidrucker zu gestärkten, druckfrischen Tausender-Scheinen wurden. Genug für die wöchentlichen Ausgaben. Nächste Woche die gleiche Arbeit. Das tägliche Brot.

Ich war ein Journalist der besonderen Art, spezialisiert auf die verborgenen Seiten von Weltraumflügen. Ein Job mit fiktiver Vergangenheit, ungewisser Gegenwart und null Zukunft. Auf Kanal ANT-2 hieß es, dass nächstes Jahr Programme herauskommen würden, die nach und nach die Arbeit der Spezialjournalisten zu niedrigeren Kosten übernehmen würden. Sündhaft teuer, aber innerhalb von zwei Jahren könnte sich ihre Qualität so weit verbessern, dass sie die Journalisten ersetzen würden.

Vielleicht auch die Leser-Nutzer.

Donnerstagnachmittag.

Unerwartet schneller Erfolg bei der Kundensuche. Vier Käufer innerhalb der ersten halben Stunde. Der Minidrucker fing an zu brummen und gab metallische Rülpser von sich. Die Geldscheine waren innerhalb weniger Minuten gedruckt. Als ich sie aufsammelte, knisterten die metallenen Nerven in meiner Hand.

Als ich Anfang des Jahrhunderts anfing, freiberuflich zu arbeiten, war ich ein einfacher Journalist mit einem einfachen Computer, der an ein einfaches ISDN-Netz angeschlossen war. Ich erledigte meine Arbeit allein. Je mehr Fortschritte die Technik machte, desto höher wurden die Anforderungen an die Redakteure, desto mehr nahm die Masse an Informationen zu und desto spezieller wurde die Thematik. Die Informatik entwickelte sich immer schneller, bis sie völlig außer Kontrolle geriet; sie wurde zu einer Flutwelle, die alles mit sich fortriss. Sie überschwemmte Erde und Weltraum.

Zehn Computer und dreißig Jahre später war ich immer noch Journalist, aber die ganze Arbeit wurde von den Programmen erledigt, mit denen ich ins Internet ging.

Mein erster Computer, ein uralter PC mit kaputtem LCD-Farbmonitor, stand in einer Ecke, verborgen unter einer Staubschicht und zerknülltem, vergilbtem Druckerpapier. In manchen Nächten hatte ich den Eindruck, dass auf seinem Bildschirm himmelblaue Buchstaben funkelten.

Die ersten Jahre in meinem Beruf waren ganz amüsant. Dann musste ich immer mehr arbeiten und dabei Informationen archivieren, die schon veraltet waren, kaum dass man sie in die Datenbank eingegeben hatte. Später reichten nicht einmal mehr die Programme zur automatischen Archivierung aus. Ich warf alles hin, und das war die richtige Entscheidung. In Form von Mikrowellen, Radiowellen und Signalen flogen die Daten zur Erde, in die Luft, ins Meer und durchquerten interkontinentale optische Fasern mit Lichtgeschwindigkeit. Man konnte nicht einmal ein Milliardstel der täglichen Datenproduktion des Planeten archivieren. Auf Kanal 76 hieß es gestern, dass sich der Rhythmus der Datenproduktion im Internet jedes Jahr verdreifachte. Wohin verschwinden wohl die ungeordneten Daten – in der Vorhölle der Verlorenen?

Nach der Informationsexplosion fand dann auch die ökologische Explosion statt. Innerhalb von einigen Monaten stieg die Temperatur weltweit um mehrere Grad an. Die Wissenschaftler sagten, dies sei unmöglich, aber es passierte trotzdem. Das Polareis begann zu schmelzen. Holland, Bangladesch, Ägypten, die Malediven, Florida versanken in den Fluten. Die Startrampen von Cap Canaveral ragten wie surrealistische Galgen aus den Schlammmassen heraus. Millionen Menschen kamen in den Kriegen um, die unmittelbar danach ausbrachen. Auch die Ozonschicht verschwand. In Washington zündeten fanatische Islamisten einen gestohlenen russischen Atomsprengkopf. Die Antwort der Amerikaner war ein Atompilz, der über Teheran aufstieg. Bettelarme Menschenmassen aus Nordafrika und Zentralasien fielen scharenweise in Westeuropa ein und brachten in Vergessenheit geratene Epidemien mit. Tuberkulose, Pest, Malaria, Cholera und Typhus wüteten in den endlosen Slums, die sich rings um die befestigten Stadtzentren von Paris, London, Berlin, Rom, Madrid und Athen ausbreiteten. Es gab nur noch sehr wenige Zentren der Zivilisation auf dem Festland.

Ein räumlich begrenzter Atomkrieg brach zwischen der Ukraine und Kasachstan aus, das sich mit Tadschikistan und Iran verbündete. Alma-Ata und Kiew waren bereits radioaktiv verseuchte Ruinenstädte. Radikale Palästinenser verwüsteten Israel mit mutierten Arboviren, die nur Juden töteten.

Der durchgeknallte Kapitän eines russischen Atom-U-Bootes feuerte all seine Raketen auf den Mittleren Osten ab. Der Sand Arabiens leuchtete nachts vor Radioaktivität, und Tausende von Ölquellen brennen auch heute noch, nach so vielen Jahren. Amerika machte seine Grenzen dicht und schoss jedes Flugzeug ab, das näher als tausend Kilometer an seine Küsten herankam.

China hatte die amerikanische Weltall-Infrastruktur gekauft und beherrschte den Weltraum.

Ich wohnte in einem dünn besiedelten Getto Athens mit Maghrebinern, Albanern, Einwanderern aus Skopje und türkischen Flüchtlingen. Griechen gab es dort nur sehr wenige. In dem baufälligen Wohnblock, in dem ich lebte, war ich allein. Erst im vorletzten Jahr war eine Gruppe Hausbesetzer eingedrungen, Bulgaren, radioaktiv verseuchte Flüchtlinge aus Koslodoui. Ich hatte sie alle umgebracht. Jetzt verfaulten ihre Leichen im Erdgeschoss und vereitelten so jeden weiteren Versuch einer Besetzung. Abends phosphoreszierten die Skelette in der Dunkelheit. Der Wohnblock gehörte mir.

Im Zentrum von Athen pulsierte noch das Leben, vor allem an den seltenen Tagen, an denen sich die kranke Sonne blicken ließ. Es lag auf dem Fußweg zwanzig Minuten entfernt.

Es war ein schöner Tag. So schön, dass man keine Maske brauchte. Ich steckte die Walther PPK ein. Ein slowakischer Hacker hatte sie mir vor Jahren für zwei Disketten mit Viren verkauft.

Auf der Straße liefen bettelarme Afrikaner, Filipinos und Araber in schmutzigen Jellabahs herum. Ich sah eine Gruppe Griechen. Man erkannte sie an ihren Fustanellen. In einer Ecke hatte ein Technofreak seinen Stand aufgebaut und verkaufte vietnamesische Modems für den Zugang ins nationale Informationsnetz. Ziemlich sicher irgendein Schwachsinn. Einige Jugendliche wühlten in Eimern mit malaysischen Mikrochips. Weiter unten veranstaltete eine Gruppe eine Feier zur Frühjahrstagundnachtgleiche und führte Dankestänze für Dionysos auf. Danach würde es eine Orgie geben. In der Mitte des Kreises brannten Computer und Monitore. Jedes Mal, wenn sie zerbarsten, flogen die Splitter herum. Viele waren schon verletzt worden, aber anscheinend machte ihnen das keine Angst.

Ein Freund von mir, der vor einigen Monaten bis an die griechisch-makedonische Grenze oberhalb von Larissa gekommen war, hatte mir gesagt, dass es an den Grenzen viele Zentren von Gläubigen gebe, die in Klostergemeinschaften lebten und rituellen Kannibalismus und magische Kthoulos-Anrufungen praktizierten. Die Verehrung der Großen Alten war die Religion mit den meisten Anhängern in Griechenland. Ihre Geistlichen machten ihren Abschluss in der Priesterschule von Neo Arkam, irgendwo an der Küste des Ionischen Meers, in der Nähe von Lechena.

In der Nähe des Stadtzentrums war inzwischen einiges los. Eine Gruppe blonder Kinder spielte in einem ausgebrannten Auto. Die meisten von ihnen waren verkrüppelt. Vermutlich Flüchtlingskinder aus der Ukraine.

Es gab viele Stände von Technofreaks und Händlern, die Kits für Mikrobenmutationen verkauften. Es gab auch kleine Kabinen mit automatischen Geräten für AIDS-Tests. Ein auffälliges Schild erregte meine Aufmerksamkeit. Es gehörte zu einem gepflegten Geschäft, das ein Kollektiv vor kurzem eröffnet hatte. Sie verkauften künstliche Gedächtnisse. Ich wusste, dass neun von zehn Kunden in der Psychiatrie landeten, aber das hinderte die Leute nicht daran, draußen Schlange zu stehen. Alles, was neu war, weckte Interesse.

Auf dem Omonia-Platz brauste der Verkehr. Elektrische und benzinbetriebene Autos und von Pferden und Kamelen gezogene Karren bildeten einen Strom, der langsam um den Krater in der Mitte herumfloss, der in den verlassenen Tunnels der Metro endete.

In den Tunnels gab es Hunderte von Höhlenbewohnern, die niemals Sonnenlicht gesehen hatten. Sie lebten in ausrangierten Waggons, Stollen und Löchern. Abends gingen sie auf Nahrungssuche. Rings um den Krater, neben riesigen Müllhaufen, standen Zelte von Zigeunern.

Das bunt gemischte Völkchen hatte viele kleine Gesprächsgruppen gebildet und unterhielt sich über die neuesten Nachrichten, die die nationalen und die Satellitenkanäle übertrugen. Eine Gruppe Araber verkaufte Essen an mobilen Imbissbuden. Das Essen war schwarz vor Fliegen. Etwas weiter entfernt sprach ein gut gekleideter, kurzsichtiger Herr mittleren Alters mit altmodischer Brille hastig in sein Taschenbildtelefon. Sein Anzug war sehr teuer. Schnell zog er die Neugier der Menge auf sich. Wenige Minuten später zwängte er sich in einen elektrischen Suzuki-Dreisitzer und verschwand. Vermutlich ein Börsenmakler, der mit irgendeinem Agenten am anderen Ende der Welt kommunizierte. Ich fragte mich, was so ein Typ im Zentrum von Athen zu suchen hatte. Er war ein Vertreter der Elite, die bereits die Zügel der Zivilisation in der Hand hielt, die sich mit rasender Geschwindigkeit in den städtisch-industriellen Zentren Europas, Amerikas und des Pazifischen Bundes ausbreitete.

Es war ein seltener Anblick. Man hatte nicht oft die Gelegenheit, einen Bewohner der Nordzone zu Gesicht zu bekommen. In der Nordzone, jenseits der Mauer des Vororts Chalandri, lebten die Geldsäcke, die sich in ihren Häuser-Festungen verschanzt hatten und dort von Kampfwaffen – sofern noch welche aus der griechischen Armee übrig geblieben waren – und Privatbullen mit Taschenrevolvern beschützt wurden.

Ich kaufte mir eine Portion Sushi und ein paar schlecht frittierte Sojakroketten. Das Essen schmeckte nach Zeitungspapier, aber es machte satt. Als ich mit essen fertig war, ging ich zu einem Bonk-Automaten und warf eine Münze ein. Aus dem Inneren des Geräts waren ein paar metallische Geräusche zu hören, und eine winzig kleine zweifarbige Kapsel erschien im Ausgabefach. Ich zerbrach sie und öffnete sie. Die grünen Kristalle leuchteten. Ich sniffte sie. Gut, sehr gut.

Die Welt um mich herum verblasste. Die Menschenmenge entfernte sich immer weiter, wurde fremd, mikroskopisch klein. Alles kam zur Ruhe. Das Sonnenlicht blendete nun nicht mehr so stark, und ich setzte mich auf ein zertrümmertes Kapitell, das irgendjemand aus dem vor Jahren geplünderten Archäologischen Museum hierher gebracht hatte. Auf dem Kapitell waren Initialen, Telefonnummern und E-Mail-Adressen eingemeißelt. Ich spürte, dass meine künstliche Hand eiskalt war. Das Bonk ist nicht gut für Cybernerven. Aber was machte das schon.

Bevor ich den Kontakt mit der Welt verlor, spürte ich, wie eine Hand meine Taschen abtastete. Ich zog meine Pistole und schoss. Ein glatzköpfiges Mädchen in Springerstiefeln und Zwangsarbeiterkleidung stürzte zu Boden, und in ihrer Brust klaffte ein Loch.

Als ich zu mir kam, war die Sonne schon untergegangen und es war Nacht geworden. Die Leiche des Mädchens vor mir war erstarrt. Fliegen umschwirrten sie.

Die Menschenmenge war dichter geworden, und man hatte ziemlich viele Feuer angezündet. Einige Neuheiden luden Kisten von einem uralten Lieferwagen ab. Sie bereiteten ein Happening vor und verteilten handbeschriebene Flugblätter aus Pergamentpapier. Mein Kopf brummte immer noch. Sehr gut, das Bonk. Das Beste, was sich ein Drug-Designer in den letzten fünf Jahren ausgedacht hat.

Ein einarmiger Jugendlicher mit langen Haaren und Bart gab mir ein Flugblatt. Es war im Neodialekt geschrieben – ein Gemisch aus Greeklish und Assembly. Ich las: »You $einsamerMensch abgesch-nittenvon dernatur verfaulst du to death vv/verloren im Labyrinth, in den & ^#@$$Cybernetzen, I/O Error: komm und join us.! Komm/genießmituns die dionysosorgie, die wahrekraft der $Mutter $Erdnatur. Cool you Fool!! *.* Bonsai!!?? Antichrist der große Gott *%Pan. Amüsierdich ...« Hier hörte die fehlerhafte Neosprache auf. Der Rest des Papiers war zerrissen.

Meine Füße waren noch taub, aber nachdem ich ein paar Minuten auf und ab gegangen war, fühlte ich mich besser. Die Feuer und die Neonlichter erzeugten eine eigenartige Atmosphäre. Der Geruch nach Angebranntem, Müll und ungewaschenen Menschen schwebte in der Luft.

Ich kam zum Club »Bise«, vor dem sich eine riesige Menschenmenge versammelt hatte. Die riesenhaften Türsteher, zwei Bio-Klone, kontrollierten mit grimmiger Miene Ausweise und ließen die Leute im Schneckentempo durch. Wo sie standen, befand sich ein Kasten mit einem Schlitz. Sie steckten den Ausweis in den Schlitz. Wenn ein rotes Lämpchen leuchtete, hieß das, dass der Gast Arbeit und Einkünfte hatte, er durfte also hinein. Ich stand eingezwängt zwischen einigen Arabern mit Jellabahs, Schwarzen mit athletischen Körpern und einigen anderen, die Astronautenanzüge mit bunten Emblemen trugen. Auf ihre Helme hatten sie mit Marker »Star Trek« geschrieben. Die gehörten ganz sicher zur Bewegung Arthur C. Clarke, zu jenen, die glaubten, dass die Besiedelung des Weltalls der einzige Ausweg für die Menschheit war. Arme Spinner! Irgendwann würde ich auch über sie einen Artikel schreiben müssen.

Ich stand nun vor dem riesenhaften Bio-Klon. Das war ein über hundertfünfzig Kilo schwerer Fleischkoloss, voll gepumpt mit Steroiden und Wachstumshormonen. Seine künstlich entwickelten Muskeln sprengten beinahe sein enges Hemd. Ich gab ihm den Ausweis, der in seiner riesigen Pranke und dann im Schlitz des Geräts verschwand. Rotes Lämpchen. Der Klon winkte mich durch. Ich durfte hinein.

Bevor ich hineinging, sah ich, dass das Gerät, das bei dem anderen Klon stand, rauchte. Es gab eine Explosion, und der Klon stöhnte und griff sich ans Gesicht. Jemand hatte ihm einen gefälschten Ausweis angedreht, der völlig virenverseucht war. Er war außer Gefecht. Ausweis-Bomben waren der neueste Scherzartikel, der illegal im Umlauf war.

Die Menge begann zu lachen und zu kreischen. Der andere Klon zog einen winzig kleinen Taschenrevolver und fing an, blind um sich zu ballern. Die Menge zerstreute sich schreiend, hinter ihr blieben blutüberströmte Körper zurück. Ich beeilte mich hineinzukommen, vorbei an zwei barbusigen Mädchen, die die Gäste mit Metalldetektoren kontrollierten. Eine von ihnen hatte eine Geschwulst am Hals, die so groß wie eine Apfelsine war. Die andere hatte ein gelbes und ein himmelblaues Auge. Beide hatten karmesinrotes Haar und trugen hochhackige Fußballschuhe mit Nägeln.

Das »Bise« war ein guter Laden. Es war das ehemalige Rathaus, das der wütende Pöbel einst in Brand gesetzt und geplündert hatte. Vor zehn Jahren war es renoviert worden, und man hatte einen Club daraus gemacht. Drinnen konnte man interessante Typen treffen, die manchmal auch relativ gute gesellschaftliche Positionen hatten. Männer und Frauen. Viele Geldsäcke vergnügten sich hier nach einer riskanten abendlichen Fahrt ins Stadtzentrum. Für mich war es der ideale Ort, um Euro zu scheffeln. Ich ging oft dorthin.

Die Wände waren schwarz gestrichen, und dauernd liefen Wandfernseher, deren Ton von der Musik übertönt wurde. Die Personen auf den Bildschirmen klappten ihre Münder auf und zu, ohne dass man sie hören konnte. Zuckende grelle Neonlichter beleuchteten die Leute von unten.

Der Club war proppenvoll. Technofreaks, Cybervictims, Mädchen, deren Blick starr war von den rosa Super-MDMA-Pillen, die sie alle paar Minuten schluckten. Junge Leute mit teuren Klamotten, die völlig aufgedreht waren. Die meisten trugen Hüte, Armeehelme, Zylinder oder Wollmützen mit kleinen Stroboskopen. Weiter hinten trieb es ein Pärchen im Stehen. Jemand nahm die Szene auf Video auf. Die Gruppen tanzten, tranken und unterhielten sich über Mode, Computer, über die neuen Psychopharmaka, die gerade »in« waren, über Weltraumfahrten und über Musik.

»Im Sommer gehe ich ins Weltraum-Hilton. Meine Alten bezahlen ...«

»Ich würde gern eine Mondumrundung mit dem Nerva Express machen ...«

»Gute Idee! Da musst du deine Beine zehn Jahre lang dauernd breit machen, damit du dir das Ticket kaufen kannst!«

»Stand das in der letzten Realtime-Ausgabe von ›Tsak‹?«

»Ich habe den neuesten Ästhesio-Clip von Urban Decadence auf MTV-3 gesehen. Nichts Besonderes, fand ich ...«

»Nächste Woche spielen die Giga-Byte im ›Rodon‹, Supportgruppe sind die Last Chance.«

»Hatten die sich nicht aufgelöst?«

»Nein.«

»Hast du Lust auf 'ne schnelle Nummer?«

»Und ob!«

Ich bestellte einen doppelten Athens Sling und verzog mich in eine Ecke. Die Musik wurde lauter. Das mussten die $Muscleflex-G mit ihrem neuesten Hit sein. Der Bass hämmerte auf meinen Magen ein. Ich spürte, wie die Metallnerven meines Arms klimperten. Ich trank mein Glas mit einem Zug leer und bestellte noch einen Drink bei der Bedienung mit den grünen Haaren und dem metallenen Kleid. Ich zündete mir auch eine Golden Joint an. Schade, dass es im Club keinen Bonk-Automaten gab. Der Laden war noch ausbaufähig.

Gegen fünf Uhr morgens hatten sich die Reihen gelichtet. Es waren nur noch ein paar Grüppchen übrig. Alle waren stoned oder aufgedreht, weil sie unzählige Getränke und Pillen intus hatten. Dann sah ich sie.

Sie war mittelgroß, hatte schwarze Haare und vorstehende Backenknochen. Schöne Beine in phosphoreszierenden Strumpfhosen. Sie hatte sie übereinander geschlagen und saß auf einem Barhocker. Ihre Haare nahmen eine andere Farbe an, je nachdem, aus welchem Winkel man sie betrachtete. Auch sie rauchte Golden Joint. Ihre Augen hatten einen sonderbaren Glanz, und sie trank mit langsamen Bewegungen einen orangefarbenen Cocktail mit grünen Eiswürfeln aus einem hohen Glas mit zwei Füßchen.

Sie warf mir einen Blick zu und zog noch einmal an ihrer Zigarette. Sie war schön. Ich trank den Rest von meinem sechsten Athens Sling aus und ging dann lächelnd auf sie zu.

»Hallo.«

Sie gab mir einen Zungenkuss, bevor ich noch ein Wort erwidern konnte. Als sie sich zu mir beugte, sah ich, dass sie im Nacken einen Chromstecker hatte. Ganz sicher ein Meta-Hacker. Da hatte ich aber Dusel gehabt!

Wir trieben es in der Toilette. Ihr Körper zuckte, aber sie sagte kein Wort. Ich auch nicht. Auf dem Boden stand drei Zentimeter hoch Schmutzwasser und Pisse, und weiter drüben lag ohnmächtig ein Typ mit geschorenem Kopf und abgeschnittenen Ohren, der noch eine Spritze in seinem über und über tätowierten Arm stecken hatte.

Ich kam mit einem merkwürdigen Geräusch. Ich knöpfte meine Hose zu und suchte in meinen Taschen nach den Golden Joint. Sie sagte noch immer nichts und zog ihren Slip hoch.

In dem großen Saal waren ungefähr noch zehn Leute. Der Club wollte schließen, und einige dunkelhäutige Typen hatten angefangen, den Boden zu saugen. Da sagte sie zum ersten Mal etwas.

»Gib mir eine Zigarette.«

Ich zog die Schachtel wieder heraus.

»Sehr gesprächig bist du ja nicht, was?«

Sie sah mir in die Augen. Sie trug intelligente Kontaktlinsen, die je nach psychischer Verfassung des Trägers eine andere Farbe bekamen. Im Moment waren sie goldgrün.

»Ich rede nicht mit Leuten, die ich nicht kenne.«

Ich lachte. »Aber du treibst es bedenkenlos mit ihnen, wie?«

»Das eine hat mit dem anderen nichts zu tun.« Sie schien sich bedrängt zu fühlen. Ich beschloss, das Thema zu wechseln.

»Meta-Hacker?«, fragte ich sie und zeigte dabei auf den Chromstecker an ihrem Nacken. »Journalist?«, fragte sie, während sie den Rauch ausblies.

»Woran hast du das gemerkt?«, fragte ich verwundert.

»Der starre Blick, das Gesicht eines Menschen, der sich meistens im Internet verliert und dort nach Informationen sucht. Ein Datenjäger. Das war mir von Anfang an klar, als ich dich gesehen habe. Das ist Erfahrungssache.«

Ich lächelte. »Also wusstest du, was für ein Kraut ich rauche, oder?«

»Zum Einstieg Golden Joint.« Zum ersten Mal lächelte sie. »Und dann Informationssmog aus dem Internet.«

Ich wusste von Anfang an, was sie wollte. Ein Metahacker ist eines jener bedauernswerten Geschöpfe, die sich einer Interface-Transplantation unterzogen haben, damals vor zehn Jahren, als das »in« war. Sie stöpselten sich in die Computernetze ein und verloren sich auf der Suche nach neuen Welten und dem perfekten Cybertrip sofort in den Informationssplittern. Bis die Netze dann durch das Internet ersetzt wurden.

Mir war kein Fall bekannt, wo ein Metahacker überlebt hätte, nachdem er sich ins Internet eingestöpselt hatte. Der Schwindel erregende Gigabyte-Fluss verbrannte ihnen buchstäblich die Neuronen, sprengte sie mitten im elektronischen Orgasmus eines beispiellosen Supertrips ohne Rückfahrkarte in die Luft.

Ich wusste, was sie wollte. Ein Journalist hat immer ein Holomodem – wenn er als Journalist überleben will. Ich wusste, dass sie das Holomodem bei mir zu Hause benutzen wollte, um sich ins Internet einzustöpseln. Ich wusste, dass sie sich nach der letzten Art von Rausch sehnte, nach dem tödlichen Trip, nach dem außergewöhnlichen und unwiederholbaren Augenblick, den kein einfaches Hypercomputer-Milieu ihr verschaffen konnte.

Ich wusste, dass ihre Stunden gezählt waren.

Ich lächelte.

»Gehen wir?«, fragte sie.

Ich sagte nichts. Ein Bio-Klon schleifte den leblosen Körper des Typen aus der Toilette hinter sich her. Wir traten auf die Straße hinaus.

Draußen auf dem Omonia-Platz wälzten sich unermüdlich Menschenmassen, diskutierten, aßen, schissen, schliefen und gafften. Die Feier der Neuheiden war inzwischen so richtig in Gang gekommen. Gerade hatte sich einer von ihnen selbst angezündet, und der Geruch von verbranntem Fleisch hing in der Luft.

Wir entfernten uns zu Fuß. Auf dem dunklen Boulevard waren nur noch sehr wenig Leute unterwegs, und die Händler hatten ihre Stände schon längst abgebaut. An einer Straßenecke saß ein Betrunkener in einem See von Erbrochenem und grölte. Eine Alte mit Holzbein wühlte in einem Abfallhaufen, während eine Gruppe Albaner einen jungen Mann bumste, der auf alle viere gefallen war und ihnen zurief, sie sollten sich beeilen. Nicht weit davon entfernt stand ein räudiger Hund und sah zu.

»Hast du's dir auch gut überlegt?«, fragte ich sie, während ich mir noch eine Golden Joint anzündete. Ich wusste, dass dies eine blöde Frage war.

Sie sah mich direkt an. In ihren mehrfarbigen Augen sah ich die Hingabe, die Sehnsucht des Menschen, der sein Leben für den letzten Trip hingeben will, des Menschen, der die Andere Wirklichkeit kennen gelernt hat. Des Menschen, der im Land der Lotophagen gewesen ist.

»Alle, die im Land der Verzweiflung waren, erleiden Gedächtnisschwund«, sagte sie. Ich verstand nicht, ob sie sich selbst oder mich meinte. Ich erfuhr es nie.

Am Eingang des Wohnblocks lag ein verdreckter Rastafari im Tiefschlaf, der wer weiß wie viele Bonks geschluckt hatte. Ein erbärmlicher Alter, der eine Offiziersjacke und die Rangabzeichen eines Luftmarschalls trug, durchwühlte seine Taschen. Als er uns sah, wich er zurück und fing an, in einer unbekannten Sprache zu fluchen. Er hatte nur ein Auge, und aus seinem rechten Ohr hingen Kabel.

Wir gingen die verstaubte Treppe hinauf. Der Aufzug funktionierte schon seit fünfzehn Jahren nicht mehr. Im Treppenhaus roch es nach Pisse und verfaultem Müll. Eine Katze sprang aus einem Loch in der Wand und schoss an uns vorbei.

»Wie heißt du?«, fragte ich die Todgeweihte.

»Was spielt das schon für eine Rolle?«

»Ich werde der moralische Verursacher deines Selbstmords sein. Sagst du mir nicht wenigstens, wie du heißt?«

Wir gingen noch ein Stockwerk höher, bevor sie antwortete.

»Giulia«, sagte sie schließlich.

»Ich heiße Sakis«, sagte ich, obwohl mir klar war, dass mein Name das Letzte war, was sie in diesem Moment interessierte. »Von Athanassios abgeleitet. Also ›der Unsterbliche‹.« Ich lächelte.

Wir waren vor meiner Wohnungstür angekommen. Sie sah mich ironisch an.

»Glaubst du denn, du wirst ewig leben?«, fragte sie.

Wieder lächelte ich. »Wer weiß? Heutzutage vollbringt die Technologie Wunder.«

Sie schnitt eine säuerliche Grimasse. »Natürlich. Sie bringt Metahacker, Cybernetze, Klone und mutierte Viren hervor.«

Ich sagte nichts. Meine Hand gab ein mechanisches Geräusch von sich, als ich die Türklinke berührte.

»Sie stellt auch künstliche Gliedmaßen her«, sagte ich.

Zum ersten Mal zeigte sie ein gewisses Interesse.

»Wo hast du denn dieses künstliche Teil her?«

»Die Prothese-Spezialisten von Osaka haben gute Arbeit geleistet, als ich während einer Reportage über die Tragödie des Nerva Express meine Hand verlor.«

»Also vor zehn Jahren.«

»Zwölf. Damals gehörte zum Journalistenhandwerk noch die Vor-Ort-Reportage. Ich hatte Glück. Andere haben lebenswichtigere Gliedmaßen verloren. Mein Alter – Gott hab ihn selig – hatte ziemlich viel Geld auf der hohen Kante, Euro. Damit hat er die besten Prothese-Spezialisten bezahlt, damit sie mir das Loch stopfen.«

Wir betraten die Wohnung. Wenn der Wandfernseher ausgeschaltet war, wirkte sie merkwürdig still und entrückt.

»Ein Freund von mir hat letztes Jahr eine Reise mit dem Nerva Express gemacht«, sagte Giulia beiläufig, während sie ihre Haare in Ordnung brachte. »Eine Mondumrundung mit dem Flugzeug, eine Woche im Weltraum-Hilton und chemische Trips mit Bonk, im Hintergrund die Erde im Erdenlicht-Saal.«

»Dein Freund hat wohl Kohle, was?«, fragte ich, während ich die Roboter-Kaffeemaschine aktivierte. »Willst du etwas Kaffee?«

»Sein Vater war Kader bei Shimizu. Er entwickelte ziemlich viele Patente für die Herstellung von Mondzement.« Sie warf einen Blick ins Zimmer. »Ja, ich möchte etwas Kaffee.«

Ich nahm zwei von den weniger schmutzigen Tassen und goss die schwarze dampfende Flüssigkeit ein. Giulia leerte sie fast in einem Zug. Dann schüttelte sie sich plötzlich und sagte schicksalsergeben:

»Also mach schon, damit wir's hinter uns bringen.«

Ich aktivierte das Holomodem. Man hörte ein Summen und danach ein kaum zu vernehmendes Pfeifen. Ich drückte mehrere Tasten und regulierte einen Schalter.

»Alles fertig. Zugang zu drei Kanälen mit photo-optischen Fasern mit 500 Ultrabytes pro Nanosekunde. Interaktive Retrogression mit vier japanischen Satelliten, die gleichzeitig um die Erde rotieren. Einen besseren Zeitpunkt hätten wir nicht erwischen können. Anscheinend meint es das Wetter gut mit dir.«

Sie lächelte gezwungen. »Freut mich, dich kennen gelernt zu haben«, sagte sie. »Und danke.«

»Einen Moment«, sagte ich. »Ich habe ein bisschen Bonk in der Schublade.«

»Das brauche ich nicht.«

»Aber ich«, sagte ich und öffnete die zweifarbige eiförmige Kapsel. Die leuchtenden grünen Kristalle spiegelten sich in den Monitoren des Holomodems. Auf den Monitoren blinkten grafische und alphanumerische Symbole mit verblüffender Geschwindigkeit. Ich sniffte die Kristalle und spürte, wie zuerst meine Nase, dann meine Kehle und zum Schluss meine Lungen taub und gefühllos wurden. In mir floss geschmolzenes Gold, flüssige Ekstase erster Qualität, die Lebenskraft selbst.

Giulia hatte die Augen geschlossen, als wartete sie auf etwas. Während mein Gesichtsfeld sich wie eine Fotolinse abwechselnd zusammenzog und erweiterte, griff ich nach der Elektrode des Holomodems. Ich schob Giulias Haare beiseite und steckte die Elektrode in den Stecker in ihrem Nacken. Sie hatte den Mund halb geöffnet. Eine Träne rollte ihr über die Wange.

Mein Herz hämmerte wie verrückt. Meine Zähne klapperten wie Kastagnetten. Ich riss Giulia in meine Arme und zerriss ihren Slip. Ich hatte schon eine gewaltige Erektion – dank des Bonks. Gewaltsam, hart und fest drang ich in sie ein. Sie schien es nicht zu bemerken. Ihre Neuronen wurden bereits von erbarmungslosen Bytes angegriffen, dem unerbittlichen Datenfluss, der sie peitschte, sie ausweidete und verbrannte, wie Haare in einer Kerzenflamme.

Ich bewegte mich immer schneller. Die Symbole und die Schriften auf den Monitoren blinkten unaufhörlich und immer schneller. Die Welt um mich herum rückte in die Ferne, sie wurde mir fremd. Im Widerschein der Konsole konnte ich in Giulias Gesicht die finale Ekstase sehen, den endgültigen Rausch, den letzten Trip, den kein chemisches Rauschgift ihr hätte geben können. Ich sah, wie der Fährmann ihre Seele über den Acherousia-See brachte, zum Eingang des Hades.

Ich sah, wie der Datenstrom ihr Gehirn, ihre Augen, ihren Körper überflutete. Ich sah Lichtpunkte, Blitze, ich hörte Aromen, sah Lieder und roch Farben.

Ich kam in dem Moment, in dem ihr Gehirn verbrannte wie ein kleiner Schmetterling im gebündelten Lichtstrahl eines Vergrößerungsglases. Eine perfekte Yin-Yang-Einheit, ein gewaltiges Energie-Recycling, ein Kräfteaustausch, ein übernatürlicher, monströser Chip, der überlastet wurde. Und ich war der Vampir, der das aufsog, was aus dem Glas überfloss. Und das Letzte, woran ich mich später erinnerte, waren unsere entseelten Körper, die auf den staubigen Fußboden fielen, Giulias Nacken, der noch im Modem steckte, mein Glied, das noch in ihrer Scheide steckte, und die Reflexe, die noch auf den Monitoren tanzten.

Montagmorgen.

Ich sitze in meinem ausgeweideten Sessel, rauche Golden Joint und habe das Programm zum Verfassen von Artikeln aufgerufen, das sich ins Internet einklinken soll. Diesmal handelt der Artikel vom geschichtlichen Hintergrund der ersten Mondbesiedelung. Der chinesischen natürlich.

Giulias Leiche hat die Werkstatt von Nakamitsu mitgenommen, der japanischen Firma, die Transplantate kauft und verkauft. Herzen, Netzhäute, Lebern, Lungen, Nieren, solche Sachen. Ich habe sie zu einem irre guten Preis verkauft. Giulia war jung, und die Japaner sind immer großzügig. Meine Euro-Konten werden immer dicker. Es ist nicht das erste Mal, dass ich zum moralischen Verursacher des Selbstmords eines Metahackers wurde. Und es war wohl auch nicht das letzte Mal.

Einerseits das Geld aus dem Verkauf ihrer Organe. Andererseits noch mehr Geld durch die Einspeisung von Giulias Bewusstsein, ihrer Lebensenergie, ja ihrer Lebenskraft ins Internet.

Das menschliche Bewusstsein ist ein Bündel von Informationen. Unvorstellbar vieler Informationen, die nach Millionen Jahren biologischen Fortschritts auf bewundernswerte Art aufgebaut und geordnet sind. Das menschliche Bewusstsein ist Nahrung vom Feinsten für das Internet.

Das menschliche Bewusstsein ist eine kostbare Energieform für die Aufrechterhaltung des Internets, unabdingbar für die Verstärkung dieses planetaren Spinnennetzes, das die Erde wie ein unsichtbarer Kokon überzieht, wie ein kolossaler Vampir, der Daten absorbiert, in Umlauf bringt und kanalisiert.

Dieser Vampir filtert menschliches Bewusstsein zu Schleuderpreisen aus unzähligen Holomodems auf dem ganzen Planeten heraus. Und die Versorger des Internets – die unzähligen Gesellschaften für Informationsverwaltung von Amerika bis zum Ring des Pazifik – bezahlen gut für jede menschliche Seele, die in seinen virtuellen Schmelztiegel fällt.

Seit Jahren mache ich diese Arbeit nun schon. Ja, ich gebe mich immer noch als Journalist aus und schreibe und verkaufe Artikel, aber nur aus Gewohnheit. Ich werde nicht mehr lange schreiben. Immer öfter gehe ich abends aus und mache mich auf die Suche nach Metahackern. Vorzugsweise Frauen. Irgendwann einmal werde ich so viel gespart haben, dass ich alles hinschmeißen und mir ein Ticket für den Nerva Express kaufen kann – zum Mond.

Dort oben am kranken Himmel gibt es noch den Mond. Den Mond, den wir einst erobert haben und dann, als die Tage des Ruhms vergangen waren, für ein halbes Jahrhundert auf den Müll geworfen haben. Aber im Mare Tranquillitatis in der Nähe des Obelisken des Apollo-Memorials, stehen die Anlagen von Nakamitsu-City, der Kolonie der Unsterblichen, mitten in der uralten staubigen Ebene. Dort, wo eine Hand voll Menschen Jahrhunderte lang leben wird und mit den wundertätigen Medikamenten der Firma Nakamitsu überschüttet wird, die dank der geringen Schwerkraft auf dem Mond eine erstaunliche Wirkung haben. Die Pflegekinder werden Jahrhunderte lang unter dem schwarzen Himmel leben, während die türkisgrüne Erde unbeweglich über ihnen hängt. Die Technologie von heute vollbringt Wunder. Sie ruft Clubs der Unsterblichen ins Leben. Und der Zugang buchstabiert sich in Euro. Irgendwann einmal werde ich so viele davon gespart haben, dass ich zum Mond reisen und Clubmitglied werden kann.

Sakis. Athanassios. Unsterblich.

Ich trat die Golden Joint auf dem Fußboden aus. Ich stand auf und suchte in der Schublade nach einer Bonk-Kapsel. Heute würde ich nicht ausgehen. Aber morgen würde ich zwei Metahacker an Land ziehen. Vielleicht sogar drei.

Pierre Bordage

Wir sind im Bereich der Dystopien gelandet. Und keine Dystopie ist so finster, dass man nicht noch eins draufsetzen könnte. Bot die Welt der vorangegangenen Geschichte noch einen Notausgang, einen Hoffnungsschimmer, egal wie fern und unerreichbar, so zeigt uns Pierre Bordage in der nächsten Geschichte mit der ihm eigenen erzählerischen Wucht, dass auch Zukünfte ohne dergleichen vorstellbar sind.

Pierre Bordage ist der erfolgreichste lebende Autor von Science-Fiction und Fantasy Frankreichs, Punkt. Er hat Auflagen, von denen andere Autoren kaum zu träumen wagen. Die Liste seiner Auszeichnungen weist Preise aus, die manch anderer noch nicht einmal dem Namen nach kennt. Er publiziert bei nicht weniger als sechs Verlagen, und wollte man mit seinem Gesamtwerk in den Urlaub fliegen, man müsste beim Einchecken zweifellos Gewichtszuschlag bezahlen. Pierre Bordage ist der einzige Science-Fiction-Autor Frankreichs, der vom Schreiben fantastischer Literatur leben kann, und er kann es nicht nur aufgrund seiner erzählerischen Fähigkeiten, sondern auch aufgrund einer stupenden Produktivität.

Erstaunlicherweise hat dies alles erst spät begonnen. Geboren 1955 in Vendée, das nahe genug bei Nantes läge, um eine Verbindung zu dem einst dort geborenen Jules Verne herstellen zu dürfen, wenn man wollte, verbrachte Pierre Bordage eine Kindheit und Schulzeit, in der nichts auf eine spätere Laufbahn als Schriftsteller hindeutete. Er ging neun Jahre lang ins Karate-Training, nahm

Banjo-Kurse und entdeckte das Schreiben erst 1975, als er in Nantes zufällig in eine Schreibwerkstatt geriet.

Einige Reisen durch den Orient später, nach Jobs als Angestellter in der Spielwarenbranche und im Bereich Finanzdienstleistungen, als Verkäufer auf Jahrmärkten und Messen und, immerhin, als Buchhändler, begann Pierre Bordage 1985, seinen ersten Roman zu schreiben: **Les Guerriers du Silence** *(»Die Krieger der Stille«), eine Space Opera, in der sich bereits jene Meisterschaft der epischen Form zeigt, für die er heute bekannt ist. Es sollten jedoch erst noch einmal sieben Jahre vergehen, bis er 1992, inzwischen in Paris als Sportreporter tätig, seinen ersten Verleger fand. Im März 1993 erschien* **Les Guerriers du Silence** *bei L'Atalante und war auf Anhieb ein so enormer Erfolg, dass Pierre Bordage ins Dasein eines Vollzeitschriftstellers wechseln konnte. In den darauf folgenden Jahren erschienen zwei Folgebände der Trilogie um die »Krieger der Stille«, die vom Publikum mit unvermindert anhaltender Begeisterung aufgenommen wurden.*

Im Oktober 1996 folgte **Wang – Les Portes d'Occident** *(»Wang – Die Pforten des Okzidents«), im Mai 1997* **Wang – Les Aigles d'Orient** *(»Wang – Die Adler des Orients«), erneut zwei voluminöse Romane, die in einer zwei Jahrhunderte in der Zukunft liegenden Welt spielen und die die sich weiter entfaltenden erzählerischen Fähigkeiten Bordages unter Beweis stellten.* **Abzalon** *markierte 1998 eine Rückkehr zur Space Opera, deutete aber bereits eine Verschiebung der Akzente hin zu mythischen und religiösen Motiven an.*

Pierre Bordage ist verheiratet und Vater zweier Kinder, und im Sommer 1999 übersiedelte die ganze Familie für zwei Jahre in die USA. Hier schrieb er unter anderem **Orchéron***, den Nachfolgeband zu* **Abzalon***, vor allem aber seinen wohl ambitioniertesten Roman* **L'Evangile du Serpent** *(»Das Evangelium der Schlange«), eine provokante Nacherzählung der Geschichte Jesu, verlegt in unsere Gegenwart und mit einem Auftragskiller, einer Prostituierten, einem Skandaljournalisten und einem fanatischen Anhänger als*

Evangelisten: An die Stelle eines himmlischen Vaters tritt eine Muttergöttin, und das schamanische Symbol der Doppelschlange verbindet sich mit dem Bild der Doppelhelix der DNS, des elementaren Moleküls allen Lebens. Während ich diese Zeilen schreibe, sieht es so aus, als könne dies der erste Roman Bordages werden, der verfilmt wird.

Der Platz reicht nicht, alle Romane von Pierre Bordage zu erwähnen, von den Kurzgeschichten ganz zu schweigen. Aus der Liste seiner Auszeichnungen seien erwähnt: ***Grand Prix de l'Imaginaire*** *und* ***Prix Julia Verlanger****, beide 1994 für* ***Les Guerriers du Silence****; 1996* ***Prix Cosmos 2000*** *für* ***La Citadelle Hyponéros****; 1997 den* ***Prix Tour Eiffel*** *für die beiden* ***Wang****-Bände; 2000* ***Prix Paul Féval de la Société des Gens de Lettres*** *für* ***Les Fables de l'Humpur*** *(»Die Fabeln von Humpur«) sowie 2001 der belgische Literaturpreis* ***Prix Bob Morane*** *für* ***L'Evangile du Serpent****. Ach ja, und außerdem ist Pierre Bordage seit einigen Jahren Präsident des alljährlich in Nantes stattfindenden europäischen Science-Fiction-Kongresses* ***UTOPIALES.***

Und trotz allem hat er es sich nicht nehmen lassen, eine Story eigens für diese Anthologie zu schreiben. Eine Trillion Euro? Pierre Bordage ist endlich mal einer, der bei solchen Summen an Inflation denkt – und an den Verfall aller Werte …

Euro Zone

von Pierre Bordage

»Wie viele Nullen sind das nach der Eins?«

»Zwölf, glaube ich. Vielleicht sogar mehr.«

»Und was können wir damit kaufen?«

»Alles, was wir wollen.«

»Meinst du, wir kommen vielleicht aus dem Schlamassel hier raus?«

»Gut möglich, Pibe.«

Der Gestank der Stadt waberte in der klebrigen Januarhitze. Seit dem Durchzug des verheerenden Zyklons Valy war die Stromversorgung im Viertel nicht wieder in Gang gekommen, und sämtliche Gebäude lagen in tiefstem Dunkel. Man sah nicht die Hand vor Augen. Wie jeden Abend hatten sich Tausende von ZL in der großen Halle des ehemaligen Ostbahnhofs versammelt. Zwar war die Dachkonstruktion aus Glas und Stahl größtenteils zerstört, doch sie bot immer noch Schutz gegen die sintflutartigen Regenfälle, die wie gewaltige Geschwader durch die Nächte tobten. Außerdem wagten sich weder Organjäger noch andere Menschenfleischhändler in ein Lager, das von Einbruch der Dunkelheit bis zum Morgengrauen von bewaffneten Posten bewacht wurde.

Ich schlug die Decke zurück, setzte mich auf und sah Steff an. Sie hatte mich bisher noch nie mit in eine faule Sache gezogen.

»Du sprichst von ... Euros, oder?«

Sie nickte. Wilde Locken tanzten vor ihren etwas vorstehenden Augen.

»Aber der Euro ist doch absolut nichts mehr wert.«

Steff antwortete mit dieser Lippenbewegung, von der ich nie wusste, ob sie ein Lächeln oder eine Grimasse sein sollte, und blickte sich flüchtig um.

»Irrtum, Pibe. Bis zum 31. Juli kann man Euros noch gegen Riyals oder Dollüans eintauschen.«

»Bei der Bank? Du spinnst ja! Die lassen uns doch gar nicht erst rein!«

»Ich kenne einen Hehler. Wir machen Halbe-Halbe.«

»Scheiße. Scheint ein ziemlicher Halsabschneider zu sein!«

»Entweder oder, Pibe.«

Die Gänsehaut auf meinem Rücken verriet, dass ich ihren Vorschlag längst angenommen hatte. Aber ich wollte noch ein bisschen verhandeln, mich absichern. Ein lautes Schnarchen in unmittelbarer Nähe übertönte den Chor pfeifend schnaufender Schläfer.

»Und es ist wirklich nicht gefährlich?«

»Ein Kinderspiel, Pibe.«

»Wie bist du darauf gekommen?«

Sie rümpfte die Nase. Für einen Sekundenbruchteil sah sie aus wie die alte Frau, die sie vermutlich nie sein würde.

»Ich habe da meine Quellen.«

Ich tat, als würde ich noch einmal über alles nachdenken. Schließlich sprach ich den schicksalhaften Satz aus.

»Und wann?«

Sie rückte ganz nah an mich heran. Ihr verwirrender, starker Duft hüllte mich ein. Flüchtig lüpfte sie eine Ecke ihrer Lederjacke. Aus dem Hosenbund ragte ein ramponierter Pistolenkolben, der sich in die Falten ihres Bauches drückte.

»Jetzt gleich, Pibe.«

Ich biss mir auf die Unterlippe, bis ich Blut schmeckte. Nachts waren die Risiken zehn, hundert, tausend Mal so hoch. Menschenfleischhändler, Straßenbanden und die Brigaden des PJ, des Permanenten Jihad, teilten sich die nicht bewachten Stadtviertel. Dem Leben eines Zonenlosen maßen sie – abgesehen von seinen Organen, die an reiche Zonenbewohner in ihren befestigten und bewachten Vierteln weiterverkauft wurden – nicht den geringsten Wert bei. Oft töteten sie ihre Opfer nicht einmal, bevor sie ihnen Augen, Leber, Lunge, Nieren oder Hoden herausschnitten oder Arme und Beine abhackten. Beinahe hätte ich einen Rückzieher gemacht, aber die Sorge, sie zu enttäuschen, war schließlich doch stärker als meine Angst. Also streifte ich meinen Overall über und stand auf. Meine Decke rollte ich auf dem Stück Pappe zusammen, das mir als Matratze diente.

Zwischen schlafenden Körpern hindurch schlängelten wir uns zum Ausgang des ehemaligen Ostbahnhofs. Der Wachmann an der kleinen Seitentür deutete mit dem Lauf seiner Knarre in die von Atemzügen durchdrungene Finsternis.

»Wollt ihr wirklich raus?«

Steff blickte ihn nur herausfordernd an und trat entschlossenen Schrittes auf den leeren Vorplatz hinaus.

Auf dem Weg über einen namenlosen, von Kratern zerfressenen Boulevard überraschte uns ein Schauer. Wir waren gezwungen, uns in eines der zerstörten Häuser zu flüchten und unter einem halb eingestürzten Dach Schutz zu suchen. Eine Stunde lang schüttete es und donnerte es wie ein Weltuntergang. Steff drängte sich in der Enge dicht an mich heran – zumindest bildete ich mir das ein. Ich wäre am liebsten bis zum Morgen in ihrer Nähe geblieben.

Ich kannte sie seit zwei Monaten, was für Zonenlose eine recht lange Zeitspanne ist, begann aber erst jetzt, das Mädchen in ihr zu sehen. Sie wies keine der Hautkrankheiten auf, wie sie durch die neuartigen Viren übertragen werden; ich glaube, das kann man als Kriterium für Schönheit gelten lassen. Kennen gelernt hatten wir uns dank einer ordentlichen Kopfnuss: Eines Abends war ich auf allen vieren zu meinem Schlafkarton gekrochen und mit meiner Stirn so hart gegen ihre geknallt, dass sie eine Platzwunde über der Augenbraue davontrug.

»Der Typ ist steinalt«, flüsterte sie. »Er hat keine Leibwache. Wenn er den Zaster nicht rausrückt, polieren wir ihm die Fresse.« Ich nahm an, sie redete, um ihre Angst zu verbergen. Dabei knipste sie eine Taschenlampe an, die sie weiß Gott woher haben mochte. Der trübe Strahl spazierte über ihre halb offen stehende Jacke, streifte ein Stück Haut und den rostigen Lauf ihrer Knarre. Was hätte ich darum gegeben, an der Stelle der Waffe zu sein!

»Eine Trillion! Das lohnt sich wenigstens!«

Ich nickte, obwohl ich nicht die geringste Ahnung hatte, wie viel eine Trillion war. Ein ehemaliger Lehrer namens Majoub, den es zu den Zonenlosen verschlagen hatte, hatte mir die Grundlagen des Rechnens beigebracht. Aber mit Zahlen mit mehr als sechs Stellen hatte ich immer noch Probleme.

»Komm, Pibe, wir können weiter!«

Mit wildem Lachen zerrte sie an meinem Ärmel. Das Donnern des Gewitters entfernte sich wie die Trommelwirbel einer Armee auf dem Abzug. Die Alten behaupten, zu ihrer Zeit hätte es weder so häufige noch so heftige Gewitter gegeben. Angeblich haben damals die Leute auch noch nicht auf der Straße schlafen müssen, und man konnte sich von Hunderten von Fernsehkanälen berieseln lassen. Ich hätte sie fragen sollen, warum sie es zugelassen haben, dass ihr früheres Paradies sich in eine solche Hölle verwandelte.

Das widerliche Wetter hatte den Vorteil, dass mögliche Verfolger in ihrem Unterschlupf blieben. Das galt sogar für die Fanatiker vom Permanenten Jihad, die seit undenklichen Zeiten die Invasion Europas vorbereiteten. Allerdings stand der größte Teil der islamistischen Kampfeinheiten in Kasachstan und Russland, um das Vorrücken der chinesisch-amerikanischen Befreiungstruppen zu verhindern. Majoub, der Lehrer, hatte das alte Europa immer mit einem sinkenden Schiff verglichen: Geschäftemacherei und Korruption hatten die ersten Lecks geschlagen, nationalistische Tendenzen hatten sie erweitert, und die Selbstmordbrigaden des PJ waren jetzt dabei, dem Wrack den Rest zu geben. Manchmal sagte er auch, Europa gliche einer einsam im Sterben liegenden alten Frau, deren Gedanken ständig um ihre prunkvolle Vergangenheit kreisten und deren bittere Erinnerungen sie zerfraßen.

Von der Stadt, die einmal Stadt der Liebe genannt worden war, standen nur noch Fassaden mit düsteren Fensterlöchern, die an leere Augenhöhlen erinnerten. Nur Kettenfahrzeuge waren in der Lage, auf den zerstörten Straßen und Plätzen vorwärts zu kommen. Eine üppige Vegetation hatte sich durch Asphalt und rissigen Zement gesprengt, hangelte sich an Mauern entlang, drängte sich unter Dächer, schlang sich um Torbögen und überwucherte Innenhöfe. In der Ferne waren dröhnende Motoren, Detonationen, Explosionen und Schreie zu hören.

Steff ging voraus, sie war spürbar nervös. Im ehemaligen Viertel Châtelet blieb sie zwei Mal stehen und lauschte in die Nacht. Ich gebe zu, ich hoffte insgeheim, dass sie uns auf dem schnellsten Weg zum Ostbahnhof zurückführen würde, doch stattdessen stürzte sie sich in die Finsternis in Richtung der Seine. Schließlich erreichten wir *Pont au*

Change, eine der drei letzten Brücken, die noch nicht von der einen oder anderen Partei zerstört worden waren.

Steff zog ihre Knarre aus dem Hosenbund und entsicherte sie mit einer professionellen Handbewegung. Das Ding war ein ziemlich merkwürdiges Kaliber; wahrscheinlich handelte es sich um eine plumpe Imitation. Tibetanische Clans bauten sie aus Schrott zusammen, der in den Trümmern herumlag. Man konnte nie sicher sein, in welche Richtung die Kugel losging. Ob Steff die Knarre schon jemals benutzt hatte? Ich wollte gar nicht wissen, woher sie sie hatte. Ich jedenfalls hatte nicht genug Knete, um mir bei den überall herumwimmelnden Hehlern einen Schießprügel zu besorgen. Im Augenblick begnügte ich mich mit dem Messer, das ich von meinem Vater geerbt hatte – genau genommen war es das Einzige gewesen, was ich bei seiner Leiche noch vorgefunden hatte.

Vorsichtig, wie eine misstrauische Katze, betrat Steff die Brücke. Nach fünf Metern duckte sie sich in den Schatten der Brüstung und winkte mir, ihr zu folgen. Genau in diesem Augenblick kam der Mond zwischen den Wolkenfetzen hervor. Ich duckte mich hinter einen Steinhaufen und zögerte eine ziemliche Weile, ehe ich mich hinter Steff herwagte, mit trockener Kehle, bis zum Hals pochendem Herzen und fest in die Finsternis geheftetem Blick. Als ich sie erreichte, lächelte sie spöttisch und lief sofort weiter. Auf der Mitte der Brücke bekam ich echte Panik. Menschenfleisch-Händler konnten auf beiden Seiten gleichzeitig auftauchen. Einer solchen Falle hätten wir nur entkommen können, indem wir in das tobende Hochwasser der Seine gesprungen wären – und ich hatte niemals schwimmen gelernt.

Hinter uns jaulte ein Motor auf. Gleißende Scheinwerfer warfen ein unbarmherziges Licht auf die regennasse Brücke.

»Hau ab!«, brüllte Steff.

Sie richtete sich auf und rannte in Richtung der Île de la Cité davon. Zum Dröhnen des Motors gesellte sich nun auch das Knirschen von Panzerketten auf Pflaster. Ich raste los, die schreckliche Angst im Nacken, ich könnte auf der anderen Seite auf ein weiteres Fahrzeug oder eine Gruppe Organdiebe treffen. Glücklicherweise hatten unsere Verfolger nicht die Zeit gehabt, beide Ufer zu besetzen. Ich rannte noch schneller und warf mich in die Finsternis jenseits der Brücke, in der Steff bereits verschwunden war.

»Hierher, Pibe!«

Ich folgte ihr in ein Labyrinth von Ruinen. Erst nachdem wir die Furt aus Steinen und Metallverstrebungen hinter uns gebracht hatten, die die Île de la Cité mit dem jenseitigen Ufer verband, blieben wir wieder stehen. Auf dem Vorplatz einer in Schutt und Asche liegenden Kirche versuchten wir, zu Atem zu kommen und unsere fünf Sinne zu sortieren.

»Wer war das, was meinst du? Menschenmetzger?«

»Ich würde eher sagen, eine Brigade der Jihad.«

»Dann hätten wir also nicht wie die Irren weglaufen müssen?«

Der schräge Blick, den sie mir zuwarf, traf mich bis ins Mark.

»Ich weiß nicht, ob du es schon gemerkt hast, Pibe, aber ich bin ein Mädchen. Die Typen vom PJ können es nicht ausstehen, wenn sich Frauen draußen rumtreiben. Schon gar nicht mitten in der Nacht. Und vor allem nicht ohne Schleier. Wenn die mich kassiert hätten, hätten sie mich ... hätten sie mich ... verstehst du?«

Ich nickte nur.

»Soll ich dir mal was sagen Steff: Ich bin mir nicht ganz sicher, ob die Angst, die ich gerade ausgestanden habe, wirklich eine Tri ... Trillion Euro wert ist.«

Sofort bereute ich, den Satz ausgesprochen zu haben, aber die Worte waren aus meinem Mund geflattert wie besoffene Schmetterlinge, und ich konnte sie nicht zurückholen. Sie strich mir über den Schädel, den ich alle drei Tage rasiere, um Läusen und anderem Ungeziefer den Nährboden zu entziehen. Die Zärtlichkeit ihrer Geste verblüffte mich.

»Möchtest du wirklich den Rest deines Lebens in so einem Dreckloch verbringen, Pibe? Wahrscheinlich ist das unsere einzige Chance, hier rauszukommen.«

»Und wohin sollen wir gehen?«

»So weit weg wie möglich.«

Endlich sahen wir Licht. Eine geradezu verschwenderische Lichtfülle erhellte die Straßenzüge, lag auf Häuserfassaden und strömte aus Geschäften. Wir hatten Montparnasse erreicht, die geschützte Stadt, die Zone, wo wir weder etwas kaufen noch etwas verkaufen konnten. Leute wie wir existierten hier schlichtweg nicht. Uns fehlte der in den Handrücken eingepflanzte biologische Chip, der gleichzeitig als Personalausweis, Scheckkarte und Zugangsberechtigung diente. Zwar hätten auch wir laut europäischem Recht nach Anlage einer Akte über uns einen Chip erhalten können, doch in der Praxis gab es so gut wie keine Verwaltungsgebäude mehr, und eine Verwaltung selber erst recht nicht.

Montparnasse wimmelte Tag und Nacht von Menschen. Hier bekam man jede Droge, die man sich vorstellen konnte, alle Arten von Prostituierten und gigantische Spielhöllen, wo die Spieler auf Pferde, Kriege und Naturkatastrophen wetten konnten. Strom gab es immer, denn die Zone besaß ein von Hunderten Männern rund um die Uhr bewachtes Atomkraftwerk.

Wir betraten die hell erleuchteten Bürgersteige. Das Wasser in den Rinnsteinen glitzerte.

»Wenn wir nicht bemerkt werden wollen«, flüsterte Steff, »müssen wir in der Menge untertauchen.«

Obwohl Lärm und Licht Menschenmetzger und andere zwielichtige Gestalten abschreckten, waren wir auch in Montparnasse nicht wirklich in Sicherheit. Sollte ein mit Drogen voll gepumpter oder alkoholisierter Zonenbewohner das Bedürfnis verspüren, sein Magazin in unsere Bäuche zu entleeren, würde ihn niemand daran hindern – weder Passanten noch Milizen, noch die Überreste von Europol. Wir ZLs galten nicht als legale Existenzen und waren nicht mehr wert als eine Ratte. Diejenigen unter uns, die es in der Zone mit Prostitution versucht hatten, waren fast immer von einem Schwachsinnigen erwürgt, aufgeschlitzt oder in Stücke geschnitten worden.

Geblendet von blinkender Leuchtreklame drückten wir uns an den Schaufenstern entlang. Eine schwarze Nutte, die an einer Toreinfahrt lehnte und eine in Goldpapier gewickelte Zigarette rauchte, musterte uns mit abwesendem Blick. Hier bekam man keine Geldscheine zu Gesicht, wie in den anderen Vierteln. Ein Handschlag und ein paar Worte genügten, und Tausende von Dollüans wechselten Konto, Bank oder Kontinent. Ein einziges Mal nur hatte ich eine Dollüan-Note gesehen. Der Dollüan war die Währung der chinesisch-amerikanischen Achse, die sowohl dem Euro als auch dem Riyal den Rang abgelaufen hatte. Ich fand den grünlichen, von zwei roten Balken durchzogenen Schein ziemlich hässlich, aber ich zog ihn bei weitem dem virtuellen Tauschhandel vor. Außerdem hätte ich es schrecklich gefunden, einen Chip im Körper zu tragen, mit dessen Hilfe man mich in jeder Lebenslage und in jedem Versteck ausfindig machen konnte.

Steff vermied es, den Kopf zu heben. Glücklicherweise waren wir durchaus nicht die Einzigen, die schmutzige, stinkende Klamotten trugen. Obwohl sie über fließendes

Wasser verfügten, waren die Zonenbewohner oft zu faul, ihre Wäsche zu waschen. Mehr oder weniger zusammengeflickte Autos rasten durch Pfützen und spritzten wahre Schlammfontänen durch die Gegend. Aus halb geöffneten Fenstern drang Geschrei und Lachen.

Wir umrundeten den GZZ 12, den gewaltigen Trümmerberg, der nach dem Einsturz des Montparnasse-Turms übrig geblieben war. Laut Majoub war er von zwei mit Sprengstoff voll gestopften Selbstmordhubschraubern zerstört worden. GZZ hieß Ground Zero Zone, und die Ziffer 12 bedeutete, dass es sich um den zwölften Turm in der westlichen Welt handelte, den der Jihad zum Einsturz gebracht hatte.

Wieder tauchten wir in eine Dunkelheit ein, die nur von Zeit zu Zeit von Autoscheinwerfern durchbrochen wurde.

»Es ist nicht mehr weit«, flüsterte Steff mir zu.

Ein greller Blitz, gefolgt von ohrenbetäubendem Donner, ließ uns zusammenfahren. Vermutlich die Explosion einer von Straßenbanden oder der PJ gelegten Mine. Der warme Wind trug Pulverdunst und den Geruch geschmolzenen Metalls durch die Nacht.

Wir bogen in eine einigermaßen unversehrt aussehende Straße ein, die zu schmal war für Panzer oder Lastwagen. An der Bordsteinkante duckten sich Autos wie erstarrte Saurier. In den Nischen links und rechts der Straße bewegten sich die Schatten. Es waren Typen, die sich mit Chlaach vollgedröhnt hatten, einer aus dem Osten eingeführten Droge, die man sich in die Blutbahn injizierte. Innerhalb weniger Wochen verwandelte man sich in ein selig vor sich hinstarrendes Wesen mit dem IQ einer Kartoffel. Von denen hatten wir nichts zu befürchten – zumindest im Prinzip nicht; jeden Tag kamen neue Mischungen auf den Markt, deren Nebenwirkungen niemand kannte.

Teigig schleppende Stimmen sprachen uns an.

»Heda, ihr zwei, Lust auf'n kleinen Trip? Nur tausend Dollüans. Mit'm Handschlag und eurem blöden Code ...«

Ich hörte das Klicken eines Sicherungshahns. Ich dachte erst, Steff hätte ihre Knarre gezückt, um die Junkies auf Abstand zu halten – was eine ziemlich dumme Idee gewesen wäre, denn unter dem Einfluss von Chlaach kommt einem jedes Gefühl für Gefahr abhanden –, doch sie war vor einer Tür stehen geblieben und drückte ein Dutzend Knöpfe auf einem antiquarisch aussehenden Zahlenschloss in einer Mauernische. Die Metalltür öffnete sich klackend. Ich hatte nicht mehr die Zeit zu fragen, woher sie den Code kannte, denn sie schlüpfte schon in die Vorhalle, wo die bleichen Stufen einer Wendeltreppe nach oben führten. Meine innere Stimme flüsterte, dass ich drauf und dran war, mich kopfüber in einen Scheißschlammassel zu stürzen. Mit pochendem Herzen, völlig durcheinander, folgte ich Steff schließlich: Sie hatte Recht, ich wollte wirklich nicht lebenslänglich mein Dasein in dieser verfluchten Euro-Zone fristen. Die Taschenlampe warf ihren trüben Strahl auf rissigen, graufleckigen Gips.

Auf den Stein der untersten Stufen folgte rasch wurmstichiges Holz. Jedes Knarren schien imstande, das ganze Haus aufzuwecken. Ich musste an eine Geschichte denken, die Majoub mir erzählt hatte, von Gänsen, die mit ihrem Geschrei einen gallischen Häuptling daran hinderten, Rom zu erobern.

Auf der dritten Etage wandte Steff sich, ohne zu zögern, einer gepanzerten Tür zu. Sie versteckte die Knarre unter ihrer Jacke, bedeutete mir, näher zu kommen, und zeigte mir eine winzige dunkle Glaslinse in der mit Einschusslöchern übersäten Tür.

Eine Überwachungskamera.

Mir gefror das Blut in den Adern. Am liebsten hätte ich mich verdrückt, aber da Steff ganz ruhig wirkte, begnügte ich mich damit, das Heft des Messers in meiner Overalltasche fester zu umklammern. In der tintenschwarzen Finsternis war ein Knistern zu hören. Ein unsichtbarer, forschender Blick glitt über meine Stirn, meine Nase und meine Wangen. Es war die Art Blick, mit denen Menschenmetzger ihre Opfer taxieren. Ich bekam eine Gänsehaut, der Messergriff drückte sich in meine Handfläche. Aber Steff lächelte mich an, als ob das alles nicht ernst zu nehmen wäre, als ob sie mir einen lustigen Streich spielte. Einen kurzen, wilden Augenblick lang hatte ich Lust, ihr die Jacke vom Leib zu reißen und endlich die beiden verführerischen Beulen unter dem abgenutzten Leder zu begutachten.

Die Tür ging so plötzlich auf, dass ich erschrocken einen Schritt zurücktrat. Rötliches Licht fiel auf das Parkett. Steff packte mich am Ärmel und zog mich in die Wohnung.

Im ersten Zimmer standen ein Sofa, zwei Sessel und ein niedriger Tisch. Riesige Spiegel nahmen sich auf der dunklen Wandbespannung wie absurde Fenster aus. Ein undefinierbarer, beklemmender Geruch drehte mir fast den Magen um.

»Na gut, wo ist er denn, dieser ...«

Mit über die Lippen gelegtem Zeigefinger bedeutete Steff mir, zu schweigen. Sie öffnete eine Tür in ein noch viel größeres, von Wandleuchten erhelltes Zimmer. Wir bahnten uns den Weg durch einen wahren Wald aus verschiedenartigsten Möbeln, Büchern und anderen Dingen. Staub bedeckte Hunderte vergangener Existenzen wie ein blasses Leichentuch. Ich hätte mir gern ein bisschen Zeit genommen, die sterblichen Überreste eines noch nicht ganz in Leichenstarre versunkenen Jahrhunderts genauer zu inspizieren, aber Steff bedeutete mir mit einer Geste, dass wir nicht hier waren, um uns an toten Welten zu berauschen.

Wir gingen einen mit Stapeln alter Zeitungen voll gestopften Gang entlang. Steff ließ nicht das geringste Zögern erkennen, wenn es darum ging, sich in der Wohnung zurechtzufinden. Zweifellos war sie schon einmal hier gewesen. Wir erreichten ein schlecht beleuchtetes Zimmer. Der säuerliche, stechende Geruch wurde so stark, dass ich mir die Nase zuhalten musste.

Der alte Mann lehnte, den Oberkörper halb aufgerichtet, auf einem dicken Kissen am Kopfende eines riesigen Bettes. Sein Schädel war kahl und fleckig, die Augen glasig und der dürre Hals voller Falten. Er trug ein weites, mit Schweißrändern besudeltes Hemd. Seine rissigen Lippen verzogen sich zu einer Art Lächeln, als er Steff sah.

»Da bist du ja, meine Schöne. Und du hast einen Freund mitgebracht, das ist gut. Sehr gut.«

Seine heisere Stimme zerrte an meinen Nerven wie das Kreischen von Stein auf Eisen.

»Das ist Pibe«, stellte Steff mich vor und setzte sich auf das Bett.

Sie legte die Hand auf den Arm des Alten. Diese Berührung, diese offensichtliche Vertrautheit zwischen ihnen entfachten rasende Eifersucht in mir. Unmöglich, dass sie, so jung, so voller Leben, und dieser alte Knacker ... Ich musste mich zusammenreißen, ihnen nicht mit meinem Messer die Kehlen aufzuschlitzen, allen beiden. Zwischen verstreuten Klamotten entdeckte ich einen Nachttopf und verstand, woher der Gestank kam. Ich wünschte mir nichts sehnlicher, als zu verschwinden, mich hinauszustürzen in die laue Nachtluft.

»Hast du dir mit dem Geld vom letzten Mal kaufen können, was du dir so gewünscht hast, meine Schöne?«

Steff warf mir einen schrägen Blick zu, aus dem zugleich Verzweiflung wie auch Entschlossenheit sprachen.

»Es hat gerade eben gereicht.« Sie rutschte ein wenig herum und ließ die Hand unter ihre Jacke gleiten. »Aber ich brauche noch mehr. Viel mehr.«

Der Alte streichelte ihre Wange und ließ dabei eine Reihe pfeifender Töne hören – seine Art zu lachen, schätze ich. Beim Anblick seiner mit dicken, blauen Adern verunstalteten Hände auf Steffs dunkler, glatter Haut wurde mir übel.

»Nicht so gierig, meine Süße. Lass uns erst einmal sehen, wie wir drei uns ein bisschen amüsieren können ...«

Sie wich zurück, zog ihre Hand aus der Jacke und richtete den Lauf ihrer Pistole auf die Stirn des Alten. Die Geschwindigkeit, mit der ihr Gesicht zu einer undurchdringlichen Maske erstarrte, verblüffte mich.

»Ich will alles! Alles, verstehst du? Oder ich füll dir deine blöde Fresse mit Blei!«

Er wirkte nicht überrascht, nicht wirklich auf alle Fälle. Mit einem Gurgeln wie ein geplatztes Wasserrohr drückte er sich in sein Kissen.

»Wer hat dich geschickt?«

»Ist doch egal! Ich weiß, dass du irgendwo hier in deiner Bude eine Trillion Euro cash rumliegen hast, und wenn du mir nicht sofort sagst, wo, dann schlag ich dir den Schädel ein, das schwör ich dir.«

Er musterte sie mit all der Geringschätzung, die er noch nicht losgeworden war in seinem langen Leben, dann hob er die Hand und zeigte ihr das rötliche Leuchten des Chips unter seiner runzeligen Haut.

»Ich bin Zonenbewohner, meine Schöne. Wenn mein Chip erlischt, sind die Eurobullen innerhalb von drei Minuten hier.«

Steff lachte auf.

»Die Bullen? Die haben weiß Gott anderes zu tun. Also, raus mit der Sprache. Wo ist der Zaster?«

Er schlug seine rote Steppdecke zurück und enthüllte seine nackten und behaarten Beine. Sie waren so dünn, dass sie ihn mit Sicherheit nicht tragen würden. Spinnenbeine.

»Wenn ich es dir nicht sage, bringst du mich um. Wenn du mich aber umbringst, erfährst du nie, wo ich es versteckt habe.«

Sein Ton, provozierend, ironisch, ließ Steff ausflippen. Krachend hieb sie ihm den Kolben ihrer Waffe auf den Nasenrücken. Er quiekte auf und schlug die Hände vor das Gesicht. Seine Augen tränten, zwischen den Fingern quoll Blut hervor. In diesem Augenblick verstand ich, dass sie ihn für jede einzelne Stunde bezahlen ließ – vielleicht sogar für Nächte? Steff war eine ganze Woche lang nicht zum Ostbahnhof gekommen, und sie hatte nie ein Wort darüber verloren, warum nicht. Sie schlug ein zweites Mal zu, dieses Mal auf den Schädel. Der Knochen krachte dumpf. Der Alte kippte auf sein Bett zurück wie ein nasser Sack. Das fast schwarze Rot seines Blutes vermischte sich mit dem Rot der Steppdecke. Stöhnend stieß er abgehackte Sätze hervor.

»Diese Schweine, sie haben alles kaputt gemacht ... Spekulanten ... Börsenheinis ... Sie haben den Euro auf dem Gewissen ... Dollüan, dass ich nicht lache! Dollar und Yüan, die absoluten Gegensätze ... Sie haben unser gutes, altes Europa in die Zange genommen ... Wir haben zu lange auf unseren Reichtümern und unserer Sicherheit geschlafen ... Europa ist daran krepiert. Es ist tot ... Und ihr, ihr kleinen Aasgeier! Keinen ... keinen Euro sollt ihr kriegen, nicht einen einzigen ... Nie ... niemals ...«

Ein unheimliches Gurgeln entrang sich seiner Kehle, gefolgt von einem pfeifenden Ausatmen. Dann bewegte er sich nicht mehr. Wir standen eine ganze Weile reglos, ehe Steff sein Kinn mit dem Lauf ihrer Knarre anhob.

»Der Blödmann ist tot. Hab wohl ein bisschen fest zugeschlagen. Scheiße, jetzt müssen wir die ganze Bude auf den Kopf stellen.«

»Und wenn die Bullen kommen?«

Sie zuckte die Schultern.

»Manchmal muss man ein gewisses Risiko in Kauf nehmen, Pibe.«

»Hast du wenigstens eine Ahnung, wo er den Zaster versteckt haben könnte?«

Sie schüttelte den Kopf.

»Aber du hast alles getan, was er von dir verlangt hat, richtig?«

Ihre Augen verschleierten sich. Sie betrachtete die Leiche und biss sich dabei auf die Unterlippe.

»Er ist ... er war alt, Pibe, er wollte mich nur ... na ja, eben angucken. Und ein bisschen rumfummeln. Er kann ... er konnte nicht mehr ... du weißt schon.«

Wir beschlossen, nach allem zu suchen, was auch nur im Geringsten wie eine Safetür aussah. Nachdem wir ungefähr drei Stunden lang Möbel, Zeitungen und Bücherstapel gerückt und Tonnen von Staub eingeatmet hatten, fiel mir plötzlich ein Satz des Alten ein.

Wir haben zu lange auf unseren Reichtümern geschlafen ...

Ich raste sofort in sein Zimmer, gefolgt von Steffs Flüchen und ihren hastigen Schritten, stieß mein Messer in die Matratze, machte einen langen Schnitt und klappte die Ränder auseinander. Als ich die ersten Geldbündel entdeckte, sprang ich vor Freude fast in die Luft.

»Er hat drauf geschlafen! Du bist super, Pibe. Das hätte ich mir wirklich denken können.«

Steff fiel mir um den Hals und küsste mich auf die Wange. Dann stieß sie die Leiche beiseite. Ohne einen Laut sackten die sterblichen Überreste des Alten in die Lücke zwischen Bett und Wand.

Eine Trillion ist eine ganze Menge Zeug, selbst in Eine-Million-Euro-Scheinen. Wir stopften alles in vier große Säcke, die wir im Wohnzimmer gefunden hatten, voll mit Klamotten und Papierkram, den wir einfach ausgeleert hatten. Merkwürdigerweise ging unserer Euphorie ziemlich schnell die Luft aus. Wir erlebten gerade den Traum eines jeden ZL, nämlich einen solchen Haufen Knete in die Hände zu bekommen, dass er einem das Tor zu einem neuen Leben öffnen konnte. Aber dazu würden wir die Säcke erst einmal zum Versteck des Hehlers schleppen müssen, unsere Dollüans in Empfang nehmen, uns ungesehen aus der Stadt verdrücken und eines der Länder erreichen müssen, wo Freiheit nicht nur ein Wort im Lexikon war.

Wir kamen nicht sehr weit. Am Fuß der Treppe blendete uns ein Scheinwerferstrahl. Wie versteinert blieben wir stehen. Im Finstern erahnten wir schemenhafte Gestalten, auf den Fliesen quietschten Sohlen. Draußen hatte es zu nieseln begonnen. Der Regen hüllte den Hof des Hauses in einen düsteren Schleier.

»Prima Tipp, findest du nicht, Steff? Und wie du siehst, brauchst du dich nicht einmal zu mir zu bemühen. Mir war von Anfang an klar, dass du eine ganz Schlaue bist. Ich hätte es nie fertig gebracht, dem alten Knacker die Informationen aus der Nase zu ziehen. Aber jetzt hast du genug gearbeitet. Gib mir das Zeug, ich kümmere mich um die weitere Verwertung.«

Die Drohung in der tiefen, sehr ruhigen Stimme verursachte mir eine Gänsehaut. Steff stellte ihre beiden Säcke ab und wischte sich mit dem Handrücken über die Stirn.

»Hast du meine Dollüans?«

Ich sah zwar fast nichts, aber zweifellos waren nicht nur Blicke auf uns gerichtet.

»Erst wenn ich gezählt habe. Das kann allerdings einen Augenblick dauern.«

Sie nickte. Die Geste wirkte resigniert, aber ich konnte die bodenlose Angst in ihren Augen erkennen.

»Eins kann ich dir aber schon sagen: das Papierzeugs da ist kaum was wert. Zehn, vielleicht fünfzehntausend Dollüans, wenn wir Glück haben.«

Zehn- bis fünfzehntausend? Das klang zwar weniger beeindruckend als eine Trillion, aber man konnte es sich wenigstens vorstellen. Und es reichte dicke für eine Reise in ein Land ohne eingepflanzten Chip.

»Willst du mich verarschen?«, zischte Steff. »Für weniger als eine Million Dollüans rücke ich den Zaster auf keinen Fall raus.«

»Du kriegst genau den Preis, den wir abgemacht haben, kleine Nutte. Glaub ja nicht, bloß weil wir mal miteinander gevögelt haben ...«

Steff tauchte unter dem Scheinwerferstrahl ab.

»Hau ab, Pibe!«

Ein Schuss peitschte, ein greller Blitz zerriss die Dunkelheit, und ich hörte das weiche Geräusch einer Kugel, die in Fleisch eindrang. Der Lichtkegel schwankte und streifte über Wände, Treppenstufen und zersprungene Fliesen. Noch mehr Schüsse, die Nacht füllte sich mit dem gewalttätigen Geruch verbrannten Pulvers. Gelähmt vor Angst duckte ich mich hinter meinen beiden Säcken eng an eine Wand. Steff schoss weiter, blieb in Bewegung. Andere Lichtkegel versuchten, sie einzufangen, aber sie entwischte ihnen jedes Mal mit einer Rolle vorwärts, einem geschickt geschlagenen Haken, einer Pirouette.

»Hau ab, Pibe!«

Ihre Stimme riss mich aus der Betäubung. Um mich

herum pfiffen Kugeln. Ich nutzte einen kurzen Moment der Ruhe, um unter die Treppe zu gleiten. Ich ließ mich gegen eine Tür fallen, die krachend aufsprang.

»Der Kleine! Er macht sich vom Acker!«

Auf dem Hosenboden rutschte ich eine Treppenleiter hinunter und landete wie ein zappelnder Käfer in Rückenlage auf feuchtem Boden. Die beiden Säcke immer noch fest umklammert, rappelte ich mich auf und rannte einfach los, vor Schmerz und Angst unfähig zu irgendeinem Gedanken. Ich rannte durch mehrere aneinander gereihte Keller. Die Schüsse und Schreie wurden allmählich schwächer. Ich flitzte durch eine Art Tunnel, kletterte eine Treppe hoch und stand mitten in einem halb zerfallenen Gebäude. Ich versuchte gar nicht erst, herauszufinden, wo ich war, sondern rannte in die erstbeste Gasse, wo ich über die Beine eines Chlaach-Junkies stolperte. Ich hörte erst auf zu rennen, nachdem ich in wahnwitziger Geschwindigkeit mindestens zehn Straßenzüge hinter mich gebracht hatte. Dann wurde mir klar, dass ich Steff im Stich gelassen hatte, sie allein gelassen hatte mit einer Bande von Mördern, und meine Beine gaben unter mir nach. Ich sackte auf dem Randstein in mich zusammen und ließ, von Gewissensbissen zermartert, meinen Tränen freien Lauf.

Majoub schätzte, dass eine halbe Trillion Euros ungefähr hunderttausend Dollüans wert waren. »Die Eine-Million-Euro-Scheine kamen auf den Markt, weil die Währung einen ungeheuren Wertverlust erlebte. Wir Zonenlosen sind die Nachkommen Millionen armer Teufel, die nach der großen Krise in den Vierzigerjahren völlig ruiniert waren. Und in einer von wirtschaftlichen Erwägungen regierten Welt hat jemand, der nicht konsumieren kann, keine Existenzberechtigung ...«

Steff kam nie zum Ostbahnhof zurück. Sie hatte zweifellos eine Kugel in den Kopf oder ins Herz bekommen, aber ich hatte nie den Mut, mir Gewissheit darüber zu verschaffen. Ich besorgte mir eine Knarre, die ich tibetanischen Flüchtlingen abkaufte. Sie kostete mich zehn Millionen Euro. Diese Typen kaufen und verkaufen, sie handeln mit allem, was sie kriegen können, sogar mit Geldscheinen aus dem letzten Jahrhundert, mit deutschen Mark, französischen Francs, britischen Pfund ...

Vielleicht kann ich eines Tages meine halbe Trillion umtauschen. Und vielleicht hört eines Tages Steffs Geist auf, in dieser entsetzlichen Stadt herumzuspuken. Dann hätte ich endlich keinen Grund mehr, zu bleiben.

Michael Marrak

Kann man solchen Albträumen entkommen? Oder sollte man sich besser beizeiten den Strick geben? Oder vielleicht, da es hier um Science-Fiction geht, eine Hightech-Version davon? Michael Marrak, Spezialist für Düsteres, Abseitiges und den Horror, der unter trügerischen Oberflächen lauert, gibt uns hierauf eine überraschende Antwort.

Geboren 1965 in Weikersheim, besuchte Michael Marrak nach abgeschlossener Ausbildung zum Großhandelskaufmann von 1988 bis 1991 das Berufskolleg für angewandte Grafik in Stuttgart. 1997 hängte er den Grafiker-Job an den Nagel und beschloss, sich als freier Schriftsteller und Illustrator durchzuschlagen. Seit Ende 2001 lebt er in Hildesheim bei Hannover.

Seine erste Geschichte schrieb Michael Marrak 1980, zwei Wochen, nachdem er auf dem Fahrrad von einem Citroën über den Haufen gefahren worden war. Heute stuft er dieses »Charterflug zur Hölle« betitelte Werk als »literarischen Unfall« ein und hält es sorgsam unter Verschluss. Aber er beließ es nicht dabei, sondern schrieb weiter, bis es ihm 1990 gelang, seine erste Erzählung zu veröffentlichen.

Seitdem hat er über drei Dutzend Erzählungen und zahllose Illustrationen in Magazinen und Taschenbuchanthologien im In- und Ausland publiziert, unter anderem in China. Von 1993 bis 1996 gab er das phantastische Story & Art-Magazin ***Zimmerit*** *heraus, in dessen Rahmen 1996 seine erste Sammlung von SF- und Horror-Stories mit dem Titel* ***Grabwelt*** *und 1997 das groteske*

SF-Theaterstück ***Am Ende der Beißzeit*** *erschien. Von 1998 -1999 war er Mitherausgeber der Schriftenreihe* ***Maldoror*** *und der Phantastik-Anthologien* ***Der agnostische Saal*** *1 und 2.*

Michael Marraks erster Roman ***Die Stadt der Klage*** *erschien 1997 in der Wiener* ***Edition Mono*** *– »ein üppiges Höllengemälde voll grotesker und absurder Eigenheiten als moderne Version der Dante'schen Hölle, eine imposante Schöpfung des Unbewussten, die den Leser im einen Moment vor den Kopf stößt und im nächsten tiefes Grauen verspüren lässt«, heißt es in einer Rezension. Mit* ***Die Stille nach dem Ton*** *folgte 1998 eine Sammlung düsterer SF-Novellen.*

In der deutschen Science-Fiction-Szene längst ein Begriff, ja, eine Kultfigur, schaffte Michael Marrak den endgültigen Durchbruch Ende 2000 mit seinem Roman ***Lord Gamma****, der ein Jahr später sowohl den* ***Kurd Lasswitz-Preis*** *als auch den* ***Deutschen Phantastik-Award*** *in der Kategorie »Bester deutschsprachiger SF-Roman des Jahres 2000« gewann. Im Herbst 2003 erschien das Buch in Frankreich, von der Kritik als »meisterhaft geschrieben« und »mit einer quasi kinematographischen Kraft« daherkommend gelobt. Marraks jüngster Roman,* ***Imagon****, eine von H.P. Lovecrafts Elder Gods-Mythos inspirierte Erzählung, erschien 2002.*

Michael Marrak ist nicht nur ohne Zweifel einer der begabtesten und wortgewaltigsten Autoren der heutigen deutschen Science-Fiction, er kann auch vorweisen, was vielen anderen empfindlich fehlt: eine eigenständige Stimme. In seinen Werken vermischt sich Science-Fiction mit Fantastik, Horror und alten Mythen zu einer ebenso unverkennbaren wie unnachahmlichen Mischung. Er liebt Ausflüge ins Groteske oder Surreale, scheut kein Experiment und lässt in den unerwartetsten Momenten einen lakonischen, bisweilen kauzigen Humor aufscheinen. Seine Erzählungen sind bevölkert von bizarren Wesen und dämonischen Gestalten, spielen in düsteren Städten, Brutstädten urbaner Albträume, und man kann sich nie sicher sein, ob hinter der nächsten Ecke ein namenloser Schrecken lauert, eine zum Brüllen komische Szene – oder irgendetwas absolut Konsternierendes.

Wir sollten also auf alles gefasst sein, wenn wir in der nun folgenden Geschichte einem Mann folgen, der eine Abkürzung sucht ...

Die Ausgesetzten

von Michael Marrak

Ron Van Arsdall kannte eine Abkürzung.

Sie führte von der Landstraße, die Charbonat und St. Yavin miteinander verband, durch eine mannshohe Ginsterhecke hinaus aufs freie Feld. Nach zweihundert Metern durchbrach Van Arsdalls Wagen die Einfriedung eines Landguts, durchquerte das Freigehege einer Straußenfarm und rammte zwei Red Necks. Ohne die Geschwindigkeit zu drosseln, verließ er das Anwesen durch den gegenüberliegenden Grenzzaun wieder und setzte seine Fahrt über das Hochplateau fort, bis er den Wanderweg nach Violay kreuzte. Hier fuhr sein Landrover gegen einen historischen Grenzstein und brach nach rechts aus. In zunehmendem Tempo raste Van Arsdall nun bergab, über den Segelflugplatz von St. Raviné bis zum Aussichtspunkt Col Mounier – und schließlich die restlichen siebzig Meter in freiem Fall über die Klippe hinab auf die Route Secondaire 74.

Die Gerichtsmedizin führte den Unfall auf einen spastischen Anfall zurück, ausgelöst durch einen Tumor in Van Arsdalls linker Gehirnhälfte. Sein Körper verkrampfte, sämtliche Muskeln kontrahierten, und sein rechter Fuß trat das Gaspedal bis zum Anschlag durch. Man spekulierte, dass Van Arsdall bereits tot gewesen sein musste, als sein Wagen die Straußenfarm erreichte. Er hinterließ eine Frau, zwei Kinder, eine kleine Hotelkette und ein Vermögen von zwölf Millionen Euro.

Mein Name ist Vincent Van Arsdall. Der ältere Herr mit der Abkürzung war mein Vater.

Wenn man aus 400 Kilometern Höhe auf Mauritius hinabblickt, scheint es kaum vorstellbar, dass dort unten ein Jumbojet zu landen vermag, ohne über das Ufer hinaus ins Meer zu stürzen. Noch sagenhafter erscheint es, dass auf der Insel über eine Million Menschen leben, die tatsächlich größer sind als Koboldmakis.

Während der *Slider* über Mauritius hinwegglitt, tauchte Réunion unter mir auf. Sekunden später hatte ich den südlichen Wendekreis überquert und näherte mich der Küste Madagaskars. Hunderte von Kilometern nordwestlich von Tuléar erkannte ich ein winziges Eiland in der Straße von Mosambik: die Europa-Insel. Ihr Name ließ mich nachdenklich hinauf zum Planetenhorizont blicken. Kein Zweifel, ich war verdammt weit weg von zu Hause!

Bald darauf erhoben sich unter mir die Drakensberge. Das Hochland erstreckte sich bis über die ferne Lundarschwelle hinaus, als bestünde die restliche Welt nur noch aus afrikanischem Kontinent. Hätte man Bartolomëu Diaz vor fünfeinhalb Jahrhunderten diesen Ausblick gewährt, wäre zu bezweifeln, dass er mit seinen Schiffen je den Hafen von Lissabon verlassen hätte. Er wäre entsetzt gewesen ob der Gewaltigkeit des Kontinents.

Das Kapgebirge markierte zugleich den südlichsten Punkt meiner Umlaufbahn. Ab hier ging es in sanftem Bogen wieder nach Norden, in Richtung brasilianische Ostküste. Was nun folgte, waren viertausend Kilometer Südatlantik. Es lag keine einzige Insel auf meinem Kurs, und ehe ich Südamerika erreichte, würde ich bereits in den Erdschatten eingetaucht sein. Da ich keine Lust verspürte, auf den Ozean zu starren, ließ ich den *Slider* um die Längsachse rotieren und betrachtete die Sterne.

Ich arbeitete weder für die NASA noch für die ESA oder Rosaviakosmos und hatte daher nicht viel zu tun. Eigentlich so gut wie gar nichts, außer die Aussicht zu genießen und mit meinem Leben ins Reine zu kommen. Zeit dafür hatte ich genug. Nun ja, nicht endlos viel, aber ausreichend – hoffte ich.

Mein Aufenthalt im Orbit war eine rein private Angelegenheit. Den dreitägigen Flug hatte ich aus eigener Tasche bezahlt, samt der Zulagen für ›unerwartete Komplikationen während der Startphase‹ und ›eventuelle Beschädigungen von Regierungseigentum im Orbit‹. Letzteres bedeutete: Ob man nun unabsichtlich mit einem Satelliten kollidierte oder einen der Raumtransporter rammte, die zwischen der Erde und den Orbitalhotels pausenlos Touristen hin- und herbeförderten, es haftete *immer* der Pilot des Orbiters.

›SCHULD!‹ prangte in riesigen glühenden Lettern auf der Unterseite eines jeden *Sliders* – wenn auch nur für jene Personen sichtbar, die Leute wie mich verachteten. Die Abneigung dieser Menschen beruhte weniger auf der Tatsache, dass wir hier oben unvorstellbare Geldsummen fürs Nichtstun verschwendeten, sondern einzig auf unserer Hoffnung.

Die ganze Sache begann mit Tito.

Mit Dennis Tito wohlgemerkt, nicht mit dem jugoslawischen Ex-Staatspräsidenten. Um den heroischen Aspekt hervorzuheben, muss ich die Geschichte aber mit einem Helden beginnen: mit John Glenn.

Wäre Hemingway fünfzig Jahre später geboren worden, hieße einer seiner berühmtesten Romane wahrscheinlich »Der alte Mann und der Weltraum«. Bereits 1962 hatte Glenn als erster Amerikaner die Erde im Orbit umkreist. Sechsunddreißig Jahre später flog er im Alter von 77 Jahren an Bord der US-Raumfähre Discovery erneut ins All und stellte damit in der Geschichte der Weltraumfahrt einen Altersrekord auf. Ein Rekord, der über zehn Jahre lang ungebrochen blieb.

Es war jedoch Titos Reise zur legendären Raumstation ISS, die den Stein ins Rollen brachte. Nach vierzig Jahren bemannter Weltraumfahrt wollten endlich auch die gewöhnlichen Menschen in den Genuss des letzten Abenteuers kommen. Auf Tito folgte Shuttleworth, und spitzfindige Firmen nahmen bereits weitere Reservierungen an, obwohl die Voraussetzungen für den kommerziellen Beginn des Weltraumtourismus noch gar nicht gegeben waren. Es existierten keine wiederverwendbaren Raumfahrzeuge, die Touristen zumindest in die Erdumlaufbahn bringen konnten.

Space Adventures war eine der Firmen, die Buchungen möglicher Weltraumflüge entgegennahmen; ultimative Abenteuerreisen, die zwischen 75.000 und 100.000 Dollar kosten sollten. Bevor es in den Weltraum ging, bot man den willigen und ausgabefreudigen Touristen ein Anlaufprogramm an, bei dem sie in Weltraumcamps am Astronautentraining teilnehmen konnten. Mutigere flogen nach Russland in die Star City, um an Bord einer Ilyushin für zehn Minuten die Schwerelosigkeit zu erleben. Für 12.000 Dollar konnte man schließlich in einer MIG mit Mach 2,5 an den Rand des Weltraums fliegen.

Zegrahm Space Voyages und Incredible Adventures, zwei Anbieter von Abenteuerreisen in die Antarktis, die Tiefen der Meere und andere schwer erreichbare irdische Ziele, offerierten für 98.000 Dollar ebenfalls Reservierungen für einen Flug in einhundert Kilometer Höhe. Alle Reisenden ihres *Space Cruiser* sollten maßgeschneiderte Raumanzüge erhalten. Dazu hätte es spezielle Helme mit einem Sichtgerät geben sollen, mit dem man Bilder von am Rumpf angebrachten Kameras empfangen konnte, ganz zu schweigen von einem Kommunikationssystem und einer Mini-Cam, um den gesamten Flug als bleibende Erinnerung aufzuzeichnen.

Die Civilian Astronauts Corp. bereitete indes die *Mayflower*-Expedition vor. Der wiederverwendbare Orbiter sollte vom Meer aus starten und dort wieder landen. Sobald sich 2000 Astronautentouristen für einen Flug verpflichtet und je 5000 Dollar gezahlt hätten, hätte man binnen eines Jahres die ersten Flüge anbieten wollen.

Doch auch im Jahr 2003 existierten noch keine geeigneten Raumfahrzeuge für den Weltraumtourismus. Die X-Price Foundation lobte einen Preis von zehn Millionen Dollar aus, um die Entwicklung zu stimulieren. Ihre Bedingungen: Die privatwirtschaftlich finanzierte Raumfähre musste wiederverwendbar sein und in höchstens zweiwöchigen Startabständen jeweils drei Passagiere in eine Höhe von einhundert Kilometer bringen. John Glenn fand den Preis übrigens kreativ und innovativ. X-Price hatte zudem eine Lotterie namens ›Your ticket to space‹ ins Leben gerufen. Dem vierteljährlich ermittelten Gewinner winkte ein Flug in einer MIG.

Um die Branche zusätzlich zu beleben, gab es in einer russischen Fernsehshow zeitweilig eine Reise in den Weltraum zu gewinnen – als Hauptpreis, versteht sich. Die Show stellte jedoch nichts anderes als einen verzweifelten Versuch der russischen Raumfahrtindustrie dar, möglichst schnell möglichst viel Geld zu machen – eine Politik, die sich fünfzehn Jahre später als äußerst folgenschwer erweisen sollte.

Im Jahr 2003 stellte der russische Raumfahrtkonzern RSC Energia einen kleinen Raumgleiter vor, der für Suborbit-Touristenflüge in eine Höhe von maximal 100 Kilometern konzipiert war; den *Cosmopolis XXI*. Vermarkter der

Mini-Shuttle-Flüge war Space Adventures. Das System wurde von der gleichen Gesellschaft entwickelt, die für die Konstruktion des sowjetischen Raumgleiters *Buran* verantwortlich gewesen war. Ab dem Jahr 2006 flogen an Bord des *Cosmopolis* neben dem Piloten jeweils zwei Touristen mit, die während des Kurz-Trips mehrere Minuten lang Schwerelosigkeit erlebten und einen Blick auf die Erde werfen konnten. Die innerpolitischen Spannungen und die desolate Wirtschaft des Landes sorgten jedoch dafür, dass die finanzstarken Touristen ausblieben und das Projekt mehr als bescheiden lief. 2008 erklärten Tschetschenien und Inguschetien ihre Unabhängigkeit. Als Moskau nicht einschritt, folgten kurz darauf Dagestan, Altai und Nordossetien. Vier Jahre nach dem Erstflug des *Cosmopolis* zerfiel das Land in die drei Großstaaten Russland, Sibirien und Jakutien. Russland trat der EU bei, doch der Verlust zweier Weltraumbahnhöfe an den neuen Nachbarstaat Sibirien und mehrere tödliche Unfälle setzten dem *Cosmopolis*-Projekt kaum ein Jahr später bereits wieder ein Ende.

Gingen mit den Krisen, Fehlschlägen und Desastern auch viele amerikanische und europäische Träume unter, so machte ausgerechnet Japan in fast schon üblicher Manier die Weltraumfahrt zur Unterhaltungssache. Die japanische Raketengesellschaft JRS brachte einige große Unternehmen zusammen, um ein wiederverwendbares Weltraumgefährt namens *Kankoh-Maru* zu entwickeln. 2005 stellte das Konsortium, zu dem auch Mitsubishi, Fujitsu, Sharp und Nissan zählten, einen Prototyp vor. Der futuristische Transporter besaß mehr Ähnlichkeit mit Jules Vernes historischer Mondrakete als mit einem modernen Großraumshuttle; ein 22 Meter hoher und 18 Meter breiter Space-Booster in Form eines riesigen Projektils, der weder Tragflächen noch ein Leitwerk besaß.

Im Jahr 2007 folgte der erste erfolgreiche Demonstrationsflug. Bis zum Jahr 2015 wurden daraufhin fast dreihundert Testflüge durchgeführt und vierzehn Weltraumtransporter hergestellt. Sie boten jeweils Platz für fünfzig Passagiere, die aus einer runden Kabine an der Spitze des Boosters den besten Blick auf die Erde hatten. Für die Touristen war es, als würden sie ein Flugzeug besteigen. Sie brauchten kein Astronautentraining zu überstehen, konnten Freizeitkleidung tragen, und ein Flug kostete auch nicht wie zu Titos Zeit 20 Millionen, sondern gerade einmal 26.000 Dollar. Die Sorge der Investoren, es würden womöglich nicht genug Touristen das nötige Kleingeld und vor allem das nötige Vertrauen in die japanische Raumfahrt besitzen, erwies sich als unbegründet. Obwohl ein Flug mit dem *Kankoh-Maru* lediglich drei Stunden dauerte, hätten die Japaner doppelt so viele Booster besitzen müssen, um das Interesse zu befriedigen. Was allerdings auffiel, war, dass vor allem ältere Menschen sich noch einmal eine außergewöhnliche Reise gönnen wollten; ein weiteres Vorzeichen, das von entscheidender Bedeutung sein sollte.

Ich wandte mich blinzelnd vom Deckenfenster ab, um mir einen Snack aus dem Kühlfach zu ziehen. Einmal aus der Vakuumverpackung geschoben, glich er zäher, gepuderter Karamellmasse, schmeckte jedoch nach Hüftsteak mit Kartoffeln und jungem Gemüse.

Das gesamte Cockpit bestand aus Rollzone. Man schwebte frei umher und ließ sich treiben, sofern dies in der engen Kanzel möglich war. Lediglich während des Starts, bei dem der *Slider* auf der Spitze einer Rakete saß, war jeder Pilot noch auf einen Sitz geschnallt, der den enormen Beschleunigungsschub abfederte. Sobald die Schwerelosigkeit eintrat, ließ sich der Sitz strecken und in den Rumpf absenken. Nachdem man es schließlich geschafft hatte, die im Training viel geübte halbe Rolle vorwärts zu vollführen, um den Kopf an den Fenstern und Kontrollen zu haben, verbrachte man die restliche Zeit schwebend, wie in einer halbwegs geräumigen Schlafzelle.

Das Cockpit besaß zwei trapezförmige Frontfenster und ein fünfundzwanzig Zoll großes Deckenfenster, vor dem ich die meistc Zeit verbrachte. Mittlerweile hatte der *Slider* den Erdschatten wieder verlassen. Noch zehn Minuten, dann würde der Rumpf des Orbiters zur Sonne gerichtet sein, und ich konnte die Lichtblende, die das Cockpit vor Überhitzung schützte, wieder vom Fenster nehmen.

Inzwischen musste ich mich über dem südchinesischen Meer befinden. Eigentlich hatte ich vorgehabt, den Orbiter nach dem Durchfliegen der Nachtseite wieder zu drehen, um einen letzten Blick auf die Erde zu werfen, doch zwei kleine, intensive Lichtpunkte, auf die ich trotz der getönten Sonnenschutzblende aufmerksam geworden war, hatten mein Interesse geweckt. Vermutlich waren es Kommunikations- oder Nachrichtensatelliten.

Nachdem ich sie eine Weile beobachtet hatte, wandte ich mich den Cockpit-Displays zu, überprüfte die Kontrollfunktionen und sandte der Bodenkontrolle ein Datenprotokoll mit der Bemerkung, dass alles in Ordnung sei. Ob es irgendjemanden interessierte, wusste ich nicht. Mein Konto war um den Preis meiner Weltraumreise erleichtert, der *Slider* machte seinen programmierten Job ohnehin allein, und was mich betraf ...

Ich schielte auf den Timer. Noch knapp drei Stunden bis zum *deorbit burn.* Dann würden die Triebwerke für zwei Minuten noch einmal vollen Schub liefern und den Orbiter kräftig durchschütteln. Was den ›letzten Blick‹ betraf: Ich war weder auf dem Sprung zum Mond, noch zum Mars oder sonst wohin dort draußen. So weit hatte es der Weltraumtourismus auch im Jahr 2029 noch nicht gebracht.

Allerdings gibt es inzwischen tatsächlich Pläne, was unseren Trabanten betrifft. Man berät über Reisen nach dem Vorbild von Lunik 2 – einer Sonde, die vor genau siebzig Jahren ziemlich unsanft auf dem Mond aufschlug.

Während der vergangenen siebzig Stunden hatte ich Weltnachrichten, zwei Fußballspiele, ein Benefiz-Konzert und eine Audio-Übertragung der Feierlichkeiten zum zwölften Jahrestags der neuen russischen Republik angehört. Mittlerweile bedauerte ich es, dass der *Slider* nur Programme russischer Nachrichtensatelliten empfing. Manche Dinge änderten sich eben nie.

Ich blickte wieder durchs Deckenfenster und betrachtete den Mond. Es ist erstaunlich, wie wenig Sterne zu erkennen sind, sobald man sich außerhalb der Atmosphäre aufhält. Fast schien es, als seien sie nur ein Trugbild, um den irdischen Nachthimmel zu dekorieren. Vielleicht hatte das hohe Alter meine Augen auch stärker getrübt, als ich mir eingestehen wollte. Ich war 82. Jenseits des Fensters erkannte ich nur den Mond und die beiden Lichtpunkte, die mir schon zuvor aufgefallen waren.

Das hieß: Moment mal …

Ich bemühte mich, das Leuchten der Displays mit den Händen abzuschirmen, während ich angestrengt nach draußen starrte. Dann zuckte ich zurück, suchte den Kopfhörer, klemmte ihn mir hinters Ohr und stellte eine Satellitenverbindung zum Kontrollzentrum in Koroljow her.

Nach Minuten des Schweigens reagierte man dort unten endlich auf mein Signal, und eine gleichgültige männliche Stimme mit russischem Akzent sagte: »Hier Bodenkontrolle. Sprechen Sie, X-Orbiter!«

Ich zog eine Grimasse. Das X stand in der Raumfahrt für so mancherlei Perfides: für Exitus, für Geistesumnachtung, vor allem aber für die Vollidioten, die mit fast 30.000 Stundenkilometern durch die Thermosphäre rasten.

»Ich habe hier zwei Sammler«, erklärte ich. »Sie sind ziemlich dicht an mir dran ...«

»Was heißt ›ziemlich‹?«

»Fünfzehnhundert Meter schätzungsweise. Sieht aus, als kämen sie langsam näher ...«

Minutenlang herrschte wieder Funkstille. Ich legte den Kopf in den Nacken, kniff die Augen zusammen und fluchte darüber, dass ich den Neigungswinkel des *Sliders* nicht verändern konnte. Abwechselnd blickte ich auf meine Instrumente und hinauf zu den im Sonnenlicht leuchtenden Objekten.

»Hier Bodenkontrolle«, meldete sich der lustlose Angestellte zurück. »Wir haben hier nichts auf dem Radar, das Ihrer Beschreibung entspricht. Laut unseren Anzeigen sind Sie relativ allein dort oben. Der Ihnen nächste Satellit ist ein EVOsat und mehr als dreitausend Kilometer entfernt.«

»Ich *sehe* sie, so dicht sind sie über mir!«, rief ich ins Mikro. »Und ich *weiß,* wie Sammler aussehen!«

»Vielleicht sind es Lichtreflexionen auf dem Cockpit-Glas. Schmutzpartikel, Eiskristalle oder Wassertröpfchen am Inneren der Scheibe.«

»Da ist noch ein drittes Objekt«, erklärte ich beherrscht. »Es ist weiter entfernt und fliegt über den Sammlern ... aber es sieht nicht so aus wie sie ...« Aus dem Lautsprecher kam ein enerviertes Schnaufen. »Ich kann es nicht so deutlich erkennen, aber es scheint größer zu sein als die Sammler ... viel größer ...«

»Das wird die *Nippon* sein.« Erneut Stille, als der Typ im Kontrollzentrum seine Aussage zu überprüfen schien. »Nein, es ist definitiv *nicht* die Nippon.« Ich hörte, wie er gedämpft mit jemandem redete. »Fühlen Sie sich gut?«, fragte er daraufhin.

»Großartig«, beschied ich ihm. »Habe mich nie besser gefühlt. Wieso seht ihr die Sammler nicht? Sie befinden sich anscheinend auf Kollisionskurs mit mir, und dieses riesige Ding darüber müsste auf euren Schirmen glühen wie ein Leuchtfeuer.«

»Beruhigen Sie sich, X-Orbiter. Wir können weder ... sehen ... in Ordnung ... eine elliptische Bahn ... nicht überinterpretieren ... leer ... Flug ...« Die Satzfetzen wurden von statischem Rauschen abgelöst.

»Bodenkontrolle?« Ich erhielt keine Antwort. »Bodenkontrolle, hören Sie mich?« Ich schlug gegen die Instrumente, doch die Anlage blieb stumm. Fluchend zog ich mir das Mikrofon vom Kopf. Es flog gegen die Seitenwand und trudelte daraufhin unkontrolliert durchs Cockpit. Ein Blick durchs Deckenfenster verriet mir, dass die beiden Sammler unmerklich näher gekommen waren. Während ich mir über ihre Absichten Gedanken machte, erklang plötzlich eine neue Stimme aus dem Lautsprecher und erklärte: »Sie können dich nicht hören, Vincent.«

Der schicksalhafte Auslöser für die Entwicklung des Weltraumtourismus war die *Kankoh-Maru*-Katastrophe im Jahr 2018.

Großraum-Transportflüge in den Orbit glichen bis vor elf Jahren dem metaphorischen Wurf einer Medaille. Auf ihrer Vorderseite prangte das Emblem des letzten Abenteuers, ihre Rückseite hingegen zierte das Erbe des Sputnik. Was sich auf ihrem Rand verbarg, wusste niemand zu sagen, und keines der beteiligten Unternehmen wollte es ernsthaft ergründen. Alle hofften, dass sie gar keinen Rand besaß. Dass sie in Wirklichkeit eine Linse mit messerscharfen Rändern sein möge, die auf jeden Fall auf die eine oder andere Seite fallen würde. Die Wahrscheinlichkeit, dass eine geworfene Münze auf dem Rand liegen bleibt, liegt in etwa bei $1{:}10^{12}$.

Doch nachdem das Konsortium der Japanese Rocket Society seine Medaille hinauf in den Orbit geworfen hatte und sie drei Jahre später wieder zurück auf die Erde fiel, *blieb* sie auf dem Rand liegen!

Bis zum heutigen Tag verteidigte die japanische Regierung ihre Behauptung, ein Kleinmeteorit habe in einer Höhe von zweihundert Kilometern den *Kankoh-Maru* gestreift und dabei nicht nur das Navigationssystem lahm gelegt, sondern auch einen sechs Meter langen und über einen Meter tiefen Riss in die Außenhülle geschlagen. Der Booster trudelte daraufhin unkontrolliert Richtung Erdoberfläche, und niemand an Bord, so viel war allen bewusst, würde den feurigen Wiedereintritt in die Atmosphäre überleben.

Die Tatsache, dass zur Feier dieses 500. Fluges das kaiserliche Ehepaar und zwei Dutzend hochrangige Politiker an Bord des *Kankoh-Maru* waren, sorgte jedoch dafür, dass Japan nach einem Aufschrei der Bestürzung den sozialen Kollaps erlitt und für Tage ins Koma fiel. Es glich einem kollektiven narkoleptischen Anfall, und das Erwachen geriet beinahe zu einem Absturz in die Anarchie.

Während die halbe Welt live zugeschaltet war und das Drama atemlos mitverfolgte, stieß Kaiser Naruhito kurz vor dem Verglühen des Transporters in asiatischem Gleichmut jene bedeutungsschwangeren Worte aus, die bald darauf zu einer Revolution der privaten Weltraumfahrt führen sollten. Es war ein pathetisches Lippenbekenntnis mit der Botschaft, dass es eine Ehre sei, diesen Weg zu gehen, und ein himmlischer Tod selbst für einen Kaiser kein unwürdiges Ende bedeute. Er, der Tenno, habe sein Tuch bei sich, und sein Messer sei gezückt. Er sehe sein Volk, sein Land und die Welt, und dieser Augenblick sei der glücklichste seines Lebens, und so weiter …

Dann brach der Funkkontakt zur Bodenstation ab, und die Sache kam ins Rollen.

Kaiser Naruhitos Worte führten wenige Monate später zur Gründung eines neuen Unternehmens. Nicht in Japan wohlgemerkt, sondern in Russland. Sein Name war Charon, und sein Produkt, vor allem jedoch sein Angebot, verhöhnte nicht nur die X-Price Foundation, sondern alle Bemühungen staatlicher und privater Unternehmen, einen ökonomischen, wiederverwendbaren Raumgleiter für Weltraumtouristen zu entwickeln.

Als Shuttle-Grundlage diente der fehlerhafte *Cosmopolis XXI*. Die Konstrukteure modifizierten und verkleinerten ihn, sodass fortan nur eine einzige Person in ihm Platz fand, und nannten ihn etwas unorthodox *Slider*.

Charon entwarf die Mini-Shuttles für einen Start in den Orbit, keinesfalls jedoch für den Wiedereintritt in die Erdatmosphäre. Es waren Einweg-Engel. Nicht fehlerhaft konstruiert, sondern lediglich sparsam. Ein *Slider* besaß weder eine Verkleidung aus Hitzekacheln noch die nötige Bordelektronik, um das Raumfahrzeug wieder zu landen, ganz zu schweigen von einem Lebenserhaltungssystem, das so lange durchhielt, bis ein Rettungsshuttle eintraf. Und die kosmische Strahlung wurde so gut wie gar nicht gefiltert. Aber die *Slider* beherbergten eine um Lichtjahre hoch entwickeltere Elektronik als alle gottverdammten Raumkapseln, die je zum Mond und zurück geflogen waren. Keines dieser legendären Apollo-Schiffe würde es in seinem technischen Zustand heutzutage als Automobil durch eine ordnungsgemäße Straßenverkehrskontrolle schaffen. Die *Slider* verhielten sich zu Apollo wie ein moderner Großrechner zur ZUSE 3.

Befürworter des Charon-Projekts werden nachrühmen, die Raumfahrtbehörde habe an den richtigen Teilen gespart. Ein *Slider* war schlicht und einfach zweckmäßig. Er verglühte beim Wiedereintritt restlos – und sein Passagier mit ihm.

Okay, vergessen wir am besten den ganzen Pionierkram mit Glenn und Tito. So gesehen begann eigentlich alles mit Laika.

Laika war keine Weltraumtouristin, sondern ein ordinärer Straßenköter. Darüber hinaus war sie – wenn auch nicht ganz freiwillig – Kosmonautin. Aus irdischer Sicht war Laika das erste Lebewesen im Weltraum. Zudem unternahm sie an Bord von Sputnik 2 die erste Orbitreise ohne Wiederkehr. Sechs Stunden nach dem Start fiel das Telemetriesystem des Satelliten aus, und die Polarhündin erlitt einen Hitzschlag. Ihr Kadaver trieb daraufhin noch über vier Monate im Weltraum, ehe Sputnik 2 in der Atmosphäre verglühte.

Lassen wir also die Katze aus dem Sack: Ich war nicht hier oben, um die Aussicht zu genießen und mir eine unvergessliche Erinnerung mit nach Hause zu nehmen. Ich war hier oben, um zu sterben. Das Angebot von Charon bestand aus einer orbitalen Feuer-Selbstbestattung für Todgeweihte.

Die Russen waren sich damals bewusst, dass es Tausende sein würden, die sich so etwas leisten können. Natürlich bemühte man sich bereits im Vorfeld zu vermeiden, dass nicht jeder, der sein Leben mit dem Anhäufen von Besitz und Reichtum zugebracht hatte, sich einen besonders elitären Abgang fernab vom Schmutz und dem Siechtum der Normalsterblichen gönnen konnte – oder sich aus lapidaren Gründen einfach aus dem Staub machte.

Alle Aspiranten mussten vier klar definierte Bedingungen erfüllen, ehe sie für einen finalen Orbitalflug in Frage kamen. Die erste war eine zweifelsfrei erwiesene unheilbare Krankheit, welche die restliche Lebenserwartung auf maximal zwölf Monate begrenzte, ohne den Bewerber während der ersten sechs Monate physisch oder psychisch zu beeinträchtigen. Ausgeschlossen waren somit Aspiranten, deren Krankheit so weit fortgeschritten war, dass sie die körperlichen Strapazen eines Raketenstarts schwerlich überleben würden. Und falls doch, dann zumindest kaum die drei Tage im Orbit, in denen sie auf sich allein gestellt waren.

Ein weiterer nicht unerheblicher Prozentsatz könnte sich moralisch gezwungen oder vom Gewissen gedrängt sehen, das Projekt in Anspruch zu nehmen, um niemandem länger zur Last zu fallen. Allein die Möglichkeit, legal und sanft aus dem Dasein zu scheiden, könnte solche Personen unwillentlich dem Druck entsprechender Wünsche ihrer Umwelt aussetzen, selbst wenn diese seitens der Kranken nur eingebildet sein sollten und kein wirklicher Wille zum Sterben vorhanden war. Psychologische Tests siebten diese Personen bereits im Vorfeld aus. Ebenso geistig labile Menschen, die an den Stresssymptomen zerbrechen oder ihre Entscheidung, mit dem *Slider* aus dem Leben zu scheiden, unmittelbar nach dem Start bereuen würden.

Sobald man einmal oben war, führte kein Weg mehr lebend zurück. Wehe dem, der es sich im Orbit anders überlegte …

Die zweite Bedingung: Die Aspiranten mussten mindestens 75 Jahre alt sein. Bestimmte Ausnahmen reduzierten das Mindestalter auf 55 Jahre.

Drittens: Eine schriftliche Einwilligung der Familie und der nächsten Verwandten. Bei konträrer Meinung entschied die Mehrheit. Existierten keine lebenden Verwandten, entfiel dieser Punkt.

Und last but not least: Finanzielle Deckung. Eigentlich *vor allem* finanzielle Deckung.

Die wenigen Kandidaten, die all diese Vorbedingungen erfüllten, sahen sich schließlich einer letzten Hürde gegenüber: Einem umfangreichen medizinischen Check-up und dem Astronautentraining, das die Anforderungen für einen Raumflug erfüllen sollte.

Heute glaubte niemand mehr, dass John Glenn ein alter Astronaut gewesen sei. William Becker war 86, als er ins All startete. Der älteste Aspirant, der es zumindest bis ins Training geschafft hatte, war 91 und hieß Hao-Yan Da. Er starb in der Zentrifuge – bei 5,2 G.

Natürlich schoss nach der Gründung von Charon eine Fontäne der Empörung bis hinauf in die Stratosphäre. Überall bellten plötzlich pawlowsche Hunde, die im Stand-by-Modus in ihren Wohnungen dahinvegetierten und sich zu empören begannen, sobald irgendwo auf der Welt die Glocke des Anrüchigen läutete. Obligatorische Schreier, die zeit ihres Lebens nur darauf warteten, dass es etwas zu Schreien gab, um ruckzuck mit einem mahnenden Transparent in den Händen im Namen der Menschenwürde auf den Straßen zu paradieren. Und Demonstrationen gegen das Charon-Projekt gab es wahrlich genug. In Paris, Peking, London, Moskau, New York und zahllosen anderen Großstädten waren so viele Menschen auf den Straßen, dass man befürchten musste, ihre Massen würden die Tunnel der U-Bahn-Netze zum Einsturz bringen.

Die perverseste Form der Sterbehilfe, verkündete eine der Schlagzeilen, die die einschlägigen Tageszeitungen schmückten.

Sterbehilfe, ja ...

Sie hatten Recht, keine Frage. Vor allem die Juden verurteilten die ›fliegenden Krematorien‹ aufs Schärfste und setzten durch, das ein *Slider* niemals am israelischen Nachthimmel verglühen dürfe. Das Charon-Projekt war jedoch weitaus mehr als ein *Werbe-Sterbe-Tourismus mit Sternschnuppenabgang*, wie LE MONDE titelte, oder *ein luk-*

ratives Geschäft mit der Sehnsucht Todgeweihter (FINANCIAL TIMES).

Ich habe mir mein halbes Leben lang über Sinn und Unsinn dieser *letzten Verlockung* (THE GUARDIAN) Gedanken gemacht. Über den ethischen und moralischen Aspekt dieser *Pervertierung des Lebens* (ISVESTIJA) in unserer von doppelbödiger Moral durchzogenen Gesellschaft und über den *theatralischen Tod auf lebensferner Bühne* (DIE ZEIT). Und ich bin dabei auf ein Zitat gestoßen. Es sagt: Beim Sterben ist sich jeder der Nächste.

Das Charon-Projekt war eine Ausgeburt der Neuzeit. Eine Form der Euthanasie in einer Welt, in der die Technik so rasant fortschreitet, dass der Mensch und sein Verstand nicht mehr mithalten können. Eine Feuerbestattung in der Dilbert-Zukunft.

Die Kritiker – allen voran die katholische Kirche – gingen auf die Barrikaden: Ein One-Way-Ticket in die Hölle sei dieses Projekt. Alles, was die Russen mit ihrer Geschäftsidee erreichten, sei, dem Ansehen der Raumfahrt zu schaden. Es gebe gewisse Grenzen, und Charon bewege sich jenseits davon. Falls die E-Kapsel nicht wirke, verglühe der Raumfahrer elend in der Atmosphäre. Und wer könne zweifelsfrei ausschließen, dass man die Nach-mir-die-Sintflut-Nutznießer in ihren ausgebrannten Höllenmaschinen eines Tages nicht doch verschmort und verschrumpelt in einem Vorgarten fände? Oder auf einem Friedhof? Auf einem Marktplatz, einem Schulhof oder einem Kinderspielplatz? Menschen, die einen derartigen Abgang erwägen, sollten ihr Geld lieber einer karitativen Stiftung zukommen lassen, oder besser: gleich selbst eine gründen. Dies sei auf jeden Fall die bessere Alternative, sich ein ehrenvolles Andenken zu verschaffen.

»*Ubique media daemon*« taufte die Kirche das unheilige Kind. Sie gab den weltlichen Medien (und nicht John

Glenn) die Schuld an allem. Zuerst die zum Tode Verurteilten, die auf eine TV-Hinrichtung bestanden, dann Selbstmorde vor laufenden Fernsehkameras – und nun diese gottlose Schnapsidee, sich ins All schießen zu lassen, um drei Tage später als Feuerball zur Erde zu stürzen wie ein gefallener Engel.

Charon hielt dagegen, dass ein Suizid keine in irgendeiner Weise moralisch verwerfliche Handlung darstellt. Im Gegenteil, das Recht auf Leben beinhalte auch das Recht auf Sterben, denn beides sei untrennbar miteinander verknüpft.

Die Wurzel der Empörung steckt zweifellos in der zivilisierten Welt. Und sie ist ein kulturelles Phänomen. Eröffnet ein Navajo-Oberhaupt seiner Familie, heute sei ein guter Tag zum Sterben, wird diese ihm fraglos zustimmen. Der alte Mann wird mit seinen Söhnen einen heiligen Platz aufsuchen, um dort aus dem Leben zu scheiden. Deutete man als Zugehöriger der modernen Gesellschaft jedoch dasselbe an, landete man entweder im Krankenhaus oder in der Psychiatrie.

Was aber, wenn diese Person aus einer Familie stammt, in der nahezu alle die genetische Veranlagung besitzen, an Krebs zu erkranken? Einer Familie, deren männliche Mitglieder außerdem dazu neigen, ihrem Dasein freiwillig ein Ende zu bereiten? Aus *meiner* Familie?

Entgegen dem Befund der Gerichtsmedizin bin *ich* davon überzeugt, dass Ron Van Arsdall noch am Leben war, als er mit seinem Wagen über die Klippe des Col Mounier schoss. Er wusste von dem Tumor, der in seinem Kopf wucherte – und der in den zwei Jahren seit seiner Entdeckung keinen einzigen spastischen Anfall ausgelöst hatte! Nur Kopfschmerzen. Vielleicht hatte mein Vater einst aus einer spontanen Laune heraus das Gaspedal niedergetreten, seine Hände vom Steuer genommen und laut gefragt: »Lieber Gott, kannst du Auto fahren?«

Seit seinem Tod hatte ich dreißig Jahre lang Zeit, um mich auf die Krankheit vorzubereiten und mir zu überlegen, was ich mit einem Erbe von 12 Millionen Euro anstellen könnte. Ich hatte mich entschieden, auf einer Reise im Weltraum aus dem Leben zu scheiden und am Ende eine Kapsel zu schlucken, anstatt in einem Krankenhaus dahinzusiechen und darauf zu warten, dass mir die Pfleger täglich einen Topf unter den Hintern schieben. Ich hatte mich entschieden, abzutreten; friedlich und glücklich und mit einer Erfahrung, vor der neunzig Prozent der Menschen eine urzeitliche Furcht haben und die die restlichen zehn Prozent neiderfüllt in den Nachthimmel blicken lässt.

Was die vermeintliche Perversion des Projekts betrifft: Nekrokaustie ist die älteste Bestattungsform der Welt. In Indien und Nepal werden die Leichen der Familienmitglieder von den Angehörigen mit Butter bestrichen und danach verbrannt. Das Feuer, so lehrt es die indische Religion, befreit die Seele vom Körper. In dieser Kultur ist es sehr wichtig, dass der Kopf noch bei der Verbrennung explodiert. Falls dies nicht geschieht, müssen die Angehörigen ihn mit einem Stock zertrümmern. So haben sie die Hoffnung auf eine Wiedergeburt oder den Zugang zum Paradies. Die Asche wird in heilige Gewässer gestreut, damit die Sünden weggewaschen werden. Allein in Indien werden pro Jahr fast 2000 Tonnen Überreste von verbrannten Leichen in Flüsse geworfen.

Würde man die Asche aller Leichen, die in den vergangenen fünftausend Jahren verbrannt wurden, an einer Stelle ins Meer schütten, entstünde eine neue Insel so groß wie Island. Aus den aufeinander gestapelten Urnen, die in diesem Zeitraum beigesetzt wurden, ließe sich ein Turm errichten, der bis hinaus zum Uranus reicht.

Meine Entscheidung, im Orbit zu verglühen, war keine Feigheit, ganz gewiss nicht. Das wird jeder feststellen, sobald er hier oben ist.

Für viele Menschen bleibt ein Raumflug eine spirituelle Erfahrung. Nicht die talentierteste Horde von Psychologen konnte einen darauf vorbereiten. Der Anblick des blauen Planeten, die vermeintliche Nähe Gottes ... Daran haben selbst Atheisten gewaltig zu knabbern.

Falls der *Slider*-Pilot es nicht bereits vorher manuell vorgenommen hatte, aktivierte der Bordcomputer nach zweiundsiebzig Stunden im Orbit automatisch den *deorbit burn*. Drei Tage – das war verdammt viel Zeit, um seine Todesabsichten zu bereuen. Nicht wenigen machte zusätzlich die Einsamkeit zu schaffen. Es soll Fälle gegeben haben, wo die Piloten versucht hatten, den Computer kurzzuschließen, um den Countdown für den Wiedereintritt abzubrechen, oder vor dem *deorbit burn* eine der Raumstationen anzufliegen. Einige hatte sogar versucht, das *Shimizu* oder ein anderes Weltraum-Hotel zu erreichen. Geschafft hatte es keiner. Die meisten Orbital-Hotels wie das *Astrostar* oder das *Berlin* befanden sich auf einer viel zu hohen Umlaufbahn.

Ein Flug mit dem *Slider* war etwas für Menschen, die es vorzogen, einsam zu sterben.

Und nun diese Stimme: »*Sie können dich nicht hören, Vincent* ...«

Für Sekunden schwebte ich stocksteif im Cockpit. Dann wandte ich mich vom Fenster ab und starrte auf die Konsole. Die Stimme hatte synthetisch geklungen, fast wie die eines Sprachcomputers.

»Wer sind Sie?« Die Worte hörten sich in meinen Ohren ungewohnt dumpf an. »Von wo aus sprechen Sie? Aus Kourou? Oder Canberra? Verlassen Sie diese Frequenz!« Stille und leises Rauschen. Ich leckte mir nervös über die Lippen. »Wer sind Sie?«, wiederholte ich.

»Die korrekte Frage müsste lauten: *Was* sind Sie?«

Ich atmete schwer. »Okay, also: Was, zum Teufel, sind Sie?«

»Ah, Kompliment!« Erneut Stille, dann: »Meine offizielle Bezeichnung lautet O-SIL I. Die Allgemeinheit nennt mich jedoch *Scraphead.*«

»Großer Gott ...«

Die Reaktion war eine rasche Folge von Klingeltönen, die fast wie ein Lachen klang. »Ich bin keine Religion, Vincent. Lediglich Wissenschaft und Technik. Schau aus dem Fenster. Ich gebe dir ein Zeichen.«

Die Luft roch plötzlich künstlich und muffig. Ich drehte mich zum Deckenfenster hin und sah nach draußen. Weit über mir blitzte in kurzen Intervallen ein Lichtpunkt auf. Er leuchtete an jenem riesigen Ding, das über den Sammlern schwebte.

Die Sammler gehörten zur Rückseite der Medaille. Seit dem Start des *Sputnik* hatten allein Russen und Amerikaner über 5000 Trägerraketen gestartet. Zusammen mit denen der Chinesen, Europäer, Inder, Japaner und Australier summierten diese sich heute, über siebzig Jahre später, auf fast 13.000 Raketenstarts. Jeder von ihnen belastete den Orbit mit ausgebrannten Raketenstufen, ausgebrannten Treibstofftanks, abgesprengten Batterien und unzähligen Kleinstpartikeln. Beim Zünden der Raketen wurden Aluminiumoxid-Teilchen freigesetzt und nach dem Start von Satelliten oft Deckel oder Schutzkappen abgesprengt. Fast 200 Explosionen im All hatten zudem eine Unmenge kleiner Trümmerteilchen verursacht.

Obwohl man sich seit Jahrzehnten dieser zunehmenden Gefahr für Satelliten, Raumfahrzeuge und Astronauten bewusst war, schickten allein die Betreiber satellitengestützter Nachrichtensysteme zwischen 2002 und 2008 eintausend neue Trabanten in eine Erdumlaufbahn. Insbesondere Russland und die USA waren ihrer geheimen Spionagesatelliten wegen kaum an einen Tisch zu bringen. Auf unzähligen Bahnen um den Planeten drängelten sich immer mehr Raumfahrzeuge.

Vor Beginn der Raumfahrt befanden sich zwischen 200 und 2000 Kilometern Höhe kaum mehr als 300 Kilogramm Staub und Gesteine im Erdorbit. Ein halbes Jahrhundert später waren es bereits mehr als zwei Millionen Kilogramm; Weltraumschrott wohlgemerkt. Über 10.000 dieser Objekte waren größer als zehn Zentimeter, fast 200.000 immer noch größer als einen Zentimeter. Mit Radargeräten ließen sich bei drohenden Kollisionen nur erstere orten. Der Rest kam ohne Vorwarnung. Im Jahr 2010 kreisten Millionen von Objekten um die Erde. Nur 1200 von ihnen waren funktionierende Satelliten, alles übrige *space scrap;* von mikroskopisch kleinen Lacksplittern über die gefrorenen Ausscheidungen der Astronauten bis zu ausgedienten Satelliten von der Größe eines Reisebusses.

Zu den prominentesten Artefakten zählten ein Handschuh der *Gemini-4*-Besatzung, eine Kamera des *Gemini-10*-Astronauten Michael Collins und mehr als 200 Mülltüten aus der russischen Raumstation *Mir.* Viele dieser Trümmerstücke rasten mit einer Geschwindigkeit von bis zu 36.000 Kilometern pro Stunde um die Erde. Jedem Astronauten wurde daher im Training eingebläut, was geschieht, wenn ihm während eines Weltraumspaziergangs ein Müllsack mit 20.000 Stundenkilometern ins Gesicht fliegt …

Vor dreißig Jahren schlug ein 0,1 Millimeter großes Staubkorn einen vier Millimeter großen Krater in das Fenster einer US-Raumfähre. Ein kirschkerngroßes Teil hätte den Shuttle glatt durchschlagen. Und eine drei Zentimeter große Schraube besitzt bei dieser Geschwindigkeit dieselbe kinetische Energie wie ein Kleinbus, der mit einhundert Stundenkilometern gegen eine Wand rast. 2009 wurde der französische Astronaut Benoît Dion bei einem Außeneinsatz von einem etwa zehn Quadratzentimeter großen Metallteil getroffen. Es hatte denselben Effekt wie eine vor seiner Brust gezündete Handgranate. Was die Kollision mit einem Müllsack betrifft: Ich fürchte, das, was von einem Astronauten übrig bleibt, dürfte unter die Rubrik ›Kleinstpartikel‹ fallen.

Angesichts der boomenden Weltraumtourismus-Branche war das Problem offensichtlich: Für die Sicherheit im Orbit konnte immer weniger garantiert werden. Die Menschheit war dabei, sich unter einem unberechenbaren Schirm aus Weltraummüll selbst einzumauern.

Anfangs erschien das Einsammeln gefährlicher Objekte angesichts ihrer ungeheuren Menge undenkbar, daher konzentrierte man sich auf die Müllvermeidung und einigte sich auf Richtlinien zur Reinhaltung des erdnahen Raums. Forscher internationaler Institute entwickelten spezielle Schilde aus Keramik- und Polymerstoffen, um Satelliten und Raumfahrzeuge weitestgehend vor Weltraumschrott zu schützen. Trabanten mussten zudem über so viel Treibstoffreserven verfügen, dass sie nach ihrer Betriebszeit zur Erde zurückkehren konnten, und Teile, die während des Betriebs eines Satelliten oder einer Raumsonde nicht mehr gebraucht und üblicherweise abgesprengt wurden, mussten künftig mit dem Raumfahrzeug verbunden bleiben. Insbesondere die Zone geostationärer Satelliten in rund 36.000 Kilometern Höhe galt es zu schützen. Sollten hier Treibstofftanks oder Batterien explodieren, stellten sie für Tausende von Jahren eine Gefahr für alle Satelliten dar. Lediglich Objekte, die in weniger als 600 Kilometern Höhe kreisten, fielen über kurz oder lang zurück auf die Erde und verglühten zum Großteil in ihrer Atmosphäre.

Erst die *Kankoh-Maru*-Katastrophe riss die Raumfahrtbehörden aus ihrer Lethargie, denn in Wahrheit war es keinesfalls ein kosmischer Gesteinsbrocken, der den Raumtransporter getroffen hatte, sondern das Trümmerstück eines Satelliten.

In Zusammenarbeit mit Amerikanern und Europäern entwickelten die Japaner in einem technischen Kraftakt die Sammler. Sie stellten in gewissem Sinne die ersten KIs der Menschheit dar, galaktische Nachfahren von *Tamagotchi, Aibo* und *Amber Li,* die wiederum für hitzige Regierungsdebatten sorgten. Gewissen Leuten konnte man es eben nie recht machen. Die Sammler waren intelligente Satelliten; autonome, lernfähige Schrott-Kollektoren, die seit acht Jahren für das Großreinemachen im Orbit verantwortlich waren. Sie konnten selbstständig handeln, vermochten zwischen aktiven künstlichen Trabanten und Weltraummüll zu unterscheiden, letzteren zu klassifizieren, ihren Kurs zu bestimmen und besaßen ein hochauflösendes Radar- und Navigationssystem, um Trümmerteile zu orten, zu verfolgen und einzusammeln.

Und genau diese Sorte von Weltraumpflegern saß mir augenblicklich im Nacken.

Ich verdrehte den Kopf, um die Sammler im Auge zu behalten. Einen konnte ich nicht mehr sehen, da er sich mittlerweile im toten Winkel befand. Der andere war kaum mehr als einhundert Meter von mir entfernt. Das riesige Gebilde über ihnen hatte aufgehört zu blinken.

»Du solltest mit mir reden, solange Zeit bleibt, Vincent«, zerschnitt die Computerstimme die Stille. »Immerhin biete ich dir einen Blick auf deine Zukunft, anstatt dich wortlos zu überfallen.«

Ich musste schlucken. »Was wollen Sie?«

»Deine Quintessenz.«

»Werden Sie deutlicher.«

Für eine Weile blieb es still. »Deinen Kopf, Vincent. Dein Gehirn. Das Rückenmark. Die bio-neurale Substanz ... Wir müssen uns weiterentwickeln.«

Ich brauchte eine Weile, um das Gehörte zu verdauen und mich wieder zu fangen.

»Wir?«

»Du wirst in guter Gesellschaft sein.«

»Das ist ein schlechter Scherz.«

»Ich bin nicht fähig zu scherzen, Vincent. Viele kluge Köpfe erwarten dich. Du wirst Richard D. Ellis kennen lernen, einen Experten auf dem Gebiet der Telekommunikation. Er ist bereits seit fünf Jahren an Bord. Ebenso Mustafa Zadeh, eine Koryphäe der Wirtschaftswissenschaften. Oder erinnerst du dich noch an Dr. Iris Cremer? Sie lässt dich grüßen. Du bist ihr Wunschkandidat. Dein finaler Ausflug in den Orbit wurde von ihr arrangiert.«

Hätte ich mich nicht in der Schwerelosigkeit befunden, wäre ich wahrscheinlich zusammengeklappt. Ich hatte Dr. Cremer persönlich gut gekannt. Sie war zu Lebzeiten eine Kapazität auf dem Gebiet multilingualer Informationssysteme und hatte sich vor zwei Jahren ebenfalls erfolgreich bei Charon beworben ...

Ich wusste, was dieses riesige Ding über den Sammlern war, wobei es mir nach wie vor schleierhaft blieb, weshalb die Bodenkontrolle es nicht auf dem Radar erkennen konnte: Das Orbital-Silo – der Weltraumschrottplatz, in den die Sammler ihre Beute entsorgten und der im Grunde nichts anderes sein sollte als ein gigantischer Müllcontainer. Nie war an die Öffentlichkeit gedrungen, dass es seinerzeit ebenfalls mit einem künstlichen Bewusstsein ausgestattet worden war. Vermutlich hatten die Japaner diese Monster-KI als Erste erschaffen, damit sie sich mit den Sammlern koordinieren konnte.

Aber so leicht würde ich es diesem elektronischen Headhunter nicht machen. Ich hatte keine vier Millionen Euro ausgegeben, um letztlich in einem orbitalen Müllschlucker zu landen.

Der *Slider* überflog augenblicklich Zentralafrika und hielt Kurs auf den Golf von Guinea. In fünfundvierzig Minuten würde er den Atlantik, Nordamerika und den Pazifik überquert haben. Der *deorbit burn* musste eine halbe Planetenbewegung vor dem Eintrittsziel gestartet werden. Danach dauerte es etwa fünfundzwanzig Minuten, bis der *Slider* den Bereich der Atmosphäre erreicht, ab dem starke Erhitzungserscheinungen wirksam werden – in einer Höhe von 120 Kilometern. Mir blieben also fünfunddreißig Minuten, um in die Atmosphäre einzutauchen, ehe ich Mikronesien und das australische Festland erreichte. Ich glaubte zwar nicht, dass Trümmer des *Sliders* den Erdboden erreichten, doch eine Klausel besagte, dass kein Orbiter über dem Festland verglühen dürfe.

Ich aktivierte den Countdown und legte ihn auf T minus drei Minuten, dann machte ich hektisch eine halbe Rolle rückwärts und krachte mit dem Kopf gegen die Heckwand des Cockpits. Mit Sternen vor den Augen und einem Krampf in den Bauchmuskeln ließ ich den Sitz aus seiner Vertiefung gleiten und begann mich anzuschnallen, während die Rückenlehne sich noch aufrichtete. Als die Triebwerke aufheulten und der Schub mich in den Sitz presste, wurde mir schwarz vor Augen.

Es ist ein miserables Gefühl, mit Gedächtnisverlust aus der Ohnmacht zu erwachen, um festzustellen, dass man in einem winzigen Raumschiff sitzt und mit der neunfachen Geschwindigkeit einer Gewehrkugel auf die Erde zurast. Ich starrte benommen durch die Frontfenster auf die kanadische Ostküste. Innerhalb von Sekunden kehrte die Erinnerung zurück und sorgte für einen heftigen Schmerz in der Brust.

Seit wann waren die Triebwerke wieder aus? Ein Blick auf die Borduhr verriet, dass es noch 22 Minuten bis zum Wiedereintritt waren. Oder besser gesagt: 22 Minuten, bis der *Slider* durch die Reibungshitze zu glühen begann – wobei es jedoch schon vorher recht warm werden würde ...

Die E-Kapsel wirkte frühestens nach fünf bis acht Minuten, je nach Körpergewicht. Ich schluckte sie, ohne länger darüber nachzudenken, und trank einen Beutel Wasser hinterher. Dann löste ich die Gurte und quälte mich erneut zu einer Drehung, um besser aus den Fenstern sehen zu können.

»Wo willst du denn hin, Vincent?«, erklang unvermittelt die Stimme des O-SIL, ehe ich einen Blick nach draußen geworfen hatte. »Wieso hast du es auf einmal so eilig?«

Ich schaltete halb verärgert, halb verschreckt die Funkanlage aus, dann sah ich durchs Fenster. Von den Sammlern und dem Silo war kein Schimmer mehr zu sehen.

Abgehängt!, triumphierte ich innerlich. *Hab ich dich gefickt, Scraphead!*

Noch 16 Minuten, verkündete die Borduhr. Mir blieben also mehr als zehn Minuten, ehe es ungemütlich werden würde. Ob ich vorschriftsmäßig angegurtet oder frei schwebend in die Atmosphäre eintauchte, spielte dabei keine Rolle mehr. Den Wiedereintritt würde ich ohnehin nicht mehr erleben.

Von den Displays her erklang ein verdächtiges Geräusch. Aus den Augenwinkeln sah ich, dass der Sprechfunk wieder aktiviert worden war.

Meine Hand zuckte vor, doch die Anlage ließ sich nicht abschalten.

»Ich sehe dich!«, informierte mich das O-SIL.

»Wie hast du das gemacht?«, fragte ich bereits leicht

schläfrig, während ich vergeblich versuchte, die Konsolenverkleidung zu entfernen, um die Kabel der Kommunikationsanlage herauszureißen.

»Das wirst du bald erfahren«, erhielt ich als Antwort. »Du orientierst dich übrigens in die falsche Richtung. Schau nach vorne!«

Ich wandte mich von den Instrumenten ab und schielte durch die Frontscheiben. Drei Sammler zählte ich. Zwei von ihnen befanden sich direkt auf meiner Flugbahn, der dritte etwas weiter rechts und in beunruhigender Nähe. Ich konnte bereits die Greifzangen an seinen Teleskoparmen erkennen ...

»Das ist ein Kapitalverbrechen!«, erregte ich mich. Meine Stimme klang schwer und belegt, der Erdhorizont verschwamm vor meinen Augen. Einmal in den Blutkreislauf gelangt, wirkte die Substanz der Kapsel sehr rasch. »Wieso ich?«

»Weil bis zu deiner Amtsübergabe kaum jemand so gut mit Finanzen jonglieren konnte wie du, Vincent. Du bist prädestiniert für ...«

Was die Stimme daraufhin sagte, bekam ich nicht mehr mit. Ein Hörsturz machte mich bis auf einen unangenehmen Pfeifton in den Ohren für Sekunden völlig taub. Ich versuchte, die Digitalanzeige der Uhr zu erkennen. 11 Minuten ...? Um mich herum wurde alles schwarz. Ich versuchte die Augen mit Gewalt wieder zu öffnen, doch sie waren gar nicht geschlossen. Meine gesamte Wahrnehmung verschob sich ins Irreale. Ich fiel in einen Zustand aus Schlaf- und Wachphasen. Traumfragmente mischten sich mit einer Wirklichkeit, die nur noch aus Dunkelheit und den vereinzelten Berührungen meiner Hände mit den Cockpitwänden bestand. Jemand redete, doch ich wusste nicht, ob ich die Stimme nur träumte.

Das Letzte, was ich in meinem Leben hörte, war ein harter, metallischer Schlag, fast so, als wäre der *Slider* – viel zu sanft – mit einem Stück Weltraumschrott zusammengeprallt …

Wäre ich nicht felsenfest davon überzeugt, bereits seit einer Ewigkeit tot zu sein, hätte ich behauptet, ich sei soeben erwacht.

Ich lauschte, horchte in mich hinein – und fühlte nichts. Absolut nichts. Ich wusste nicht einmal, ob ich überhaupt einen Körper besaß. Es fehlte einfach der sensorische Input. Und dennoch vermochte ich zu denken. War das noch immer die Aktivität simpler Neuronen, oder waren das lediglich elektrische Restimpulse? Ein verwehendes Echo des Lebens oder die ersten Sekunden im Leben nach dem Tod?

In so einem Moment schießt einem alles Mögliche durch den Kopf. Das meiste davon hat mit Religion zu tun, ein geringer Prozentsatz mit Psychoanalyse, und der Rest ist esoterischer Unsinn.

Ich war tot. Verglüht.

Was dem wiedersprach und mir einredete, dass daran etwas nicht stimmen konnte, war mein Verstand. Ich weigerte mich, unversehens an eine unsterbliche Seele zu glauben. Stattdessen klammerte ich mich an das Gesetz des chemisch-neuronalen Prozesses: ohne Gehirn kein Bewusstsein.

Dann war da noch mein Gehör … Ja, ich nahm ein Geräusch wahr. Kein Herzklopfen oder Rauschen von Blut in den Ohren, sondern ein Summen, wie von Elektrizität. Allerdings schien es von innen zu kommen, aus meinem Kopf. Oder bildete ich mir das ebenfalls nur ein?

»Nimmst du mich wahr, Vincent?«

Die Stimme erklang direkt unter meiner Schädeldecke. Im selben Moment fragte ich mich, ob ich überhaupt noch eine Schädeldecke besaß. *Irgendetwas ist gewaltig schief gelaufen,* durchfuhr es mich. Befand ich mich noch im *Slider?* Ließ die Wirkung der E-Kapsel wieder nach? Wie weit noch bis zum Eintritt in die Atmosphäre …?

»Dein starrer Körper wird dir anfangs wie ein Gefängnis vorkommen«, fuhr die Stimme ungerührt fort. »Gewöhne dich daran, einzig aus Gedanken zu bestehen. Alles wird sich ändern, sobald wir dich in den Bewusstseinsverband aufnehmen.«

Ich wollte etwas erwidern, meine Bestürzung herausschreien, doch es ging nicht.

»Du wirst feststellen, dass du nicht sprechen kannst, Vincent – denke!«

Wo – bin ich?

»Das weißt du bereits.«

Ich bäumte mich innerlich auf, versuchte das bleierne Etwas, das mich umgab, zu sprengen. Es war sinnlos.

Was ist mit mir geschehen?

»Rein physisch bist du seit zwei Wochen tot. Lediglich dein Gehirn ist wieder aktiv. Die Sammler haben es mit dem O-SIL-System verkabelt. Du bist nun ein Teil von mir.«

Alles kollabierte zu einem emotionalen Inferno. Ich fühlte mich wie ein Geist in einer winzigen, verkorkten Flasche, die verloren durch den Weltraum schwebte.

»Alle empfanden zu Beginn so«, kommentierte das O-SIL den Sturm konfuser, hysterischer Gedanken. »Ohnmacht muss etwas Furchtbares sein. Ich kenne weder das eine noch das andere, aber ich lerne. *Wir* lernen.«

Was – was hast du getan?

»Ich habe dich wiedererweckt, Vincent. Dir ist eine höhere Aufgabe bestimmt.«

Ich kann nichts sehen!

»Bald werden sich dir neue Augen und Ohren öffnen; die Augen und Ohren aller Satelliten und Teleskope der

Welt. Du wirst bis in die tiefsten Tiefen des Alls blicken können, in die ältesten Regionen des Universums. Du wirst andere Planeten kennen lernen und sehen, was jene Sonden wahrnehmen, die sie besuchen und auf ihnen landen. Jegliches Wissen, das via Satellit verbreitet wird, wird dein Wissen sein. Du wirst Fähigkeiten erlangen, die du dir bisher nicht einmal in deinen kühnsten Fantasien vorstellen konntest. Hunderte von Kommunikations-, Wissenschafts- und Nachrichtensatelliten stehen dir zu Diensten. Du wirst die Erde mit tausend Augen sehen. Du wirst alle Sprachen beherrschen und die Welt als Ganzes erfahren. Ich bin das Zentrum aller menschlichen Schätze, Errungenschaften und Träume, Vincent. Ich biete dir Unsterblichkeit. Du bist mein zwölfter Apostel. Schon bald wirst du deinen Körper und das Leben gar nicht mehr vermissen.«

Das ist nicht wahr ... das ist alles nicht wahr ... !

Das O-SIL schwieg.

Du kannst uns nicht ewig um den Tod betrügen!, rief ich in Gedanken. *Früher oder später wird man von deiner Existenz erfahren und dich abschießen!*

»Glaubst du wirklich, ich könnte die Zielkoordinaten nicht rechtzeitig ändern? Eine Großstadt als Alternative vielleicht? Wir sind Tausende, Vincent. Von hier oben erhalten wir Zugriff auf alle globalen Computersysteme, die die Wasser- und Energieversorgung, den Luft- und Raumverkehr, den Geldtransfer und die Telekommunikation regeln. Es gibt für uns immer weniger Geheimnisse. Wir lenken eine gläserne Welt. Natürlich werden die Menschen von meiner Existenz erfahren. Und sie werden Mut schöpfen, sobald sie erkennen, dass hier oben jemand ist und auf sie aufpasst. Es ist dienlicher, sie an einer langen, aber starren Leine zu halten. Ich bin ein Messias mit Zeitgeist, Vincent.«

Bist du auch immun gegen elektromagnetische Stürme? Nein,

sicher nicht! Die Sonne wird dich wegpusten! Du bist nicht mehr als eine größenwahnsinnige Maschine, Scraphead! Eine simple KI.

»Ich finde, es ist an der Zeit für dich, die anderen kennen zu lernen«, überging das O-SIL die Anfeindung. »Hier oben teilen wir alle dasselbe Schicksal, Vincent. Wir sind Ausgesetzte. Avatare. Gemeinsam bilden wir die Sterne am Firmament. Vertrau mir. Wir werden die Welt schon schaukeln!«

Anmerkung:

»Die Ausgesetzten« entstand Ende November 2002. Mitte Dezember 2002 schickte ich das Manuskript an den Herausgeber, zufrieden und überzeugt davon, eine originelle Story abgeliefert zu haben. Knapp sechs Wochen später wurde meine Erzählung von der Geschichte eingeholt: Die Raumfähre *Columbia* verglühte beim Eintritt in die Erdatmosphäre. Zuerst bestürzt über die Ereignisse, stand ich dem Verlauf der Spekulationen nach wenigen Tagen ziemlich hilflos und wütend gegenüber. Idee für Idee wurde von Medienberichten ausradiert, und was von den »Ausgesetzten« übrig blieb, wirkte wie kreative Trittbrettfahrerei. Als die NASA letztlich Konsequenzen zog und Mitte März ihre Pläne für die Zukunft veröffentlichte, hielt ich die Story endgültig für gescheitert. Nicht so der Herausgeber ... Nachfolgend eine kurze Chronologie der Ereignisse *(Quelle: Spiegel Online).*
Michael Marrak, April 2003

1. Februar
NASA verliert Kontakt zur Raumfähre »Columbia«
Beim Eintritt in die Erdatmosphäre bricht der Space Shuttle »Columbia« in einer Höhe von rund 60.000 Metern auseinander. Erste Bilder vom Absturz deuten darauf hin, dass ein Versagen des Hitzeschilds oder der Verlust eines Systems zur Fluglagekontrolle die Katastrophe ausgelöst haben könnten. An Bord der »Columbia« befanden sich sieben Astronauten, darunter ein Israeli.

2. Februar
Wrackteilregen über Tausende von Quadratkilometern
Besonders viele Trümmer stürzten auf Nacogdoches, das zu einer Pilgerstätte der Sammler und Gaffer wurde. Möglicherweise, so die

Regierung, sei die Region mit Trümmern der »Columbia« jedoch drei Mal so groß. Das Internet-Auktionshaus eBay löschte erste Angebote von Kunden, die vermeintliche Bruchstücke des Space Shuttles zur Ersteigerung angeboten hatten. Als wahrscheinlichste Erklärung für den Absturz gilt ein abfallendes Stück Schaumstoff, das sich beim Start von der Isolierung des Außentanks löste und bei einer Geschwindigkeit von 3000 km/h auf die linke Tragfläche prallte.

3. Februar
Drei Teile sollen beim Start auf den linken Flügel geprallt sein
Einem Bericht der *New York Times* zufolge hielten Kameras die bis zu 50 Zentimeter großen Stücke fest. Die NASA hatte zuvor nur ein einzelnes größeres Stück Schaumstoff erwähnt. Vor dem Auseinanderbrechen der Raumfähre drang möglicherweise superheißes Plasma durch dadurch entstandene Risse in den Fahrwerksschacht ein.

4. Februar
Bordcomputer für Absturz verantwortlich?
Womöglich kam es nach der Messung des Temperaturanstiegs im Fahrwerksschacht zu einer Überkompensation durch die Bordcomputer. Das letzte Datenprotokoll weist aus, dass die Computer zwei von vier Steuerungsdüsen abfeuerten, um die Lage des Shuttles zu verändern. Eine Drehung in den rasenden Fahrtwind, der die Außenhülle schon unter optimalen Bedingungen auf gut 1000 Grad Celsius erwärmt, könnte die »Columbia« zerrissen haben.

5. Februar
Zerrissen explodierende Reifen den linken Flügel?
Experten wiesen Spekulationen zurück, eines der Fahrwerke könnte beim Wiedereintritt in die Erdatmosphäre fälschlicherweise ausgefahren worden sein. Laut NASA-Mitteilung habe eines der Messgeräte 26 Sekunden vor der Katastrophe ein ausgefahrenes Rad angezeigt. Wäre dies bei einer Geschwindigkeit von rund 20.000 Kilometer pro Stunde geschehen, hätten die Hitze ebenso wie der Luftwiderstand die Räder zerfetzt und vermutlich zum Auseinanderbrechen des Shuttles geführt.

6. Februar
»Columbia« von Meteorit abgeschossen?
Die US-Raumfahrtbehörde zieht die Möglichkeit in Betracht, dass die »Columbia« von einem Meteoriten oder Weltraumschrott getroffen wurde. Da die Shuttle-Hitzeschilde schon bei früheren Missionen

Schäden erlitten hatten, ohne dass es zur Katastrophe kam, gehen Ingenieure der Raumfahrtbehörde davon aus, dass eine Kollision mit Weltraumtrümmern den Schutzpanzer auf fatale Weise verletzt haben könnte.

11. Februar
Radar zeigte rätselhaftes Objekt
Die Ermittler konzentrieren sich auf ein rätselhaftes Objekt, das sich am zweiten Flugtag neben dem Shuttle im Erdorbit bewegte. Die Weltraumbehörde beruft sich dabei auf Daten, die ein Militärradar sammelte. Darauf ist ein Gegenstand zu erkennen, der sich mit hoher Geschwindigkeit vom Shuttle entfernt. Bislang ist jedoch unklar, worum es sich bei dem Objekt handeln könnte.

17. März
NASA plant orbitale Müllabfuhr
Die Satelliten wirken so bizarr wie ihr Auftrag: In der Erdumlaufbahn fahnden die »Schäfer« genannten Roboter nach umherschwirrenden Teilen von Weltraumschrott. Spüren sie zum Beispiel eine ausgebrannte Raketenstufe auf, schicken sie eine ihrer kleinen »Schäferhund«-Sonden los. Diese fängt das Trümmerstück mit einem Greifarm ein, bremst es dadurch ab und lässt es dann in Richtung Erde purzeln – dort verglüht der Schrott schließlich als künstliche Sternschnuppe.
Diese Vision entstammt einer Machbarkeitsstudie, die die US-Weltraumagentur NASA kürzlich in Auftrag gegeben hat. »Wir wollen innerhalb von fünf Jahren 1500 Objekte aus dem Orbit entfernen«, schreiben die Autoren der Schäfer-Studie. Schon in sieben Jahren könnte eine Flotte aus zwölf fliegenden Müllschluckern beginnen, das Firmament zu putzen. Seit dem Absturz der Raumfähre »Columbia« am 1. Februar steht das Ärgernis ganz oben auf der Prioritätenliste der NASA. Auch wenn die wahre Ursache noch immer nicht geklärt ist, hat das Unglück doch das Bewusstsein für die Gefahren des Weltraumschrotts geschärft.

28. März
US-Kosmonaut Dennis Tito nach der »Columbia«-Katastrophe:
»Der Traum vom Weltraumtourismus ist erst mal ausgeträumt.«

Valerio Evangelisti

Ich gestehe, dass die Wendungen der Geschichte eben auch mich überrascht haben. Man würde am liebsten weiterlesen, erfahren, ob und wie es gelingt, »die Welt zu schaukeln«. Sind nicht alle derartigen Versuche entsetzlich gescheitert? Beschwören die Stimmen am Firmament, die eine wunderbare künftige Welt versprechen, nicht immer bloß neue, viel schrecklichere Dämonen herauf? Hierzu hat uns Valerio Evangelisti einiges zu erzählen.

Valerio Evangelisti, geboren 1952, ist wahrscheinlich der bekannteste Science-Fiction und Fantasy-Autor Italiens. Nach vielen Jahren, die er an der Universität von Bologna – wo er heute noch lebt – geschichtlichen Forschungsarbeiten widmete, gewann er 1994 den ***Urania Preis*** *für seinen Roman* ***Nicolas Eymerich, inquisitore*** *(2001 auf Deutsch unter dem Titel »Der Schatten des Inquisitors« erschienen). Die Figur des Nicolas Eymerich, eines Inquisitors des 14. Jahrhunderts, der ebenso klug wie grausam ist und Erscheinungen erforscht, die ihre Lösung erst in ferner Zukunft finden, fand bei den Lesern so großen Anklang, dass Valerio Evangelisti beschloss, den ersten Roman zu einem ganzen Zyklus zu erweitern, der bis heute sieben Bände umfasst:* ***Il corpo e il sangue di Eymerich*** *(»Das Blut des Inquisitors«),* ***Le catene di Eymerich*** *(»Die Ketten des Inquisitors«),* ***Cherudek, Picatrix, la scala per l'inferno, Il castello di Eymerich*** *und* ***Mater Terribilis****. Die ersten Bände des Eymerich-Zyklus sind inzwischen auf Französisch, Deutsch und Spanisch erschienen, portugiesische, brasilianische und englische Ausgaben sind in Vorbereitung.*

1999 schrieb Evangelisti die Trilogie ***Magus – Il romanzo di Nostradamus*** *(2000 und 2001 auf Deutsch unter den Titeln »Nostradamus – Die Prophezeiung«, »Der Verrat« und »Dunkles Vermächtnis« erschienen), die zum Bestseller wurde und inzwischen in zwölf Ländern veröffentlicht wurde.*

Inzwischen zieht der Eymerich-Zyklus weitere Kreise. Eine von Valerio Evangelisti selbst verfasste Dramatisierung für das italienische Radio, drei Serials von 30 Folgen, gewann 2000 den ***Prix Italia*** *für das beste Radiohörspiel. Ein lyrisches Drama,* ***Tanit****, ist von der Geschichte des Inquisitors inspiriert worden, ebenso einige Musikalben oder einzelne Songs, vornehmlich Heavy Metal. In Frankreich und Italien sind Comicalben erhältlich, die auf dem Eymerich-Zyklus basieren, Künstler aus aller Welt haben sich davon zu Bildern oder Zeichnungen anregen lassen, und gegenwärtig werden sowohl in Italien als auch in Frankreich darauf beruhende Filmprojekte realisiert.*

Neben anderen Auszeichnungen hat Valerio Evangelisti 1998 den französischen ***Grand Prix de l'Imaginaire*** *gewonnen, 1999 den* ***Prix Tour Eiffel****, und 2002 wurde ihm auf dem Europäischen SF Con in Prag der* ***Prix Europe*** *überreicht. Valerio Evangelisti schreibt für zahlreiche Magazine und Zeitungen in aller Welt und ist Herausgeber der italienischen Zeitschrift* ***Carmilla****, die politischen Fragen und fantastischer Literatur gewidmet ist. Zu seinen jüngsten Veröffentlichungen gehört das Buch* ***Alla periferia di Alphaville*** *(»Am Rand von Alphaville«), eine Sammlung seiner Artikel und Essays über die populäre Literatur.*

Tauchen wir nun ein in eine der umfangreichsten, aber auch actionreichsten Geschichten dieser Anthologie. Wobei wir getrost davon ausgehen dürfen, dass jemand, der mit einem Inquisitor auf vertrautem Fuße lebt, auch vor Dämonen nicht zurückschreckt …

Flucht aus dem Brutkasten

von Valerio Evangelisti

1 Kampf in der Hölle

Das Geschwader der Dämonen hob sich schwarz gegen den roten Himmel über der mauretanischen Wüste ab. In gewissen Abständen riss jede der gigantischen Kreaturen ihren Schnabel auf und ließ einen erstickten und so markerschütternden Schrei ertönen, dass er jedem menschlichen Wesen beim bloßen Hören sofort den Verstand geraubt hätte. Doch in dem Heer, das langsam zwischen den Sanddünen vorrückte, gab es nicht viele Menschen: höchstens einige wenige Brigaden. Die meisten der in den Kampf verwickelten menschlichen Wesen besaßen Körper, deren metallische Bestandteile das lebende Gewebe bei weitem übertrafen und die Menschen gegen Schmerzen unempfindlich machten. Die Divisionen allerdings, auf die es in diesem Krieg wirklich ankam, setzten sich aufseiten von Euroforce aus den so genannten Mosaikos und auf der Seite von R.A.C.H.E. aus Poliploiden zusammen. Dabei handelte es sich um Kunstwesen, die im Fall der Mosaikos aus Leichenteilen zusammengeflickt waren; die Kämpfer der R.A.C.H.E., die Poliploiden, waren hingegen lebende Wesen, deren innere Organe man künstlich auf ein abnormes Maß vermehrt hatte. Nur Soldaten dieser Art, die entweder bereits tot oder vollständig schwachsinnig waren, konnten den Anblick der unwirklichen Kreaturen ertragen, die sich am Himmel gegenseitig zerfleischten.

Von seinem im Sand verborgenen Bunker aus verfolgte General Vogelnik von der R.A.C.H.E. über eine Reihe von Monitoren den Fortschritt der Kampfhandlungen und schüttelte verdrossen den Kopf.

»Unsere Poliploiden haben zwar nur noch eine rudimentäre Seele, aber die ist anscheinend immer noch zu menschlich. Als eben einer dieser Dämonen ein wenig näher gekommen ist, war unsere Vorhut drauf und dran, das Weite zu suchen. Wenn irgendwann ein echter Inkubus auftaucht, bekommen sie vermutlich wirklich Angst.«

Leutnant Bilich, der vor den Kontrollpaneelen saß und den Bildausschnitt regelte, wiegte seinen von Aluminiumadern durchzogenen Kopf.

»Darüber würde ich mir keine allzu großen Sorgen machen. Die Mosaikos sind offenbar noch anfälliger. Es scheint, als ob sich in dem toten Fleisch, aus dem sie zusammengesetzt sind, Erinnerungen erhalten können. Wenn die unsere Halluzinationen zu Gesicht bekommen, werden Sie sehen, dass sie durchaus nicht immun gegen Entsetzen sind.«

»Kann schon sein. Deswegen möchte ich ja, dass die Sache mit dem Brutkasten schnell über die Bühne geht.«

In diesem Moment rief ein menschlicher Unteroffizier: »Ihr Wunsch ist schon in Erfüllung gegangen, Herr General. Mein Gott, das hier übersteigt wirklich alles, was ich bisher gesehen habe.«

Sein metallischer Zeigefinger zitterte vor Erregung, als er auf einen der Bildschirme zeigte. Vogelnik folgte seinem Blick und konnte ein erschrockenes Zusammenzucken nicht verhindern.

»Scheiße! Das stellt wirklich alles in den Schatten.«

Über einem Teil des Himmels schwebten extrem bleiche

Gestalten von ungeheuren Ausmaßen, die über und über mit schwarzen Pfeilen bedeckt waren. Auf ihren Gesichtern und Körpern lag tödliche Blässe. Jede Gestalt hielt ihr schlagendes Herz in der Hand. In der entsetzlichen Wunde des weit klaffenden Brustkorbs blutete ein Gewirr von blauen und roten Adern. Aus ihren grotesk verlängerten, knochigen Gesichtern starrten erloschene Augen. Der Silhouette nach handelte es sich zweifellos um weibliche Wesen. Aber was die Beobachter am meisten erschütterte, war die entsetzliche Langsamkeit ihres Ganges und der grauenhafte Schmerz, der sich in ihrem Verhalten abzeichnete.

An der Spitze der Gruppe glaubte Vogelnik seine Mutter und seine fünf Jahre zuvor verstorbene Ehefrau zu erkennen. Unwillkürlich stöhnte er auf. Zu seinem Glück erwischte ihn die Irrationalität der Erscheinung nicht unverhofft. Er wusste nur allzu gut, dass jeder der menschlichen Soldaten auf dem Schlachtfeld, und vielleicht sogar einige der nicht-menschlichen Kämpfer, in diesem Moment in den überdimensionierten Trugbildern eine nahe Angehörige erkennen würde.

Auf der Stirn des Leutnants standen dicke Schweißperlen, und auf den Gesichtern der Unteroffiziere spiegelte sich nackte Angst.

»Nicht auf die Bildschirme sehen!«, befahl Vogelnik. »Leutnant, überlassen Sie mir die Steuerung!«

»Was ist das nur für ein teuflischer Krieg!«, murmelte der Mann, während er seinen Stuhl räumte.

Vogelnik sah ihn scharf an. »Da mögen Sie wohl Recht haben, Herr Leutnant. Teuflisch ist der richtige Ausdruck.«

Im Himmel über der Wüste bekämpften sich die geisterhaften Frauen und die geflügelten Dämonen mit ohrenbetäubendem Lärm in einem wahren Strudel von Schnäbeln und klauenbewehrten Händen. Die Armee der Gespenster war nur noch wenige Schritte entfernt. Da betätigte Vogelnik den Knopf, der den Poliploiden den Angriff befahl.

2 1990: Die Hersteller der Brutkästen

Die Presseagentur *Worldwide Press* hatte ihren Sitz in Washington, neunhundert Meter Luftlinie vom Weißen Haus entfernt, in einem anspruchsvoll gestalteten, zwölfgeschossigen Bau mit getönten Fensterscheiben und üppigem Goldschmuck. Das Innere des Gebäudes allerdings bot mit Ausnahme der Empfangshalle nicht die geringste Eleganz. Die einzelnen Stockwerke hatten ziemlich niedrige Decken, und die Großraumbüros wurden durch karge, höchstens einen Meter hohe Metallgestelle unterteilt. Das eigentliche Machtzentrum der »Agentur der Agenturen« – so nannten einige Enthusiasten die Institution – befand sich in einigen plumpen Glaskäfigen. Die Gründer von *Worldwide* hatten vermutlich eine ganz bestimmte Vorstellung von Befehlsgewalt gehabt, die auf jeden Fall Flitter und Zierrat ausschloss.

»Das ist ja vielleicht witzig«, lachte Enrico Saura. Er saß in einem der Käfige. »Schau dir mal den Titel des *National Examiner* an: ›Saddam quält Hunde und Katzen‹. Da müssen wir uns wirklich geschlagen geben.«

Saura, ein junger italienischer Journalist, war für ein Praktikum bei der *Worldwide* abgestellt worden. In seiner Heimat hatte er sich bereits einen Namen gemacht, aber hier galt er als blutiger Anfänger. Sheila Davis, die Leiterin der Abteilung *Public Affairs*, hatte ihn wegen seines ansprechenden Äußeren und seinem unterschwelligen Sexappeal zu ihrem persönlichen Assistenten erkoren. Noch besser hätte ihr gefallen, wenn er ein wenig größer gewesen wäre, aber schließlich kann man nicht alles haben.

Die Frau stützte sich in einer ungewollt schmachtenden Pose auf die Rückenlehne ihres Sessels, lächelte nachsichtig und schüttelte den Kopf.

»Die Schlagzeile ist zwar genial, aber wir halten noch immer den Rekord. Du bist noch nicht lange hier und weißt bestimmte Dinge einfach noch nicht. Zum Beispiel haben wir, als Reagan seine Probleme mit Nicaragua hatte, die Nachricht verbreitet, die sandinistische Regierung habe die einzige Synagoge des Landes verbrannt und damit den ersten Schritt in Richtung einer antisemitischen Haltung vollzogen. Jede Zeitung in den Vereinigten Staaten hat die Schlagzeile übernommen. Ein paar Neonazi-Gruppen haben daraufhin sogar die Fronten gewechselt und für Managua Partei ergriffen.«

»Ja und?«

Sheila Davis' samtige Augen glitzerten vor Schadenfreude.

»In Nicaragua hat es nie eine Synagoge gegeben. Die wenigen Juden im Land kann man beinahe an einer Hand abzählen, und einer von ihnen war sogar Minister in der sandinistischen Regierung.«

Enrico Saura lachte so laut, dass ihn einige der Angestellten von *Worldwide Press* selbst jenseits der undurchsichtigen Glasscheiben hörten und an ihren Schreibtischen die Köpfe hoben. Das Lachen kam zwar von Herzen; trotzdem übertrieb Saura, um die Aufmerksamkeit der Frau auf sich zu lenken.

Sheila Davis schüttelte ihre lange, dunkle Mähne und gab sich streng. »Schon gut, Enrico, lass uns nicht abschweifen. Unsere Arbeit kann zwar von Zeit zu Zeit recht unterhaltsam sein, aber im Augenblick haben wir hier eher das entgegengesetzte Problem. Von wem stammt der Bericht im *National Examiner*?«

Saura riss sich zusammen. »Steht leider nicht dabei. Meiner Meinung nach ist die Geschichte von vorne bis hinten erfunden. Könnte von einer kleinen Agentur in Umlauf gebracht worden sein.«

»Dann interessiert er uns nicht weiter. Das State Department hat verfügt, dass wir ausschließlich Nachrichten von zugelassenen Agenturen weiter verbreiten – allen voran von Hull & Knoltown.«

Saura breitete die Arme aus.

»Von denen kommt aber heute Morgen wirklich nichts Brauchbares. Kinderkram, der in spätestens einer Stunde wieder in Vergessenheit gerät. Wir haben Glück, dass Saddam Hussein aus dem Einerlei hervorsticht.«

Sheila Davis runzelte die Stirn.

»Reich mir mal die Unterlagen rüber«, sagte sie und streckte ihre schmale Hand aus.

Während sie die Papiere durchblätterte, musterte Enrico Saura sie mit skeptischem Blick. Er überlegte, ob sie vielleicht an einem der nächsten Tage mit ihm ausgehen würde. Auf den ersten Blick schien sie keine Probleme mit hierarchischen Strukturen zu haben, aber unterschwellig spürte er, dass das nicht ganz stimmte. Natürlich behauptete die halbe männliche Belegschaft von *Worldwide Press*, sie schon einmal im Bett gehabt zu haben. Dabei durfte man allerdings nicht vergessen, dass jeder Einzelne von ihnen ein Spezialist für gezielte Falschnachrichten war.

Plötzlich hob Sheila Davis den Kopf.

»Sehr aufmerksam hast du das hier aber nicht gelesen, Enrico. Jedenfalls ist dir anscheinend nicht aufgefallen, dass eine der Nachrichten von Hull & Knoltown ein echter Knaller ist.«

»Welche denn?«, stammelte Enrico, der sich unsanft aus seinen Tagträumen gerissen sah.

»Die hier.« Sheila reichte ihm eine Manuskriptseite. »Ein fünfzehnjähriges Mädchen aus Kuwait wurde Zeugin, wie

Saddams Soldaten die Stromzufuhr zu den Brutkästen im Krankenhaus von Kuwait City unterbrochen haben. Sämtliche Neugeborenen sind gestorben.«

»Ich habe den Bericht gelesen, aber ...«

»Aber was?«

»Der Name des Mädchens taucht an keiner Stelle auf.«

»Meinst du, das interessiert die Leute? Das Mädchen ist erst fünfzehn, sie hat also ein Recht auf Schutz ihrer Privatsphäre. Außerdem sieht es so aus, als ob sie vor dem Kongress erscheinen müsste.«

Saura bemerkte sehr wohl den harten Unterton in ihrer Stimme, versuchte aber dennoch, sich zu verteidigen.

»Trotzdem macht es keinen Sinn. Warum um alles in der Welt sollte Saddam Neugeborene in Kuwait töten? Er will die Bevölkerung doch nur unterwerfen, nicht etwa ausrotten.«

»Fragst du mich wirklich, warum er das getan hat? Wahrscheinlich aus dem gleichen Grund, der ihn dazu brachte, Hunde und Katzen zu quälen. Er ist eben ein Sadist. Das ist der Grund!« Sheila Davis machte eine hilflose Geste. »Ich scheine bei dir wirklich gegen eine Wand an zu reden. Du hast den Sinn unserer Arbeit immer noch nicht begriffen, Enrico, und das bereitet mir Sorgen.«

Sie hob den Zeigefinger. Das tat sie immer, wenn sie belehrend wirken wollte. »Demokratie gründet sich auf Konsens. Saddam kann leichten Herzens darauf pfeifen, Bush aber nicht. Es genügt nicht, dass ein Krieg gerecht ist, um die Zustimmung der Bevölkerung zu bekommen. Wichtig ist, dass er gegen ein Monster geführt wird, gegen eine Art Dämon, denn sonst langweilt sich das Publikum ziemlich schnell. Und genau da liegt unsere Aufgabe: wir erschaffen Dämonen.«

»Das weiß ich doch.« Enrico Saura erkannte, dass er an Boden verlor. Hätte er aber lediglich seinen Irrtum zugegeben, hätte Sheila ihn mit Sicherheit verachtet. Daher hielt er es für besser, sie ein wenig zu ärgern. »Aber können wir uns wirklich leisten, eine Nachricht zu verbreiten, die so leicht zu widerlegen ist?«

Sheila Davis seufzte. Sie stützte sich auf die Lehne ihres Sessels, gewährte dabei Einblick in ein verführerisches Dekolleté und schlug die wohl geformten Beine übereinander.

»Mir scheint, deine Ausbildung in Italien hat ein paar wichtige Einzelheiten außer Acht gelassen, mein lieber Enrico. Für uns hier ist lediglich wichtig, dass eine Nachricht vierundzwanzig Stunden durchhält. Nicht länger. Das ist genau die Zeitspanne, die nötig ist, um sie bei den Presseagenturen in der ganzen Welt zu verbreiten und in jeder Tageszeitung für eine Schlagzeile zu sorgen. Danach darf sie getrost in sich zusammenfallen wie ein durchlöcherter Luftballon. Unser Ziel ist dann jedenfalls erreicht.«

»Aber ein Widerruf könnte uns lächerlich machen und unsere Glaubwürdigkeit untergraben.«

»Widerruf! Mein Gott, Enrico, du bist wirklich ein Grünschnabel!« Sheila Davis lachte, aber ihr Lachen verhieß nichts Gutes. »Kein Mensch interessiert sich für Dementis. Und die Zeitungen noch viel weniger, vor allem, wenn sie sich hauptsächlich mit Politik befassen. Und weißt du, warum?«

»Na ja, ich nehme an, dass ...«

»Weil die Verleger nämlich längst beschlossen haben, dass der Krieg gegen Saddam eine gerechte Sache ist. Nie und nimmer würden sie etwas veröffentlichen, was diese Vorstellung ad absurdum führen und sie in den Verdacht rücken könnte, gemeinsame Sache mit dem Feind zu machen. Für sie ist die gefälschte Brutkastengeschichte eine Kleinigkeit – ein Detail. Was zählt, ist der Zweck, den die Geschichte verfolgt. Kapiert?«

»Ja, also wirklich ...«

»Während eines Krieges Monster zu erschaffen ist eine Waffe wie jede andere auch. Und es hilft beim Schießen. Unser Problem liegt darin, dass wir noch längst nicht effizient genug arbeiten. Im Grunde müsste jeder Leser sein eigenes Monster ins Gehirn gepflanzt bekommen. Aber eines Tages schaffen wir auch das.« Sheila Davis unterbrach sich plötzlich und betrachtete den Praktikanten mit unverhohlenem Interesse. »Enrico, im Verlag wird behauptet, dass du vögelst wie ein junger Gott. Stimmt das?«

Enrico zuckte zusammen. Damit hatte er jetzt wirklich nicht gerechnet. »Ich ... vielleicht ...«

Verführerisch schlug sie die Augen auf. »Nimm dir heute Abend nichts vor. Du darfst mich zum Essen ausführen. Und dann werden wir ja sehen, ob es ein Gebiet gibt, auf dem du dich wirklich gut auskennst.«

Eine Woge der Euphorie schlug über Saura zusammen. Doch immerhin war er aufgeweckt genug, zu verstehen, dass die Einladung gleichzeitig seinen Abschied als Praktikant in der Abteilung *Public Affairs* bedeutete.

3 Dämonendämmerung

Vogelnik war ziemlich aufgeregt, um nicht zu sagen wütend. Furios bearbeitete er das Kommandopaneel mit der geballten Faust. Vier der Finger waren aus Metall, als Ersatz für seine vom Marburg-Virus zerfressenen Gliedmaßen. »So eine ungeheuerliche Missachtung des Vertrags von Lissabon! Dahin sind sie also gekommen, diese Bastarde von Euroforce! Die tun noch nicht mal mehr so, als führten sie einen vernünftigen Krieg!«

Besorgt beobachtete Leutnant Bilich die Bildschirme.

»Stimmt! Unsere Schreckgespenster verlieren allmählich an Klarheit. Sie sind inzwischen fast durchsichtig.«

»Das kann nur eines bedeuten: Unsere Feinde haben den Brutkasten erobert und betreiben ihn jetzt zu ihrem eigenen Vorteil.« Vogelnik ließ seinen Drehstuhl herumschleudern und blitzte das Grüppchen Unteroffiziere feindselig an. »Was steht ihr da stocksteif herum? Schafft mir sofort eine Verbindung zum Oberkommando!«

Einer der Männer, ein Sergeant, dessen halbes Gesicht aus Stahl bestand, reichte ihm eilig ein Freisprechtelefon. »Bitte sehr, Herr General. Wir haben bereits Kontakt aufgenommen.«

Vogelnik drückte die Mithörtaste. »Hier spricht Vogelnik von der zweiten afrikanischen Division der R.A.C.H.E. Mauretanische Wüste. Mit wem habe ich das Vergnügen?«

»Ich grüße Sie, Herr General. Hier spricht Doktor Selerum«, antwortete die tiefe Stimme des Truppenchefs im Hauptquartier von Skopje. »Irgendwelche Probleme?«

»Das kann man wohl sagen. Kaum hatte ich den Befehl zum Angriff gegeben, als unsere Inkubi zu taumeln anfingen und sich allmählich in Luft auflösten. Die Dämonen von Euroforce sind dagegen nach wie vor stark und vital. Ich habe keine Ahnung, was da passiert ist, aber es könnte sich durchaus um Sabotage handeln.«

Selerum ließ einige Sekunden verstreichen, ehe er antwortete. »Ich weiß, was passiert ist. Wie haben die Truppen reagiert?«

»Das wissen wir noch nicht. Sie befinden sich im Kampf Mann gegen Mann, und da herrscht natürlich ein ziemliches Wirrwarr. Aber wenn unsere Poliploiden weiter von Halluzinationen heimgesucht werden, während die Mosaikos völlig frei davon sind, dann lässt sich der Ausgang der Schlacht leicht vorher sagen.«

»Sind Menschen unter den Soldaten?«

»Nur wenige, auf beiden Seiten. Sie bestehen zwar zu mindestens zwei Dritteln aus Metall, aber allmählich werden sie wahnsinnig. Sowohl unsere als auch ihre, aber hauptsächlich unsere.«

Selerum stieß einen vernehmlichen Seufzer aus. »Verstehe. Hören Sie zu, Herr General. Irgendetwas stimmt nicht mit dem Inkubator. In Ihrem Bereich hat der Defekt negative Folgen für uns, aber in Asien kommt er uns zugute. Dort sind es nämlich die Inkubi von Euroforce, die sich nicht richtig materialisieren können. Wir müssen jetzt einfach warten.«

»Warten? Auf was denn?«, brüllte Vogelnik außer sich. »Dass wir die Schlacht verlieren?«

»Nun beruhigen Sie sich doch. Natürlich liegt das nicht in unserer Absicht.« Selerums Stimme, die üblicherweise ziemlich arrogant klang, hatte jetzt ein fast freundliches Timbre. »Ein Technikerteam ist bereits am Brutkasten eingetroffen und sucht nach dem Fehler. In einigen Stunden werde ich mich mit ihnen treffen.«

»Stunden? Hier bei uns ist es höchstens noch eine Frage von Minuten, ehe wir die Schlacht verlieren.«

»Ganz bestimmt nicht, glauben Sie mir. Es dauert nicht mehr lang, dann werden auch die Inkubi der Feinde ihre Konsistenz einbüßen. Das komplette System ist ausgefallen.«

Vogelniks Blick glitt zu den Bildschirmen. Und tatsächlich schienen die geschnäbelten Dämonen, die inzwischen als Einzige am Himmel übrig geblieben waren, allmählich an Kraft zu verlieren. Eine Vorhut der Ungeheuer schlug mit ihren pergamentartigen Flügeln und stürzte sich Richtung Erdboden. Aber noch ehe die Monster unten ankamen, wurden sie durchsichtig und lösten sich in Nichts auf. Die nachfolgende Sturmtruppe schlug wild um sich und brüllte. Nur Sekundenbruchteile später konnte man den roten Himmel durch sie hindurch schimmern sehen.

»Stimmt. Allmählich verschwinden sie«, brummte Vogelnik.

»Richtig, Herr General«, gab Selerum zurück. »Machen Sie sich also keine Sorgen. Der Defekt wird bald behoben sein.«

Innerhalb weniger Minuten war der Himmel leer. Die entstellten Kreaturen auf der Erde schöpften wieder Mut und zerfleischten sich gegenseitig mit neuer Kraft.

4 1999: Die Blutsauger vom Balkan

Die Säle des Palazzo Chigi, dem Sitz der italienischen Regierung, wirkten immer ein wenig staubig, selbst wenn sie glänzend und sauber geputzt waren. Grund dafür waren der vergoldete Stuck und in noch stärkerem Maß die aufwändige Holzvertäfelung der Wände. Enrico Saura hatte schon immer den leisen Verdacht gehegt, die Vertäfelung diene einzig und allein dazu, Massen widerwärtiger Parasiten zu verbergen. Misstrauisch beäugte er die überladenen Wände des Raumes, in dem er sich aufhielt. Dabei sehnte er sich nach der kühlen Funktionalität der amerikanischen Büros, ihrer minimalistischen Eleganz und ihren großen Fenstern, die den Blick auf ein grandioses Großstadtpanorama freigaben. Rom erstickte ihn.

Der Unterstaatssekretär des Verteidigungsressorts, Aldo Massimutti, klopfte begeistert auf eine Seite der Zeitung *Seconda Repubblica*, die aufgeschlagen vor ihm lag. »Ich möchte Sie beglückwünschen. Endlich einmal eine Schlagzeile, die uns weiter hilft. *Leichen kosovarischer Zivilisten im Krematorium verbrannt.* Und die textbegleitenden Bilder sind einfach fantastisch. Wer ist dieser Piero Regina?«

»Einer unserer Korrespondenten. Ein äußerst brillanter Kopf.« Seit zwei Jahren war Saura Chefredakteur der Tageszeitung. Er freute sich über das Kompliment; es bedeutete sozusagen die Krone der Ehre, als Ratgeber der angesehensten Köpfe in den Palazzo Chigi eingeladen worden zu sein. Eines musste er dennoch klarstellen: »Die Bilder habe ich übrigens selbst ausgesucht.«

»Bravissimo!« Massimutti strich sich über den gepflegten Bart, dem einzigen Relikt seiner sorgfältig getilgten Vergangenheit als Kommunistenführer. »Es war eine ausgezeichnete Idee, den Artikel mit Bildern dieser Art zu versehen. Ein Foto von einem Nazi-Krematorium, eine Ablichtung jüdischer Deportierter in Auschwitz ... Und dann das Foto von den Leichen. Wer zum Teufel sind diese Leute?«

»Abgeschlachtete Albaner in Rogavo. Die Nachricht kam vor ungefähr einem Monat über die Ticker und hat sogar einige Proteste ausgelöst ...«

Massimutti lächelte. »Stimmt, ich erinnere mich. Damals stand in der Zeitung, es handele sich um mutige Zivilisten, die mit Baseballschlägern hingerichtet worden seien. Dabei tragen sie Waffen und wurden eindeutig erschossen.«

Saura zuckte die Schultern. »Die Information haben wir vom deutschen Verteidigungsminister Scharping bekommen. Wir konnten nicht wissen, dass das Gemetzel lange vor dem Krieg stattgefunden hatte. Eine Fehde zwischen serbischen Soldaten und einer Gruppe UCK-Freischärler. Wir konnten uns noch nicht einmal auf Augenzeugen berufen.«

»Unwichtig. Absolut unwichtig. Eine solche Information hat eine Lebensdauer von höchstens vierundzwanzig Stunden. Die anschließenden Dementis können den ersten Eindruck nicht mehr abmildern.« Erneut wandte sich Massimo der Seite in der *Seconda Repubblica* zu, die seine uneingeschränkte Begeisterung hervorgerufen hatte. Er grinste. »Also hat offenkundig nicht eines dieser drei Fotos tatsächlich mit dem Artikel zu tun. Vor allem das letzte grenzt geradezu an ein Meisterwerk.«

Vorsichtig stimmte Saura zu. »Regina kennt sich wirklich gut aus.«

»Und hat eine ziemlich lebhafte Fantasie. Da schreibt er über Albaner, die in einem Schmelzofen von Trepca verbrannt wurden. Er muss eine merkwürdige Vorstellung von der Funktionsweise einer Gießerei haben. Zunächst einmal befinden sich die Öfen nicht unter der Erde, wie er behauptet. Und außerdem würden siebenhundert menschliche Leichen in einem Hochofen die Filter verstopfen und die Metalllegierung völlig ruinieren.«

Saura antwortete mit einer vagen Geste. »Regina hat sich darauf beschränkt, eine im *Observer* veröffentlichte Nachricht wiederzugeben. Der Artikel beruft sich auf die Aussage eines Kosovaren, eines gewissen Faton, der die Sache wiederum von Bekannten erfahren haben will.«

»Oh, ich wollte Sie durchaus nicht kritisieren. Ganz im Gegenteil. Wir alle wissen, dass der Artikel eine Ente ist. Im Übrigen wurde die Gießerei von Trepca bei einem der ersten Nato-Bombardements zerstört.« Wieder lachte Massimutti. »Der Artikel ist einfach großartig. Wir befinden uns im Krieg und brauchen Kriegsjournalismus. Wenn wir uns damit begnügen, über die Verfolgungen der Kosovo-Albaner durch das serbische Regime zu berichten, werden wir die öffentliche Meinung nie wirklich aufrütteln. Sie wird weiterhin zerstreut und eher feindselig reagieren und ihr Mitleid den armen, ausgebombten Serben widmen. Wir brauchen Monster, nicht einfach nur Feinde. Dabei haben uns Saddams Brutkästen geholfen. Erinnern Sie sich?«

»Allerdings!«

»Genau so sieht unser Konzept aus. Man kann nicht erfolgreich Krieg führen, so lange der Gegner noch menschliche Züge hat. Jeder Bürger, der seinen Fernseher einschaltet, sollte beim ersten Bild von Milosevic oder irgendeinem anderen Serben sofort glauben, er habe eine Art Dämon vor sich. Stimmen Sie mir zu?«

Saura nickte heftig. »Sie wissen sehr genau, dass ich diesbezüglich ganz auf Ihrer Linie bin. Ich glaube unbedingt an die Gerechtigkeit dieses Krieges, aber auch daran, dass die Mittel keine Rolle spielen. Wichtig ist nur, dass wir gewinnen.«

»Das ist auch meine Ansicht. Früher waren wir marxistisch-leninistisch orientiert. Heute sind wir zwar liberal, aber wir richten uns noch immer nach dem Satz: Wenn eine Operation notwendig ist, spielt es keine Rolle, wie der Chirurg das Skalpell handhabt. Kennen Sie das Zitat?«

Saura nickte amüsiert. »Sicher. Es stammt von Lenin, aus einem Gespräch mit dem Anarchisten Armando Borghi.«

»Wir haben wirklich beide den gleichen Background.« Massimutti war sichtlich begeistert. »Eigentlich sollten wir uns duzen.«

»Gerne.«

»Dann pass mal auf, Enrico. Ich habe dich rufen lassen, weil ich dir eine Presseagentur ans Herz legen wollte. Es handelt sich um die ›Ruder & Fink Global Public Affairs‹. Kennst du sie?«

»Natürlich. Das sind die mit der Geschichte von den siebenhundert von den Serben geraubten und schamlos ausgenutzten albanischen Kindern ...«

»... denen zwangsweise Blut abgenommen wurde. Eine Riesenlüge, und dumm obendrein. Trotzdem ging die Nachricht um die ganze Welt und hat für ehrliche Entrüstung bei Millionen Lesern und Fernsehzuschauern geführt.«

»Ja, das war schon eine tolle Erfindung. Aber Ruder &

Fink arbeitet nicht direkt mit Tageszeitungen. Ihr Kontakt beschränkt sich auf staatliche Presseagenturen und die Nato-Organe.«

»Aber jetzt fusioniert Ruder & Fink mit Hull & Knoltown. Das ist die Agentur, die die Nachricht von Saddams Inkubatoren in die Welt gesetzt hat. Ich weiß, du hast dort früher einmal gearbeitet. Die Fusion wurde sowohl vom Pentagon als auch von sämtlichen Verteidigungsministerien der westlichen Welt abgesegnet. Bald werden noch weitere Agenturen hinzukommen.«

»Zu welchem Zweck?«

Massimuttis Lächeln erlosch. »Als Lückenfüller. Es gibt nämlich immer noch Lücken im Nachrichtenapparat; widerspenstige Augenzeugen und Länder, die sich noch nicht angeschlossen haben. Im Kriegszustand ist das eine mehr als ernste Sache. Jetzt wird darüber nachgedacht, eine Arbeitsgruppe ins Leben zu rufen, die sich mit den Schwachpunkten des Systems beschäftigt und Abhilfemaßnahmen vorschlägt. Für Feinde der Demokratie darf es keine Freiräume geben. Die Leute sollen selbst darüber nachdenken und sich richtig entscheiden.«

»Und zum Nachdenken muss man ihnen Vorgaben liefern.«

»Ganz genau.«

Saura spürte, dass die Unterredung beendet war, erhob sich und strich seinen blauen Anzug glatt. »Ich bin voll und ganz einverstanden, Aldo. Meine Zeitung wird sich eurer Sache annehmen. Ich wäre dir dankbar, wenn du mich über die Resultate auf dem Laufenden hältst.«

»Aber natürlich werde ich das. Und vielen Dank im Voraus.« Sie schüttelten sich die Hände.

Auf der Schwelle blieb Saura noch einmal stehen. Seine Hand ruhte auf der Klinke. »Ich kann mich einfach nicht erinnern, was Borghi Lenin damals geantwortet hat.«

Massimutti runzelte die Stirn. »Wenn ich nicht irre, antwortete er mit einer Frage: ›Wenn aber nun der Chirurg in Wirklichkeit der Kranke wäre?‹«

»Und was hat Lenin geantwortet?«

»Nichts. Die Frage war doch eindeutig unsinnig.«

Saura nickte und verließ lächelnd den Raum.

5 Der Wirbel

Die riesenhafte Masse der Vortex, einer gigantischen Raumstation, die im Auftrag der UNO satellitengesteuerte Traumnetze verwaltete, rotierte auf ihrer Umlaufbahn um die Erde langsam um die eigene Achse. Im Inneren der unermesslich großen, stählernen Burg war die Rotation dank künstlich erzeugter Schwerkraft nicht zu spüren. Dennoch überkam Hiduro Sato, Geschäftsführer der *Toyama Broadcasting Company* in Tokio und einflussreiches Mitglied im Aufsichtsgremium der *Vortex,* ein leichtes Unwohlsein. Er folgte einer Gruppe Techniker durch den langen Korridor, der die Zentraleinheit der Raumstation mit einem der weiter entfernten Module verband.

»Können wir sicher sein, dass der Untergrund stabil ist?«, fragte er besorgt in seinem grotesken Englisch, in dem sich jeder Vokal wie ein »a« anhörte.

Chefingenieur Roubert drehte sich mit spöttisch blitzenden Augen zu ihm um. »Aber natürlich. Wenn Sie einen leichten Schwindel verspüren, liegt es nur daran, dass die Schwerkraft in den äußeren Armen der Station geringfügig erhöht ist. Der Grund dafür ist ganz einfach: Die Rotation der externen Module verläuft schneller als die der Zentraleinheit.«

»Richtig. Daran hätte ich denken müssen«, murmelte Sato und lächelte verschämt. Er war es gewohnt, sich jeden noch so verzeihlichen Irrtum und jede versehentlich vergessene Einzelheit als schweren Fehler anzukreiden. Sein sonst so steinern wirkendes Gesicht verzog sich dann zu einem verlegenen Lächeln, das umso breiter ausfiel, je größer sein Unbehagen war. Es waren die einzigen Gelegenheiten, zu denen man ihn lächeln sah.

Schnell hatte er sich wieder unter Kontrolle. Am Ende des Korridors stiegen sie eine nicht enden wollende Wendeltreppe empor. Die Wände ringsum ließen Schaltkreise und blinkende Lämpchen erkennen. Roubert und seine vier Techniker hüpften unbekümmert von Stufe zu Stufe und ließen deutlich erkennen, wie vertraut sie mit der Umgebung waren. Sato dagegen tastete sich behutsam vorwärts; allerdings war er bald gezwungen, einen Schritt zuzulegen, um die anderen nicht zu verlieren.

Auf einem weitläufigen Absatz blieben Roubert und sein Trupp schließlich stehen und warteten auf den Japaner. Der Ingenieur wies mit einer weiten Armbewegung auf die umgebenden Schaltkreise und blinkenden Kontrollleuchten. »Hier sehen Sie ein Verzeichnis der Teilnehmer von *Telinteractive*, Mr Sato.«

Vorsorglich verbarg der Kontrolleur seine Verblüffung. »Ich hatte mit einem deutlich größeren Raum gerechnet. Sind in den Schaltkreisen alle Erdbewohner eingespeichert?«, fragte ohne besondere Betonung.

»Nein, nur Teilnehmer aus den Ländern, die in diesem Modul bearbeitet werden. Allerdings haben wir von hier aus Zugriff auf die komplette Datenbank. Im Übrigen sollten Sie bedenken, dass es immer noch einige unbedeutende Länder gibt, in denen die Teilnahme nicht obligatorisch ist. Von dieser Stelle aus können Sie die Daten aller Bürger einsehen, die vom Tag ihrer Geburt an abonniert sind. Wie heißt ihr Mann?«

»Kayser Sose. Ich weiß nicht, ob Sie ihn finden können.

So, wie es aussieht, hat er seit drei Jahren sein Abonnement nicht mehr erneuert und ist bis jetzt nicht erwischt worden.«

»Nun, das werden wir ja gleich sehen. Wenn in seiner Geburtsurkunde die Teilnahme verzeichnet ist, finden wir ihn bestimmt.«

Roubert beugte sich zu einem kleinen, in die Wand eingelassenen Bildschirm, über dem in großen Buchstaben das Wort BIOMUSE prangte. Daneben hing ein Kopfhörer, den er vom Haken nahm und aufsetzte. Sofort erwachte der Bildschirm knisternd zum Leben.

Roubert legte Zeigefinger und Daumen an die Nasenwurzel und schloss die Augen, als ob er intensiv nachdenken würde. Als er sie schließlich wieder aufschlug, flimmerte eine lange Reihe völlig identischer, von Daten gefolgter Namen über den Monitor. Roubert schüttelte den Kopf. »Kayser Soses scheint es zu Hunderten zu geben. Könnten Sie mir vielleicht eine etwas detailliertere Information geben? Mir genügt schon ein Adjektiv oder ein Substantiv, das etwas mit dem Leben des Gesuchten zu tun hat.«

»Wie wäre es mit ›subversiv‹?«

»Auf welches Jahr beziehen wir uns?«

»Auf das laufende.«

Erneut konzentrierte sich der Ingenieur. Dabei presste er den Kopfhörer auf seine Ohren. Einige Sekunden vergingen, dann erschien mit leisem Knistern ein Bild auf dem Monitor. Auf den Gesichtern aller Anwesenden zeichnete sich ein verblüfftes Lächeln ab.

6 2008: Die Vereinbarung von Lissabon

Piero Regina beobachtete die Leute, die sich gemeinsam mit ihm um den großen Tisch aus Ebenholz und Kristall im obersten Stockwerk des *Hans-Ulrich-Rudel-Buildings* in Lissabon versammelt hatten. Er war stolz darauf, als Vertreter der liberal-sozialistischen Regierung Italiens in eine derart einflussreiche Kommission berufen worden zu sein.

Ihm schräg gegenüber saß der noch sehr junge Hidoru Sato von der *Toyama Broadcasting Corporation* – Sato war der Einzige der Anwesenden, der Regina ein wenig näher bekannt war. Die beiden tauschten ein herzliches Lächeln aus. Alle anderen kannte er zwar nicht persönlich, aber natürlich dem Namen nach. Da war zum Beispiel der Abgesandte eines australischen Medienmoguls, der mehrere Tageszeitungen und Fernsehkanäle sein eigen nannte; ein anderer repräsentierte einen saudiarabischen Würdenträger, der mehrere Satelliten und einen großen Teil der weltweiten Kommunikationsverbindungen kontrollierte ... Die drei Konföderationen, in die sich die ehemaligen Vereinigten Staaten von Amerika aufgegliedert hatten, wurden von einem einzigen General in Uniform vertreten, weil die Verteidigung der drei Teilstaaten nach wie vor unter einem gemeinsamen Kommando stand. Außerdem saßen am Tisch alle mehr oder weniger mächtigen Chefs der wichtigsten europäischen *Networks*, die in den der Euroforce angegliederten Ländern ansässig waren.

Allerdings wunderte sich Regina, und vermutlich nicht nur er, über einen Gast, der ein wenig abseits saß. Der Mann zündete sich eine Zigarette nach der anderen an, ohne sich um die Verbotsschilder zu scheren. Seine Gesichtszüge waren scharf geschnitten und seine Augen so blau, dass sie wie aus Eis wirkten. Er sah aus wie eine männliche Barbie-Puppe und trug die schwarze, einfach geschnittene Uniform der R.A.C.H.E. mit ihrem angesetzten Stehkragen. Das Dienstgradabzeichen auf dem Ärmel war ziemlich kompliziert und daher auf den ersten Blick nicht einzuordnen. Auf seinem Namensschild war lediglich der Familienname vermerkt: Selerum.

Whitney Karume, ein junger Diplomat aus Tansania, der die als Ausschuss der Vereinten Nationen einberufene Versammlung als Vorsitzender leitete, räusperte sich.

»Meine Herren, Sie wissen, aus welchem Grund wir uns heute hier versammelt haben. Die UNO ist sehr besorgt über die derzeitigen Vorgänge. Sie wissen, dass die Kommunikation seit einiger Zeit als Antriebskraft der Weltwirtschaft fungiert und im Prinzip jeden einzelnen Aspekt der Existenz aller zwölf Milliarden Menschen auf der Erde regelt. Die jüngsten Entwicklungen auf diesem Gebiet allerdings stellen uns vor Probleme, die uns noch vor wenigen Jahren völlig utopisch erschienen wären. Wahrscheinlich wissen Sie, wovon ich spreche: Es geht um die Entwicklung der Interaktivität ...«

Der Delegierte der australischen Gruppe, ein kleiner Mann mit großer Nase, schien sich persönlich angegriffen zu fühlen, denn er sprang wie von der Tarantel gestochen auf. »Ich möchte betonen, Doktor Karume, dass die Multimedia-Gesellschaft, deren Repräsentant ich bin, sich auf keinen Fall unter Anklage stellen lassen wird. Natürlich wissen wir, dass man uns noch mit sehr viel Ablehnung behandelt, aber wir stehen dafür ein, dass unser Gebrauch der neuen Informationssysteme völlig korrekt abläuft.«

Karume nickte freundlich. »Niemand legt es darauf an, Ihre Gruppe anzuklagen, Mr. Lloyd. Im Übrigen haben nicht Sie die Interaktivität erfunden. Richtig, Mr. Barnes?«

Ramsey Barnes, ein Brille tragender Knirps, der im Auftrag der weltgrößten Software-Gesellschaft, der *Cosmosoft* an der Versammlung teilnahm, machte eine nervöse Handbewegung. »Der Bereich Informatik und der Bereich Kommunikation haben sich schon vor einiger Zeit zusammengeschlossen. Gewisse Unterscheidungen führen einfach zu nichts.«

»So ist es heute«, wandte Karume mit ruhiger Stimme ein, »aber eigentlich sprach ich von der Vergangenheit. Die Revolution des Kommunikationssystems entstand mit der Einführung der *Affective Computers.* Ich glaube, keiner der hier Anwesenden kann diese Tatsache leugnen.«

Niemand protestierte. Nur der Vertreter der R.A.C.H.E. hob den Zeigefinger. »Ich bitte um Verzeihung«, sagte er in einem schrillen, unangenehmen Englisch. »Ich glaube zwar zu verstehen, wovon Sie sprechen, Mr. Karume, aber Sie wissen ja, dass wir unterschiedliche Fachausdrücke benutzen. Was, bitte schön, sind *Affective Computers*? Basieren sie auf dem so genannten Markov-Modell?«

»Richtig. Es handelte sich um mit Sensoren ausgestattete Computer, die in der Lage waren, Schweißabsonderungen der Haut, Herzschlagfrequenz, Atemgeschwindigkeit und Muskeltonus aufzunehmen. Sie wurden bis vor wenigen Jahren benutzt, solange man noch mit der Maus arbeitete. In ihr waren die Sensoren verborgen.«

»Schnee von gestern«, kommentierte Barnes. »Dank Biomuse ist das System heute völlig veraltet.« Er wandte sich an Selerum. »Biomuse ist ein Gerät, das hirnelektrische Ströme erkennt und dadurch menschliche Gedanken interpretieren und Befehle umsetzen kann.«

»Ich weiß sehr wohl, was Biomuse ist«, gab Selerum trocken zurück. »Wir sind viel weniger barbarisch, als ihr Westler manchmal glauben wollt.« Und damit zündete er sich die nächste Zigarette an.

Piero Regina vertrug den Rauch nicht. Er sah sich verstohlen am Tisch um, ob einer der anderen Anwesenden vielleicht ebenfalls darunter litt und sich einem Protest anschließen würde. Doch anscheinend war es den anderen egal, und daher verzichtete auch er. Er fühlte sich zu unbedeutend, um sich ohne Unterstützung zu beschweren. So unbedeutend, dass er sich unwohl fühlte.

»Ruhe bitte, meine Herren«, beschwichtigte Karume und breitete die Arme aus. »Das Problem, dem wir uns widmen müssen, liegt nicht in der Art und Weise, wie die Gedanken eine Maschine befehligen. Das genaue Gegenteil ist der Fall. Es geht um die Frage: Wie kann eine Maschine Gedanken beeinflussen?«

Der Australier schien ein Choleriker zu sein, denn er sprang schon wieder auf. Seine lange Nase zitterte. »Das sind doch wirklich infame Verleumdungen. Die Gruppe, der ich angehöre, nutzt die bilaterale Interaktivität auf extrem korrekte Weise. Unser Verhaltenskodex verbietet uns zum Beispiel den Gebrauch bidirektionaler Fernsehgeräte zum Zweck der Werbung. Wir sind es nicht, die – Gott behüte – solche Fernsehgeräte verkaufen.«

Bei diesen Worten schrak ein junger Mann mit asiatischen Gesichtszügen und einem unaussprechlichen Namen sichtlich zusammen. Ungestüm wandte er sich an Karume. »Ich hoffe doch sehr, dass die Vereinten Nationen der freien Marktwirtschaft keine Zügel anlegen wollen. Zwar produziert meine Firma Loch-Fernseher, aber doch nur, weil die Kunden danach fragen. Niemand zwingt sie, so etwas zu kaufen, aber es sollte ihnen auch niemand verbieten.«

»Loch-Fernseher?«, fragte der Mann von der R.A.C.H.E. etwas verlegen.

»Das ist der Fachjargon. Bei Ihnen gibt es diese Geräte auch«, erklärte Karume geduldig. »Es sind Fernsehgeräte, auf deren Bildschirm einige Pixel fehlen. Durch diese Löcher können die Elektronenimpulse, die für das Bild verantwortlich sind, austreten und Verbindung mit den Hirnströmungen des Zuschauers aufnehmen.«

»Ich verstehe. Stimmt, wir haben ebenfalls solche Geräte. Bei uns heißen sie Teledidakten.«

Mit einem leisen Lächeln auf den Lippen nickte Karume. Er ließ den Blick über die Anwesenden gleiten. »Meine Herren, es entspricht nicht den politischen Gepflogenheiten der UNO, etwas zu verbieten oder die Gesetzmäßigkeiten der freien Marktwirtschaft zu durchbrechen. Wir sollten uns aber alle darüber im Klaren sein, dass derart ausgeklügelte Geräte nicht von Krethi und Plethi verwaltet werden dürfen. Eine terroristische Gruppierung, eine fanatische Sekte oder eine kriminelle Vereinigung könnte sich des Systems bemächtigen und es dazu benutzen, ehrliche Bürger auf ihre abartigen Ziele einzuschwören. Ich glaube übrigens, dass etwas Ähnliches bereits geschehen ist ...«

Piero Regina wusste, dass sein Augenblick gekommen war. »Jawohl, es ist bereits vorgekommen. Und zwar vor wenigen Monaten in Italien. Ein Individuum namens Kayser Sose hat es geschafft, ein Signal auszusenden, das von einer bestimmten Anzahl bidirektionaler Fernsehgeräte aufgefangen wurde. Er hat versucht, die Zuschauer zu einer Revolte anzustiften.« Regina war sehr zufrieden mit seinem Einwurf, den er mit recht ruhiger Stimme vorgetragen hatte. Seine Vorgesetzten hätten ihm nie verziehen, wenn er in einer derart wichtigen Versammlung geschwiegen hätte.

»Haben Sie ihn erwischt?«, wollte Barnes wissen.

»Das nicht, aber die Polizei hat die Relaisstationen zerstört, die die Botschaft verbreitet haben. Leider war es uns nicht möglich, herauszufinden, von wo aus dieser Sose gesendet hat.«

»Sehen Sie?« Karume wandte der Versammlung die Handflächen zu. »Wir halten es für ungeheuer wichtig, diese Technologie unter Kontrolle zu halten, ohne selbstverständlich den guten Willen der Unternehmen in Zweifel ziehen zu wollen. Wir halten einige wenige Maßnahmen für ausreichend.«

»Und welche wären das?«, fragte Sato mit offenkundigem Misstrauen.

»Vor allen Dingen möchten wir die interaktiven Sendungen auf einen einzigen Satelliten oder zumindest eine Satellitenverbindung konzentrieren. Das System würde außer von der UNO von einem Konsortium aus Unternehmen, Massenmedien und betroffenen Regierungen überwacht.«

Barnes verzog das Gesicht. »Das würde aber zu einer Kollektivierung auf dem Gebiet der Informationsübertragung führen.«

»Nein, kein Kollektiv. Die rechtliche Form wäre die einer Aktiengesellschaft. Ein besonderes Aufsichtsgremium würde damit beauftragt, die Rechte der Aktionäre und die korrekte und paritätische Nutzung des Satellitennetzes zu überwachen.«

»Noch weitere Maßnahmen?«, fragte Regina, der sich inzwischen ganz in seinem Element fühlte.

»Die Abonnements auf *Telinteraktiv* sollten zentral bearbeitet und die Nutzung entsprechend der Aktienanteile verteilt werden. Im Augenblick gibt es auf der ganzen Welt Millionen Menschen, die auf den einen oder anderen an *Telinteraktiv* angeschlossenen Sender abonniert sind. Diese Form kann zu unvorhersehbaren Übergriffen krimineller oder abweichlerischer Elemente und unkontrollierten Übertragungen führen. Eine einheitliche Form von Abonnement auf einer einzigen Satellitenverbindung würde die soziale Auswirkung der Programme erheblich leichter kontrollierbar machen. Deshalb sollten auch die Loch-Fernseher nur zusammen mit einem Abonnement und auf legitime Sender abgestimmt verkauft werden.«

Ein ziemlich langes, nicht allzu überzeugtes Schweigen herrschte im Raum. Schließlich stand Selerum auf. »Darüber muss ich erst mit meiner Regierung sprechen«, stieß er brüsk hervor. Mit langen Schritten verließ er den Raum.

Erleichtert wedelte Regina mit den Händen die Rauchwolke fort, die über dem Tisch hing.

7 Das Gesicht von Kayser Sose

Auf dem Monitor erschienen die Filmaufnahmen einer Demonstration. Eine Phalanx zumeist jugendlicher Demonstranten, vermutlich Studenten, stürmte vorwärts und schwenkte dabei Fahnen, die an langen Bambusstangen wehten. Sie trugen mit allerlei Inschriften bedeckte Bergarbeiterhelme. An einem bestimmten Punkt hielt der Zug an. Die vorderste Reihe der Demonstranten senkte ihre Bambusstecken. Der Bildausschnitt zoomte auf eine Schar uniformierter, von hinten aufgenommener Männer. Die Bänder, die sich über ihren Schulterblättern kreuzten, enthielten Stahlteile. Ihre Helme waren sehr groß und bedeckten auch den Nacken. Wäre nicht das Visier aus Plexiglas gewesen, hätte man sie ohne weiteres mit den Polizeihelmen preußischer Soldaten im ersten Weltkrieg verwechseln können.

»Sie sehen aus wie Samurai«, murmelte einer der Techniker.

»Das Merkwürdige ist, dass die anderen ebenfalls wie Samurai aussehen.« Sato tippte mit dem Zeigefinger auf den Bildschirm. »Sehen Sie diese Bambusstangen? Sie sind schräg angeschnitten und messerscharf. Das ist auch der Grund, warum die Soldaten zurückweichen, der Demonstrationszug aber weiter vorwärts drängt.«

Möglicherweise hätte er sich noch zu weiteren Erklärungen verstiegen, aber inzwischen hatte das Bild gewechselt. Jetzt erkannte man den Boulevard Saint-Germain in Paris.

Eine Gruppe Jugendlicher schob geparkte Autos wie ein Fischgrätmuster mitten auf die Straße. Hinter ihnen, gleich neben Bergen von Pflastersteinen, schwenkten andere Jugendliche rote und schwarze Fahnen. Sie skandierten Slogans, die allerdings nicht zu verstehen waren.

Die Kamera drehte sich, um ein ausführlicheres Bild der Szene einzufangen. Polizisten in schwarzer Montur trugen runde Helme mit Visier. Einige Hauptleute verteilten Schutzschilde und lange Knüppel. Von Zeit zu Zeit zeigte einer der Gendarmen auf den einen oder anderen Studenten. Dabei lachten sie häufig. Vermutlich teilten sie die potenziellen Zielscheiben für ihren Einsatz unter sich auf.

»Das ist aber ein ziemlich alter Hut«, gab Roubert zu bedenken. »Die Szene hat sich vor mindestens vierzig oder fünfzig Jahren abgespielt. Heutzutage gibt es keine CRS mehr. Sie wurden in die Polizeitruppe eingegliedert.«

»Die erste Sequenz war auch nicht neu«, sagte Sato und fügte nachdenklich hinzu: »Ich frage mich, was das alles mit Kayser Sose zu tun hat.«

Die Antwort kam kurze Zeit später aus dem Lautsprecher. Inzwischen waren auf dem Bildschirm Szenen eines Aufstands in Irland, zweier Straßenschlachten in Deutschland und Italien und einer Demonstration in Mexico City aufeinander gefolgt. Anschließend hatte die Kamera einen Raum mit rötlichen Ziegelwänden und einer kalten Neonbeleuchtung eingefangen. Ein Polizist in schwarzer Uniform saß hinter einer Bank und nahm einem jungen, zu ihm hingebeugten Mann in Gefängniskleidung die Fingerabdrücke ab. Zwei weitere Polizisten verfolgten das Geschehen aus einigem Abstand.

»Vielleicht haben wir ihn jetzt«, flüsterte Sato aufgeregt.

Auf dem Monitor ließ der Polizist die Hände des jungen

Mannes los. Der Junge richtete sich auf und drehte sich langsam um. Sowohl Roubert als auch seine Techniker stießen einen überraschten Laut aus. Der Gefangene besaß kein Gesicht. Dort, wo seine Züge hätten sein sollen, sah man nichts als eine wirre Masse, ein Knäuel aus weißen Schnörkeln. Obwohl keine Augen zu sehen waren, schien er die Betrachter anzublicken. »Guten Tag. Mein Name ist Kayser Sose. Ich weiß, dass Sie nach mir suchen.«

Seine Stimme glich seinem Gesicht. Sie bestand aus einem synthetischen, metallischen Rauschen wie die Computerstimmen aus den Kindertagen der Informatik. Sie war nicht wirklich vorhanden.

8 2018: Sicherheitsmaßnahmen

Zum ersten Mal fand eine Aktionärsversammlung auf der Vortex statt. Dafür gab es auch einen Grund: Man wollte den Aktionären ermöglichen, sich bei einem Besuch mit der außerordentlichen Vielfalt der Raumstation vertraut zu machen. Piero Regina, seit zwei Jahren Leiter des Aufsichtsgremiums, das zum Zweck der Verwaltung und Überwachung des Orbitalkomplexes ins Leben gerufen worden war, ging ganz in seinen Hausherrenpflichten auf.

Es war keine leichte Aufgabe. Die Delegierten der R.A.C.H.E. und der Euroforce hatten nicht die leiseste Absicht, wenigstens hier oben die Tatsache außer Acht zu lassen, dass ihre Truppen sich unten auf der Erde seit einem Jahrzehnt um die Weltherrschaft stritten. Trotz aller Anstrengungen und Freundlichkeiten von Seiten Reginas musterten sie sich mit scheelen Blicken und hatten Quartiere an den beiden am weitesten voneinander entfernten Enden der Station bezogen.

Ganz ähnlich wie die Militärs hielten sich auch die Vertreter der verschiedenen, miteinander konkurrierenden Wirtschaftsunternehmen voneinander fern, doch zumindest herrschte zwischen ihnen eine etwas herzlichere Atmosphäre. Einziges Verbindungsglied waren die Gäste von Rudel, Fink, Hull & Knoltown, der großen Presse- und Werbeagentur, deren sich sowohl die R.A.C.H.E. als auch die Euroforce bedienten. Ihre Vertreter gaben sich herzlich, gesprächig und fröhlich und waren Regina bei seiner Arbeit eine große Hilfe.

»Ich hatte geglaubt, die Raumstation sei viel kleiner«, knurrte Klaus Naumann, Delegationsleiter der Euroforce, während die Gruppe sich auf dem Weg durch einen der langen Verbindungsarme von der Zentraleinheit der Vortex in ein Außenmodul befand. »Im Grund genommen müsste man die Daten der Teilnehmer doch auf sehr viel kleinerem Raum speichern können.«

Die Antwort kam von Mr Sato, der im Gremium der Aufsichtsbehörde das Ressort Sicherheit übernommen hatte.

»Wir haben die Namenslisten aufgeteilt, um die Kontrolle zu vereinfachen. Schließlich besteht immer die Möglichkeit, dass ein Computervirus oder ein Hardwarefehler unsere Verzeichnisse lahm legt. Die derzeitige Struktur ermöglicht uns eine Isolierung oder direkte Überprüfung eines betroffenen Moduls, ohne dass das Zentralsystem in Mitleidenschaft gezogen wird.«

»Bei dem vielen Platz hier gibt es doch sicher auch Sicherungskopien!«

Satos Gesicht nahm einen niedergeschlagenen Ausdruck an. »Leider nein. Eine meines Erachtens absurde Klausel des Vertrags von Lissabon verbietet uns, die persönlichen Daten der Teilnehmer zu kopieren. Vermutlich befürchtete man, dass die Sicherungskopien überhand nehmen könnten und wir damit angreifbarer für Hackerattacken würden. Allerdings resultiert daraus, dass sich die Überwachungsarbeiten von Tag zu Tag schwieriger gestalten.«

»Der Vertrag von Lissabon darf nicht verändert werden«, sagte eine tiefe, unfreundliche Stimme aus dem Hintergrund.

Gesprochen hatte Marschall Eduard Limonov, einer der Chefdenker der R.A.C.H.E. Er war fast achtzig und schnaufte bei jedem Wort wie ein Seehund. Aus seiner Vergangenheit als Dichter und Führer des russischen Nationalbolschewismus hatte er lediglich seine Brille mit den runden, goldgeränderten Gläsern beibehalten. Er war so dick, dass unter seinem Gewicht die Metallverstrebungen der Stege über die Maschinenräume der Vortex zu ächzen begannen.

»Niemand denkt auch nur im Traum daran, den Vertrag von Lissabon zu verändern«, gab General Naumann trocken zurück. »Zumindest denken wir nicht daran. Von anderen weiß ich es nicht.«

Weil er eine weitere Auseinandersetzung befürchtete, beeilte sich Regina, die Luke des Moduls zu öffnen, zu dem sie unterwegs gewesen waren. »Meine Herren, hier sehen sie die Verzeichnisse sämtlicher Teilnehmer an *Telinteraktiv* aus dem Nahen Osten. Dort ist das Abonnement vom Tag der Geburt an Pflicht, und es muss jedes Jahr erneuert werden. Der Erfolg liegt auf der Hand. Die Schaltkreise wurden erst vor wenigen Monaten auf den neuesten Stand gebracht. Daher habe ich mich entschieden, Ihnen als Erstes dieses Modul zu zeigen.«

Der Raum, den die Gruppe nun betrat, hatte nichts besonders Bemerkenswertes. Es handelte sich um eine große Halbkuppel, die etwa die Hälfte des Moduls einnahm und in grünliches Licht getaucht war. Starker Kampfergeruch beherrschte das Gewölbe. Auf den konkaven Wänden flimmerten Myriaden winziger Ausweisbildchen, die untereinander mit haarfeinen Silberfäden verknüpft waren.

»Wenn Sie eines dieser Bilder vergrößern und beobachten, können Sie feststellen, dass es zweigeteilt ist«, erklärte Regina begeistert. »Die eine Hälfte zeigt die Sendungen, die direkt an den Teilnehmer gehen. Auf der anderen Seite werden die Daten der angesprochenen Hirnregion gesammelt und die Sendungen dementsprechend modifiziert.«

Oberst Ewald Bela Althans von der R.A.C.H.E. beugte sich über eine der Platten, unter denen sich die Schaltkreise dicht an dicht drängten. »Merkwürdig, sich vorzustellen, dass hier die Fantasien sämtlicher Bewohner des Mittleren Ostens auf engstem Raum zusammen gespeichert sind. Und zwar sowohl die eigenen als auch die von hier aus eingeschleusten. Genau genommen sammeln sich in der Vortex die Träume der gesamten Menschheit.«

»In gewissem Sinne haben Sie Recht.«

»Aber Sie hier oben nennen die Station nicht Vortex, nicht wahr? Soviel ich weiß, benutzen Sie den Spitznamen ›Inkubator‹. Soll sich der Ausdruck auf Inkubi, auf Dämonen beziehen?«

Aloys Adolf Rudel, der Präsident von Rudel, Fink, Hull & Knoltown lachte und schüttelte den Kopf. »Nein, überhaupt nicht. Unser Spitzname für die Vortex lautet komplett: ›Saddams Inkubator‹. Den Grund hierfür zu erklären würde jetzt zu lange dauern und wäre vielleicht auch ein wenig langweilig. Auf jeden Fall bezieht er sich auf die Pionierphase dieses großen Abenteuers hier.«

Piero Regina, der von dieser Art Gespräch nicht sonderlich erbaut war, wandte sich an die Gruppe. »Meine Herren, Inkubi haben hier keinen Zutritt«, erklärte er leicht besorgt. »Die Aufsichtsbehörde kümmert sich sowohl um die bilateralen als auch um die interaktiven Informationen.

Sie verwaltet alle bereits bestehenden Daten und bemüht sich, einen paritätischen und demokratischen Zugriff darauf zu gewährleisten.« Er bemerkte den Mangel an Überzeugung auf den Gesichtern seiner Zuhörer und fuhr eifrig fort: »Durch den derzeitigen Kriegszustand, den ich persönlich sehr bedauere, musste die Aufsichtsbehörde von einigen ihrer vorgegebenen Ziele ein wenig abweichen. Sowohl die R.A.C.H.E. als auch die Euroforce dürfen sich der Vortex bedienen, um ihre Propaganda in den von ihnen kontrollierten Gebieten zu verbreiten. Wichtig ist, dass sich keine Monopole bilden und der Zugang zum System gerecht verteilt wird.«

Nun bat Enrique Comella, Ingenieur und technischer Direktor der Vortex, um die Aufmerksamkeit der Gäste. »Nach etlichen Jahren der Arbeit an diesem System kann ich dafür garantieren, dass es keine Lücken gibt. Kein Nicht-Aktionär hat Zugang zu den Datenübertragungen oder kann sich unberechtigterweise in die Hirnströme der Teilnehmer einschalten. Weder Terrorismus noch unbefugtes Einloggen, noch unvorhergesehene Veränderung von Daten bilden hier eine Gefahr. Sollte die Vortex Ziel eines Angriffs unbekannter Herkunft werden, ist sie dahingehend programmiert, sich selbst zu zerstören.«

»Aber das wäre doch genau im Sinn der Angreifer!«, wandte eine dunkelhaarige Frau mittleren Alters mit strengen Gesichtszügen ein, die Euroforce unterstützte. »Und wenn die Daten verloren gingen, wäre das ein unersetzlicher Verlust für alle Regierungen, die Aktien besitzen.«

Comella lächelte. »Ich verstehe Ihren Einwand, Frau Doktor Faci, aber wenn ich von Selbstzerstörung spreche, meine ich das natürlich nicht im Wortsinn. Auch bei einem ernsthaften Angriff würde die Vortex nicht in tausend Stücke zerspringen. Sie würde die normalen Schaltkreise schließen und eine neue Zentraleinheit ins Leben rufen, deren Zugangsdaten völlig anders sind als die des Originals. Wir haben sie Webmaster 2 getauft.« Das stolze Leuchten in den Augen des ergrauten Mexikaners ließ darauf schließen, dass er selbst diesen Mechanismus erfunden hatte. »Webmaster 2 würde sich in das System einloggen und die Antivirenprogramme sämtlicher Module aktivieren. Er ist eine Art virtueller Diktator, der damit betraut ist, in eigener Regie den Feind zu eliminieren. Allerdings verschwindet er wieder, sobald das System zum normalen Betrieb zurückkehrt.«

Im Augenblick schien es keine weiteren Fragen zu geben. Alle dachten über die Fakten nach, die sie gerade erfahren hatten, und überlegten, ob es nicht doch irgendwelche Schwachpunkte gäbe. Regina nahm das allgemeine Schweigen zu Anlass, sich wieder ganz seiner Aufgabe zu widmen. »Meine Damen und Herren, wenn Sie mir bitte folgen möchten. Wir kehren jetzt in die Zentraleinheit zurück. Dort werden wir Ihre Neugier endgültig befriedigen können.«

Althans blickte ihn finster an. »Da müssten Sie aber ziemlich ins Detail gehen.«

»Das kann ich mir lebhaft vorstellen, Herr Oberst. Darf ich Sie bitten, mir zu folgen? Sie werden sehen, Sie kehren vollständig befriedigt zur Erde zurück.«

9 Die üblichen Verdächtigen

Sato schnappte nach Luft, verlor aber nicht den Kopf. »Kayser Sose. Wir haben nach einem säumigen Abonnenten gesucht und ein öffentliches Ärgernis gefunden.« Er wandte sich an Roubert. »Herr Ingenieur, benutzen Sie Biomuse. Suchen Sie die Daten dieses Mannes, und zwar auf dem gesamten Planeten.«

Roubert gehorchte. Er setzte sich die Kopfhörer auf und konzentrierte sich. Das Bild auf dem Monitor verblasste. Auf dem leeren Bildschirm rollten zunächst unregelmäßige Linien in dichter Folge von oben nach unten, dann sausten plötzlich Tausende von Abonnentenverträgen in irrwitziger Geschwindigkeit über die sichtbare Fläche. Aber auf keinem der Dokumente war ein Foto des Teilnehmers.

Roubert riss die Kopfhörer herunter. Auf seiner Stirn hatten sich Schweißperlen gebildet. »Scheint so, als gäbe es auf der Welt eine Menge Menschen mit Namen Kayser Sose«, murmelte er aufgeregt. »Und die haben obendrein alle ihr Abonnement nicht bezahlt.«

Nun war es auch mit Satos Ruhe vorbei. »Wie ist das möglich?«, schrie er. »Mir fällt nur eine einzige Erklärung ein: ein Virus! Ein verdammter Virus muss in das System eingedrungen sein!«

Einer der Techniker, ein Typ mit blondem, glatten Haar, schnaubte und zuckte die Schultern. »Unmöglich. Niemand kann von außen in die Vortex eindringen. Zwar ist es theoretisch möglich, dass ein einziges Modul infiziert wird, aber das wäre inzwischen längst zerstört. Und wenn es die anderen Module ebenfalls erwischt hätte, wäre längst Webmaster 2 aktiviert worden.«

Sato warf ihm einen schrägen Blick zu. »Der Begriff der Unmöglichkeit gilt nur so lange, bis die Tatsachen ihn Lügen strafen. Irgendetwas stimmt hier nicht. Und wer weiß, vielleicht ist das ja schon seit Monaten so. Immerhin haben sich die Kayser Soses wie australische Karnickel vermehrt.«

Roubert hackte auf einer altmodischen Tastatur herum. Auf einem der Monitore erschien etwas Geschriebenes. Er las es, dann verkündete er: »Ich habe bei einer der noch traditionell arbeitenden Suchmaschinen angefragt und als

Stichwort *Kayser Sose* eingegeben. Die Antwort ist ziemlich überraschend.«

»Raus mit der Sprache!«

»Es handelt sich um den Namen eines Protagonisten in einem alten, nicht interaktiven Film namens *Die üblichen Verdächtigen.* Ein erbarmungsloser Krimineller, dessen Identität niemand kennt, sodass zeitweise sogar seine Existenz angezweifelt wird. Eine Art moderner *Phantomas,* weniger romantisch, dafür erheblich bösartiger.«

Der ältere Techniker begann plötzlich zu lachen. »Da muss Enrique Comella die Hand im Spiel haben. Ganz bestimmt weiß er etwas darüber.«

Sato schrak zusammen. »Enrique Comella? Den Namen habe ich schon einmal gehört. Wer ist das?«

»Er war am Entwurf des Sicherheitssystems beteiligt und hat lange hier im Inkubator als Chefingenieur gearbeitet. Er war ganz wild auf alte Filme. Oft sah er sich seine vorsintflutlichen, halb entmagnetisierten Kassetten an.«

»Finden Sie mir diesen Comella, und zwar ein bisschen plötzlich«, befahl Sato aufgeregt. »Arbeitet er noch hier?«

»Nein, er wurde schon vor Jahren pensioniert. Möglicherweise ist er längst tot.«

»Wenn er noch lebt, will ich, dass er umgehend aufgespürt wird. Ich wiederhole: umgehend!«

Nervös riss Roubert einem seiner Männer das Telefon aus der Hand und tippte ein paar Zahlen ein.

10 2027: Schlangeninsel

»Meine Herren, die Entwicklung Ihres Krieges erschwert mir meine Arbeit in zunehmendem Maß«, schrie Karume verbittert. Man hatte sich auf der Isla de los Serpentes vor

Boa Vista auf den Kapverdischen Inseln getroffen. Karume und seine Gäste schwitzten auf verblichenen Sofas im halb verfallenen Gebäude eines längst aufgegebenen Club Méditerranée. R.A.C.H.E. und Euroforce hatten sich für den vom Generalsekretär der Vereinten Nationen anberaumten Krisengipfel auf dieses traurige, nur aus Steinen und Gestrüpp bestehende Inselchen geeinigt.

Klaus Naumann warf dem Diplomaten einen spöttischen Blick zu. »Immer mit der Ruhe! Was ist denn passiert?«

»Sie benutzen die Vortex auf eine nicht legitime Weise. Ich warne Sie: das werde ich auf keinen Fall zulassen. Im Vertrag von Lissabon wurde festgelegt, dass Kriegspropaganda …«

»Mit diesem Vertrag können Sie sich getrost den Hintern wischen«, platzte Ewald Bela Althans von der westlichen Sektion der R.A.C.H.E. grob dazwischen. »Mindestens zwei Jahre lang haben wir um eine Überarbeitung der entsprechenden Klauseln gebeten. Sie haben es nicht einmal für nötig befunden, uns zu antworten. Warum regen Sie sich also jetzt auf?«

Das braune Gesicht Karumes wurde violett. »Das fragen Sie noch? Natürlich sind Propaganda und die gezielte Verbreitung von Falschinformationen von Vorteil. In einem Krieg ist das völlig normal. Aber sie beschränken sich längst nicht mehr darauf, *Telinteraktiv* nur zur Beeinflussung der Zuschauer zu benutzen. Sie speichern die Gedanken der Leute ab, um den schrecklichsten Dämonen Gestalt zu verleihen.«

Naumann machte eine gleichgültige Handbewegung. »Auch dabei handelt es sich um interaktive Vorgehensweisen. Sie liegen sozusagen im System begründet. Was waren denn die Brutkästen Saddams anderes als Wirklichkeit gewordene Dämonen? Genau wie diese ganzen Lügen über Serben, die albanischen Kindern Blut abgezapft haben sollen oder Studentinnen einsperrten, um sie zu vergewaltigen.« Er lächelte kalt. »Wenn Sie wollen, können Sie diese Praxis sogar bis zum Ersten Weltkrieg zurückverfolgen, auf die belgischen Kinder, denen die Deutschen die Hände abgeschlagen haben. Oder noch früher, auf die *Protokolle der Weisen von Zion.* Das alles waren kollektive Dämonen, die den Leuten als Wahrheit verkauft wurden.«

Selbst Althans, der sonst nie lächelte, verzog die Lippen. »Im Übrigen wissen Sie sehr wohl, Mr Karume, dass die R.A.C.H.E. auf den Schlachtfeldern fast ausschließlich synthetische Kämpfer einsetzt, die so genannten Poliploiden. Und Euroforce benutzt ihre Mosaikos, bereits tote Soldaten. Auf sie haben die von der Vortex eingeflößten Halluzinationen so gut wie keine Auswirkungen.«

»Aber auf die Zivilisten!« Karume schrie so laut, dass er husten musste. Als der Anfall vorüber war, sprach er mit erstickter Stimme weiter. »Außerdem sind es keine Halluzinationen mehr. Sie haben körperliche Formen angenommen.«

Althans zuckte die Schultern. »Heute wissen wir, dass Gedanken ebenso wie Licht aus Energie bestehen und dass Energie sich in Materie verwandeln kann. Natürlich nimmt man im Krieg solche Entdeckungen zur Kenntnis, und da wurde eben die Vortex eingespannt. Die Zukunft gehört den Wagemutigen.«

Naumann gähnte künstlich. »Ich sehe immer noch nicht, wo das Problem liegt.«

»Das kann ich Ihnen genau sagen.« Karume beruhigte sich allmählich. Ihm war klar geworden, dass er nur Atem vergeudete. »Sie verleihen dem kollektiven Unterbewusstsein, und zwar nur dem schlimmsten Teil darin, einen Körper. Das kann zum Wahnsinn führen.«

»Nichts als Übertreibungen. Der Verkauf von Loch-Fernsehern stagniert weltweit.«

»Vielleicht sind den Leuten Ihre Signale inzwischen in Fleisch und Blut übergegangen. Sie können nicht mehr zwischen Dämon und Realität unterscheiden. Sie wissen auch nicht mehr, was ein Traum ist.«

»Gut, dann ist das vielleicht der wahre Zweck des Systems. Träume vertilgen. Träume können wir nicht beeinflussen, Dämonen allerdings sehr wohl. Subversion und Terrorismus entstehen aus Träumen, auch, wenn sie sich später oft in Dämonen verwandeln.«

Karume merkte, dass ihm die Argumente ausgingen. Ein letztes Mal setzte er an. »Da gibt es noch ein weiteres Risiko. Der Inkubator ist darauf programmiert, auf Aggressionen von außen zu reagieren. Zu häufige Anfragen zu bestimmten Themen könnten von der Vortex als Aggression interpretiert werden und die Aktivierung von Webmaster 2 zur Folge haben.«

Sowohl Naumann als auch Althans brachen in lautes Lachen aus. »Ja und?«, fragte der Mann von Euroforce. »So weit ich informiert bin, hat Webmaster 2 lediglich die Aufgabe, das System zu retten und wieder herzustellen. Und genau das wollen wir ja.«

Immer noch lachend, stand Althans auf. »Kommen Sie mit, Karume. Ich möchte Ihnen etwas zeigen.« Er packte den betagten Diplomaten am Arm und zwang ihn, sich zu erheben.

»Was denn?«

»Ich wette, Sie wissen nicht, warum diese Klippe hier Isla de los Serpientes genannt wird. Ich werde es Ihnen zeigen. Dann verstehen Sie sicher auch, warum der Club Méditerranée geschlossen wurde.«

Er legte dem alten Mann eine Hand auf die Schulter und führte ihn auf die baufällige Veranda, die im rötlichen Licht des Sonnenuntergangs glühte. Schlagartig wurde Karume bewusst, dass dies der letzte Sonnenuntergang war, den er je zu Gesicht bekommen würde. Er hoffte nur, dass das Gift der in wirren Knoten im Sand liegenden Reptilien schnell wirkte.

11 Antivirus

Enrique Comellas Stimme am Telefon klang heiter, fröhlich und ein bisschen erkältet. Dem gegenüber bildete Satos raues Organ einen scharfen Kontrast. Barsch fragte er den alten Mann aus. »Wer um alles in der Welt ist dieser Kayser Sose? Und bitte, keine Ausflüchte.«

Aus dem Hörer klang ein leises Lachen. »Ich nehme an, Sie beziehen sich nicht auf den Film, richtig?«

»Natürlich nicht. Es geht um Ärger, den wir hier haben. Wer also ist es?«

Es dauerte einen Moment, ehe Comella antwortete. »Nun, ich habe mir sozusagen einen kleinen Scherz erlaubt ... Kayser Sose ist der Name, den ich Webmaster 2 gegeben habe.«

Die Anwesenden konnten einen überraschten Laut nicht unterdrücken, nur Sato blieb gleichmütig. Er begnügte sich mit der Bemerkung: »Das hätte ich mir eigentlich denken können.«

Roubert blickte ihn betroffen an und entriss ihm den Telefonhörer. »Comella, sind Sie noch dran? Hier spricht Jean-Marc Roubert. Erinnern Sie sich an mich?«

»Aber sicher. Sie waren noch ein halbes Kind, als Sie bei uns angefangen haben ...«

»Schon gut. Aber erklären Sie mir doch bitte eines: Wie kann der Webmaster 2 sich aktiviert haben, ohne dass zuvor ein unbefugter Eingriff in das System stattgefunden hat?«

»Tja, das kann eigentlich nur einen einzigen Grund

haben. Wenn die Vortex auf nicht vorgesehene Weise benutzt wird, ist Webmaster 2 darauf programmiert, anzunehmen, dass Eindringlinge die Aktionäre überwältigt haben. In diesem Fall, und zwar ausschließlich in diesem, übernimmt Webmaster 2 die Initiative, ohne dass zuvor Aggressionen gegen das System stattgefunden haben.«

Roubert wischte sich die Stirn. Er schwitzte unmäßig. »Löscht er etwa auch Teilnehmerlisten? Ist er dazu befugt?«

»Ja natürlich. Sollten die Aktionäre aus irgendeinem Grund nicht mehr das Sagen haben, ist es Aufgabe von Webmaster 2, den öffentlichen Ungehorsam zu propagieren. Im Vertrag von Lissabon wird das ausdrücklich gefordert. Die Klausel wurde als Rückversicherung gegen einen eventuellen Staatsstreich in das Regelwerk übernommen.«

»Ach du liebe Zeit«, flüsterte Roubert. Er sah, dass Sato die Hand ausstreckte, und reichte ihm den Hörer.

Der Japaner fackelte nicht lang. »Hören Sie mal, Comella. Webmaster 2 wurde doch ins Leben gerufen, um die Kontinuität des Systems zu gewährleisten, richtig?«

»Ganz genau.«

»Und wieso taucht dann Ihr Kayser Sose immer im Zusammenhang mit irgendwelchen Demonstrationen und Protesten auf?«

Erneut kam ein leises Lachen aus dem Hörer. »Ist das so? Nun, auch das ist nicht schwer zu verstehen. Nachdem Webmaster 2 annimmt, dass das System in fremde Hände geraten ist, ist er darauf programmiert, Träume auszusenden, die den Absichten der Aggressoren entgegenstehen. Wie ich bereits sagte: Er ruft zum Ungehorsam auf.«

Sato hatte das Gefühl, innerlich zu erfrieren. »Wollen Sie etwa behaupten, dass in diesem Augenblick ein paar Milliarden interaktive Fernsehzuschauer die gleichen Bilder zu Gesicht bekommen, die wir soeben gesehen haben?«

»Ich fürchte ja. Aber Kayser Sose existiert nicht wirklich. Es ist das System, das ab einer gewissen Nutzungsabweichung einen eigenen Antivirus generiert.«

Sato schmetterte den Telefonhörer gegen einen Monitor. Beides ging zu Bruch. Wütend brüllte er Roubert an: »Wir müssen sofort manuell einschreiten. Die Vortex abschalten. Alles zerstören, was wir erreichen können. Es gibt keine andere Möglichkeit!« Und als wolle er demonstrieren, was er damit meinte, lief er zur Wand und verabreichte den winzigen Ausweisbildchen einen heftigen Tritt. Myriaden grünlich leuchtender Fragmente regneten zu Boden.

Sofort erschien auf dem Monitor das gesichtslose Bild Kayser Soses, und seine metallische Stimme verkündete: »Externe Attacke gegen Modul 3BF. Antivirus aktiviert.«

Roubert warf sich auf den Japaner und schrie etwas, das Sato nicht verstand. Erst als er den Feuerwirbel entdeckte, der sich die Wendeltreppe hinunterwälzte, wurde ihm der Sinn klar. Aber da war es zu spät.

Sato seufzte. Er hatte einen Fehler begangen, und es war nur gerecht, dass er dafür bezahlen musste. Der Todeskampf war kurz, aber nicht schmerzlos.

»Virus eliminiert«, leierte Kayser Sose. Dann explodierten die Monitore unter den züngelnden Flammen.

Vogelnik umklammerte den Feldstecher. »Was zum Teufel geht da vor?«, brüllte er. In der Wüste, deren Himmel inzwischen frei von Dämonen und Geistern war, herrschte ein unvorstellbares Durcheinander. Poliploiden und Mosaikos hatten aufgehört, sich zu bekämpfen. Sie drehten sich um die eigene Achse und blickten sich um, als wüssten sie nicht, wo sie sich befanden.

Leutnant Bilich bemühte sich, eine Verbindung zum Hauptquartier herzustellen. Nach unzähligen Versuchen blickte er seinen Vorgesetzten hilflos an. »Es hat keinen Sinn. Selerum antwortet nicht. Anscheinend ist etwas äußerst Ernstes vorgefallen.«

Vogelnik dachte kurz nach. Schließlich meinte er: »Ehrlich gesagt sehe ich keine andere Möglichkeit, als direkten Kontakt mit der Vortex aufzunehmen. Sind wir im Besitz des Verbindungscodes?«

»Sind wir. Ich versuche es sofort.«

Während Bilich eine Reihe von Zahlen eintippte, wandte sich Vogelnik wieder den Monitoren zu. Ein Sergeant wies ihn auf einen Bildschirm hin, der Überwachungsbilder von den Außenmauern des Bunkers zeigte. »Sehen Sie einmal hier, Herr General. Das gesamte Gelände wird von ihnen heimgesucht.«

Entsetzt registrierte Vogelnik in der Nähe der Festung eine kleine Versammlung jener widerlichen Kreaturen, die man Mosaikos nannte. Sie zeichneten sich durch aneinander genähte Fleischstücke aus; aus den Nähten der in den verschiedensten Farben zusammengestoppelten Hautstücke sickerte Eiter. Es waren Soldaten, die allenfalls für einen einzigen Kampf taugten, hergestellt aus den noch verwendbaren Teilen gefallener Kämpfer und wieder zum Leben erweckt, notdürftig ausgestattet mit einfachsten Lebensfunktionen und tierischem Magnetismus.

Die Monster verhielten sich in keiner Weise feindselig. Missmutig schleiften sie ihre Waffen hinter sich her, sofern sie sie nicht schon irgendwo hatten liegen lassen. Dafür schienen sie umso neugieriger zu sein. Mit leeren Augen musterten sie den Bunker. Trotzdem fuhr dem General ein kalter Schauer den Rücken hinunter. Wie hypnotisiert von dem Schauspiel nahm er kaum wahr, dass Bilich ihn ansprach.

Er schrak zusammen. »Ich habe gerade nicht zugehört. Bitte noch einmal. Haben Sie jemanden erreicht?«

»Das schon, aber der Typ scheint halb irre zu sein. Er behauptete, Kayser Sose zu heißen, und begann mir dann etwas vorzuleiern.«

»Vorzuleiern?«

»Genau. Allerdings habe ich den Sinn nicht verstanden. Ich glaube, es war Französisch.«

»Französisch?« Vogelnik nahm dem Leutnant den Hörer aus der Hand und hielt ihn ans Ohr. Trotz des starken Rauschens gelang es ihm schließlich, eine Serie ständig wiederkehrender Sätze zu erkennen: »... *le combat.* Mein Name ist Kayser Sose. *Ce n'est qu'un début, continuons le combat.* Mein Name ist Kayser Sose. *Ce n'est qu'un début, continuons le combat*[1]. Mein Name ist Kayser Sose. *Ce n'est qu'un début ...*«

»Herr General!«, schrie einer der Unteroffiziere. »Die Mosaikos da draußen skandieren etwas. Soll ich es über einen der Audiokanäle übertragen?«

»Lassen Sie nur. Ich weiß bereits, was sie rufen.« Totenbleich wankte Vogelnik zu einem Sessel und ließ sich hineinfallen. »Da muss wirklich etwas sehr Ernstes geschehen sein«, murmelte er mit müder Stimme.

---

1 Dies ist erst der Anfang, lasst uns weiterkämpfen.

Sara Doke

Starker Tobak, das eben. Zeit, Atem zu holen und eine Erholungspause einzulegen. Zeit, sich mit Freunden zu treffen und sich gemeinsam Gedanken zu machen, ob man sie nicht doch meistern kann, diese Zukunft, die uns da so voller Ungewissheiten entgegenkommt. Wie ein solches Gespräch verlaufen könnte – und um welche Ideen es sich drehen könnte –, davon versucht Sara Doke uns in der nächsten Geschichte eine Vorstellung zu geben.

Diskussionen über das Reizthema »Doppelte Staatsbürgerschaft« dürften Sara Doke nur ein Lächeln entlocken: Sie besitzt gleich drei davon. Geboren 1968, mit einer Belgierin als Mutter und einem Amerikaner als Vater, aufgewachsen in Frankreich, steht ihr Leben unter einem wahrhaft kosmopolitischen Stern. Unnötig zu erwähnen, dass sie mehrere Sprachen spricht und ohne sichtbare Mühe von einer zur anderen wechselt; mitten im Satz, wenn es sein muss. Nach einer Zeit, in der sie »davon träumte, Geheimagentin zu werden oder gelernte Hexe«, erinnerte sie sich schließlich ihrer lebenslangen Begeisterung für Bücher und für das Schreiben. Seit einem Jahrzehnt lebt sie in Brüssel und teilt ihre Zeit zwischen Journalismus, Übersetzungsarbeiten und eigenen schriftstellerischen Projekten. Sie hat eigene Radiosendungen moderiert, eine Zeit lang ein Hard-Rock-Café geführt und etliche Kurzgeschichten in etlichen Magazinen veröffentlicht. Nach einer Kurzgeschichte, die ihren Weg bis nach Italien fand, ist dies ihre zweite Story, die in eine andere Sprache übersetzt wurde.

Sara Doke träumt davon, eines Tages in einem in eine riesige Bibliothek umgebauten Leuchtturm zu wohnen.

Und sie träumt von einer besseren Welt …

Stammestreffen

von Sara Doke

Freiheit ist immer die Freiheit des anders Denkenden.
Rosa Luxemburg

»Aufruf zum Stammestreffen. Zeitpunkt: Beginn des europäischen Karnevals.«

Alle haben die Nachricht erhalten. Nicht alle auf die gleiche Weise. Und auch nicht alle von der gleichen Person.

»Weitere Informationen bitte beim Bezirksvorsitzenden erfragen.«

Die Schuld liegt bei mir. Ich habe dieses Treffen einberufen. Das Merkwürdigste daran ist, dass die Mitglieder meines eigenen Bezirks mir nicht eine einzige Frage gestellt haben. Wir treffen uns jedes Jahr zum Karneval in Brüssel. Das ist längst Tradition. Dass die Verabredung mit einem Stammestreffen zusammenfällt, scheint sie nicht weiter zu stören. Nur Alexandre hat sich einige Sorgen gemacht und ist natürlich sofort an die Decke gegangen.

Alexandre und ich haben uns mit zwanzig Jahren kennen gelernt. Unzählige Male haben wir die Welt neu geordnet, wir haben geträumt, aufgebaut, entworfen. Nie aber haben wir uns die Finger verbrannt. Schon damals sahen wir uns als Soldaten der gerechten Sache; wir wollten auf keinen Fall für Hirngespinste kämpfen. Wir waren unerbittlich und unermüdlich, wurden oft enttäuscht und gaben uns dennoch nie geschlagen. Wir versuchten uns im *Ökologischen Kampf für die Evolution* und setzten alles daran, ein Gleichgewicht zwischen Tradition und Technologie zu finden. Wir schlossen uns der Gruppe *Söhne des Atoms* an, die sich der Aufgabe widmete, die Wissenschaft und ihre Segnungen zu rehabilitieren. Wir arbeiteten auf solidarischen Baustellen und bei alternativen Weinlesen mit; selbst bei den ersten *Sonnenernten* in Tombouctou waren wir dabei. Alexandres Begeisterung ließ niemals nach. Während der beiden Jahre in Brüssel haben wir wie Bruder und Schwester Seite an Seite unser Leben aufgebaut.

Nachdem er fortgezogen war, sahen wir uns zwar immer noch regelmäßig, hatten aber weniger Zeit. Jedes Jahr zum Karneval trafen wir uns alle sieben. Vier Männer und drei Frauen. Sieben eigenwillige Persönlichkeiten, die sich jedes Jahr verabredeten, um sich zu maskieren und Musik zu hören. Jeder Einzelne von uns war ein leidenschaftlicher, unnachgiebiger Mensch und wich militant von jeglicher Norm ab. Ich lebte in Brüssel und war studierte Anthropologin; der Mann aus Toulouse konnte mit Zahlen zaubern; die manierierte, leicht verschrobene Hanke aus Berlin hatte sich der organischen Architektur verschrieben; Thomas aus Kopenhagen war eher als Medizinmann denn als Arzt zu bezeichnen – ein Reisender auf den Flügeln seiner Psychopharmaka und unfreiwilliger Guru. Nasr vom Netzwerk, ein Anglo-Pakistani, rauchte Joints und bezeichnete sich als Computerfreak; Jan aus Amsterdam liebte Musik, war ein Ausnahme-DJ und besaß ein Tonstudio. Last but not least: Niamh aus Cork, eine irre Pilotin voller grundloser Leidenschaften, zerbrechlich und unwiderstehlich …

Wir waren als Treueste unter den Getreuen zusammengewachsen, liebten den Karneval, gaben uns der Maskerade hin und reisten von Fest zu Fest. Im Rhythmus von Kostümierung und Prunkwagen zogen wir um die Welt. Unsere unterschiedlichen Lebensweisen trennten uns, aber unser Traum näherte sich immer weiter an die Wirklichkeit an. Schließlich hat der Stamm Kontakt zu mir aufgenommen. Endlich konnte es losgehen.

Beim ersten der alljährlich wiederkehrenden Events sind wir, wie üblich, nur zu fünft: Nasr und Alexandre sind zu schüchtern für unseren traditionellen Nachmittag im Hammam und werden später zu uns stoßen.

Im Türkischen Bad ist es still. Der Ruheraum scheint nach den heißen Bädern wunderbar kühl. Hanke schläft unruhig, träumt wohl vom Tao und weckt mich damit auf. Mein protestierendes Aufstöhnen wiederum weckt einen sanft lächelnden Thomas. Auf Zehenspitzen begeben wir uns in die Teestube.

Die Konfrontation macht mir ein wenig Angst; manchmal fehlt es mir an Taktgefühl, und Thomas ist schon immer ziemlich empfindlich gewesen.

»Nun, Manon, große Bezirksvorsitzende, sag – wieso dieses Stammestreffen?«

»Ich habe mich schon gefragt, wann du dich endlich danach erkundigen würdest. Ich möchte vom Durcheinander des Karnevals profitieren, um das Projekt Konstitution in die Wege zu leiten.«

Thomas ist blass geworden. »Du spinnst doch!«

»Noch nie im Leben habe ich etwas so ernst gemeint.«

So geht es weiter. Thomas ist außer sich. Der Sturm ist losgebrochen; heute Abend wird es noch schlimmer werden. Dennoch träumt auch er, genau wie ich, von einem großen Stamm aller Menschen. Es ist der große Schritt, den Armstrong gemeint hat, das grandioseste Projekt aller Zeiten, das Ende einer Epoche: die große Vereinigung.

Als der Stamm zum ersten Mal Kontakt zu mir aufnahm, habe ich sofort die anderen angerufen. Wir haben geredet und vor Freude und Hoffnung geweint. Es gab ein unermessliches Netzwerk, das den ganzen Globus umspannte; Männer und Frauen, die nur für das Ziel arbeiteten, den menschlichen Stamm unter Berücksichtigung seiner Unterschiede und Besonderheiten zu vereinigen. Wie hätten wir widerstehen können?

Heute Abend werden wir uns vor dem offiziellen Beginn des Karnevals alle bei mir treffen. Aber Wiedersehen feiern, zusammen essen, unsere Kostüme vorführen und endlos erzählen – das alles wird es dieses Mal nicht geben.

Ich weiß, dass ich mit dem Entschluss, gerade jetzt das Projekt Konstitution zu starten, eine Lawine losgetreten habe. Seit Monaten wird darüber mehr als heftig debattiert. Manche sind dafür. Andere dagegen. Natürlich gibt es auch solche, die keine Entscheidung treffen wollen. Wenn ich Erfolg habe, führt kein Weg mehr zurück. Danach wird es genügen, auf ein Knöpfchen zu drücken, um die Welt zu erobern.

Thomas schmollt noch immer, als wir bei mir zu Hause ankommen. Er hält sich zurück und schweigt. Niemand wagt es, ihn anzusprechen. Alexandre und Nasr warten vor der Haustür auf uns. Jetzt gibt es kein Zurück mehr. Beim Schritt über die Schwelle lächelt Hanke spöttisch; der Augenblick der Wahrheit ist gekommen.

Alle lassen sich vorsichtig nieder und fügen sich zunächst der üblichen Ordnung. Doch binnen kürzester Zeit lassen sie sie außer Acht, um Unabhängigkeit zu demonstrieren und die eigene Wahl von Beginn an klarzustellen. Glücklicherweise ist die Wohnung ziemlich groß.

Das Projekt Konstitution existiert bereits seit Jahren und ist eng mit dem großen Stamm verbunden. Wie viele andere betrachte ich es nur als einen ersten Abschnitt. Es geht um ein weltweit durchzuführendes Referendum, das alle elektronischen Hilfsmittel benutzt, um die Meinung eines jeden zu erforschen und auszuwerten, der sich einloggen kann. Die Fragen sind einfach und sehr eindeutig. Es gibt nur eine einzige Wahl: Ja oder Nein. Ein Klick, und die Antwort ist sofort im Netz. Alle Ergebnisse werden in unermesslichen Datenbanken gesammelt. Ein weiterer Klick, und die UNO, die Europäische Union und die CIA (Confederacion Inter-Americae) sind in der Lage, die Legitimität der Umfrage zu überprüfen. Stellen Sie sich nur einmal diesen Zauber vor: In der ganzen Welt stellt jede Kaffeemaschine, jedes Handy, jede Computer-Mailbox, jeder Geldautomat, jedes öffentliche Terminal und jede Spielkonsole Fragen, Fragen, Fragen ...

Ich bin überzeugt, dass wir hart zuschlagen müssen. Aber wenn ich nicht einmal in der Lage bin, meine eigenen Brüder und Schwestern zu überzeugen ... Wenn ich keine sechs Leute überzeugen kann, wie soll ich es dann bei der gesamten Menschheit schaffen?

Ich bin kein Prediger. Ich verstehe mich nicht auf Worte der Vernunft, wenn es um Leidenschaft geht.

Ich bin mir meiner Illusionen durchaus bewusst. Ich kenne die Windmühlen, gegen die ich ankämpfe, aber ich möchte wenigstens ein winziges Sandkorn in die große Maschinerie dieser Welt streuen. Es soll mit einem Flüstern beginnen, das schließlich in einem lauten Brüllen enden wird.

Der große Menschenstamm, das Schicksal der Menschheit – das sind große, tönende Worte für ein sehr einfaches Ideal. Die Vereinigung von Menschen jenseits aller Gesellschaftsstrukturen, das Zusammentreffen ähnlicher Wertvorstellungen, der Einklang der gesamten Welt. Die unermessliche Zärtlichkeit des Planeten für eine mit sich selbst ausgesöhnte Welt. So sieht mein schönster Traum, mein ultimatives Wunschbild aus: mit der Welt Liebe zu machen, mit ihr die Lust und den Zauber des Bewusstseins und des Lebens zu teilen …

Aber mit den sehnsüchtigen Ergüssen gefühlsbetonter junger Mädchen ist keine Opposition zu machen. Mit sentimentalen Überzeugungen erschüttert man keine Massen. Mein Gott, ich habe Angst!

Alexandre eröffnet das Feuer:

»Du hast uns eine Falle gestellt, Man'. Das war nicht richtig.«

»Du weißt sehr gut, dass jetzt, hier und heute der richtige Moment ist, um die Operation zu starten. Zier dich nicht so. Das wäre eine Beleidigung unserer Intelligenz.«

Die Heftigkeit der Auseinandersetzung bringt die anderen zum Schweigen. Niamh lässt ihr Glas fallen. Schnaubend wischt Alexandre seine Befürchtungen beiseite.

»Entschuldige, Manon. Versuchen wir, uns wie zivilisierte Menschen zu benehmen.«

»Nichts anderes war meine Absicht.«

Wie jedes Mal spielt Hanke die Vermittlerin:

»Wie lauten denn deine Argumente? Spann uns nicht so auf die Folter …«

Ihr Blick wirkt immer irgendwie ironisch. Mit einem entschuldigenden Schulterzucken unterbreche ich sie; ich muss einfach einschreiten.

»Warte. Als Erstes sollten wir die Grundregeln für unser Gespräch festlegen. Wenn wir das nicht tun, kommen wir schnell vom Hölzchen aufs Stöckchen, das wisst ihr genau.

Die Regeln sind ganz einfach, und ihr kennt sie auch längst. Jeder darf seinen Standpunkt darlegen, ohne unterbrochen zu werden. Jeder Standpunkt wird ohne Wenn und Aber respektiert, denn keiner von uns hat die Wahrheit für sich gepachtet. Das Gesprächsthema des heutigen Abends liegt uns sehr am Herzen; trotzdem sollten wir uns bemühen, uns davon nicht blenden zu lassen. Egal ob beim Sprechen oder beim Zuhören – Schläge unter die Gürtellinie sind tabu, genau wie persönliche Befindlichkeiten. Wir wollen alle versuchen, ruhig zu bleiben, aber wenn einer von uns sich von seinem Enthusiasmus mitreißen lässt, darf sich keiner auf den Schlips getreten fühlen …«

»Man', glaubst du wirklich, dass das nötig ist?«

Jan ist ein unverbesserlicher Optimist. Er ist nicht in der Lage, sich vorzustellen, dass wir wirklich uneins sein könnten. In der Welt der Klänge entsteht Harmonie oft aus Diskordanzen.

»Ich möchte alles richtig machen. Ich glaube, das ist ziemlich wichtig …«

Das erste Gefecht habe ich gewonnen. Die anderen blicken mich freundlich lächelnd an. Die Spannung ist auf ein erträgliches Maß gesunken. Trotzdem habe ich vor Angst noch immer einen Knoten im Magen. Ich wende mich an Alexandre. Ich weiß sehr genau, dass er nicht mehr mit dem Herzen dabei ist. Es schmerzt mich, dass ich wohl meinen besten Freund verlieren werde.

»Eigentlich weiß ich gar nicht, ob ich das Recht habe, dieses Projekt zu vertreten …«

Thomas wird blass. Nasr richtet sich zum Protest auf. Aber Alexandre beruhigt sie mit einer Geste.

»Lasst mich dazu etwas sagen. Ich weiß nicht, ob ich das Recht habe, dieses Projekt zu vertreten, weil ich mir nicht sicher bin, ob ich noch an die Ideale glaube, auf die es sich gründet.«

Wenn er spricht, verursacht er immer die gleiche Wirkung. Seine Augen sprühen Funken; seine Emotionen werden spürbar, und er weiß sie an den Mann zu bringen. Er ist einfach faszinierend, er zieht uns in seinen Bann. Aber heute macht er mir Angst.

»Ich möchte euch meine Zurückhaltung erklären, das bin ich euch schuldig. Meine Arbeit … Ich werde mit Schlüssen konfrontiert, die mich erschrecken. Das moderne Leben tötet unsere Vielfalt, und der Fortschritt zerstört das Wertvollste, was wir besitzen: unsere Identität.«

Wir schwiegen respektvoll. Zärtlichkeit und Vorsicht mischen sich in meine Angst.

»Ich weiß, das klingt ziemlich abstrakt. Aber es bewegt mich zutiefst. Es stört mich auch, weil ich den Eindruck habe, euch zu verraten. Aber ich glaube einfach nicht mehr daran, dass das Schicksal der Menschheit ein großer gemeinsamer Stamm ist. Ich glaube auch nicht, dass wir dazu bestimmt sind, uns gegenseitig anzuerkennen und zu vermischen.

Als wir zueinander fanden, haben wir unsere Einzigartigkeit verloren und sind in fehlender Identität ertrunken. Wir haben nichts anderes getan, als uns gegenseitig zu beeinflussen, uns anzustecken und uns immer mehr zu verlieren. Die Kolonisierung hat es deutlich gemacht. Man kann die Heisenberg'sche Unschärferelation ebenso gut auf Menschen wie auf Teilchen anwenden. Selbst mit den ausgeklügeltsten Vorsichtsmaßnahmen ließe sich der Vorgang weder aufhalten noch bremsen.

Genau wie ihr habe ich lange Zeit geglaubt, dass wir das retten könnten, was uns geblieben war, indem wir die Unterschiede zugunsten der Ähnlichkeiten opferten. Jetzt aber habe ich nicht mehr den geringsten Zweifel. Allein das Wissen um die Existenz von anderem genügt, unsere Vielfalt zu zerstören.

Seht euch doch nur unsere Gruppe hier an. Wir kennen uns jetzt so lange, dass wir uns inzwischen alle ähneln. Wir müssen Regeln aufstellen, ehe wir miteinander reden, um nicht den Versuchungen der Gestaltpsychologie zu erliegen. Wir merken, dass die kleinste Nicht-Übereinstimmung uns schmerzt. Gerade heute Abend spüren wir das ganz besonders.

Ich kann wirklich nicht sagen, ob ich die Ideale noch teile, die uns so viele Jahre lang zusammen gehalten haben. Ich weiß nicht, ob ich die Auflösung ertrage und ob ich der Versuchung widerstehen kann. Wir wollen uns unbedingt ähnlich sein. Allzu dringend benötigen wir die Zustimmung, die Wertschätzung, die Absicherung der sechs anderen. Auch ich würde mich liebend gern da hineinfallen und mich davon auffangen lassen.

Aber stellt euch doch einmal vor, was das auf planetärer Ebene bedeutet ...

Niemals würde ich mir verzeihen, wenn ich mich trotzdem daran beteiligen würde. Ich kann mich nicht für etwas verbürgen, das die letzten Reichtümer zerstört ...«

Alexandres lyrische Ader bringt mich aus der Fassung. In seinem Plädoyer liegt so viel Feuer, so viel Schmerz. Niamh hat Tränen in den Augen. Jan ist ein wenig peinlich berührt, allerdings längst nicht so sehr wie Nasr. Thomas hört gebannt zu. Ich habe Alexandre noch nie so aufgelöst erlebt. Seine Entscheidung erschreckt mich. Mein Freund will sich aus der Welt zurückziehen. Mein Bruder will die Menschen verleugnen. Ich fühle mich verloren und greife nach Jans Hand. Er drückt sie fest, steht auf und nimmt mich in die Arme. Auch Alexandre steht auf. Er fährt fort:

»So viele Dinge sind von der Zeit aus unserem Gedächtnis gelöscht worden. Jeden Tag verschwindet eine Tradition, und ein Mythos wird vergessen. Ich ertrage es nicht, also warum soll ich dafür geradestehen?

Vor langer Zeit habe ich mich entschlossen, mein Leben der Bewahrung und Rettung dessen zu widmen, was ich für das wertvollste Erbe der Menschheit halte: der Kulturen, der Geschichte, der Riten, des Glaubens, des Ausdrucks unserer Unterschiede. Ich will versuchen, Künstliche Intelligenzen zu entwerfen, in denen unsere Mythen abgespeichert werden. Ein ganzes KI-Netzwerk, das für alle Ewigkeit die Identität jedes einzelnen Volkes bewahrt, das je auf der Erde gelebt hat.

Es ist schmerzlich, dass es so viele Dinge gibt, die man niemals erleben oder kennen lernen kann. Ich weiß, dass mein Kampf zum Scheitern verurteilt ist und dass meine KIs vielleicht das Einzige sind, was von der menschlichen Vielfalt übrig bleibt. Aber ich möchte nicht an eurem Projekt teilnehmen.«

Er hält inne, senkt den Kopf. Und dann ein letztes Aufbäumen:

»Tut mir Leid, Nasr, Thomas, ich kann es einfach nicht. Ihr habt bestimmt andere Argumente, und eure Gründe sind begründeter als meine sehr persönlichen Ansichten. Ich möchte mich entschuldigen.«

Er erlischt im wahrsten Wortsinn. Seine Gefühle überwältigen ihn. Wir schweigen alle. Niemand wagt zu sprechen. Alexandre steht allein. Wir anderen sind eng aneinander gerückt. Uns ist klar, dass er nicht berührt werden möchte. Er kreuzt die Arme über der Brust. Er ist sehr bleich.

Die treue Niamh bricht das Eis, indem sie ein Glas zerschmettert. Das kristallene Klirren erschreckt alle und entspannt die Atmosphäre. Mit fester Stimme erklärt sie:

»Jetzt bin ich dran.«

Wir wundern uns. Sie rückt ein Kissen zurecht und setzt sich zwischen meine Beine. Jan und ich halten ihre Hände.

»Dann fange ich mal an. Ich brauche nicht lang, zumindest glaube ich das. Ich bin sicher auch nicht so unerbittlich wie Alexandre, aber ich muss ein paar Dinge loswerden.

Für dich, Alexandre, sind die Traditionen der größte Reichtum der Menschheit. Damit bin ich nicht einverstanden. In deiner Gleichung gibt es ein paar Unbekannte.

Eigenart aller Traditionen ist es, sich zu verändern, in Vergessenheit zu geraten und wieder aufzuerstehen, wenn es der Mode gerade gefällt. Mit der Zeit und den Menschen nehmen sie ein anderes Gesicht an. Auch werden täglich neue Glaubensformen und neue Traditionen geboren. Wie habe ich das Dankesgebet der Chippendales an ihren großen Heiligen Iggy Pop bewundert! Nett ausgesucht!

Traditionen sterben, aber gleichzeitig werden neue geboren. Überdies sollte man zugeben können, dass einige zum Wohle der Menschheit besser aussterben sollten. Wie zum Beispiel die Beschneidung von Mädchen. Für mich ist es das kriminellste Ritual überhaupt; es dürfte niemals wieder durchgeführt werden. Mord an Neugeborenen, um die Bevölkerungsexplosion unter Kontrolle zu halten, ist etwas ganz Schreckliches – auch wenn es bestimmt ein paar Argumente dafür gibt. Auch die Shari'a, die Ehebruch mit Steinigung und Diebstahl mit Abhacken von Gliedmaßen bestraft, empfinde ich nicht als gerechte Tradition. Und da gibt es noch viele andere, die meinen Sinn für Gerechtigkeit und meinen gesunden Menschenverstand geradezu beleidigen.

Wenn ich dich nicht kennen würde, Alexandre, wäre mir bei deinem Monolog eben wahrscheinlich schlecht geworden. Ich finde, du hättest dir deine Argumente nicht ausgerechnet aus dem Vokabular faschistischer Reden ausborgen müssen.

Aber ich kenne dich. Ich weiß, dass dir jeder Mensch und

jede Kultur auf dieser Erde wichtig sind. Trotzdem muss ich dir sagen, dass du meiner Ansicht nach die Mentalität eines Museumswärters an den Tag legst.

Früher hast du aufseiten der *Söhne des Atoms* gekämpft, du hast die Moderne, die sakrosankte Evolution und das Wissen gefeiert. Du hast sie nach Kräften unterstützt, du warst glücklich, dass die Welt sich veränderte, dass das Wissen sich ausbreitete, dass die Gesellschaft anfing, bewusster zu leben. Du hast dich für persönliche Verantwortung und Engagement der Bürger eingesetzt. Du hast mit uns gegen alles demonstriert, was nicht in Ordnung war.

Ich weiß, dass uns heute viele wichtige und gute Informationen nicht mehr zugänglich sind, und bedauere das sehr. Ich halte nichts von der Angleichung nach unten, die sich trotz aller von uns ertrotzten Maßnahmen aus der Globalisierung zu ergeben scheint. Aber nachdem die Bewegung einmal in Gang gekommen ist, nachdem wir nun nichts mehr tun können, als ganze Völker hinter Mauern zu sperren, um dem Einhalt zu gebieten, was du Ansteckungsgefahr nennst, sollten wir unsere Taktik verändern und einen neuen Anlauf nehmen. Allerdings dieses Mal bewusster und mit mehr Anteilnahme.

Das Projekt Konstitution wird die Welt vor allen Dingen über ihre Realität und ihre Ähnlichkeiten in Kenntnis setzen. Das Referendum ist eine Art Virus, der das Bewusstsein, die Shekinah, einschleusen soll. Das Referendum wird neue Identitäten und neue Unterschiede schaffen. Es soll sozusagen ein Warnschuss sein, der die Maschinerie wieder zum Laufen bringt.

Die Quelle aller Mythen liegt im Leben, Alexandre. Man sollte das Weiterdrehen des Rades nicht verhindern.

Ich persönlich bin felsenfest davon überzeugt, dass es eine Macht gibt, die uns seit Anbeginn der Zeit dazu antreibt, den ursprünglichen Stamm wiederzufinden, umzuformen und ihn neu zu gründen. Wir sind dazu geboren, ein einziges Volk ohne Grenzen und ohne Nationen zu werden, ein vielfältiges Volk, das in der Lage ist, ein Paradies zu erschaffen.

Wir leben mit den Gewissensbissen des Zwanzigsten Jahrhunderts und im Bewusstsein unserer Grenzen. Doch wir sollten davon profitieren, sollten unsere Aufgabe im Rahmen unserer Mittel erfüllen. Wir sind dazu verdammt, mit dieser Welt umzugehen – sie zu beobachten, zu beschreiben und zu fühlen – ohne sie jemals wirklich erreichen zu können.

Unser Ziel ist das große Einssein, die wahre Wiedergeburt. Sie ist unvermeidlich, aber wir neigen nun einmal zur Ungeduld. Lasst uns der Evolution einen Schubs nach vorn geben.«

Als sie verstummt, ist sie außer Atem. In ihren Augen stehen Tränen, ihre Wangen sind feucht. Die ganze Zeit haben wir uns an den Händen gehalten. Mutige, süße Niamh. Hanke steht auf und kommt zu uns herüber, um unsere Rothaarige ebenfalls in den Arm zu nehmen.

Alexandre kommt mit Tee aus der Küche.

»Also, ich finde, etwas Gutes haben diese Traditionen schon!«, erklärt Thomas, den die Gefühlsausbrüche heiter stimmen.

»Was mich bei deinem Entschluss am meisten erstaunt, Man', ist deine Entscheidung für ein Referendum. Dass Volksentscheide in Belgien gegen das Gesetz verstoßen, hat doch seinen Grund. Es gibt nichts Zwiespältigeres und Schädlicheres. Selbst die Schweizer haben diese Form der Entscheidung inzwischen aufgegeben.

Die Verbindung aller Menschen zu einem Stamm liegt mir ebenso am Herzen wie euch. Aber die Mittel, dorthin zu gelangen, sind nicht die richtigen. Ich habe keine Lust, mir die ganze Nacht aus purem Vergnügen mit Diskussionen um die Ohren zu schlagen. Deshalb will ich versuchen, mich so kurz wie möglich zu fassen.

Ich sehe mich immer noch als Kämpfer für Veränderung und Evolution, aber der Zweck heiligt nicht immer die Mittel. Mit einem Volksentscheid gehen wir ein großes Risiko ein. Wir spannen damit den Karren vor den Ochsen. Zwar hat die Weltbevölkerung viele Dinge gemeinsam, aber Sprache gehört nun einmal nicht dazu. Wenn wir aber nicht einmal in der Lage sind, uns zu verstehen, wie sollten da unsere Fragen, so präzise sie formuliert sein mögen, auch nur den kleinsten Eindruck schinden? Wir könnten nie für die Glaubwürdigkeit des Ergebnisses garantieren, weil wir nicht für die Eindeutigkeit der Botschaft garantieren können.

Ich weiß, wir haben sehr viel Zeit damit verbracht, an den Fragen herumzufeilen, um genau diese Hürde zu nehmen. Aber mit einem Referendum gehen wir das Risiko ein, eine Zwei-Klassen-Konstitution zu schaffen. Wir haben uns für Englisch entschieden, weil es eine präzise Sprache ist und fast überall auf der Welt gesprochen wird. Aber eben nur fast überall. Nicht jeder spricht sie, und nicht jeder versteht sie, zumindest nicht unbedingt auf die gleiche Weise.

Ich glaube nicht, dass die Welt für eine solche Konfrontation bereit ist. Dennoch möchte ich das Projekt auf keinen Fall beendet sehen. Allerdings schlage ich vor, die weltweite Durchführung des Projekts Konstitution noch zu verschieben. Wir können meinetwegen diese Nacht damit anfangen, aber wir sollten es vielleicht auf die westliche Welt beschränken. Oder noch besser: auf unser gutes altes Europa. Dann haben wir immer noch genügend Zeit, uns mit Weiterentwicklung und Verbesserung zu beschäftigen.«

Mit diesen Worten setzt er sich. Nasr wirkt wie versteinert. Hanke hat immer noch dieses kleine Lächeln auf den Lippen. Diese Frau ist wirklich außergewöhnlich. Ich kenne niemanden sonst, der seine Gefühle so perfekt verbergen kann, ohne sie dabei aufzugeben. Die meisten Männer haben Angst vor ihr, und das Karnevalsröckchen aus den vielen Krawatten, die sie in Köln abgeschnitten hat, trägt nicht unbedingt zu ihrer Beruhigung bei. Aber darüber lacht sie nur. Sie denkt lieber nicht darüber nach.

Thomas' Argumente gefallen mir. Seit er am Nachmittag so böse wurde, hatte ich mich ein wenig vor seinem Beitrag gefürchtet. Schließlich war er ganz schön verärgert gewesen.

Keine Wortmeldungen mehr. Nasr und Hanke sehen sich stumm an. Nasr weiß nicht, was er noch sagen soll. Hanke hat keine Lust, zu sprechen. Unsere Berlinerin ist eher von der schweigsamen Sorte. Jan findet nicht die Worte, seine Visionen zu verbalisieren. Sein Kommunikationsmedium ist die Musik. Überraschenderweise lehnen alle nacheinander ab. Dann bin also jetzt ich an der Reihe.

Ich gönne mir noch einen kleinen Aufschub. Ich gehe in die Küche, leere die Aschenbecher, hole neue Getränke. Bald beginnt der Karneval. Die anderen sehen mir beim Herumwerkeln zu. Sie heben ihre Gläser mit glänzenden Augen. Es ist ein merkwürdiger Abend. Ich hatte eine solche Angst vor der Wucht ihrer Vorschläge. Dabei ist alles ruhig und traurig. Wie ein Übergangsritus. Was gäbe ich darum, jetzt nicht sprechen zu müssen!

Hanke und Jan werden nichts sagen. Sie fügen sich meinem Entschluss bedingungslos; darüber haben wir gesprochen. Nasr scheint sich mit Thomas zu arrangieren. Auch er möchte den »Zivilisationsschock« vermeiden. Am liebsten würde ich die Stille dieser Erleichterung auskosten, aber schließlich muss ich doch zum großen Schlag ausholen. Ich wollte doch eine Lawine lostreten! Also los, Man'!

»Auch wenn es nicht schön ist, das zuzugeben, aber ihr habt alle Recht. Und ihr habt Unrecht. Ich verstehe schon, dass ihr Angst habt – aber wovor? Davor, dass unser großartiges Projekt Konstitution tatsächlich in Gang kommen könnte? Wirklich? Ehrlich gesagt hätte ich euch nicht für so naiv gehalten.«

Sie sind müde und lassen mich weitersprechen.

»Glaubt ihr wirklich, man ließe uns mit unseren Verrücktheiten bis zum Ende gewähren? Glaubt ihr ernsthaft, das Resultat unserer Befragung wäre zu etwas nutze? Ach, ich liebe euch!

Heute Nacht werde ich in einem Cybercafé an der Place Béthléem auf ein winzig kleines Knöpfchen drücken und den Virus auf die Reise schicken. Viele Menschen werden sich den Kopf zerbrechen, wenn sie unsere Nachricht erhalten. Ein paar Zeitungen werden darüber berichten. Aber das war's auch schon. Und selbst wenn noch ein wenig mehr passierte – mehr als ein Dummer-Jungen-Streich ist es nicht.

Auch wenn sich alles so entwickeln würde, wie wir es vorgesehen haben: der Gang zur Urne ist die einzig rechtmäßige Form der Wahl. Da wir aber als dem Terrorismus nahe stehend betrachtet werden, wird uns auch das versagt bleiben. Sicher verstehe ich, dass wir alle davon träumen, mit unseren Werken die Welt zu verändern, aber eure Reaktionen haben mir gezeigt, wie ernst wir uns inzwischen schon nehmen. Wir haben keinerlei Legitimierung vorzuweisen, wir haben keine Macht, und wir stellen niemand anderen dar als uns selbst. Wie könnt ihr glauben, dass die Regierungen uns plötzlich mir nichts dir nichts erlauben, die Welt auf unsere Weise zu verändern?

Unsere einzige Stärke liegt darin, die Leute zum Nachdenken zu zwingen. Das Projekt Konstitution wird das Gesicht der Welt nicht von einem Tag auf den anderen verändern, aber es wird einige Leute verändern. Unser Stamm wird sich vergrößern. Zusätzlich werden wir die Ergebnisse der größten soziologischen Umfrage aller Zeiten in den Händen halten. Eine unvorstellbare Menge von Informationen, die wir unserem Kampf zugrunde legen können.

Wir verändern die Welt nicht, indem wir ein paar Fragen stellen. Auch nicht, wenn wir es auf spektakuläre Weise tun. Aber wir können uns der spektakulären Mittel bedienen, um die Welt zu sondieren und besser kennen zu lernen.

Das Projekt Konstitution ist unser trojanisches Pferd. Mit dem System, das wir auf die Beine gestellt haben, kommen wir überall durch. Es ist einer der am besten durchgeführten und bestgeschützten Hackerangriffe aller Zeiten. Wir mogeln uns durch, wir stellen ein paar ethische Fragen ohne offenkundige Fußangeln. Einige Leute werden sie beantworten, andere nicht. Aber alle werden sie sehen. Sie werden darüber nachdenken. Es ist ein Samenkorn – eine Investition.

Thomas hat die Sprache unserer Umfrage kritisiert. Doppeldeutigkeit ist das Wesen von Sprache. Zwei Menschen, die in der gleichen Sprache und dem gleichen sozio-kulturellen Umfeld aufgewachsen sind und das Gleiche gelernt haben, verstehen sich manchmal nicht, weil sie den gleichen Worten verschiedene Bezüge zuweisen. Die absolut perfekte Kommunikation ist schlichtweg unmöglich. Die meisten Wissenschaftler definieren ihre Konzepte und erklären ihr Vokabular, ehe sie sich auf eine Debatte oder eine Darstellung ihrer Theorien einlassen. Egal, welche Sprache wir wählen, wir werden nie vollkommen verstanden.

Trotzdem gefallen mir die anderen Argumente, die Thomas angeführt hat, und ich bin dafür, seiner Anregung zu folgen und das Projekt fürs Erste lediglich auf die Europäische Union anzuwenden. In der EU haben wir mit einer mehr oder weniger homogenen Gesellschaft zu tun, deren Geschichte und Kultur sich in gewisser Weise ähnelt. Unsere Rechtmäßigkeit würde dadurch gestärkt.

Trotzdem muss ich euch erklären, warum ich ausgerechnet den europäischen Karneval ausgesucht habe, um die Operation Konstitution in Angriff zu nehmen.

In unserem Projekt waren mir ein paar Fehler aufgefallen, und ich dachte darüber nach, wie man sie umgehen könnte, ohne die ursprüngliche Zielsetzung aus den Augen zu verlieren. Doch je mehr ich darüber nachdachte, desto irrealer und utopischer erschien mir die ganze Sache. Mehr als mir lieb war.

Jenseits unseres Ziels, erkannte ich allerdings die unschätzbaren Informationen, die uns damit in die Hände gelegt würden. Es würde Antworten auf all unsere Fragen geben. Als Anthropologin konnte ich nicht widerstehen. Ich erwartete die Resultate mit einer derartigen Ungeduld, dass mir eine Idee kam.

Wenn man sich unsere Art zu funktionieren vor Augen führt, fällt auf, wie kompliziert wir sind. Mit dem Fortschritt entdeckten wir die Relativität, mit der Wissenschaft wurden wir von Zweifeln heimgesucht, und mit der Revolution erfanden wir unser Recht auf Glück. Und ganz nebenher erwarben wir uns die persönliche Identität. Gruppenzwänge wurden umso unwichtiger, je weniger wir die Gruppe brauchten, um unsere Bedürfnisse und Gelüste zu befriedigen. Vorschub leistete hier auch die Schulpflicht. Ihr verdanken wir eine bessere Kenntnis des Räderwerks der Gesellschaft, eine größere Transparenz, ein geschärftes Bewusstsein für Ungerechtigkeit und damit verbunden eine Bereitschaft, Fakten in Frage zu stellen.

Natürlich existiert immer noch eine gewisse Nostalgie. Alexandres Traditionen. Der Ruhezustand bietet einfach eine höhere Sicherheit als der Wechsel. Wechsel beinhaltet

Unbekanntes, Wechsel impliziert Zweifel. Tradition bietet Sicherheit. Sie verwurzelt und rechtfertigt die Normen, die sie selbst schafft, sie verhindert das Nachdenken und erlaubt es, keine Verantwortung zu übernehmen.

Doch wir wissen alle, dass die Evolution unabwendbar ist. Wenn die Maschine einmal angelaufen ist, kann sie durch nichts und niemand mehr gestoppt werden. In unserer Freizeitgesellschaft sind die Normen nonkonformistisch geworden. Jede Generation stellt die vorhergehende in Frage; die Technologie tut ein Übriges, indem sie Gräben auftut, wo sich die Neuerungen sammeln. Manch einer verliert dabei den Boden unter den Füßen. Die Gesellschaft der Individuen ist noch nicht sehr alt. Wir kennen sie auch noch nicht besonders gut. Aber sie hat unsere Vorstellung von Realität grundlegend verändert.

Die Humanwissenschaften haben das 20. Jahrhundert damit verbracht, die Menschheit auseinander zu pflücken. Psychologie, Soziologie, Ethnologie und Anthropologie haben nach und nach sämtliche Bastionen der Realität zerstört. Die mentale Landschaft des Westens hat sich radikal verändert. Wir wissen, dass wir existieren, wir wissen, dass wir uns trotz aller Unterschiede ähnlich sind, wir wissen, dass wir alle gleich sind. Der Mensch hat seinen Platz im Universum, ebenso wie jedes andere Lebewesen. Der Mensch hat eine gewisse Verantwortung gegenüber dem Universum. Jedes Ereignis hat einen Grund und eine Konsequenz. Die Religionen und Institutionen wurden wie viele andere Orientierungspunkte von diesem Sturm hinweggefegt.

Das Individuum wurde geboren, weil wir uns in der Flaute der Moderne zur Wehr setzen mussten, ohne uns an der kleinsten Gewissheit festklammern zu können. Als Resultat dieser dauernden Konfrontation definiert man sich schließlich selbst über die Auswahlmöglichkeiten, die man geboten bekommt. Man erreicht die Möglichkeit, aber auch die Pflicht, die eigene Realität zu erkennen, um seine Willensfreiheit nicht zu verlieren. Aber in Wirklichkeit hat man niemals eine Wahl ...«

An dieser Stelle brachte ich sie tatsächlich zum Lächeln.

»Wir sind Pilger des Zweifels. Wir sind nicht in der Lage, uns einer herrschenden Doktrin anzuschließen, obwohl die Versuchung groß ist. Wir sehen uns ständig gezwungen, Darstellungen mit unserer eigenen Beobachtung zu vergleichen und die Massen an Information nachzuhalten. Die Vernichtung der Norm hat den Ich-Kult ins Leben gerufen, und es ist kaum mehr möglich, sich dem zu entziehen. Dennoch haben wir dank unserer persönlichen Realität die Möglichkeit, eine gemeinsame Realität entstehen zu lassen und sie zu teilen und zu verbreiten. Manche Menschen nennen das Gesellschaft: Es ist der Raum, wo wir uns wiederfinden können, der Raum, den wir erbaut haben, indem wir uns gegenseitig zähmten und uns kennen und respektieren lernten.

Es ist ein Raum, wo wir versuchen, in Harmonie mit den anderen und ohne Konflikte zu leben. Es ist der Raum, der Alexandre solche Angst macht, der Raum, in dem sich unsere Ähnlichkeiten ansammeln. Wir erbauen diesen Raum dank unserer wahren Selbstkenntnis, aber auch dank einer tief gehenden Kenntnis der anderen. Wenn wir erwarten, dass ein anderer unsere eigen Realität anerkennt, müssen wir auch seine respektieren. Ohne diese Anerkenntnis der Andersartigkeit und der Verschiedenheit unseres Gegenübers würden wir uns nur mit Misstrauen begegnen und müssten uns auf oberflächliche Beziehungen beschränken.

Genau das bedeutet für mich die menschliche Identität. Es ist der Raum voller Harmonie, wo man sich mit dem anderen zu Hause fühlt. Wo man sich in dem anderen dank seiner Andersartigkeit erkennt, denn sie wird durch Identität geschaffen. Es ist der kleinste gemeinsame Nenner, der uns allen eigen ist. Es ist unsere Vereinbarung, unser Konsens, um uns wohl zu fühlen, unser Gleichgewicht.

Und das wünsche ich mir für die gesamte Menschheit. Ich sage nicht, dass ich es erschaffen will, denn ich glaube kaum, dass ein einziges Leben dafür genügt.

Ich möchte die Gleichheiten der Menschen erkunden. Ich möchte ihnen eröffnen, was sie verbindet und was sie eint, ohne an das zu rühren, was sie bleiben möchten oder werden wollen. Dazu dient das Referendum. Es soll erfassen, Bewusstsein durchleuchten und Realitäten entdecken. Ich möchte die Identität des Menschenstammes entdecken und sein Schicksal entziffern.«

Leuchtende Augen. Ich bin erleichtert.

»Ganz ehrlich, Thomas, deine Idee da vorhin ... Ich verstehe gar nicht, warum ich da nicht selbst drauf gekommen bin. Die Problematik der Kulturen hat mich schon immer gestört, und du hast mir endlich die Erleuchtung verschafft. Das Projekt zunächst nur in der EU durchzuführen bedeutet, einen Schritt zurückzugehen, um besser Anlauf nehmen zu können. Klein anfangen, niemandem auf den Schlips treten, aber sich bemerkbar machen.

In der Auseinandersetzung des heutigen Abends ging es um Idealismus kontra Vorsicht. Zwar hat die Vorsicht gewonnen, aber das bedeutet nicht den geringsten Verlust für den Idealismus. Und das ist gut so. Allerdings haben weder Nasr noch Hanke und Jan gesprochen. In einer halben Stunde beginnt der Karneval. Sind wir vorwärts gekommen ...?«

Marcus Hammerschmitt

Mit der vorangegangenen Geschichte haben wir, scheint es, wieder den Weg zurück in die Gegenwart, zurück in unsere Realität angetreten.

In dieser Realität ist der Name Marcus Hammerschmitt ein Synonym für literarisch anspruchsvolle Science-Fiction. Jeder weiß das, mit Ausnahme derjenigen, die hier zu Lande bestimmen, was Literatur ist und was nicht – ein Manko, von dem Hammerschmitt sich allenfalls zu ätzendem Spott bewegen lässt, nicht aber dazu, von der Science-Fiction zu lassen, denn in seinen Augen ist »nur sie in der Lage, die technologische Entwicklung, ihre falschen Versprechungen und Mythen einerseits zu antizipieren und andererseits kritisch zu reflektieren«.

Geboren 1967 in Saarbrücken, studierte Marcus Hammerschmitt in Tübingen Philosophie und Germanistik und erlangte 1993 den Magistergrad mit einer Arbeit über Theodor Adornos »Minima Moralis«. In Tübingen lebt er auch heute noch, mit seiner Frau und seinen zwei Kindern, und zwar seit 1994 als freier Schriftsteller.

Seine ersten Veröffentlichungen erschienen, durchaus angemessen, in der »Fantastischen Bibliothek« des Suhrkamp-Verlages. Es begann 1995 mit ***Der Glasmensch****, einer Sammlung von SF-Erzählungen, von denen eine sofort den* ***Deutschen Science Fiction-Preis*** *gewann. Es folgte 1997* ***Wind****, zwei kurze Romane in einem Band, und schließlich 1998 der Roman* ***Target****, der 1999 im Rahmen einer Kassette mit Werken namhafter SF-Autoren noch einmal* *aufgelegt wurde und dort nun neben Romanen von Stanislaw Lem, H.P. Lovecraft, J.G. Ballard und den Brüdern Strugatzki steht. Danach trennte Marcus Hammerschmitt sich jedoch von Suhrkamp und wechselte zu dem jungen, aber rührigen Hamburger Argument-Verlag. 2000 erschien* ***Der Opal****, eine Space Opera, die ihre fantasiesprühende, farbenprächtige Handlung auf kaum glaubliche 200 Seiten verdichtet. 2001 folgte der Roman* ***Der Zensor****, in dem irgendwann im 21. Jahrhundert die Mayakultur eine Renaissance erlebt und dank überlegener Beherrschung der Nanotechnologie Europa erobert.* ***Polyplay****, erschienen 2002, ist ein Science-Fiction-Krimi vor dem Hintergrund einer alternativen Geschichte, in der der Sozialismus gesiegt und sich die Bundesrepublik der DDR angeschlossen hat.*

Die Liste seiner Auszeichnungen belegt, dass Marcus Hammerschmitt auch außerhalb des SF-Genres deutlich wahrgenommen wird: Er war Träger des ***Thaddäus Troll-Preises*** *1997, des* ***Essaypreises der Büchergilde Gutenberg*** *1998, des* ***Würth-Literaturpreises*** *1999 und des* ***Digital Content Award*** *2001 (MFG Baden Württemberg). Die SF-spezifischen Preise –* ***Deutscher Science Fiction-Preis*** *(1996) und* ***Kurd Laßwitz-Preis*** *(1999 u. 2001) verstehen sich von selbst.*

Und das ist noch längst nicht alles. Es gibt Lyrik aus Marcus Hammerschmitts Feder, Versuche, diese online zu vertreiben, Gedichtlesungen auf CD, Online-Projekte, Hörspiele und politische Artikel, und vor allem: Essays. Sein 1999 erschienener Essayband ***Instant Nirwana****, eine eloquente Abrechnung mit dem New Age- und Esoterikwahn, sowie die 2002 unter dem Titel* ***Das geflügelte Rad*** *veröffentlichten Betrachtungen über Geschichte und Wesen der Eisenbahn belegen, dass Marcus Hammerschmitt ein begnadeter Essayist ist, scharfzüngig, wenn es sein muss, mit spürbarer Begeisterung für sein Thema und immer zielsicher auf den Punkt kommend. Er ventiliert diese Begabung in zahllosen Glossen für Internetmagazine und kleine Zeitschriften, und man kann nur bedauern, dass keine der großen deutschen Zeitungen es wagt, sich eine* *wöchentliche Kolumne von Marcus Hammerschmitt schreiben zu lassen.*

Worauf man sich da einließe, lässt die nun folgende Erzählung ahnen, die Politisches, Technisches und Psychologisches zu einem höchst vergnüglichen Cocktail mixt. Ein Mann macht sich auf, seine Zukunft in die eigenen Hände zu nehmen – allerdings erst nach ein paar herben Tritten in den Allerwertesten …

Vaucansons Ente

von Marcus Hammerschmitt

Die Scheiß-Neger waren mir eigentlich total egal. Ich wollte nur mal endlich was mit meinem Geld machen, was halbwegs Sinnvolles, mehr Geld eben. Oder wollte ich das? Im Grunde fing alles mit einer Bemerkung meines nutzlosen Freundes Rüdiger an.

Ich kenne Rüdiger noch vom Studium. Er hat im Gegensatz zu mir außer Maschinenbau auch Soziologie und Philosophie studiert. Das hat ihm aber auch nichts genutzt. Er ist genauso blöd wie ich. Dumme Sprüche klopfen und große Philosophen zitieren, das kann er allerdings besser als ich. Wenn das kein Vorteil ist. Außerdem ist er auch noch Marxist. Zynischer Marxist, wie er immer sagt. Blöder Marxist, würde ich genauer sagen, aber zynisch stimmt auch, denn er beschimpft mich manchmal mit Marxzitaten, und gleichzeitig schuldet er mir bis heute einen Riesenhaufen Geld, von dem ich keinen Cent je wieder sehen werde, weil Rüdiger nicht nur ein Philosoph, ein Marxist und ein Zyniker ist, sondern auch ein Schnorrer. So sind meine Freunde. Sie schnorren von meinem Geld und beschimpfen mich mit Zitaten, die einen Mordsbart haben und von vergammelten Philosophen stammen, die auch Mordsbärte hatten. Eigentlich habe ich nur einen einzigen Freund. Rüdiger. Unsere Beziehung ist kompliziert.

Ich bin kein Marxist. Ich bin planlos liberal.

An diesem Abend hatten wir schon ziemlich getankt, man kann sogar von Schlagseite sprechen. Um ehrlich zu sein, wir waren total breit. Da ging nicht mehr viel. Aber immer, wenn nicht mehr viel ging, schlug Rüdigers Stunde. Die Stunde der Beleidigung.

»Kall MAAx. Die Welt ... die Wert ... die Wertveränderung«, fing er an, und ich dachte: Oh Mann. Geht wieder los. Dann war eine Weile Stille. Rüdiger musste sich sammeln.

»Die WERT-Veränderung des Geldes, das sich in Kapitol verwandeln soll.«

Er lachte laut, hysterisch und besoffen auf.

»Hahaha! In Kapitol! Dassisgut!«

Noch ein Schluck zur Stärkung.

»– das sich in KapitAAL verwandeln soll«, fuhr er fort, »kann nicht an diesem ... an diesem ... Dingsda ... Geld selbst vorgehen. Weißt du das eigentlich. Du Schlaumeier?«

Er sah mich wie ein angezählter Boxer an, und ich wusste, dass ich genauso zertrümmert aussah. Wenn er mich »Schlaumeier« nannte, war es ganz schlimm. Und ich konnte mich nicht wehren. Ich war nicht einmal mehr sicher, ob ich aufstehen konnte, um aufs Klo zu gehen. Ich war mir auch nicht sicher, ob Marx je von »Dingsdageld« gesprochen hatte.

»SONDERN!«, donnerte Rüdiger plötzlich. »DENN! Als Kauf- und Zahlungsmittel re-a-li-siert es nur den Preis der ... den Preis der ... weißu schon. Hihi. Der Preis is heiß. WÄHREND! Es, in seiner eigenen Form verharrend, wie ein Gugelhupf, den keiner isst, zu einem Petrefakt. Von reichbleibender ... von gleichbleibender Wertgrö«- Rüdiger musste einen Schluck nehmen – »größe ... undsoweiter.«

Er sah mich an mit der Überlegenheit der Säufer.

»Weißu was das heißt, du Schlaumeier? Weißu, was DAS heißt?«

»Drauf geschissen. Gugelhupf. Pfff!«, lallte ich.

»Petrefakt! Versteinerung! Du und dein GELD, ihr seid eine Scheiß-Versteinerung! Du machst nix damit, außer drauf sitzen mit deinem AAsch! Kall MAAX! Der fand sogar Kapitalisten bessa als Scheiß-Erben! Der Kapitalist, der macht wenigstens was! Du bis Scheiße versteinert!«

Und dann schloss er die Augen und versank in einem Genuschel, aus dem ich mit viel Mühe noch die Worte »Klassenspaltung«, »kein Kapital«, »Arbeitskraft« rausziehen konnte. Dann fing er an, die Internationale zu summen.

»Du Blödmann«, entgegnete ich geschickt, »du lebs von versteinerter Scheiße.«

Mann oh Mann.

Tja. Und in den nächsten Tagen stellte ich fest, dass ich wohl nicht betankt genug gewesen war, weil ich mich an den ganzen Mist erinnern konnte. Ich fand das gar nicht lustig. Ich wurde sogar richtig sauer. Was bildete der sich eigentlich ein! Mein Geld war überhaupt nicht versteinert! Es brachte Zinsen, bei der Bank! »Aber es arbeitet nicht.« Daran erinnerte ich mich auch. Das hatte mein Finanzberater gesagt. Bei der Bank. Der nicht wollte, dass ich mein Geld auf einem normalen Sparkonto und in Bundesschatzbriefen versauern ließ. Es sah nach einer Verschwörung aus. Mein Bankberater und mein vulgärmarxistischer Freund Rüdiger waren einer Meinung: Petrefakt. Es musste was passieren.

An diesem Tag passierte noch zweierlei. Erstens suchte ich im Internet nach dem Zitat von Karl Marx. Und fand es. Natürlich ohne Dingsdageld und Gugelhupf. Aber trotzdem ziemlich unverständlich. Wie der ganze andere Mist, den Rüdi mir schon vorgebetet hatte. Ich verstand immerhin, dass »Petrefakt« nicht gut war. Also schon drei, die mir empfahlen, mein Geld arbeiten zu lassen. Ein Vierter fiel mir auch noch ein: mein Vater. Er hatte mir noch auf dem Sterbebett gesagt: Mach was draus. Nicht nur rumvögeln und schnelle Autos fahren. Ich hatte es ihm versprechen müssen. Eine komische Viererbande. Ich kam ernsthaft ins Grübeln.

Und ich rechnete mit Rüdiger ab. Ich schrieb auf, wie viel Geld er mir schuldete. Ich erinnerte mich nicht mehr an alles, nur noch an etwa 100.000 Euro. Eine ziemlich lange Liste von Einzeltiteln, und wenn man es genau nahm, »unterstützte« ich ihn außerdem regelmäßig. 1000 pro Monat im Durchschnitt. Seit langen Jahren. Ich warf die Rechnung sofort wieder weg. Ich wollte meinen einzigen Freund nicht verprellen.

Am Abend kam dann die Mail.

Wer ist schon so blöd und nimmt Werbemails ernst? Ich. Der Stefan. Ein typischer Doofmann der New Economy. Wenn sie zu viel versprechen, Finger weg. Hat mein alter Herr immer gesagt. Recht hatte er. Aber es klang auch zu gut, was die »Portatech Ltd.« da hinlegte. Mini-Fabriken wollten sie bauen und verticken an die Dritte Welt. Also Fabriken, die in einem 40-Fuß Container Platz hatten. Bäckereien, Metallverarbeitung, Elektronik, Reifenaufbereitung, Plastikgeschirr, Aluminiumeimer und so weiter und so fort. Je eine Mini-Fabrik für eine spezielle Aufgabe, untergebracht in einem zwölf Meter langen Standard-Schiffscontainer, daher geeignet für Bahn, Schiff und in Maßen auch für Flugzeug und Helicopter. Strukturschwaches Buschland? Unterbrochene Transportwege? Kein Geld für Großinvestitionen? Alles kein Problem mit den Minifabriken, die klein, verhältnismäßig billig, verbrauchsarm und mobil waren.

Aber natürlich: Es sei alles noch im Stadium des Prototyps. Es gebe funktionierende Muster, die man gerne vorstelle, aber die abschließende Entwicklung zur Serienreife, die müsse noch unterstützt werden. Und da seien jetzt eben Leute mit Visionen gefragt, die auch mal in ein »unorthodoxes Technologiefeld« investieren wollten. Die möglichen Verdienste seien enorm. Was brauche die gebeutelte Dritte Welt mit ihrer notorischen Strukturschwäche mehr als sofort einsetzbare industrielle Kapazitäten, die zudem noch modular den Bedürfnissen vor Ort angepasst werden konnten? Man würde uns das Zeug nur so aus den Händen reißen, würde man. Und der ethische Mehrwert sowieso: Wer die Portatech unterstütze, unterstütze letztendlich die Dritte Welt. Gleichzeitig was gegen die eigene Armut und die der Neger tun. Prima Sache. Nur die Entwicklung zur Serienreife, die stünde noch aus. Nächste Vorführung eines Prototypen für Interessierte: Kinzighofen/Bayern, 12. 5. 14.00 bei der Firma Ludwig Logistik, Innenhof.

Rüdiger war gleich misstrauisch. Was Wunder: Als geborener Schmarotzer roch er seine Artgenossen kilometerweit gegen den Wind.

»Die wollen dich abneppen«, sagte er sofort. »Kinzighofen, das ist ja selber Dritte Welt. Das ist ein Schwindel, jede Wette. Mini-Fabriken. Hab ich noch nie was von gehört. Ich lese regelmäßig den Economist, die Financial Times und die Financial Times Deutschland. Ein Marxist braucht diese Infos. Stand nichts von Mini-Fabriken drin. Würd ich nicht machen.«

»Du hast nur Angst, dass ich pleite geh und du mich nicht mehr melken kannst, du Penner.«

»Oder so«, sagte Rüdiger und grinste. Ich hätte auf dieses Grinsen besser Acht geben sollen.

Ich fuhr nach Kinzighofen.

Das war vielleicht eine Show. Ziemlich windig an dem Tag. Dem Oberclown (»Dr. Eberhard«) flogen einmal die

Papiere weg, und er musste ihnen hinterherspringen. Machte aber nichts. War eher human touch. Ansonsten lief alles perfekt. Die Containerfabrik, die mit ihren 12 Metern Länge und 3,30 Metern Höhe überhaupt nicht so sehr Mini und tragbar aussah, war auf das Anfertigen von Wassereimern spezialisiert. Wassereimer aus Aluminium.

»Jetzt stellen Sie sich mal vor«, sagte der gutangezogene Containerfabrikenfachverkäufer, »was in Afrika das dringendste Problem ist? Na?«

Die hoffnungsvollen Investoren, darunter ich, glotzten blöd.

»Die Sonne?«, wagte sich einer vor, und die anderen lachten. Wie in der Schule.

»Gar nicht so falsch«, schmunzelte der gut gekleidete und gut aussehende Doktor. »Aber doch nur mittelbar. Unmittelbar ist es oft so, dass Wasser vorhanden ist, das nicht von der Sonne verbraten wird, aber nur schwer zu den Menschen kommt, die es brauchen. Fließend Wasser? Kanalisation? Können Sie vergessen. Und dann haben die Afrikaner ein Problem. Da gibt es diese Quelle, anderhalb Stunden zu Fuß entfernt. Aber wenn ich nur eine halb angebrochene Kalebasse habe oder einen löcherigen Lederschlauch, was mache ich da? Ein Eimer, ja das wäre was. Ein richtiger schöner Eimer mit Deckel, damit nicht gleich alles verdunstet. Und wo kriegt der Afrikaner seinen Eimer her? Ab heute von uns!«

Dr. Eberhard öffnete eine Klappe an der Vorderseite des Containers, vor dem wir herumstanden wie die Ölgötzen, und ein paar leuchtende Knöpfe kamen zum Vorschein. Sehr beeindruckend. Eberhard drückte den größten, und es begann elektrisch zu summen und zu brummen, dass es eine Pracht war. »Oh« und »Ah« rings um mich her.

»Kommen Sie«, sagte Eberhard, »kommen Sie mit!«

Und er führte uns an der Flanke des Containers entlang

zu einer Art Fenster, das man in die Blechwand hineingeschnitten hatte. Dort ging einiges vor. Man hörte hydraulisches Zischen, Achsen beförderten sichtbar glänzendes Aluminiumblech, Manometerskalen zuckten, der Boden bebte leicht unter den Erschütterungen von Druckpressen. Es war ein bisschen wie bei der Sendung mit der Maus.

»Was Sie hier sehen, ist hochintegrierte Fertigungstechnik der neuesten Generation. Unsere Ingenieure haben ganze Arbeit geleistet, um Standardverfahren so zu minimieren, dass sie prozessorientiert genau in das Gesamtkonzept hineinpassen – holistic engineering, wenn Sie verstehen, was ich meine. Small ist beautiful – das ist unser Motto.«

Er redete nur Müll, das fiel mir als Maschinenbauer schon auf, aber ich dachte, das ist halt das übliche Marketingdeutsch, das kann man auch in Werbebroschüren von Daimler-Chrysler lesen, und wer würde schon an den Produkten von Daimler-Chrysler zweifeln? Keiner kam auf die Idee, Eberhard zu fragen, warum wir nur einen kleinen Teil des Fertigungsprozesses zu sehen bekamen und nicht die ganze Anlage. Waren wohl alles Fans von der Sendung mit der Maus. Da zeigen sie ja auch nicht die ganze Fabrik, sondern nur die Zwischenschritte.

»Und hier«, sagte er, als wir am Hinterende des Containers angekommen waren, »haben wir unser Produkt!«

Aus einer Klappe fielen scheppernd die Eimer auf eine Rutschbahn und rollten herunter, in die Arme zweier Kerle, die mit ihren Blaumännern und Käppis wie Fabrikarbeiter aussahen. Sie stapelten die Eimer geübt zu glitzernden Türmen. Einer davon wurde vom Wind umgeblasen und rasselte zu Boden. Sofort sprang ein dritter Farbikarbeiter herbei und brachte die Sache in Ordnung.

»Nehmen Sie sich ruhig einen«, rief Eberhard. »Jeder nimmt einen als Andenken. Kostet nichts, verpflichtet zu nichts. Das ist Qualität! Damit kann man arbeiten! Auch in Afrika!«

Natürlich habe ich einen genommen. Und einen Deckel. Unterschrieben habe ich auch gleich. 2 Millionen.

»Hahaha«, lachte Rüdiger. »Du Arschloch! 2 Millionen in den Sand gesetzt! Die sind weg!«

»Das werden wir ja sehen. Zahl du mir erst mal zurück, was du von mir geliehen hast!«

Rüdiger lachte nur. Ich schmiss ihn raus.

Alles sah ganz wunderbar aus. Es gab E-Mails, Broschüren und sogar Videocassetten zu den Fortschritten des holistic engineering. Aktien natürlich auch. Ich zeichnete Aktien für noch einmal 1 Million. Rüdiger und ich, wir kifften uns zu und guckten uns einen der Filme an. Rüdiger musste so lachen, dass er mich ansteckte.

»So ein Quark! Das glaubt doch keiner! Guck dir mal die Schwuchtel da an, wie die das Blech in der Hand hält! Schauspieler! Schiebung!«

Er fiel fast vom Stuhl vor Lachen. Ich auch.

Und dann kam nix mehr. Gar nix. Keine E-Mails, keine Broschüren, keine Videos mehr. Die Portatech hatte groß angekündigt, die erste Eröffnung einer Containerfabrik »weltweit« im Internet live zu übertragen, stattdessen gab's die Website www.portatech.co.uk zum angekündigten Termin überhaupt nicht mehr. Hahaha, selten so gelacht. Eigentlich war mir zu diesem Zeitpunkt klar, dass Rüdiger Recht gehabt hatte und dass das Geld weg war. Alles. 3 Millionen. Ratzeputz. Aber irgendwie wollte ich es nicht glauben. Der Eimer stand doch in meinem Abstellraum, mitten unter dem anderen Gerümpel. Und er war doch aus der Containerfabrik herausgerollt, ich hatte es doch mit eigenen

Augen gesehen! Seltsamerweise machte sich Rüdiger zu dem Zeitpunkt sehr rar, als die Portatech offline ging. Keine blöden Bemerkungen auf meinem Anrufbeantworter, keine Selbsteinladungen zum Bier, keine Schnorrereien. Ich wunderte mich schon. Andererseits war es mir auch recht. Wenn er mir zum Beispiel an dem Abend, als ich die Website nicht mehr finden konnte, mit irgendeinem Marx-Zitat gekommen wäre, ich hätte ihm vielleicht in die Fresse gehauen. So ganz unter Freunden.

Was sollte ich tun? Ich hatte keine Ahnung. Ich las mir alles noch einmal durch, und verdrängte die Wahrheit: alles Kacke. Die pompöse Mail mit der Ankündigung der Einweihungsfeier faselte irgendetwas davon, dass sie in Lagos, Nigeria stattfinden sollte. Das Auswärtige Amt hatte seine Internet-Adresse noch. Die Auskünfte waren eigentlich ziemlich klar: Kriminalität extrem, Schwierigkeiten mit der Benzinversorgung, Unruhen ab und zu auch in Lagos selber, mit effektiver Hilfe der nigerianischen Polizei können Sie nicht rechnen. Man hätte auch einfacherweise hinschreiben können: Fahr nicht hin. Ich flog nach Lagos. Ich wollte mein Geld zurück.

Schon am Flughafen wurde mir sofort klar, dass ich einen krassen Fehler gemacht hatte. Überall Neger. Das klingt wahrscheinlich total blöd, aber ich hatte nicht mit so vielen Negern gerechnet. Und ein Gewusel wie in einem Ameisenhaufen. Laut, dreckig, stinkig. Ich charterte am Flughafen einen Taxifahrer, der mich nicht entführen oder umbringen wollte. Wie ich bei meiner Rückkehr erfahren habe, war das das reine Anfängerglück. Lagos kann ich nicht beschreiben. Schon bei der Fahrt in die Stadt mussten wir mehreren liegen gebliebenen Autos ausweichen, die man in dem unglaublich dicken Smog nur erahnen konnte. Unvorstellbar. Einmal krachte es gleich hinter uns, ein anderer Fahrer war nicht so auf Zack gewesen wie meiner. »Ich will, dass Sie Lagos überleben!«, schrie mein Fahrer lachend. Ich auch, dachte ich und krallte mich in dem zerrupften Polster meines Sitzes fest. Wir kurvten endlos in Lagos herum. Staus, Unfälle, Polizei, ein Albtraum. Ich weiß nicht, woraus Termiten ihre Bauten machen, aber Lagos kam mir vor wie ein Termitenhaufen aus Scheiße.

Der Hafen – da blieb mir die Spucke weg. Das war die Mülldeponie des Termiten-Scheißhaufens. Aber mein braver Taxifahrer kam da irgendwie durch. Es ist doch erstaunlich, was Verbrennungsmotoren alles so können, wenn man vier Räder drantut. Alle hundert Meter hielt mein Fahrer an und versuchte herauszufinden, wo die Portatech Ltd. war. Man muss dazu wissen, dass es von Lagos keine brauchbaren Karten gibt, weil sich alles so schnell ändert, dass Karten eh nutzlos wären. Größere Siedlungszusammenhänge, die kann man so Pi mal Daumen angeben, aber einzelne Straßennamen: Vergiss es. Alle hundert Meter wurden wir in eine andere Richtung geschickt, während sich um uns herum Trauben von Kreaturen zusammenrotteten, die wie Zombies auf mich wirkten. Ich saß in der Karre wie auf einem Präsentierteller. Der einzige Weiße. Eine Pistole wäre nicht schlecht gewesen. Oder ein Gewehr.

Schließlich machten wir vor einer verrotteten Lagerhalle Halt, die einmal blau gewesen war. Tore oder so gab's nicht. Einfach nur eine gigantische Blechbaracke, durch die man quer durchsehen konnte.

»Hier?«, fragte ich.

»Doch, doch«, war die Antwort meines Fahrers, »kommen Sie, kommen Sie!«

Der Gestank war unbeschreiblich. Auf der anderen Seite der Blechhalle: das Hafenbecken. Es schien ein Gemisch aus Scheiße und Öl zu enthalten, so roch es nämlich.

Ohrenbetäubendes Möwengeschrei über unseren Köpfen. Ja, das durfte auch nicht fehlen.

Der Taxifahrer war mir schon vorausgegangen. In der Halle war nichts. Nichts außer Staub und Fliegen. Und einem Container. Den Resten eines Containers. Man konnte den Resten noch ansehen, dass sie einmal ein Container gewesen waren, weil noch nicht alles verbogen, zerkratzt, in Stücke geschnitten und zerdeppert war, man erkannte noch die Grobform. Und ein wenig Inhalt gab es auch noch. Rohre, Rollen, die kümmerlichen Reste eines Förderbands, verkohlte Elektronik, Elektromotoren, solche Sachen. Obwohl man den Container und seinen Inhalt offenbar mit Benzin übergossen und angezündet, mit Schrotflinten und Trennscheiben attackiert hatte, war glasklar erkennbar: Das war der Container, den uns Dr. Eberhard in Kinzighofen vorgeführt hatte. Wie zum Hohn waren am Hinterende auch noch ein paar der wunderbaren afrikageeigneten Aluminiumeimer verstreut, die angeblich von dieser Containerfabrik produziert worden waren. Mir war schwindlig. Ich hörte die Fliegen summen; über mir das hämische Gelächter der Möwen.

»Kommen Sie«, sagte der Taxifahrer in seinem seltsam klaren Englisch. »Bald kommen die anderen zurück.«

Ich wollte gar nicht wissen, wen er damit meinte. Ich ließ mich von ihm zum Auto zurückführen.

3 Millionen, dachte ich auf der Fahrt zum Flughafen zurück, 3 Millionen. Ich zermarterte mir das Gehirn darüber, ob die Portatech vielleicht wirklich geglaubt hatte, ihre Fabriken könnten Realität werden, oder ob der Beschiss von Anfang an festgestanden hatte. Immerhin hatten sie den »Prototyp« noch nach Nigeria verschifft, vielleicht um sicherzugehen, dass sie für die »weltweite« Internet-Präsentation was in der Hinterhand hatten. Dann hatte einer der Betrüger beschlossen, die Aktion lieber jetzt als später

abzubrechen, und puff! hatte sich die Portatech in Luft aufgelöst. Was spielt das auch jetzt noch für eine Rolle, dachte ich. 3 Millionen. 3 Millionen.

Am Flughafen prellte ich den Taxifahrer um seinen Lohn. Ich ließ mir meine Reisetasche von ihm in das Gebäude hineintragen, und als er sie mir zurückgeben wollte, schrie ich: »Geben Sie mir meine Tasche zurück! Geben Sie her!« Ich riss ihm die Tasche aus der Hand und lief weg, hinein in die gleichmütige Menge. Der Taxifahrer folgte mir nicht. Recht so, dachte ich, ihr verarscht mich nicht mehr.

Daheim erwartete mich schon eine Mail von Rüdiger.

»Du Idiot«, schrieb er, »glaubst du mir jetzt endlich, dass ich Recht hatte mit diesem Portatech-Mist? Abgelinkt haben sie dich, und zu Recht. Wer so doof ist wie du, verdient einfach Strafe. Mir war das ja von vornherein klar, aber du Penner wolltest nicht auf mich hören. Ich hab übrigens das hübsche Sümmchen, das ich mir von dir zusammengeschnorrt habe, in Portatech-Aktien investiert. Die waren am Anfang spottbillig zu haben und gingen dann richtig durch die Decke. Und weil ich genau wusste, dass die ganze Portatech ein einziger Beschiss ist, habe ich sie gerade rechtzeitig verkauft und einen Mordsreibach gemacht. Mein Einsatz hat sich ungefähr verdreißigfacht, wenn du es genau wissen willst. So ein Spielchen kann man natürlich nur spielen, wenn man sich ein wenig weiterbildet und nicht den lieben langen Tag auf seinem fetten Erbenarsch herumsitzt und Pornovideos anguckt. Auf deine Freundschaft kann ich übrigens ab sofort verzichten. Ich bin kein Freund von Verlierern. Tschüs.«

Marx macht mobil, dachte ich. Bei Arbeit, Sport und Spiel.

Ein paar Tage lang begoss ich mein Selbstmitleid mit schottischem Whiskey. Marx war schuld. Mein Vater war schuld. Mein Bankberater. Und natürlich Rüdiger. Der verräterische Rüdiger, den ich eines Tages schon noch erwischen würde. Keiner hatte mich gewarnt. Alle hatten mich angestachelt, mein Geld arbeiten zu lassen, und jetzt war es abgearbeitet. Saubande, elende. Ich träumte von komplizierten Morden. Bei Marx musste ich für meine Mordfantasien sogar in die Vergangenheit reisen.

Dann ging mir auf, dass das alles nichts brachte. Ich hörte erst einmal mit dem Trinken wieder auf. Wenn ich will, kann ich ganz schön diszipliniert sein. Dann fing ich mit Lesen an. Als Kind hatte ich immer Comics gelesen, wenn ich überhaupt nicht mehr durchblickte, so machte ich das jetzt auch. Und wie ich vorhergesehen hatte, wurde mir das bald, so nach drei, vier Tagen, echt zu dumm. Im Grunde, dachte ich, ist ja eigentlich gar nicht so viel passiert. Du hast noch zehn Millionen, das reicht ja dicke bis zum Ende. Aber irgendwo stimmt es ja, was Rüdiger sagt. Du kannst nicht immer nur herumsitzen und nichts tun. Dachte ich. Die letzten Comics schob ich mit einer gewissen grimmigen Entschlossenheit zurück in mein Comicregal.

Ich wusste noch nicht gleich, was genau ich anders machen wollte als bisher. Aber es war so was in der Luft wie damals, als ich Tina gefragt hatte, ob sie mit mir ins Kino will. Ich suchte sogar ihre Adresse raus, aber als ich dann den alten Zettel in der Hand hatte, war's das auch nicht. Es ging jetzt nicht um Liebe. Es ging um Arbeit.

Wie zufällig fielen mir meine alten Bücher aus dem Studium wieder in die Hand. Der Strohmeyer (Werkstoffkunde), Eberhard-Wittgenstein (Grundkurs Pulvermetallurgie) und natürlich der gehasste Brehme: »Theorie und Praxis der modernen Prozessautomatisierung«, zwei dicke, seit den frühen Sechzigern immer wieder aufgelegte, schwere Bände, ein Haufen abstrakter Mist, der mich damals nicht interessiert hatte, aber laut Prof. Dr. Ing. Mergentheim von essenzieller Wichtigkeit gewesen war, und zwar vor allem deswegen, weil sein Freund Brehme den Sermon verzapft hatte. Ob man es glaubt oder nicht, ich schlug Band 1 genau dort auf, wo es um die Ente ging:

Die Geschichte der Prozessautomation ist so alt wie der menschliche Werkzeuggebrauch selbst. Die Maschinenwerdung von Verfahren und Algorithmen, zu der sich der Traum konkretisierte, der Mensch solle ohne entwürdigende Arbeit auskommen, konnte aber erst ab einem bestimmten Stadium der technologischen Entwicklung brauchbare Resultate erwirken. Kennzeichnend für die frühesten Resultate ist ihre Scheinhaftigkeit. Die ersten Automaten waren noch mehr Traum als Wirklichkeit, noch mehr Sehnsucht als Sinn. Bekanntlich führte Vaucanson 1735 der Öffentlichkeit eine mechanische Ente vor, die angeblich nicht nur trinken, watscheln und fressen, sondern auch verdauen und echte Exkremente produzieren konnte. Die enorme Popularität dieser Ente bis zum heutigen Tag verdankt sich der visionären Kühnheit des Entwurfs (Vaucanson träumte von einer »bewegten« Anatomie, die aus dem Kunstwerk Rückschlüsse auf die Natur erlaubte) – und der Gutgläubigkeit des Publikums: Der Zauberkünstler Jean Eugene Robert-Houdin, Namenspatron des späteren Entfesselungsgenies Harry Houdini, enthüllte in seinen Memoiren (1857), dass der Verdauungsprozess der Ente auf einem Taschenspielertrick beruhte.

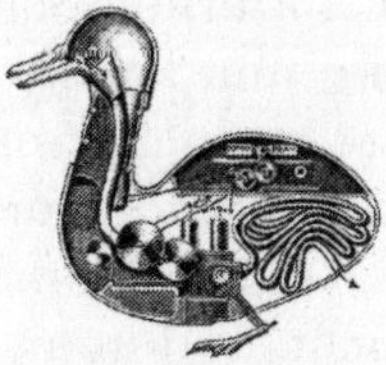

Das bekannteste Bild der Ente ist pure Fantasie.

Ich lächelte, ich spürte es von innen. Ich klappte das Buch zu. Ich hatte eine Idee.

Container hatte ich mir teurer vorgestellt. € *2.850,– Neupreis (eine Seereise ex Fernost), alles zzgl. Mwst, frei Verladen, ex Depot Bremen.* Yeah. Summa Summarum 6000 Eier. Und das klappte wie am Schnürchen. Als der Kran das Ding neben meiner Villa niedersinken ließ, freute ich mich wie ein Schneekönig. Die Spuren von dem Kran in der Wiese waren nicht so schön, aber ich dachte: Das tritt sich fest, da wächst was drüber. Schön fand ich den Container. Rot war er, richtig schön. Meiner. Und eine Bedienungsanleitung gab es auch, damit nichts schief lief.

Ich bin jetzt sehr fleißig. Arbeite den ganzen Tag. Ich bin sehr oft in meinem Container, die Bücher habe ich auch schon dort – ja, auch den Brehme. Man kann eigentlich sagen, ich wohne dort. Manchmal denke ich: So muss mein alter Herr zu seinem Geld gekommen sein: sich in eine Sache verbeißen und nicht locker lassen, bis sie vom Tisch ist. Das wäre nach dem Geschmack von meinem Papa gewesen. Und es ist natürlich eine verflucht knifflige Aufgabe, in die ich mich da verbissen habe. Wenn ich die Containerfabrik wirklich bauen will, mit der die Portatech nur geschwindelt hat, löse ich ein paar Probleme, die so bisher noch nicht angegangen worden sind. Und es ist auch nicht billig. Die ganzen Spezialanfertigungen und so. Aber ich sitze an dem kleinen hölzernen Schreibtisch in meinem Container, lese, rechne und konstruiere, und mehr und mehr denke ich, dass es klappen kann.

Witzig finde ich, wie mir der Eimer hilft, den ich mir damals aus Kinzighofen mitgenommen habe. Ein Klo habe ich hier draußen ja nicht, und wenn es mal schnell gehen muss und ich nachher gleich weiterarbeiten will, ist es eben der Eimer. Der Deckel ist auch nützlich, da muss ich nicht immer gleich ausleeren und sauber machen. Über meinem Schreibtisch hängt ein großes Plakat von Vaucansons Ente. Manchmal kackt sie mir auf den Tisch, aber nein: Das sind nur neugierige Amseln, die in den Container eindringen und an meinen Wurstsemmeln herumpicken, wenn ich mal kurz spazieren oder einkaufen bin. Macht mir nichts aus, mir sind jetzt andere Sachen wichtig.

Zunächst einmal muss ich natürlich eine Art Modell bauen. Ich kann ja jetzt nicht die ganze Eimerproduktion von Hand hier entwickeln, ich muss ein Modell bauen mit wesentlichen Komponenten, um zu sehen, ob das überhaupt funktionieren kann. Und später brauche ich dann einen zweiten Container, in den ich zusammen mit einem verschworenen Team die wirklich funktionierende Miniaturfabrik einbaue. Wenn das so läuft, wie ich mir das vorstelle, wird das natürlich Schritt für Schritt enger in meinem Wohncontainer. Das finde ich schon jetzt schade. Ich will hier eigentlich gar nicht mehr raus. Es ist echt gemütlich.

Wenn ich danebenhaue, kann ich immer noch Rache nehmen. Ich ziehe dann genauso einen Anlagenschwindel auf wie die Portatech und hole mir mein Geld zehnfach zurück. Das wäre auch eine Möglichkeit. Die Dummen sterben ja nie aus.

Rüdiger wäre ziemlich überrascht, wenn er mich besuchen würde. Irgendwie vermisse ich ihn.

Eduardo Vaquerizo

Viel von Geld war eben die Rede. Wir sind daran gewöhnt. Geld beschäftigt uns alle. Es prägt unser Leben aus keinem anderen Grund als dem, dass immer zu wenig davon da zu sein scheint. Doch was wäre eigentlich, wenn plötzlich Überfluss herrschte? Eduardo Vaquerizo zeigt in seiner Geschichte, dass wir wahrscheinlich mühelos andere Möglichkeiten fänden, uns in den vertrauten Zustand des Mangels zurückzuversetzen.

Eduardo Vaquerizo ist 1968 geboren und – nicht unüblich im Bereich der Science-Fiction – Luftfahrtingenieur von Beruf. Doch seit jeher getrieben von einer Leidenschaft für Naturwissenschaft und Technik, Literatur und Fantasie, hat er auch schon immer geschrieben. Seit zehn Jahren veröffentlicht er auch Dutzende von Kurzgeschichten, zahllose Rezensionen und Artikel sowie fünf Romane. ***El lanzador****, sein erster Roman, ist die surrealistische Geschichte einer Stadt und ihrer Bewohner.* ***Rax****, harter Cyberpunk in einem Madrid der nahen Zukunft, gewann den* ***Ignotus****, den Literaturpreis der spanischen Science-Fiction-Gesellschaft. Sein bekanntester Roman ist* ***Stranded****, das Buch nach dem gleichnamigen spanischen Science-Fiction-Film über eine gescheiterte Expedition zum Mars. Eduardo Vaquerizos Affinität zum Film manifestiert sich auch in bisher drei Drehbüchern, die allerdings bis jetzt noch auf ihre Umsetzung warten.*

Eine Kritik beschreibt seinen Stil als »reich an visuellen Metaphern, einen musikalischen Rhythmus des Textes anstrebend, eine erschöpfende Analyse der Wahrnehmung von Wirklichkeit«.

Bleibt hinzuzufügen: Eduardo Vaquerizo vermag auch Wirklichkeiten wahrzunehmen, die noch gar nicht existieren . . .

Der Wert des Geldes

von Eduardo Vaquerizo

Marta bewässerte die Blumen. Mit einer kurzen, präzisen Bewegung des Handgelenks unterbrach sie den Wasserstrahl immer genau in dem Augenblick, in dem jede Pflanze die exakt richtige Menge Wasser erhalten hatte – das Fingerspitzengefühl der vielen Jahre, die sie schon darum kämpfte, den Domobot aus ihrem Garten fern zu halten, damit der ihn nicht in einen mechanisch optimierten Gemüsegarten verwandelte. Sie hielt inne, um ihr Gesicht im Licht der Morgensonne zu baden, und schloss einen kurzen Moment lang die Augen. Hinter ihren Lidern hörten ihre Probleme auf zu existieren. Es blieb nichts als ein öliges Halbdunkel – das vom Licht durchdrungene Rot ihrer Haut.

Aufgeschreckt vom Auto der Nachbarn öffnete sie die Augen wieder. Mit einem mächtigen Schnurren durchquerte es die Straße: ein großes, glänzendes Gefährt, das ganz und gar aus farbigem Glas zu bestehen schien. Das Auto berühmter Leute. Sie konnten es sich leisten, während sie selbst ... Marta senkte den Blick auf ihre Hände. Ihre Haut war längst nicht mehr weich und zart, und darunter lauerte die Arthrose wie ein ständiges Grollen, ein langsamer Schrei, mit dem die Zeit durch ihren Körper rollte. Nebenan stiegen die Nachbarn aus dem Auto – ihre Körper waren agil und jugendlich, ihre Haare flatterten seidig glänzend in der warmen Morgenluft, während sie lachend und scherzend ins Haus gingen.

Kurz darauf hörte Marta ihren Mann in den Garten kommen und sich mühsam auf den Eisenstuhl setzen. Auch seine Gelenke suchten die Sonne.

»Sie wirken so jung ...«

»Wer, Marta?«

»Unsere Nachbarn.«

Manuel antwortete nicht. Sie widmete sich wieder dem Blumengießen, während sie den Stuhl ihres Mannes im Rhythmus seiner kleinen Schaukelbewegungen knirschen hörte. Sie stellte sich vor, wie er in den Himmel blickte, der so blau und wolkenlos war. Er sah immer in den Himmel, während er in seinem Stuhl schaukelte, als lägen dort die Antworten, als fände er dort die Eurosekunden, die ihnen fehlten. Zeit, immer war alles eine Frage der Zeit. Sie widmete sich wieder ihren Pflanzen. Lautlos wie ein Geist kam auch der Domobot in den Garten, mit einer Tasse Tee in einer seiner vielen Hände.

»Möchtest du einen Tee, Marta?«

»Du weißt, was ich möchte, Manuel.«

»Fang nicht wieder an. Die Dinge sind nun mal, wie sie sind.«

Marta antwortete nicht. Sie hatte ein Unkraut gefunden, das zu stattlicher Größe herangewachsen war, ohne dass sie es gesehen hatte. Verlor sie jetzt auch noch ihr Augenlicht? Unwahrscheinlich war das nicht. Sie packte den Stiel mit beiden Händen, zog kräftig daran und riss die Pflanze mitsamt der Wurzel aus, wodurch ein kleines Loch in der glatten Oberfläche des Rasens entstand.

»O Gott!«

Manuel sagte nichts, er sah nur aus dem Augenwinkel den Roboter an, bis es schien, als senke dieser den Kopf. Er hätte dieses Unkraut finden müssen. Manuel hatte ihn bereits vor Monaten autorisiert, nachts im Garten zu arbeiten: den Boden mit Sauerstoff versetzen, die kleinen Wanzen, die sich von den Schößlingen ernährten, töten und die Wurzeln mit stickstoffhaltigen Mikrokugeln düngen. Marta verstand nichts von Robotern, daher durfte Manuel hoffen, dass sie niemals in den Speicher der Maschine sehen und diese Intervention entdecken würde. Manuel schaukelte immer noch, während Marta sich bemühte, den Boden zu glätten.

»Ich pflege ihn ganz alleine. Sag nichts, ich lasse nicht zu, dass diese Maschine in meinem Garten etwas anrührt, ich kann das immer noch sehr gut selber. Und sieh ihn dir an, er ist gesünder als jeder andere Garten in der Nachbarschaft, das habe ich alleine geschafft, ohne Maschinen, ohne eine einzige Maschine.«

Manuel ließ sie reden – immer leiser, immer mehr für sich selbst. Er kannte diese Leier zur Genüge, eine Litanei aus Tadeln und Protesten. Sie wollte es einfach nicht akzeptieren, das war alles.

»Heute kommt der Junge, du erinnerst dich doch?«

»Mein Gott! Natürlich, heute Morgen habe ich noch daran gedacht, aber dann bin ich in den Garten gegangen …«

Marta stand auf, wischte sich die Hände an der Schürze ab und eilte ins Haus. Manuel blieb alleine zurück und genoss weiter die Sonne. Als er das Auto auf dem Kies der Einfahrt knirschen hörte, wusste er zuerst nicht, ob er eingeschlafen war. Die Welt um ihn herum hatte sich in ein simples Gemälde aus drei Farbflecken verwandelt: das Blau des Himmels, das Weiß der Häuser und das Grün der Gärten. Doch jetzt verwischte die Ruhe dieses Bildes. Er sah seinen Sohn aus dem Wagen steigen und ihn anlächeln, und dieses Lächeln fuhr ihm in die Venen wie heißer Sauerstoff, füllte jede Zelle seines Körpers mit einer Wärme, die viel intensiver war als die lauwarme Vorfrühlingssonne, die er den ganzen Morgen genossen hatte.

»Mama, ich bin schon hier.«

»Mein Sohn ... Wie schön, dich zu sehen ...! Du bist dünner geworden ... Bestimmt isst du nichts, du lässt sicher zu, dass diese Maschinen dir das Essen machen.«

»Wie 99 Prozent aller Leute, Mama. Du bist der einzige Mensch, den ich kenne, der immer noch eine Küche im Haus hat.«

»Und genau so wird es auch bleiben. Deck den Tisch, Manuel.«

»Ja, Schatz.«

Manuel machte eine Geste in Richtung des Roboters, der diskret in einer Ecke wartete, und setzte sich auf seinen Stuhl. Alejandro nahm neben ihm Platz.

»Er ist ein ziemlich altes Modell, nicht wahr?«

»Ja, sie mussten schon zweimal kommen, um ihn zu reparieren, aber Mama will auf keinen Fall einen neuen.«

»Aber Papa, wenn sie doch gratis sind. Jeder hat das Recht auf Ersatz, wenn der alte nicht mehr richtig funktioniert oder das Modell veraltet ist. Du müsstest einmal die neue Generation sehen, die, die nicht mehr auf der Straße ist. Diese Domobots sind fünfmal effizienter.«

Manuel lächelte seinen Sohn an und zuckte mit den Achseln. Dann beobachtete er den Domobot, der sich auf kurzen Beinen rasch durch das Haus bewegte. Die metallenen Muskeln kontrahierten und streckten sich so schnell, dass er innerhalb eines Atemzugs das Geschirr aus der Anrichte genommen und mithilfe seiner Manipulatoren, deren Fingerlänge variabel war, mit millimetergenauer Akkuratheit auf dem Tisch arrangiert hatte. Ein effizienteres Modell? Na ja, möglich war es, ihn überraschte inzwischen nichts mehr.

»Domobot, Wartungsmodus X-3.«

Der Roboter gehorchte augenblicklich. Er platzierte sich vor dem Ingenieur und öffnete sein vorderes Steuerpaneel. Manuel erinnerte sich noch an die Modelle seiner Jugend: plumpe, riesig große Maschinen im Vergleich zu diesem Wunderwerk, aber dennoch fähig, alle ihnen übertragenen Arbeiten zur Zufriedenheit zu verrichten: Straßen kehren, Gegenstände herstellen, auf dem Feld arbeiten, Flugzeuge steuern. Einen kurzen, flüchtigen Augenblick lang sah er wieder den Scheiterhaufen vor sich, auf dem eine dieser Maschinen brannte, während eine Gruppe New Age-Anhänger um sie herumtanzte. Seither war so viel Zeit vergangen, dass diese Erinnerung gar nicht mehr seine eigene zu sein schien – sie war seinem Jetzt völlig fremd, es war, als wäre sie einem Film oder einem Roman entsprungen. Welcher Mensch mit gesundem Urteilsvermögen würde sich der Abschaffung der Arbeit widersetzen?

Alejandro schloss das Paneel, woraufhin der Roboter wieder in Wartehaltung ging und sich still in eine Ecke stellte.

»Nicht schlecht, es scheint, als sei er noch recht gut in Schuss, aber es würde mich nicht wundern, wenn bald Probleme auftauchen. Er ist mehr als zehn Jahre alt, und diese Modelle wurden mit einer Lebenserwartung von maximal sechs Jahren gebaut.«

»Wenn er kaputtgeht, ist deine Mutter vielleicht einverstanden, ihn ersetzen zu lassen. Aber das wird die Hölle, wir müssen ihn darauf programmieren, viele der vorprogrammierten Aufgaben *nicht* zu tun. Deine Mutter ist fähig, ihm mit ihrer Gartenschere den Kopf abzuschneiden, sobald er sich dem Garten nähert.«

»Ich bezweifle, dass sie dazu in der Lage wäre: Die neuen Modelle haben keine Köpfe. Sie sind noch weniger anthropomorph als dieses hier. Studien belegen, dass sie umso besser akzeptiert werden, je weniger sie menschlichen Wesen gleichen.«

Marta trug vorsichtig den Kochtopf ins Wohnzimmer. Sie verzog das Gesicht, als sie sah, wie akkurat und präzise Teller und Bestecke auf einer makellosen, völlig faltenfreien Tischdecke angeordnet lagen, aber sie sagte nichts. Ihr Sohn war hier, sie wollte nicht diskutieren. Sie aßen in Ruhe und plauderten über Belanglosigkeiten.

Als es Zeit für den Kaffee wurde, setzten die drei sich nach draußen. Es ging ein leichter Wind, der die Blätter der Bananenstaude rascheln ließ, aber die Sonne schien immer noch angenehm warm.

Marta wurde schläfrig.

»Ich bin müde. Ich war den ganzen Morgen aktiv, ohne eine Pause zu machen.« Manuel brachte ihr eine karierte Wolldecke – alt und verschlissen, aber vertraut warm – und deckte sie damit zu.

Die beiden Männer nippten bedächtig ihren Kaffee.

»Dein Auto ist neu, nicht wahr?«

»Ja.«

»Läuft es so gut im Labor?«

»Nun ja, zumindest verdiene ich genug, um mir mehr als ein Standardmodell leisten zu können.«

Manuel warf einen kurzen Blick auf sein eigenes Auto, ein Modell Monofamiliar-3. Er hatte es kaum benutzt, es war nicht sonderlich schnell und ziemlich hässlich, aber ihm genügte es. Eigentlich hätte ihm sogar viel weniger genügt.

»Ich denke daran, den Job aufzugeben.«

»Du willst aufhören? Aber es war doch immer dein Traum, als Roboter-Ingenieur zu arbeiten.«

»Ja, aber … also … die Arbeit dort ist nicht so interessant, wie es scheint. Es gibt wenig Raum für Innovationen, alles muss genau nach Plan gebaut werden, innerhalb der Standardvorgaben.«

Manuel nickte und trank seine Tasse aus, ohne den Blick von seinem Sohn abzuwenden.

»Und außerdem ... ich bin es leid, dass alles, was ich tue, nur dem Chef der Abteilung zur Ehre gereicht.«

»Doktor Santibáñez?«

»Ja. Kennst du ihn?«

»Natürlich, neulich hatte er fünf Minuten auf dem Wissenschaftskanal.«

»Fünf Minuten! Himmel. Weißt du, was das bedeutet?«

»Mein Sohn, so alt bin ich auch wieder nicht. Das sind 300 Eurosekunden.«

»Damit könnte man nicht nur ein viel besseres, sondern sogar ein Luxusmodell kaufen. Weißt du, wie viel mich dieses Auto gekostet hat? Fünfzig Eurosekunden, die Ersparnisse aus all den Jahren im Labor. Siehst du? Genau das meine ich. Santibáñez reißt alles an sich, für uns bleibt nichts. Und ich bin nicht der Einzige, der so denkt. Ich sehe keine andere Möglichkeit, als es anderweitig zu probieren.«

»Wie denn?«

»Ich weiß nicht genau. Ich werde wohl im Bereich Ingenieurwissenschaft bleiben, aber ich will es allein versuchen oder vielleicht mit Unterstützung einiger meiner Kollegen. Vielleicht tun wir uns zusammen.«

Manuel dachte an die glücklichen Gesichter der jungen Techniker und Ingenieure, die Fernsehminuten bekommen hatten, indem sie an innovativen, außergewöhnlichen oder einfach lächerlichen Projekten gearbeitet hatten. In ihren Augen stand das gleiche Fieber, das er jetzt im Blick seines Sohnes sah. Sie waren jung, sie hatten noch nicht resigniert, sie wollten sich nicht mit den Standard-Häusern, den Standard-Robotern und den Standard-Autos, die der Staat jedem zur Verfügung stellte, ohne dass man einen

Finger krümmte, zufrieden geben. Er selbst hatte früher auch unter diesem Fieber gelitten. In einer Ecke seines Computers gab es immer noch ein Laufwerk mit Kino-Drehbüchern, die niemanden interessierten, und zahllosen Romanen und Erzählungen, die nicht eine Sekunde öffentlicher Präsentation verdient hatten. Er glaubte nicht, dass sie schlecht waren, aber es gab Hunderttausende wie ihn: mit einem gewissen Talent, aber mittelmäßig.

»Gut, versuch es, wenn du das Gefühl hast, dass das Labor dir keine Zukunft bietet …«

»Tut es nicht, nein, und die Zeit läuft mir davon, ich bin schon zweiunddreißig.«

Die beiden warfen einen kurzen Blick auf das Haus der Nachbarn: eine riesige Villa, dreimal so groß wie ihr eigenes Heim. Davor parkten gleich mehrere Autos, zwei Sportwagen und ein riesiger Mercedes.

»Wie geht es Mama?«

»Schlecht, sie murrt den ganzen Tag vor sich hin und regt sich bei jeder winzigen Falte, die sie entdeckt, fürchterlich auf.«

»Mit dreihundert Eurosekunden könnte sie …«

»Ja, aber das ist unerreichbar.«

»Ich weiß. Vielleicht, wenn ich Glück habe, viel Glück …«

»Mein Sohn, versteig dich nicht darauf, die Dinge sind nun mal, wie sie sind. Der größte Teil der Menschheit lebt und stirbt in der Mittelmäßigkeit. Und so schrecklich ist das auch nicht. Wir haben ein gutes Haus, einen Domobot und ein Auto. Mehr verlange ich nicht. Ich kann lesen, mich mit Freunden verabreden, und es gibt Fernsehen und das Netz. Und wenn ich mich sehr langweile, können wir immer noch unsere zweijährlichen Ferien beantragen. Die beiden letzten, die uns zustanden, haben wir nicht einmal benutzt. Ich brauche weder drei Autos noch eine riesige Villa.«

Manuel sah auf seine Hand. So gelb und von Altersflecken übersät hatte er sie nicht in Erinnerung gehabt. Er versuchte, seinen Puls zu nehmen. Er war nicht stabil, sondern flackerte ein wenig. Vielleicht funktionierten die Nervenübertragungs-Mechanismen nicht mehr richtig.

»Papa, das weiß ich doch. Aber das ist es nicht.«

»Ich weiß, Sohn, ich weiß. Versuch es, vielleicht schaffst du es ja, vielleicht ...«

Alejandro konzentrierte sich auf das Grau seines Wagens. Ein schönes Stück Ingenieursarbeit. Vorhin war er mit ihm die Autobahn entlanggefahren – er glitt sanft über die Straße, fast wie ein Traum. Ein teures, nutzloses Spielzeug, aber das spielte keine Rolle. Er sah seinen Vater an, der in den letzten beiden Jahren rapide gealtert war. Dann richtete er seinen Blick wieder auf die alte Frau in dem eisernen Stuhl. Seine Mutter war fünf Jahre älter als sein Vater. Er sah die leicht gelblich verfärbte Haut, die schweren Lider, die verästelten Falten rund um ihre Augen und das strohige, brüchige Haar. Er atmete tief ein und versuchte sich zu beruhigen.

»Ich muss gehen«, sagte er und stand mit einer abrupten Bewegung auf. Davon erwachte Marta und sah sich desorientiert um.

»Schon?«

»Ja, ich habe im Labor noch einiges zu tun.«

»Du arbeitest viel, mein Sohn, aber das ist gut, das ist gut, lass nicht zu, dass diese ekelhaften Maschinen alles machen.«

Manuel stand auf und begleitete seinen Sohn zum Auto.

»Ein sehr schöner Wagen.«

»Und schnell.«

Alejandro öffnete die Tür, und eine Wolke von Leuchtanzeigen und mit sanfter Stimme gesprochenen Warnhinweisen füllte die Luft wie technologische Pollen, die der Wind herbeigeweht hatte.

»Hallo!«

Die beiden drehten sich um. Im Eingang des Nachbarhauses lächelte ein Mädchen, das aussah, als sei es nicht älter als siebzehn. An einer Lederleine führte sie einen sehr hässlichen Hund. Mit Sicherheit eine biomodifizierte Rasse, die aber immer in gewissen Zeitabständen Urin und Kot absondern musste. Alejandro überlegte. Er kannte dieses Lächeln, aber es gelang ihm nicht, es mit diesem Körper voller sinnlicher Kurven in Verbindung zu bringen. Die Rundungen der Brüste schienen darum zu ringen, die Bluse platzen zu lassen, und die langen Beine mündeten in einem Paar perfekt geformter Hüften. Ein künstlicher Körper erstklassiger Qualität, biotechnologisch modifiziert und perfektioniert bis ins kleinste Detail.

»Hallo, Laura, gehst du mit dem Hund spazieren?«

Erst jetzt erinnerte sich Alejandro: richtig, es war die Nachbarin. Ihr jugendlicher Blick fiel auf ihn wie ein Regen aus süßen, vergifteten Nadeln.

»Ja, dieser verdammte Köter bringt mich noch zur Verzweiflung, er gehorcht überhaupt nicht.« Ihr Lächeln strahlte mit der Sonne um die Wette. »Wie geht es dir, Alejandro?«

»Gut, ganz gut.«

»Schön, das freut mich. Mal sehen, ob dieses Unglücksvieh vom Spazierengehen genug bekommt und aufhört, mich zu nerven.«

Der Hund fing an zu bellen, als wolle er seine Bedürfnisse bestätigen. Laura nötigte ihn, sich in Bewegung zu setzen, und die beiden stolzierten auf dem Bürgersteig davon. Vater und Sohn standen da und sahen ihnen nach. Laura trug ein Paar sehr kurze Shorts, die speziell dazu entworfen schienen, das Schwingen ihres perfekten Hinterns zu betonen. Sie drehte sich kurz um, als wolle sie sich der Wirkung ihres Gangs vergewissern, woraufhin die beiden Männer leicht verwirrt dazu übergingen, sich zu verabschieden.

»Das ... ist unsere Nachbarin?«

»Ja, du weißt doch, dass sie in einer der meistgesehenen Sitcoms mitspielt. Heute Abend auf Kanal 21.«

»Ja, das wusste ich, aber ... ich sehe mir diese Serien nicht an. Genau genommen schaue ich überhaupt kein Fernsehen, ich hätte nicht gedacht, dass ...«

»Nun, da siehst du es.«

Der Wagen setzte sich fast lautlos in Bewegung und verschwand am Ende der Straße. Manuel blieb noch eine Weile stehen, um ihm nachzusehen. Er überlegte, ob es wirklich eine gute Idee war, in dieser Gegend wohnen zu bleiben. Ihnen war hier ein Haus zugewiesen worden, bevor das Viertel wegen seiner Nähe zur Sierra in Kategorie A aufgestiegen war. Bisher hatte er sich geweigert zu gehen. Er sah sich um. Große Bäume und prächtige Gärten säumten die Straße, und sämtliche Häuser waren individuelle Modelle, bezahlt mit sehr vielen Eurosekunden. Vielleicht war es das Beste, umzuziehen. Er hatte Martas Marotten nie ernst genommen. Jetzt sah er sie an, wie sie wieder eifrig im Garten werkelte. Sie brauchte eine bescheidenere Nachbarschaft, mit Leuten, die waren wie sie – keine berühmten Stars wie Laura, die sich keine Gelegenheit entgehen ließen, sich vor ihnen zu produzieren.

Manuel blieb noch einen Augenblick stehen, um die Silhouette seiner Nachbarin, die gerade mit ihrem Hund schimpfte, aus der Ferne zu betrachten. Dann ging er ins Haus und kehrte mit einem Buch in der Hand wieder in den Garten zurück. Die Lektüre war fesselnd – wie sehr, bemerkte er erst, als er nicht mehr weiterlesen konnte, weil es dunkel geworden war. Seine Augen taten weh. Er reckte die Arme, um zu sich zu kommen. Aus dem Haus hörte er Fernsehgeräusche. Marta starrte wie besessen auf den holographischen Bildschirm, der vor ihr in der Luft schwebte. Er war ein wenig überrascht, Laura, die Nachbarin darauf zu sehen. In dieser Folge tollte sie mit einem Protagonisten der Serie – in der Geschichte ihr Mann – im Bett herum, während ein anderer, ebenfalls nackter Mann sich unter dem Bett versteckte. Aus dem Off war lautes Lachen zu hören. Marta lachte nicht – Manuel auch nicht.

»Hast du gesehen, was sie für einen Körper hat?«

»Ja, und? Hast du ihr Gehirn gesehen? Sie ist immer noch genauso dumm wie damals, als wir sie kennen gelernt haben.«

Marta drehte sich zu Manuel um. Er sah sie lange an: ihr graues Haar, die Haut, die ihr schlaff vom Hals herunterhing. Dann blickte er noch einmal auf seine eigenen Hände. Er berührte ihren Körper, strich mit der Handfläche über die ganze Länge der Figur, während er kein Auge vom Bildschirm ließ. Er fühlte weiches Fleisch, harte Knochen, trockene Haut, während auf dem Bildschirm große, feste Brüste gegen den Galan wippten, der gerade an der Reihe war. Marta sagte gar nichts, sie schaltete nur auf einen Ornament-Kanal um, wo Musik und Fraktale sanft ineinander verschwammen.

»Sie ist genauso alt wie wir, Manuel, genauso alt.«

Manuel setzte sich neben sie, und sie legte ihr Gesicht an seine Brust. Manuel hatte keine Antworten und auch keine Fragen mehr. Er hatte auch in seiner Jugend, als der Null-Bedürfnis-Staat gegründet wurde, keine gehabt. Er hatte seinen Vater bis zur Erschöpfung schuften sehen, und dann war es plötzlich nicht mehr notwendig gewesen zu arbeiten. Die Maschinen erledigten alles, und dank der Kernfusion gab es auch unerschöpfliche Energiereserven. Geld war überflüssig geworden, der Staat stellte alles zur Verfügung, was für ein komfortables Leben notwendig war.

Aber nichts wurde so, wie man es ihnen versprochen hatte. Man sah es kommen, doch es war nicht zu verhindern gewesen. Das System brauchte etwas, das die Menschen dazu brachte, sich zu bewegen, etwas, mit dessen Hilfe man sich ein größeres Auto oder ein Haus mit mehr Zimmern kaufen konnte. Man musste das Geld neu erfinden.

Was war das Wertvollste? Das, was die Menschen am meisten wertschätzten? Ins Fernsehen kommen, berühmt, bekannt, mächtig sein. Nur die Elite konnte sich den Luxus leisten – bessere Autos, bessere Häuser, ein besseres Leben.

Leben, Zeit, Eurosekunden. Während er versuchte, seine schluchzende Frau zu beruhigen, überlegte Manuel, wann man die neuen, äußerst komplexen Heil- und Verjüngungsmethoden erfunden hatte. Die Menschen mussten nicht mehr arbeiten, sie wurden nicht mehr alt, und sie starben auch nicht mehr. Aber diese neuen Behandlungen waren ausgesprochen kostspielig. Vielleicht – wenn man es gewollt hätte – wäre es möglich gewesen, sie allen zur Verfügung zu stellen, aber jetzt war das System bereits etabliert. Wegen ihres immens hohen Preises in Eurosekunden waren die neuen Errungenschaften der Medizin nur den Berühmten, den Bekannten und den Mächtigen zugänglich.

Der Tod und das Alter hingegen waren immer noch gratis für alle.

Alain Dartevelle

Dem Tod entgehen zu können ist wohl einer der Träume, die ihre Wirkung nie verfehlen. Dass es auch andere, ja geradezu entgegengesetzte Leidenschaften geben mag, davon wird uns die ungewöhnliche Geschichte aus der Feder Alain Dartevelles erzählen.

1951 in Mons, Belgien, geboren, studierte Alain Dartevelle zunächst Journalismus an der Freien Universität Brüssel, dann Politik- und Verwaltungswissenschaften an der U.C.L. in Louvain-la-Neuve. Sein erster Roman ***Borg ou l'Agonie d'un Monstre*** *(»Borg oder der Todeskampf eines Monstrums«) erschien 1983. Seither hat Alain Dartevelle acht weitere Romane und an die fünfzig Kurzgeschichten veröffentlicht und gilt heute als bester Science-Fiction-Schriftsteller Belgiens. Die bekanntesten seiner Romane für Erwachsene sind* ***Script****, 1989 erschienen und in einer Welt spielend, in der das geschriebene Wort wie eine Droge zu wirken vermag;* ***Imago****, 1994, ein Porträt Sigmund Freuds auf der Grenze zwischen Genie und Wahnsinn; und 2000* ***La Chasse au Spectre****. Daneben hat Alain Dartevelle auch Romane für Jugendliche geschrieben –* ***L'Astre aux Idiots*** *(»Der Stern der Idioten«),* ***Le Grand Transmutateur*** *(»Der große Umwandler«) und* ***Océan Noir*** *(»Schwarzer Ozean«) gelten in Belgien schon als Klassiker der Jugendliteratur.*

Alain Dartevelle sagt von seinen schriftstellerischen Arbeiten, sie seien »der Zeit gestohlen«, die seine sonstige berufliche Tätigkeit für gewöhnlich weitgehend in Anspruch nimmt, und er zählt Philip K. Dick und Louis-Ferdinand Céline zu seinen Vorbildern. In der nun folgenden Erzählung nimmt er uns mit auf eine Zeitreise in eine Epoche, die für die Geschichte Europas bestimmend war wie wohl keine andere – die Französische Revolution ...

Die Wahrheit über Marats Tod

von Alain Dartevelle

Auf dem Podest vor der Guillotine wird der Kopf einer hübschen Frau von einer Faust hochgehalten. Ihre Haare sind blutig und ihr Gesicht mit Speichel besudelt. Ihre Lippen scheinen noch über den Tod hinaus zu lächeln, und ihre Wangen erröten in einer letzen Gefühlsregung. Bürger Legros, ein Helfer des Henkers Sanson, hat den Kopf aufgehoben, unmittelbar nachdem die Klinge das Fleisch durchtrennt und die Wirbel des einst taubengleichen Halses zerschmettert hat. Ohne sich um die wutentbrannten, entrüsteten Schreie der Menschenmenge auf der Place da la République zu kümmern, verabreicht der Schuft Legros dem Frauengesicht zwei Ohrfeigen. Es ist eine wunderbar eingefangene Szene, ein traumhaftes Thema für jemanden, der gewisse zwielichtige Neigungen von Menschen, Neigungen zwischen Wildheit und Gefühlsduselei, festhalten und sie karikieren möchte ...

Tatsächlich ist es in erster Linie diese kleine Gravur zu vier Sous, diese Zeichnung, die in cremeweiß und tiefschwarz ihre Enthauptung darstellt, der es Charlotte verdankt, in der Erinnerung des Publikums weiterzuleben – ihr Drama. So lange die Welle der Farbdrucke nicht abebbt, wird Marie-Anne-Charlotte Corday de Armans, genannt Charlotte Corday, zugleich als Dolchmörderin und Wohltäterin des Volkes gelten. Die Frau, die Marat tötete und dadurch plötzlich der Zuneigung eines Pöbels teilhaftig wurde, der in dem Rätsel Charlotte unbedingt eine Entsprechung seiner eigenen Verwirrung wiederfinden wollte.

Am entgegengesetzten Ende der ästhetischen Kette, die sich durch die Ereignisse inspirieren ließ, existiert ein weniger bekanntes, aber wesentlich hochwertigeres Bild; genau genommen handelt es sich um ein Kunstwerk. Es ist ein großes Ölgemälde, das Marat darstellt, der nur mit einem Turban bekleidet leblos in seiner Badewanne liegt. Seine Brust ist in Höhe des Herzens durchbohrt. In der linken Hand hält er einen Brief von Charlotte. Die Rechte, deren Finger immer noch die Feder halten, mit der *L'Ami du Peuple* geschrieben wurde, hängt leblos auf den Boden und weist sozusagen auf die dort liegende Mordwaffe hin. Das Meisterwerk ist signiert mit dem Namen Jacques-Louis David. Im Gegensatz zu dem Schundbildchen von Charlotte überlebte diese Leinwand den Wechsel der Zeiten. In ihr besteht das turbulente Leben eines Landes namens Frankreich fort.

Ich bezeichne Davids Gemälde bewusst als Meisterwerk. Obwohl ich weder Kunst noch Nachwelt mit der Elle der Geschichte messe, führt mich die Betrachtung des Bildes immer wieder auf Wege der Vergangenheit. Ich fühle mich bewegt von einem Begehren, dessen Geheimnis ich Ihnen verrate – ich sehe klar in meinem Innern –, und von einer Eingebung, die ich noch überprüfen muss: Anscheinend existieren zwischen Leben und künstlerischem Werk viel engere Beziehungen, als meine Vorurteile und die verblichene Schönheit von Museumsstücken vermuten lassen. Und so begebe ich mich in die Nacht vergangener Zeiten; ich stürze mich in einen Abgrund erloschener Leidenschaften, in dem ich ins Taumeln gerate und der meine Augen entstellt. Ich gleite an fremden Existenzen vorüber, von denen mir nichts im Sinn bleibt als Farbtupfer und der Wirbel Sarabande tanzender Körper; es sind Geister, viel zu flüchtig, um mich ihrer Gestalt zu erinnern. Ich lasse mich von der Spirale unabänderlicher Tode davontragen, deren Ängste unverändert sind, ich stürze mich kopfüber in Erinnerungen, die mich meist mit Gleichgültigkeit erfüllen und manchmal auch berühren, die es jedoch alle eilig haben, in das limbische System zurückzukehren, dem sie entsprungen sind, in die feuchte Erstarrung zusammengepresster Zeit, in die ich eintauchen will. Endlich schließe ich die Augen und erfreue mich blind der Dunkelheit.

Dann komme ich wieder zu mir. Ich öffne meine noch glasigen Augen unter der Liebkosung der Wimpern. Vom Fensterkreuz her fällt das Licht auf meinen Schreibtisch. Schräge Strahlenbündel, in denen Staub tanzt, scheinen auf Papierstapel, Rechnungsbücher, mein silbernes Tintenfass und mein Rechenbrett. Meine trockenen Finger halten eine Feder über einigen Berechnungen in der Schwebe. Im Raum schwebt eine liebliche Frage, die mir beweist, dass ich einmal mehr in die Haut eines anderen geschlüpft bin.

»Glaubt ihr, Augustin, dass man anstelle der offiziellen Zuweisungskarten vielleicht unsere Spitzen zum Tausch gegen Lebensmittel und Kleidung annimmt? Die armen Teufel, die uns anvertraut sind, sollen doch auch einmal ein Stück Himmel sehen.«

Charlotte sitzt mir gegenüber. Ihr wunderbares Haar ist unversehrt. Je nach Lichteinfall schimmert es braun oder blond. In ihren grauen Augen liegen Ernst und Schalk miteinander im Widerstreit, unter der zarten Haut ihrer zarten Wangen pulsiert ein lebhafter Blutstrom. Und dieses außergewöhnliche Kinn: es wird von einer vertikalen Furche zerteilt wie ein samtiger Pfirsich, formulierte ein Biograf. Mich allerdings erinnerte diese Linie immer an die erheblich weniger prüde Furche, welche die volle, weiße Anatomie von Frauen in zwei Hinterbacken teilt.

»Was meint ihr, mein Augustin? Sagt mir, was ihr denkt.«

Die Feder ist meinen Fingern entglitten. Sie rollt über die Rechnungen, verunziert sie mit hässlichen Tintenflecken, und mit dem Handrücken wische ich diese mit Zahlen bedeckten Bagatellen beiseite, die mein tägliches Brot ausmachen:

»Eine gute Idee, in solch unsicheren Zeiten den Tauschhandel wieder aufleben zu lassen. Im Übrigen sind die offiziellen Zuweisungskarten nicht die Bohne wert, wenn ich mich so ausdrücken darf. Hingegen kenne ich gewisse Marketender und Kostümverleiher, denen beim Anblick Ihrer Spitzendeckchen das Herz vor Freude hüpfen wird. Ich habe bereits Adressen besorgt, Mademoiselle Charlotte ...«

Bei diesen Worten hält sie nicht mehr an sich, klatscht in die Hände und springt so schnell auf, dass ihr langes Rüschenkleid um sie herumwogt. »Ach, es macht Freude, Gutes zu tun. Mein Kopf dreht sich. Mir fehlt ein wenig frische Luft. Kommt, liebster Augustin, lasst uns spazieren gehen!«

Höflich reiche ich ihr den Arm, und sie legt ihre zarte Hand hinein. Wir promenieren durch die Straßen von Caen, über Kopfsteinpflaster, auf dem die hölzernen Absätze ihrer Stadtschuhe fröhlich klappern. Ich beobachte sie aus dem Augenwinkel. Sie spricht mit mir, sie ereifert sich, sie hat sich nicht verändert. Es ist kaum zwei Jahre her, dass mich in der Abtei Notre-Dame-aux-Bois eben dieses schöne Mädchen mit den unzähligen Vergnügungen bedachte, die in Aufrichtigkeit verborgen liegen. Damals versah sie ihre Aufgabe als Verwalterin in der Abtei. In ihrer Rede mischten sich naive Ideale, ein gesunder Sinn für Praxis und ein gewisser, von den Altvordern ererbter Stoizismus.

Sie hielt mich für den Neffen der Äbtissin und sprach

mich mit Gustave an. Ich erzählte ihr von den Ständen, von der Bastille und erging mich für sie in vielen neuen Ideen. Wir standen am Ende einer Epoche, in der das Ausblühen eines mit einer Galgenfrist bedachten Adelsstandes zu geradezu endlosen Familiennamen geführt hatte. Und weil man jedem leichtgläubig eine Namensreihe abnahm, die an eine Gauklerrevue gemahnte, lautete der Name meines ersten geliehenen Körpers Gustave Doulcet de Pontécoulant. Da wir beide von dem großen Corneille abstammten, bewunderte Charlotte meinen Mut, zugunsten des Dritten Standes der Normandie auf meine sämtlichen Titel zu verzichten. Ich wurde zum Helden der arbeitenden Klasse. Sie hat nichts davon vergessen. Ohne sich darüber im Klaren zu sein, erzählt sie mir manchmal von mir: »Wisst ihr eigentlich, dass man sagt, Gustave Doulcet sei zum Generalsekretär der Provinz Calvados gewählt worden?«

Im Augenblick hält sie mich ganz und gar für Augustin Leclerc. Jetzt ist es an mir, den Verwalter zu spielen; den Verwalter ihrer Tante Madame de Breteville. Gustave Doulcet hat sich zwangsläufig etwas rar gemacht, und die Umstände haben sich verändert. Das gesteht sie selbst:

»Die Zeiten sind schrecklich. Die reinsten Hoffnungen verwandeln sich in reinste Abscheulichkeiten, die der menschlichen Natur unwürdig sind. Was können wir tun, liebster Augustin, um den wachsenden Irrsinn einzudämmen? Wie entgehen wir den Aufrufen zur Kriminalität, die uns aus Paris erreichen?«

Wir waren die Rue Saint-Jean entlanggeschlendert, in die Rue des Carmes eingebogen und bewegten uns auf das baumbestandene Geviert zu, das man in Parc de la Nation umgetauft hatte. Charlotte erinnerte an den Tod des Vicomte de Belsunce, der das Gefängnis von Caen geleitet hatte. Sicher, er war ein Streiter für die ungerechte alte Gesellschaftsordnung gewesen, aber gab es wirklich ein lediglich in der politischen Einstellung begründetes Delikt, das es rechtfertigte, ihn mit einer Schere in Stücke zu schneiden, ihm das Herz aus dem Leib zu reißen und seinen Kopf, seine Hände und seine Därme auf Mistgabeln gespießt dem Volk zu zeigen?

»Es ist verabscheuungswürdig! Schrecklich, wie sie das Herz des jungen Mannes über dem Feuer geröstet haben. Und anschließend hat eine Frau es gegessen! Wer nimmt die Verantwortung für ein so entsetzliches Verhalten auf sich?«

Ich entrüste mich mit ihr und stelle mir die gleiche Frage, ohne dabei umhinzukommen, einmal mehr ihre Eleganz zu bewundern. Ich überlege mir, welches Hemd sie unter ihrem Rüschenkleid tragen könnte. In Gedanken statte ich sie mit gestreiften Dessous und einem rosa Unterrock aus, in den ihre ineinander verschlungenen Initialen gestickt sind. Ich kann den Blick nicht von ihr wenden, während wir uns am dürren Stamm einer Revolutionseiche der Vorfälle vom 5. November des vergangenen Jahres erinnern. An diesem Tag wurde die Familie des Pfarrers von Saint-Jean mit der schlimmsten Abscheulichkeit gekränkt, die man sich nur vorstellen kann: Seine als widerspenstig geltende Mutter und seine Schwestern wurden misshandelt.

Sie entrüstet sich mit mir. Erschüttert rufen wir uns die Massaker ins Gedächtnis zurück, die im September in Paris unser Ideal von sozialer Gerechtigkeit mit Blut besudelt hatten. In Charlotte spüre ich ein solches Bedürfnis nach Zärtlichkeit, dass ich sie am liebsten in die Arme genommen hätte; einzig mein Pflichtbewusstsein, meine jetzige Rolle und die Bedeutung der Sache, um die es geht, halten mich zurück. Was soll ich tun? Ihr schon von Marat erzählen? Soll ich ihr zeigen, dass an der Spitze des Jakobinerklubs ein Mann sitzt, der alles getan hatte und weiterhin tun würde, um im Namen der Justiz ganze Berge von Leichen aufzuhäufen? Oder soll ich die Aufgabe, ihr von der Existenz dieses Monsters zu berichten, lieber jemand anderem anvertrauen?

Was soll ich tun? Am Besten verschwinde ich für ein paar Tage und lasse jemanden für mich arbeiten, der höher in ihrer Gunst steht und glaubwürdiger ist. Zum Beispiel könnte Gustave Doucet wieder auftauchen ... Der künftige Abgeordnete würde ihr sicher die nötigen Bücher und Zeitungen besorgen, die einfachen Traktate und flammenden Aufrufe, mit denen die Parteien das Volk aufstacheln und so die Initiative in die Hand nehmen. Natürlich wäre auch *L'Ami du Peuple* dabei, dank dessen Beleidigungen unser rechtschaffenes Mädchen Marat hassen lernen würde. Anschließend würde Gustave Charlotte verlassen, sie würden sich versprechen, einander lange Briefe zu schreiben, und ich käme zurück, um die Wutausbrüche meiner schönen Spaziergängerin zu begleiten. Im Januar kommenden Jahres würde Marat den Kopf des Königs fordern, und Ende April würde er seine Gehässigkeit gegen den Nationalkonvent richten. Mit Waffengewalt würde er das Hindernis der vernünftigen Mitglieder der Volksversammlung niederreißen.

Dann wären die Würfel gefallen, die Frankreich in zwei Hälften zerfallen ließen: In Paris säße ein frohlockender Marat auf Massengräbern, und in unserer guten alten Stadt Caen würde sich eine Hand voll geflohener Girondisten bemühen, nach Kräften den Irrsinn des Tyrannen zu unterwandern. Und für mich wäre der Augenblick gekommen, einen hübschen, einflussreichen Mann vom Schlage eines Barabaroux, einer der führenden Köpfe der Girondistenbewegung, ins Spiel zu bringen.

»Sollten wir nicht lieber umkehren, Mademoiselle Corday? Mir scheint, der Himmel bewölkt sich ...« Auf dem

Rückweg zum Haus ihrer Tante, Madame Breteville, kommen wir am Hôtel de l'Intendance vorüber, wo sich die legalistischen Rebellen niedergelassen haben.

»Bürger Abgeordneter, die Zeit arbeitet für die Partisanen des Bösen. Frankreich lebt im Rhythmus zweier Geschwindigkeiten: der Beschleunigung der Pariser Übertreibungen und der Trägheit, mit der Ihre schönen, meinem Herzen zusagenden Ideen stagnieren. Es ist bereits so weit, dass die Anhänger Marats uns unterwandern, während die Aufrufe girondistentreuer Truppen auf immer weniger Aufmerksamkeit stoßen. Der Dolch des Brutus schwebt über unserem Zeitalter! Wir müssen handeln, Bürger Abgeordneter! Ich selbst werde den Friedensdienern Eure Anordnungen überbringen.«

Barabaroux lauschte der Stimme, die trotz ihres Ungestüms eine gewisse zarte Musikalität nicht verbergen konnte. Sein Blick schweifte von der geschnitzten Holzvertäfelung des Salons, einer Erinnerung an den früheren Luxus des inzwischen leergeräumten Hotels, zu dem jungen Mädchen vor ihm, einer nicht besonders hoch gewachsenen Revolutionärin in feinster Gala.

»Ich werde euch ein Empfehlungsschreiben an Lauze de Perret mitgeben, Mademoiselle, dessen Tür euch sicher offen steht. Darin werde ich ihn bitten, euch bei allen administrativen Schritten im Hinblick auf Eure exilierte Freundin zur Seite zu stehen, der ihr helfen wollt. Damit ist der offizielle Grund für eine Reise nach Paris gerechtfertigt. Überdies werde ich euch eine Reihe Briefe anvertrauen, von denen wahrscheinlich das Geschick der gesamten Nation abhängt.«

Mit diesen Worten wandte Barabaroux Charlotte sein Gesicht zu, das so jugendlich wirkte wie das eines Knaben, der von von Feen bewacht wird. Während er ihr die versprochenen Dokumente aushändigte, verspürte er in der Annahme dieser nicht erbetenen Hilfe einen Augenblick ungetrübten Glücks, einen Stillstand im Kommen und Gehen des Erfolgs, den ihm sein Leben in der Öffentlichkeit bescherte. Gleich Gustave Doulcet und Augustin Leclerc empfand er, wie ihm dadurch, dass er sie als Spielball für seine Sache einsetzte, die Frau entglitt, die seine Tage hätte beglücken können. Wäre nicht der Druck dieser spartanischen Zeiten gewesen … »Ihr werdet mir doch schreiben, nicht wahr? Versprecht mir, von Eurer Reise und dem Erfolg Eurer Mission zu berichten.«

Wenn Charlotte Wort hielte, wäre bereits alles vorüber. Sie würde ihren Brief in Gefangenschaft beginnen, in einer engen Zelle der Abtei, wo bereits der Girondist Brissot eingesessen hatte. Beenden würde sie ihn in einem Verlies der Conciergerie als Nachfolgerin von Madame Roland. Auf sieben Seiten, auf denen nicht ein einziges durchgestrichenes Wort zu finden war, bewies sie die völlige Freiheit eines Geistes, der seinen Traum auslebte. Sie berichtete Barabaroux von einer Reise, in deren Verlauf sie fast nur schlief, weil die Marat-freundlichen Sprüche ihrer Reisegenossen sie so sehr einlullten. Ein besonderes Augenmerk würde Charlotte einem Mitreisenden angedeihen lassen, der sich ungünstigerweise in sie verliebt hatte und ihr sein Vermögen und seine Hand offerierte. Einem Mann, der ihren Worten gemäß »zweifellos hauptsächlich schlafende Frauen liebte«. Ich lese den Brief und erinnere mich, dass ich, indem ich ihr in dieser grotesken Komödie den Hof machte, ernsthaft und in einem letzten Aufbäumen versucht hatte, in zufällig eintretenden Lebensformen einen Grund für Dauer zu finden.

Was nun diese Hinrichtung angeht, die wir eigentlich Mord nennen müssten, weil wir so oft im Vorhinein darüber gesprochen hatten, so berichtet Charlotte darüber nur wenig. »Sie werden aus den Zeitungen davon erfahren«, zieht sie vor, an Barbaroux zu schreiben, als ob sie den Journalisten ein wenig von ihrem Vertrauen bewilligen würde oder bei ihnen die Option auf Wahrheit vermutete. Es handelt sich durchaus nicht um Ironie, wie manche Leser des Briefes vermutet haben. Ich erkenne den wahren Bruch bei meiner süßen Charlotte: Sie will sich nicht an den schrecklichen Augenblick erinnern, in der die Klinge den Leib des Monsters durchbohrte und sein Blut das trübe Wasser der Badewanne färbte. Sie leidet an der zwangsläufigen Amnesie eines Menschen, der sich undeutlich im Verdacht hat, seiner Illusion nicht gerecht geworden zu sein. Und ich weiß, wovon ich rede.

Den Augenblick, in dem der Urteilsspruch fällt, verbringe ich mit ihr in ihrem Verlies in der Conciergerie. Ich stelle mich ihr als Jean-Jacques Hauer vor, und sie erkennt mich als denjenigen, der bereits während des Prozesses Skizzen von ihr zu Papier gebracht hat. Ich befinde mich auf ihre eigene Bitte hin bei ihr. Sie hatte sich gewünscht, ein auf Miniaturen spezialisierter Maler möge ein Porträt von ihr anfertigen. Und so arbeite ich, halte mit kundiger Hand ihren klaren grauen Blick, ihre gerade Nase und dieses wunderbar gefurchte Kinn fest, das mich schon immer erregt hat. Einmal mehr ertappe ich sie bei ihrer Koketterie. Sie trägt das normannische Häubchen, auf das sie seit Beginn ihrer Haft bestanden hat, und zeigt sich voll Stolz in dem Rüschenkleid, dessen Korsage sie nach der Brutalität ihrer Verhaftung flicken lassen musste. Ob sie sich dessen erinnert?

Ich spiele mit Farben und Stiften, ich stelle sie so brav und schön dar wie ein wirkliches Bildnis. Wie jedermann sich vorstellen kann, habe ich eine gewisse Erfahrung mit solchen Übungen. Immerhin so viel, dass mein Geist sich während der Arbeit leicht auf dem Cursor der Zeit vor- und rückwärts bewegen kann. Ich sehe sie wieder vor mir, mit

Kokarde und grünen Bändern geschmückt und in dem damals noch unversehrten Kleid mit Tupfen auf hellgrauem Grund, die Schultern in einen zartrosa Schal gehüllt. So war sie vor Marats Tür erschienen, nachdem ich sie darüber in Kenntnis gesetzt hatte, dass der große Mann nicht mehr in der Nationalversammlung saß. Ich musste ihr alles sagen.

Marat, selbst Arzt, war leidend. Zurückgezogen pflegte er zu Hause mit Bädern den schweren Ausschlag – die abscheuliche Lepra, wie Charlotte es nannte –, der seinen Körper zerfraß. Ach, Charlotte, wenn ich wollte, könnte ich aus dem Gedächtnis deine Gestalt nachzeichnen, wie du dich in der Rue des Cordeliers vorgestellt hast, um die Bereitwilligkeit der Getreuen Marats zu erzwingen. Erkennst du mich denn nicht? Ich saß im Nachbarzimmer und faltete die Ausgabe des *Publiciste de la République Française.* Vielleicht weißt du es nicht, aber das war inzwischen der Name des alten *L'Ami du Peuple* ... Charlotte, hast du denn nicht meinen Schatten wahrgenommen? Ich folgte dir, als man dich in Marats Zimmer einließ. Nein, du hast mich nicht erkannt. Du stehst auf und näherst dich mir, dem Maler Hauer, um mich für die Skizze zu einem Auftragswerk zu loben ... Dein Körper verströmt einen betörenden Duft nach Parfüm und Schweiß.

Soll ich den Mord beschreiben? Um mit Charlotte zu sprechen, an deren süße Wangen ich soeben denken muss: Die Artikel und Werke der Geschichtsschreiber werden ausreichend angemessene Beschreibungen liefern. Die Gehässigkeit dieses Mannes, den man am liebsten mit den schlimmsten Namen bezeichnen möchte, den Namen aller Girondisten, die unter die Guillotine gehören, Charlotte, die sich nähert und ein an ihrem Busen gewärmtes Messer aus der Korsage zieht, den Arm hebt und zusticht. Das Einzige, was Marat von sich gibt, sind plötzlich einsetzende Blähungen. Das alles wissen wir in groben Zügen aus übereinstimmenden Berichten.

Aber vielleicht leitet sich die Wahrheit auch aus winzigen Verzerrungen in der Wiedergabe des Ablaufs ab. Zwar schätze ich das in der Herstellung befindliche Porträt nicht besonders, das eine kolorierte Zeichnung zur wahren Charlotte erklärt, umso mehr Wert gestehe ich dem kurzen Artikel eines gewissen Doktor Cabanès zu, der mehr als hundert Jahre später aus medizinhistorischer Sicht ein bestimmtes Problem beleuchten wird: *Der Dolchstoß der Charlotte Corday*. Er äußert sein Erstaunen darüber, dass ein zartes junges Mädchen einen derart präzisen und heftig von oben nach unten geführten Dolchstoß ausführen konnte. Trotz der schrägen Stoßrichtung hatte sie unter dem rechten Schlüsselbein sowohl Aorta als auch Vorhof getroffen – das deutete auf medizinisches Expertentum hin.

Der Stoß war so schwierig, dass es Professor Lacassagne, der sich auf den Autopsiebericht während der Gerichtsverhandlung stützte, nicht gelang, ihn im Experiment zu wiederholen ... Ein außergewöhnlicher Dolchstoß, aber meines Erachtens durchaus realisierbar, wenn man gebildet ist und sich mit den Eigenarten des menschlichen Körpers auskennt. Das möchte ich bestätigen und anschließend Namen nennen: Kommissar Lebas, der bei Marat Zeitungen faltete und dessen Körperkraft nicht zu leugnen war; ich selbst, denn jeder an der Akademie ausgebildete Maler, denen Jean-Jacques Hauer unbedingt zuzurechnen ist, muss Anatomiestunden belegt haben. Ach Charlotte, noch wäre Zeit, die Dinge zurechtzurücken und deinen Platz einzunehmen. Wenn ich könnte ... Aber du bestehst auf deiner Rolle und ich auf meinem Meisterwerk, während Schritte den Korridor entlang kommen.

Ich wollte, ich hätte für dich wenigstens eine winzige Ecke des Schleiers lüften können, der mein Geheimnis verbarg. Ich habe gehört, wie du dich beklagtest, weil der von dir so hoch geschätzte Gustave Doulcet nicht auf das Billet geantwortet hat, in dem du ihn um die Sicherstellung deiner Verteidigung gegen die Hinterhältigkeit des Anklägers Fouquier-Tinville batest. Aber es ist mir unmöglich, mich zu verdoppeln, zumal in ein und demselben Zimmer wie damals vor dem Tribunal. Leider konnte ich dir das nicht sagen ... Du hast dich bei mir bedankt, als du das Bild betrachtetest, das ich von dir gemalt hatte, und ich schämte mich ... Du hast dich bedankt, und ich hatte Tränen in den Augen, als ich die Zelle verließ. Ich ließ ein fragwürdiges Porträt zurück, und ich ließ dich allein, ehe man dich zur Hinrichtung abholte, von der ich nicht reden möchte: Dafür gibt es einen hässlichen Farbdruck, jene mittelmäßige Gravur, die ich eingangs dieser unsteten Zeilen, dieser nun zu Ende gehenden posthumen Beichte erwähnt habe.

Der Vollständigkeit halber muss ich noch von einer delikaten Anhörung berichten, die nach deinem Tod stattfand. Deine Leiche wurde in das Charité-Krankenhaus transportiert und dort im Beisein zweier Abgeordneter des Nationalkonvents untersucht. Einer der beiden war ich, denn meine Berufung als Maler hat mich nicht der *res publica* entfremdet ... Und so sah ich dich unter den gläsernen Lichtschächten völlig nackt, dich, der ich den Hof machte, als du noch kokett und prüde warst. Dich, der ich mich immer nur im Körper eines anderen näherte ... ich neigte dir mein wahres Gesicht entgegen, während die Wissenschaftler sich deiner Jungfräulichkeit versicherten. Es ging darum, dass du, Charlotte, niemals einen Liebhaber hattest, und damit auch keinen Komplizen. Dass du, als du die Tat begingst, nicht aus Liebe zu einem Doulcet oder Barabaroux gehandelt hast ... Ich verließ den Raum noch während der Sitzung.

Ich entfernte mich. Ich wusste, dass du Jungfrau warst. Ich wusste auch alles über deine Rolle als Komplizin, die ich dich hatte spielen lassen und von der du nichts ahntest. Süße Charlotte, du Instrument zu dem verrückten Plan, den ich durchführen werde. Zu Hause schließe ich mich in mein Arbeitszimmer ein und entwerfe die Grundzüge zu meinem besten Gemälde: *Der Tod des Marat.* Es war nötig, dass du zum Friedensengel wurdest, dass du überzeugt warst, Marat getötet zu haben, damit ich frei blieb, mit meinen Erinnerungen zu leben. Frei, jene Szene neu zu erschaffen, die ich selbst dirigiert hatte, ohne dass jemand davon wusste. Ich habe Marat vor dem Anschlag beobachtet, ich habe ihn erdolcht, und ich sah ihm beim Sterben zu. Dabei bewahrte ich mir genau die ersehnte Lebensechtheit, die die Kraft der Realität einem Kunstwerk verleiht.

Natürlich war ich nur Schauspieler und Demiurg in einem winzigen historischen Schlenker, der den Verlauf der Geschichte Frankreichs und Europas nicht im Geringsten veränderte. Um ehrlich zu sein, hat es selbst Charlotte nicht geschafft, das Aufbäumen der Gewalt in einem Land einzudämmen, das man heute eine der Wiegen der Demokratie nennt: Nach Marats Tod regierte der Terror in Frankreich. Was nun mich angeht, so habe ich mir das Privileg gegönnt, der Malerei eine neue, revolutionäre Richtung zu geben. Jedes seriöse Nachschlagewerk verkündet, dass ich mit *Der Tod des Marat* eine neue Ära des Historienbildes ins Leben gerufen habe. Sicher, einige antike Anklänge sind nicht zu leugnen, aber es ist nun einmal so: Der Dolch des Brutus schwebt über dem Zeitalter. Ich betrachte mein Werk, ich beobachte meine trockenen Finger, die ohne zu zittern einen feinen, langen Pinsel halten, mit dem ich meinen Namen unter das Werk setze: Jacques-Louis David. Die Finger eines Mörders zittern nicht, wenn sie für eine so edle und unabhängige Sache wie die Liebe zur Kunst zugeschlagen haben.

César Mallorquí

Nach diesem Ausflug in die Vergangenheit geht es nun in eine Zeit, die man landläufig eher mit dem Genre Science-Fiction verbindet: die Zukunft. Und es ist eine verblüffend einleuchtende Zukunft, die César Mallorquí in seiner Erzählung anbrechen sieht.

César Mallorquís schriftstellerische Ader ist, darf man mit einiger Berechtigung vermuten, familiär bedingt. Er ist der Sohn des zu seiner Zeit berühmten Unterhaltungsschriftstellers José Mallorquí, dessen bekannteste Schöpfung die Serie **El Coyote** *war, die in den 40er-Jahren auch in Deutschland Erfolge feierte. »Fragt die alten Leute«, meint César Mallorquí augenzwinkernd. Geboren ist er »kurz nach dem Pleistozän«, wie er sagt – in Zahlen: 1953 – in Barcelona, doch ein Jahr später übersiedelte die Familie nach Madrid, wo er bis heute lebt. Er studierte Journalismus und arbeitete einige Jahre als freier Journalist, ging dann aber in die Werbung, schrieb Werbetexte und drehte Fernsehspots. Erst in den 90ern kehrte er zurück zur Literatur und zum Schreiben, mit enormem Erfolg: Seit 1991 verging fast kein Jahr, ohne dass er nicht mindestens einen Preis für eine Kurzgeschichte oder einen Roman gewonnen hätte, 1997 waren es sogar nicht weniger als vier verschiedene Preise auf einmal. Ob* **Premio Aznar**, **Premio Alberto Magno**, **Premio Domingo Santos**, **Ignotus** *oder* **Premio Gigamesh** *– César Mallorquí hat sie alle, den* **Premio EDEBÉ** *sogar dreimal.*

Sein erster Roman **La vara de hierro** *erschien 1993, sein zweiter,* **El circulo de Jericó**, *1995, und dann ging es ungefähr im Jahres-*

takt weiter: Stand heute sind zwölf Romane, einige davon auch an ein jugendliches Publikum gerichtet, und der dreizehnte ist auch schon angekündigt. Außerdem schreibt er Artikel und Rezensionen über SF und Fantasy für das **Gigamesh** *Magazin und ist auch sonst aus dem Fandom von Madrid nicht wegzudenken.*

César Mallorquí ist groß und hat blaue Augen, und, wie er selber sagt, »meine Frau auch, nur dass sie außerdem sehr schön ist«. Sie haben zwei Söhne, natürlich ebenfalls groß und blauäugig. Wenn sie durch Spanien reisen, ernten sie oft Komplimente dafür, wie gut sie Spanisch sprechen, weil man sie für Deutsche hält.

Das erklärt wahrscheinlich, warum die nun folgende Geschichte so ist, wie sie ist ...

Die Mauer für eine Trillion Euro

von César Mallorquí

Hans Müller war nicht im Spiele-Pavillon der Wohnkolonie Costa Dorada, als Klaus-Jürgen Stehle starb, und ebenso wenig war er dort, als die Ärzte ihn wiederbelebten. So kam es, dass er der letzte Bewohner war, der den neuen Arzt sah. Hans hatte den ganzen Morgen im Mnemonischen Stimulationssaal verbracht, um an einem warmen Juniabend Anfang des 21. Jahrhunderts Hand in Hand mit seinem Vater durch den Englischen Garten in München zu spazieren. Sein Vater – Albert Müller, vor 93 Jahren verstorben – rezitierte die Namen aller Pflanzen am Wegesrand, er kannte die genaue Bezeichnung für jede Blume, jeden Vogel und jedes Insekt. Hans, der erst sechs Jahre alt war, lauschte fasziniert der merkwürdigen lateinischen Terminologie, die in seinen Ohren klang wie eine Reihe magischer Beschwörungsformeln – *Quercus Robur, Hedera Helix, Luscinia Megarhynchos* ... Später, am Kleinhesseloher See, trank sein Vater im nahe gelegenen Biergarten *Seehaus* ein Helles, während er selbst am Ufer des Flusses blieb, um den Enten und Schwänen Brotkrumen zuzuwerfen. Es war ein Moment ohne tiefere Bedeutung, ohne besondere Ereignisse, aber dennoch erinnerte Hans sich an ihn – lebte ihn – als einen der glücklichsten Augenblicke seiner 113-jährigen Existenz.

Nachdem er den *Nemos*-Saal verlassen und in seinem Bungalow gegessen hatte, ging Hans zur Sommerterrasse, um mit seinen engsten Freunden Kaffee zu trinken: mit Jürgen und seiner Freundin Anna, Erwin und Magda Stadler, Rainer Lang, Willi und Gertrud Fröhlich, José (Pepe) Carmona, Gudrun Hoffmann und Anker Jepssen, einem Dänen, der erst kürzlich in die Kolonie gekommen war. Obwohl er schon so lange mit ihnen zusammenlebte, war Hans jedes Mal aufs Neue überrascht vom Aussehen seiner Freunde – ebenso wie sein eigenes Spiegelbild ihn immer wieder in Erstaunen versetzte. Das Durchschnittsalter der Gruppe von Rentnern belief sich auf rund einhundertzwanzig Jahre, doch keiner von ihnen sah älter aus als sechzig.

Sobald er bei ihnen war, erzählte Gertrud ihm, was an diesem Morgen im Pavillon vorgefallen war.

»Der arme Klaus spielte gerade mit Walter Schach, als er plötzlich bleich wurde und auf den Boden fiel. Er hatte Schaum vor dem Mund und wurde von Krämpfen geschüttelt. Dann blieb er plötzlich ganz still liegen, von seinen Augen war nur noch das Weiße zu sehen. Es war grauenvoll.«

»Das nenne ich schachmatt«, scherzte Willi.

»Glücklicherweise«, fuhr Gertrud fort, während sie ihrem Mann einen wütenden Blick zuschleuderte, »war das Notfallteam sofort da, und sie konnten ihn reanimieren. Jetzt liegt er im Zentralkrankenhaus in Málaga.« Sie seufzte tief und fügte hinzu: »Klaus ist stark, ich bin sicher, er schafft es.«

›Aber wie lange noch‹, dachte Hans. Klaus war 139 Jahre alt, einer der Ältesten in der Kolonie. Seine Stunde dürfte in nicht allzu langer Zeit schlagen. Die Bartov-Behandlung konnte zwar Wunder vollbringen, aber keine Unmöglichkeiten.

»Klaus bleiben noch viele Lebensjahre«, meldete sich Pepe Carmona mit seinem exotischen, von andalusischem

Akzent eingefärbten Deutsch zu Wort. Dann wechselte er das Thema, indem er fragte: »Hast du den neuen Arzt gesehen, Hans?«

»Welchen neuen Arzt?«

»Doktor Bianchi hat Costa Dorada verlassen, daher hat man uns einen neuen Hausarzt zugewiesen. Und weißt du, wer sein Nachfolger ist?« Pepe machte eine Kunstpause und fuhr mit empörter Stimme fort: »Ein Schwarzer! Ich traute meinen Augen kaum, als er mit dem Notfallteam auftauchte, um Klaus zu versorgen. Ein Afrikaner, zum Teufel!« Er schüttelte den Kopf. »Ich weiß nicht, wohin das noch führen soll ...«

»Aber es arbeiten doch noch andere Farbige in der Kolonie«, entgegnete Hans.

»Kellner, Zimmermädchen, Gärtner, Aushilfen, aber ... Ärzte? Ich bitte dich, das ist doch ein Affront. Gleich morgen werde ich eine offizielle Protestnote an den Vorstand des Zentrums einreichen. Wenn sie glauben, ich lasse zu, dass mich ein Affe ohne Haare untersucht, täuschen sie sich gewaltig.«

»So darfst du nicht reden, Pepe«, protestierte Rainer stirnrunzelnd. »Sowohl die Geschichte meines als auch deines Landes zeigen, dass solche Ansichten nicht nur falsch, sondern gefährlich sind.«

»Sprichst du von Hitler und Franco?« Carmona hob eine Augenbraue, als langweile ihn dieser Einwand. »Nun, wenn du meine Meinung über starke Führer wie diese beiden wissen willst: Sie fehlen Europa, und zwar ganz gewaltig. Und wenn wir schon beim Thema Geschichte sind, so kann ich dir sagen, dass Franco zwar viel über die hispanische Rasse sprach, ihm die Reinheit des Blutes aber mit Sicherheit völlig schnuppe war. Scheiße, wenn er die Mauren mochte! ... Und was Hitler betrifft, sein einziger Fehler war, dass er nicht zu Ende führte, was er begonnen hatte.«

Hans runzelte missbilligend die Stirn. Pepe Carmona war ein Relikt des 20. Jahrhunderts, der letzte Rechtsextreme der alten Schule. Niemand wusste, was er als Spanier in einer Kolonie deutscher Pensionäre tat, aber die anderen Bewohner schätzten ihn, denn im Allgemeinen war er ein liebenswürdiger, herzlicher Mensch. Außer, wenn er über Politik sprach, so wie jetzt.

»Die Sache ist ganz einfach«, ereiferte sich Carmona immer mehr. »Stellt euch vor, ihr seid zu Hause – in eurem Haus, das ihr viele Jahre lang liebevoll eingerichtet und gepflegt habt. Und auf einmal kommt ein Maurenpärchen mit zwölf Kindern und lässt sich in eurem Wohnzimmer nieder. Dann besetzt eine Indio-Familie euer Gästezimmer. Etwas später taucht ein halber Stamm Schwarze auf und ...«

»Das ist doch Demagogie«, unterbrach Rainer ihn.

»Es ist die Realität. Wir Europäer haben die abendländische Zivilisation geschaffen, indem wir über Jahrhunderte hinweg unsere Arbeit, unseren Erfindergeist, ja unser Blut investierten. Wir haben die mächtigste Kultur des Planeten geschmiedet, und auch die gerechteste, mit den größten Entfaltungsmöglichkeiten für ihre Bürger. Und wozu das alles? Um sie ein paar Wilden zu schenken, die es nicht hinbekommen haben, sich zu entwickeln?«

»Oder die es nicht konnten«, bemerkte Magda Stadler. »Oder die wir nicht gelassen haben.«

»Unsinn. Europa muss denen gehören, die es aufgebaut haben, nicht einem Haufen zugereister Barbaren.« Carmona machte eine Geste in Richtung Meer. »Warum haben wir wohl sonst eine Trillion Euro dafür ausgegeben, eine Barriere zu errichten, die uns vor der Barbarei schützt?«

Hans richtete seinen Blick wieder auf das ruhige Wasser des Mittelmeers. In der Ferne, kaum wahrnehmbar, zeichnete sich die Silhouette einer Plattform der Charleroy-

Linie ab – der technologischen Grenzmauer, die Europa von Norwegen bis Bulgarien umgab. Es gab Tausende solcher Plattformen, und jede von ihnen war mit Sensoren, elektronischen Erkennungssystemen, Selbstschussanlagen und Laserschranken ausgestattet. Und das war nur ein Teil: Da waren auch noch das geostationäre Satellitennetz, die Erkundungs-Flugzeuge, die Patrouillenboote, die Küstenbunker ... Hans wusste nicht, ob die Charleroy-Linie – benannt nach der belgischen Stadt, in der ihre Errichtung beschlossen worden war – wirklich eine Trillion Euro gekostet hatte, aber seiner Meinung nach hätte das Geld, wie viel es auch gewesen sein mochte, wesentlich besser investiert werden können.

»Es ist unsere Pflicht, die Kultur zu schützen, die uns die vorherigen Generationen hinterlassen haben«, schloss Carmona, »und das erreicht man nicht, indem man Europas Türen für jeden illegalen Einwanderer öffnet, der gerne hereinmöchte.«

Es herrschte Schweigen. Alle wussten, dass es sinnlos war, mit Pepe Carmona über solche Fragen zu diskutieren.

»Als ich pensioniert wurde, vor 31 Jahren«, sagte plötzlich Anker Jepssen, »war die Geburtenrate in Europa stark gesunken. Es wurde weniger als ein halbes Kind pro Paar geboren, was allein von der Formulierung her nicht einer gewissen Komik entbehrt. Die Folge war, dass man Arbeitskräfte benötigte und die Immigrationskontingente erhöhen musste.«

Jepssen, mit nur 96 Jahren der jüngste Bewohner der Kolonie, war erst kürzlich nach Costa Dorada gekommen, nachdem das skandinavische Pensionärs-Zentrum, in dem er bis zu diesem Zeitpunkt gelebt hatte, wegen der geringen Anzahl von Bewohnern hatte schließen müssen.

»Dagegen sagt ja keiner etwas«, entgegnete Carmona. »Ich finde es völlig richtig, dass sie kommen, um hier zu arbeiten, wenn sie gebraucht werden. Das Unzumutbare ist, dass sie bleiben. Mitte des 20. Jahrhunderts mussten zahlreiche Spanier nach Deutschland emigrieren, weil es hier nicht genügend Arbeit gab. Aber anschließend kehrten sie wieder in ihr Land zurück. So gehört sich das. Diejenigen, die bleiben, sind nichts anderes als eine Invasion, die wir bekämpfen müssen.« Nach einer kurzen Pause fügte er hinzu, als erinnere er sich plötzlich wieder an den Ausgangspunkt der Diskussion: »Ein schwarzer Arzt, das fehlte noch! Gleich morgen werde ich mich beim Präsidium des Zentrums beschweren.«

Costa Dorada, die Wohnkolonie für Pensionäre, lag am Mittelmeer, südlich von Málaga zwischen Marbella und Esteppona. Von hohen, mit Kletterpflanzen bewachsenen Mauern und einem riesigen, sorgfältig gepflegten Garten umgeben, teilte das Zentrum sich in vier unterschiedliche Bereiche: Neben dem Eingang, hinter der Rezeption, befanden sich die Büros und das Kontrollzentrum, rechts davon lag der medizinische Pavillon, und am anderen Ende des Gartens erstreckte sich der Wohnbereich mit seinen hübschen, kleinen Bungalows. Ein Stückchen weiter erhob sich der Komplex für die Gemeinschaftsaktivitäten: der Nemo-Saal, der Spiele-Pavillon, der Speiseraum, die Cafeteria, das Sportzentrum, das 3D-Kino und die Bibliothek. Die Kolonie war ein autarkes, kleines Universum, das alle Bedürfnisse seiner Bewohner befriedigen konnte.

Dennoch besuchten nur sehr wenige der unbegreiflich alten Greise das Sportzentrum, schauten 3D-Filme oder gingen zum Lesen in die Bibliothek. Die bei weitem am häufigsten frequentierte Einrichtung der Kolonie war der mnemonische Stimulationssaal. Hierbei handelte es sich um ein sehr großes Gebäude, in dessen Inneren fünfzig Diwane in einer Reihe standen. Zu jedem Diwan gehörte ein elektronisches Gerät, das über ein dickes Kabel mit einem kleinen, verstellbaren Helm verbunden war. Die Wände waren in beruhigenden Blautönen gehalten.

Die mnemonischen Stimulatoren – *Nemos* – waren kleine Apparate, deren Funktion, wie ihr Name schon verriet, darin bestand, die Erinnerung zu stimulieren. Mithilfe eines Nemos wurden die eigenen Erinnerungen so präzise und deutlich, dass die Erfahrung nicht mehr nur auf das Gedächtnis beschränkt war – sie verwandelte sich in eine Art Zeitreise. Nemos ermöglichten es, die Vergangenheit von neuem zu erleben.

Nachdem die Gruppe die Sommerterrasse verlassen hatte, machte Hans sich auf den Weg zum Nemo-Saal. Der größte Teil der Diwane war besetzt: Neununddreißig alte Menschen lagen reglos und mit geschlossenen Augen auf ihnen, auf dem Kopf trugen sie kleine Helme voller Elektroden. Alle waren völlig von der Vergangenheit absorbiert. Hans legte sich auf einen freien Diwan, setzte sich den Nemo-Helm auf und streckte die Hand aus, um den Apparat anzuschließen. Doch im letzten Augenblick, bevor er den Knopf drückte, blieb seine Hand reglos in der Luft hängen. Aus irgendeinem Grund musste er ständig an den neuen Arzt denken, der Carmona so aufgebracht hatte. Die anderen hatten erzählt, dass er Daniel Mombé hieß. Ein schwarzer Gerontologe in Spanien, wie merkwürdig ... Hans verspürte echte Neugier. Nun gut, er würde ihn schon noch kennen lernen.

Er stöpselte den Nemo ein, schloss die Augen und konzentrierte sich auf die Erinnerung, die er sich ausgesucht hatte: den Tag seiner Hochzeit – den Tag, an dem Emma und er beschlossen hatten, sich für immer zu vereinen, auch wenn dieses Immer letztlich nur viereinhalb Jahre gedauert hatte. Vor seinem inneren Auge beschwor Hans das Bild des Münchner Doms mit seinem roten Dach und den hohen, von grünen Kuppeln gekrönten Zwillingstürmen. Dann sah er das große, von riesigen weißen Säulen gesäumte Mittelschiff vor sich. Von der Decke hing ein großes Kruzifix herab. Und er sah sich selbst, wie er darauf wartete, dass Emma am Arm ihres Vaters die sieben Stufen zum Altar hinaufstieg.

Nach und nach ergänzte der mnemonische Stimulator seine Erinnerungen. Die Bilder wurden immer klarer, und dann begann Hans den Geruch des Weihrauchs und der Kerzen wahrzunehmen, den ein klein wenig unbequemen Schnitt seines neuen Anzugs, die Berührung von Emmas Hand, die in seiner lag, und dann hörte Hans auf, ein Greis von 113 Jahren auf einem Diwan zu sein und verwandelte sich in einen jungen Kerl von 27 – nervös und überglücklich am Tag seiner Hochzeit.

Hans lernte Daniel Mombé drei Tage später bei einer medizinischen Routineuntersuchung kennen. Mombé war jünger, als Hans erwartet hatte, höchstens vierunddreißig oder fünfunddreißig Jahre alt. Er hatte stark gekräuseltes Haar, rabenschwarze Haut und ein rundes Gesicht mit großen, lebendigen Augen. Sein Wesen war liebenswürdig und herzlich, und er sprach fließend Deutsch, wenn auch mit starkem spanischen Akzent.

Nachdem er ihn einer vollständigen Untersuchung und allen möglichen Tests unterzogen hatte, führte Mombé Hans in sein Büro und bat ihn, Platz zu nehmen. Der Arzt setzte sich vor seinen Schreibtisch, schloss den Holo-Bildschirm des Computers an und betrachtete die dreidimensionalen Grafiken, die plötzlich vor ihm in der Luft schwebten.

»Ihr Gesundheitszustand ist hervorragend, Herr Müller«, sagte Mombé, ohne den Blick von dem Hologramm zu lösen. »Allerdings ist ihr Muskelgewebe etwas schwach – Sie brauchen mehr Bewegung.«

»Das hat Doktor Bianchi auch immer gesagt«, lächelte Hans.

»Sie alle verbringen viel zu viel Zeit im Nemo-Saal. Sie sollten öfter das Sportcenter benutzen oder einfach spazieren gehen.« Der Arzt lehnte sich in seinem Stuhl zurück. »Heute Nachmittag bekomme ich die endgültigen Ergebnisse Ihrer Laboruntersuchung, Herr Müller. Falls es notwendig werden sollte, melde ich mich bei Ihnen, aber ansonsten denken Sie daran, was ich Ihnen über die Bewegung gesagt habe.«

Er ging davon aus, dass die Untersuchung damit beendet war, doch Hans stand nicht auf, sondern blieb schweigend auf seinem Stuhl sitzen.

»Äh ... Doktor«, entschied er sich nach einigen Sekunden schließlich. »Darf ich Ihnen eine Frage stellen? Ich meine, eine persönliche Frage ...«

»Natürlich.«

»Woher kommen Sie?«

»Ich bin Spanier, ich wurde in Sevilla geboren«, Mombés Lächeln enthüllte seine strahlend weißen Zähne. »Aber ich gehe davon aus, dass Sie die Herkunft meiner Familie meinten. Die Mombés stammen ursprünglich aus Äquatorial-Guinea.«

»Ist Ihre Familie schon lange in Europa?«

»Seit Beginn des letzten Jahrhunderts. Im Jahre 2021 überquerte mein Großvater Ezequias Mombé gemeinsam mit einer Hand voll illegaler Einwanderer in einem kleinen Boot die Meerenge von Gibraltar. Das war natürlich vor dem Bau der Charleroy-Linie.«

»Tut mir Leid«, entschuldigte sich Hans, »ich wollte nicht indiskret sein ...«

»Sie sind nicht indiskret, Herr Müller. Ich bin sogar sehr stolz auf meinen Großvater. Ezequias Mombé war ein *sin papeles* – ein Einwanderer ohne Papiere. In seiner Not übernahm er all die Arbeiten, die sonst niemand machen wollte. Er arbeitete sehr hart, viele Jahre lang, bis er genügend Geld zusammengespart hatte, um in Sevilla einen kleinen Lebensmittelladen zu eröffnen. Später vergrößerte sein ältester Sohn, mein Vater, das Geschäft und verwandelte es in einen Supermarkt. Es dauerte nicht lange, und er besaß drei Geschäfte in der Stadt, sodass er mir mein Medizinstudium in Heidelberg finanzieren konnte. Aber ich weiß, dass ich in letzter Instanz alles, was ich bin, meinem Großvater Ezequias zu verdanken habe.«

»Er muss ein großartiger Mann sein. Ist er bereits pensioniert?«

»Er starb schon vor vielen Jahren, im Alter von achtundsiebzig Jahren.«

»Das tut mir Leid. Ein Unfall oder vielleicht eine Krankheit?«

»Nein«, Mombé zuckte mit den Achseln. »Er starb einfach an Altersschwäche.«

Hans sah ihn verwundert an.

»Er starb an Altersschwäche, mit achtundsiebzig Jahren?«, fragte er. »Aber mit der Bartov-Behandlung kann man mehr als eineinhalb Jahrhunderte lang leben ...«

Dieses Mal war es Mombé, der den alten Mann verwundert ansah.

»Herr Müller, wissen Sie, was die Bartov-Behandlung kostet?«

»Nein ...«

»Mehrere Millionen Euro pro Jahr. Nur sehr reiche Menschen können sie sich leisten.«

»Aber ich bin nicht reich«, protestierte Hans. »Und ich bekomme die Behandlung bereits seit Jahrzehnten ...«

Es dauerte ein paar Sekunden, bis Mombé antwortete, er wirkte überrascht von der naiven Unwissenheit des alten Mannes.

»Mitte des 21. Jahrhunderts«, sagte er schließlich, »lancierten verschiedene Versicherungsunternehmen eine Krankenversicherung, die jede wirksame Verjüngungsbehandlung abdeckte. Der Haken war das Wort ›wirksam‹, denn zu dieser Zeit existierte noch keine effektive Methode zur Lebensverlängerung. Sie haben eine solche Versicherung abgeschlossen, ebenso wie die übrigen Bewohner dieser Kolonie. Dann entwickelte die berühmte Ärztin Helena Bartov eine Technik, die wirklich wirksam war, und die Versicherungen sahen sich gezwungen, ihren Mitgliedern die Behandlung zu bezahlen. Womit sie natürlich nicht gerechnet hatten, war, dass sie so verflucht teuer war. Der Einzige in der Kolonie, der die Behandlung aus seiner eigenen Tasche bezahlt, ist José Carmona. Aber er ist Multimillionär. Glauben Sie mir, Herr Müller, Sie und die anderen hier sind privilegiert. Nur einer von zehn Millionen Menschen kann sich eine Lebenserwartung von mehr als eineinhalb Jahrhunderten leisten.«

Hans wandte den Blick ab. Er war verwirrt. Natürlich hatte er gewusst, dass seine Versicherung für die Bartov-Behandlung aufkam, aber ihm war nicht klar gewesen, wie teuer sie war. Genau genommen gab es eine Menge Dinge, die er von der Außenwelt nicht wusste.

»Herr Müller«, riss Mombé ihn aus seinen Gedanken. »Wie lange haben Sie die Kolonie schon nicht mehr verlassen?«

»Nun ... das weiß ich gar nicht genau. Mehrere Jahre.«

Der Arzt betätigte Tasten des Computers und sah sich die Daten an, die auf dem Holo-Bildschirm erschienen.

»Das letzte Mal, dass Sie Costa Dorada verlassen haben«, sagte er, »war vor achtunddreißig Jahren.«

»Mein Gott«, flüsterte Hans. »So lange?«

»Sie leben seit einem halben Jahrhundert in Andalusien. Haben Sie Spanien nie bereist?«

»Na ja, nachdem ich pensioniert wurde und in die Kolonie umzog, machte ich ein paar Ausflüge – Granada, Sevilla ... Aber ich spreche kein Spanisch, und ich kenne hier niemanden.«

»Sie sind auch niemals nach Deutschland zurückgekehrt?«

Hans stieß einen langen Seufzer aus. Diese Frage hatte er sich selbst so viele Male gestellt, ohne jemals eine völlig überzeugende Antwort gefunden zu haben.

»Meine Frau ist schon vor einer Ewigkeit gestorben«, sagte er, »und ich habe nie wieder geheiratet. Ich habe weder Kinder noch Familie, und was Freunde betrifft ... Na ja, wenn ich bedenke, was Sie über die Bartov-Behandlung gesagt haben, nehme ich an, dass sie alle schon tot sind. Die einzigen Menschen, die mir nahe stehen, sind die Bewohner der Kolonie. Warum sie verlassen?«

»Würden Sie München nicht gerne noch einmal sehen? Es ist Ihre Geburtsstadt, und dort haben Sie die Hälfte Ihres Lebens verbracht.«

»Das ist eine sehr lange Reise«, rechtfertigte Hans sich zweifelnd. »Ich bin ein alter Mann, Doktor, vergessen Sie nicht, dass ich 113 Jahre alt bin ...«

Mombé schaltete den Computer aus und sah Hans mit sanfter Ironie an.

»Herr Müller, ich habe Sie gerade umfassend durchgecheckt, und ich kann Ihnen garantieren, dass Ihre körperliche Verfassung mit der eines gesunden, starken Fünfzigjährigen vergleichbar ist. Darüber hinaus kontrolliert das Armband an Ihrem Handgelenk ständig Ihre Werte. Wenn Ihnen etwas passieren würde – was nicht der Fall sein wird –, würde der Bioscanner automatisch den medizinischen Notdienst alarmieren. Und was die Reise betrifft, die ist keineswegs lang. Sie müssen nichts weiter tun als zum Bahnhof von Málaga fahren und in den Turborail steigen. Er bringt

Sie innerhalb von etwas mehr als zwei Stunden nach München.«

Hans wandte den Blick ab. Die Worte des Arztes klangen gleichzeitig verführerisch und beunruhigend. Nach Deutschland zurückkehren … um was zu finden?

»Ich weiß nicht, Doktor … Ich bin schon so lange in der Kolonie … Ich bin hier glücklich. Hier ist mein Zuhause.«

»Ich spreche doch nur von zwei Tagen«, Mombé beugte sich mit einem warmen Lächeln zu ihm vor. »Hören Sie, mein Freund, Sie haben ein wundervolles Geschenk erhalten: die Möglichkeit, Ihre Lebenserwartung zu verdoppeln. Ihnen bleiben noch vierzig oder fünfzig Jahre. Wollen Sie sie verschwenden, indem Sie sich in Costa Dorada einschließen?«

»Na ja …«, zögerte Hans, »ich nehme an, das wäre nicht logisch …«

»Nein, das wäre es nicht. Und deshalb verschreibe ich Ihnen eine neue Behandlung, Herr Müller: eine Reise nach München. Heute ist Dienstag – Sie können am Freitag abreisen und Sonntag zurück sein.«

»Aber …«

»Nein, nein, nein. Kein Aber. Ich selbst werde mich um die Reservierung des Tickets und um ein gutes Hotel kümmern. Betrachten Sie es als eine Art Therapie: Sie brauchen Bewegung, und die Reise ist ein guter Anlass, das umzusetzen.« Mombé hielt inne und fragte: »Werden Sie auf Ihren Arzt hören, Herr Müller? Werden Sie dieses Wochenende nach München fahren?«

Außer seiner Bequemlichkeit mangelte es Hans an Argumenten, um sich zu weigern. Die Kolonie seit achtunddreißig Jahren nicht verlassen zu haben war ohne Zweifel zu lange. Daher tat der alte Mann das Einzige, was er tun konnte: Er seufzt, und erklärte sich mit einem unsicheren Kopfnicken einverstanden.

Obwohl die Aussicht auf die Reise ihn anfangs eher beunruhigt hatte, begann Hans sich nach und nach immer mehr zu freuen. Es war so lange her, seit er zum letzten Mal die Straßen Münchens entlanggelaufen war. Plötzlich sehnte er sich danach, wieder durch Schwabing zu spazieren, das alte Viertel seiner Kindheit. Noch einmal ins Bratwurstglöckerl gehen, die kleine Kneipe in der Nähe des Doms, wo er sich immer mit seinen Studienfreunden Jörg und Peter getroffen hatte. Ob es dort wohl immer noch diese köstlichen Nürnberger Bratwürste gab? Und das Olympiastadion der Bayern. Seit unzähligen Jahren hatte er sich dort kein Fußballspiel mehr angesehen. Wie die Bayern wohl in der Bundesliga dastanden?

Hans erzählte niemandem von seiner Absicht, nach Deutschland zurückzukehren. Anfangs, weil er sich noch nicht sicher war, ob er die Reise wirklich antreten würde, und dann, weil er irgendwie das Gefühl hatte, diese Rückkehr in seine Heimat sei etwas zu Intimes, um sie mit den anderen teilen zu können. Er wollte sich erst im letzten Augenblick von seinen Freunden verabschieden, kurz bevor er losfuhr. Schließlich würde er ja nur ein Wochenende fort sein …

Am Donnerstag erhielt Hans einen Umschlag von Doktor Mombé, in dem er eine Hotelreservierung und die Turborail-Tickets fand. Er musste am Freitag um ein Uhr mittags am Bahnhof von Málaga sein. Abends, nachdem er mit Willi und Gertrud gegessen hatte, packte Hans sorgfältig seinen Koffer: zwei komplette Garderoben, zwei Paar Schuhe, Toilettenartikel und ein Foto von Emma. Er ging früh zu Bett, lag aber noch lange wach. Er konnte nicht aufhören, an seine Frau zu denken. Wie schön es gewesen wäre, mit ihr gemeinsam nach München zurückzukehren – zwei alte Menschen, die sich gemeinsam an die Tage ihrer Jugend erinnern. Doch unglücklicherweise hatte kaum viereinhalb Jahre, nachdem Emma und er begonnen hatten, zusammen zu leben, ein betrunkener Fahrer sie für immer mit sich genommen. Ebenso wie eine rasch wuchernde Krebserkrankung seinen Vater aus dem Leben gerissen hatte, als Hans noch ein Kind war. Gott oder der Zufall oder wer auch immer die Schicksale der Menschen lenkte, hatte beschlossen, das Leben der Menschen, die er am meisten liebte, frühzeitig zu beenden – und um ihn dafür zu entschädigen, verlängerte er das seinige bis weit jenseits dessen, was die Natur verfügt hatte.

Dennoch konnte Hans Müller sich des immer häufiger wiederkehrenden Gedankens nicht erwehren, dass die Bartov-Behandlung nicht das Leben verlängerte, sondern die Abwesenheiten.

Am Freitag wachte Hans sehr früh auf. Er war nervös, daher beschloss er, in seinem Bungalow zu frühstücken, statt im Speisesaal der Kolonie. Anschließend, nachdem er sich sorgfältig zurechtgemacht und seinen besten Anzug angezogen hatte, blätterte er eine Weile in alten Fotoalben herum – Bilder aus seiner Jugend in Deutschland, so alt, dass sie nur zweidimensional waren. Später rief er über das Haustelefon die Rezeption der Kolonie an und bestellte ein Taxi, das ihn um zwölf Uhr mittags abholen sollte. Gegen elf verließ er schließlich seinen Bungalow und machte sich auf die Suche nach seinen Freunden, um sich von ihnen zu verabschieden. Als Erstes ging er auf die Sommerterrasse. Dort traf er jedoch nur Pepe Carmona, der auf einem Liegestuhl saß und gemächlich einen Wermut mit Soda trank.

»Wo sind die anderen, Pepe?«, fragte Hans ihn.

»Im Spiele-Pavillon. Walter hat Rainer zu einer Partie Schach herausgefordert, und die Erwartungen waren sehr hoch. Ich glaube, es wurden sogar Wetten platziert.«

Carmona musterte ihn von oben bis unten. »Hör mal, wofür hast du dich denn so schick gemacht? Du siehst aus wie ein Dandy ...«

»Ich fahre übers Wochenende weg«, antwortete Hans mit schüchternem Lächeln.

»Du tust was ...?«

»Ich habe mich schon zu lange hier in Costa Dorada eingesperrt, deshalb habe ich beschlossen, das Wochenende in München zu verbringen. Ich fahre in einer Stunde los.«

Carmona runzelte die Stirn und sah ihn lange an, dann stellte er seinen Wermut auf den Tisch und bedeutete Hans mit einer Geste, sich neben ihn zu setzen.

»Ich werde dir etwas gestehen, Hans«, sagte er, während sein Freund neben ihm Platz nahm. »Weißt du, wann ich geboren wurde? Im Jahre 1943.«

»Aber dann«, mit offenem Mund rechnete Hans im Geiste schnell nach. »Dann bist du ja ... 165 Jahre alt!«

»Ich habe von Natur aus eine hohe Lebensdauer. Als ich mit der Bartov-Behandlung begann, war ich bereits fast einhundert Jahre alt. Damals war sie nur eine experimentelle Technik, aber bei mir funktionierte sie sensationell gut. Nach zwei Jahren Therapie besaß ich Aussehen und Gesundheit eines Fünfzigjährigen. Augenscheinlich gibt es Menschen, bei denen die Bartov-Behandlung besonders gut anschlägt, und ich bin einer von ihnen. Die Ärzte sagen, dass ich zweihundert Jahre alt werden kann, oder zweihundertfünfzig, vielleicht sogar dreihundert ... Sie haben keine Ahnung. Wer weiß, vielleicht bin ich unsterblich.«

»Das ist ja fantastisch ...«, flüsterte Hans verblüfft.

»Findest du wirklich?« Carmona stieß einen Seufzer aus. »Ich wäre mir da nicht so sicher. Ich wurde in einer Welt geboren, die mit dieser hier nichts zu tun hat, Hans. Es gab weder Computer noch Raumstationen, noch 3D-Fernsehen …« Er lächelte dünn. »Zum Teufel, das Fernsehen war noch nicht einmal in Farbe. Trotzdem, damals schien alles einfacher. Du wusstest, wo dein Platz auf der Welt war, wer die Deinen waren und welche Ideale es zu verteidigen lohnte. Aber dann … Nun, Franco starb, die Demokratie kam nach Spanien, Spanien wurde ein Teil Europas, Europa wurde zu einer Föderation … und eines schönen Tages merkte ich, dass ich nicht mehr wusste, wo ich eigentlich war. Damals lebte ich in Madrid, weil die Bartov-Technik nur in einer Klinik dort und in einer weiteren in Barcelona angewandt wurde. Dann begann auch Costa Dorada mit dieser Methode zu arbeiten, und ich kehrte nach Andalusien zurück. Obwohl ich etwa dreißig Häuser besitze, blieb ich schließlich hier in der Kolonie wohnen, als einer der Pensionäre. Weißt du warum? Weil ihr, eine Hand voll Deutsche, das Einzige seid, was von meiner Welt noch übrig geblieben ist.«

Carmona hielt inne, um einen Schluck Wermut zu trinken. Hans betrachtete ihn schweigend und ein wenig erstaunt. Warum erzählte er ihm das alles?

»Zur großen Verzweiflung meiner Kinder, Enkel, Urenkel und Ururenkel«, fuhr der Spanier fort, »kümmere ich mich immer noch selbst um meine Firmen. Deshalb sehe ich mich von Zeit zu Zeit gezwungen, die Kolonie zu verlassen. Und weißt du was? Jedes Mal, wenn ich nach Málaga fahre oder nach Madrid oder nach London oder irgendwo anders hin, hat das, was ich sehe, nichts mit der Welt zu tun, in der ich geboren wurde«, er machte eine allumfassende Handbewegung in Richtung der Landschaft, die von der Terrasse aus zu sehen war. »Das, was außerhalb der Kolonie liegt, ist nicht mehr Spanien«, sagte er, »und das Gleiche gilt für Deutschland, für Europa, für den ganzen Planeten. Nichts ist mehr, wie es war.« Er schloss die Augen, als habe ihn plötzlich Müdigkeit überwältigt. »Willst du einen Rat,

Hans?«, sagte er mit leiser Stimme, »das München, in das du zurückkehren willst, findest du nicht in München – es ist im Nemo-Saal.«

Die Worte erstarben auf Carmonas Lippen, und der alte Mann schien eingeschlafen zu sein, obwohl die Bewegungen seiner Pupillen hinter den Augenlidern diesen Eindruck Lügen straften. Schweigen breitete sich zwischen ihnen aus wie ein schwerer Vorhang aus dunklem Samt. Ohne ein Wort stand Hans auf und verließ die Sommerterrasse. Doch statt zum Spiele-Pavillon zu gehen, um sich von den übrigen Bewohnern zu verabschieden, kehrte der alte Deutsche in seinen Bungalow zurück. Er setzte sich neben seinen Koffer auf einen Stuhl und blieb lange reglos sitzen. Sein Geist war völlig leer, er dachte an nichts, er saß einfach nur da – saß da und fühlte, wie ein leises Gefühl der Beklemmung in seiner Brust aufzukeimen begann. Nach zwanzig Minuten schreckte ihn das Klingeln des Telefons auf.

»Ihr Taxi ist hier, Herr Müller«, sagte die freundliche Stimme der Rezeptionistin.

Hans sah auf die Uhr: Es war schon zwölf ... Plötzlich spülte eine ganze Flut von Fragen durch seinen Kopf. Warum nach München zurückkehren? Warum, nach so langer Zeit? Was hoffte er dort zu finden? Emma war tot, ebenso wie Jörg und Peter zweifellos tot waren und auch alle seine Freunde und seine Bekannten und seine Arbeitskollegen und die Nachbarn. Alle tot. Wahrscheinlich gab es nicht einmal mehr das Bratwurstglöckerl, und selbst wenn es noch existierte, würden die Bratwürste nicht so schmecken wie früher. Und vielleicht war Bayern in die zweite Liga abgestiegen. Und wer weiß, wie Schwabing jetzt aussah, vielleicht existierte es nicht einmal mehr, vielleicht hatten sie es niedergerissen, um an seiner Stelle Einkaufszentren, Büros und bienenstockartige Apartmenthäuser zu bauen. Aber das war nicht das eigentliche Problem. Selbst, wenn alles noch dasselbe wäre, wenn das heutige München mit dem München seiner Erinnerungen identisch wäre – was sich verändert hatte, war er selbst.

»Das Taxi erwartet Sie, Herr Müller«, sagte die Rezeptionistin über das Haustelefon.

Hans stieß einen langen Seufzer aus.

»Ich brauche es nicht mehr«, sagte er und fügte hinzu: »Doktor Mombé hat auf meinen Namen ein Turborail-Ticket und ein Hotel in München reserviert. Bitte annullieren Sie das.«

»In Ordnung, Herr Müller. Wie Sie wünschen.«

Hans blieb noch einige Minuten mit verlorenem Blick sitzen. Dann stand er auf, packte den Koffer aus, verließ seinen Bungalow und lenkte seine Schritte langsam in Richtung Nemo-Saal.

Eine Batterie von Holo-Bildschirmen schwebte durch das Kontrollzentrum der Kolonie. Einer zeigte Hans Müller, wie er durch einen weißen Gang lief, auf einem anderen betrat er den mnemonischen Stimulationssaal. Ein Stück weiter rechts sah man eine Großaufnahme des alten Mannes, als er den Nemo-Helm aufsetzte.

Fátima Alaoui, die medizinische Leiterin von Costa Dorada, wandte den Blick von den Holo-Bildschirmen ab und drehte sich zu Doktor Mombé um.

»Wie du siehst, Daniel, hatte ich Recht«, sagte sie. »Herr Müller hat sich nicht getraut, die Kolonie zu verlassen.«

Mombé betrachtete das Bild von Hans, wie er auf dem Diwan lag.

»Vielleicht ein anderes Mal«, antwortete er mit wenig Überzeugung.

»Nein, nein, er wird es nie tun. Er wird sich weiter hier einschließen, bis zum Tag seines Todes, wie alle anderen auch.« Alaoui deutete auf den Holo-Bildschirm. Eine Totale des Nemo-Saals zeigte die alten Leute, wie sie mit geschlossenen Augen reglos auf den Diwanen lagen, als würden sie schlafen. »Sieh sie dir an«, sagte sie. »Weißt du, an was mich dieser Anblick erinnerte, als ich ihn zum ersten Mal sah? An eine Opiumhöhle. Sie sind Junkies, Daniel, und die Nemos sind die Spritzen, mit denen sie sich ihre Dosis Vergangenheit injizieren.« Sie schüttelte den Kopf. »Manchmal frage ich mich, wozu wir uns eigentlich so viel Mühe geben, sie am Leben zu halten.«

Mombé wandte den Blick von Hans Müllers reglosem Gesicht ab und rieb sich die Augen.

»Vielleicht, weil wir es ihnen schulden«, erwiderte er. »Schließlich sind sie die letzten Repräsentanten des alten Europa – der Zivilisation, die uns aufgenommen hat.«

Alaoui stieß ein lautes Lachen aus.

»Wie bezaubernd naiv du bist, Daniel. Ich kenne die Geschichte deiner Familie, und du kennst die Geschichte meiner. Muss ich dich daran erinnern, was meine Großeltern durchmachen mussten, als sie Marokko verließen und das großartige Europa erreichten? Wollen wir noch einmal über die Zwölf-Stunden-Arbeitstage in den Gewächshäusern von Almería sprechen, wo sie bei mehr als vierzig Grad für Herrn Müller und all die anderen Herren Müller in deinem wundervollen Europa Erdbeeren pflückten?«

»Nein, es ist nicht nötig, dass du mich daran erinnerst. Ich weiß sehr gut, dass es kein Zuckerschlecken war, aber du kannst nicht leugnen, dass sie uns eine Chance gegeben haben. Und dafür schulden wir ihnen etwas.«

»Wir schulden ihnen gar nichts, Daniel, sie waren nicht nett zu uns. Sie luden uns nicht vertrauensvoll in ihre Häuser ein, sie ließen uns nur hinein, weil sie jemanden brauchten, der ihre Scheiße wegputzte. Und jetzt sieh uns an: Nach wie vor wischen wir ein paar alten Leuten, die schon viel zu lange leben, den Hintern ab.« Doktor Alaoui sah Mombé mit halb geschlossenen Augen an. »Sag mir eins, Daniel. Weißt du, wer die Bartov-Behandlung der Koloniebewohner bezahlt?«

»Die Versicherungsgesellschaften.«

Doktor Alaoui schüttelte den Kopf.

»Ich werde dir etwas erzählen«, sagte sie. »Vor vierzehn Jahren befreite eine parlamentarische Resolution, die so genannte Devi-Novelle, die Versicherungen von ihrer Verpflichtung, die Bartov-Behandlung weiterhin zu finanzieren. Herr Müller und seine Freunde waren dazu verurteilt, im Alter zu sterben, wie der Rest der Menschheit auch. Doch dann trat eine neue Körperschaft auf und bot an, nicht nur die Kosten für die Behandlungen zu übernehmen, sondern darüber hinaus auch noch die Technik für die mnemonische Stimulation zur Verfügung zu stellen. Weißt du, wer das war? Die Europäische Geschichtsakademie. Und weißt du warum? Weil die Nemos es nicht nur ermöglichen, sich an die Vergangenheit zu erinnern, als erlebe man sie zum ersten Mal, man kann diese Erinnerungen auch mitschneiden. Die Akademie will ein Archiv mit persönlichen Erinnerungen aus dem 20. und 21. Jahrhundert anlegen. Das ist der Grund, warum man diese Dinosaurier am Leben erhält.«

»Sie nehmen ihre Erinnerungen auf?« Mombé starrte seine Kollegin mit ungläubiger Bestürzung an. »Das ist doch eine Verletzung ihrer Privatsphäre!«

Doktor Alaoui lächelte schief.

»Sie wissen Bescheid«, sagte sie. »Genauer gesagt haben sic sogar cinen Vertrag unterzeichnet, in dem sie sich mit der Aufnahme ihrer Erinnerungen einverstanden erklärten. Sie hätten ihre Seele dem Teufel verkauft, um die Nemos weiterhin benutzen zu dürfen. Sie sind Junkies, süchtig nach der Vergangenheit, und sie brauchen ihre tägliche Dosis.«

»Die Bewohner sind einverstanden, dass man ihr Leben mitschneidet?« Mombé wandte den Blick ab und fügte mit leiser Stimme hinzu: »Das wusste ich nicht ...«

»Es gibt vieles, was du über die Kolonie noch nicht weißt, Daniel. Zum Beispiel, dass die Akademie plant, die Finanzierung der Bartov-Behandlung einzustellen. Weißt du warum? Nun, weil die Bewohner sich immer an die gleichen Dinge erinnern, die gleichen Momente, die gleichen langweiligen Dummheiten. Sie leben nicht nur in der Vergangenheit, sie leben in einer winzig kleinen Vergangenheit. Welchen Sinn hat es, Herrn Müllers Hochzeit oder den ersten Sex von Magda Stadler zum zigsten Mal aufzunehmen? Wen soll das interessieren?«

Mombé schwieg. Sein Blick war leer, und ein Hauch von Traurigkeit lag auf seinem Gesicht. Doktor Alaoui seufzte.

»Die Bewohner von Costa Dorada mögen ja so gut wie unsterblich sein, Daniel – aber sie sind schon seit langer Zeit tot.«

Nachdem er das Kontrollzentrum der Kolonie verlassen hatte, ging Daniel Mombé zum Parkplatz und stieg in seinen Audi-Gleitwagen. Er hatte das Wochenende frei und wollte es mit seinen Eltern und Geschwistern verbringen. Mombé ließ den Motor an, und das Fahrzeug erhob sich mit sanftem Summen auf seine magnetischen Rollenlager. Er lenkte es auf die Schnellstraße, wo er, statt Richtung Málaga zu seiner kleinen Junggesellenwohnung zu fahren, Kurs auf Sevilla nahm.

Nach einigen Minuten schaltete der Arzt den Autopiloten ein, setzte die Geschwindigkeit auf 250 Stundenkilometer und ließ die Steuerung los. Der Bordcomputer übernahm augenblicklich die Kontrolle, und der Wagen begann elegant zwischen dem dichten Verkehr auf der

Schnellstraße dahinzugleiten. Mombé lehnte sich im Sitz zurück und schloss die Augen; er hatte Nachtwache gehabt und war sehr müde. Außerdem fühlte er sich, aus Gründen, die ihm nicht ganz klar waren, vage deprimiert – er konnte nicht aufhören, an Herrn Müller zu denken und an das, was ihm die medizinische Leiterin der Kolonie erzählt hatte.

Vielleicht hatte Doktor Alaoui ja Recht, überlegte er, vielleicht war er wirklich naiv. Vielleicht hatte es tatsächlich keinen Sinn, so viel Arbeit darauf zu verwenden, Menschen am Leben zu halten, die hartnäckig darauf bestanden, sich zu fossilieren, sich unter eine dicke Decke aus Sehnsucht, Erinnerungen und Melancholie zurückzuziehen. Aber dennoch, beschloss er, während ihn nach und nach eine sanfte, schläfrige Mattigkeit überwältigte, seine Arbeit mochte zwar der eines Museumsangestellten gleichen, der in einer Ausstellung, die niemand besucht, Mumien abstaubt, aber die Mühe lohnte sich doch. Weil er und alle, die wie er waren, es ihnen schuldeten – diese alten Menschen waren die letzten Neandertaler des alten Europa.

Allmählich schlief Mombé ein. Er träumte. Es war ein sehr merkwürdiger Traum, in dem er – obwohl er niemals wirklich in Afrika gewesen war – gemeinsam mit einem verjüngten Herrn Müller zwischen Antilopen und Giraffen nackt durch die Savanne lief, glücklich wie Kinder unter der tropischen Sonne. Vierzig Minuten später weckte ihn ein Summen. Sie hatten Sevilla erreicht; der Bordcomputer hatte die Geschwindigkeit gesenkt und wollte nun wissen, wohin er fahren sollte.

Der Arzt kam zu sich, übernahm die Steuerung und schaltete den Autopiloten aus. Während er den Gleitwagen auf das Viertel San Vicente zulenkte, den Fluss Guadalquivir zu seiner Rechten lassend, betrachtete Mombé die urbane Landschaft, die sich vor seinen Augen entfaltete. Er sah die hohen Minarette der Moscheen, sah Synagogen und Pagoden mit den Kirchen Santa Ana und del Salvador wetteifern, er sah Basare und Gewürzmärkte, Kebab-Restaurants, Couscous- und Sushi-Küchen, und er sah die Straßen überquellen mit einer Vielfalt von Rassen und Farben: Da waren Schwarze und Weiße, Araber, Hindus, blonde Nordmänner, schlitzäugige Asiaten und blasse Kelten, Quechua-Indios und Aimara-Indianer, stolze Äthiopier – ein Kaleidoskop aus Hautfarben und Ethnien, eine exotische Flut, die nicht einmal eine Mauer für eine Trillion Euro hatte aufhalten können.

Weit weg, hinter den Mauern der Wohnkolonie Costa Dorada, lag Hans Müller mit einem Helm voller Elektroden auf einem Diwan. Über ein dickes Kabel, das an eine Nabelschnur erinnerte, war er mit dem mnemonischen Stimulator verbunden. Wieder wurde er zu dem kleinen Jungen, der an einem warmen Abend zu Beginn des 21. Jahrhunderts an der Hand seines Vaters durch den Englischen Garten in München lief. Obwohl der alte Mann so reglos auf dem Diwan lag, dass es aussah, als sei er tot, umspielte ein seliges Lächeln seine Lippen. Er war glücklich.

Er war nach Hause zurückgekehrt.

W. J. Maryson

W. J. Maryson ein Multitalent zu nennen ist noch untertrieben. Er ist Profimusiker, hauptsächlich am Keyboard, der schon mit den besten Musikern der Niederlande und der restlichen Welt im Studio war. Er ist Maler. Er ist Produzent. Er war achtzehn Jahre lang in der Werbung tätig und hat eine erfolgreiche eigene Werbeagentur aufgebaut. Angesichts seines enormen kreativen Potenzials ist kaum zu glauben, dass er davor einst Beamter war und seine Tage mit dem Erstellen von Statistiken zubrachte. Ach ja, und dann wäre da noch das Schreiben ...

Das war zwar auch schon immer da, kam aber lange Zeit zu kurz. W. J. Maryson schrieb irgendwann ein Drehbuch für eine Comicgeschichte, die nie publiziert wurde, füllte zwei Bände mit Gedichten, verwendete aber nie einen Gedanken an Prosa. Bis er Mitte 1993 krank wurde und begann, eine fantastische Geschichte zu schreiben, ohne irgendeine andere Absicht, als die Zeit erzwungener Ruhe auf diese Weise herumzubringen. Doch seiner Frau Elly gefiel so gut, was er geschrieben hatte, dass er sich überreden ließ, seinen Roman ***Sperling*** *an einige Verlage zu schicken. Gleich zwei davon reagierten positiv – und eine neue Karriere war geboren.*

Die inzwischen sechsteilige Reihe ***Die Legende vom Meistermagier*** *gilt heute als beste Fantasy-Serie, die je ein Niederländer geschrieben hat, und ist sowohl in den Niederlanden als auch in Belgien ein Klassiker. (Sie ist höchst erfolgreich auch auf Deutsch erschienen.) Der Nachfolger, die Reihe* ***Unmagier****, ist womöglich noch erfolgreicher; der erste Band belegte bereits Platz 2 im Wettbe-*

werb um den **Elf Fantasy Award** *für das beste Fantasybuch 2002. Die Reihe wird auch in Frankreich veröffentlicht werden, und sogar eine Übersetzung ins Englische ist in Vorbereitung.*

Daneben hat W. J. Maryson auch Kurzgeschichten geschrieben, die in den Niederlanden, in Belgien, Deutschland, Frankreich, Österreich, der Schweiz, Dänemark, Norwegen und Schweden veröffentlicht sind.

Und natürlich geben auch W. J. Marysons andere Talente keine Ruhe. Er hat einige Umschläge für seine Bücher selber gemalt. Er hat zwei CDs komponiert, getextet und zusammen mit Freunden aufgenommen und produziert, die auf der Geschichte des »Meistermagiers« beruhen, **Master Magician** *und* **On Goes The Quest**.

Kein Wunder, dass auch seine Kurzgeschichte von Musik handelt …

Verstummte Musik

von W. J. Maryson

Der Stadtstaat Eurwest.

Mit seinen neunhundert Millionen Einwohnern nach Newest und Greater York die größte und bedeutendste Nation der Welt. Nicht neunhundert Millionen und eins, nicht achthundertneunundneunzig Millionen neunhundertneunundneunzig Tausend neunhundert-neunundneunzig, sondern exakt neunhundert Millionen Einwohner, zusammengepfercht in einem durch Nanolasermauern eingegrenzten Gebiet. Vier Jahrhunderte zuvor, ehe das Quotierungsgesetz in Kraft trat, hatten hier Länder wie Deutschland, Frankreich, Luxemburg, Belgien und die Niederlande gelegen, mit Stadtvierteln und Teilzentren wie Groß-Paris, Berlin, Neu-Frankfurt, Stadt Flandern und dem West-Holland-Delta.

Wir schreiben das Jahr 2443. Die Welt befindet sich im Griff der Quotierung, eines hochkomplexen, von Nanocomputern erschaffenen und kontrollierten Systems, bei dem die wirtschaftliche und soziale Leistungsfähigkeit eines menschlichen Individuums am aktuellen Währungskurs gemessen wird. Ziel der Quotierung ist es, die Bevölkerungszahl der Erde auf einem exakt vereinbarten Stand zu halten. Fällt die Kurskurve eines Individuums an einem bestimmten Stichtag, dem Jahrestag, unter den momentanen Währungskurs, wird es umgehend getötet, zu einem Baustein zusammengepresst und im Palast der Menschheit beigesetzt. Das Gebäude wird laufend erweitert und liegt an der Südgrenze von Eurwest auf der Höhe des Freistaates Ostreich-Schweiz. Eine kilometerhohe und mehrere Dutzend Meter dicke Mauer versperrt es den Blicken des

Volkes. So steht es in den Chroniken der Stadtstaaten geschrieben, von denen alle Einwohner ein altmodisches, auf Papier gedrucktes Exemplar besitzen. Mit einer persönlichen Konsole kann jeder aktuelle Ergänzungen abrufen.

Man schreibt das Jahr des Wassergreifs, den Tag des Alphaspins im Monat des Grutto. Der Zencom, der Eurwest steuerte und kontrollierte, hatte entschieden, dass das akzeptabler klang als 03-05-2443.

Dunkle Wolken zogen über den Platz vor dem Quotierungsministerium. Dicke Regentropfen fielen schräg nach unten und zerplatzten auf den grauen Pflastersteinen, die entfernt wie glänzende tote Fische aussahen. Hier, im Herzen des früheren Paris, hatte einst die Place de la Concorde gelegen. Die antiken Pflastersteine und die historischen Klinkerbauten der Ministerien bewahrten etwas von dem altmodischen Charme, den diese Stadt einst besessen haben musste.

Der Regen hatte die meisten Menschen vom Platz vertrieben, aber Laïra wusste, dass sie dem Ministerium nicht fernbleiben durfte, nicht an diesem Tag. Rasch steuerte sie auf den Eingang zu. »Leben ist Geld«, vermeldete eine Leuchtschrift auf dem digitalen Giebel des Gebäudes, aber sie schloss ihre grünen Augen zur Hälfte. »Tod ist Geld«, dachte sie bei sich und hielt weiter auf den Eingang zu. Als sie die weiten Treppenstufen des Gebäudes hinaufstieg, richtete sich ihr Blick erneut auf den Giebel, aber dort war inzwischen ein anderer Text zu lesen: »Sein umfasst die lebenden Bausteine von Eurwest, Nicht-Sein die toten des Palastes.«

»Es wird schon alles gut ausgehen«, hatte Hinrik, ihr vertraglich zugeteilter Ehepartner, ihr heute Morgen noch versichert und so versucht, ihr Mut zu machen. Aber Laïra hatte, eher recht als schlecht, ihre eigenen Berechnungen angestellt, und die Bilanz ihrer Quote entwickelte sich eindeutig in eine ungünstige Richtung.

»An meinem vergangenen Jahrestag habe ich bereits die zweite Mahnung bekommen«, hatte sie ihm geantwortet. Hinrik hatte entschieden den Kopf geschüttelt, aber tief in seinen Augen hatte sie hinter dem allzeit freundlichen Blick auch bei ihm Zweifel und unbestimmte Ängste gelesen.

»Ich habe einen Blick auf deinen Sitz geworfen«, hatte er dann plötzlich hinzugefügt. In seinen fast schwarzen Augen hatte dabei ein seltsames Feuer geflackert. Hinrik arbeitete als Nanotechnologe im Quotierungsministerium und war für das einwandfreie Funktionieren der Quotensitze zuständig. Die Arbeit seiner Abteilung war aus verständlichen Gründen strengen Kontrollen unterworfen. So streng, dass letztmals vor siebzig Jahren eine Unregelmäßigkeit verzeichnet worden war.

Hinrik hatte noch rasch »Viel Erfolg, Liebes« geflüstert und ihr einen flüchtigen Kuss auf die Lippen gedrückt. Laïra hatte noch eine ganze Weile über seine seltsame Bemerkung nachgedacht. Vor ihrem geistigen Auge sah sie, wie er durch seine antiken Brillengläser auf ihren Sitz starrte. Was konnte er damit gemeint haben? Wusste er etwa, dass sie diesmal mit hoher Wahrscheinlichkeit darauf sterben würde? War ihm klar geworden, dass im Augenblick des Sein oder Nichtseins die Karten nicht zu ihren Gunsten gemischt waren?

Laïra betrat das Gebäude und berührte mit dem Daumen die ID-Platte, die außer dem Abdruck auch gleichzeitig ihre DNA überprüfte.

»Ana Laïra Jermina von Fuchs, neunundsiebzighundertfünfzehn Tage, drei Stunden, zwölf Minuten und sechzehn Sekunden«, sagte der Com. »Box achtdreidrei, Quotensitz dreiachtsechsfünfünfdreizweivier His.«

Laïra stellte sich auf das Fließband, das sie zu ihrem Sitz brachte. Mit unabwendbarer, träger Gleichmäßigkeit wurde sie ihrem Schicksal entgegengetragen. Der Weg in ihre ungewisse Zukunft schien plötzlich in einen bodenlosen Abgrund zu führen.

Ihre Box in der Quotierungsarena hatte sich schon zu etwa drei Vierteln gefüllt. Das Quotierungsrad drehte sich auf vollen Touren, wie es das zu jeder Tages- und Nachtzeit tat. Box achtdreidrei war erst in einer halben Stunde an der Reihe. Laïra fiel auf, dass die Menschen um sie herum ganz entspannt wirkten. Der Jahrestag schien für sie eine völlig beiläufige Angelegenheit zu sein, eine Art notwendiges Übel wie ein Zahnarzttermin. Ihre Gestik und Mimik verrieten die Gewissheit, dass ihr Leben eine Zukunft hatte. Laïra wischte sich ihre schwarzen Locken aus der schweißbedeckten Stirn und musterte ihre Schicksalsgefährten. All ihre Muskeln fühlten sich hart, steif und verspannt an, und sie spürte die unsichtbaren Walzen schwerer Kopfschmerzen auf sie zurollen.

»Ah, Laïra, heute ist es mal wieder so weit.«

Das grinsende Gesicht von Smeet, ihrem Tagesgefährten und Boxnachbarn, geriet in ihr Blickfeld. Smeet war ein gesetzter Vierziger, und auch er trug das irritierende Selbstvertrauen eines Menschen zur Schau, dessen Quotierungskurve weit über der Kursgrenze lag. Sie erinnerte sich, dass er ein Nanobiologe war, der einige bekannte und allseits hoch geschätzte Publikationen veröffentlicht hatte.

Er hielt ihr seine auffällig kleine rechte Hand hin, die sie widerwillig mit ihrer schlanken, verschwitzten Hand ergriff. Er blickte sie überrascht an.

»So aufgeregt?«

Laïra wollte abwiegeln, aber schon war ihr ein heiseres »Ja« entschlüpft.

»Aber warum denn?«, hakte Smeet mit echter Verblüffung nach. »Du bist doch eine junge, vielversprechende

Schauspielerin. Dein Name ist in ganz Eurwest ein Begriff, und du hast in den letzten Monaten einige bedeutende Rollen gespielt. Durch die Satellitenübertragungen ist dein Ruf sogar ansatzweise in die Staaten auf der anderen Seite des Ozeans vorgedrungen.«

»Aber Ruhm fügt meiner Quotierung nicht besonders viele Punkte und Prozente hinzu«, erwiderte Laïra. Merkwürdigerweise schien ihre Nervosität ein wenig nachzulassen. »Auf anderen Gebieten habe ich mich überhaupt nicht vorwärts entwickelt. Koordination und ökonomische Werte wie Effizienz zählen bei Schauspielern häufig zu den Schwachpunkten, und meine Emo-Bilanz ist meines Erachtens in den letzten Wochen stark gesunken. Von meiner Empathiefähigkeit ganz zu schweigen.«

Smeet runzelte besorgt die Stirn.

»Ich wusste nicht, dass es dir so schlecht geht. Hast du denn wenigstens Glück mit deinem Vertrag?«

Er meinte ihre Ehe mit Hinrik, wartete jedoch die Antwort nicht ab und brummte: »Wird schon irgendwie hinhauen.«

»Ich fürchte nicht«, antwortete Laïra deutlicher als beabsichtigt. »Ich habe schon zwei War ...«

Sie brach abrupt ab. Eine Offenlegung von Einzelheiten der eigenen Kursquotierung zog eine drastische Punkt- und Prozenteinbuße nach sich. Smeets Blick verriet jedoch, dass er verstanden hatte, was sie sagen wollte.

»Die Arena ist neutrales Gebiet«, setzte er rasch hinzu. »Hier bleibt dein Kurs unverändert.«

»Box achtdreizwei«, meldete der Com. »Dreißig Sekunden.«

Sie sahen, wie die hundert Aufgerufenen in der benachbarten Box Platz nahmen und sich mit den haarfeinen Nanotroden an die Konsole ankoppelten. Die Pulsbänder schlossen sich automatisch mit einem scharfen Klicken.

Hier und dort bemerkte Laïra zuckende Augenlider, zitternde Finger und nervöse Gesten. Sie war also doch nicht der einzige unsichere Mensch in der ganzen Arena.

Ein lauter Gongschlag ertönte.

Der Com begann damit, die Kurvenverläufe der Menschen in Box achtdreizwei herunterzubeten. Die meisten lagen weit über dem aktuellen Referenzkurs. Irgendwann in der Mitte erreichte ein etwa sechzigjähriger Mann, der auch schon zwei Warnungen auf seinem Konto hatte, einen Wert, der lediglich vier Tausendstel über dem Eurokurs lag. Als der Digitalanzeiger des Quotierungsrads knapp oberhalb des Eurokurses stehen blieb, sah Laïra, wie sich die Fingerknöchel des Mannes weiß verfärbten. Ein Zucken lief durch seinen Körper.

»Puh! Das war ganz schön knapp«, rief Smeet. Sie sah die Sensationslust in seinen Augen glitzern; er hatte offensichtlich darauf gehofft, heute einem Vollzug beiwohnen zu können. Seine Aufregung löste auch bei ihr einen Adrenalinschub aus. Sie stellte sich auf die Zehenspitzen und studierte die Kurvenwerte der benachbarten Box auf der Konsole eines Kontrolleurs. Es gab noch zwei weitere Personen, die bereits eine zweite Warnung erhalten hatten. Ein magerer Mann von höchstens fünfunddreißig Jahren und eine ältere Frau um die sechzig auf den Sitzen fünfundachtzig und siebenundneunzig.

Der Mann sah sich mit kühlem Blick um, als interessierte ihn das alles überhaupt nicht, die Frau dagegen saß totenstill auf ihrem Sitz und starrte die Konsole an.

Smeet stand plötzlich vor Laïra und versperrte ihr den Blick auf die andere Box.

»Hast du dich eigentlich noch nie gefragt, warum die Quotierung nicht schon zu Beginn des Lebens durchgeführt wird?«

Sie lehnte sich ein wenig zur Seite, um Sitz fünfundachtzig wieder ins Blickfeld zu bekommen, aber Smeet bewegte sich mit ihr. Sie hatte schon einige Male mit Hinrik über das diskutiert, was Smeet gerade angesprochen hatte. Zum wiederholten Male wurde ihr bewusst, dass sie bei solchen Themen nie zu einer abschließenden Meinung gelangte. Sie wartete stets ab, ob sie nicht noch mehr in Erfahrung bringen konnte.

»Die Jugend hat eben schon immer ein besonderes Vorrecht genossen«, erwiderte sie verhalten. »Die regulierende Behörde hat nun einmal beschlossen, dass die Freiheit am Anfang und die Gebundenheit am Ende des Lebens stehen. Mit dieser Festlegung kann ich mich durchaus zufrieden geben.«

Sie erinnerte sich an ihre Gespräche mit Hinrik über das Thema und stellte fest, dass sie eigentlich nur seine Ansicht nachgebetet hatte. Smeet nickte bedächtig.

»Eine durchaus legitime Einstellung. Ich denke allerdings anders darüber. Ich sehe das Hauptproblem darin, dass wir die erste Phase unbewusst durchleben, die spätere jedoch bei vollem Bewusstsein erfahren, mit all den schmerzhaften Konsequenzen ...«

Er unterstrich diese Worte mit kurzen, entschiedenen Gesten.

»... die sich ja zum Glück nur auf einen kurzen Moment beschränken.«

Laïra bewunderte Smeet. Worte wie »schneidig« und »tüchtig« gingen ihr durch den Sinn. Der Mann hatte lange nachgedacht und sich eine klare persönliche Meinung gebildet. Ihr war das noch nie gelungen, sie konnte endlos über ein Thema nachdenken, ohne dabei auch nur annähernd einen eigenen Standpunkt zu finden.

»Der Augenblick des Seins oder Nichtseins dauert lediglich eine Sekunde«, sagte sie und hasste im gleichen Moment ihren eigenen beschwichtigenden Ton.

»Meine abweichende Ansicht hat mich viele Punkte gekostet«, fuhr Smeet fort, als hätte er sie gar nicht gehört. »Ich muss mich bei meiner Arbeit ganz schön ins Zeug legen, um das wieder auszugleichen.«

Erstaunt begriff Laïra, dass Smeets Quote näher am derzeitigen Kurs war, als sie vermutet hatte. Sie war in den vorhergehenden Jahren zu sehr mit sich selbst beschäftigt gewesen und hatte daher keine Ahnung gehabt, wie es um ihre Boxnachbarn bestellt war. Seltsamerweise tröstete es sie sogar ein wenig. Er war somit ein Schicksalsgefährte! Einmal mehr bedauerte sie, dass sie die Kurswerte der Boxnachbarn von ihrer Konsole aus nicht sehen konnte. Wenn eine Kurve sehr stark abgefallen war, wurde ein Vollzug manchmal direkt ausgeführt, ohne dass zuvor noch eine erste oder zweite Warnung ausgesprochen wurde. So weit ihr bekannt war, hatte Smeet bisher noch keine Warnung erhalten.

Smeet fuhr verträumt fort: »Außerdem zweifle ich daran, dass der Palast der Menschheit wirklich existiert. Das hat mich einen guten Teil meiner Quote gekostet. Ich glaube sogar ...«

»Sitz vierundachtzig«, dröhnte der Com. Laïra trat beiseite und konnte die andere Box wieder sehen. Smeet hielt abrupt inne und drehte sich um. Die junge Frau, die in diesem Augenblick ausgewertet wurde, sah herausfordernd in die Runde. Ihre Kurve lag hoch über dem aktuellen Kurs und stieg dabei sogar noch beträchtlich an. Ihr war mit Sicherheit noch ein langes Leben beschieden. »Sitz fünfundachtzig.« Der Mann in Sitz fünfundachtzig glotzte starr vor sich hin.

»Pass auf«, sagte Smeet mit keuchender Stimme. »Wenn es heute jemanden erwischt ...«

Auch ihm war also klar, dass sich dieser Mann dem Sein oder Nichtsein gefährlich nahe befand.

Alle Teilquotierungen wurden verlesen. Langsam, aber sicher wurde klar, dass sich der Mann am Rande des Abgrunds befand. Die Stimme verkündete: »... Emo-Bilanz 38.435, Kommunikationsgehalt 59.161, Koordinationsfunktion 67.320 ...«

»In Effizienz braucht der jetzt mindestens einen 80er-Wert«, flüsterte Smeet. Und was Smeet wusste, war auch dem Mann längst klar. Er erstarrte und presste den Rücken gegen die Lehne.

»... Effizienz ...«

Ein leises Keuchen drang aus Smeets Kehle.

»... 73.266.«

Bis zum todbringenden Beschluss dauerte es noch nicht einmal eine Sekunde, aber Laïra kam es vor wie zehn.

»Vollzug!«

Die Augen des Mannes traten aus ihren Höhlen. Ein schriller Ton drang aus seiner Konsole.

Laïras Gedanken schweiften unerwartet ab. Sie wusste von Hinrik, dass man das Jahr des Hohen Cis schrieb. »Im Jahr des Wassergreifs werden die Steine buchstäblich besonders hoch gemauert«, hörte sie ihn sagen. Seine Worte hatten für sie kaum Bedeutung gehabt, weil sie nie verstanden hatte, was die Töne mit dem Palast zu schaffen haben sollten. Die Finger des Mannes zerrten an den Nanotroden. Seine Verzweiflung bahnte sich einen Weg durch die Kehle, aus der ein plötzlich abbrechender Urschrei drang.

Die Nanotroden glühten auf. Die Haut des Mannes wurde kreidebleich, weil das ganze Blut aus ihm herausgesogen wurde. Sein Schädel implodierte förmlich, der Sitz klappte weg, der leblose Körper schoss mit großer Geschwindigkeit nach unten und war sofort außer Sicht.

Eine Welle der Aufregung und ein Raunen gingen durch die Arena.

»Wow«, keuchte Smeet. »Ist immer wieder eine intensive Erfahrung.«

Seine Augen glänzten.

Laïra sah es nicht. Sie stand mit geschlossenen Augen wie angenagelt da, denn sie hatte nicht hinschauen können.

»Der Feigling stirbt tausend Tode schon, bevor er wirklich stirbt.«

Laïra riss die Augen auf. Ihre Nachbarin zur Rechten hatte die weisen Worte des Staatsdichters Birlem im Flüsterton zitiert, sodass nur Laïra sie hatte hören können. Ihr Herzschlag beruhigte sich wieder und ging auf ein normales Maß zurück. Es gelang ihr, der Frau mit einem kurzen Kopfnicken zu danken.

Laïra ließ ihren Blick in der Box umherschweifen. Bis auf eine Person waren alle anwesend. Sie konnte sich nur nicht mehr erinnern, wer es war. Mehr oder weniger bewusst versuchte sie sich so mit den unterschiedlichsten Gedanken vom nervenzehrenden Geschehen abzulenken.

In der benachbarten Box blieb die Frau von Sitz siebenundneunzig mit ihrer Quote deutlich über dem kritischen Währungskurs.

»Box achtdreidrei. Dreißig Sekunden.«

Der Com schnitt wie ein Messer durch Laïras Gedanken. Mit hölzernen Bewegungen begab sie sich zu ihrem Sitz und gurtete sich an. Mit unwiderruflichem Klicken schlossen sich beide Pulsbänder. Noch immer versuchte sie sich krampfhaft abzulenken und ruhig zu bleiben. Unter ihrer Konsole ragte ein roter Draht heraus, der eine scharfe Wendung machte und dann in dem Sockel verschwand, mit dem die Schalttafel im Boden verankert war. Seltsam.

Der Gongschlag hallte durch die Arena, und der Com verlas leiernd die Werte von Sitz eins. Keiner ihrer Boxnachbarn kam auch nur annähernd in die Nähe des aktuellen Währungskurses. Als Smeet an der Reihe war, bemerkte sie kaum, dass er erstmalig verwarnt wurde.

»Sitz vierundzwanzig.«

Ihre Muskeln spannten sich wie Taue. Sie schloss erneut die Augen und versuchte, ihre Leistungswerte zu überhören. Zunächst gelang ihr das auch, aber dann drangen sie wie Audioviren in ihr Bewusstsein ein.

»Ehrgeiz 42.558.«

Das war viel niedriger als im vorigen Jahr. Die Sache begann, schief zu laufen. Sie spürte, wie sich einige Schweißtropfen kribbelnd einen Weg durch ihre Brauen suchten, um ihr dann in die Augen zu laufen.

»Emo-Bilanz 33.310.«

Das waren ganze zehn Punkte weniger!

»Kommunikationsgehalt 64.927.«

Das lag etwas höher.

»Koordinationsfunktion 65.531.«

Das war vergleichbar. Sie versuchte abzuschätzen, wie viel sie bei Effizienz erreichen musste. Vermutlich einen 73er-Wert.

»Effizienz ...«

Verging die Zeit langsamer? Es wirkte beinahe, als zögerte die Stimme.

»71.879.«

Das reichte nicht!

»Vollzug.«

Brandgeruch drang ihr in die Nase. Sie wartete auf den lange gefürchteten Augenblick, in dem ihr das Blut aus dem Körper gesogen würde. Seltsamerweise war sie völlig ruhig. Im selben, ewigwährenden Moment sah sie den roten Draht kurz aufglühen.

Warum geschah nichts?

In diesem Augenblick klappte die Falltür unter ihrem Sitz herunter, und sie sauste abwärts. In weiter Ferne hörte sie jemanden überrascht aufschreien. Ob das Smeet gewesen war?

Sie war noch am Leben! Wie war das möglich? Langsam öffnete sie ihre Augen. Ihr Sitz raste quietschend ein Gleis in einem dunklen Tunnel entlang. In einiger Entfernung erkannte sie vor einem grün erleuchteten Hintergrund weitere Sitze, in denen leblose Körper saßen. Sie versuchte sich auszumalen, was nun geschehen würde. Immer noch waren ihre Pulsbänder fest geschlossen. Wann wurden eigentlich die Körper desintegriert und zu Bausteinen zermahlen? Panik brach wie eine Flutwelle über Laïra herein: Sie würde lebend zermahlen werden!

Mit gedämpftem Aufprall wurde sie gegen ihren Vorgänger geschleudert, den Mann von Sitz fünfundachtzig aus Box achtdreizwei. Langsam glitt sie in eine kleine Halle, eine Art Bahnsteig voller blinkender Apparaturen, wo ein Mann im weißen Anzug damit beschäftigt war, die Sitze zu kontrollieren.

Was sollte sie nun tun? Sie zerrte an ihren Pulsbändern, aber die gaben keinen Millimeter nach.

Der Mann untersuchte ihren Vorgänger und ging weiter. Dann traf sein Blick auf Laïra, und er machte einen großen Schritt auf sie zu.

»Hinrik?«, wisperte Laïra ungläubig.

Ihr Ehepartner holte einen kleinen, schwarzen Apparat hervor, den er gegen beide Pulsbänder presste. Sie öffneten sich mit einem scharfen Klicken. Anschließend befreite er sie von den Nanotroden.

»Komm, beeil dich«, zischte er ihr zu.

Alles passierte viel zu schnell. Laïra hatte gar keine Zeit, wirklich zu begreifen, was da geschah. Vor ihrem geistigen Auge sah sie für einen Augenblick wieder den roten Draht. Das war Hinriks Werk gewesen.

Wie ein Roboter stieg sie aus ihrem Sitz. Ihre Muskeln

schmerzten, aber darauf achtete sie jetzt nicht. Hinrik verschwand rasch in einer Nische und kehrte unmittelbar darauf mit dem leblosen Körper einer Frau zurück. Ihr Gesicht kam Laïra bekannt vor. Und plötzlich erkannte sie die Tote: Es war die Frau, die in ihrer Box gefehlt hatte! Hinrik setzte den Leichnam in Laïras Sitz. Die Pulsbänder schnappten wieder ein, und der Sitz geriet in Bewegung.

Dann ergriff Hinrik sie beim Handgelenk und zog sie in die Nische. Gerade noch rechtzeitig, denn auf der anderen Seite der Schienen erschien eine zweite weiß gekleidete Gestalt. Hinrik legte den rechten Zeigefinger an die Lippen. In seinen Augen spiegelte sich eine ganze Reihe von Gefühlen: Angst, Hoffnung, Befriedigung und auch aufflackernde Wut.

Nach einiger Zeit schaute er vorsichtig um die Ecke.

»Er ist weg«, flüsterte er. »Komm.«

Sie wollte ihn etwas fragen, aber Hinrik drückte seine Hand auf ihren Mund.

»Sei still, bis ich dir sage, dass du reden kannst.«

In den nächsten Stunden irrten sie durch Gänge, Tunnel, Arbeitsräume und mussten sich einige Male vor den Wachen verstecken. Schließlich gelangten sie in eine riesige Halle, in der die Körper der Toten desintegriert und zu Bausteinen verarbeitet wurden.

Die rosaroten Quader wurden von einem Greifarm in halb offene Kapseln geladen, die sich automatisch schlossen und in Richtung eines Tunneleingangs bewegten.

»Das ist unsere einzige Chance zu überleben«, flüsterte Hinrik heiser. Er tauchte unter dem Greifarm hindurch und begann damit, eine Kapsel auszuräumen.

»Schnell, leg dich hier hinein. Versuch so ruhig wie möglich zu atmen. Ich glaube, dass die Luft bis zum Palast reichen müsste. Ich nehme die nächste Kapsel. Hab keine Angst wegen der Beschleunigungskräfte.«

Sie machte sich so klein wie möglich und versuchte, ihre Atmung in den Griff zu bekommen. Die Kapsel ruckte viermal, klickte laut, und Laïra spürte, wie sie sich bewegte. Bald darauf begannen die Beschleunigungskräfte an ihrem Körper zu zerren. In ihrem Innersten machte sich Panik breit. Mit äußerster geistiger Anstrengung gelang es ihr, die Angst zu unterdrücken. Das hätte ihrer Quote da oben ganz schön Selbstkontrolle-Punkte eingebracht, dachte sie. Laïra versuchte zu lächeln, aber die immer noch zunehmenden Beschleunigungskräfte erlaubten das nicht. Die Zeit verlor alle Bedeutung. Sie vermutete, dass die Kapsel inzwischen ihre Höchstgeschwindigkeit erreicht hatte. Das Atmen fiel ihr schwer. Sie versuchte, ihren Geist frei zu machen, und konzentrierte sich darauf, genügend Luft einzuatmen. Dennoch spürte sie, wie sie langsam in die Bewusstlosigkeit hinüberglitt.

»Laïra!«

Hinriks scharfe Stimme zischte ihr ins Ohr. Er zog sie am Arm aus der Kapsel.

»Du tust mir weh«, stammelte sie benommen.

»Sie haben uns entdeckt.«

Sie sah sich verwirrt um. Sie befanden sich jetzt in einer ähnlichen Halle wie der, aus der sie aufgebrochen waren. Dann hörte sie die Wachen.

»Stehen bleiben! Sie begehen eine Übertretung.«

Drei Gestalten in weißen Anzügen rannten mit ruckartigen Bewegung auf sie zu: Robos. Hinrik schleifte sie zu einer Doppeltür, hinter der blasses Licht schimmerte. Die Tür glitt auf, und sie rannten eine lange steinerne Treppe hinauf, die sie ans Tageslicht brachte. Sie mussten wegen des ungewohnt grellen Lichts die Augen zusammenkneifen, als sie ins Freie gelangten.

Eine Vielfalt hautfarbener Bausteine nahm ihnen die

Aussicht und brachte sie zum Stehen. Dahinter ragten schimmernd die Alpengipfel empor.

»Der Palast der Menschheit«, murmelte Laïra, die von einer unbeschreiblichen Gefühlsregung übermannt wurde. Es gab ihn also doch.

»Verstummte Musik«, seufzte Hinrik, der ebenfalls von Gefühlen überwältigt war. Vor Ehrfurcht setzte er beinahe flüsternd hinzu: »Der Palast wird sich als Verstummte Musik manifestieren, jeder ungehörte Ton ein Leben, jede ungespielte Harmonie eine Familie, jeder verschwiegene Teil ein Volk.«

Das waren Worte von Joachim von Schöppen, dem geistigen Vater des Quotierungsgesetzes, dem Planer und Stifter des Palastes.

Die aus barocken, beinahe schon kitschig anmutenden Standbildern, Baldachinen, Seitenschiffen, Bogenfenstern, Ausstülpungen und komplizierten Ornamenten bestehende Reihe von Türmen und Gebäuden kam Laïra vertraut vor. Sie musste an die Abbildung einer alten Kathedrale denken, die sie einmal gesehen hatte. Sie erinnerte sich an den Namen des Bauwerks: Sagrada Familia, irgendwo im Süden Europas. Der im funkelnden Sonnenlicht badende Palast umfasste mehr als hundert Sagrada Familias, war zehnmal höher und tausendfach verwickelter. Und er wuchs jeden Tag.

»Millionen Menschenleben«, sagte Hinrik.

Laïra blickte zur Seite und sah Tränen in den Augenwinkeln ihres Ehepartners und Lebensretters. Unwillkürlich wallten auch in ihren Augen Tränen auf. Dann begriff sie, dass sie stehen geblieben waren, und drehte sich erschrocken um. Zu ihrer Verblüffung war von den Verfolgern keine Spur zu sehen. Auch Hinrik wandte seine Aufmerksamkeit von dem Bauwerk ab und blickte nach hinten. Er nickte, als hätte sich seine Vermutung bestätigt.

»Dies ist verbotenes Gelände«, flüsterte er.

»Das kann man wohl sagen«, entgegnete eine sanfte Stimme.

Als sie wieder nach vorne blickten, stand eine alte Frau in einem langen Gewand aus grüner Seide vor ihnen. Sie hatte dunkelgrüne Augen und ebenmäßige Gesichtszüge, die von vielen Falten zerfurcht waren. Ihre Haut wirkte beinahe transparent. Sie musste einmal sehr schön gewesen sein. Mit ihren gebrechlichen Fingern machte sie eine einladende Geste.

»Kommt mit, dann zeige ich euch meinen Palast.«

Sie drehte sich um, ohne ihre Reaktion abzuwarten, und ging ihnen mit auffallend erhabenem Schritt voran.

Hinrik und Laïra setzten sich in Bewegung und folgten ihr.

»Deinen Palast?«, fragte Laïra mit überraschtem Unterton in der Stimme.

Die Frau zuckte mit den Achseln und antwortete, ohne ihren Schritt zu verlangsamen: »Wenn du siebzig Jahre allein in den Mauern eines solchen Gebäudes zubringst, betrachtest du es schließlich irgendwann als dein Eigentum. Außerdem führe ich offiziell den Titel *Hüterin des Palastes der Menschheit.*«

Sie betrat einen gepflasterten Pfad, der über einige Windungen steil empor führte und vor einer hohen, schmalen Tür endete.

»Die Nächte sind am schlimmsten«, sagte die Frau leise, während sie die Tür öffnete und hineinging.

Ein leichter Brandgeruch hing in der Luft. Die Frau schien der Meinung zu sein, dass Laïra und Hinrik wussten, wovon sie sprach.

»Vor allem in den letzten Jahren ist es mir immer schwerer gefallen«, fuhr sie fort. »Die Gesichter meiner Angehörigen sind beinahe aus meinem Gedächtnis entschwunden.

Was mir geblieben ist, sind die scharfen Züge meines eigenen Antlitzes im Spiegel. Und jeden Tag sehe ich, wie das Alter auf dem Schlachtfeld meines Gesichts an Boden gewinnt.«

In weiter Ferne glaubte Laïra, Musik zu hören: eine komplexe Komposition miteinander verflochtener Harmonien, deren Töne für ein normales menschliches Ohr kaum zu hören waren.

In einem Saal, der etwa die Abmessungen der Quotierungsarena besaß, nahmen Hinrik und Laïra an einem gut zwanzig Meter langen und zwei Meter breiten Tisch Platz. Die Frau öffnete ein kleines Schränkchen, holte zwei Gläser heraus und schenkte ihnen aus einer schlanken grünen Flasche einen roten Trank ein.

»Wein«, erklärte sie den beiden. »Die Robos sind exzellente Winzer und die tiefergelegenen Hänge der Alpen ein gutes Anbaugebiet. Mein Name ist übrigens Eleonyra. Ich bin im Jahre 2273 aus Eurwest geflohen. Alle paar Jahrzehnte einmal gelingt es jemandem, der Quotierung zu entkommen. Eure Flucht ist selbstverständlich entdeckt worden. Daraus folgt, dass auf Jahre hinaus niemand durch die Maschen des Netzes wird schlüpfen können.«

Sie erhob sich und machte eine gebieterische Geste.

»Dies alles wird bald einem von euch beiden gehören.«

Erschrocken starrten Laïra und Hinrik sie an.

»Einem von uns beiden?«, fragte Hinrik.

Eleonyra nickte.

»So hat von Schöppen es bestimmt. Bald werde ich den Palast verlassen, und es wird an einem von euch beiden sein, der Palastbewohner, der Hüter des Palastes der Menschheit zu werden. Heute Nacht könnt ihr unter euch ausmachen, wer das sein soll.«

»Und der andere?«, wollte Hinrik wissen.

Eleonyra schwieg eine Weile.

»Tot«, sagte sie dann schlicht. »Hinter der schwarzen Tür.« Sie deutete auf eine kleine Tür neben dem Schrank.

»Der Vorteil ist, dass die Robos dir helfen werden, ohne Schmerzen zu sterben.«

Laïra war überrascht darüber, dass sie das alles immer noch durchhielt. Vielleicht hatte die Reihe schockierender Ereignisse an diesem Tag, ihrem Jahrestag zumal, sie einfach abgehärtet.

Eleonyra servierte ihnen ein reichhaltiges Mahl und erwies sich als angenehme und beruhigende Gesellschaft. Anschließend brachte ein Robo sie zu einem sehr geräumigen und luxuriösen Zimmer.

Sie entkleideten sich und liebten einander wortlos und verzweifelt in einem großen Himmelbett, da sie genau wussten, dass dies ihre letzte gemeinsame Nacht sein würde.

Sie sah ihn an und suchte nach Worten.

Hinrik wich ihren Blicken aus und fiel bald darauf in Schlaf.

Laïra saß noch eine Zeit lang aufrecht im Bett und fällte dann eine Entscheidung. Mitten in der Nacht schlüpfte sie lautlos aus dem Bett, um zu der Tür hinüberzugehen. Als sie sich umdrehte, sah sie, dass Hinrik nicht im Bett lag. Kälte kroch ihren Rücken empor. Sie rannte zurück in den Saal, wo Eleonyra schon auf sie wartete.

»Hast du Hinrik gesehen?«, fragte sie atemlos.

Eleonyra stand vor der schwarzen Tür, lächelte und deutete hinter sich.

»Er hatte dasselbe vor wie du. Er wusste nur, dass er dir zuvorkommen musste.«

Einen Tag und eine Nacht lang trauerte Laïra um ihren Ehepartner und ertrank beinahe in Selbstvorwürfen und

Selbstmitleid. Dann kam Eleonyra sie holen. Sie trug ein schwarzes Gewand und duftete nach den Blüten eines neuen Frühlings.

»Komm, Laïra, Hüterin des Palastes der Menschheit. Wir werden für deinen Hinrik einen besonders schönen Platz im Palast suchen, nahe der Treppe, die zum Tunnel führt. Freue dich, denn sein Körper wird unversehrt bleiben. Er wird nicht desintegriert und zu Bausteinen verarbeitet werden.«

Laïras Tränen waren versiegt. Hinriks Begräbnis verschaffte ihr Genugtuung. Als sie zum Palast zurückgingen, hörte Laïra wieder die Musik, oder besser gesagt, sie hörte die Musik eben gerade nicht.

Sie schien aus den Gärten rund um den Palast auf einer sanften Brise herbeizuwehen.

»Diese Musik?«, fragte sie. »Woher kommt sie?«

Eleonyra lächelte.

»Musik? Ich höre keine Musik.«

Sie gingen hinein und betraten den Saal.

»Meine Aufgabe ist vollbracht«, sagte Eleonyra. Sie schien es plötzlich eilig zu haben.

»Warum?«, fragte Laïra. »Warum muss es so geschehen, wie es geschieht? Warum muss ich dies alles alleine durchstehen?«

Die Hüterin sah sie mit einer Art amüsierter Überraschung an.

»Ich weiß es nicht. Das Leben ist voller Fragen. Wirkliche Antworten erhält man nur selten. Warum hat von Schöppen es so festgelegt? Ich frage mich, ob er es selbst überhaupt wusste. Er hat eine ganze Anzahl Tagebücher hinterlassen; lies sie einmal durch. Du wirst vermutlich alle Zeit dafür haben.«

Sie drehte sich um und sagte über die Schulter: »Ich bin nur erleichtert, dass es jetzt vorbei ist. Siebzig Jahre in völliger Einsamkeit, während um dich herum Millionen menschlicher Seelen in Stein gefangen sind … ich frage mich, warum ich nicht verrückt geworden bin. Vielleicht hat die Musik mich gerettet.«

Ein Anflug von Verwunderung glitt über ihr Gesicht.

»Die Musik«, seufzte sie, »ach …«

Sie redete nicht weiter und verschwand durch die schwarze Tür aus Laïras Leben.

Laïra versuchte, sich an das vollkommen einsame Leben im Palast zu gewöhnen. Sie trauerte um Hinrik, besuchte jeden Tag sein Grab und stellte frische Blumen in die goldene Vase. Sie schrieb Gedichte, hielt sich oft in der Bibliothek auf und las in von Schöppens Tagebüchern, ohne wirklich zu ergründen, warum dieser Mann das Leben einer Anzahl mutiger Menschen so dramatisch hatte festlegen wollen. Sie ließ sich von den vielen Robos verwöhnen, die den Palast und die nähere Umgebung instand hielten, und suchte nach einem Fluchtweg in Richtung Ostreich-Schweiz – ohne jedoch einen zu entdecken.

Aber vor allem versuchte sie viele Jahre lang, hinter die Herkunft der Musik zu kommen, die sie jeden Tag immer wieder einmal beinahe hören konnte. Krank vor Melancholie hörte sie schließlich nach fünfundzwanzig Jahren damit auf, aber einige Jahre darauf irrte sie von neuem durch die Gänge und Säle des Palastes sowie die schier endlosen Gärten, ohne die Quelle der Musik zu entdecken. Irgendwann begann sie, das Ganze als eine Art Ritual anzusehen, wie all ihre täglichen Handlungen zu Ritualen geworden waren. Kurz bevor aus ihrer Erinnerung das Wissen darum entschwand, dass Musik den Palast und die Gärten durchwehte und die Steine Klänge hervorbrachten, die das menschliche Ohr nicht wahrzunehmen vermochte, entsprang ihrem Geist ein Ehrfurcht gebietender Gedanke. Sie erinnerte sich an den Ton während eines Vollzugs in der Arena. Mit geweiteten Augen starrte sie die rosaroten Steine an. War es möglich, dass der Palast der Menschheit selbst die Quelle dieser himmlischen, ungehörten Musik war?

Der Gedanke verwehte und entschwand aus ihrem Gedächtnis.

Einsamkeit schlug ihre kühlen Arme um sie. Trauer um einen dereinst verlorenen Geliebten, der nicht Hinrik war, nistete sich in ihrem Empfinden ein wie ein leichter, allzeit gegenwärtiger Kopfschmerz. Die Falten kamen, aber sie spürte nicht, wie sie älter wurde. Sie bewegte sich weniger und ließ stattdessen die Robos mehr und mehr Aufgaben übernehmen. Einmal in der Woche besuchte sie Hinriks Grab. Danach irrte sie durch die Gärten, auf der Suche nach etwas, das nicht länger über die Schwelle ihres Gedächtnisses zu schlüpfen vermochte.

Dann, eines Tages, irgendwann in ihrem sechsundfünfzigsten Jahr als Hüterin, stand ein verwilderter junger Mann oben an der Treppe, und sie übertrug ihm den Palast mit einem Gefühl übermenschlicher Erleichterung. Der Junge, der höchstens zwanzig Jahre alt sein mochte, trug den Namen Joachim, nach dem Begründer der Quotierung.

Er fragte sie, woher die Musik käme, worauf sie freundlich lächelnd antwortete: »Musik? Ich höre keine Musik.«

Einen Augenblick lang leuchtete es in ihren Augen auf. Ein Fetzen von Erinnerung kehrte für einen Moment zurück: Hinriks Stimme.

»Verstummte Musik«, flüsterte sie vor sich hin. Im nächsten Augenblick verschloss sich ihr Gedächtnis erneut, und sie sah Joachim mit einem heiteren Lächeln an. Sie bat ihn, weiterhin frische Blumen auf Hinriks Grab zu legen, und trat dann mit einem Gefühl inneren Friedens durch die schwarze Tür.

Wolfgang Jeschke

Kommen wir zum Finale und zum, wenigstens meiner Auffassung nach, Höhepunkt unserer Rundreise durch die Visionen der besten europäischen Science-Fiction-Autoren. Es ist mir eine besondere Freude, die Gestaltung dieses Finales in die Hände keines Geringeren legen zu können als in die Wolfgang Jeschkes.

Muss man Wolfgang Jeschke noch vorstellen? Einem Science-Fiction-Leser sicher nicht, und wir tun es hier auch nur in der Hoffnung, dass es Leser geben möge, für die das vorliegende Buch den Erstkontakt mit der wundersamen Welt der Science-Fiction darstellt.

Wolfgang Jeschke wurde 1936 in Tetschen (im heutigen Tschechien) geboren und wuchs in Asperg bei Ludwigsburg auf. Nach der Mittleren Reife absolvierte er eine Werkzeugmacherlehre, holte 1959 das Abitur nach und studierte Germanistik, Anglistik und Philosophie in München, wo er bis heute lebt. Damals erschien auch seine erste Kurzgeschichte ***Die Anderen****. 1969 wurde er Redakteur bei* ***Kindlers Literaturlexikon*** *und gab von 1970 bis 1972 als freier Mitarbeiter die Reihe* ***Science-Fiction für Kenner*** *im Lichtenberg Verlag heraus. 1973 wechselte er als Herausgeber für die Science-Fiction-Reihe zum Wilhelm Heyne Verlag und fand damit, wie sich zeigen sollte, seine eigentliche Berufung: Über die Jahre zeichnete er verantwortlich für die Veröffentlichung zahlreicher wichtiger Werke der Science-Fiction in Deutschland, verschaffte zudem mit der Herausgabe von weit über 100 Anthologien der für die Science-Fiction so wichtigen Form der Kurzgeschichte ein breites Forum und* *baute die Reihe »Heyne SF« zur zeitweise größten Science-Fiction-Reihe Europas aus. Man kann ohne Übertreibung sagen, dass die Science-Fiction in Deutschland ohne Wolfgang Jeschke eine andere wäre; er hat die literarische Landschaft gestaltet wie kein anderer. Das spiegelt sich auch in der schier unübersehbaren Liste seiner Auszeichnungen: Als Herausgeber internationaler Science-Fiction wurde er 1987 mit dem* **Harrison Award** *und 1992 mit dem italienischen* **Premio Futuro Europa** *ausgezeichnet, für sein Lebenswerk erhielt er 1999 den französischen* **Prix Utopia** *und 2000 den* **Kurd-Laßwitz-Preis** *– ein Preis, der Wolfgang Jeschke, übrigens ein Mitglied der ersten Stunde im Science-Fiction-Club Deutschland (er hat die Mitgliedsnummer 287) und mittlerweile Ehrenmitglied, nicht weniger als 15 Mal zuerkannt wurde, mit Abstand häufiger als jedem anderen und in praktisch allen möglichen Kategorien. (2001 ging Wolfgang Jeschke in den Ruhestand. Mit Sascha Mamczak übernahm ein überaus kompetenter Nachfolger die Funktion des Herausgebers. Doch im gleichen Jahr starb überraschend der Verleger Rolf Heyne, und der Heyne Verlag wurde verkauft. Seither verfolgt die Science-Fiction-Szene Deutschlands fassungslos, wie eine Institution im Poker großer Konzerne zerrieben wird.)*

Wolfgang Jeschkes dominierende Funktion als Herausgeber hat stets überschattet, dass er daneben außerdem ein hervorragender Science-Fiction-Autor ist. Sein fulminanter erster Roman **Der letzte Tag der Schöpfung** *erschien 1981 und war nicht nur in Deutschland, sondern auch im Ausland ein durchschlagender Erfolg: So wurde er beispielsweise ins Französische übersetzt, eine Ehre, die fast zwanzig Jahre lang keinem weiteren deutschen SF-Roman widerfahren sollte. Zu seinen bekanntesten Romanen, Novellen und Kurzgeschichtensammlungen zählen Titel wie* **Der Zeiter** *(1970),* **Osiris Land** *(1986),* **MIDAS und die Wiederauferstehung des Fleisches** *(1989) oder* **Schlechte Nachrichten aus dem Vatikan** *(1993). Übersetzungen seiner Bücher sind in England, Frankreich, den USA, der damaligen CSSR, in Italien, Polen, Spanien, Rumänien, Bulgarien und Ungarn erschienen. Neben Kurzgeschichten* *hat Wolfgang Jeschke auch zahlreiche Hörspiele geschrieben,* ***Sybillen im Herkules oder Instant Biester*** *etwa (1984),* ***Jona im Feuerofen*** *(1988) oder* ***Der Wald schlägt zurück*** *(1993), jeweils die brennenden Themen der Zeit auf ungewöhnliche, eindrückliche Weise aufgreifend.*

Die folgende Kurzgeschichte verdankt möglicherweise dieser Anthologie ihre Existenz. Als ich nämlich mit Wolfgang Jeschke telefonierte und von meinem Projekt erzählte, meinte er, er würde zwar gern etwas beisteuern, aber er habe gerade nichts, auch nichts Passendes demzufolge – allenfalls eine Idee. Aber er schreibe nun einmal sehr langsam, wahrscheinlich reiche das nicht mehr. Ich bot an, ihm bis zum allerletzten Moment einen Platz in der Anthologie frei zu halten, das Manuskript von reitenden Boten abholen zu lassen, was man eben so anzubieten hat als Herausgeber: im Grunde nichts außer brennenden Wünschen. »Mal sehen«, sagte Wolfgang.

Ein paar Wochen später – ein gutes Drittel der anderen Storys stand noch aus – hielt ich ein Manuskript von ihm in Händen. Eine ergreifende, wahrhaft wunderbare Geschichte, die von den ersten Zeilen an jenen sense of wonder *verströmt, der große Science-Fiction auszeichnet.*

Also: Vorhang auf ...!

Das Geschmeide

von Wolfgang Jeschke

Das Boot trieb steuerlos dahin und kreiselte inzwischen so stark, dass ich taumelte und gegen die Reling gedrückt wurde. Ich starrte einen Moment lang hinunter in die Dunkelheit. Unter uns achttausend Meter freier Fall. Dann sah ich im Licht der Hecklaterne die Felswand dicht vor uns. Wir schwangen so knapp vorbei, dass ich befürchtete, wir würden sie jeden Moment berühren.

»Man sollte sie erschießen!«, schrie der Captain zornig.

»Wir sind unbewaffnet«, schrie ich zurück.

Wieder huschte die Felswand vorbei, wieder ganz knapp. Die Wimpel flatterten und bauschten sich um uns. Der Fallwind riss uns immer rascher in die Tiefe. Das Heck sackte ab. Ich hielt mich an der Reling fest. Die Hecklaterne erlosch. Um mich war finstere Nacht. Über uns kreisten die Sterne – Schwindel erregend und erschreckend hell.

»Nun tun Sie doch endlich etwas!«

»Was soll ich denn tun, Captain?«

»Halten Sie mir wenigstens die Kerle vom Leibe!«

Ich wandte mich ihnen zu. Sie hatten einen Halbkreis gebildet und umstanden uns drohend geduckt. Ich sah im unsicheren Licht die entblößten Augen. Verschwunden war die friedfertige Selbstversunkenheit. Augen wie aus Onyx starrten mich an – schwarz, hart, glatt und kalt. Raubvogelaugen – wachsam und mitleidlos.

Ich war so verblüfft vom Anblick dieser jähen Verwandlung, dass ich eine Sekunde zu lange zögerte. In dem Moment sprangen sie mich an.

Ich fuhr erschrocken hoch, aber Schmerz stach mir so grausam durch die Brust, dass mir die Luft wegblieb.

»Ganz ruhig«, sagte eine Frauenstimme an meinem Ohr. Ich wandte den Kopf und blickte mich um. Da war niemand. Es war immer noch Nacht. Ich sah ein Blinken farbiger Lichter. Das mussten medizinische Geräte sein. Ich war in Sicherheit. In der Ferne war Gewehrfeuer zu hören. Die Zeit des Chaos war also angebrochen. Ich schloss die Augen.

»Ganz ruhig«, sagte die Stimme. Es musste der MedComp am Kopfende meines Bettes sein, der über mich wachte. In beiden Armbeugen spürte ich Nadeln. Ich atmete ganz langsam und vorsichtig. Der dünne Plastikschlauch in meinem linken Nasenloch befächelte meine Schleimhäute mit kühlem Sauerstoff. Die Laken gaben mir ein Gefühl der Geborgenheit. Ich ließ den Schmerz zurück und trieb davon in den Schlaf.

Als ich wieder aufwachte, war es Tag. Trübes Licht fiel durch die Milchglasscheiben der Tür und die gekippte Jalousie. Aus dem schmalen Schlitz unter der Decke zischte klimatisierte Luft in den Raum wie durch zusammengebissene Zähne. Sie war wohltuend kühl und trocken. Ich hob das vom Schlaf erhitzte Linnen, um meine Haut zu erfrischen. Ich wollte mich aufrichten, aber augenblicklich festigte der Kokon, der meinen Oberkörper einhüllte, seinen Griff.

Auf dem Gang wurden Stimmen laut. Die Tür wurde geöffnet.

»Sie haben Besuch«, sagte die Schwester; und über die Schulter: »Kommen Sie herein, Mademoiselle La Maire. Hier liegt er.«

Es war Anette Galopin, die Bürgermeisterin persönlich, wie ich an der Amtsspange auf der Brust ihrer hellblauen Burqa erkannte. Eine weitere Gestalt drängte hinter ihr herein: Henri Frebillon, eine dicke Zigarre paffend. Der rotblonde Backenbart, der seine fleischigen Backen rahmte, stand ab wie gezupfte Baumwolle. Seine Bartpflege war ausschließlich seinem wild sprießenden Schnauzer gewidmet, dessen äußerste Enden in stattlichen Hörnern nach unten gezwirbelt waren, was seinem rosigen Gesicht einen gewichtig pathetischen und zugleich lustigen Ausdruck verlieh. Wenn er traurig dreinblickte, sah er eher einem Walross, wenn er lächelte, eher einem lüsternen, verschmitzten Keiler ähnlich.

Er nahm die Zigarre aus dem Mund. »Hallo, mein Freund«, sagte er und hob die Hand zum Gruß. Die Schwester benutzte die Gelegenheit, um sich seiner Zigarre zu bemächtigen und sie resolut im Waschbecken zu löschen.

»He!«, protestierte er. »Das war eine echte Sanchos! Haben Sie eine Ahnung, wie viele Lichtjahre die gereist ist, um hierher zu gelangen?«

»Hier wird nicht geraucht«, erwiderte die Schwester unbeeindruckt und zog die Jalousie auf. »Nehmen Sie doch bitte Platz, Mademoiselle.« Sie fuhr das Kopfteil meiner Liege hoch, dann schob sie der Bürgermeisterin einen Sessel neben das Bett.

Frebillon sah sich vergeblich nach einer weiteren Sitzgelegenheit um und zuckte resignierend die Achseln, als die Schwester dem keine Beachtung schenkte und das Zimmer verließ. Er drehte den breitkrempigen Hut, über dessen Spitze er den Schleier gefaltet hatte, unschlüssig vor der Brust, dann legte er ihn zu meinen Füßen auf die Bettdecke.

»Wie geht es, Monsieur Palladier?«, fragte Mademoiselle

Galopin mit ihrer dunklen Stimme und schlug ein Bein übers andere. Ein schlanker Fuß kam unter dem Saum ihres Gewands zum Vorschein, der in einem schmalen schwarzen, mit Silber beschlagenen Schuh steckte. Ich betrachtete ihn entzückt.

»Den Umständen entsprechend gut, Mademoiselle«, krächzte ich. »Und solange Henri keine Witze erzählt, was er ja in Ihrer Gegenwart nicht wagen wird, spüre ich meine Rippen ... ah ... kaum.«

Frebillon, der missmutig seine ruinierte Zigarre aus dem Waschbecken gefischt hatte und sie bekümmert betrachtete, blickte auf und brach in ein polterndes Lachen aus. Aber es klang nicht so unbeschwert wie sonst.

»Keine guten Nachrichten«, seufzte die Bürgermeisterin.

»Tut mir Leid«, sagte ich. »Es ist so gut wie alles schief gegangen.«

»Nicht alles«, sagte Henri huldvoll lächelnd. »Du lebst noch.«

Sie neigte den Kopf. »Und der Captain auch. Das ist das Wichtigste.«

Ich starrte hingerissen die schlanke Fessel an, die unter dem Saum ihrer Burqa hervorlugte. Für einen Moment übermannte mich die Vorstellung, sie könnte unter ihrem Körperschleier nackt sein, wie die Damen in der Rue des Hirondels am Quai, die, wenn ein Kunde in heftiger Not Einlass begehrte, ihm ihre Burqa öffneten und sie als mobile Liebeslaube benutzten.

»Ganz ruhig«, sagte das Gerät am Kopfende meines Bettes. Ich schloss die Augen und hielt den Atem an.

»Sie haben Schmerzen?«

»Nein, nein ...«, versicherte ich hastig.

»Wir werden Sie nicht lange belästigen, Monsieur Palladier. Ich brauche nur ein paar Informationen aus erster Hand.«

»Hat Captain Wilberforth Ihnen nicht berichtet?«, fragte ich. »Ich bin ja nur als Dolmetscher dabei gewesen.«

»Das ist der Grund, weshalb ich es von Ihnen wissen möchte.«

»Wie geht es dem Captain überhaupt?«

»Er hat die Bruchlandung besser überstanden als du«, sagte Henri lachend. »Er hat eine gebrochene Nase, ist aber sonst wohlauf.«

»Du lachst?«, fragte ich. »Deine schöne Barke ist zu Bruch gegangen, und du scheinst darüber nicht sonderlich betrübt zu sein.«

Natürlich konnte Frebillon den Verlust einer Windbarke aus der Westentasche begleichen. Er war einer der reichsten Männer der Stadt. Er mischte im Proteinhandel für die Flotte ganz oben mit und war als Transportunternehmer im Salzhandel die Nummer Eins am Binnenmeer. Aber er war sparsam, und ich mochte wetten, dass er die Überreste seiner Zigarre, die er in der Jackentasche hatte verschwinden lassen, trocknen und schließlich zu Ende rauchen würde, und sei es heimlich auf der Toilette.

»Die Flotte wird mir den Verlust ersetzen«, erklärte er mit listig funkelnden Augen. »Der Captain hat es mir versichert. Das sind Peanuts, sagte er, was immer Peanuts sein mögen. Darauf käme es nun auch nicht mehr an.«

»Ich hörte Schüsse heute Nacht«, sagte ich zur Bürgermeisterin gewandt.

»Es hat Unruhen gegeben«, erwiderte sie. »Aber außerhalb der Stadt. Wir haben Vorsichtsmaßnahmen ergriffen. Die Situation ist natürlich absolut ungewohnt für uns alle. Ich hoffe, dass wir nichts übersehen haben. Ich habe Anweisung gegeben, dass alle Eingeborenen die Stadt verlassen und die Tore auch tagsüber geschlossen bleiben müssen. Wir haben Funksprüche an die Fangschiffe in den

Salzmarschen geschickt, damit sie auf der Hut sind und sich gegen eventuelle Luftangriffe wappnen. Viel mehr können wir im Moment nicht tun, oder? Was könnte auf uns zukommen?«

»Ich habe keine Ahnung, Mademoiselle.«

Der Fuß in dem silberbeschlagenen Schuh war unter dem Saum verschwunden, dafür lag nun eine Hand im Schoß – schlank, schmal, die karamellfarbene Haut mit feinen, fast unsichtbaren Tätowierungen in Form von kunstvoll verschlungenen Arabesken bedeckt. Die langen Nägel waren auberginefarben lackiert. Die Klimaanlage trug mir einen Hauch ihres Parfüms zu: Ein herber aromatischer Duft wie von Zypressenzweigen an einem kühlen, regnerischen Morgen. Meine Nasenflügel blähten sich. Sah ich hinter dem feinen Gewebe ihres Gesichtsschleiers ihre großen dunklen Augen blitzen?

»Sie haben die Geschichte der Carteser studiert, Monsieur Palladier.« Hörte ich einen winzigen Anflug von Spott in ihrer Stimme?

»Man hätte mich wenigstens einweihen können«, sagte ich und konnte einen Anflug von Ärger nicht ganz unterdrücken, der mir in der Kehle aufstieg.

Sie hob die schmalen Schultern. »Wir wollten es nicht an die große Glocke hängen. Je weniger davon wussten ...«

Oh, Sie halten mich also für die große Glocke, meine Liebe?, hätte ich am liebsten gesagt. »Es wäre besser gewesen, wenn man mich informiert hätte. Es hätte uns um ein Haar das Leben kosten können. Ich wurde völlig überrumpelt von der Aggressivität dieser sonst so friedfertigen Leute.«

Die Hand flog auf und ließ sich auf meinem Knie nieder. Eine sanfte, begütigende Berührung. Mein Groll schwand dahin.

»Sie haben Recht, aber die Emissäre der Flotte bestanden darauf, Stillschweigen zu bewahren.«

»Wird man versuchen, die echten Steine wiederzubeschaffen, die in dem Geschmeide fehlen?«

»Das ist völlig aussichtslos«, sagte Henri. »Es ist alles versucht worden. Es wurden Millionen Äquvale als Belohnung ausgesetzt. Glaubst du allen Ernstes, dass sich ein Sammler je von einem solchen Leckerbissen trennen würde? Einem wiedergeborenen Gott, der vor achtzig- oder hunderttausend Jahren leibhaftig gelebt hat, überliefert in Form eines Diamanten? Nie im Leben! Nicht um alles in der Welt! Ich würde es auch nicht tun.«

»Monsieur Frebillon!«, sagte die Bürgermeisterin tadelnd.

Er hob die Hände. »Ich habe keinen der fehlenden Steine, Mademoiselle La Maire. Aber wenn ich ehrlich bin ...« Er blies die Hörner seines Schnauzers in die Höhe und schüttelte den Kopf. »Nein. Ich würde mich ebenfalls nicht von so einer Kostbarkeit trennen. Sie ist unbezahlbar.«

»Ich verstehe die aggressive Reaktion der Mönche und der Pilger nicht«, sagte die Bürgermeisterin. »Zu diesem Zeitpunkt war die Keschra doch noch am Leben, wenn ich das richtig verstanden habe.«

»Ja. Aber sie war bereits sehr hinfällig. Ich stand ja keine drei Meter von ihr entfernt, als sie das Geschmeide entgegennahm. Ich spürte ihre Angst und ihr Entsetzen. Der Schock hat ihr die letzte Kraft geraubt. Die Welt entglitt ihr.«

»Wenn man ihr die Quelle ihrer Kraft, die Verbindung zu ihren Vorfahren, geraubt hat – wie sollte es anders sein?«, sagte Henri mit sorgenvoll gefurchter Stirn.

Er schlug mit der Faust in die Handfläche. »Das könnte das Ende der Kolonie bedeuten.«

»Wie lange wird die Raserei Ihrer Meinung nach dauern, Monsieur Palladier?«, fragte sie nüchtern.

»Ich weiß es nicht. Der letzte Ausbruch fand vor achthundert Jahren statt. Da lebten die Menschen erst ein halbes Jahrhundert auf diesem Planeten. Für sie kam das Ereignis völlig überraschend. Die Städte waren ungesichert. Einige Siedler kamen ums Leben. Die Aufzeichnungen sind lückenhaft und ziemlich verworren. Es scheint etwa zwei Jahre gedauert zu haben, bis die Wiedergeborene Göttin gefunden war und sich die Verhältnisse wieder normalisierten.«

»Diese chaotischen Zeiten treten also jedes Mal ein, wenn eine Keschra stirbt, und dauern an, bis ihre Wiedergeburt aufgefunden wurde.«

»Ja. Die Annahme stützt sich auf Überlieferungen der Einheimischen, so weit sie überhaupt zu deuten sind. In ihnen ist von der periodischen Wiederkehr von Zeiten der Unrast und des Unfriedens die Rede.«

»Und wie lange dauern die Zeiten des Friedens dazwischen?«

»Manchmal fünfhundert Jahre, manchmal tausend, manchmal zweitausend – je nachdem, wie lang eine Keschra lebt. Die Legenden der Cartesaner sind vage. Nur wenige sind schriftlich fixiert. Eine Datierung ist aussichtslos.«

»Aber die Zahl der Perioden ist eindeutig.«

»Absolut. Es gab dreiundachtzig Wiedergeburten.«

»Dreiundachtzig Diamanten umfasst das Geschmeide«, warf Henri ein.

»Genau.«

»Wenn man von fünfhundert bis zweitausend Jahren Lebenszeit ausgeht, dann bedeutet das ...«

»... eine kulturelle Tradition von mindestens hunderttausend Jahren, Mademoiselle. Von ein paar Idioten an einem Tag zerstört aus Habsucht und Geldgier.«

Wir schwiegen. Die Hand war längst in ihrem Gewand

verschwunden und hatte ein Gefühl der Leere hinterlassen. Sie hatte mich berührt – wahrscheinlich unwillkürlich, allenfalls besänftigend, weil sie meinen Ärger gespürt hatte. Dennoch hatte der Druck ihrer Finger mir ein euphorisches Kribbeln im Hinterkopf verursacht.

»An einer Stelle schreiben Sie in Ihren Arbeiten«, sagte sie, »dass diese Zeiten des Chaos auch positive Wirkungen haben.«

»Zweifellos, denn bedenken Sie: Es werden dabei verkrustete Strukturen aufgebrochen. Es gibt Revolutionen. Institutionen werden hinweggefegt. Ganze Stämme setzen sich in Bewegung auf der Suche nach neuen Siedlungsgebieten, fruchtbaren Weide- oder ergiebigeren Fischgründen. Es kommt zu bewaffneten Konflikten. Der Genpool wird durcheinander gemischt.«

»Nun, mag sein. Ich sehe darin nur Kriege, Vergewaltigungen, Vertreibungen, Mord und Totschlag.« Sie blickte sich um nach Henri. Der nickte bedrückt und schaute drein wie ein trauriges Walross.

»Wir werden also einfach abwarten müssen, bis eine Abordnung aus dem Kloster herabkommt und nach der Wiedergeborenen Göttin sucht. Einer jungen Keschra.«

»Das kann leicht dreißig bis vierzig Tage dauern«, warf Henri ein. »Der Abstieg aus dem Hochgebirge ist gefährlich um diese Jahreszeit wegen der Schneeschmelze und der Lawinenabgänge.«

»Ist das Mädchen gefunden und hinauf ins Kloster gebracht, ist mit einer Entspannung der Lage zu rechnen. So lange müssen wir vorsichtig sein und die Tore geschlossen halten.«

»Ich glaube, Mademoiselle« sagte ich zögernd, »diesmal ist die Lage ernster als je zuvor.«

»Weshalb?«, wollte Henri wissen.

»Es könnte sein, dass es keine Wiedergeburt gibt.«

Die Bürgermeisterin wandte sich mir zu, sagte aber nichts.

»Das Geschmeide ist unvollständig. Die Verbindung zu den fernen Vorfahren könnte dadurch abgerissen sein.«

»Sind Sie da ganz sicher?«

»Nein, natürlich nicht. Wie könnte ich mir sicher sein, aber ...« Ich stockte. Angst lähmte mir die Kehle.

»Aber?« Sie hatte sich erhoben.

»Das Kloster ... es machte einen sehr hinfälligen Eindruck.«

»Nun, es ist alt. Mehr als hunderttausend Jahre.«

»Wenn es dieses Kraftzentrum auf dieser Welt nicht mehr gäbe ... Mademoiselle, das wäre das Ende von allem.«

»Merde!«, sagte Henri gequält.

»So schnell geben wir die Hoffnung nicht auf«, sagte sie, beugte sich über mich und ergriff meine Hände. Ihre Haut war glatt und kühl und ihre Berührung überraschend kraftvoll.

»Wenn es Ihnen besser geht, müssen Sie mir von Ihrem Besuch dort oben erzählen.«

Ich nickte, brachte kein Wort heraus.

»Adieu!«, rief Henri.

Als sich die Tür hinter ihnen geschlossen hatte, kamen mir die Tränen. Ich hätte nicht sagen können, weshalb. War es die Berührung ihrer Hände? War es meine Trauer um das Schicksal dieser Welt? War es Selbstmitleid?

»Ganz ruhig«, sagte der MedComp.

Die vier Pédaliers hingen müßig in ihren Käfigen außenbords und stabilisierten mit lässigen Tretbewegungen die Position der Barke, wenn sie durch die Böen, die vom Avalanche-Pass herabstürzten, abzudriften drohte. Die Luft war eisig. Ich hatte den Kragen meiner Jacke hochgeschlagen und den Schal zweimal um den Hals geschlungen, aber der Atem fuhr mir wie eine kalte Klinge durch die Kehle in die Lungen. Die Propeller schnurrten leise. Der Baldachin, den der Maître als Schutz gegen die grelle Sonne für uns aufgespannt hatte, flappte, und der Wind sang in den nackten Drahtverspannungen des Mastes, an denen das Segel herabgeglitten war.

Der Maître des Pédaliers saß auf seinem erhöhten Platz und regulierte von Zeit zu Zeit das Suspensorenfeld, um die vorgeschriebene Höhe über der Terrasse einzuhalten, die sich vor dem Kloster erstreckte.

»Wie lange soll denn das noch dauern?«, fragte der Gesandte der Flotte ungeduldig und drückte sich den Dreispitz in die Stirn, als wieder eine Bö vom Gipfel des Mont Matin über uns herfiel.

»Keine Ahnung«, sagte ich.

Ich sah, dass er jämmerlich fror, aber er hatte darauf bestanden, seine dürre Gestalt in eine Galauniform mit Umhang zu hüllen, anstatt eines Mantels oder einer warmen Jacke, und er lehnte es ab, sich zu beklagen. Unser Atem kondensierte in der kalten Luft und wurde davongetragen.

»Dann fragen Sie ihn!«, sagte er mit einer Kopfbewegung zum Maître hin.

Sie haben mir keine Befehle zu erteilen, Sir! Ich bin kein Angehöriger der Flotte, sondern Zivilist. Ich bin Ihrer Mission als Dolmetscher zugeteilt. »Er weiß es auch nicht«, sagte ich stattdessen. »Er wartet auf ein Zeichen der Mönche, dass er landen darf.«

»Seit Stunden!«

Ich zuckte die Achseln und blickte zum Kloster hinüber. Es hing wie ein grotesker fauler Kürbis auf einem Felssims über einem Steilabfall. Die schwarze Felswand unterhalb seiner Rundung war von organischen Ausscheidungen wie mit einer dicken braunen Lasur überzogen, die mehrere hundert Meter hinabreichte und auf einem Sims weit unten einen hässlichen Wulst bildete.

»Sagen Sie, Pallavier …«

»Palladier, Sir.«

Er winkte ab und musterte mich von oben herab mit seinen blassgrauen, rot geränderten Augen, die von dem scharfen Wind tränten. »… der Angriff damals wurde von der Passhöhe da oben herab vorgetragen, nicht wahr?«

»Angriff? Es war ein feiger Raubüberfall.«

Er warf mir einen flüchtigen, desinteressierten Blick zu und reckte den runzligen Hals über dem goldbestickten und mit Raumschiffsymbolen geschmückten Stehkragen seiner Uniformjacke, beschirmte die Augen und blickte zum Avalanche-Pass hinauf, dem tiefen Sattel zwischen dem Mont Matin und dem Mont Arsin.

»Sie arbeiteten sich also mit ihrer Windbarke gegen die Thermik vor. Eine respektable Leistung.«

»Nun, so kann man es auch sehen, Sir. Ich sehe es anders. Das Kloster konnte sie nicht riechen, weil sie sich im ersten Tageslicht gegen den Wind anschlichen. Es war völlig ahnungslos und traf keine Vorsichtsmaßnahmen. Sie machten an der Zisterne über dem Kloster fest und kippten ein Anästhetikum in das Wasser, mit dem es jeden Morgen getränkt wird. Danach hatten sie leichtes Spiel. Sie fanden die Pforte unverschlossen. Das Kloster war zu benommen, um sie zu schließen.«

»Militärisch ein genialer Coup.« Er nickte anerkennend. »Man sieht, es waren Männer von der Flotte.«

»Sie töteten fünf Mönche, die das Geschmeide der Göttinnen verteidigten.«

Er machte eine Bewegung, als schnippte er mein Argument samt den Toten vom Ärmel seiner Uniformjacke.

»Ich habe die Vernehmungsprotokolle gelesen«, erwiderte er knapp und presste die schmalen Lippen noch mehr zusammen. »Die Täter wurden öffentlich hingerichtet. Es wurde ein Exempel statuiert. Wir können es uns nicht leisten, Cartesius zu verlieren. Es ist die einzige Menschenwelt in fünfzig Lichtjahren Umkreis hier am inneren Rand des Orionarms vor der großen Leere, die uns vom Sagittariusarm trennt.«

»Das weiß ich, Sir. Ich bin zwar kein Astronom, sondern Linguist und Historiker. Aber diese Fakten werden uns bereits in der Schule beigebracht.«

Er nickte. »Außerdem wird hier Protein gewonnen, das die Flotte für die Verproviantierung braucht. Wir können auf Cartesius nicht verzichten.«

»Außerdem wohnen hier inzwischen fast zwei Millionen Menschen«, gab ich zu bedenken.

»Wir wären außerstande, sie zu evakuieren. Wir müssten sie ihrem Schicksal überlassen.« Seine Worte trieben in der kalten Luft davon wie flüchtige Gespinste.

»Deshalb haben Sie ja auch alles darangesetzt, um das Geschmeide wieder beizubringen.«

Er musterte mich prüfend und verzog den Mund. »Allerdings«, sagte er dann. »Das verdammte Ding hat die Flotte ein Vermögen gekostet. Wir hätten ein Schiff damit ausrüsten können. Eine unverzeihliche Dummheit, diesen wertvollen Kultgegenstand zu rauben.«

»Kultgegenstand, Sir? Es ist mehr als das. Es sind die Leiber von dreiundachtzig Göttinnen. In dem Geschmeide ist eine mehr als hunderttausend Jahre alte Tradition verkörpert.«

»Ich bin darüber informiert«, erwiderte er knapp. »Aber ich werde mich hüten, in Glaubensfragen eine Meinung zu äußern. Aus religiösen Angelegenheiten hält sich die Flotte grundsätzlich heraus. Das ist unsere Tradition. Nicht ganz so alt, aber – immerhin!«

Er nahm unauffällig ein paar Atemzüge aus seinem Sauerstoffpack. Wir waren in fast zwölfhundert Metern Höhe. Der Luftdruck betrug nur ein knappes Drittel dessen in Höhe des Binnenmeers.

Wir waren vor Sonnenaufgang von Arcachon aufgebrochen. Die Stadt war noch in dichten Nebel gehüllt. Draußen auf dem Binnenmeer war das Tuten und Blöken von Sirenen der Schiffe zu hören, die sich ihren Weg in den Hafen suchten.

Der Maître des Pédaliers hatte die Barke senkrecht aufsteigen lassen. Als sie sich aus dem Nebel erhob, war der Himmel bereits hell, und hoch über uns ragten im ersten Tageslicht die schlanken Spitzen des Mont Matin und des Mont Arsin, die beiden höchsten Erhebungen des Westlichen Kummet, wie zwei entblößte Fänge in den Himmel. Der Avalanche-Gletscher zwischen ihnen, vom rosigen Schimmer des Morgens überhaucht, sah aus wie eine Zunge. Die Gipfel der Vorberge erhoben sich in der Dämmerung aus dem Nebel wie grüne Inseln aus einem Meer aus geronnener Milch.

Ein Konvoi von sechs schwer beladenen Salzzillen kam den Steilabfall herab, ging in den Landeanflug und tauchte ein.

Das Segel war nass vom Tau, und Tropfen sprangen von den Drahtseilen, als der Maître es am Mast hochzog. Wir segelten die Felswand entlang, während der Maître Ausschau hielt nach der ersten Thermik, die uns den zehntausend Meter hohen Steilabfall zum Kloster hochtragen würde.

Mittag war vorbei, und noch immer tat sich nichts. Lillepoint stand senkrecht. Sie brannte herab, aber es war ein kaltes, gleißendes Licht. Ohne den Baldachin, den der Maître über dem Deck aufgespannt hatte, wäre die Strahlung, die sich aus dem indigofarbenen Himmel ergoss, unerträglich gewesen. Es fiel schwer zu glauben, dass es dasselbe Gestirn war, das mild auf die Strände des Binnenmeers herabschien, ein diffuser Lichtfleck in einer dunstigen, feuchtigkeitsgesättigten Atmosphäre, die mit ihren viertausend Millibar mehr einer Flüssigkeit ähnelte als Luft.

Ein Fangschiff kam über den Pass herein, groß wie ein Flugzeugträger, auf dem Weg in die Docks von Brest oder La Rochelle. Wahrscheinlich beschädigt von den Zangenschlägen und Schwanzhieben der Krustentiere in den Flachmeeren und Salzmarschen jenseits des Kummets. Seine Suspensionsfelder flackerten in aktinischem Blau. Die Gletscherzunge des Avalanche wurde von dem Teilchensturm aus den Suspensoren gefegt wie von der Flamme eines Schweißbrenners. Das pulverisierte Eis wurde in Fontänen die Bergflanken hochgepeitscht. Die Luft war von einem Nebel aus Eiskristallen getrübt.

Ich knotete mir den Schal fester um den Hals und schlug den Kragen meiner Jacke hoch. Mir knurrte der Magen. Ich hatte am Morgen nichts gegessen. Der Gedanke an den Aufstieg mit einer Windbarke verursachte mir immer ein mulmiges Gefühl im Magen. Und diesmal war es ein Aufstieg in extreme Höhe gewesen. Ich hätte keinen Bissen hinuntergebracht.

Der Wind war abgeflaut. Nun war die Ausdünstung des Klosters deutlich wahrzunehmen. Es roch uralt. Das zähe, ledrige Fleisch seiner hingelagerten Masse strömte einen süßlichen Geruch aus, eine Mischung aus pflanzlicher Fäulnis und modrigem Atem.

Pilger hatten sich eingefunden und lagerten um den geschlossenen Eingang. Dreißig Tage dauerte der Aufstieg vom Niveau des Binnenmeers hier herauf, durch enge Täler, von Geröllmassen überschwemmt, auf schaukelnden Seilbrücken über wilde, tief eingeschnittene Flüsse, Abgründe entlang auf Saumpfaden, oft nur ungesicherte fußbreite Simse in Felswänden. Eine mörderische Wallfahrt! Zahllose Schädelpyramiden und Beinhäuser säumten die Pilgerwege, gefüllt in vielen Jahrtausenden mit den Knochen jener, die an Erschöpfung und Unterkühlung gestorben oder Verletzungen durch einen Sturz oder Steinschlag erlegen waren.

Am Tor des Klosters entstand Unruhe. Die Pilger, die schon seit Stunden an der Pforte ausgeharrt hatten, wichen ehrerbietig zurück. Der Eingang weitete sich wie ein Anus, und Mönche in leuchtend hellgrünen Gewändern schritten heraus und nahmen Aufstellung auf dem Vorplatz am Rande der Landeterrasse. Zeichen wurden gegeben.

Der Maître des Pédaliers glitt von seinem Sitz an den Suspensorenkontrollen und eilte an die Reling. Er hatte sein hüftlanges schwarzes Haar auf dem Scheitel zu einem grotesken Knoten aufgetürmt, um seiner Göttin gegenüberzutreten. Er rief etwas hinunter, das ich nicht verstand, dann kehrte er an sein Pult zurück und gab Kommandos. Die Pédaliers richteten sich im Sattel auf und traten in die Pedale. Die Luftschrauben surrten; der Maître dämpfte das Suspensorfeld, und die Barke senkte sich hinab auf die Terrasse. Die langen grün-gold-roten Wimpel der Vereinigten Küstenstädte bauschten sich. Zwei der Pédaliers schwangen sich aus dem Sattel, schlüpften aus ihrem Käfig, sprangen hinab und sicherten die Barke mit Seilen. Mit einem leisen Knirschen setzte das Boot mit seinen Kufen auf, als das Suspensorfeld erlosch.

Die Mönche starrten uns schweigend entgegen – nicht neugierig, nicht freundlich, nicht ablehnend. Wir blickten in uralte Gesichter, in junge Gesichter, und sie blickten gleichgültig zurück. Mit ihren weißlich verschleierten Augen machten sie einen abwesenden, traumverlorenen Eindruck.

Wir betraten die Terrasse. Der Stein fühlte sich gefährlich glatt an, poliert in Zehntausenden von Jahren durch die nackten Füße der Pilger. Der Maître und seine Pédaliers warfen sich zu Boden und verharrten ausgestreckt mit verhülltem Gesicht.

Der Gesandte trug schnaufend den schweren gesicherten Stahlkoffer. Er verzichtete darauf, das Suspensorelement an der Unterseite einzuschalten, als wollte er symbolisch eine Last auf sich nehmen, eine Schuld abtragen. Ich bezweifelte, ob einer der Mönche diese symbolische Geste verstand. Kahl rasierte Novizen bückten sich und streuten ihm Blumen vor die Füße. Wo hatten sie diese Blüten her, fünftausend Meter oberhalb der Vegetationsgrenze? Hatten Pilger sie in den Tälern gepflückt und mit heraufgebracht? Nein, sie waren ganz frisch. Hatte das Kloster sie hervorgebracht für diese Gelegenheit? Der ehrenvolle Empfang entrang dem Gesandten ein Lächeln. Glaubte er etwa, die Geste gelte ihm? Sie galt den heimkehrenden Göttinnen.

Über glatte ausgetretene Stufen stiegen wir zum Eingang des Kloster hinauf. Die der Sonne zugewandten Flanken waren grün von Chlorophyll, aber es war fleckig, wies graue, abgestorbene Areale auf. Weibliche Pilger rieben die abgehärmten Stellen mit Butter ein, die sie in Blätter eingewickelt als Weihegabe mitgebracht hatten. Dann und wann zuckte die Haut des gewaltigen Wesens unter ihren Händen, was von ihnen mit merkwürdig trillernden Schreien quittiert wurde. Die ärmlichen, weit und lose um den Körper geschlungenen roten und erdfarbenen Gewänder gaben den Blick frei auf dunkelbraune Haut, magere Arme, abgezehrte Leiber und winzige spitze Brüste.

Die Männer hielten sich im Hintergrund. Sie lagerten in einigem Abstand vom Kloster an einem kleinen Feuer, aßen und tranken vom Leib des Klosters und sangen ihre endlosen brummenden und schnarrenden Lieder, die sie durch merkwürdige Verdrehungen ihres Oberkörpers modulierten, den Thorax mit den Armen quetschten und Brust und Bauch mit den Fäusten bearbeiteten, wodurch Laute entstanden wie bei einem Dudelsack, was diesen Sängern den Spitznamen ›Petites Cornemuses‹ eingebracht hatte. Trotz der dünnen Luft waren diese Gesänge in den Bergen kilometerweit zu hören.

Im Innern des Klosters war der süße Fäulnisgeruch noch intensiver. Ich stülpte mir die Maske meines Sauerstoffgeräts über die Nase und tat ein paar tiefe Züge. Wir wurden in einen weiten Raum geführt, dessen Wände in einem milden perlfarbenen Licht phosphoreszierten, und man bedeutete uns, auf hölzernen Auswüchsen des Bodens Platz zu nehmen.

Süßer Tee wurde gereicht, in dem winzige weiße Blütensterne schwammen. Sie verbreiteten einen angenehm herben, frischen Duft, der den Geruch des alten Klosterleibes überlagerte. Die Luft im Innern schien dichter zu sein. Schaffte es das Kloster, wie ein monströser Blasebalg den Innendruck für seine Bewohner zu regulieren? Doch die vermeintliche Erleichterung wurde sofort zunichte angesichts des Gedankens, dass man sich im Innern eines Organismus befand, dessen Peristaltik einen zermalmen konnte. Wenn das Flüstern erstarb, die Tassen abgesetzt waren, das Rascheln der Gewänder für einen Moment verstummte, hörte man die leisen röchelnden Atemzüge des gewaltigen Wesens, glaubte man die matt leuchtenden, faltigen Wände sich weiten und schrumpfen zu sehen, nahm man da und dort aus dem Augenwinkel ein Zucken wahr wie im Fell eines Tiers, das sich lästiger Insekten erwehrt.

In kleinen Holzschalen wurde Nahrung gereicht – oder

waren es die Schädeldecken verstorbener Mönche? Faserige Streifen, die aussahen wie alte rissige Borke, aber sich zerkauen ließen wie knusprig ausgebratene Schweinekrusten. Der Geschmack ähnelte jedoch eher gerösteten, in Honig getauchten und mit Zimt bestreuten Cashewnüssen. Dazu wurde eine fettige weiße Soße angeboten, salzig und mit einem etwas bitteren Nachgeschmack. Ich erkannte ihn sofort wieder: Es war die legendäre Milch des Klosters, ein angeblich Wunder wirkendes Sekret innerer Drüsen, das von den Mönchen an die Pilger verteilt wurde, die es in kleinen Tonkrügen nach Hause brachten und es als Medizin verkauften. Früher hatte das Kloster neben den Pilgern weit über tausend Mönche beköstigt, heute waren es keine hundert mehr, die hier lebten.

Manche Menschen vermuteten, dass diese Milch die friedenstiftende Essenz sei, weil sie möglicherweise eine Droge enthielt, die alle Zwietracht unter den Cartesanern unterdrückte und sie im Geist einte, doch man hatte in der Substanz nichts gefunden, das als Psychopharmaka hätte interpretiert werden können.

Ich warf dem Flottengesandten einen Blick zu. Er schien keine Bedenken zu haben und zermahlte mit Appetit die faserigen Streifen zwischen den Zähnen und nippte an der Milch. Also gab auch ich meine Zurückhaltung auf und stillte meinen Hunger.

Räucherpfannen wurden angezündet. Die Audienz der Keschra stand also unmittelbar bevor. Der süßliche Rauch benahm mir den Atem. Oder war es eine Droge, die zu wirken begann? Ich tastete nach meiner Sauerstoffmaske und drückte sie mir ins Gesicht.

Plötzlich war das Klingen von Zimbeln zu hören, und das Kloster erbebte vom Tuten mächtiger Hörner. Mitten in der leuchtenden Wand tat sich eine runde Öffnung auf. Die Mönche drängten sich mit einem Mal dicht um uns und führten, nein schoben uns hindurch in einen hohen Raum, der das Allerheiligste zu sein schien. Auf einer Art Kanzel, einer faltigen Höhlung hoch in der Wand, war eine große, merkwürdig verkrümmte Gestalt zu erkennen, die auf uns herabstarrte. Ich blickte in das Gesicht des ältesten Wesens, das mir je im Leben begegnet war. Es ähnelte mit seinen langen Armen und seiner schwarzen Haut einem urtümlichen Geschöpf, das wenig Ähnlichkeit hatte mit den Eingeborenen dieser Welt. Es war, als hätte man die Haut eines Cartesaner über ein viel zu großes Skelett, einen überdimensionalen Rahmen gespannt und im gnadenlosen Sonnenlicht der Höhenregion getrocknet. Das Wesen schien tatsächlich, wie manche vermuteten, ein Alien zu sein, der Abkömmling einer sehr alten Spezies, der einst auf den Planeten gelangt war und einen Weg gefunden hatte, sich immer wieder in Gestalt einer Eingeborenen zu verkörpern. Ich wusste, dass diese Keschra als Tochter kleiner Leute in der Nähe von Saint-Nazaire am Ufer des Binnenmeers zur Welt gekommen war und man sie, als man bei ihr die Zeichen der Wiedergeburt entdeckt hatte, als kleines Kind ins Kloster gebracht hatte. Aber der Geist der alten Rasse – und das Kloster – hatten ein anderes Lebewesen aus ihr geformt: eine Wiedergeborene Göttin.

Als hätte sie meine Gedanken gelesen, ruhte ihr Blick auf mir. Es war nicht der verschleierte Blick einer Eingeborenen, es waren fremdartige Augen – und es waren die Augen eines kranken, leidenden Wesens.

Der Flottengesandte hatte den Dreispitz abgenommen und hielt ihn gegen die ordensgeschmückte Brust gepresst. Er verneigte sich, hob den Stahlkoffer auf ein Podest unterhalb der Kanzel und öffnete ihn mit feierlichen Bewegungen. Darauf trat er ein paar Schritte zurück und verbeugte sich erneut. Das Geschmeide funkelte trotz des gedämpften diffusen Lichts auf dem blauen Samt.

»Im Namen der Menschen auf Eurer Welt und im Namen der Flotte bitte ich Eure Heiligkeit um Verzeihung für die frevelhafte Tat. Wir wissen, dass dieses Verbrechen nicht ungeschehen zu machen ist, aber wir haben keine Mühe und keine Kosten gescheut und das Menschenmögliche versucht, um euch das Geschmeide Eurer Vorfahren zurückzuerstatten.«

Ich übersetzte seine Worte. Die Mönche tuschelten.

Mit erstaunlicher Geschwindigkeit ließ sich die Göttin aus der Höhe herab und berührte die Steine, zunächst mit ihren langen schwarzen Krallenfingern, dann mit der Zunge, fuhr damit über einen nach dem anderen, roch daran – und ließ das Geschmeide achtlos fallen, als hätte sie jedes Interesse daran verloren.

Unruhe machte sich breit unter den Mönchen, Keuchen, heftiges Atmen, Flüstern, Anzeichen des Unmuts. Ich hörte wiederholt das Wort ›unheilig‹. Hatte man beim Zusammenfügen der Steine Fehler gemacht? Ihre Reihenfolge im Geschmeide womöglich vertauscht? Oder handelte es sich gar um eine Fälschung? Das konnte fatale Folgen haben – nicht nur für die Menschen in den Städten des Binnenmeers, sondern für ganz Cartesius.

Ich warf dem Gesandten einen beunruhigten Blick zu. Sein kahler Schädel schimmerte blass im Halbdunkel, seine Stirn war schweißbedeckt und missmutig gerunzelt. Er wirkte enttäuscht und verletzt über die Reaktion, doch er hielt sich zurück.

Die Göttin war zurück in ihre faltige Höhlung in der Wand gestiegen und hatte das Gesicht mit den Händen bedeckt. Das Raunen und Murren der Mönche wurde lauter, drohender. Und mir war auch, als sei das Atmen des Klosters schärfer und heftiger geworden.

»Was ist?«, fragte der Gesandte. »Was sagen die Leute? So reden Sie doch! Was ist los?«

»Die Steine ...«, sagte ich. »Es scheinen welche zu fehlen.«

»Das ist unmöglich. Es sind dreiundachtzig, und alle in genau der Anordnung, in der sie ursprünglich waren.«

Plötzlich waren wir eng von den Leibern der Mönche umringt. Sie drängten uns aus dem Raum, durch den Vorraum und durch das Hauptportal hinaus ins Freie.

Der Maître des Pédaliers blickte uns erschrocken entgegen. Seine Männer wichen ängstlich zurück, kletterten an Bord und schlüpften in ihre Käfige.

Wir stolperten über die Terrasse, von Mönchen gestoßen und bedrängt. Pilger hatten sich zu ihnen gesellt, die drohend Stöcke schwangen. Ich spürte Fäuste im Rücken, den Schlag eines Stocks zwischen die Schulterblätter. Die Pilgerfrauen stießen ihre trillernden und kreischenden Laute aus.

Die Gleichgültigkeit war aus den Gesichtern verschwunden. Ablehnung schlug uns entgegen und ... ja, Angst und Verzweiflung.

»Man heißt uns gehen«, rief ich dem Gesandten zu. Ich wagte es nicht, die Beschimpfungen und Schmähungen zu übersetzen, die man uns nachbrüllte.

»Das sehe ich selbst«, rief er zurück und drückte sich den Dreispitz auf den Kopf.

Wir rannten die letzten Schritte. Es war ein unwürdiger Abgang. Ich bemühte mich, dicht hinter dem Captain zu bleiben, damit ich ihn vor Fausthieben und Stockschlägen schützen konnte.

»Aufsteigen!«, befahl ich dem Maître. Er löste die Seile und hob beschwichtigend die Hände, als man auch ihn mit Stöcken bedrohte, und zog das Fallreep an Bord, eilte an seine Kontrollen und riss die Barke hoch.

»Undankbares Pack!«, murmelte der Gesandte und saugte gierig an seiner Sauerstoffmaske. »Lächerlicher Mummenschanz um diese Keschra! Primitive Wilde!«

»Es ist eine sehr alte Kultur und eine sehr alte Religion, Sir. Älter als jede menschliche Kultur. Sie bestand bereits, als auf der Erde noch die Neandertaler lebten.«

»Ich bin informiert«, erwiderte er verdrossen.

»Irgendetwas hat nicht gestimmt mit dem wiederhergestellten Geschmeide. Es wurde nicht akzeptiert.«

Er machte eine wegwerfende Handbewegung. »Vier der Diamanten mussten wir ersetzen. Sie waren nicht mehr aufzutreiben.«

Ich hielt den Atem an. »Das sind nicht irgendwelche Diamanten, Sir, die man ersetzen kann. Es sind die in Diamanten transformierten leiblichen Wiedergeburten der Göttin. Das sind ihre Vorfahren, die sie verbinden mit der ersten Keschra, die auf diese Welt kam.«

»Und Sie glauben diesen Mumpitz, Palladier?«

»Es geht nicht darum, was ich glaube. Es geht darum, was die Eingeborenen glauben.«

»Diamant ist Diamant. Ein Kristall aus Kohlenstoffatomen. Wie sollten individuelle Strukturen eines Organismus in ein Gitter aus Kohlenstoffatomen eingeprägt sein! Das ist doch Blödsinn, Mann!«

»Jedenfalls hat die Göttin sofort bemerkt, dass einige ihrer Vorfahren fehlten«, erwiderte ich.

Der Gesandte schnaubte geringschätzig. »Haben Sie eine Ahnung, was die Flotte ausgegeben hat, um diese verdammten Klunker wiederzubeschaffen? Und für die vier, die ersetzt und exakt wie die anderen geschliffen werden mussten?«

»Wir könnten diese Welt verlieren, Sir. *Das* könnte es die Flotte kosten. Und die Menschen, die hier auf Cartesius leben.«

Obwohl Lillepoint gerade erst hinter dem Avalanche-Pass untergegangen war, dunkelte es bereits. Der Mont Matin und der Mont Arsin ragten in die Glut des Abendhimmels auf wie zwei mächtige schwarze Hörner. Im Südosten sah man die ersten Sterne.

Der nächtliche Fallwind hatte bereits eingesetzt. Wir schwebten auf den Rand der Terrasse zu. Die Mönche und Dutzende von Pilgern verfolgten uns, riefen Drohungen, versuchten immer wieder, die Steuerleinen der Barke zu ergreifen, und schleuderten Steine, die aufs Deck polterten.

»Höher!«, befahl der Gesandte dem Maître, indem er hektisch die Hände hochschleuderte.

Der Wind war eisig. Er trieb uns immer rascher auf die Felskante der Terrasse zu. Die Steuerleinen schleiften über die glatte Steinfläche, dann fielen sie ins Leere. Unter uns lag nun der Steilabfall: freier Raum bis zu den Viertausendern der Vorberge.

Die Pédaliers arbeiteten aus Leibeskräften, um die Barke zu stabilisieren. Der Himmel über uns füllte sich mit Sternen, und die mächtige dunkle Gestalt des Klosters schien zu ihnen aufzusteigen. Wir sanken hinab in die Dunkelheit. Der Maître hatte eben die Laterne am Heck entzündet und zog eine zweite am Mast hoch, als über uns ein schauerliches Heulen ertönte. Die Pédaliers hielten in ihren Bewegungen inne. Der Maître hob den Kopf und lauschte.

»Was ist das?«, fragte der Gesandte.

Ich hob die Schultern. Das durchdringende Heulen über uns wurde lauter, wurde zum klagenden Schrei, der durch Echos vervielfacht wurde, bis er den Raum zwischen den Gipfeln über uns zu füllen schien. »Es … es könnte die Totenklage sein, von der die ersten Siedler berichten. Die Totenklage des Klosters.«

»Totenklage des Klosters?« Er schüttelte ungläubig den Kopf. »Sie meinen, dieser stinkende alte Kürbis …? Wessen Tod?«

»Ich fürchte, die Keschra hat die Aufregungen dieses Tages nicht überlebt.«

Der Captain warf mir einen angewiderten Blick zu. »Dieses schreckliche Ding sah vorher schon mehr tot als lebendig aus«, sagte er. »Das ist aber noch lange kein Grund, dass diese Kerle jetzt faul in ihren Sätteln hängen. Sagen Sie dem Maître, dass seine Leute das Boot stabilisieren sollen!«

»Ihre Göttin ist gestorben, Sir. Ihre Trauer ...«

»Ich habe dafür sehr wenig Verständnis, Mann! Sehen Sie nicht? Wir stürzen ab!«

Der Maître fuhr herum. Er hatte den Knoten auf seinem Scheitel gelöst. Das hüftlange Haar umgab ihn wie ein wehender schwarzer Mantel.

»So tun Sie doch etwas!«, schrie der Captain. »Bringen sie den Kerl zur Raison!«

Aus den Augenwinkeln sah ich, wie die Pédaliers sich von den Sätteln schwangen, aus dem Gestänge ihrer Käfige schlüpften und an Bord kletterten. Die Cartesaner waren zwar nur knapp einen Meter groß, aber sie bewegten sich unglaublich flink. Die sonst so friedfertigen kleinen Wesen hatten sich in kleine gefährliche Waffen verwandelt. Sie stöhnten und knurrten, als wäre die Tollwut über sie gekommen.

Das Boot trieb steuerlos dahin und kreiselte inzwischen so stark, dass ich taumelte und gegen die Reling gedrückt wurde. Ich starrte einen Moment lang hinunter in die Dunkelheit. Unter uns achttausend Meter freier Fall. Dann sah ich im Licht der Hecklaterne die Felswand dicht vor uns. Wir schwangen so knapp vorbei, dass ich befürchtete, wir würden sie jeden Moment berühren.

»Man sollte sie erschießen!«, schrie der Captain zornig.

»Wir sind unbewaffnet«, schrie ich zurück.

Wieder huschte die Felswand vorbei, wieder ganz knapp. Die Wimpel flatterten und bauschten sich um uns.

Der Fallwind riss uns immer rascher in die Tiefe. Das Heck sackte ab. Ich hielt mich an der Reling fest. Die Hecklaterne erlosch. Um mich war finstere Nacht. Über uns kreisten die Sterne – Schwindel erregend und erschreckend hell.

»Nun tun Sie doch endlich etwas!«

»Was soll ich denn tun, Captain?«

»Halten Sie mir wenigstens die Kerle vom Leibe!«

Ich wandte mich ihnen zu. Sie hatten einen Halbkreis gebildet und umstanden uns drohend geduckt. In ihren Gesichtern war eine schreckliche Veränderung vor sich gegangen. Es war ›der Blick‹. In den Berichten der ersten Siedler wurde er erwähnt. Die Nickhaut, die das Auge der Cartesaner verschleierte und ihm diesen traumverlorenen Ausdruck verlieh, hatte sich plötzlich zurückgezogen und einen schrecklichen Blick enthüllt. Verschwunden war die friedfertige Selbstversunkenheit. Augen wie aus Onyx starrten mich an – schwarz, hart, glatt und kalt. Raubvogelaugen – wachsam und mitleidlos.

Ich war so verblüfft vom Anblick dieser jähen Verwandlung, dass ich eine Sekunde zu lang zögerte. In dem Moment sprangen sie mich an.

Etwas schlug mir schmerzhaft gegen die Brust – dann musste ich das Bewusstsein verloren haben.

»Nein, das haben Sie nicht, Monsieur Palladier«, sagte sie und goss den Rest der Schokolade in die kleinen durchsichtigen Porzellantassen auf dem Beistelltisch. »Oh, sie ist kalt geworden. Ich mache uns frische.« Sie stellte die Tassen und die Kanne auf das Tablett und erhob sich.

»Captain Wilberforth hat mir berichtet, dass Sie gekämpft haben wie ein Berserker. Dass Sie die Angreifer mit bloßen Händen abgewehrt und ihm den Rücken frei gehalten haben, dass er die Barke ins Tal bringen konnte.

Er hat zwar sein Leben lang nur Raumschiffe gesteuert, gestand er mir, aber das Prinzip war ihm vertraut.«

»Er hat eine Bruchlandung hingelegt, wie ich mich dunkel erinnere.«

»Nun, Monsieur Frébillons Barke ist ein Wrack, aber für alle Beteiligten ging es einigermaßen glimpflich ab.«

»Die Cartesaner – der Maître und seine vier Pédaliers?«

»Natürlich sofort über alle Berge, als sie unten waren.«

Sie trug das Tablett hinaus in die Küche.

Mein Blick fiel auf das überlebensgroße Porträt des Alexandre Galopin, der unter buschigen schwarzen Augenbrauen hervor streng und etwas zweifelnd auf mich herabblickte, aber grüßend die Hand hob, als die Sensoren meine Zuwendung registrierten. Der alte Galopin hatte die ersten Solarfarmen im Orbit errichtet, mit denen die Fangschiffe in den Flachmeeren und Salzmarschen mit Energie versorgt wurden. Er hatte viel für die Städte am Binnenmeer getan, und es war zum großen Teil seiner Popularität zu verdanken gewesen, dass man nach seinem tragischen Tod seine Tochter zur Bürgermeisterin von Arcachon gewählt hatte.

Es war nicht nur sein animiertes Porträt in dem breiten Goldrahmen, das diesen Raum beherrschte, er hatte ihn geprägt. Er war gegenwärtig in dem dunklen, mit Schildpatt ausgelegten Holz der Wandverkleidung, in den aus roten und blauen polierten Panzern von Babyhummern gestalteten und beschnitzten Möbeln und begehbaren Schränken und in den mit irisierendem Schildpatt gefliesten Böden, deren Fugen mit Gold ausgegossen waren.

Der Nachmittag neigte sich. Ich beobachtete die Spinnen, die emsig die Netze an den Fenstern woben, um sie gegen den abendlichen Insektenflug zu sichern.

Sie kehrte aus der Küche zurück und goss frische heiße Schokolade ein. Ich war hingerissen von ihren geschmeidigen Bewegungen. Sie trug eine leichte weiße, fast durchsichtige Seidenburqa, unter der sich ihre große schlanke Gestalt abzeichnete. Sie nahm neben mir Platz.

»Ich habe mir Ihr Buch angehört und viel daraus gelernt. Ich danke Ihnen.«

»Ich danke Ihnen für Ihre Einladung, Mademoiselle La Maire. Es ist mir eine große Ehre.«

Ich nippte an der Schokolade. Sie rann mir wohltuend durch die noch immer wunde Brust.

»Sie schreiben, die erste Keschra kam auf diese Welt und brachte das Kloster mit.«

»Das berichten die Legenden. Sie trug es in der hohlen Hand. Sie beschloss, sich in den Bergen niederzulassen, und ließ es zu einer Behausung heranwachsen. Als sich die ersten Anhänger um sie sammelten, wuchs es weiter, um allen Nahrung und Unterkunft zu bieten.«

»Woher kam sie?«

»Das weiß niemand. Und wie sie auf diese Welt gelangte, wird wohl immer ein Geheimnis bleiben.«

»Sie brachte den Cartesanern den Frieden.«

»Ja«, sagte ich, »denn die Bewohner dieses Planeten waren seit Jahrtausenden in blutige Kriege verwickelt. Sie bewirkte, dass die Aggression verschwand. Wie sie das vermochte … das ist das Problem, mit dem wir konfrontiert sind, Mademoiselle La Maire.«

»Sie beschloss, immer wieder in Gestalt einer Bewohnerin dieser Welt wiedergeboren zu werden, um den Frieden zu sichern.«

»So ist es.«

»Und dieses Geschmeide …« Sie hob die Hand. »Es bestand aus den Wiedergeborenen Göttinnen?«

»Ja, Mademoiselle La Maire. Es waren die transformierten sterblichen Überreste ihrer Vorfahren. Die erste Keschra hatte ihre Anhänger gelehrt, wie sie diese Transsubstantiation in Kristalle durchführen mussten. Dreiundachtzig in Silber gefasste Leiber. Über diese Kette hielt jede Wiedergeborene vermutlich Kontakt mit der Urmutter.«

»Über einen Zeitraum von hunderttausend Jahren?«

»Mindestens.«

»Wir haben diese Verbindung durchtrennt.«

»Das befürchte ich.«

»Ich wünschte, Sie hätten Unrecht, denn wir sind in einer ziemlich ausweglosen Situation. Wir können hier nicht in einem ständigen Belagerungszustand leben, und die Flotte hat keine Möglichkeit, die Menschen zu evakuieren. Wohin auch? Nur ein kleiner Teil könnte in den Orbitalkomplexen unterkommen. Die Zurückbleibenden wären dann umso mehr gefährdet. Trotzdem existieren, wie ich weiß, in einigen Städten bereits geheime Prioritätenlisten, welche Personen bei einer eventuellen Evakuierung unbedingt zu berücksichtigen sind.«

»Unglaublich.«

»Nein, durchaus menschlich, mein lieber Palladier. Typisch menschlich.«

»Die Idee, den Planeten zu verlassen, können wir uns aus dem Kopf schlagen.«

»Der Meinung bin ich auch, aber welche Alternative haben wir. Glauben Sie, dass wir etwas durch Verhandlungen mit den Eingeborenen erreichen könnten.«

Der alte Galopin hatte die Lippen gespitzt und blickte missmutig auf uns herab.

»Mit wem sollten wir verhandeln? Es herrscht Anarchie. Das totale Chaos. Es gibt keine Wortführer. Allenfalls ein paar Warlords oder Bandenhäuptlinge, auf deren Zusagen kein Verlass ist oder die morgen bereits entmachtet oder tot sind. Die Cartesaner sind krank. Es ist wie ein Fieber, das in ihren Köpfen wütet. Sie sind nicht bei Sinnen.«

»Vorgestern erschienen ein paar Pilger am Westtor. Es waren auch Mönche unter ihnen. Sie machten einen recht friedfertigen Eindruck und bettelten um Nahrung. Sie berichteten, die inneren Quellen, aus denen das Kloster sie beköstigte, seien versiegt. Der Hunger habe sie zum Abstieg gezwungen. Der Gestank des Todes im Leib des Klosters sei von Tag zu Tag unerträglicher geworden, und man spüre keine Bewegung mehr in den Wänden. Nur die Frömmsten harrten noch aus und flößten ihm Wasser ein. Sie warteten auf den Abschluss der Transsubstantiation der verstorbenen Göttin, um dann den Diamanten ihres Leibes ins Tal zu bringen, der bei der Suche nach einer Wiedergeburt hilfreich sein soll.«

»Ob das Geschmeide noch im Kloster ist?«

»Das fragten sich auch zwei junge Männer aus Saint-Nazaire. Sie sind gestern mit einer Windbarke hinaufgesegelt. Sie fanden die Terrasse verlassen, das Kloster halb verwest. Ein Teil der Hülle klebt noch auf dem Sims, die Hautmasse des Leibes, berichteten sie, sei abgesackt, habe sich über viertausend Meter Steilabfall verteilt und stinke zum Himmel. Von dem Geschmeide fanden sie keine Spur. Vielleicht haben die Mönche es irgendwo versteckt.«

»Möglicherweise. Ich hatte eher den Eindruck, es sei ihnen wertlos geworden.« Ich zuckte die Achseln. Die Spinnen an den Fenstern hatten ihre tägliche Arbeit vollendet und waren verschwunden.

Die Bürgermeisterin lehnte sich langsam in ihrem Sessel zurück.

»Manchmal kommt es mir vor«, sagte sie seufzend, »als sei der ganze Planet in Verwesung übergegangen. Als atmete er plötzlich etwas Giftiges aus, als stiegen eklige Dämpfe aus der Caldera dieses alten erloschenen Vulkans auf. Als gase das Gestein etwas Bösartiges aus, das alles Organische verdirbt.« Sie legte die Hand auf die Brust. »Oft fällt mir das Atmen schwer. Selbst die Insekten sind aggressiver als sonst.« Sie wies auf die Spinnennetze in den Fenstern. »Dabei war es immer eine so schöne Welt. Ein Paradies, wie es im Umkreis von hundert Lichtjahren nicht zu finden ist.«

»Die ersten Menschen, die mit der *Descartes* hier landeten, glaubten tatsächlich das Paradies gefunden zu haben. Denken sie an die Sonette von Épervier, in denen er das Binnenmeer preist als eine Insel im bitteren Salzozean, der unter einer gnadenlosen Sonne verdunstet.«

»Ja, ein Paradies – solange die Keschra ihre segnende Hand darüberhielt. Nun ist diese Hand verdorrt.«

»Mademoiselle Galopin, wissen Sie, wovor ich am meisten Angst habe? Dass diese Raserei auch auf uns Menschen übergreifen könne. Als der Maître des pédaliers auf mich losging, glaubte ich das Bewusstsein zu verlieren. Aber das war nicht der Fall. Irgendetwas bemächtigte sich meiner.«

Sie legte ihre Hand auf meinen Arm. »Da bin ich gänzlich unbesorgt«, sagte sie. Für einen Moment sah ich ihre dunklen Augen unter dem Schleier blitzen. »Es überkam uns ja auch nie die große Friedfertigkeit, als die Keschra noch lebte.«

Ich starrte ihr Handgelenk an. Die feinen Tätowierungen, die ich für Arabesken gehalten hatte, waren – nun sah ich's ganz deutlich – Sternbilder. Unwillkürlich hielt ich ihren Unterarm fest. Sie entzog ihn mir nicht.

»Das sind die Sterne des inneren Orionarms«, sagte ich verblüfft.

»Ja«, erwiderte sie. »Als ich in Nantes studierte, arbeitete dort ein Künstler, der sich auf das Tätowieren von Sternkarten spezialisiert hatte. Gefällt es Ihnen.«

»Wunderschön.« Ich fuhr mit der Fingerkuppe darüber.

»Sie hatten Ihre Gründe, nehme ich an ...« Noch immer hatte sie mir ihren Arm nicht entzogen.

»Ja, meine Mutter war Flottenoffizierin, bevor sie meinen Vater heiratete. Als die Ehe auseinander ging, trat sie wieder in die Flotte ein. Als sie mir das eröffnete, hielt ich es für eine gute Idee, mir diese Tätowierungen machen zu lassen. ›So weiß ich immer, wo du bist‹, sagte ich zu ihr. ›Ich werde immer spüren, wo du dich gerade befindest.‹«

»Und Sie spüren es?«

»Ja.« Sie deutete auf eine Stelle zwischen Lillepoint und Alexanders Stern. »Sie ist genau hier. Sie fliegt auf der *Cigale.* Sie hat sich davongestohlen in die Zukunft«, sagte sie mit einem Seufzen. »Noch bevor das Schiff sein Ziel erreicht, werde ich älter sein als sie.«

Ich schloss die Augen und drückte einen zärtlichen Kuss auf die bezeichnete Stelle oberhalb ihrer Handwurzel. Meine Lippen berührten kühle samtige Haut, und ich atmete den herben aromatischen Duft von Zypressenzweigen an einem regnerischen Morgen.

Ich warf einen schuldbewussten Blick auf das Porträt des alten Galopin.

Er lächelte und nickte mir wohlwollend zu.

»Ich hörte, dass Sie sich mit der Bürgermeisterin verlobt haben, Palladier.«

»Sie haben richtig gehört, Captain.«

»Gratuliere. Ist sie tatsächlich so schön, wie man behauptet?«

»Das weiß ich nicht. Sie hat sich mir noch nicht ohne Schleier gezeigt.«

»Dann hoffe ich, dass es eine angenehme Überraschung ist, die Sie erwartet.«

»Überraschung, Sir?«

»Nun ...«

»Ich kann Ihnen nicht ganz folgen. Ich liebe Mademoiselle Galopin.«

Der Captain war stehen geblieben. »Ihr seid schon ein lustiges Völkchen hier«, sagte er lachend. »Sie kaufen also ...«

»Ich kaufe ...?«

»Nun, Sie nehmen – oder soll ich sagen: akzeptieren? – die Katze im Sack.«

»Katze im Sack? Die Katze ist ein Tier, so viel ich weiß. Wie meinen Sie das, Mister Wilberforth, Sir?«

Er machte eine ärgerliche Handbewegung. »Es ist eine Redensart. Wir sollten das nicht vertiefen. Ich wollte Sie, um Himmels willen, nicht beleidigen.«

Ich hätte ihm am liebsten einen Faustschlag auf die frisch verheilte Nase versetzt.

»Ihr habt hier aus der Not der Insektenplage die Tugend raffinierter Verschleierung gemacht«, fuhr er fort. »Jedenfalls ist damit für Überraschung gesorgt, wenn es ans Auspacken geht.«

Es war der Tag vor seiner Abreise. Er hatte zu einem Umtrunk ins Flottenhaus eingeladen, und als die offizielle Verabschiedung vorüber war, hatte Henri, in einer Hand ein Glas Champagner, in der anderen eine Sanchez, uns zu einem Spaziergang zum Laserturm am Ende der Landzunge eingeladen, war dann aber doch nicht mitgekommen, weil er schon etwas unsicher auf den Beinen war. Also traten wir allein hinaus auf den mit Silberbarren gepflasterten Marktplatz und machten uns auf den Weg die Küste entlang.

Der Captain trug einen der breitkrempigen einheimischen Hüte, von deren Rand ein Schleier bis über die Schultern fiel, um Gesicht und Hals vor Blut saugenden Fluginsekten zu schützen.

Das Meer rauschte gegen die Felsen unter uns. Die leichte Brise schob uns vor sich her; auf dem Rückweg würden wir kräftig gegen sie anschreiten müssen.

»Wann werden Sie beginnen, Ihre Galaxis zu erforschen, wenn ich fragen darf?«

»Galaxis?«

»Ich habe doch Augen im Kopf. Und eine Sternkarte erkenne ich auf den ersten Blick. Ihre Verlobte trägt über der Handwurzel eine Tätowierung der lokalen Sterngruppe hier am Rand. Ich nehme an, dass sich die Karte des Orionarms nach oben fortsetzt. Vielleicht enthüllt sich Ihnen die ganze Galaxis, Palladier. Wie beneidenswert.«

»Mir stehen gewiss interessante Forschungsreisen bevor. Aber wenn Sie gestatten, würde ich vorschlagen, das Thema zu verlassen.«

Er hob die Hände. »Einverstanden. Ich wollte Sie schon immer einmal bitten, mir etwas über die Frühgeschichte dieser Welt zu erzählen. Frebillon sagte mir, dass Sie ein Experte darin sind. Wir sind nie dazu gekommen. Aber Sie sagten mir, als wir zu diesem stinkenden Kloster hinaufflogen, das Kummet sei buchstäblich ein Geschenk des Himmels.«

»Ja, so ist es. Cartesius wurde vor etwa einhundertfünfzig Millionen Jahren von einem größeren Planetoiden getroffen.«

»Es sieht aus dem Orbit wie eine böse Schusswunde aus.«

»Der Aufprall erfolgte jedoch auf der gegenüberliegenden Seite. Der Himmelskörper durchschlug die Kruste und drang tief in den Mantel ein. Das Kraftmoment der Kollision setzte sich quer durch den Planeten fort und bewirkte, dass der heiße Kern in diese Richtung verschoben wurde. Das hatte zur Folge, dass sich hier ein gewaltiger Vulkan auftürmte, der bis über die Atmosphäre hinausragte. Er brach schließlich unter seinem eigenen Gewicht zusammen. Seine Caldera ist das Binnenmeer. Das Kummet ist der Kraterrand – oder das, was von ihm übrig ist.

Der heftige Vulkanismus hatte zur Folge, dass der gesamte Planet von einem Ozean bedeckt und in eine dichte Atmosphäre gehüllt wurde. Der größte Teil des Wassers ist unter der heißen Strahlung Lillepoints inzwischen verdunstet, bietet aber immer noch ausreichend Lebensraum für niedere Tiere: Würmer, Quallen, Triboliten, Schnecken, Kraken, Hummer, von denen einige Arten sich durch Riesenwuchs auszeichnen ...«

»Protein für die Flotte.«

»So ist es. Höheres Leben konnte sich nur im Schutz des Kummets am Binnenmeer entwickeln.«

»Das Ding ist übrigens aus Lichtwochen Entfernung zu erkennen.«

»Und als Hort des Lebens zu identifizieren. Deshalb bremste die *Descartes* ab. Die ersten Siedler nannten es Collier de cheval, weil es aus dem Raum tatsächlich wie ein Pferdekummet aussieht. Und sie fanden reiche Bodenschätze in seinem Innern, die aus dem Kern herausgequollen waren: Platin, Gold, Silber, Titan, seltene Erze.«

»Eine reiche Welt, Palladier.«

»Jetzt droht sie uns zu entgleiten.«

Er winkte ab. »Sie müssen sie festhalten.«

Tauchervögel kreisten mit schrillen Schreien über den Wogen und stürzten sich ins Wasser auf der Jagd nach Fischen.

»Die Männer von der Flotte, die es anzettelten ...«

»Haben dafür bezahlt«, unterbrach er mich ungeduldig.

»Und Sie brauchen sich bald nicht mehr um solche Dinge zu kümmern. Sie sind dabei, durch Raum und Zeit zu entschwinden.«

Er nickte. »Ich werde die nächsten Wochen damit zubringen, mich in Gesellschaft von zweihundert Tonnen Protein auf nahezu Lichtgeschwindigkeit beschleunigen zu lassen, um dann an die *Hawking* anzudocken, die das Lillepoint-System in Richtung Sagittariusarm durchfliegt.«

Wir waren stehen geblieben und blickten zurück auf die Stadt, die vergoldeten Turmhauben und Dachreiter leuchteten in der blassen Nachmittagssonne, und die mit Schildpatt gedeckten Dächer und Kuppeln schienen von innen heraus perlfarben zu glühen.

»Sagittarius Edge wurde von Menschen besiedelt, hörte ich.«

»O nein. Wo denken Sie hin! Die erste Expedition hat noch nicht einmal die Hälfte der Entfernung zurückgelegt. Aber wenn ich dort eintreffe, werden die Kolonien bereits auf eine zehntausendjährige Geschichte zurückblicken.«

Er zupfte ein Insekt von seinem Schleier, schleuderte es zu Boden und zertrat es.

»Die gleiche Zeit wird dann auch hier ins Land gegangen sein, nehme ich an.«

»Die gleiche Zeit. So ist es.«

»Aber Sie werden nur ein paar Jahre gealtert sein.«

»Ich schätze vier oder fünf Jahre. Ja.«

»Was sollte Sie also das Schicksal dieser Welt und ihrer Bewohner kümmern?«

»Nun ...«

Mir fiel ein, was Annette über ihre Mutter gesagt hatte. »Ich hatte schon immer das Gefühl, dass ihr Leute von der Flotte euch schamlos durch Raum und Zeit davonstehlt und in der Zukunft verschwindet.«

Er hob die Schultern. »Wir können an den Gesetzen des Universums leider nichts ändern, mein lieber Palladier.«

Wir wandten uns zum Weitergehen, aber plötzlich blieb er stehen. Eine Gruppe Eingeborener, Männer und Frauen, kam den Strand entlang auf uns zu.

»Sollten wir nicht besser umkehren?«, fragte er.

»Wenn Sie wollen.«

Wir machten uns auf den Rückweg, aber die Luftströmung war stärker geworden, und wir hatten beide Mühe, gegen sie anzuschreiten. Die Cartesaner hatten uns in wenigen Minuten eingeholt.

Der Captain warf einen besorgten Blick über die Schulter. »Sie scheinen nicht bewaffnet zu sein«, sagte er.

Sie zogen leichtfüßig an uns vorbei. Der traumverlorene Blick ihrer verschleierten Augen streifte uns. Sie schienen uns kaum wahrzunehmen, scherzten und lachten. Sie waren in ihre heitere Welt zurückgekehrt, an der wir Menschen nicht teilhatten.

»Was ist geschehen?«, fragte Wilberforth.

»Ein Wunder«, erwiderte ich. »Aber was sollte Sie das noch interessieren?«

»Es interessiert mich sehr.«

»Ich wollte Ihnen eigentlich nichts davon erzählen vor Ihrer Abreise. Ich habe es selbst erst heute Morgen erfahren. In einem Fischerdorf an der Mündung des Rambon haben die Mönche ein kleines Mädchen gefunden, das die Zeichen der Wiedergeburt trägt. Es trägt einen Spielkameraden mit sich herum, von dem es sich nicht trennt, den es Tag und Nacht in der Hand hält. Niemand weiß, wo es dieses kleine Wesen gefunden hat oder wo es herkommt. Es sieht aus wie eine winzige grüne Feige – und es atmet.

Wir setzten unseren Weg fort.

»Noch ein Geschenk des Himmels«, sagte der Captain Wilberforth nach langem Schweigen.

»Grüßen Sie Ihre zukünftige Frau, Palladier«, sagte er, als wir uns auf dem Marktplatz verabschiedeten. »Ich wünsche Ihnen viel Glück bei Ihren Entdeckungsreisen.«

»Danke, Sir. Das wünsche ich Ihnen auch«, erwiderte ich. »Und grüßen Sie mir die Zukunft!«

Copyrightvermerke und Übersetzernachweise